한국 근현대문학의 모더니티

이건제 李建濟

고려대학교 영어영문학과 학사 졸업
고려대학교 국어국문학과 석사 및 박사 졸업
전(前) 대통령소속 친일반민족행위진상규명위원회 전문위원
전(前) 민족문제연구소 간(刊) 『친일인명사전』 편찬 및 집필위원
현(現) 일본 리츠메이칸(立命館)대학 코리아연구센터 객원연구원
　　　리츠메이칸대학, 도시샤(同志社)대학 및 오사카(大阪)대학 강사
주요 논문으로 「이상(李箱) 시(詩)의 텍스트와 시의식 연구」(박사 논문), 「조선문
인협회의 성립 과정 연구」, 「공(空)의 명상과 산문시의 정신－김구용의 초기
산문시 연구」 등이, 주요 저서로 『남북한 현대문학사』(공저), 『친일문학론 교
주본』(임종국 저, 이건제 교주) 등이 있다.
이메일 주소는 〈purnmom@daum.net〉이다.

한국 근현대문학의 모더니티

초판 1쇄 발행　2015년 2월 17일

지은이 | 이건제
펴낸이 | 윤관백
펴낸곳 | 도서출판 선인

등　록 | 제5-77호(1998.11.4)
주　소 | 서울시 마포구 마포대로 4다길 4(마포동 324-1) 곳마루 B/D 1층
전　화 | 02) 718-6252 / 6257
팩　스 | 02) 718-6253
E-mail | sunin72@chol.com

정가　32,000원
ISBN　978-89-5933-760-6　93810

· 잘못된 책은 바꿔 드립니다.
· www.suninbook.com

한국 근현대문학의 모더니티

이건제

도서출판 선인

책머리에

　필자가 대학 생활을 시작한 1980년대는 리얼리즘이 문예계의 주류를 점하고 있던 시대였다. 주로 문학 분야에서 입지를 다져 온 1970년대의 리얼리즘은 80년대가 되자 각종 예술 분야에까지 영향력을 넓히며 화려한 꽃을 피웠다. 리얼리즘 이론 또한 창작과 감상 및 비평의 원리로 작동하면서 이론과 실천의 장에서 많은 논쟁을 이끌었다.

　하지만 근대 소설에서 배태된 리얼리즘이 20세기 말의 다양한 문학 장르나 예술 분야를 아우르기에는 적지 않은 한계가 있었다. 필자 역시 이런 한계를 느꼈던바, 예를 들어 '순수한 음 형식의 텍스트에 소설 중심의 리얼리즘 이론이 어떻게 적용될 수 있을까?' 하는 식의 소박한 의문을 갖기도 하였고, 온갖 텍스트가 해석되고 작동되는 시공간에 개입된 인자들의 변수를 고려한 리얼리즘의 새로운 지평을 궁리해 보기도 하였다.

　다소 잡다한 고민과 경험을 안고 대학원에 진학하여 수년이 흐르니 강단과 평단에서는 이른바 '시에서의 리얼리즘' 논의가 시작되었다. 필자가 보기에 이 논의 역시 소설 중심의 기존 이론에서 크게 벗어나지를 못하였다. 시에서의 서사지향성이나 전형성 등을 둘러싼 논쟁들은 그다지 큰 성과를 내지 못 하였다. 이론이 소설을 중심으로 맴돎으로써 역설적으로 소설의 미학 자체도 온전히 해명하기 힘들게 된 것은 아닐까 하는 생각도 들었다. 무언가 돌파구를 찾는 심정으로 텍스트 이론이나 독자반응비평 등에 관심을 기울이던 필자가 소위 반리얼리즘적 사조라 일컬어지던 모더니즘을 주목하여 공부를 시작한 것도 이즈음의 일이었다.

그 후 1990년대에 들어 우리 문단에는 포스트모더니즘의 바람이 불었다. 포스트모더니즘이 리얼리즘과 모더니즘을 동시에 비판하며 이데올로기와 역사 등을 둘러싼 거대서사의 해체 따위를 선언하기에 이르렀을 때 필자는, 포스트모더니즘과 그것의 비판 대상들 사이에서 차이점보다는 어떤 공통점을, 그리고 그 공통점을 다스려 가는 하나의 힘을 느꼈다.

그 힘의 근원에는 바로 근현대성 즉 모더니티가 있었다. 사조로서의 모더니즘과 동일한 어원을 지녔지만 모더니즘보다 더 큰 범위에서 여러 사조의 동력이 되어 온 모더니티는 필자가 우리 근현대문학을 연구하는 데에서 줄곧 화두 역할을 해 주었다.

그렇다고 하여 그동안 필자가 '한국 근현대문학의 모더니티 규명'이라는 주제를 표 나게 내세워 온 것은 아니다. 다만 근대의 지체와 식민지적 상황이 낳은 여러 문제점들이 우리 문학사 곳곳에서 은폐되거나 노출된 채 영향을 끼치고 있음을 감지하는 가운데, 박래품으로서의 문예사조가 우리 문학작품과 어울리며 정착하는 과정을 제대로 보기 위하여 우리 문학의 근현대성 즉 모더니티를, 그리고 그 모더니티가 문학 각 부문에서 작동하는 면모를 주목했을 뿐이다. 이렇게 주목하고 궁리한 결과가 바로 『한국 근현대문학의 모더니티』다.

이 책은 한국 근현대문학의 모더니티에 관해 일관되게 기술한 내용의 저술이 아니다. 장기간에 걸쳐 발표된 이 책의 글 중에는 다양한 주제와 방법론이 혼재해 있다. 형식 분석과 이론 정립에 중점을 둔 것이 있는가 하면 자료 발굴과 정리에 중점을 둔 것도 있다. 문학사적 관점에서 기술한 글이 있는가 하면 평론적 관점에서 분석한 글도 있다. 하지만 이 다양함 속에서도 일관된 의도가 있으니 그것은 한국 근현대사와 어울려 간 한국문학 모더니티의 여러 면모를 드러내는 것이다. 한국 근현대문학의 모더니티에는 분명 한두 마디로 정리하기 힘든 면모가 있으며, 필자 또한 그에 대한 교시적인 언사를 내놓을 능력이나 의도도 없다. 다만, 그 면모의 구체적 모습이 필자의 작은 노력에 의해 좀 더 풍부하게 드러날 수 있다면 그것으로 족하겠다.

본문 내용을 소개하기에 앞서 모더니티라는 용어에 대해 간단히 기술하겠다. 비록 간단한 기술이지만 독자 제현께서 본문을 읽는 데 도움이라도 되지 않을까 해서다.

'모더니티modernity'라는 말은 본시 라틴어 부사 'modo'에서 기원하였다. '단지', '오직'이라는 뜻부터 '곧', '바로' 내지 '바로 지금', '바로 최근에' 등의 뜻까지를 포함하는 'modo'는 이후 형용사 'modernus'를 파생시키게 된다. 'modernus'는 '이즈음의' '새로운' '근/현대의' '당대의' 등의 뜻을 지니는데, 오늘날 모더니티라는 말은 바로 여기서 유래하였다.

모더니티라는 말의 형성과정 중에 각 시대 유럽인은 자기들의 당대성을 강조하면서 때로는 부정적인 의미로 때로는 긍정적인 의미로 이 말을 사용하였다. 이는 '흔해빠진 당대성', '진귀한 유일성', '덧없는 순간성' 등의 어감이 서로 교차 충돌하며 뒤섞인 소치였다. 차츰 이 말의 긍정적 어감이 강화되기 시작한 것은 종교개혁이나 르네상스와 함께 유럽인들이 새롭게 자의식을 형성해 갈 즈음이었다. 이들은 '흔해빠진 당대성'을 체험 관찰하면서 '덧없는 순간성'에서 '영원불변한 고전성 또는 고대성'과 통하는 부분을 찾아내었고, 가볍고도 파편적인 순간이나 부분들 간의 연계성을 탐구하였으며, 항상적인 연계성을 추출해 계량화, 법칙화하기도 하였다.

이 과정을 통해 점차 모더니티는 현실 역사에서 제 위치를 점할 수 있었고 인간 역시 스스로의 역사성(historicity)을 획득할 수 있었다. 역사에서의 모더니티는 '인식 주체와 대상의 분리' 및 '인식 대상의 무차별적 계량화'를 출발점으로 삼는다. 여기서부터 하늘과 땅의 법칙은 동질화되었고, 기계적인 고전주의 자연관과 함께 근대적 기술과 자연과학은 일취월장하였으며, 생산력의 비약적 증대와 함께 자본주의, 국민국가, 제국주의, 대중사회 등은 차츰 제 모습을 드러냈다.

역동적인 모더니티의 운동성 속에서 사조로서의 '모더니즘modernism'이 나타난 것은 유럽 가톨릭계의 근대화운동기(19세기 말~20세기 초)였다. 이후 모더니즘은 삽시간에 각 분야로 퍼져나가 결국 제1차 세계대전 이후에는 문예사조로서의 모더니즘이 본격화하기까지에 이르렀다.

문학 분야에서 모더니즘은 모더니티보다 그 의미하는 바가 협소하다. 예를 들어 리얼리즘과 같은 사조는 근대 기계제 대공업의 산물로서 역사적 모더니티의 특성을 보여 준다. 이 역사적 모더니티의 산물로서의 리얼리즘 문학의 인식론이나 미학은 모더니즘 문학과는 대립 구도를 보일 만큼 많이 다르다. 한국 근현대문학을 연구하면서 그동안 필자가 관심을 가져온 것은 단순히 사조로서의 '모더니즘'만이 아니라 더 넓은 범위에서의 '모더니티'였다.

'모더니티'는 '근대성' 또는 '현대성'으로 번역되는데, 한국문학사에서 근대문학과 현대문학은 8·15 광복을 기준으로 나뉜다. 대개 근대문학의 주요 과제는 민족문학의 정립이라 할 수 있다. 하지만 한국 근대문학은 외래 세력의 제국주의적 침략과 일제에 의한 식민화와 궤를 같이하는바, 민족문학 정립이라는 근대적 과제는 8·15 광복 이후로 미뤄질 수밖에 없었다.

이러한 문제의식과 직접 관계되는 이 책의 제1부는 일제강점기부터 1960년 4·19 시기까지의 문학사와 소설을 다루었다. 「조선문인협회의 성립 과정」에서는 일제강점기 친일문인 단체 중 가장 먼저 만들어진 조선문인협회의 성립과정과 그를 둘러싼 일제 말 친일문단의 성립 및 조직화 과정을 다룸과 아울러, 이 협회가 어떻게 조선총독부의 외곽단체일 수 있는지에 대한 근거 자료를 제시하였다. 이를 통해 일제가 총동원체제에 즈음하여 초기 친일문단을 형성해 간 동력과 자취를 좀 더 분명히 드러낼 수 있었다. 「일제 말 친일문학의 여러 양상」에서는 친일문인 단체의 양대 산맥인 조선문인협회와 조선문인보국회를 중심으로 한 문예동원 과정과 그 동원 체제 속에서 문인들이 협력 논리가 작품을 통해 구체화된 면모를 개괄 소개하였다. 이 글은 학술 논지를 전개하기보다는 '일제 말 친일문학의 현장'을 대중에게 소개하는 것을 목적으로 삼았기에 되도록 일제강점기 1차 자료의 정리에만 힘썼다. 따라서 여타 글보다 내용이 다소 도식적일 수 있겠음을 밝힌다. 「일제 말 '전향과 '근대성'의 문제」에서는 김남천의 소설 「경영」과 「맥」 속의 인물을 분석함으로써, 그가 일제 말에 일었던 전근대적 천황제에로의 전향 열풍과 맞서 근대적 개인의 '주체성'을 세워 나간 모습을 추적하였다. 그 결과 필자는 김남천이 환경의 압력과 주체의 의도 사이에서 끊임없이 균형을 잡으면서, 역사철학적 근대성과 미적 근대성, 근대와 근대 이후 등의 모든 것들을 예술가적 감수성에서 본격 대결시켜 보려 했던 바를 파악할 수 있었다. 「민족문학을 향한 전통과 근대의 변증법」에서는 해방기부터 4·19 전후기까지의 남한 비평사를 약술하였다. 여기서는 6·25 이전 남한 비평계에서 우파가 좌파에 승리하면서 이른바 문협 정통파로 자리 잡게 되는 과정과, 6·25 이후에 본격 등장한 일군의 모더니스트들이 이의 대응점에 서서 일종의 '4월 혁명의 정신사'를 준비해 가는 과정을 규명할 수 있었다.

제2부에서는 일제강점기 말부터 1990년대 말까지의 시인 중에서 필자가 관심을 가져온 이들의 시를 다루었다. 「윤동주 시의 상징과 시적 육체」에서는 윤동주 시의 상징을 분석하면서 그가 시적 자아를 형성해 간 궤적을 뒤쫓아 보았다. 그 결과 윤동주라는 한 근대인이 시대의 옹색함 속에서 어떻게 '육체적 사고'를 전개함으로써 '시적 육체'를 하나의 자아로 확립해 갔나를 목도하였다. 「공空의 명상과 산문시의 정신」에서는 김구용의 초기 산

9

문시가 불교적 교양에 바탕을 둔 선적禪的 서정과 어울리면서 '토착적인 초현실주의'라는, 모더니즘에 대한 가치 있는 실험을 보여 준 예를 소개하였다. 이상李箱과 닮아 있었지만, 아버지 조국은 부재한 채 기하학적 정신과 이데아 지향의 강박 상태에서 고통을 받았던 이상에 비해, 기하학적 정신과 공空을 만나게 함으로써 좀 더 주체적으로 감각적 현실에 투신할 수 있었던 그의 궤적을 분석하였다. 「김수영 시에 나타난 자아와 세계의 관계」는 필자의 석사 논문으로서, 4 · 19를 중심으로 김수영의 자아가 세계와 어떻게 대결해 갔는가를 다루었다. 여기서는 김수영의 언어에 대한 탐구가 '언어의 서술 내용과 작용 형식' 양쪽에 균형을 맞춘 것으로, 이를 통해 시인은 민중사를 내면화하는 한편 모더니즘적인 단절을 초월하려 했다는 점을 밝혔다. 「김수영 시의 '죽음' 의식」에서는 앞 논문의 문제의식을 이어받아, 시인이 '죽음' 의식과 대결해 간 과정은 그대로 '근대적 자아'와 어울리며 맞붙어 간 과정이라는 견해를 내놓았다. 「이중섭의 '소'와 한국현대시」에서는 이중섭의 '소' 그림을 주제로 한 시들을 분석하여, 시와 그림의 교류 양상을 비교문학적 관점에서 분석하였다. 여기서는 형상이 만들어지는 원리에 근거해 소의 내포적 의미를 따짐으로써 이중섭 그림의 이야기성이나 그림 속 선線의 낭만적 특성 같은 것들을 고찰하였다. 「화엄華嚴과 만다라曼茶羅의 치유법」에서는 고은의 『만인보萬人譜』 제1~20권의 시 중에서 몇 편을 선별해 분석하였다. 그는 '하나는 일체요 일체는 하나(一即一切 一切即一)'라는 화엄 세계나 '만물은 조화를 이루며 서로 연관돼 있다.'는 만다라 세계를 통해 만인을 노래하였다. 여기서 많은 인물, 동물, 사물, 사건들이 묘사되고 서술되는 과정은 그 자체로 만다라가 형성되는 과정이니, 이를 통해 고은이 역사의 상처를 치유하려 했다는 점을 밝혔다. 「한恨과 초월超越」에서는 『현대시학』 제367호(1999.10)에 게재된 김종태 교수의 '신작 소시집'을 평론적 관점에서 분석하였다. 이를 통해 그가 스스로를 사물화事物化함으로써 세속으로도 자연으로도, 일상으로도 초월로도 쏠리지 않고, 오직 자기 내면으로만 숭고하게 초월해 들어가는 중음신의 미학을 얻게 되는 과정을 추적하였다.

제3부에서는 1960년대부터 1990년대까지 출간된 문학 연구서에 대한 서평을 모았다. 「임종국의『친일문학론』(평화출판사, 1966)을 둘러싼 각종 담론들」은 필자 교주로 2013년에 새로 발간된 임종국의『친일문학론』교주본의 권말에 보론으로 실린 글이다. 여기서 필자는 임종국의『친일문학론』을 둘러싸고 각종 담론의 장을 이끌어 온 여러 견해를 정리 소개하였다. 권력화한 친일파에 대한 문화적 저항 역할을 했던 이 책은 언뜻 생각하면 시대적 소명을 다한 듯이도 보이나, 여전히 맡은 바 소임을 지닌다고 필자는 결론을 지었다. 「민족문학, 실천과 모색의 길 15년」은 고전문학 연구자인 권순긍 교수의 현대문학 평론집인『역사와 문학적 진실』에 대한 서평이다. 전교조 소속 교육운동가로도 활동했던 그는 본래부터 고전과 현대를 가리지 않고 서사형식 일반에 대해 관심이 컸던바, '민족문학 운동'과 '문학에서의 민족적 특성'에 대한 끊임없는 관심의 결과로 이 책을 내놓을 수 있었다는 견해를 밝혔다. 「문제는 미적 근대성이다」는 문학평론가인 이광호 교수의 평론집인『소설은 탈주를 꿈꾼다』에 대한 서평이다. 그는 당대 소설의 분석을 통해 리얼리즘, 모더니즘, 포스트모더니즘의 관계에 대한 자신의 생각을 약술하는 한편, 문학의 죽음이 운위되는 이 시대에 '문학의 갱신과 재구성'을 주창한 점을 소개하였다. 「주체의 탐구와 계몽의 기획」은 국문학 연구자 채호석 교수의 평론집인『한국 근대문학과 계몽의 서사』에 대한 서평이다. 그는 '주체'와 '계몽'이라는 굵직한 주제를 중심으로 꾸준히 논리를 전개해 왔는데, 특히 이 책에서는 1930년대 후반에 주목함으로써 '계몽'과 '성숙', 그리고 '근대적 주체'라는 주제에 대해 천착하였다. 그의 연구 과정은 그대로 스스로의 '주체'를 탐구하고 '계몽'을 기획하는 과정이었으며, 연구 대상을 통해 연구 주체를 읽어 내는 과정이었던 점을 지적하였다.

이상과 같이 본문 내용을 개괄 소개하였다. 앞에서도 말하였듯이 우리 근대문학은 일제 식민화와 궤를 같이하는바, 민족문학 정립과 같은 근대적 과제는 8·15 광복 이후로 미뤄질 수밖에 없었다. 자율적 근대화의 좌절 속에서도 이루어져 간 우리 문인들의 자기정체성 탐구와 '근대의 기획' 추구는 분명 눈여겨볼 만하였다.

이러한 관점에서 집필한 것이 제1부의 글이다. 여기서 문인들은 식민지적 상황에 맞서 근대적 개인의 '주체성'을 세우려 노력하기도 하였고 또 좌절 끝에 친일의 길을 걷기도 하였다. 1945년의 타율적 해방 이후에는 냉엄한 국제정치 현실 속에서 한국 '민족문학'의 근대적 보편성 획득을 위해 분투하기도 하였다. 제2부에서 볼 수 있는 근현대 시인들의 섬세한 분투 역시 마찬가지였다. 식민지 시대 윤동주가 자기의 윤리성을 보존하면서 '시인'으로서의 자기정체성을 획득하려 한 것이나, 김수영이 하이데거 독서와 현실참여 경험을 아우르며 모더니즘적 단절을 극복하려 한 것, 그리고 김구용이 선적禪的 인식을 통해 서구 초현실주의를 토착화하려 한 것 등은, 한국의 근현대 문인들이 '민족국가 단위의 문학 수립'과 '작가로서의 정체성 확립'이라는, 얼핏 모순돼 보이는 2가지 근대적 과제의 수행을 위해 노력한 것과 궤를 같이하였다.

한때 우리는 탈근대 운운하는 시대를 겪었다. 그러나 우리는 자율적 근대화를 이루어 보지도 못했었다. 따라서 우리 감성과 이성의 분열은 진정한 근대의 모습을 창출해 내지도 못하게 하였다. 지금 우리는 세계화 운운하는 시대에 들어서 있다. 그러나 우리는 온전한 민족 국가 한번 세워 보지도 못하였다. 따라서 우리 정신문화와 물질문화의 분열은 진정한 세계의 모습을 구상해 보지도 못하게 하고 있다. 혹시 우리에게 필요한 것은 근대의 철저한 실행을 통한 근대의 완성과, 또 그를 통한 근대의 극복일지도 모른다. 이러한 것들의 실현을 통해 우리는 비주체적으로 제조된 감각과 구성된 육체가 아닌, 스스로가 책임질 수 있는 내면을 가질 수 있지 않을까도 생각해 본다.

다시 밝히건대 이 책은 한국 근현대문학의 모더니티에 관한 일관된 저술도 아니고 그 어떤 전일적 교시도 의도하지 않았다. 필자는 단지, 모더니티가 움직여 간 여러 장면을 포착하여 기술하고자 했을 뿐이다. 이러한 성과들을 바탕 삼아 훗날 좀 더 일관된 내용의 저술을 내놓을 수 있기를 바란다.

그리고 이번 책에서는 이상李箱에 관한 글을 전부 제외하였음을 더불어 밝힌다. 이것들은 언젠가 박사학위 논문과 아울러 또 다른 단행본으로 엮을 예정이다.

부족한 점도 있겠지만 이 정도나마 필자의 연구 성과를 아우른 책을 출간할 수 있게 되어 한시름 덜었다. 필자의 게으름에도 꾸준히 기다리며 격려해 주신 도서출판 선인의 윤관백 사장님과 거친 원고를 세련되게 꾸며 주신 박애리 실장님 이하 담당자분들께 제일 먼저 감사를 드린다. 원고를 정리하며 이분들과 서신을 주고받는 중에 필자는 많은 가르침을 받았다. 그리고 천둥벌거숭이를 제자로 삼아 주신 이래 오랜 세월 필자가 그 곁에 머물게끔 해 주신 스승 김인환 선생님께 감사와 존경의 념을 올린다. 여전히 그 뜻을 궁행하고 있지는 못하지만, 노동자가 노동하듯이 공부하라는 선생님의 말씀을 아직도 명심하고 있다.

을미년乙未年 벽두에 교토(京都) 미부(王生)에서

이 건 제

차례

I

조선문인협회의 성립 과정

1. 서론

일제강점기 친일반민족행위자들은 대개 러일전쟁기를 즈음하여 본격 발호를 하기 시작하였다. 러일전쟁 이후 일제의 국권 침탈이 자행되면서 우리 문예계 역시 암흑기를 맞이하였다. '신문지법'(1907), '보안법'(1907), '출판법'(1909) 등은 일제강점 초기 문예계를 옥죄었다. 열악한 조건에서 점차 쇠퇴해 가던 애국계몽적인 문예 활동은 일제의 한국강제병합을 전후로 자취를 감추며 결국 이인직, 최찬식, 최영년 등의 친일적인 신소설류 문학만이 명맥을 이어가게 되는데, 이러한 상황은 무단통치기에 들어 더욱 심화되어 갔다. 이 시대 친일 성향의 주요 문학 단체로는 이문회以文會, 문예구락부, 신해음사辛亥吟社, 조선문예사 등이 있었는데, 여기 회원은 전문 문인이라기보다 주로 한문학의 소양을 지닌 친일 수구 경향의 고급 관료나 명망가였다. 또 이 시대 친일 성향의 주요 잡지로는 『조선문예』, 『신문계新文界』, 『반도시론半島時論』 등이 있었다. 이 중에서 뒤의 두 잡지는 일본 언론인 다케우치 로쿠노스케(竹內錄之助)가 발간했는데, 특히 『반도시론』은 '내선융화'를 적극 주장하며 조선총독부의 방침에 협력하였다.

3·1운동을 겪으면서 문학인들은 이전과는 달리 점차 식민지 자본주의라는 현실을 구체적으로 인식하게 되었다. 이 시기에 낭만주의, 사실주의, 자연주의, 상징주의 등과 같은 서구 문예사조가 일본을 통해 대량 유입되기도 하였으나 결국 계급적 관점에서 현실을 바라보는 태도가 문단의 헤게모니를 잡게 되었다. 계급적 관점에 선 프로문학은 1925년에 카프KAPF(조선프롤레타리아예술가동맹)를 결성한 뒤 계급과 민족을 아우르는 운동 역량을 발휘해 갔다. 그러나 1930년대에 들어 조선 문단은 신간회 해체(1931), 카프 소속 문인의 대대적인 검거(1931, 1934)와 뒤따른 카프 해산(1935) 등으로 민족운동으로서의 역량을 발휘하기 힘들게 되었다. 현실 비판적인 작품은 발을 붙이지 못한 채 문학의 탈정치화 경향은 강화되었다. 이른바 '순수문학'이나 주지주의, 모더니즘 등의 여러 사조가 전개됨과 함께 문학적 기교가 성숙되고 새로운 기법이 등장하니, 이러한 경향은 일제에 대한 비판과 저항이 허용되지 않았던 시대 상황에 따른 것이기도 했다.

1930년대 후반에 들어 억압적인 상황은 더욱 심해졌다. 1931년에 만주사변을 일으켰던 일제는 중일전쟁(1937)에서 태평양전쟁(1941)으로 이어지는 일련의 확전 과정에 발맞추어 국가총동원법(1938), 국민징용령(1939), 그리고 지원병제(1938)·징병제(1943)·학병제(1943) 등을 실시하였는데, 이 과정을 통해 이른바 '총동원체제(total mobilization system)'[1]가 확립되었다. 친일문학은 이러한 상황 속에서 본격적으로 전개되었다. 소위 '내선일체'와 '황민화 정책'은 이를 뒷받침하는 체제 동원 이데올로기였고, 체제에 부응한 이데올로기로서의 친일문학은 중일전쟁을 전후로 문단을 장악하기 시작하였다. 이에 따

---

1) '총동원체제'의 개념에 대해서는 안자코 유카(庵逧由香)의 박사논문 「조선총독부의 '총동원체제'(1937~1945) 형성정책 연구」(고려대대학원 사학과 박사, 2006.6), 23~32쪽을 참조하라.

라 친일문학인도 전황에 발맞추어 총후문학, 전쟁문학, 국책문학, 국민문학 등과 같은 전시기 국책문학을 제시해 나간 것이다. 친일문학이 세력을 펼치는 배경에는 확전 과정을 통해 고조된 전쟁 분위기와 그에 호응한 '국민정신총동원조선연맹'의 조직(1938.7), '국민정신총동원조선연맹'의 '국민총력조선연맹'으로 개편(1940.10) 등이 있었는데, 당시 조선총독 미나미 지로(南次郎)는 이와 같은 일련의 '국민총력운동'을 통해 식민지 조선 총동원체제의 정신적 기초를 구축하게 된다.

조선총독부는 1937년 중일전쟁 발발 2개월 전에 만들어진 조선문예회를 시발로 1939년에는 조선문인협회를, 1940년에는 국민총력조선연맹 문화부를, 1943년에는 조선문인보국회를 만들며 문학인을 조직·통제하였다. 또한 이 시기에 정기간행물은 통폐합되어 조선총독부 기관지인 『매일신보每日新(申)報』, 『국민신보國民新報』, 『월간매신月刊每新』, 『조선朝鮮』과 『경성일보京城日報』, 만주 지역 발행의 『만선일보滿鮮日報』 등과 같은 신문·잡지를 비롯하여 『국민문학國民文學』, 『춘추春秋』, 『신시대新時代』, 『조광朝光』, 『삼천리三千里』, 『대동아大東亞』, 『총동원總動員』, 『국민총력國民總力』, 『내선일체內鮮一體』, 『동양지광東洋之光』, 『녹기綠旗』, 『흥아문화興亞文化』, 『신여성新女性』, 『가정지우家庭之友』, 『반도의 광(半島の光)』, 『방송지우放送之友』, 『국민시가國民詩歌』, 『관광조선觀光朝鮮』, 『문화조선文化朝鮮』, 『독서讀書』 등과 같은 친일 어용지, 체제 순응지만이 이들의 주요 활동 무대가 되었다. 친일문학인은 문필 활동과 함께 앞의 친일문학 단체와 여타 사회·문화 기관이나 단체에 주도적으로 참여하는 한편, 더불어 각종 행사, 시위, 연설회 및 좌담회 등에서 어울리며 '내선융화'나 '황민화'를 주도하는 동시에, '대동아공영권'과 침략전쟁을 찬양하며 학병·지원병·징병·징용 등에의 참여를 선전·선동하였다.

필자는 상기 여러 단체 중에서 문인만의 친일 단체로는 최초로 만들어진 조선문인협회의 성립 과정을 둘러싼 일제 말 친일 문단의 성립과 조직화 과정을 다루려 한다. 기존 연구 성과물 중에서 이 과정의 일부를 다룬 것들은 있지만, 그 전반을 다룬 것으로는 임종국의 기념비적인 저서『친일문학론』[2]과 이중연의 저서『'황국신민'의 시대』[3], 정도가 있을 뿐이다. 임종국은 조선문인협회가 성립하기까지 전 단계 기제로 작동했던 조선문예회, 국민정신총동원사상보국연맹, 시국대응전선사상보국연맹 등의 단체와 황군위문작가단 행사에 대해 충실히 기술하였으나 저서의 편집 체제상 이들의 연관 관계를 본격 분석하지는 않았다. 이에 비해 이중연은 좀 더 이들의 연관 관계를 시대 배경 속에서 분석하였다. 하지만 이중연의 저서는 일제 말 친일 단체 전반의 움직임을 대상으로 한 만큼 문인 단체에 좀 더 집중하지는 않았다. 이에 필자는 문인 단체 중에서도 최초 친일 단체인 조선문인협회의 성립 과정을, 주로 1차 자료의 제시와 분석을 통해 다루려 한다. 그리고 이 협회가 어떻게 조선총독부의 외곽단체일 수 있는지에 대해 그 근거자료를 제시하려 한다. 그리하여 일제가 총동원체제에 즈음하여 초기 친일 문단을 형성해 간 동력과 자취를 좀 더 분명히 드러낼 수 있으리라 생각한다.

2. 조선문인협회의 성립까지

1) 조선가요협회(일명 : 조선시가협회)의 활동

조선가요협회는 1929년에 만들어졌다. 하지만 본격 친일 단체는 조선총독부의 통제 아래 움직이는 법인바, 친일 문예 단체로 제일 먼저 눈에 띄는 것은 1937년에 만들어진 조선문예회다. 필자가 조사해 본 결과 조선문예회

---

2) 임종국,『친일문학론』, 평화출판사, 1966. 이후 민족연구소 간으로 2002년에 증보판이, 2013년에 교주본이 발간되었다.
3) 이중연,『'황국신민'의 시대』, 혜안, 2003.

는 문학가뿐 아니라 음악가도 포함된 문예 단체로서, 조선총독부의 통제 아래 놓인 첫 번째 관제 조직이었다. 민족문제연구소의『일제협력단체사전－국내 중앙 편』은 조선총독부가 바로 이 조선문예회의 전 단계로 조선가요협회를 만든 것처럼 기술하였다.[4] 하지만 이 사전에는 이러한 기술에 대한 그 어떤 근거도 구체적으로 제시돼 있지 않은 상태이고, 필자 역시 어디에서도 그 근거를 찾을 수가 없었다. 조선총독부가 단체 결성을 주도하거나 최소한 거기에 참여했다는 증거도 없었으며, 여기 회원이나 간부 면면을 보아도 아직 일제의 영향이 표면화되어 있지는 않았다. 다만 언론에 드러난 조선가요협회의 결성 취지나 조직 내역을 보면 차후에 결성되는 조선문예회와 매우 유사한 점을 지님을 알 수 있다. 비록 조선총독부에 의해 만들어졌다고 확신하기는 힘드나, 이 조선가요협회가 친일 문예 단체의 남상濫觴이라는 점은 여러 자료에서 드러난다.

조선가요협회는 창립 발언에서부터 조선 재래의 정서를 퇴영적이라 배척하며 시가와 가요 등에서 '새롭고 진취적인' 풍조를 이끌어 낼 것을 강조하였다.

> 그 주지主旨는 현재 조선 사회에 흘러 다니고 있는 속요의 대부분은 술과 계집을 노래하는 퇴폐적 세기말적 것이 아니면 현실도피를 찬미하는 사상감정이 흐르는 것이 대부분이 되어 조선 민족의 기상을 우려할 현상으로 이끄는 터이므로 이 풍조를 크게 개탄한 유지 제씨는 총결속을 하여 이 모든 악종惡種 가요를 박멸하는 동시에 아무쪼록 진취적이고도 조선 정조를 강조하는 노래를 널리 펼치고자 우선 전기와 같이 단체를 결성하여 놓은 것이라는데 앞으로는 모든 기회와 모든 기관을 통하여 실제적으로 일대 활약을 개시하리라 한 즉 그 공적이 크게 기대된다 하며 더욱 강령과 임원 등을 보면 아래와 같다더라.

---

4) 친일인명사전편찬위원회 편,『일제협력단체사전－국내 중앙 편』, 민족문제연구소, 2004, 675쪽.

▲강령

우리는 건전한 조선가요의 민중화를 기期한다

▲슬로건

一. 우리는 모든 퇴폐적 악종 가요를 배격하자

二. 조선민중은 진취적 노래를 부르자5)

여기 동인의 면면을 보면 이광수, 주요한(작가부 간사), 김소월, 변영로, 이은상(작가부 간사), 김형원, 안석영(선전부 간사), 김억, 양주동, 박팔양(작가부 간사), 김동환(선전부 간사), 김영환(작곡부 간사), 안기영(선전부 간사), 김형준(작곡부 간사), 정순철(작곡부 간사), 윤극영 등이 있는데, 이들 중 후에 친일의 길에 발을 들이는 이로는 이광수, 주요한, 김형원, 안석영, 김억, 박팔양, 김동환 등을 들수 있겠다.

이 단체의 결성에 대해 언론이 사설에서 언급한바 다음 내용을 통해서도, 조선가요협회는 당시 함께 존재하고 있던 조선문예가협회나 카프와는 달리 어느 정도 총독부의 정책에 부응할 것을 목적으로 만들어졌다는 것을 엿볼 수 있겠다.

조선은 이조 5백 년 이래 전제적 군주통치 밑에 온갖 자유가 박탈되고 인민에게는 오직 퇴폐적 정신과 자포자기적 실망뿐이 지배하였으니 (중략) 그들 인민에게 희망이 없는지라 실망뿐이요 진취가 없는지라 퇴락頹落이 있을 뿐이었다. 희망이 없고 진취가 없는 곳에 음탕 애원哀願의 성聲으로 자기를 위로하고 자신을 만족할 밖에 없게 될지니 5백 년간에 타他에 자랑할 만한 시 음악이 없었을 뿐 아니라 조선 자체로서도 볼 만한 것이 남아 있지 않으니 어찌 기괴사奇怪事리요. (중략) 이미 이에 대한 책임감을 느낀 일부의 청년들이 있어 그간 많은 운동을 해 왔다고는 할지나 아직 그 적극적 운동에까지 착수하기

5) 「퇴폐가요 버리고 진취적 노래를―시단과 악단 일류를 망라―조선가요협회 창립」, 『동아일보』, 동아일보사, 1929.2.25, 2쪽.

에는 이르지 못하였더니 조선가요협회가 창립되어 이 시대적 요구를 배경으로 악愚가요의 철폐와 진취적 신新가요의 ㅁㅁ운동을 일으켜 획시기적劃時期的 운동이 되려 하니 조선의 신新광명이요 신新희망이라 아니할 수 없다.[6]

분명 조선가요협회는 조선의 역사와 문화를 폄하하며 스스로의 존재근거를 내세우려 하였다. 하지만 이러한 의도와 내용을 동인 전체가 공유하고 있었다는 확증은 없으니, 다분히 이 단체는 계몽적 지식인을 끌어들여 체제 협력의 길로 포섭하기 위한 예비 단계에 머물고 있었다 여겨진다. 이 단체가 1937년에 만들어지는 조선문예회에 역할을 이임하기까지 실행한 일은 크게 눈에 띠지 않는다. 조선가요협회는 1929년 창립 행사로 창작음악발표회를 계획하였으나, 결국 내부 감상회로만 그치고 말았다.[7]

2) 조선문예회의 활동

조선문예회는 총독부 구도 아래 조선의 문학예술인들을 좀 더 정책에 따라 지휘 조정할 수 있도록 1937년에 만들어졌다. 하지만 당시 일본 문예계 전반은 여전히 총독부의 노골적 개입을 주저케 하는 상황에 머물러 있었던 바, 이러한 속사정은 아래 글에서도 엿볼 수 있다.

> 당국에서는 어느 독지가의 은밀한 기부금을 기금으로 하여, 여기에 장차에도 기부를 얻어 적극적으로 이 사업을 해 나갈 의지인 듯하다. 그러나 당국은 아마도 표면으로는 나서지 않고 민간의 문화애호가 유력자 단체를 내세운 채 그 재정적 정치적 원조를 계속할 의향인 것으로 생각된다. 문화에

---

6) 「사설-조선가요협회 창립, 그 주의(主義), 주장에 철저하라」, 『동아일보』, 1929.2.26, 1쪽. 'ㅁㅁ'은 해독 불능.
7) 「조선가요협회 작품 수집 보고-12편은 작곡부에서 작곡중」, 『동아일보』, 1929.4.18, 3쪽; 「조선가요협회 작곡부 감상회」, 『동아일보』, 1929.5.27, 2쪽; 「가요작품 제1회 공개 불원간 하고자 협회에서 준비중」, 『중외일보』, 중외일보사, 1929.5.27, 2쪽.

대한 정치적 헤게모니 문제에 관하여는 최근에도 도쿄에서 문예간화회文藝懇話會의 설립에 즈음하여 제법 논의되어, 파시즘에 관한 문제로서 작가의 예술적 자유주의의 입장에서 상당히 비판되었다. 그런데 조선에서도 이 논의가 재연再燃될 것이니, 과연 철저하게 통제가 행해질 것인지 혹은 문예간화회가 문예귀족원화하는 현상처럼 기골이 약화될 것인지, 이는 정말 모를 일이다. 유행가를 제작한다든지, 혹은 기꺼이 선전鮮展에 대응하여 문예콩쿠르라도 개최한다든지 하는 식의 사업을 만들어 내는 것은 수지만 맞는다면 문제는 없지만, 배후에 존재하는 통제에 대한 갖가지 반동에 대하여 주도면밀한 주의가 요구될 것이다.[8)]

이상과 같은 내용에서 볼 수 있듯이 당시 총독부는 도쿄에서 타올랐던 자유주의적 작가들의 반파시즘적 반발이 조선에서도 다시 불붙을 것을 예상해, 가능하면 배후에 머무는 채 겉으로는 재선 문인들로 하여금 주도토록 하면서 조선문예회의 설립 과정을 조종해 갔다. 앞에서 언급한 바와 같이 이 단체는 조선가요협회를 확대·개편한 형태였는데, 이들은 조선의 역사와 문화를 폄하하며 스스로의 존재근거를 내세우려 했던 조선가요협회에서 한 단계 더 나아가, '퇴영적 조선을 극복해 가는, 일치하日治下 조선의 긍정적 기운을 문예를 통해 반영하고 발전시켜 갈 것'을 목적으로 하는 조선문예회의 설립 근거를 다음과 같은 설립 취지서를 통해 명확히 하였다.

산업경제 방면에 있어서의 최근 조선의 약진은 근세사상에 한 에포크를 형성하여 세인世人의 경이의 적的이 되어있거니와 신흥 조선의 기백은 다시 일보一步를 진進하여 사회 및 문화의 부면에 있어서도 그 개발과 충족을 구求하고 있으며 더욱이 표면적 사상事象으로부터 점차 본질적인 심부深部의 굴착에 그 보무를 내놓기를 희구하여 마지않는 상세狀勢에 있다. (중략) 이 시운을 잘 파악하고 핍乏을 보補하고 왜歪를 교矯하며 내지는 옛 전통도 회고하면서

8) 「조선문예회와 문화통제(朝鮮文藝會と文化統制)」, 『讀書』 제1권 제3호, 朝鮮讀書聯盟, 1937.5, 10쪽.

조선에 있어서의 문화 수준을 차제次第로 고도高度에 추진시키어 2천만 동포의 사회생활의 원만과 풍윤을 기期하는 것은 실로 중대한 행장行藏인 것을 자신하고 (중략) 자玆에 조선문예회를 설립하노니 조선문화 재건설 필지必至의 이 호기회에 있어서 다소라도 기여의 공헌이 있으리라는 염원이 절절切切한 바이다.[9]

일본인까지 참여하며 점차 총독부의 지배 구도를 굳혀 가려 했던 이 단체에 대해 총독부 학무국장 도미나가 분이치(富永文一) 내놓은 다음 발언은 구체적 실천 지침과 다를 바 없었다.

조선서는 선인鮮人 문예가 중 권위자를 망라하여 처음에는 규모가 작고 사업의 범위가 좁더라도 실제적으로 일을 하여 가게끔 하려는 것이다. 레코드 기타 각종 비속한 가곡이 가두에 가득하여 사회풍교상 악영향을 미치는 바 많음으로 이것을 선도하여 사회풍교의 정화淨化를 도모하려는 것인데 장차는 연극 영화 기타 문예와 연예의 각 방면에 진출을 하여 실제적으로 교화선도 운동을 일으킬 터이다.[10]

구체적으로는 '비속한' 레코드의 퇴치를 계획하는 한편, 회원으로 작곡가, 작사가, 연주가 등을 망라하여 작사와 작곡에 종사케 하여 레코드 취입이나 방송 출연 내지 연극·영화 진출에까지 나아가도록 하는 것이 목적이었던 이들은 일단 그 표면적 목적을 "가두에 횡행하는 비속한 가곡을 없애 고상한 사회풍교를 유지하는 것"[11]에 두었다. 하지만 총독부 학무국 '알선'을 적극 내세우는 가운데, 수많은 민간 일본인 외에도 총독부 도서관의 오

---

9) 「건전한 문예의 진흥을 위한 '조선문예회' 창립」, 『매일신보』, 매일신보사, 1937.5.5, 조간 1면.
10) 「장래엔 연극, 영화에까지 실제적 선도에로─규모는 작더라도 실효가 있게─도미나가(富永) 학무국장 담(談)」, 『매일신보』, 1937.4.9, 석간 2면.
11) 「사회풍교를 바로잡고 문화수준의 앙양에─중대책무 지고 출산되려는 관민협동 조선문예회」, 『매일신보』, 1937.4.9, 석간 2면.

기야마 히데오(荻山秀雄), 다나카 하쓰오(田中初夫) 등과, 경성일보사의 다카다 도모이치로(高田知一郎), 경성중앙방송국의 호사카 히사마쓰(保坂久松) 등과 같은 총독부 주변의 일본인을 회원으로 가입시킨 조선총독부는 조선문예회에 좀 더 본격적으로 총독부 꼭두각시 역할을 요구하게 되었다.

이러한 조선문예회에 가입한 조선 문학예술인으로는 이상협, 양주동, 함화진, 최남선, 하규일, 현제명, 홍난파, 김억, 김소운, 박경호, 이종태李鍾泰, 김영환金泳煥 등이 있었는데, 얼마 안 되는 존립기간에서나마 그중 활발하게 활동했던 문인으로는 김억 정도를 꼽을 수 있겠다. 이처럼 전문 기예인이 별로 없는 것은 일본 측 회원도 마찬가지였는데, 이는 조선문예회가 활발하게 활동을 해 가는 데에 지장이 주었다. 조선문예회의 회원이었던 다나카 하쓰오 역시, 회원 면면을 보니 전문기예인보다는 사회 명망가가 많은 게 문제라고 지적하였다.

> 창립 준비회에 모인 사람들 면면을 보면 순수 작가는 극소수에 불과하고 대부분은 이른바 명사들이다. 내지인 측에서는, 유행가를 정화하는 데에도 불구하고 유행가를 쓸 수 있는 작가 또는 시인이라 불리는 자는 한 명도 이 모임에 초대되지 않았다. 어쩌면 초대할 만한 작가가 없다고 간주되었는지도 모르겠다. (중략) 이러한 모임의 성립은 문예의 사회적 인식을 높이는 데는 도움이 되겠지만 작가 자신의 입장에서는 자신을 높이기에는 의외로 도움이 되지 않게 되고, 자칫 문예의 귀족원을 만드는 꼴이 되지는 않을까.12)

계속해서 걱정되어 온 '문예의 귀족원화'는 상기 유사 단체들을 묶을 때 자주 나타나는 현상으로, 이는 일제의 조선 침략 초기에 있었던 이문회, 문예구락부, 신해음사, 조선문예사 등의 단체에서도 마찬가지였다. 1930년대

---

12) 다나카 하쓰오(田中初夫), 「조선문예회에 희망(朝鮮文藝會へ希望)」, 『경성잡필』, 1937.5 [요코야 다케오(橫矢武男), 「조선문예회에 대한 시시비비적 소감(朝鮮文藝會に對す る是々非々的所感)」, 『조선행정』 제1권 제7호, 제국지방행정학회, 1937.7, 49쪽에서 재인용].

후반에 들어 만들어진 조선문예회에서도 여전히 이런 현상이 나타났는데, 문예인, 그중에서도 특히 문학인을 중심으로 한 전문가 단체의 출현에는 좀 더 시간이 필요하였다.

아직은 불리한 여건 속에서도 조선문예회가 활동을 한 내역을 제시해 보면 다음과 같다.

1937.06.××.	레코드 취입(폴리도르 레코드사).
1937.06.06.	이왕직 아악부에서 조선문예회 시연회試演會.
1937.07.11.	'제1회 조선문예회 신작가요발표회' 개최[경성 부민관(府民舘). 이 발표회의 15편 작품은 다나카 하쓰오가 편집한 『가곡집(歌曲集)』 제1집으로 발행보급].
1937.10.04.	경성일보사와 매일신보사 공동 주최의 황군 위문 조성을 위한 '조선문예회 신작발표 애국가요대회' 개최(경성 부민관).
1937.12.22.	'조선불교31본사 주지회'와 합동으로 북지北支황군 위문단 조직. 북지를 방문, 기념품 증정과 음악·연극 공연을 한 뒤 1938년 1월 18일에 귀경.13)

---

13) 친일인명사전편찬위원회 편, 같은 책, 675~676쪽;「조선문예회 첫 사업 우선 레코드 취입-소년소녀를 상대로 한 것부터-가요정화에 큰 도움」,『매일신보』, 1937.6.2, 조간 3면;「조선문예회에서 가요 2편을 완성」,『매일신보』1937.6.10, 조간 1면;「조선문예회의 영광-이왕(李王) 동비(同妃) 양 전하 가요를 어시청(御試聽)-취입 도동(渡東) 중의 가수 부르시어 관계 일동 감격 불기(不己)」,『매일신보』, 1937.6.15, 석간 2면;「조선문예회 신가요발표-11일 야(夜) 부민관」,『동아일보』, 1937.7.9, 조간 6면;「조선문예회 신작가요발표 제1회로 11일 밤」,『매일신보』, 1937.7.12, 석간 2면;「조선문예회 시국가요 시연회 개최」,『매일신보』, 1937.9.12, 석간 2면;「권위(權威)들 작사, 작곡 시국가요발표 조선문예회-15일 저녁 관계자가 회집 이왕직 아악부(李王職雅樂部)에서」,『매일신보』, 1937.9.17, 석간 2면;「휘보: 문예회의 신작가요 발표(彙報: 文藝會の新作歌謠發表)」,『조선』 제267호, 조선총독부, 1937.8, 105~106쪽;『조선문예회발표 가곡집』 제1집, 폴리도르 레코드(ポリドールレコード), 1937;「북지장병 위문행-조선불교단체와 문예회에서-내(來) 22일 경성 출발」,『매일신보』, 1937.12.19, 석간 2면;「조선불교단체의 북지위문단 출발-22일 오후 3시에 떠났다-인사차 본사를 내방」,『매일신보』, 1937.12.23, 석간 2면;「위문음악단 귀성-사명 마치고 18일 오후에-북지장병 등은 감사」,『매일신보』, 1938.1.19, 조간 3면.

조선가요협회에 비해서는 상대적으로 활발한 활동을 벌인 듯도 보이나 문인 쪽이나 총독부 쪽이나 그 어디서 보아도 만족스러운 수준은 아니었다. 이제 점차 더욱 크고 규모와 전문성을 갖춘 단체가 각 장르 부문으로 분화할 필요성이 대두되었고 이는 문학 쪽도 마찬가지였는데, 이 점에서 1939년 총독부 도서과장 후루카와 가네히데(古川兼秀)가 한 잡지와의 대담에서 내어놓았던 다음과 같은 말은 매우 시사적이었다.

> 기　　자 : 벌써 3년 전에 조선문예회라는 것이 생겼지만 도무지 활동이 없었는데요, 그것을 어떻게 좀 부흥, 확대하는 것은 불가능할까요?
>
> 후루카와 : 그 점에 대해서는 사회교육과 쪽에서 상담해 줬는데, 나는 그 전부터 지금과 같은 복안은 있었기에, 그 계획이 지나치게 소규모였기도 하고 그 구성 분자도 학교 선생만 다수였기에 실제적 활동에 대해서는 아무래도 탐탁지 않게 생각했습니다. 그래도 어쨌든 좋은 계획이었기에 함께 잘하고 싶었는데 음반석 장만으로 유야무야되고 말았습니다. 더 있어 봤자, 오늘에 와서 확대시켜 봤자 안 된다고 생각하죠. 웬만하면 국민문화협회와 같은 커다란 기관을 계획하는 것이 더욱 적절하다고 생각하는데요.14)

잡지사 기자나 후루카와가 보기에도 조선문예회의 그간 활동은 보잘것 없었다. 그리고 후루카와는 그 주요 원인을 구성 분자의 비전문성에서 찾았다. 물론 단체 규모가 크지 않아서 제대로 된 기획을 할 수 없다는 점도 지적되었지만, 기본적으로 기존 성원에 의한 조직 구조로는 그 어느 사업도 제대로 수행할 수 없다는 것이 후루카와의 판단이었다.15)

---

14) 「조선 신문화 정책을 듣는다(朝鮮新文化政策を聞く)」(대담), 『동양지광』 제1권 제9호, 동양지광사, 1939.9, 36쪽.
15) 유감스럽게도 아직 '국민문화협회'의 구체적인 면모나 족적에 대해서는 아는 바가 없으나, 제한된 정보에 의해서나마 추측건대 이 단체는 다이쇼(大正)·쇼와(昭和)기에 일본

3) '북지황군北支皇軍 위문 문단사절' 행사의 수행

조선총독부가 본격적인 문인 외곽단체를 만들기 위해서는 문인의 체제 편입을 위한 일종의 땅고르기가 필요했는데, 1939년 3~5월에 이행된 이른 바 '북지황군 위문 문단사절(이하 '북지위문단')' 행사는 조선 문인에 대한 예비 훈련이요 '문단 명의를 빈 복종 의식'16) 역할을 하였다.

이 북지위문단은 1937년 12월에 있었던 조선문예회의 '북지 황군 위문단에서도 영향을 받았을 것이다. 하지만 조선 문인에게 좀 더 문학인적 아이덴티티를 가지고 북지를 찾도록 바람을 넣은 것은, 1937년 7월에 발발한 '지나사변' 즉, 중일전쟁에 의해 '북지전쟁'이 확전됨과 함께 당시 유행하기 시작했던 '전쟁문학' 붐이었다. 그중에서도 일본 작가 히노 아시헤이(火野葦平)의 장편 보고문학『보리와 병정(麥と兵隊)』(1938)은 조선총독부의 보급 의도 아래 총독부 검열관 니시무라 신타로(西村眞太郎)에 의해 번역되어 1939년 7월부터 염가로 판매됨으로써 폭발적인 인기를 얻었다. 1938년 2월 23일 육군특별지원병령(칙령 제95호)이, 같은 해 3월 3일 시행세칙[육군 정령(政令) 제11호]이 공포된 뒤, 역시 같은 해 4월 2일에 전광석화같이 육군병지원자 훈련소 생도채용 규칙(조선총독부령)이 나옴으로써 조선인에 대한 소위 '육군특별지원병제'가 실시되게 된 지 어언 1년. 이 시기의 전쟁문학 붐과 총독부 검열관에 의한『보리와 병정』의 번역 보급은 다분히 의도적이고 계획적이었던 것으로 생각된다. 전선의 확대와 함께 병력 확충이 필요했던 일제는 문화적 기제를 이용해 좀 더 많은 조선인을 전

'내지'에 있으면서, 좀 더 전문성을 갖춘 구성 인자에 의해 지속성과 체계성을 가지고 움직여 간 전시기 국민 통제 단체일 것이다. 여기서는 '국민문화총서'라는 총서물도 발간하였는데, 그 제1편이 1937년에 나온 아라타 니나가와(新蜷川)의『9국조약무효(九国条約無効)』였다. 아마도, 바로 이러한 단체를 근거로 하여 조선총독부는 '조선문인협회'와 같은 친일 문인 단체에 대해 구상을 해 나가지 않았나 싶다.

16) 이중연, 앞의 책, 137쪽.

선에 동원하고자 했고, 이와 같은 총동원체제에 부응해 조선 작가를 본격적으로 조직화하는 과정의 초기 단계로 '북지황군 위문 문단사절'은 계획됐던 것이다.

전쟁문학 붐 속에 숨어있는 이러한 내면은 다음과 같은 조선 문인 간의 좌담 기록에서도 노골적으로 드러난다.

> 박영희 : 히노(火野)의 태도는 흔히 우리가 말할 수 있는 사색적인 것이 아니라 곧 실천의 문학이라고 할 수 있겠지요. 전쟁한 것을 쓴 것이 아니라 전쟁하면서 쓰는 작품입니다. 그 생생한 감정이 곧 국민들의 흉저胸底에 가져다주는 무엇이 있게 되는 것이지요. 근간 평론가들의 말을 들으면 이러한 문학을 '전기적傳記的 문학'이라고 합디다. 말하자면 보고문학일 것입니다.
> 그런데 전쟁도, 현재에 있어서 아국我國의 전쟁은 구주대전歐洲大戰과는 그 의의가 아주 상이하여서 동양영원東洋永遠한 평화를 위한 성전聖戰인 까닭에 그 전쟁 의식은 일시적 생활 현상으로 취급될 것이 아니라, 장기 건설에 따르는 일본정신의 철학화한 한 개의 이념이 현재 우리들의 전쟁문학에 함유해야 될 것입니다.

> (중략)

> 김동환 : 이번 일지사변에 있어 동경서는 다수한 작가들이 황하와 양자강 부근으로 출동하여 종군작가 되어 활약하더군요.
> 박영희 : 또 돌아온 작가들이 앞장서서 평론가 대학교수 등 지식층을 규합하여 적극적으로 문화 공작에 나서려 하더군요. 몇몇 사람은 대륙문학을 건설한다고 조선으로 만주로 돌아다니고.
> 김기진 : 지금 국내적으로 볼 때에 이러한 현상은 지적할 수 있더군요. 전전戰前까지 복잡다단하게 들끓던 온갖 사상적 대립이 해소되고 혹은 휴지休止되고서 모두 국가의 전쟁 목적 달성을 위하여 일치협력하자는 그런 공기가 전국 지성 계급의 머리를 지배하고 있는 듯해요.

박영희 : 그렇지요. 구주대전 때에도 국가의 흥망이 달린 시절에 소이小異
　　　　를 가릴 것 있느냐 하여 모두 정치적, 사상적 대립을 휴지하고 대
　　　　외對外 전쟁에만 열중하던 그런 경향이 있었지요. 지금이 바로 거
　　　　국일치로 조국을 옹호하려 열의를 보이고 있는 때지요.
김동환 : 결국 조선의 작가도 아세아의 제 문학이 전쟁문학을 중심 삼고
　　　　움직여질 때에 그 조류에 합류되어지지 않을까요 앞으로….17)

　이 중에서 북지위문단의 일원이 되었던 박영희는 막 전향하여 사상전향
자 단체인 시국대응전선사상보국연맹에서 활약하고 있던 참이었다. 이즈
음 그에게 전쟁문학은 '일본정신의 일 영역'이고 '지나사변(중일전쟁)'은 '일
본정신의 발로'이며 '황군'은 '일본정신의 정화'였다. 그리하여 그에게 전쟁
문학은 이러한 일본정신을 널리 알리는 것18)이라는 차원으로까지 신성화
되는데, 이는 전쟁이 격화되고 전선이 확대될수록, 그리하여 총동원체제
에 부응하여 문단이 재편되어 갈수록 모든 친일 작가에게 나타나는 현상
이었다.

　1938년 10월 하순에 일본의 체제 협력 작가 하야시 후사오(林房雄)가 전선
시찰차 만주로 가던 도중 경성에 들렀는데, 이때 이루어진 조선 작가와 대
담에서 하야시는 다음과 같은 발언을 하였다.

하야시 : 여러분이 이번 사변에 조선인 문사들이 종군할 수 있도록 총독
　　　　부에 한번 건의해 보는 것은 어때요?
유진오 : 그건 매우 좋은 생각입니다. 대찬성입니다.
하야시 : 그럼 총독부에 건의해 보도록 합시다. (박수)19)

17) 김기진·박영희·김동환, 「'전쟁문학'과 '조선작가'」(좌담), 『삼천리』 제11권 제1호, 1939.1,
　　206~214쪽.
18) 박영희, 「전쟁과 조선문학」, 『인문평론』 창간호, 인문사, 1939.10, 40쪽.
19) 「조선문화의 장래(朝鮮文化の將來)」(좌담), 『문학계(文學界)』 제6권 제1호, 개조사(改造
　　社), 1939.1, 279쪽.

북지 방문 도중 경성에 들른 하야시 후사오를 중심으로 한 이 대담에, 만일 조선 작가들이 북지위문단을 조직한다면 함께하게 될 가능성이 높은 총독부 도서과장 후루카와 가네히데가 참석해 있었던 만큼, 하야시의 발언은 즉흥적인 것이 아닐 가능성이 높다.[20] 북지위문단이 일본인들에 의해 사전에 계획되고 있었다면, 1939년 3월 14일에 부민관에서 북지위문단 문제로 조선 문인과 출판인 50여 명이 모인 것 역시 총독부의 프로그램에 따른 것일 수 있다. 하지만 여기서 일본인들은 참관자 정도로 출석하였다. 이광수가 개회를 하고 박영희가 의장이 되는 한편, 이광수, 김동환, 박영희, 노성석, 한규상, 이태준, 임화, 최재서, 이관구 등 9인이 실행위원이 되어 회의는 진행되었다. 그리고 이 자리에서 당선된 김동인, 백철, 임학수, 김동환, 박영희, 주요한, 김용제, 정지용 등 8인의 위문사 후보 중 최종적으로 김동인, 박영희, 임학수가 위문사로 선임되었다. 그리고 출판업자가 파견비를 문단인이 위문품비를 각각 자진 갹출하여 예산을 세웠던바 예상 이상의 비용이 들게 되어 한성도서漢城圖書, 대동출판大同出版, 박문서관博文書館, 인문사人文社, 문장사文章社, 학예사學藝社 등 6사가 추가로 갹금을 하였다.[21]

1939년 4월 15일부터 근 한 달간 북지를 다녀온 김동인, 박영희, 임학수는 5월 13일 경성역으로 귀환하였는데, 여기서 그들이 문단 인사 및 친지뿐 아니라, 총독부 도서과, 군부의 관계자에게서도 환영을 받은 것[22]으로 볼 때, 조선총독부가 이 '북지황군 위문 문단사절' 행사를 얼마나 중요하게 여

---

20) 이것이 사전에 조율된 발언이었고, 조선 작가 북지위문단은 이미 일본인들에 의해 구상되고 있었다면, '북지위문단은 자기가 총독부에 건의해 이루어졌다.'는 김동인의 주장(김동인, 「문단 30년의 자취」, 『김동인평론전집』, 김치홍 편, 삼영사, 1984, 498~501쪽)은 사실이 아닐 가능성이 커진다.
21) 이 회의의 전반적인 사정에 대해서는 「북지황군위문의 문단사절파견」, 『조광』 제5권 제5호, 조선일보사출판부, 1939.5, 127쪽; 「황군위문문단부대를 지지하자」, 『조광』 제5권 제6호, 조선일보사출판부, 1939.6, 162쪽 참조.
22) 「사명을 마치고 펜부대 귀환 ─ 금일 오후 경성역 도착」, 『매일신보』, 1939.5.14, 석간 2면.

겼는지 짐작할 수 있다. 총독부 도서과는 이후 6월 30일에 다시 한번 문단과 출판계의 조선인 인사 30여 명을 한자리에 모아 '출판문화와 총후문단의 통일을 꾀하기 위한' 간담회를 열었다. 여기서 후루카와 도서과장이 "시국이 장기에 들어감에 따라 국민의 앞잡이가 되어 총후를 지키는 제씨의 노력을 깊이 사한다."는 인사말에 뒤이어 "물샐 틈 없는 내선일체를 기초로 총후국민의 사상 지도와 일본정신 발양 및 민중의 시국 인식, 국어 보급들에 대해서 제씨의 기탄없는 포부를 듣고 싶다."는 인사말로 물꼬를 트니 참석자들은 이후 4시간 동안 앞으로의 출판문화와 총후문단의 통일을 꾀하는 방안에 대해 논의를 하였다. 여기에 참석한 문인으로는 이광수, 이태준, 이기영, 유진오, 김남천, 함대훈, 엄흥섭, 임화, 임학수, 정지용, 김용제, 최재서, 김문집, 박영희, 김동환 등이 있었고, 군부 측에서는 정훈鄭勳, 조석구趙錫九 등이, 총독부 측에서는 후루카와(古川) 도서과장, 이데 이사무(井手勇) 사무관 및 장두만(張斗萬) 속屬 등이 참석하였는데,[23] 친일 문인 집단과 총독부 및 군부 측의 삼각 연대는 이후 조선문인협회의 결성으로 이어지면서 친일 문단 발전의 동력이 된다.

이 '북지황군 위문 문단사절' 행사의 결과물로 박영희의 『전선기행』[24]과 임학수의 『전선시집』[25]이 나왔는데 이 둘은 본격적인 친일문학 단행본의 모범을 이루었다.[26]

23) 「솔직 · 흉금을 피력 – 문인 · 출판업자 간담회 원만 폐막」, 『매일신보』, 1939.7.1, 조간 3면.
24) 박영희, 『전선기행』, 박문서관, 1939.
25) 임학수, 『전선시집』, 대동출판사, 1939.
26) 김동인은 지병의 악화로 결과물을 생산해 내지 못하였다. 이후 김동인은 총독부에 '북지' 재방문을 요청하였으나 거절당했다.

3. 조선문인협회의 성립

1) 조선문인협회의 탄생

이제 북지위문단 행사도 끝나니 남은 것은 후루카와가 계속 마음에 두고 있었던, 새롭고도 강력한 친일 문인 단체의 결성이었다. 그리고 이런 노력의 결과 최초로 친일 문인만의 단체인 조선문인협회가 탄생하게 된다.

먼저 조선 문단 측은 이광수, 김동환, 이태준, 박영희, 유진오, 최재서, 김문집 외의 십수 인이 발기인이 되어 국민정신총동원조선연맹에 가입하기 위하여 '문예협회'(가칭)를 조직하기로 하고 1939년 10월 20일 오전 10시 국민정신총동원조선연맹 회의실에서 구체적 결정을 볼 것을 결의하였다.[27] 이어 21일에 제1회 발기인회가 개최되었는데, 여기에는 이광수 등 16여 명의 문인이 참석하여 박영희가 사회를 보는 가운데 이광수의 취지 설명이 있었고, 계속하여 취지 및 회칙 작성을 위한 작가위원 5인(이광수, 최재서, 유진오, 정인섭, 박영희)을 선정하였다.[28] 그리고 22일의 제2회 발기인회에는 문단 관계자 외에 경성제대 교수 가라시마 다케시(辛島驍), 녹기연맹綠旗聯盟의 쓰다 가타시(津田剛) 등 10여 인이 출석하였는데, 정인섭이 사회를 보는 가운데 기초위원이 작성한 성명서와 회칙 초안을 통과시켰다. 또한 여기서 명예 총재로 시오바라 도키사부로(鹽原時三郎) 학무국장을 추대하였고, 초대 회장으로는 이광수를 천거하기로 내정하였다.

당시 이광수는 동우회 사건으로 주목을 받고 있던바, 당국의 눈에 들기 위해서라도 조선문인협회 결성과 회장 취임에 열성적이었다. 그리하여 그는 힘을 보태고자 또 하나의 야심가인 김문집과 함께 일을 꾸며 나가고 있었는데, 이러한 일련의 행태는 같은 친일 문인들에게서도 질시와 비난을

---

27) 「문예협회조직 정동연맹(精動聯盟)에 가입」, 『동아일보』, 1939.10.19, 조간 2면.
28) 「조선문인협회 금일, 발기인회 개최」, 『동아일보』, 1939.10.21, 석간 2면.

받고 있는 편이었다. 그럼에도 결국 그는 총독부 시오바라 학무국장에게서 힘을 얻는 데 성공함으로써, 제2회 발기인회에서 '김문집에 의한 이광수 회장 취임 추대와 참석자들에의 위협'의 과정을 거쳐 조선문인협회 초대 회장에 내정될 수 있었다.[29] 여기서 창립 대회는 10월 29일에 열기로 결정되었고 그 준비위원에 박영희, 김문집, 쓰다 가타시 3명이 선정되었다.[30] 발기인 명단을 제시하면 다음과 같다.

> 이광수, 정지용, 김동환, 김기림, 최재서, 가라시마 다케시, 이태준, 백철, 쓰다 가타시, 임화, 임학수, 이하윤, 김상용, 김억, 김동인, 김기진, 김문집, 박영희, 방인근, 김소운, 김형원, 박태원, 유진오, 함대훈, 이극로, 이기영, 정인섭, 김용제, 전영택, 조용만, 데라다 아키라(寺田瑛), 미치다 마사야(道田昌彌), 아베 요시시게(安倍能成, 교섭 중), 사토 기요시(佐藤淸, 교섭 중)[31]

이상과 같은 과정을 거쳐 조선문인협회는 1939년 10월 29일에 결성되게 되었다. 회장 이광수는 취임사에서 "이번 협회의 창립의 참뜻은 새로운 국민문학의 건설과 내선일체의 구현에 있다. 반도 문단의 새로운 건설의 길은 '내선일체'로부터 출발되어야 할 것이다."라고 강조해 말하였고, 시오바라 명예 총재는 야기 노부오(八木信雄) 학무과장이 대독한 취임사에서 "붓을 가진 사람의 책임은 전선에 나아가 총칼을 잡은 병사와 마찬가지의 것"이라면서, 신동아 건설에 새로운 박차를 가하는 문인협회 회원의 활약을 촉구하였다.

---

29) 이러한 일련의 과정과 내막에 대해서는 다음 경찰 기록을 보라. 경기도경찰부장, 「경고특비(京高特秘) 제2805호, 이광수 등의 조선문인협회에 관한 비난에 관한 건[李光洙等ノ朝鮮文人協會ニ關スル非難ニ關スル件」 소화(昭和) 14년(1939년) 11월 7일」, 『사상에 관한 정보(思想ニ關スル情報)』(4), 국사편찬위원회 소장.

30) 「조선문인협회 제2회 발기인회」, 『동아일보』, 1939.10.23, 석간 2면; 「조선문인협회 취지 회규 초안 통과」, 『동아일보』, 1939.10.24, 석간 2면; 「조선문인협회 작일 결성준비회 개최」, 『매일신보』, 1939.10.24, 석간 2면.

31) 「조선문인협회 창립」, 『조광』 제5권 제12호, 조선일보사출판부, 1939.12, 226쪽.

최린 매일신보사 사장은 축사를 통해 "조선 문인들 가운데는 과거에 길을 그르친 사람도 한둘이 아니었다."고 꾸짖는 동시에, 조선은 병참기지라고 하지만 사상상으로도 병참기지이니 문인들은 '신동아 건설의 기초로서의 내선일체'와 '숭고한 황국의 국체'를 일반 민중에게 똑똑히 가르쳐 주어야 할 사명이 있다며 열변을 토하였다. 계속해서 '내지'와 각 방면으로부터 들어온 축전 낭독이 끝나자 김용제의 답사가 있었다.

이날 발표된 협회 역원을 소개하면, 명예 총재로는 시오바라 도키사부로, 회장으로 이광수, 간사로 모모세 지히로(百瀬千尋), 스기모토 나가오(杉本長夫), 가라시마 다케시, 쓰다 가타시(일본인 측), 김동환, 정인섭, 주요한, 이기영, 박영희, 김문집(조선인 측) 등을 들 수 있다.[32]

그리고 이날 발표된 조선문인협회 회칙은 다음과 같았다.

제1조 본회는 조선문인협회라 칭하고 그 사무소를 경성에 치置함.
제2조 본회는 국민정신총동원의 취지의 달성을 기期하고 문인 상호의 친목 향상을 도모함을 목적으로 함.
제3조 본회는 본회의 취지에 찬동하는 문인으로 조직함. 단 본회에 가입하려면 간사 1인의 추천에 의하여 간사회에서 이를 심의결정함.
제4조 본회는 본회의 취지목적을 실행하기 위하여 다음 기관을 치置함.
　　　　　가, 명예 총재 1명　　나, 회장 1명　　다, 간사 약간 명
제5조 회장은 대회에서 선거하고 간사는 회장이 이를 지명함.
제6조 본회의 회장의 임기는 2년으로 하고 간사의 임기는 1년으로 함.
제7조 본회의 상임간사는 간사회에서 적의適宜히 선출함.
제8조 본회의 경비는 회비 급及 유지의 찬조금으로써 이에 충充함.
제9조 본회의 회비는 연 1원으로 함.
제10조 대회는 연 1회로 하고 [신상제(神嘗祭)[33]에 개최] 회장이 이를 소집함.

---

32) 「일본정신을 발양(發揚)!-"문(文)의 내선일체(內鮮一體)"를 절규-조선문인협 결성대회 성황-시국에 순응·문인들도 궐기」, 『매일신보』, 1939.10.30, 석간 2면.
33) 간나메사이(かんなめさい). 일본 국왕이 10월 17일에 거행하는 추수감사의 궁중 행사.

단 필요에 응하여 임시대회를 소집할 수 있음.

제11조　본회는 본회의 취지 급 사업에 찬동 후원하는 자를 찬조원으로
　　　　하고 회장이 이를 추거推擧함.

제12조　본회의 부칙 병並 세칙은 필요에 응하여 간사회에서 작성하고 회
　　　　장의 재가裁可를 수뀨함.[34]

2) 조선문인협회가 조선총독부 외곽단체인 근거

여기서는 조선문인협회가 조선총독부 외곽단체로서 그 얼마나 깊숙이
총독부와 연관을 맺고 있었는지에 대해 밝히려 한다. 조선총독부 외곽단체
는 "조선총독부 등 일제 통치기구와 인적 또는 물적 관련을 맺고, 비非기관
으로서 식민 통치에 협력한 단체"로 정의할 수 있는데, 그 유형으로는 다음
과 같은 것이 제시될 수 있다.

첫째, 총독부가 설립을 주도하거나 설립 과정에 개입한 단체(총독부 부서에
서 설립을 주도한 단체 / 조선총독부 주도로 설립된 단체). 둘째, 총독부와 인적 또는 물
적 관련을 갖는 단체(간부진 구성이 총독부 조직 체계에 준하는 단체 / 조선총독부가 자금
출연한 단체 / 조선총독부 부서 내에 사무소가 위치하는 단체 / 고문, 참여 기타 자문직에 총독부
관료가 다수 참가한 단체 / 총독부 소속 기관장이 간부인 단체). 셋째, 외곽단체에 흡수 통
합된 단체 또는 외곽단체의 하부 단체. 넷째, 일본 외곽단체 본부의 조선
지부적 성격을 지닌 단체(일본정부 외곽단체의 조선 지부 / 일왕의 은사금으로 성립된 단체
의 지부).[35]

이와 같은 기준들이 절대적일 수는 없겠고 또 외곽단체가 이 모든 기준
들을 만족시켜야 하는 것도 아니다. 하지만 필자는 비교적 타당하다고 여
겨지는 이러한 기준들에 맞추어 사료를 정리, 제시하도록 하겠다.

---

34) 「조선문인협회 결성」, 『문장』 제1권 제11호, 문장사, 1939.12, 202쪽.
35) '조선총독부 외곽단체'에 대한 이상과 같은 정의와 4가지 유형 분류는 필자 개인에 의한
　　것이 아니라 친일반민족행위진상규명위원회 내부 토론에 의한 것이다.

첫째, 총독부가 설립을 주도하거나 설립 과정에 개입했다는 증거를 제시하겠는데, 이에 대해서는 다음 경기도 경찰국의 자료를 들 수 있다.

경무국장 전殿

경성지방법원 검사정檢事正 전殿

(중략) 지난달(1939년 10월-인용자) 15일경 김문집은 이광수의 뜻에 따라 삼천리사 주간 김동환을 방문하여 이번 문인협회 창립 계획을 말하고 동의를 얻어 이하 순차적으로 각 문인을 역방하고 동의를 얻은 모양으로 그 후 지난달 19일 김문집은 앞의 김동환, 인문사 주간 최재서 등에 대해서 '지난번 찬성해 주신 문인협회 조직의 건은 시오바라 학무국장이 알게 되어 동 국장은 이 계획에 깊은 감동을 받아 내일 조선 호텔에 일동을 초대할 것이라는 안내가 있어 출석하였다.'고 전하고 주요한 조선인 문사 15명을 집합시켰다고 하는데, 요컨대 동 회합은 이광수, 김문집 두 명 중 누군가가 학무국장을 등에 업고 나온 것에 불과한 것 같고, 또 10월 20일 이광수 이하 16명은 정동精動[36] 사무국회의실에서 열린 제1회 발기인 회의에 출석하여 이광수는 발기인으로서 그 취지를 논하고 최후로 협회 결성 후에는 국민정신총동원연맹에 가맹하여 동 연맹의 지시에 따라 활동할 예정이라는 뜻을 표명하였다. (후략)[37]

위 자료를 보면 조선문인협회가 만들어지는 데 조선총독부가 깊숙이 개입돼 있다는 사실을 알 수 있다. 위에서 시오바라 총독부 학무국장은 국민정신총동원조선연맹의 후속 단체인 국민총력조선연맹을 만드는 데에서도 중요한 역할을 한 인물로서,[38] 이 조선문인협회 창립에서도 중요한 역할을

---

36) 국민정신총동원조선연맹.

37) 경기도경찰부장, 앞의 문건.

38) "(전략) 이번 국민총력연맹이라는 새로운 간판 아래 새로운 국민조직을 하게 된 것에는 누구보다도 애를 쓴 이로 시오바라 학무국장이 있다. 시오바라 학무국장은 "앞으로 더 한층 실천운동으로 매진하지 않으면 안 된다."고 하는 긴장된 빛으로 다음과 같이 말을 하는데 역시 큰 짐을 내려놓은 듯 명랑한 기분이 엿보인다. 그동안 벌써 한 달 이상이 지나는 시일을 보내며 연구를 해 온 것이다. 그동안만 하더라도 직접 동경에를 출장하여 내지의 신체제를 검토하고 돌아왔으며 지난 4일에 돌아오자 매일같이 국장회의를 열고 '국민총력연맹'을 만들기에 애를 써 온 것이다. (후략)"(「반도에 생기─새로운 국민

한 것이었다.

둘째, 총독부와 인적 또는 물적 관련을 갖는다는 것은 조선문인협회가 창립될 때의 다음 기사를 보아도 알 수 있다.

국민정신총동원조선연맹에 가담하여 흥아건설興亞建設에 한 개의 힘이 되고 자 지난 17일 발기회를 열었고 다시 22일 회칙과 같이 강령을 결정한 조선문 인협회의 결성대회는 29일 오전 10시 40분 예정보다 40분 늦게 부민관 중강당 에서 내빈 측으로 도동중渡東中에 있는 시오바라 학무국장 대리로 야기(八木) 학무과장, 가와시마(川島) 국민정신총동원조선연맹 총재 대리로 정교원鄭僑源 참의, 도서과장 대리로 이데 이사무(井手勇) 제씨를 비롯하여 백여 회원이 모여 조선문학사상 새로운 출발의 막을 열었다.

(중략) 협회 역원은 다음과 같다.

▲ 명예총재 시오바라 도키사부로 ▲ 회장 이광수 ▲ 간사 (내지인 측) 모모세 지히로, 스기모토 나가오, 가라시마 다케시, 쓰다 가타시, (조선인 측) 김동환, 정 인섭, 주요한, 이기영, 박영희, 김문집 (이상 6명)

그리고 상임간사는 추후 발표하기로 되었다.[39]

여기서 총독부 학무국장 시오바라가 명예 총재로 되어 있으나 다음 기사 를 보면 실상 시오바라의 위상은 좀 더 높았음을 알 수 있다.

흥아건설에 일— 도움이 되고자 깃발을 든 조선문인협회의 초대로 열린 협 회결성피로를 겸한 사업계획협의간담회는 3일 오후 5시부터 남대문통에 있 는 금천대金千代회관에서 열리었다.

이날 정동조선연맹[40]으로부터는 유카미(由上) 전무이사 본부 학무국으로부 터는 나카지마(中島) 교학관 등이 출석하였고 협회 측으로부터는 회장 이광수

조직운동의 산모인 염원 학무국장 고심담」, 『매일신보』, 1940.10.15, 조간 3면)
[39] 「일본정신을 발양!—"문(文)의 내선일체"를 절규—조선문인협 결성대회 성황—시국에 순응·문인들도 궐기」, 『매일신보』, 1939.10.30, 석간 2면.
[40] 국민정신총동원조선연맹.

씨를 비롯하여 데라다 아키라, 가라시마 다케시, 유진오, 주요한, 정인섭, 쓰다 가타시, 스기모토 나가오, 모모세 지히로 씨 등의 간사 전부가 모여 시오바라 명예 총재를 중심으로 금후의 사업 계획에 대해서 협의를 하였는데

    [一] 문인회관을 건설할 것. (중략)

    [二] 문예상을 설정할 것. (중략)

    [三] 문예상 심사원을 뽑아 협회 내에 '문예상심사위원회'를 상치常置할 것.

    [四] 협회결성 피로를 겸한 '문예의 밤'은 오는 21일 오후 6시부터 부민관府
        民舘에서 열고 다시 '디케이'[41]의 마이크를 통하여 전선全鮮에 부르짖는
        다.

    [五] 명년 이른 봄 평양을 비롯하여 대구 함흥 기타 중요 도시를 염원 총재
        를 진두에 세우고 순방하며 '문예의 밤' 또는 '좌담회'를 열어 일대 국민
        문화운동을 일으킨다.

    [六] 명년 봄 동경에서 문예의 밤을 열고 중앙 문단에 조선을 인식시킴과
        함께 조선 문단을 인식시키고 내지의 문단인과 밀접한 제휴를 할 것.

이와 같이 여러 가지로 대강大綱을 결정하고 9시 반에 산회하였다.[42]

1939년 12월 3일에 조선문인협회 결성 피로연을 겸한 사업계획협의간담회가 위와 같이 열렸을 때 시오바라를 중심으로 협의가 진행된 것을 보면 그가 지휘명령 계통의 최상위에 있는 것이 분명히 드러난다. 거기다가 이날 간담회에 국민정신총동원조선연맹의 유카미 지사부로(由上治三郎) 전무이사와, 총독부 학무국의 나카지마 신이치(中島信一) 교학관 등이 출석한 것을 볼 때 조선문인협회가 조선총독부와 인적 관련을 갖는다는 사실이 거듭 확인된다.

협회와 조선총독부의 연계성은 계속 이어지니, 1942년판 『조선연감』에서도 조선문인협회의 고문과 평의원은 다음에 제시된 바와 같이 조선총독부와 조선군 인사들에 의해 장악되어 있다.

---

[41] 조선방송협회의 콜사인인 'JODK'를 말함.

[42] 「문예상에 문인회관—"문예의 밤"과 시시로 지방도 순회—반도문인협회 사업대강(大綱)」,
『매일신보』, 1939.12.5, 석간 2면.

◇고문(가나음 차례순) 간조 요시쿠니(甘庶義邦, 조선방송협회장) 구라시게 슈조(倉茂周藏, 조선군보도부장) 마사키 나가토시(眞崎長年, 학무국장) 미쓰하시 고이치로(三橋孝一郞, 경무국장)

◇평의원(가나음 차례순) 혼다 다케오(本多武夫, 도서과장) 계광순(桂珖淳, 사회교육과장) 포훈(蒲勳,[43] 조선군보도부) 나가사키 유조(長崎祐三, 경성보호관찰소장) 무타 요시노부(牟田義信, 제1방송부장) 구라시마 이타루(倉島至, 학무과장) 야기 노부오(경무과장) 팔변창성(八幡昌成,[44] 제2방송부장) 후루카와 가네히데(보안과장) (후략)[45]

다음은 물적 연계성에 대해 알아보겠는데, 이에 대해서는 다음 기록을 보는 것이 좋을 듯하다.

(전략) 이후 그 실천안[46]은 착착 실행되어가고 있다. 그를 위해 자금도 준비되고 있었기 때문에 이로부터 각자의 노력 그것만이 있을 뿐이다. 특히 국어문학상은 1년간의 국어작품을 심사하여 최고상으로 총독상을 기대하고 있다. 협회상도 3명 정도는 내고 싶다. 상세한 것은 당국과 충분히 연락하여 발표하게 될 것이다. 작가의 내지 파견도 성지 참배를 함과 동시에 각지에서 강연회를 열고 싶은데, 그것도 상당액의 예산을 편성해 목하 관계 당국과 절충 중이다.[47]

이 글을 쓴 가라시마 다케시는 조선문인협회 총무인데, 그는 조선문인협회가 총독부 당국의 금전적 지원을 받고 있음을 명백히 밝혔다.

셋째, 조선문인협회가 총독부 외곽단체의 하부 단체임을 밝혀 보겠는데, 이에 대해서는 『매일신보』의 다음 기사가 답을 준다.

---

43) 정훈(鄭勳)의 창씨명.
44) 노창성(盧昌成)의 창씨명.
45) 『朝鮮年鑑』, 京城日報社, 1941, 592쪽.
46) 조선문인협회 실천 요강.
47) 가라시마 다케시(辛島驍), 「조선문인협회 개조에 대하여(朝鮮文人協會の改組に就きて)」, 『국민문학』 제2권 제9호, 인문사, 1942.11, 43~44쪽.

(전략) 이제 이 정신총동원연맹의 한 중요한 가맹단체로서 '조선문인협회'의 출현을 보게 되어 정신총동원연맹은 일층 강화될 것으로 다난한 장래를 위하여 일단—段의 눈부신 활동이 있을 것이다. 흥아의 성업은 그 완수에서 아직도 요원한 시일과 복잡다단한 난관이 있을 터이므로 이제 국민은 일층 정신을 긴장하여 일로—路 대업大業의 완결에 노력할 때이니만치 동 협회와 그것을 포함한 '정동精動'의 책임이 또한 중대한 것을 자각하여야 할 것이다. (후략)[48]

국민정신총동원조선연맹은 조선총독부 외곽단체이니 그 단체의 가맹단체인 조선문인협회 역시 외곽단체일 수밖에 없겠다. 그리고 이 사실은 다음 자료들에서 의해서도 거듭 확인된다.

조선문인협회 회칙

제1조 본회는 조선문인협회라 칭하고 기其 사무소를 경성에 치置함.
제2조 본회는 국민정신총동원의 취지의 달성을 기하고 문인 상호 간의 친목향상을 도모함으로써 목적으로 함. (후략)[49]

문장보국을 맹서하며 일어난 반도문단 모두가 한덩어리로 뭉친 조선문인협회는 먼저 본 연맹[50]에 가맹 수속을 하였는데 지난 11월 22일에 정식으로 승인을 받았다.[51]

(전략) 현재 조선문인협회는 약 2백수십 명의 회원을 가지고 있으며, 그 사무소는 경성부京城府 남미창정南米倉町 9 국민정신총동원조선연맹 내에 있는데, 조만간 인근 지역 내에 문인회관을 세워 이사한다고 한다.[52]

---

48) 「조선문인협회의 결성—황국(皇國)의 신(新)문화 건설에 매진」, 『매일신보』, 1939.10.29, 조간 2면.
49) 『문장』 제1권 제11호, 문장사, 1939.12, 202쪽.
50) 국민정신총동원조선연맹.
51) 「문장보국을 맹서하며(文章報國を誓つて)—조선문인협회 조선연맹에 가맹(朝鮮文人協會 朝鮮聯盟へ加盟)」, 『총동원』 제1권 제7호, 국민정신총동원조선연맹, 1939.12, 92쪽.
52) 『조선연감』, 1940, 609쪽.

(전략) ○ 평의원 (단체)

(중략) 조선문인협회   방촌향도芳村香道[53]   국민총력조선연맹 구내 (후략)[54]

이상과 같은 증거들에 의해 조선문인협회는 조선총독부 외곽단체임이 명백해진다. 조선문인협회는 조선총독부의 총동원체제에 적극 협력하며 활발한 활동을 벌이다가 1943년 4월 17일에 더욱 강력한 조직인 조선문인보국회에 자리를 물려주게 된다.

4. 결론

본 논문은 조선문인협회의 성립 과정을 연구하였다. 일제강점기 친일반민족행위자들이 본격 발호하기 시작한 것은 러일전쟁기부터이나, 특히 친일 문인의 활동은 1930년대 즈음부터였다. 이에 1939년 10월 29일에 탄생한 조선문인협회는 일제 말 총동원체제에 발맞춘 최초의 본격 친일 문인 단체였다. 그 전 단계의 단체로 조선가요협회(일명 : 조선시가협회), 조선문예회가 있었으니, 이는 '북지황군 위문 문단사절' 행사를 매개로 하여 조선문인협회의 성립으로 이어지게 된다.

1929년에 만들어진 조선가요협회는 아직 조선총독부가 개입한 흔적이 보이지 않으나 이후 친일 문예 단체의 기원이 되었다. 이 조선가요협회를 확대·개편한 것이 1937년에 만들어진 조선문예회였는데, 이 조선문예회는, 조선의 역사와 문화를 폄하하며 스스로의 존재근거를 내세우려 했던 조선가요협회에서 한 단계 더 나아가, '퇴영적 조선을 극복해 가는, 일치하 日治下 조선의 긍정적 기운을 문예를 통해 반영하고 발전시켜 갈 것'을 목적

---

53) 박영희의 창씨명.
54) 『國民總力朝鮮聯盟組織並役員名簿』, 國民總力朝鮮聯盟 事務局, 1942.6, 25쪽.

으로 하였다. 총독부와의 연계 활동은 물론 자체 활동도 부진했던 조선가요협회에 비해 조선문예회는 레코드 취입, 시연회와 신작 발표회 개최, '황군' 위문 조성을 위한 애국가요대회 개최, '북지황군' 위문 등의 활동을 나름대로 활발히 펼쳤다. 하지만 조선문예회 역시 전문 기예인의 부족으로 한계를 드러냈다.

이에 조선총독부는 여태까지의 실험과 시행착오를 바탕 삼아 본격 친일 문인 단체를 결성할 것을 계획하였고, 1939년 3~5월에 이에 대한 예비 훈련 격으로 '북지황군 위문 문단사절' 행사를 기획·수행하였다. 이는 작가로 하여금 전쟁 현장을 통해 '일본정신'을 익히도록 해, 점차 강화돼 가는 총동원체제에 부응하는 문학 활동을 수행토록 하려는 목적이었다. 이리하여 최초의 친일 문인 단체가 탄생하니 이게 바로 같은 해 10월에 결성된 조선문인협회였다. 이 조선문인협회는 총칼을 잡은 병사처럼 문인이 붓을 잡고 내선일체와 신동아 건설을 위해 싸울 것을 목적으로 하였다.

여러 증거 자료를 살펴본바, 조선문인협회는 조선총독부가 설립을 주도하였고 총독부와 인적 또는 물적 관련을 갖는 한편, 여타 총독부 외곽단체의 하부 단체이기도 하기에 조선총독부 외곽단체임을 분명히 알 수 있었다. 이 조선문인협회는 더욱 강력한 조직인 조선문인보국회에 자리를 물려주는 1943년 4월까지 조선총독부의 문학적 하수인 역할을 충실히 한 친일 문인 단체였다.

연구 결과 필자는 기존에 그다지 주목되지 않았던 조선가요협회(일명 : 조선시가협회)의 존재를 부각시키는 동시에 조선문인협회 성립 과정에서 이루어진 조선총독부의 주도적 역할을 좀 더 드러낼 수 있었다. 조선문인협회가 결성된 이후에 벌어진 일에 대한 구체적 분석은 이후 과제로 미루겠다.

제2장

일제 말 친일문학의 여러 양상

1. 들어가며

필자가 조사해 본 바에 의하면 일제강점기에 공식적으로 활동한 적이 있는 우리 문인의 수는 대략 450명가량으로 추산된다.[1] 이 중에서 조직 활동에서든 집필 활동에서든 친일 행위와 관계된 문인의 수는 450명의 2/5인 180명가량 되었다. 물론 본인의 의지와 관계없이 친일 단체나 기관 또는 관련 대회에 참여한 문인도 있었고, 또 집필의 양과 질이 보잘것없는바 그 자발성이 미약하달 수밖에 없는 문인도 있었기에, 친일 문인으로 본격 주목할 만한 대상은 훨씬 적었다. 이에 필자가 조사한 결과, 180명 중 친일 문인으로서의 정체성을 비교적 분명히 보였던 이는 그 1/3인 60명가량 되었다.

---

[1] 이 숫자는 권영민의 『한국근대문인대사전』(아세아문화사, 1990)에 수록된 문인을 중심으로 하여 각종 문학 관계 저서나 논문에 출현한 일제강점기 문인의 수를 합산한 결과다.

필자는 이러한 일제 말 친일문학의 여러 양상을 문인들의 조직 활동과 집필 활동 양면에 걸쳐 개괄함으로써 친일문학이 움직여 갔던 구체적 모습을 제시하려 한다. 먼저 필자는 Ⅱ부에서 친일문학의 양대 단체인 조선문인협회와 조선문인보국회를 중심으로 한 문예동원 과정을 기술한 뒤, Ⅲ부에서 친일문학 작가들의 협력 논리가 작품을 통해 어떻게 구체화되었나를 소개하겠다.

이 글은 학술 논지를 전개하기보다는 '일제 말 친일문학의 현장'을 개괄·소개하는 것을 목적으로 삼았기에 되도록 일제강점기의 1차 자료를 정리해 드러내 보이는 데에 집중토록 하겠다.

2. 친일문학 단체의 문예동원 과정

1937년 조선총독부는 재선在鮮 문예인의 통제를 위한 단체를 만드니 이것이 바로 조선문예회였다. 이후 1939년 10월에 전문화된 문학 분야의 단체로 조선문인협회가 탄생하였고, 1940년 12월에는 조선문인협회의 상급 단체인 국민총력조선연맹 문화부가, 1943년 4월에는 조선문인협회를 확대·개편한 조선문인보국회가 탄생하였다.[2] 조선의 친일 문인들은 이들 핵심 단체를 중심으로 각종 언론기관을 비롯한 사회문화 기관 또는 단체와 조선총독부 외곽단체들[3]에서 활동하였다. 이들의 친일 관련 언론 활동과 단체 활동의 주요 내용은 다음과 같다.

---

[2] 조선문예회 이전의 유사 단체로는 1929년에 만들어진 조선가요협회(일명 : 조선시가협회)가 있었으나, 이 단체가 총독부 주도로 만들어졌다는 뚜렷한 증거는 아직 발견하지 못했다. 조선문인협회가 만들어지기까지의 과정에 대해서는 본서 19~39쪽을 참조하라.
[3] 조선총독부 외곽단체의 특징과 조선문인협회가 총독부 외곽단체라는 근거에 대해서는 본서 39~45쪽을 참조하라.

| 표 1 | 언론 활동

기관명	활동원
매일신보사 (1910.8~1945.11)	김기진(1924.10, 사회부 기자; 1938~1940.1.31, 사회부장), 김억(1930, 문예부), 김형원(1938.5, 편집국장; 1940.3, 편집국장), 민태원(1920, 차석), 백대진(1920, 사회과장), 백철(1939.3 기자; 1940.10.3, 학예부장; 1943.4.1, 북경지사장), 염상섭(정치부장), 이상협(1933.10, 부사장; 1938.4, 주식회사 발기인; 1940.3, 부사장), 이익상(1930.2, 편집국장), 정인택(1934, 기자; 1940.10, 기자), 조용만(1933.2, 학예부 기자; 37.5, 학예부장), 홍효민(기자)
삼천리사 (1926.6~1943.3)	김동환(1926, 주간), 모윤숙 · 최정희(1938, 『삼천리문학』 편집)
『간도일보』 (1924.12.~1936.11)	안수길(기자)
『만선일보』 (1937.10.~1945.8)	박팔양(1938.10.21, 편집인; 1938, 사회부장), 안수길[기자, 분사장(分社長)], 염상섭(1938.10.21, 주필; 1938, 편집국장)
조선방송협회 (1932.3~1945.8)	김억(1934, 사원; 1941.12, 제2방송 편성과), 김진섭(1941.12, 제2방송 편성과; 1945, 편성과), 모윤숙(1941.12, 제2방송 편성과 촉탁; 1945, 편성과)
『동양지광』 (1939.1~1945.1)	김용제(1939.4, 사원; 1939.9, 사업부장; 1940.1, 편집부장)
『문화조선』 (1939.12~1944.12)	조우식(1943.4, 기자)
『국민문학』 (1941.11~1945.2)	최재서(1941.11, 주간), 김종한(1942.3, 편집), 서정주(1943.11, 편집)
『국민시가』 (1941~)	서정주(1943.11, 편집), 주요한 · 김용제 · 김종한 · 조우식(1944.3, 편집위원)

| 표 2 | 단체 활동

단체 분류	단체명	활동원
조 선 총 독 부 외 곽 단 체	조선문예회 (1937.5.1~1938.6.22)	김억 · 양주동 · 이상협(1937.5, 문학위원)
	국민정신총동원 조선연맹 (1938.6~1940.10)	이상협(1939.5, 평의원 – 매일신보사 자격으로; 『총동원』 편찬위원회 참사 – 매일신보사 부사장 자격으로), 김문집(1939.9, 사무국 촉탁으로 『총동원』 편집)
	시국대응전선사상 보국연맹 (1938.7.24~1940.12.28)	박영희(1938.7, 조선위원회 준비위원; 1938.7.24, 경성지부 간사; 1938.10, 서무부 주임; 1939.7.15, 경성지부 분회 제1분회장; 1939.12, 상임간사 겸 후생부장), 윤기정(1938.10, 문화부원)
	조선문인협회 (1939.10.29~1943.4.17)	김기림 · 김기진 · 김동인 · 김상용 · 김소운 · 김형원 · 박태원 · 방인근 · 이하윤 · 임학수 · 임화 · 전영택 · 정지용 · 조용만(1939.10.17, 발기인), 김동환(1939.10.17, 발기인; 1939.10.29, 간사; 1941.8.12,

단체 분류	단체명	활동원
		문학부 상무간사: 1942.9.5, 문학부 시가회 상임간사), 김문집(1939.10.17, 발기인; 1939.10.29 간사), 김용제(1939.10.17, 발기인; 1942.9.5, 총무부 상무), 김억(1939.10.17, 발기인; 1941.8.12, 간사; 1942.9.5, 간사), 노천명(1941.8.12, 간사; 1942.9.5, 간사), 모윤숙(1940.11.19, 간사; 1941.8.12, 간사; 1942.9.5, 간사), 박영희(1939.10.17, 발기인; 1939.10.29, 간사; 1941.8.12, 총무부 상무간사; 1942.9.5, 간사장), 백철(1939.10.17, 발기인; 1940.11.19, 간사; 1941.8.12, 기획부 상무간사; 1942.9.5, 문학부 평론회 상임간사), 서두수(1941.8.12, 간사; 1942.9.5, 간사), 유진오(1939.10.17, 발기인; 1941.8.12, 문학부 상무간사; 1942.9.5, 문학부 소설희곡부회 상임간사), 이광수(1939.10.17, 발기인; 1939.10.29, 회장), 이기영(1939.10.17, 발기인; 1939.10.29, 간사), 이무영(1942.9.5, 문학부 소설희곡부회 상임간사), 이석훈(1941.8.12, 간사, 42.9.5, 총무부 상무), 이태준(1939.10.17, 발기인; 1941.8.12, 간사; 42.9.5, 간사), 이헌구(1941.8.12, 간사; 42.9.5, 간사), 정인섭(1939.10.17, 발기인; 1939.10.29, 간사; 1941.8.12, 기획부 상무간사; 1942.9.5, 문학부 평론회 상임간사), 정인택(1942.9.5, 간사), 주요한(1939.10.29, 간사), 최재서(1939.10.17, 발기인; 1941.8.12, 간사; 1942.9.5, 문학부 평론회 상임간사), 최정희(1941.8.12, 간사; 1942.9.5, 간사)
	국민총력조선연맹 (1940.10.16~1945.7.10)	김동환(1941.1.29, 문화부 위원; 1941.5, 문화위원 겸 문화부 출판 부문 연락계; 1942.6, 문화부 위원 겸 선전부 위원; 1943.9, 참사), 김억·정인섭(1941.1.29, 문화부 위원; 1942.6, 문화부 위원), 박영희(1941.1.29, 문화부 위원; 1941.5, 문화위원 겸 문화부 예술 부문 연락계; 1943, 선전부 문화와 주사 겸 선전부 문화위원회 서기), 백철(1941.1.29, 문화부 위원; 1942.6, 문화부 위원 겸 선전부 촉탁; 1943.9 참사), 유진오(1941.1.29, 문화부 위원; 1942.6, 문화부 위원; 1943.9, 선전부 문화위원회 위원)
	영화기획심의회 (1942.10~1945)	박영희·정인섭(1942.1.215, 심의위원)
	조선문인보국회 (1943.4.17~1945.8)	김기진(1943.6.15, 평론수필부회 평의원; 1944.6.18, 상무이사 겸 평론수필부회 회장; 1945.8.1, 평의원; 1945.8.8, 상무이사), 김남천·박태원·조용만·채만식(1943.6.15, 소설희곡부회 평의원), 김동인·박종화·방인근·이기영·이태준(1943.6.15, 소설희곡부회 상담역), 김동환(1943.4.17, 이사 겸 사무국 심사부장), 김억(1943.6.15, 시부회 평의원), 김오성·백철·안함광·이갑섭·이원조·이헌구·임화(1943.6.15, 평론수필부회 평의원), 김용제(1943.6.13, 시부회 간사; 1944.6.18, 시부회 간사장; 1945.8.1, 상무이사), 김종한·윤곤강·임학수·조우식(1943.6.13, 시부회 간사), 박영희(1943.4.17, 이사 겸 사무국 총무국장; 1945.8.1, 평론부회 회장), 오용순(1945.8.1, 평론부회 간사장), 오정민(1943.6.13, 평론수필부회 간사), 유진오(1943.4.17, 상무이사; 1944.6.18, 소설부회 회장; 1945.8.1, 평의원), 윤두헌(1943.4.17, 평론수필부회 간사장; 1943.6.17, 평론수필부회 간사장; 1944.6.18, 평론수필부회 간사장), 이광수(1943.4.17, 이사; 1944.6.

단체 분류	단체명	활동원
		18, 평의원; 1945.8.1, 평의원), **이무영**(1943.4.17, 소설희곡부회 간사; 1943.6.13 소설희곡부회 간사; 1944.6.18, 소설부회 간사장; 1945.8.1, 소설부회 회장), **이석훈**(1943.4.17, 소설희곡부회 간사장; 1943.6.17, 소설희곡부회 간사장), **정비석**(1943.4.17, 소설희곡부회 간사; 1943.6.13, 소설희곡부회 간사), **정인택**(1943.4.17, 소설희곡부회 간사; 1943.6.13, 소설희곡부회 간사; 1945.8.1, 소설부회 간사장), **정지용**(1943.6.15, 시부회 평의원), **주요한**(1943.4.17, 이사 겸 시부회 회장; 1943.6.17, 시부회 회장; 1944.6.18, 평의원; 1945.8.1, 평의원), **최재서**(1943.4.17, 이사 겸 평론수필부회 회장; 1943.6.17, 평론수필부회 회장; 1944.6.18, 평의원; 1945.8.1, 평의원), **홍효민**(1943.6.13, 평론수필부회 간사)
	조선국민의용대 (1945.7.7~1945.8)	김기진 · 최재서(1945.7, 연사), **모윤숙**(1945.7, 경성부연합국민의용대 참여)
	만주제국협화회 (1932.7.25~1945.8.15)	박영준(직원), 박팔양, 유치환
	녹기연맹 (1933.2.11~1945)	이석훈(1941.11, 편집부 촉탁)
	국민훈련후원회 (1937~1942)	이광수 · 주요한(1941, 중심인물), **모윤숙**(1940.5.23, 연사)
사 회 문 화 기 관 또 는 단 체	황도학회 (1940.12.25~)	계용묵 · 김동환 · 안회남 · 오장환 · 이광수 · 주요한(1940.12.25, 발기인-발기인 대표: 이광수), **박영희** · 정인섭(1940.12.25, 발기인 겸 이사)
	임전대책협력회 (1941.8.25~1941.10.22)	김동환(1941.8, 결성 주도; 1941.9.7, 채권가두유격대 종로대원), **모윤숙**(1941.9.7, 채권가두유격대 종로대원), **박영희**(1941.9.7, 채권가두유격대 광화문대원), **이광수**(1941.8.25, 강연자; 1941.9.7, 채권가두유격대 종로대원), **주요한**(1941.8.25, 강연자; 1941.9.7, 채권가두유격대 서대문대원), **최정희**(1941.9.7, 채권가두유격대 본정대원)
	흥아보국단 준비위원회 (1941.8.24~1941.10.22)	김동환(1941.8, 경기도 위원)
	조선임전보국단 (1941.10.22~1942.10.29)	김동환(1941.9.3, 준비위원; 1941.10.14~15, 함흥부 및 청진부 파견위원; 1941.10.22, 경성 발기인 겸 상무이사; 1941.12, 전시생활부원), **김상용 · 김억 · 김형원 · 유진오 · 이상협 · 이석훈 · 이태준 · 정인섭 · 최재서 · 한용운 · 홍명희**(1941.10.22, 경성 발기인), **노천명**(1942.12.30, 부인대 간사), **모윤숙**(1941.10.22, 경성 발기인 겸 평의원; 1941.12 사업부원; 1942.12.30 부인대 간사), **박영희**(1941.10.22, 경성 발기인 겸 평의원), **이광수**(1941.10.22, 경성발기인; 1941.10.18~19, 대구부 및 부산부 파견위원; 1941.12, 전시생활부장), **주요한**(1941.10.22, 경성발기인; 1941.10.11, 신의주부 파견위원; 1941.12, 사업부원) **최정희**(1941.10.22, 경성 발기인 겸 평의원; 1941.12, 전시생활부원)

단체분류	단체명	활동원
	임시특별지원병제도 경성익찬위원회 (1943.11~)	이광수·주요한(1943.11. 실행위원)
	국민동원총진회 (1944.9.24~1945.3.21)	김동환·주요한·최재서(1944.9.24. 발기인 겸 상무이사)
	대화동맹 (1945.2.11~1945.8.)	김동환·주요한(1945.2.11. 심의원), 이광수(1945.2.11. 이사)
	국민동지회 (1945.7~1945.8)	최재서(1945.7. 발기인·역원)
	대의당 (1945.7.24.~1945.8.)	김동환·이광수·주요한(1945.7.24. 위원)
	조선언론보국회 (1945.6.8~1945.8)	김기진(1945.6.8. 이사), 유진오(1945. 평의원), 이광수(1945. 평의원), 주요한(1945. 참여), 최재서(1945. 상무이사), 홍명희(1945. 평의원)

　물론 이 중에서는 '1. 들어가며'에서 말한 바와 같이 본인의 의지와 관계없이 기관이나 단체에 이름이 오른 뒤 실제로는 활동을 하지 않았거나, 설사 본인의 의지로 이름을 올렸더라도 이른바 '친일 행위'를 하였다 말하기 힘든 문인도 있었기에, 이 명단을 활용할 적에는 삼가 주의를 요한다.

　필자는 이 중에서 친일 문인들의 양대 단체인 조선문인협회와 조선문인보국회를 중심으로 한 문예동원 과정을 조선 내부와 조선 외부의 두 부문으로 나누어 기술함으로써 일제 말 친일 문인들의 단체 활동을 개괄하겠다.[4] 단, '내지' 문인과의 교류 활동은 비록 그것이 조선 내부에서 이루어졌더라도 조선 외부 부문에 포함시켰음을 밝힌다.

---

4) 여타 단체에서의 활동도 많았으나 일단 이 글에서는 양대 문학 단체에서의 활동으로만 한정하였다.

1) 조선 내부에서의 동원

(1) 간담회·간사회 개최와 기구 개편

1939년 10월 29일 조선문인협회 창립 시 명예 총재 시오바라 도키사부로(鹽原時三郎)가 붓을 가진 사람의 책임은 총칼을 잡은 병사의 책임과 마찬가지라고 한 것과, 최린 매일신보사 사장이 병참기지로서의 조선은 사상상으로도 병참기지라고 한 것[5]에는 조선문인협회의 존재 이유가 분명히 드러나 있다. 1931년에 발발한 '만주사변'이 중일전쟁(1937)으로의 확전을 예고하는 가운데 '내지' 도쿄에서는 자유주의적 작가들의 반파시즘적 반발이 거세게 타올랐다. 이에 이러한 기운이 조선에서도 재현될까 걱정한 조선총독부는 조선문예회를 만들어 재선 문인들을 지도 통제하려 하였다.[6] 그리고 그 뒤를 이어 좀 더 전문적인 '문필전사' 조직 결성을 기획하게 되니 그것이 바로 조선문인협회였다.

조선문인협회에 대한 총독부의 주도성은 처음부터 명백하였다. 1939년 12월 3일에 있었던 '협회 결성 피로를 겸한 사업계획협의 간담회'에서부터도 문인협회 회장 이광수보다는 명예 총재인 시오바라, 그리고 문인협회의 상위 기관인 국민정신총동원조선연맹[7]의 유카미 지사부로(由上治三郎) 전무이사와 총독부 학무국의 나카지마 신이치(中島信一) 교학관 등이 중심에 있었다.[8]

---

5) 「日本精神을 發揚!-"文의 內鮮一體"를 絶叫-朝鮮文人協結成大會盛況-時局에 順應·文人들도 蹶起」, 『매일신보』, 1939.10.30, 석간 2면.
6) 「朝鮮文藝會と文化統制」(『讀書』 제1권 제3호, 朝鮮讀書聯盟, 1937.5) 10쪽을 참조하라.
7) 조선총독부 외곽 기관인 '국민정신총동원조선연맹(약칭 '정동연맹')'은 1938년 6월에 만들어진 뒤, 1940년 10월 들어 '국민총력조선연맹(약칭 '총력연맹')'으로 개편되었고, 같은 해 12월에는 국민총력조선연맹 문화부가 만들어져 여러 문화 단체를 직접 총괄하게 된다.
8) 「文藝賞에 文人會館-"文藝의 밤"과 時時로 地方도 巡廻-半島文人協會 事業大網」, 『每日新報』, 1939.12.5, 석간 2면. 이후 특별한 경우 외에는 조선인 명단만 밝히겠다.

조선문인협회가 1943년 조선문인보국회로 확대 · 개편될 때까지 크게 2차에 걸친 기구 개편이 있었는데, 그 첫 번째는 1941년 8월 12일 총회를 대행하는 간사회에서[9] 그리고 두 번째는 1942년 9월 5일의 상임간사회에서 이루어졌다. 두 번째 간사회에서는 문학의 국어화 촉진, 문인의 일본적 단련, 작품의 국책 협력, 현지로의 작가 동원 등의 실천 사항이 결정되었는데, 이에 따라 작가로 하여금 소위 '국어'로서의 일본어 창작과 '내지'의 성지 참배 및 일본 고전의 탐구 등을 통해 '도의조선道義朝鮮'의 실제 내용을 '일본정신'으로 삼도록 하였고, 징병제와 총후銃後[10] 증산운동의 선전과 아울러 중국 만주 등의 전지戰地와 개척촌 시찰을 적극 실행하도록 하였다.[11]

1940년 12월에 조선문인협회의 상급 단체로서 국민총력조선연맹 문화부가 만들어졌고, 1943년 4월에는 이른바 '결전 체제'에 부응해 조선문인보국회가 만들어졌다. 여기서는 조선문인협회 외에도 일본인들만의 조직이었던 국민시가연맹, 조선가인歌人협회, 조선하이쿠(俳句)작가협회, 조선센류(川柳)협회 등까지 통합되니, 이는 조선 문학의 일본 문학화가 좀 더 본격적으로 이루어지게 되었음을 알리는 증좌였다. 4월 17일 조선문인보국회 창립 시 회장 야나베 에이자부로(矢鍋永三郎)가 "반도 문단의 국어화 촉진과 문학자의 일본적 연성에 경신해 주기를 기대"[12]한다고 말한바, 이제 조선의 전시 문학은 단순한 선전 선동 수단을 넘어 더욱 근본적으로 일본화한 사상 자세를 갖출 것을 요구받게 된다.

이후 조선문인보국회는 1944년 6월 18일과 일제의 패전을 목전에 둔

---

9) 「國民文學建設目標로 文人協會 大改新－新總裁와 新役員도 決定」, 『매일신보』, 1941. 8.21, 조간 4면.
10) 전선 후방.
11) 「文人協會의 新發足－機構革新과 實踐事項」, 『매일신보』, 1942.9.10, 조간 2면.
12) 「半島文學 總力集結－各種 團體 統合, 朝鮮文人報國會 結成式 盛大」, 『매일신보』, 1943.4.18, 조간 3면.

1945년 8월 1일 등 두 차례에 걸친 기구 개편을 하였다.[13]

(2) 근로봉사와 연성회 참가

결성식을 마친 조선문인협회가 가장 먼저 벌인 사업은 1939년 11월 8일부터 기획된 '제1선장병에게 자작 자필 위문문과 위문대 만들어 보내기'였다. 조선문인의 기본적인 훈련을 겸했던 이 근로봉사에는 이광수 회장을 필두로 김문집, 이북명, 이효석, 박기채, 김동환, 김기림, 이기영, 송영 등 유명 작가, 시인, 영화감독, 극작가들이 두루 참가하였다.[14]

조선문인협회의 좀 더 본격적인 근로봉사는 '신사神社와 신궁神宮에 대한 근로봉사' 형태로 이루어졌다. 1941년 2월 8일 조선문인협회는 여타 다섯 문화 단체와 함께 근로봉사문화인부대를 조직하여 매일신보사 주최 아래 부여신궁 건설 현장으로 떠나 9일의 '어조영御造營' 공사에 참여하였는데, 이때 조선문인협회 인원은 김동환, 정인섭, 이석훈, 함대훈, 박영희, 백철 등이었다.[15] 또 협회는 1941년 7월 7일에 '성전(중일전쟁) 4주년 기념일'이 되자 용산에 있는 호국 신사의 '어조영지'에서 내선문인 근 50인이 출근토록 하여 봉역을 하였는데, 이날 출근한 사람으로는 박영희, 최정희, 주요한, 정지용, 함대훈, 모윤숙, 임화, 안회남, 이태준, 김안서, 이석훈, 곽행서, 이광수, 박종화, 정인섭, 유진오, 채만식, 박태원, 김남천, 김기림, 이원조, 노성석, 정비석, 유치진, 노천명, 조용만, 정인택, 김동환 등을 들 수 있다.[16]

13) 「文報 機構改革－일부 役員도 改選强化」, 『매일신보』, 1944.6.22, 2면; 「文人報國會 役員 改善」, 『매일신보』, 1945.8.3, 2면; 「文報役員を追加」, 『京城日報』, 1945.8.8, 2면.
14) 「文士들 自作自筆의 慰問文과 慰問袋를 戰線에! '文人協會' 結成 첫 事業 두 가지」, 『매일신보』, 1939.11.9, 조간 3면; 「朝鮮文人協會緊急理事會('幹事會'의 잘못－인용자)」, 『京城日報』, 1939.11.9, 조간 7면; 「お手の物の名文も加へ－前線へ慰問袋－文人協會銃後の赤誠」, 『京城日報』, 1939.11.28, 석간 2면.
15) 「文化人聖鍬部隊－今朝, 扶餘로 勇躍出發」, 『매일신보』, 1941.2.9, 석간 2면; 勝山雅夫, 「扶餘神宮御造營勤勞奉仕記－聖鍬를 두르고」, 『신시대』 제1권 제3호, 1941.3, 248~249쪽.
16) 「정보실－우리 사회의 제사정」, 『삼천리』 제13권 제9호, 1941.9, 81쪽.

총동원체제 구축의 일환으로 황도수련원의 발족과 함께 '국민연성의 급무'가 외쳐지기에 이르자, 1943년 2월 3일 남산 조선신궁 풍영료豊榮寮에서 국민총력조선연맹 주최 예술 부문 관계자 연성회가 행해졌다. 이때 조선문인협회에서는 김용제, 이무영, 채만식, 윤두헌, 정비석이 참가하였다.17) 이와 같은 연성회는 조선문인보국회에서도 계속되었다. 1943년 8월 4~5일 결전하 반도 문화 진영의 지도자층을 연성하기 위해 국민총력조선연맹에서는 '문화 부문 관계자 미소기18)연성회'를 외금강의 도장에서 개최하였는데, 조선문인보국회에서는 이무영, 오정민, 윤두헌, 김종한, 홍효민, 조우식, 정인택, 김관수, 송영, 이서향 등이 참가하였다.19)

(3) 군부대·보도연습 입소와 보도정신대 출장

조선인 육군지원병제는 1937년 7월 7일 중일전쟁이 발발한 뒤인 1938년 4월 2일에 실시키로 결정되어 그 다음 날인 4월 3일에 발표되었다. 이에 호응하고자 조선문인협회는 소속 문인으로 소위 '문사文士부대'를 만들어 1940년 2월 22일과 10월 12일의 두 차례에 걸쳐 경기도 양주군 묵동의 지원병훈련소20) 1일 입영 견학을 시행하였는데 여기에는 이광수, 박영희, 김동환, 이태준, 유진오, 정인섭, 모윤숙, 이선희, 최정희, 이서구, 함대훈, 이하윤, 홍효민 등이 참가하였다.21)

조선문인보국회가 결성된 후 일제는 조선 문인과 언론인을 '보도 전사'로

---

17) 「藝術部門代表—先つ鍊成參加」, 『京城日報』, 1943.2.4, 조간 2면.
18) 禊(みそぎ). 罪나 不淨 등을 씻기 위하여 목욕재계함.
19) 「文化部門關係者へ禊鍊成會」, 『京城日報』, 1943.7.30, 조간 3면; 조선문인보국회 사무국, 「文報の頁」, 『국민문학』 제3권 제9호, 인문사, 1943.9, 43쪽.
20) 현재의 태릉 육군사관학교 위치.
21) 李光洙, 「지원병 훈련소 방문기」, 『삼천리』 제12권 제5호, 1940.5, 218~219쪽; 「藝術家動靜」, 『삼천리』 제12권 제10호, 1940.12, 215쪽; 香山光郎, 「志願兵訓練所の一日」, 『國民總力』 제2권 제11호, 國民總力朝鮮聯盟, 1940.11, 45~48쪽.

거듭나게 하기 위해 아예 조선군 보도부 주관으로 '조선군보도연습'을 실시
키로 하였다. 이에 조선문인보국회에서는, 1943년 5월 30일~6월 4일 제1차
조선군보도연습에는 정비석, 이석훈, 조우식 등이,[22] 1943년 10월 17일부터
의 제2차 보도연습에는 최재서, 윤두헌, 서정주 등이,[23] 1944년 8월 28일부
터의 보도연습에는 정인택, 김용제, 조우식, 윤두헌 등이[24] 입소하였다. 그
리고 1944년 1월 25일에는 아예 국민총력조선연맹 주최로 한 홍보정신대
결성식이 신궁대전에서 거행되었는데 문인보국회도 이에 참여하였다. 이
러한 과정들을 통해 '보도 전사'로 거듭나게 된 문인들은 이미 1944년 1월
24일경부터 각 지역으로 파견되어 활동을 시작하였다.[25]

(4) 전시회 개최와 헌금 납부

전쟁이 본격화할수록 국방헌금을 모으는 일이 중요해졌다. 이에 조선문
인협회는 국민시가연맹, 미술가협회와 3자 공동 주최로 '애국백인일수전愛
國百人一首展'[26]을 개최한 뒤, 1943년 1월 23일 협회 간사장 이석훈 등 3인이
조선군 애국부 및 해군 무관부를 방문하여 매상금 천 원을 국방헌금하였
다.[27]

조선문인보국회 결성 뒤인 1943년 5월 4~9일 미쓰코시(三越)백화점에서는

---

[22] 朝鮮文人報國會 事務局,「文報回覽板」,『國民文學』제3권 제7호, 人文社, 1943.7, 97쪽;
牧洋,「報道演習에 參加하여(보도연습에 참가하여)」,『朝光』제9권 제7호, 1943.7, 34~36쪽;
趙宇植,「出發」,『國民文學』제3권 제7호, 人文社, 1943.7, 50~52쪽; 白川榮二(朝鮮軍報
道班員),「演練日記抄」,『文化朝鮮』제5권 제4호, 東亞旅行社 京城支社, 1943.8, 25~26쪽.
[23] 조선문인보국회사무국,「文報の頁」,『국민문학』제3권 제12호, 인문사, 1943.12, 9쪽.
[24] 文報 사무국,「文報の頁」,『국민문학』제4권 제9호, 人文社, 1944.9, 72쪽.
[25] 朝鮮文人報國會 事務局,「文報の頁」,『國民文學』제4권 제3호, 人文社, 1944.3, 46쪽.
[26] 본래 '백인일수'란 중세 일본에서 100명의 시인들의 와카(和歌)를 한 사람에 한 수씩 집
대성한 시집을 이른다. 이런 것이 일제에 와서는 '애국백인일수'라는 이름으로 새로이
창작되면서 황실에의 숭경(崇敬)과 국토애, 가족애 등의 찬미에 이용되었다.
[27]「愛國百首展賣上げ獻金」,『京城日報』, 1943.1.24, 석간 2면.

문인보국회 결성 기념 문예전이 열렸고,[28] 1943년 6월 15~20일 화신백화점에서 열린 잡지『문화조선』편집부 주최 '연성하는 반도청년' 특집 사진전에서는 김종한, 조우식 등이 각기 사진의 주제에 부친 헌시를 올리기도 하였다.[29]

(5) 강연회와 낭독회 개최

조선문인협회와 조선문인보국회가 자신들의 특장을 살린 주된 활동은 역시 강연회와 강독회였다. 특히 초창기 조선문인협회는 자신의 존재를 알리는 일이 시급했던바, 이에는 이와 같은 강연회, 낭독회가 효과적이었던 것이다.

조선문인협회가 1939년 11월에 '제1선 장병에게 위문문과 위문대 만들어 보내기'라는 첫 번째 사업을 벌인 뒤, 그 두 번째 사업으로 같은 해 12월 21일 경성 부민관 대강당에서 '문예의 밤'을 개최하였다. 이날 밤에는 정인섭(「문학의 시대성」)의 강연과 김용제(「양자강」), 임학수(「농성 50일」)의 시 낭독, 박영희[「운성(運城)에 와서」], 백철(「전쟁문학에 대하여」), 최정희(「자화상」)의 산문 낭독 등이 있었다.[30] 그리고 1940년 2월 10일 평양 백선행기념관에서 열린 문예강연대회에서는 '비상시국에 처한 금일 조선의 문학과 예술이 다해야 할 사명과 그 진로'를 중심 문제로 하여 김동환(「조선문인협회의 사명」), 정인섭(「비상시국과 국민문학」), 이태준(「소설과 시국」), 유진오(「조선문학과 용어문제」) 등의 강연과 모윤숙의 시 낭독, 최정희의 수필 낭독, 박영희의 전지 기행 낭독 등이 있었다.[31]

이렇게 힘을 키워 오던 조선문인협회는 그동안 쌓인 역량을 총집결하여

---

28) 조선문인보국회 사무국, 「文報回覽板」, 『국민문학』 제3권 제6호, 인문사, 1943.6, 109~110쪽.

29) 「寫眞展に獻詩」, 『京城日報』, 1943.6.12, 조간 2면.

30) 「文藝의 밤' 개최 – 오는 21일 府民館서」, 『매일신보』, 1939.12.18, 석간 2면.

31) 「평양문예대회 大盛況裏에 終幕」, 『동아일보』, 1940.2.14, 4면.

국민총력조선연맹의 후원 아래 대규모 전국순회강연회를 계획하였는데, 이것이 1940년 11월 3일 문인협회 결성 1주년을 기념한 전조선순회시국강연회였다.[32] 그리하여 11월 30일부터 실행된 시국강연회 중 조선인 강사와 연제는 다음과 같았다.

▲ 제1반(경부선) : 김동환(애국정신과 지원병) 박영희[일(一)애국반원으로서] 정인섭(신체제와 문학)

▲ 제2반(호남연선) : 정인섭(생활과 창조) 서두수(문학의 일본심) 이헌구(신체제와 문학)

▲ 제3반(경의연선) : 유진오(신체제와 국어보급) 최재서(신체제와 문학) 백철(총력운동과 선전의 임무)

▲ 제4반(함경·강원방면) : 함대훈(신체제와 국민문학) 이석훈(제목 미상)[33]

1941년 12월 8일에 일본군의 진주만 습격으로 태평양전쟁이 발발하자 조선문인협회는 『매일신보』 학예부와 함께 12월 13일 부민관에서 결전문화대강연회를 열었다. 백철의 사회로 진행된 이날 프로그램에서는 정인섭[「영미문화를 격(擊)한다」], 김동환[「태평양문화건설의 추(秋)」], 이석훈(「영미를 충격」) 등의 강연과, 이하윤, 김용제, 최정희, 노천명 등의 시 낭독이 있었다.[34]

조선문인보국회가 결성된 이후 1943년 5월 27일 조선문인보국회 시부회에서는 해군기념일을 맞이하여 '해군을 찬하는 시 낭독회'를 개최하였고,[35]

---

32) 「全鮮에 講演行脚－朝鮮文人協會員 24名 動員」, 『매일신보』, 1940.11.16, 조간 3면.

33) 「講師 演題도 결정－文人巡廻講演 30일에 1班 출발」, 『매일신보』, 1940.11.28, 조간 3면; 「文人報國講演 馬山서도 盛況」, 『매일신보』, 1940.12.14, 4면. 제1반 강연에서 애초 정인섭의 연제는 '생활과 창조'였으나 이후 '신체제와 문학'으로 바뀌었다. 제2반 강연 연제도 바뀌었는지에 대해서는 확인 못 하였다.

34) 「暴風人氣中에 開幕되는 決戰文化大講演會－今日 午後 2時 於 府民舘(入場 無料)」, 『매일신보』, 1941.12.13, 조간 4면.

35) 「海軍을 讚하는 詩朗讀會」, 『매일신보』, 1943.5.27, 조간 2면. 여기서는 김억(제목 미상), 김종한(「대기(待機)」), 노천명(제목 미상), 조우식(「해(海)의 서설」), 김경희(「진혼가」), 김경린(「해(海)를 호(呼)함」), 김용제(「해(海) 열리다」), 주요한(「제2차 특별공격대」) 등의 참여가 있었다.

1943년 8월 1일부터 징병제가 실시되자 '징병제 실시 감사결의 선양운동'이 개시되어, 제4일째인 8월 4일에는 국민총력조선연맹·경기도연맹·경성연맹 등 3연맹 주최로 부민관 대강당에서 '연극과 낭독의 밤'이 개최되는 한편,[36] 1943년 10월 20일에 학병제가 실시되자 11월 14일 조선문인보국회와 경성의 10개 잡지사 대표가 주도하여 종로 조선중앙기독교청년회관에서 '출진학도격려대회'를 개최하였다.[37]

태평양전쟁의 전황이 불리해지자 조선문인보국회에서는 이른바 '문화전선총공격운동'을 활발히 전개하기로 결의하여, 그 첫 행사로 1944년 8월 17일 경성 부민관 대강당에서 경성일보와 매일신보사의 후원으로 반도 문화계 인사들을 동원하여 '적국항복문인대강연회'를 열었는데, 여기서는 이광수(「전쟁과 문학」), 유진오(「우리가 반드시 이긴다」), 주요한(「제 자신을 알자」), 김기진[「문화인에 격(檄)함」], 최재서(「신문학의 구상」) 등의 강연과 박월탄 등의 '애국시' 낭독이 있었다.[38]

(6) 문학상 주관

일제강점기 동안 총독부나 여타 기관 또는 단체가 주관한 문학상은 몇 있었으나 문인 단체가 주관한 문학상은 거의 없었다. 1942년 9월 12일 조선문인협회 간사회에서 문단의 '국어'화 촉진을 위해 문학상에 대한 논의가 이루어지기도 하였으나,[39] 문인 단체 주관의 문학상에 대한 구체적인 논의

---

36) 「舞台ーぱいに兵の決意ー今夜'記念演劇と朗讀の夕'」,『京城日報』, 1943.8.4, 조간 4면; 「美聲鬪魂を培養ー賑ふ'朗讀と演劇の夕'」,『京城日報』, 1943.8.5, 조간 4면; 조선문인보국회 사무국,「文報の頁(문보 소식)」,『국민문학』제3권 제9호, 1943.9, 43쪽. 여기서는 시에서 김경희·김기진·김종한, 소설에서 정비석·이무영·이석훈·유진오·정인택 등의 작품들이 각각 무대에서 본인 혹은 배우들에 의해 낭독, 발표되어 징병제의 환희와 결의가 피력되었다.
37) 「文人報國會でも出陣激勵」,『半島學徒出陣譜』, 京城日報社, 1944.3.15, 51~52쪽. 여기서는 문인보국회 이사 주요한,『국민문학』주간 최재서 등 5명의 강연 및 시 낭독이 있었다.
38) 「문화전선의 총공세ー17일, 적국항복대강연」,『매일신보』, 1944.8.13, 3면.

와 시행은 조선문인보국회에 가서야 이루어질 수 있었다. 1943년 10월 말부터 1944년 1월 말까지 "결전하 총궐기 태세 아래 반도 문화 단체의 미영 격멸의 힘찬 진군"에 부응하여 조선문인보국회에서는 총후에 널리 소설과 희곡을 상을 걸고 모집하여 신인 작가를 발굴하려 했는데, 내용은 국체 본위에 철저하여 적의 모략을 파쇄하고 국민의 사기를 높이는, 건전하고 생활의 지도력이 큰 작품을 요구하였다. 일본어 작품에 한했던 이 '결전 소설과 희곡 현상 모집'의 심사는 이광수, 유진오, 이무영, 박영희, 최재서, 유치진, 송영, 정인택 등이 담당하였다.[40]

(7) 기타

기타 조선 내부 동원으로, 전쟁동원 관련 파견 및 방문에 대해 언급하겠다. 조선문인협회에서는 징병제도 실시를 앞두고 조선 민중에게 그 취지를 철저히 하기 위하여 매일신보사 후원으로 전 조선 13도에 작가와 시인을 파견하여 순국의 영령을 방문케 하였는데 이것은 대동아전쟁 1주년을 기념하는 계획이었다. 함대훈(전라남도), 채만식(전라북도), 노천명(경상남도), 정비석(경상북도), 이선희(강원도), 김동환(황해도), 이석훈(평안남도), 김종한(함경남도), 김용제(함경북도) 등으로 이루어진 방문대는 1942년 12월 4일부터 차례로 출발하여 순국의 영령을 방문하고 8일까지는 경성에서 보고강연회를 열었다.[41]

39) 「文學者의 使命을 聲明, 實踐要項도 具體化에 着手－朝鮮文人協會」, 『매일신보』, 1942. 9.17, 조간 2면.
40) 「決戰小說과 戲曲－文人報國會서 懸賞募集」, 『매일신보』, 1943.10.28, 조간 3면.
41) 「殉國英靈訪問－文人協會서 各道에 作家 派遣」, 『매일신보』, 1942.12.8, 조간 3면;「大東亞戰 1週年記念 國民詩朗讀會」, 『매일신보』, 1942.12.3, 조간 2면. 12월 8일의 보고강연회는 조선문인협회·연극문화협회·동양극장 공동 주최 국민총력조선연맹 후원으로 동양극장에서 평론가·시인·악인·극인을 총망라하여 '국민시낭독회' 형식으로 열렸는데, 이날 박영희, 백철 등의 강연과 주요한, 김동환, 이광수, 모윤숙, 노천명, 조우식, 주영섭, 김용제 등의 자작시 낭독이 있었다.

조선문인보국회 결성 이후, 전후방이 따로 없게 된 총력전체제하 총후에서의 전쟁 참여나 증산의 활성화를 위한 문인의 선전과 선동은 그 어느 때보다 중요하였다. 이에 1944년 3월 16일 조선총독부 학무과는 증산增産 부면의 활성화를 위한 파견원으로 조선문인보국회 시부회원인 주요한, 김용제 등을 뽑았고, 3월 28일에는 국민총력조선연맹이 동양척식주식회사로부터 '농민가' 제작 의뢰를 받아 총력연맹 홍보부장실에서 간담회가 있어 문인보국회 측에서는 김기진, 김용제가 참가하였다.42) 그리고 4월 17일 조선문인보국회에서는 조선군사후원회의 위촉을 받아 징병검사 상황 및 징병에 관한 미담, 가화佳話 수집을 위한 회원 파견에 관한 협의를 실시한 결과, 윤두헌(평남북), 김용제(함남북), 김사영(경북) 등을 파견하기로 하였다.43) 1944년 4월 19일~5월 2일 국민총력조선연맹 문화부에서는 작가와 화가들을 생산 현장으로 파견하여 취재케 하였는데 조선문인보국회에서도 조용만[4월 19일, 흑령(黑嶺)탄갱], 이태준(4월 20일, 목포조선), 채만식[4월 23일, 양시(楊市)알루미늄], 이서구[4월 26일, 서선불이(西鮮不二)농장], 김기진[5월 2일, 길주(吉州)펄프] 등이 참가하였다.44)

1944년 6월 1일에는 조선 출신 군인 가정 위문을 위하여 시부회 간사장 김용제가 경북 지방에 파견되었고,45) 1944년 6월 2일경 박영희가 조선문인보국회 총무부장 자격으로 하이쿠(俳句)를 통한 청소년 일본어 연성회 지도를 위해 1주간의 예정을 잡고 대구, 경주, 부산으로 3일 출장을 떠났으며,46) 1944년 11월 9일에는 국민총력조선연맹 파견에 따른 응징사應徵士47) 현지 위문대로 윤두헌, 박영호 등이 참가하게 되었다.48)

---

42) 조선문인보국회, 「文報の頁」, 『국민문학』 제4권 제5호, 人文社, 1944.5, 35쪽.
43) 조선문인보국회, 「文報の頁」, 『국민문학』 제4권 제6호, 人文社, 1944.6, 31쪽; 「文化便り」, 『京城日報』, 1944.4.25, 2면; 「各徵兵檢査地に文人を派遣」, 『京城日報』, 1944.4.25, 3면.
44) 조선문인보국회, 「文報の頁」, 『국민문학』 제4권 제6호, 人文社, 1944.6, 31쪽.
45) 文報 사무국, 「文報の頁」, 『국민문학』 제4권 제8호, 人文社, 1944.8, 17쪽.
46) 「文化便り」, 『京城日報』, 1944.6.2, 2면.
47) 징용 가게 된 사람을 미화해 이르는 용어.

전쟁 말기 일본의 가미카제 돌격대에 속한 조선인 전사자가 나오자 조선 문인보국회에서는 이에 부응하여 전사자를 기리는 한편 유족을 방문하고는 하였다. 그 한 예로 1945년 6월 16일에 조선문인보국회 회원인 최재서, 모윤숙, 김용제 등은 "조국애에 불타는 청춘의 군상으로 대의에 순順한 반도의 신취神鷲"라 칭해진 조선인 전사자 기요하라(淸原) 오장의 생가를 방문하여 조문하였다. 또 이들은 이런 사례들을 작품화하여 소위 '특공 정신'을 널리 전파하고자 하였다.49)

2) 조선 외부에서의 동원

(1) 내선문인간담회 참여

조선 문인이 하나의 조직체로 묶이자 '내지' 문인과의 교류도 본격화되었다. 1940년 8월 6일 반도호텔에서 '내선문예좌담회'가 국민총력조선연맹 주최로 열렸는데, 일본 측 문인 기쿠치 간(菊池寬), 고바야시 히데오(小林秀雄), 나카노 미노루(中野實) 등 3인을 중심으로 하여, 국민정신총동원조선연맹 측 임원과, 조선문인협회의 이광수, 박영희, 유진오, 정인섭, 김동환 등이 참가하여 내선 문학의 교류에 관해서 의견을 교환하였다.50)

조선문인보국회는 결성 이후로는 1943년 4월 22일에 일본의 남방종군작가 이노우에 고분(井上康文), 우에다 히로시(上田廣)를 맞이하여, 문인보국회 주최 환영교환회를 반도호텔에서 열었다. 조선군, 국민총력조선연맹 간부들도 참석한 이 자리에 보국회에서는 정비석, 정인택, 이석훈, 윤두헌, 주요한, 김동환, 유치진, 김용제, 박영희, 최재서, 김종한 등이 출석하였다.51)

---

48) 조선문인보국회사무국, 「文報の頁」, 『國民文學』 제4권 제12호, 人文社, 1944.12, 39쪽.
49) 「文報會서 淸原神鷲 遺族 弔問」, 『매일신보』, 1945.6.17, 2면.
50) 「精動主催で文藝座談會」, 『京城日報』, 1940.8.7, 조간 7면.
51) 조선문인보국회 사무국, 「文報回覽板」, 『국민문학』 제3권 제6호, 人文社, 1943.6, 110쪽.

1943년 5월 26일에는 일본 작가 가토 다케오(加藤武雄), 다테노 노부유키(立野信之), 후쿠다 기요토(福田淸人), 후루야 쓰나타케(古谷綱武), 마루오카 아키라(丸岡明) 등을 맞이하여 조선문인보국회 주최로 내선작가교환회를 개최하였는데, 보국회에서는 최재서, 유진오, 정인택, 이석훈, 박영희, 홍종우, 정비석 등이 참여하였다.[52]

내선 문단의 교류가 점차 활발해짐에 따라 '내지' 문인의 조선 방문 및 시찰도 더욱 늘어나기 시작했다. 1943년 6월 4일 체신사업회관에서 일본 작가 가토 다케오(加藤武雄) 일행을 중심으로 '전선시찰종합좌담회'가 있었는데, 보국회에서는 박영희, 주요한, 유진오, 이하윤, 정인택, 노천명 등이 참석하였고,[53] 1943년 7월 2일 역시 체신사업회관에서 '내지' 유명 잡지 편집장 일행을 맞아 문화좌담회를 국민총력조선연맹선전부와 공동 주최로 가졌는데, 보국회에서는 최재서, 주요한, 조용만, 이석훈, 김용제, 조우식, 이갑섭 등이 출석하였으며, 1943년 7월 12일에는 일본의 신극 배우인 마루야마 사다오(丸山定夫)의 시 낭독 방송이 있은 뒤 '마루야마 사다오 씨를 중심으로 한 시낭독연구좌담회'가 있었는데, 보국회에서는 주요한, 조우식, 김억, 김경린, 모윤숙 등이 참석하였고, 1943년 7월 17일에는 천장川長에서 일본 평론가 '고바야시 히데오(小林秀雄), 하야시 후사오(林房雄)를 중심으로 한 좌담회'가 열렸는데, 보국회에서는 박영희, 이석훈, 김용제, 유진오, 최재서 등이 참석하였다.[54]

(2) 대동아문학자대회 참가

태평양전쟁이 시작된 이래 일제는 문학의 대동아공영권 구축을 위해

52) 조선문인보국회 사무국, 「文報回覽板」, 『國民文學』 제3권 제7호, 人文社, 1943.7, 97쪽.
53) 朝鮮文人報國會 事務局, 「文報回覽板」, 『國民文學』 제3권 제7호, 人文社, 1943.7, 97쪽.
54) 朝鮮文人報國會 事務局, 「文人回覽板」, 『國民文學』 제3권 제8호, 人文社, 1943.8, 127쪽.

1942년 11월 3일부터 도쿄에서 1주일간 '제1회 대동아문학자대회'를 개최하게 되었다. 이에 조선에서는 이광수, 박영희, 유진오 등이 참가하였다.[55] 그리고 제1회 대동아문학자대회를 참석한 만주와 몽고 지역 문학자 일행 20명이 11월 14~15일에 국민총력조선연맹과 조선문인협회의 초빙으로 경성에 들러 '내선 우의'를 다졌다.[56]

'제2회 대동아문학자대회'는 도쿄에서 1943년 8월 25일부터 10일간에 걸쳐 열렸는데, 조선에서는 유진오, 유치진, 최재서, 이석훈, 김용제 등이 참석하였다. 이들은 대회에 참석하는 동안에 성지 참배, 각 관공청 방문, 군수공장의 견학, 강연회 등의 바쁜 일정을 치렀다.[57]

'제3회 대동아문학자대회'는 1944년 11월 11~14일 3일간 중국 남경에서 열렸는데 조선에서는 이광수와 김기진이 대표로 참석하였다.[58]

(3) 만주 지역 방문과 시찰

조선문인협회는 만주 쪽과의 교류도 중시하였던바, 1942년 5월 19일~6월 중순에 총독부 사정국 척무과 촉탁으로 만주 조선인 개척민 부락을 시찰하고 거기서 느낀 바, 본 바를 작품화하여 국민문학의 새 경지를 개척케 하자는 뜻에서 장혁주, 유치진, 정인택 등 3인을 파견하였다.[59] 1942년 12월 26일~1943년 1월 5일경 조선문인협회는 만주국 간도성 초빙으로 채만식, 이석훈, 이무영, 정인택, 정비석 등 다섯 작가로 하여금 만주 조선인 개척촌 시찰을 하게 하였다. 이들은 황민화된 간도의 조선인 생활 실태와 증산 보

---

55) 「大東亞文學者會議 半島 側 5名 出發日程 決定」, 『매일신보』, 1942.10.20, 조간 2면.
56) 「大東亞文學者大表 昨日, 作別 아끼며 離城」, 『매일신보』, 1942.11.16, 조간 3면.
57) 「朝鮮文學代表 一行 明日 '아카스키'로 東上」, 『매일신보』, 1943.8.19, 석간 2면.
58) 「南京에서 문학자대회-조선 대표 香山(이광수-인용자), 金村 兩氏」, 『매일신보』, 1944. 11.5, 2면.
59) 「개척민 생활 소개-拓務課서 鄭 柳 양 작가 만주로 파견」, 『매일신보』, 1942.5.27, 조간 3면; 「문인근황」, 『대동아』 제14권 제5호, 삼천리사, 1942.7, 68쪽.

국에 정신挺身하는 모습을 일반에 널리 소개하도록 하는 동시에 선만 사이의 문화 교류를 위하여 활약하였다.[60]

1943년 10월경 조선문인보국회에서는 만주로 이주한 조선인의 개척 부락에 다시 작가를 파견, "개척의 사명에 정신하는 그들 '흙의 아들'의 모습을 고루 시찰"시키기로 하였는데 여기에는 보국회 소설희곡부회원 허준이 시찰 길에 올랐다.[61]

만주 지역 문예인과의 교류도 있었던바, 1943년 12월 4~5일 만주예문연맹이 '대동아전' 2주년을 맞이하여 예문계에서의 결전 의식을 앙양하고자 신경新京에서 '전국예문대회'를 개최하였는데 보국회에서는 주요한이 조선연극문화협회에서는 유치진 등이 참가하였고,[62] 1944년 12월 1일부터는 사흘 동안 신경에서 만주예문협회 주최로 전만결전예문회의가 열렸는데 조선문인보국회에서는 최재서 등이 조선 대표로 파견되었다.[63]

(4) 기타

기타 조선 외부 동원으로, 전쟁동원 관련 내선 교류에 대해 언급하겠다. 조선문인협회는 1941년 11월 17~19일에 이석훈을 '성지순배사'로 일본에 파견하여 문예에서의 황민화와 내선일체를 꾀하였다.[64]

조선문인보국회 결성 이후인 1944년 6월 18일 도쿄 구단九段 군인회관에서는 일본문학보국회 주최, 정보국, 육군성, 해군성, 대정익찬회 후원으로 '결전즉응문학자총궐기대회'가 열렸는데, 조선 대표로는 유진오, 이무영 등

---

60) 「勇躍 間島를 紹介」, 『매일신보』, 1942.12.27, 석간 2면.
61) 「大陸 開拓村에 作家를 派遣-今年엔 木下俊氏」, 『매일신보』, 1943.10.13, 조간 3면.
62) 「人事」, 『매일신보』, 1943.12.2, 조간 1면; 朝鮮文人報國會 特派使節 松村紘一(舊名 朱耀翰), 「決戰下滿洲의 藝文態勢-滿洲'決戰藝文全國大會'參觀記」, 『신시대』 제4권 제1호, 1944.1, 58쪽.
63) 「全滿藝文會議 半島代表도 2氏 參加」, 『매일신보』, 1944.11, 29일 2면.
64) 「文人協會ニュウース」, 『國民文學』 제2권 제1호, 人文社, 1942.1, 262쪽.

이 참가하였다.[65] 그리고 이 행사에 부응하여 같은 날인 6월 18일 부민관에서는 "적의 모략을 분쇄하고 총후의 전의를 앙양하여 사상전에 있어서도 적 미영을 쳐부수려고" 조선문인보국회에서는 본부조선군, 총력연맹, 경성일보 및 본사의 후원으로 '전태세즉응재선문학자총궐기대회決戰態勢卽應在鮮文學者總蹶起大會'를 개최하였다. 박영희, 주요한, 김기진 등의 준비위원에 의해 1주일 만에 급조된 이 대회에서는 의장 이광수의 인사, 극문학부 회장 유치진의 발언, 시부 간사장 주요한의 발언, 시부 회원 노천명의 발언 등이 있었다.[66]

이상과 같이 조선문인보국회 문인들은 전쟁이 끝날 때까지 '문필 전사'로서 최선을 다하였던 것이다.

3. 문학작품을 통해 본 친일 협력의 논리

앞의 단체 활동에 비해 집필 활동은 개인 활동이라 할 수 있겠다. 하지만 총동원체제하 집필 활동은 조선총독부와 그 산하 외곽단체 및 각종 사회단체 기구의 활동과 불가분의 관계에 있었기에, 이들은 정책적 집단 통제 아래 무기를 생산하듯 작품을 생산하기도 하였다.

집필 활동에서는 각 문인들이 본래 지니고 있던 개별 특질들이 작품 제작에 유용하게 활용되었다. 즉, 원래 농촌계몽적 성향의 작풍을 갖고 있던 작가는 즐겨 그 작풍을 통해 총독부에 봉사하였고, 또 여성의 소소한 일상사를 즐겨 다루던 여성 작가는 그의 장기를 되살리면서 총독부에 봉사하였다.

---

65) 「帝都の大會に三代表出發」, 『京城日報』, 1944.6.13, 3면.
66) 朝鮮文人報國會 事務局, 「半島文學者總蹶起大會」, 『國民文學』 제4권 제7호, 人文社, 1944.7, 68쪽; 「全鮮의 문학자들 今 18일 총궐기대회」, 『매일신보』, 1944.6.18, 3면.

이 글에서 필자는 이들 작가들의 문학작품을 소재별로 분류하여 그 내용을 소개하려 한다. 필자가 소재별로 나눈 갈래들은 곧 총독부 정책의 여러 면모들을 반영한 결과다.[67]

1) 내선일체

일제강점 초기의 내선일체 담론에는 평행동화론과 흡수론이 공존하였다. 전자의 경우에서는, 조선 문화와 조선어가 비록 일본 문화와 일본어라는 '보편적 존재' 밑의 지역성의 영역을 맡고 있기는 했으나 어느 정도의 자율성이 유지되었다. 하지만 전시기에 들고 총동원체제가 강화되면서 평행동화론은 자취를 감추었고, 내선일체 담론은 흡수론 일방으로 정리되면서 조선인의 황민화가 더욱 강조되었다.

내선일체의 역사적 연원은 멀리 멸망기 백제와 일본의 교류 때부터 찾아졌다. 김동인이 1941년 7월 24일부터 1942년 1월 30일까지 매일신보에 연재하다 중단된 뒤, 뒷이야기가 보충되어 1945년 5월 5일 남창서관에서 단행본으로 발행되었던 장편역사소설『백마강』이 바로 그러한 예다. 김동인은 여기서 유약하여 망해 가는 백제와 이를 안타까이 여기며 도와주려는 '야마토(大和)' 즉, 일본을 대비시켜 '내선일체'의 역사적 근원을 보여 주려 하였는데, 이로써 조선에 대한 일본의 식민화는 역사적 정당성을 갖게 된다. 이석훈의 1막짜리 희곡「사비루의 달밤」(『문장』 1941.4)도 마찬가지다. 무대는 낙화암이나 시대는 현대인, 이 희곡에서도 백제가 국방을 게을리하여 망한 것을 탓한다. 이 희곡의 주인공은 백제와 일본의 수백 년에 걸친 '우애'를 강조하면서 지금 들어 부소산에 '부여신궁'이 세워지고 있는 현실은 양자 간의 숙명이라고 말한다.

---

[67] 이 장은 친일문학 작품의 여러 양상을 개괄 소개하는 것을 목표로 삼았기에 작품의 선택, 분류, 해설 등에서 기존 연구 성과를 충분히 반영하지 못하였음을 밝힌다.

내선일체의 역사적 연원은 근세사에서도 찾아졌는데 그것은 바로 김옥균 일행과 일본의 소위 '지사'들의 교류에서 그러하였다. 조용만의 소설 「배 안에서(船の中)」(『국민문학』 1942.7)에서 김옥균 일행은 갑신정변 실패 후 간신히 목숨을 건진 채 일본 공사 다케조에 신이치로(竹添進一郎)와 일본 배 지토세마루(千歲丸) 선장 쓰지 가쓰주로(辻勝十郎)에 의해 일본으로 탈출을 하였다. 김옥균과 박영효가 선장 쓰지에게 구원을 청하자 선장은 쾌히 승낙을 하며 간곡히 당부를 한다. '조선은 개혁을 위해 일본과 손을 꽉 잡으라'고. 결국 이 '친일 개혁론자'들을 싣고 배는 출항을 하게 되었고, '개혁당의 은인인 동시에 조선의 은인'인 선장 덕분에 김옥균 일행은 무사히 일본으로 탈출 할 수 있게 된다.

당대에 와서도 일본인들은 조선인들이 따라야 할 모범으로서 앞장서 간다. 조용만은 단편 「고향(ふるさと)」(『녹기』 1942.12)에서 주인공의 옛 스승으로서 한평생을 내선일체의 신념에 살며 조선 학생들을 길러낸 기다(紀田) 선생을, 단편 「모리 군 부부와 나와(森君夫妻と僕と)」(『국민문학』, 1942.12)에서 주인공의 절친한 친구인 모리의 아내로서 남편이 전사하여도 품위를 잃지 않고 담담하게 대처하는 훌륭한 인품의 히사코(比佐子) 부인을 묘사하였다. 그리고 장덕조는 단편 「우후청천(雨後晴天)」(『방송소설명작선』, 조선출판사, 1943)에서 주인공 부부와 같은 '애국반'에 속해 있는 미나미(南) 부인이 장남의 전사 속에서도 품위를 잃지 않은 채 오히려 차남을 다시 소년항공병으로 내놓음으로써 조선인들을 감동시키는 모습을 그렸다.

이러한 선구자를 좇아 조선인도 내선일체와 황민화의 선구자가 될 것을 다짐하는 시가 바로 김종한의 「정원사(園丁)」(『국민문학』 1942.1)다. 여기서 내선일체의 과정은 정원사가 늙은 돌배나무(일본)에 사과 애가지(조선)를 접목하는 과정으로 비유된다. 이 접목의 효과는 금방 나타나는 게 아닌바, 정원사가 죽은 지 한참 후에 늙은 돌배나무에 사과가 탐스럽게 열린다. 이와 같이 내선일체의 선구자들도 먼 앞날을 내다보고 하나둘씩 자기 할 바를 해 나가야 한다는 것이 이 시가 말하고자 하는 것이다.

이석훈의 소설 「동으로의 여행(東への旅)」(『녹기』 1942.5)은 한 조선 청년이 '일본 국체國體의 존엄함'을 깨닫는 과정을 그렸다. 도쿄 유학 경험이 있는 주인공 철은 성지 순배차 일본으로 돌아와 이 '신역神域'을 거니는 동안 일본의 신성한 국체의 존엄함과 숭고한 역사를 깨닫는다. 그리고 일본 여인 루미에 대한 사랑도 깨닫는다. 그는 다음과 같이 전율한다. "아아! 나는 일본을 좋아한다. 나는 일본인이 되자. 이 아름다운 국토, 아름다운 사람, 풍요로운 생활, 누가 뭐라고 해도 일본인이 되는 것이야!" 비록 일본인 캐릭터의 입을 통해서이긴 하나, 이석훈은 소설 「고요한 폭풍(靜かな嵐)」(『고요한 폭풍』, 매일신보사, 1943)에서는 창씨개명에 대해 언급하면서 "최 서방보다는 야마모토가 더 품격이 있어요."라고까지 발언을 한다.

채만식은 1942년 2월 10일부터 7월 10일까지 『매일신보』에 연재한 장편소설 『아름다운 새벽』에서 일본인들의 신토(神道) 풍습을 조선인도 따라 할 것을 청하면서 "지금은 조선 사람 스스로가 (중략) 하루바삐 명실名實을 다 같이 추호도 다름이 없는 '닛본징'이 되어야 한다. 그리 하여야만 조선 사람으로서의 '닛본징'인 도리를 다함이려니와 동시에 '닛본징'으로서의 조선 사람인 진정한 행복도 누리게 되게 될 것이다."라고 열변을 토하였다.[68]

조우식은 1943년 6월 『국민문학』에 발표한 시 「가족송가家族頌歌」를 통해 조선의 가정에서 일본의 풍습을 따를 바를 제시하였다.

> 손바닥에 서리의 아침이 와서
> 지붕 위를 엄한 세월의 주름이 흘러

---

[68] 이 부분은 해방 후 판본에서 삭제되었다.

따뜻한 밤밥栗飯 식사에
대범한 족속의 맹세는 맺어져
나비처럼 아가씨들의 재잘거림은 마르지 않는다
가미다나(神棚)[69]의 성화聖火는 영원히 타오르고
방인防人[70]의 성장成長은 명랑하게 싹터온다

사랑하는 족속이여 꼭 잡은 손의 온기가
마침내는 옥체의 구석구석을 데울 때
영광스러운 야마토의 유수幽邃한 신가神歌는
군君들의 골육을 뚫고 목구멍을 통해 말이 되고

즐거운 아침의 식사를 열매 맺어
탐스러운 꽃 냄새가 난다
밤이라도 되면
손바닥의 서리는 엄하게 빛날 것이다

이와 같이 온화한 분위기 속에서 '야마토다마시이(大和魂)'는 자연스럽게 커 가는 것이다.

이광수와 김용제의 다음과 같은 목소리에는 일본인보다 더욱 일본인을 닮고 싶은 식민지 조선인의 충심 어린 열정이 담겨있다.

한토韓土의 2천만 민초와 함께 임금님 우리 임금님하고
우러러 받들도다
영원한 탁류에 헐떡이는 황하의 흐름도 맑아져
천황의 나라가 되노라
영원히 어두운 내 영혼의 밤도 밝힐 듯 구름 끝에 빛나는 서광
　　　　　이광수, 「가끔씩 부른 노래(折にふれた歌へろ)」, 『동양지광』, 1939.2

---

69) 일본 신토(神道)에서 가정이나 상점에 모셔 놓는 작은 제단.
70) 防人(さきもり]. 옛날 일본 도고쿠(東國) 등지에서 징발되어 기타큐슈(北九州)의 요지를 경비하던 병사. 변방을 지키는 사람.

2. 지금이야말로 아세아의 풍운은
   시련에 불타오른다 비상의 때다
   황군 백만 대륙에
   조국의 성전을 밀고 나아간다
   오오 반도는 총후銃後의 관문
   내선일체 깃발을 보라

   (중략)

4. 우리 2천만 다 함께
   황국신민의 맹서를 지니라
   충의와 이상의 발걸음은
   동양평화의 길을 간다
   오오 팔굉일우 천황의 위세로다
   내선일체 깃발을 보라

   김용제, 「내선일체의 노래(内鮮一體の歌)」, 『동양지광』, 1939.4

2) 대동아공영권과 침략전쟁

일제는 소위 '대동아공영권'의 건설을 목표로 1931년 9월 18일에 '만주사
변'을 일으키고 1937년 7월 7일에는 중일전쟁으로 확전한 뒤, 1941년 12월
8일에 미국 하와이 진주만 공습을 감행함으로써 '대동아전쟁'이라는 이름
의 침략전쟁을 일으켰다. 이윽고 그들은 같은 해 12월 25일에는 홍콩(香港)
을, 1942년 1월 2일에는 필리핀 마닐라를, 같은 해 2월 15일에는 말레이 반
도의 싱가포르 등을 점령하면서 승승장구 전쟁 초기의 승리를 획득해 나아
갔다. 일제의 침략전쟁에 동조하였던 조선의 문학가들은 이러한 일련의 전
승을 동조하고 찬미하며 이를 통해 수립해 갔던 '대동아공영권'을 선전해
갔는데, 이는 전세가 불리해지는 전쟁 후반기까지도 계속되었다.

(1) 중일전쟁과 만주 개척

일제의 침략전쟁 중에서 중일전쟁을 본격적으로 다룬 이로는 임학수와 김용제가 있다. 임학수는 조선총독부가 총독부 외곽단체인 조선문인협회를 만들기 직전에 조선 문인들에 대한 조직적 통제를 실험해 보기 위해 주도하였던 '북지황군北支皇軍 위문 문단사절' 행사에서 문단사절 3인 중 하나로 뽑혀[71] 1939년 4월 중순부터 약 한 달에 걸쳐 중국 화북 지방의 전선을 위문시찰하고 돌아왔는데, 그 결과물로 같은 해 9월 15일에 『전선시집』(인문사)을 발간하여 화북 전선의 상황과 정서를 시로 소개하였다. 이 시집에 실린 시 「중국의 형제에게 Ⅲ」에서 그는 중국인들을 "일생을 / 먼지와 때와 주림에 보"내는, "오랜 징세徵稅에 착취에 / 제각기의 군벌의 노리는 모이"를 덜컥 놀라 감추는, 그리하여 일본군이 해방시켜야 할 대상으로 묘사하였다. 「야전夜戰」, 「하단 군조河端軍曹」, 「돌아오지 않는 황취荒鷲」, 「동조산東條山 추격전」 등에서는 전투에서 일본군이 벌이는 활약을 영웅적으로 묘사하였다. 김용제가 1939년부터 잡지에 연재하기 시작한 '아세아시집' 시리즈의 시들은 1942년에 일문 시집 『아세아시집亞細亞詩集』(대동출판사)로 묶이는데, 그 역시 연작시들을 통해서 중일전쟁을 다루었다. 1939년 3월 『동양지광』에 발표한 시 「아세아의 시(亞細亞の詩)」에서 그는

> 여기에 장렬한 진군나팔의 울림이 있다
> 조국과 인류의 희망을 건 지나사변이 불타고 있다
> 거기에 우리 사는 방식의 운명과 역사가 만들어지고 있다
> 그것은 아세아인끼리의 단순한 전쟁은 아니다
> 아세아 평화에로 비장한 전야前夜의 폭풍인 것이다

---

[71] 나머지 둘은 김동인과 박영희다.

라며 사뭇 장엄한 어조로 일제의 대륙 침략을 미화하였다. 그는 「폭격爆擊」(『동양지광』 1939.8), 「전차戰車」(『동양지광』 같은 호), 「바람의 말(風の言葉)」(『동양지광』 1939.12 · 1940.1 합병호) 등과 같은 일련의 시를 통해 일제의 중국 진출을 마치 중국 민중 해방을 위한 것인 양 미화하였다.

1943년 12월에 발간된 『방송소설명작선』에 발표된 정인택의 소설 「청향구淸鄕區」는 일제가 대對중국 점령지 공작사업인 '청향공작'을 통해 점차 증가시켜 가려는 '(일제 점령하의) 평화모범지대'인 '청향구'에 대해 다루었다. 여기서 주인공 중국 처녀 채화와 일본 청년 이노우에(井上)는 청향구를 지키며 일제가 펼치는 '새 세상'을 꿈꾼다. 이광수는 소설 「대동아大東亞」(『신반도문학선집－국민문학작품 제2집』, 인문사, 1944.12.20)를 통하여 중일전쟁 속에서도 서로 사랑과 우정을 나누는 중일 젊은이들의 이야기를 다루었다. 채만식의 '전쟁소설' 「혈전血戰」(『신시대』 1941.7)은 특이하게 '노몬한 사건(ノモンハン事件, 일명 '할힌골 전투)'을 다루었다. 1939년 몽골과 만주의 국경 지대에서 일어난 일본군과 소련군의 대규모 무력 충돌 사건인 '노몬한 사건'에서 당시 부대장이었던 구사바 사카에(草葉榮) 대위의 수기인 『노로 고지(ノロ高地)』를 각색한 이 소설은 논픽션에 가깝다.

일제가 만주에서 어느 정도 군사적 승리를 거두고 괴뢰정부인 만주국도 건설되자 조선인들의 만주에 대한 관심은 더욱 증가하여 이주 또한 활발하게 되었다. '대동아공영권'의 건설에서 만주국의 위상을 매우 중요하였다. 수많은 조선인들이 만주로 이주하여 '낙토 만주'를 건설하기 위해 전력을 다 하던바, 조선인들은 스스로는 식민지인이면서도 만주 땅에서 또 하나의 일본인으로서 행세하며, 그곳 현지인들을 교화와 계몽의 대상으로 보고는 하였다. 조선인에게 만주는 새로운 기회의 땅이었던 것이다. 만주국 간도성에서는 수차례 조선 작가들을 초청하여 '선만일여鮮滿一如', '오족협화五族協和'의 기운을 불러일으켜 줄 것을 요청하였다. 1942년 12월 26일부터 이듬해 1월까지도 채만식, 이석훈, 이무영, 정인택, 정비석 등 5인이 만주국 간도성

초청으로 간도성 조선인 개척촌을 시찰한 뒤, "황민화된 간도 재주在住 반도 동포의 생활 실태와 및 증산 보국에 정신挺身하고 있는 모습을 보여 이를 일반에게 널리 소개하도록 하는 동시에 선만鮮滿 사이의 문화 교류를 꾀하"[72]기 위해 여러 활동을 수행하였다. 집필 활동도 그 일환이었는데, 특히 정인택, 이석훈, 이무영 등이 소설을 남겼다.

정인택은 1942년 11월 『조광』에 발표한 소설 「검은 흙과 흰 얼굴」을 통해 조선인의 만주 개척에서의 지식인의 역할을 제시하였다. 만주 개척민 부락 시찰을 하게 된 주인공 철수는 그곳에서 학부모들 사이에 칭찬이 자자한 현대풍의 여교사 마쓰바라를 우연히 멀리서 보게 되는데, 그녀는 철수가 사랑했던 여인 혜옥과 무척 닮아 있었다. 혜옥의 의지와는 달리 불미스러운 일로 종적을 감추었던 혜옥을 닮은 신여성이 개척민 부락을 위해 궂은일을 자처하며 헌신하는 모습에 깊은 감동을 받은 철수는 구태여 그가 혜옥임을 확인하려 하지 않고 '근대 젊은 여성의 훌륭한 모습'을 발견한 것으로 만족하게 된다. 정인택은 1942년 11월 『국민문학』에 발표한 소설 「농무濃霧」를 통해서는 개척촌 조선인의 이른바 '비적 토벌' 활동을 다루었다. 조선인 트럭 운전수 센다(千田)는 만주사변이 일어나자 바로 북쪽 전쟁터에 나가 용맹한 운전수로 이름을 날린다. 어느 날 비적 토벌을 갔다가 부상을 당한 센다는 군軍과 만주척식회사의 도움으로 안도현安圖縣에 일자리를 얻어 오게 되는데 우연히 현의 개척민 명부에서 자기 가족과 아버지가 현 내 유수둔柳樹屯으로 오게 된 걸 알게 된다. 하지만 매일같이 비적 토벌에 나가느라 미처 아버지 일행을 못 찾아뵀던 센다는 어느 날 새벽에 아버지 일행이 머물 것 같은 지역 부근 마을에서 연기가 올라오자 비적을 토벌하여 가족과 마을 사람을 구할 셈으로, 토벌대를 태운 트럭을 전속력으로 몰기 시작한다.

---

[72] 「약진 간도를 소개 – 간도성에서 반도작가들 초청」, 『매일신보』, 1942.12.27, 석간 2면.

이석훈은 1943년 6월 『국민문학』에 발표한 소설 「북으로의 여행(北の旅)」을 통해 조선인 개척촌민과 자위단원들의 모습을 그렸다. 위세가 좋던 철哲의 집안은 몰락하게 되면서 만주로 갔다. 이후 철은 다시 만주를 떠나 작가가 되어 시찰차 다시 간도에 오게 되었다. 그는 시찰을 마치고 집안의 기둥인 숙부와 그 식구들이 사는 이곳 S촌에 들렀다. 거기서 그는 마을 사람들과, '공산당과 도적들'에 대항하기 위해 조직한 자위단의 씩씩하고도 믿음직스러운 모습을 목도하였다. 철은 젊은이들의 마음과 영혼에서 '개척 정신'을 느끼고 마음이 든든해졌다.

이외에도 주영섭이 1940년 11월 『문장』에 발표한 시나리오 「광야」가 만주 이주와 개척 의지를 다루었다. 전문학교 동기인 김상훈, 최병식, 송재풍, 신하민, 이영철은 졸업 뒤에 취직난 속에서 미래를 걱정한다. 그중에서 타락한 영철이나 성공 지향적인 하민과는 달리, 소박한 평안도 농민의 아들인 재풍은 졸업하자마자 고향으로 가 농사를 짓다가 얼마 안 있어 만주로 이주하였다. 이 소설의 주인공 격인 상훈은 소시민적인 일상을 보내다가 만주로 이주한 재풍이 협화회協和會에서 일을 보며 그곳을 제2의 고향 삼아 농장을 개척한다는 내용을 담은 편지를 받고 이에 대해 동경을 하게 된다. 결국 상훈은 사랑하던 이인순을 설득하여 함께 만주로 떠나고, 둘은 재풍을 좇아 대륙 개척의 일역군—役軍이 되기로 결심한다.

이와 같이 만주는 조선인의 욕망이 좀 더 내지인의 욕망에 가까워지는 공간이었다.

(2) 태평양전쟁

1941년 12월 8일의 진주만 습격으로 태평양전쟁은 발발하는데, 이 사건을 다룬 시들이 몇몇 있다. 김기진은 시 「아세아의 피」(『매일신보』 1941.12.13~16)에서 이날을 기려

마침내 '선전포고'다!

미, 영의 두상頭上에 폭탄의 비를 퍼부어라!

얼마나 오래 전일본국민이 이 날이 오기를 기다렸을까

왼손에 십자가 오른손에는 칼

성서와 아편을 한몸에 품고서

태평양 동쪽의 언덕언덕을 구석구석을

기만! 통갈恫喝! 회유! 착취! 살육! 강탈!

끝없는 탐욕의 사나운 발톱으로 유린하여 오던

오! 저 악마의 사도를 들몰아낼 때가 왔다

라고 노래했고, 이광수는 시 「선전대조宣戰大詔」(『신시대』 1942.1)에서

'미국과 영국을 쳐라'

하옵신 대조를 내리시다

12월 8일 해뜰 때

빛나는 소화 16년

하와이 진주만에

적악積惡을 때리는 황군의 첫 벽력

웨스트버지니아와 오클라호마73)

태평양 미 함대 부서지다

라고 환호했다. 그리고 주요한은 시 「하와이의 섬들아」(『삼천리』 1942.1)에서

태평양의 낙원 하와이군도 어여쁜 섬들아

12월 여드렛날 네 위에 피와 불이 비오듯 나릴 때

동아해방의 깃발은 날리고 정의의 칼은 번듯거림을 네 보았으리라

---

73) 두 가지 모두 군함 이름임.

라고 하였고, 시 「명기銘記하라 12월 8일」(『신시대』 1942.1)에서

> 새로운 역사의 첫 페이지에
> 명기하라
> 12월 8일
> 아세아의 붉은 태양이
> 세계를 비추려 떠오른 날을
> 폭탄의 세례와
> 프로펠러의 선율 속에
> 새로운 시대의 탄생곡을
> 분명히 파악하여라
> 그대
> 역사가야.

라고 하였다.

1940년 12월부터 이듬해 1월에 이르기까지 일제가 홍콩과 필리핀 마닐라 등을 승승장구 점령해 가자 김기진은 시 「대동아전쟁송」(『조광』 1942.2)에서

> 향항香港 함락 : 황군이 치는 곳에 난공불락 있을소냐
> 백년을 이 깨물고 참아오던 철퇴 아래
> 제 소위 대불열전大不列顚 산산파편 되누나.
>
> 3개월 버티겠다 장담하던 그 입으로
> 이 몸은 포로되려 황군 앞에 왔노라고
> (홍콩의-인용자) 영英 총독 군인이라면 배 가르고 죽어야.
>
> (중략)

마닐라 점령 : 태평양 서쪽 복판 평화한 섬 필리핀을
해적떼 약탈 끝에 성조기에 전매轉賣하니
40년 동양의 파도 높을 대로 높았네.

신주神洲의 건아들이 몇 백 년 개척한 곳
도리어 포위 진형 이 섬이 중심 되니
정의의 뽑아든 칼이 아니 울고 어쩌랴.

라며 영미를 조롱하였고, 김동환은 시 「비율빈比律賓 하늘 위에 일장기」(『매일신보』 1942.1.10)에서

만리의 파도를 헤쳐나가는
백만장병 황군 앞에 적이 있으랴
자랑하던 영미의 동양함대도
삽시간에 부서져 물거품되었네

어제는 홍콩이 부서지더니
오늘은 마닐라가 함락이 되었네
신성한 아세아를 지키는 칼에
강철인들 막으랴 녹지 않으랴

라고 하고 시 「미영장송곡」(『매일신보』 1942.1.13)에서

물러가라 쫓아내라 포악미영을
천리옥야 비율빈도 동양 것이요
석가 나신 인도 땅도 동양 것이라
주인 두고 너희들은 왜 들어왔노

물러가라 쫓아내라 포악미영을

백여년을 아편 위에 영화 누리던
거만스런 홍콩 총독 몰아내듯이
마래馬來 포왜布哇[74] 인도 총독 모두 내치자

라고 하며 미영에 대한 적개심을 내보였다.

　1942년 2월 15일의 싱가포르 점령은 일본에게도 전 세계에게도 매우 큰 뉴스였다. 이 기세로라면 일본군은 천하무적일 것만 같았다. 조선의 시인들도 감격에 겨워하며 매우 많은 시를 썼다.

일본의 인후를 어제까지 겨누고 노리던 단총短銃!
동아에 있어서의 영국의 무장한 척골脊骨!
오오, 저 싱가폴의 시가에서 「君が代(기미가요)」의 합창이 들리누나
　　　　　　김기진, 「신세계사의 첫 장」, 『매일신보』, 1942.2.20

이 날에 나는 비로소 보았노라.
내 깃발엔 해질 때가 없다면서
갖은 짓 맘대로 거리낌 없이
산 사람의 생피를 줄줄 빨아
제 배가 터지도록 불키어 가며
내놓으라 뽐내던 '그렛 · 브리탠'
이 악덕의 씽가포어가 떨어지는 것을
　　　　　　　　김억, 「씽가포어뿐이랴」, 『춘추』, 1942.3

너의 가엾은 낡은 이름아
신가파新嘉坡라던 불락不落의 큰 코는 지금 어디냐
너의 썩은 세기의 만가는 영구히
장염瘴炎의 비풍悲風과 함구 지상에서 사라졌노라
　　　　　　　　김용제, 「정열의 처녀도」, 『조광』, 1942.3

[74] 말레이시아와 하와이.

아세아의 세기적인 여명은 왔다
영미의 독아毒牙에서
일본군은 마침내 신가파를 뺏어내고야 말았다

동양침략의 근거지
온갖 죄악이 음모되던 불야의 성
싱가폴이 불의 세례를 받는
이 장엄한 최후의 저녁

노천명, 「싱가폴 추락」, 『매일신보』, 1942.2.19

그 처참하던 대포 소리 이제 깨끗이 끝나고 공중엔
일장日章표의 비행기 햇살에 은빛으로 빛나는 아침
남양의 섬들아 만세 불러 평화를 받아라

노천명, 「승전의 날」, 『조광』, 1942.3

2월 15일 밤!
대아세아의 거화巨火!
대화혼大和魂의 칼이 번득이자
사슬은 끊기고
네 몸은 한번에 풀려나왔다

모윤숙, 「호산나·소남도昭南島」, 『매일신보』, 1942.2.21

아내가 울고,
내가 울고,
외치는 만세소리도 덜덜 떨렸다.
아내가 달려가, 병들어 누운 아들을 일으켜
'싱가포르 함락했다'고 알렸다

이광수, 「싱가포르 함락되다(シンガポール落つ)」, 『신시대』, 1942.3

남해의 형제여
남양의 모든 민족이여
일어나 맞이하라 세기의 거대한 행군을
나와서 협력하라 세기의 웅장한 영위營爲를—
싱가폴—은 함락했도다
영미의 착취사는 끊겼도다
동아의 해방사는 열렸도다

(중략)

남풍을 받아
일장기는 펄럭인다
태평양 물결 위에
아세아 대륙에—
적도를 넘어
일장기는 나아간다

주영섭, 「남방시」, 『조광』, 1942.3

여보게!
싱가폴이 함락되었다네
하지마는
자네 마음속에 아직 함락 못된 것이 없는가
동아에 새론 날이 오는 적에
자네 가슴에는 아직 낡은 물이 고여 있지 않는가
아메리카와 영국의 유물이
자네 머리에 녹슬어 붙지 않았는가

(중략)

자아
오늘 이 자리서 송두리째 바서버리고 말세—

자네와 내 마음속의 싱가폴을
총으로도, 검으로도 깨틀지 못하는
형태 없는 요새를
끓는 참마음으로
두드려 부수어버리세

주요한, 「마음 속의 싱가폴」, 『신시대』, 1942.3

일본군이 승승장구해 나가자 태평양전쟁을 다루는 시들은 낙관적이고도 낭만적인 정조를 띠기도 하였다.

태평양 섬섬에서 우리를 부르니
대장부 큰뜻을 펴볼 날 이 때라
배낭이 짊어지고 남으로 어서 가세

호주의 너른 벌서 양떼를 쳐볼까
마래 반도 고무밭서 고무즙을 짜볼까
모두 다 우리 대지, 가자가자 어서 가

비율빈 사탕밭에 농장을 지어볼까
하와이 야자수 아래 다점茶店을 내어볼까
모두 다 우리 천지 가자가자 어서 가

안남安南의 궁전 찾아 호적胡笛을 불어볼까
인도의 보리수 아래 낙타를 타볼까
모두 다 우리 천지, 가자가자 어서 가

김동환, 「그리운 남국」, 『해당화』, 대동아사, 1942

영원한 평화의 음악
숭고한 부악富嶽의 산그늘에 출렁출렁
영묘한 금강산의 바위뿌리에 희끗희끗

부옥富沃한 지나·인도대륙의 기슭기슭에
아세아의 노래 흐르는 기천幾千의 하계河系와 속삭이는
우리의 해신의 피리는 태평양이다

김용제, 「해신海神」, 『조광』 1942.2

전승의 깃발 나부끼는 다양한 하늘을 나의 날이 풍선처럼 부풀어 올라

놓아다오 놓아다오
내 진정 날고 오노라 날고 오노라

불타는 적도 직하 무르녹는 야자수 그늘 올리브 코코아 바나나 파인애플·
훈훈한 향기에 싸인—
그것은 자바라도 좋다 하와이라도 좋다
그것은 호주라도 좋다 난인蘭印75)이라도 좋다

이찬, 「어서 너의 기타를 들어」, 『조광』 1942.6

거친 물결이 해안선을 박차고
달아난다 천리 만리……
야자수 어깨로 떠오르는
붉은 태양이여
푸른 수평선 위에
펄럭이는 일장기여
적도를 넘는 열정
대양을 덮는 집념이여
푸른 바다 위에 떠도는 하얀 섬들
흰 물결 위에 떠도는 푸른 섬들
잠 깨어 일어나라
소리 치고 일어나라
아세아 대륙이여

---

75) 인도네시아.

남해의 섬들이여

주영섭, 「태평양교향시」, 『매일신보』 1942.1.9

손에 손을 이어 잡으십시오
발로 박자 맞춰 춤을 춥시다
토토타무타무76)
타무타무토토타무

시베리아의 젊은이들이여
자바의 아가씨들이여
손에 손을 잡으면 새 날이 밝아온다
아시아에 아침이 온다
토토타무타무
타무타무토토타무

우랄에 깃발 꽂고
바이칼에 푸울을 만듭시다
손에 손을 맞잡으면 새날이 밝아오는
태평양의 아침해가 솟아오릅니다
토토타무타무
타무타무토토타무

주요한, 「손에 손을(手に手を)」, 『국민문학』, 1941.11

이 침략전쟁을 통해 건설하고자 하는 '대동아공영권'은 끊임없이 찬양되고, '대동아인의 단결'은 쉼 없이 고무된다. 김종한은 「합창에 대하여(合唱について)」(『국민문학 1942.4)에서

이봐 송화강 상류에서도 허둥지둥

---

76) 북소리의 의성어.

남경 변두리에서도 와 있지 않은가?
수마트라에서도 보르네오에서도 이제는
중경의 방공호에서도 오겠지요
그럼 모두 나란히 서 주십시오

라며 대동아권의 단결을 합창에 비유하였다. 주영섭은 「동방시(서곡)」(『조광』 1942.11)에서 아시아를

인도의 철학과
지나의 윤리가
동방으로 흘러흘러
유구한 세월에
섭취되고 정화되고 생명을 고이 기른 곳
일본열도 ─ 태양의 고향
아침햇발에 앵화櫻花가 만발하는 곳
인도와 지나의 정신이 대화大和의 마음으로 길러진 땅

으로 묘사하였다. 그리고 그는 이 시에서 "아세아대륙을 두 팔로 껴안을 듯이 늘어선 / 일본열도 ─ 동양의 방파제"라며 일본의 선도성을 강조하였다. 이는 침략전쟁과 '대동아공영권'을 다룬 시들에 공통으로 깔려 있는 정서인바, 주요한은 「성전찬가」(『매일신보』 1942.12.8)에서 "태양의 깃발77) 앞서는 곳에 / 따르나니 10억의 대동아 겨레와 겨레"라 하였으며, 김동환은 「총, 1억 자루 나아간다」(『삼천리』 1942.1)에서 "일본이여, 일본이여 나의 조국 일본이여 / 어머니여, 어머니여 아세아의 어머니 일본이여 / 주린 아이 배고파서, 벗은 아이 추워서 / 젖 달라고, 옷 달라고 10억의 아이 우나이다, 우나이다"라고 외치는 등 '신국神國 일본'과 '위대한 황군'의 선도성은 끊임없이 찬양되었다.

---

77) '일장기'를 지칭함.

이찬의 희곡 「세월」(『조광』 1943.5)은 '대동아전쟁'을 통해 단결해 가는 아시아인의 사랑과 우정을 그렸다. 와세다대로 추정되는 도쿄 W대 다니는 중국인 진영陳英, 그리고 '반도인' 주朱와 이李는 같은 하숙의 절친한 친구인데, 그중 진영은 하숙집 딸 사나에(早苗)와 사랑하는 사이였다. 그런데 진영은 먼저 졸업을 하면서 중국으로 돌아가 일본에 대항한 장개석 군대에 합류하려 하였다. 이에 주는 대동아공영권을 주창하며 진영을 설득하고, 사나에는 이별을 슬퍼하나 결국 진영은 떠난다. 한편, 졸업 뒤 조선에 오게 된 주는 시골에서 주민에게 '국어' 강습을 하며 조선인의 황민화에 힘쓰던 중 그 자리를 이에게 물려주고 남방으로 군속을 지원해 간다. 결국 비르마(버마) 전장에서 주는 군속으로, 사나에는 간호부로, 주와 진영의 일본인 동창인 다니가와(谷川)은 군의 다니가와 소위로, 그리고 진영은 장개석 군의 진 중위로 만나게 된다. 진영은 영미군의 배신으로 일본군의 포로가 된 뒤에야 영미가 우군이 아님을 알게 된다. 그리고 그는 포로로서 주, 다니가와, 사나에와 재회하고서야 이들에게서 진정한 형제애를 느끼며 자신의 과거를 뉘우친다. 결국 진영은 이들과 함께 '대동아건설의 초석'이 되기로 결심한다. 여기서 조선인 주의 갈등은 전혀 없는 게, 그는 이미 스스로를 일본인이라 생각하며, '내지인' 동료들과 함께 중국과 아시아를 바라보고 판단하고 한다.

이러한 아시아인의 단결들을 방해하는 미영에 대한 반감도 이 시기 전쟁시의 주요 정서다.

뚜들겨라 부숴라 정의의 사師여
저 '양키' 이 '작크'를 그저 둘 것가

심장을 돌고돌며 펄펄 끓는 피
두고두고 몇몇 해 벼러왔던고

불뚝불뚝 의분에 터지려는 맘
이 이상 참을 길을 하마 있으랴

대동아 같은 민족 손을 잡고서
공존공영 큰길을 고이 밟으며
즐거운 꽃동산을 지으려하건
이 악덕아 무어라 이간질이냐

뚜들겨라 부숴라 정의의 사여
저 '양키' 이 '작크'야 칼을 받으라

김억, 「뚜들겨라 부숴라, 정의의 사여」, 『매일신보』 1941.12.25

아아 공공조계公共租界
그야말로 침략자가
그들의 반식민지를 짜고 비틀고
빨아들이는 엄청난 도가니, 기묘불가사의의 기계가 아니던가

(중략)

왕군아!
우리 공조계公租界가 오늘에 우리 황군의 손에 들어왔다.
중국의 경제를 결박하였던
황포탄黃浦灘 7, 8층 양옥들은 빈집이 되고
국제은행단의 두려운 음모는 영국의 포함과 함께
황군의 대포 앞에 깨어져버렸다.
왕군아!
태평양의 성전은 이미 시작되었구나

주요한, 「상해조계上海租界 진주일進駐日에 왕군王君에게 보냄」, 『조광』 1942.2

라고 하였다. 『국민문학』 1943년 7월호에 실린 가두소설(辻小說)[78]인 이석

훈의 「돼지몰이놀이(豚追遊戲)」와 정비석의 「가면(化の皮)」에 나타나는 영미인에 대한 적의는 좀 더 구체적이다. 「돼지몰이놀이」에서 영미인 광산사鑛山師들은 단오절에 조선인 노동자들을 위로한답시고 돼지에 콜타르를 발라 '돼지몰이놀이'를 시킨 채 자기들은 그 얼간망둥이 같은 모습들을 보며 즐긴다. 「가면」에서 미국인 선교사는 조선에서 형제라 칭했던 조선인 최 목사를 막상 미국에서는 노예로 취급한다.

　1942년 중반 과달카날에서 일본군이 패배함으로써 전세는 점차 일본에게 불리하게 된다. 김기진의 시 「의기충천」(『매일신보』 1944.10.19)은 1942년 중반기부터 있었던 과달카날, 애투, 매킨, 타와라, 사이판, 티니안, 괌 등에서의 전투를 다루는데, 이때부터 일본군의 패색이 짙어지자 아래와 같이 전후방 따로 없는 총동원체제의 긴박감과 비장함을 유독 강조한다.

> 두 눈이 찢어지도록 크게 뜨고서
> 필살의 어뢰를 가슴에 품은 채 적함을 때리는
> 우리 용사의 자태 눈앞에 보이네.
> 일찍이 우리가 바친 놋그릇들이 모조리 어뢰 되어
> 지금 서남태평양에서 악의 무리를 쳐부수는구나.
> 일찍이 공장에 들어간 아우가 누이가 정성을 다해서
> 못 한 개 나사 한 개 소홀히 하지 않은 우리의 비행기가
> 지금 미국의 태평양 함대를 놓치지 않고 뒤쫓아가네.
> 아아 주먹에 땀을 쥐고 이를 갈면서 우리도 따르자.

(3) 일본군 전사자

　'내지인'과 조선인을 포함한, 침략전쟁에서의 일본군 전사자에 대한 애도

---

78) '십소설(辻小說, つじしょうせつ)'은 일본에서 국민의 전의 앙양을 위해 개발된 콩트 분량의 소설. 필자가 '가두소설'로 처음 번역하였다.

와 찬양 역시 비장하였다. 채만식의 장편소설 『여인전기女人戰記』(『매일신보』 1944.10.5~1945.5.15)에서는 이미 러일전쟁에서의 조선인 전사자가 등장한다. 주인공 임진주의 아버지 임경식은 일본군 중위로서 노기 마레스케(乃木希典) 휘하에 있으면서 러일전쟁에 참가하였다가 전사하였다. 임 중위는 '203고지 작전'에서 결사대 대장이 되어 "나는 사람은 조선 사람이라도 마음의 나라는 일본이요, 그러므로 일본을 위하여 충의를 다하되 목숨을 아끼지 아니하노라."라는 말을 남긴 채 장렬히 전사하였다. 아버지 임경식에게는 일본인 혼혈 아들이 있었으니, 임진주의 이복동생인 무일武一의 만남은 내선일체의 본보기가 되었다.

최정희의 「환영의 병사幻の兵士」(『국민총력』 1941.2.7)에는 중일전쟁에서의 일본인 전사자가 등장한다. 도쿄의 모 여대 2학년생 김영순은 요양차 귀향해 쉬다가 우연히 야마모토 이사무(山本勇)라는 일본 병사를 비롯한 철도경비대 소속 병사들과 친해진다. 그러다가 이 병사들은 각각 다음 임지로 떠났는데, 그중 '북지北支' 전선으로 떠난 야마모토에게서 편지 한 통을 받는다. 야마모토와의 편지 왕래를 통해 영순은 동북아 3국의 깊은 유대와 지금의 전쟁에 대해 많은 것을 알게 되고, 야마모토의 이념에 따라 살리라고 결심하고 또 이를 야마모토에게 고백한다. 그러나 야마모토는 전사하게 되고, 그 환영이 영순에게 나타나 신념을 지키며 살 것을 강조한다. 앞에서 언급한 임학수의 시 「하단 군조」나 「돌아오지 않는 황취」도 중일전쟁에서의 전사자를 다루었다. 하단 군조는 농성 중이던 일본의 양식이 끊기자 밤에 적진에 숨어들어 배추를 캐어오는 등 희생적으로 싸우다가 전사를 하였고, 「돌아오지 않는 황취」에서의 비행기 조종사는 자기의 격추당한 기체를 적들의 전차대에 몰아 떨어뜨려 죽으면서까지 전과를 올린다. 김동환의 시 「권군 '취천명'勸君 '就天命'」(『매일신보』 1943.11.7)과 주요한의 시 「첫 피─지원병 이인석에게 줌」(『신시대』 1941.3)은 중일전쟁 중 1939년 6월 하순에 조선인 지원병으로서는 최초로 전사한 이인석李仁錫 일등병을 다루었다. 김동환은

이인석 군은 우리에게 보여주지 않았던가
그도 병兵 되어 생사를 나라에 바치지 않았던들
지금쯤 충청도 두메의 이름 없는 농군이 되어
베옷에 조밥에 한평생 묻혀 지내었겠지
웬걸 지사, 군수가 그 무덤에 절하겠나
웬걸 폐백과 훈장이 그 제상에 내렸겠나

라며 전사를 오히려 고마워할 것을 요구하였고, 주요한은

형아 아우야,
나는 간다.
너보다 앞서
피를 뿌린다.
앞으로 너들의 피가
백으로 천으로
만으로 십만으로
뿌려질 줄을
나는 안다.
대륙에서
대양에서
넘쳐흐르게 될 줄을
나는 안다.

라며 일왕을 위해 자원하여 전사할 것을 요구하였다.

1941년 12월 8일 일본의 진주만 습격으로 태평양전쟁이 터지자 일본군 전사자에 대한 문학작품도 본격적으로 생산되었다. 진주만 습격에서 야음을 틈탄 선제공격을 위해, 일종의 인간어뢰정인 2인 1조의 특수잠항정特殊潛航艇으로 미국 함대에 손상을 입히고 전사한 소위 '구군신九

軍神'79)이 찬양되자 이광수는 1942년 4월『신시대』에 발표한 시「진주만의 9군신」에서

> 사람들은 죽기 위하여서 났나니라. 죽는 날 하루야말로 일생의 목적이니라.
> 일생의 노력이 한 날의 죽음을 위한 준비일 때에 그 일생은 바른 일생이니라.
> 진주만의 구용사九勇士는 우리에게 이렇게 가르치니라.

라며 이들이 젊은 나이에 '일본의 신神'이 되었다 하였다. 조우식은 1942년 8월『조광』에 발표한 시「동방의 신들－아홉 군신의 영령에 바친다(東方の神々－九軍神の英靈へ捧ぐ」)에서

> 위대한 동방의 신들
> 비통과
> 감정과
> 사욕을 떠나
>
> 조국의 사랑을 채색하는 영지英智의 불꽃이여.

라며 이들을 극찬하였다. 노천명은 1942년 12월 8일『매일신보』에 발표한 시「흰 비둘기를 날려라」에서

> 아홉 군신의 붉은 충성 뒤엔
> 뛰어난 아홉 어머니가 숨어 있었다
> 굳센 '일본의 아내'가 숨어 있었다

---

79) 실제로는 10명이 공격에 나갔으나 1명은 미군에 사로잡혔다. 이에 일본군은 생포당한 1명을 수치로 여겨 아예 애초부터 9명만이 공격에 나간 듯이 꾸며댔다.

'돌아오면 안 된다 죽어 오너라'
안 뵈면 보고 싶고 늦으면 걱정하며 아껴 기른 아들
나라에서 부르시는 아침엔
이렇게 내놨다

라며 여성 시인답게 '9군신'의 뒤에는 훌륭한 '일본 여성'이 있었다고 찬양
하였다. 노천명은 1942년 2월 28일 『매일신보』에 발표한 시 「진혼가」에서
싱가포르 점령 때의 전사자를 추모하기도 하였는데, 그는 이 전사자들이
"대동아 건설의 초석"이 되었다며 찬양하였다.

　김억은 일본군 장교 전사자를 추모한 시들을 남겼는데, 「군신 가등加藤 비
행부대장」[『반도의 광(半島の光)』 1942.9]과 「아아 산본山本 원수」(『매일신보』 1943.6.6)
가 바로 그것이다. 일본 육군비행대 64전대를 이끌고 태평양전쟁 초기 동
남아 전장을 휩쓸던 가토 다테오(加藤建夫)가 1942년 5월 22일 벵골만 상공에
서 격추당해 전사하자 김억은 「군신 가등 비행부대장」에서 가토를

　　북지나라 중지나 또는 남방의
　　길도 없는 허공을 까맣게 날며
　　간 데마다 사악邪惡을 뚜다려내고
　　새로운 길 뚜렷이 지으신 군신

　　(중략)

　　영구히 이 동아를 지키는 군신

이라며 무한 찬양하였다. 그리고 진주만 공격 총책임자인 일본 해군 제독
야마모토 이소로쿠(山本五十六)가 1943년 4월 18일 솔로몬제도 상공에서 격추
당해 전사하자 그는

아아 원수 원수는 돌아가셨다.
원수의 높은 정신 본本을 받아서
백배 천배 다시금 새 결심으로
새 동아의 빛나는 명일을 위해
일어나자 총후의 우리 일억들
저 미영이 무어냐 사악인 것을.

이라며 무한 분개하였다. 가토의 64전대에는 최초의 조선 출신 일본 육군 비행장교인 다케야마 다카시[武山隆, 조선명 최명하(崔鳴夏)]가 있었는데 그는 남방 전선인 파칸발 비행장 공격 중이었던 1942년 1월 20일에 전사하였다. 이에 정인택은 다케야마에 대하여 많은 글을 남겼는데, 그중에서 문학작품으로는 단편 「붕익鵬翼」(『조광』 1944.6)과 장편 『무산 대위』(매일신보사, 1944)[80]가 있다. 그는 「붕익」에서

　　순간, 무산 중위의 귀에는―자아 인젠 죽을 때가 왔다. 남부끄러운 죽음을 말아라. 황국의 신민답게 네 최후를 찬란하게 장식해서 이 고장 원주민들의 머릿속에 깊은 인상을 남겨 놓아라. 그뿐이냐 너는 반도 청소년의 선각자로서 가장 군인다운 죽음을 하게 되었다. 네 뒤에서 징병제를 목표로 수없는 반도 청소년이 군문軍門을 향하여 달리고 있다는 것을 최후의 일순까지도 잊지를 말아라……

라는 묘사를 통하여 많은 조선 청년들이 다케야마의 뒤를 따라 목숨을 바칠 것을 요구하였다.
　　1943년 5월 29일 알류샨 열도의 애투Attu(일본식으로는 '아쓰')섬에서 일본군이 북태평양 전투 최초의 '옥쇄玉碎' 자살을 실행하자 이석훈은 가두소설 「최후의 가보(最後の家寶)」(『신시대』 1943.8)에서 이 소식을 듣고 대야, 향로, 놋그릇 등

---

80) 현재 실물은 발견되지 않았다.

은 물론 집안의 가보인 놋촛대마저 나라에 헌납하는, '황국신민'으로서의 조선인을 묘사하였다. 1944년 7월에 사이판섬이 미군에 의해 점령당하자 서정주는 같은 해 8월『국민문학』에 추모시「무제—사이판 섬에서 전원 전사한 영령을 맞이하여(無題—サイパン島全員戰死の英靈を迎へて)」를 발표하였다. 그는 이 시에서 "구단九段[81)의 하늘 높이 향기를 피우시라 / 어머니여. 구름이나 일월성신을 위해서가 아니라 / 내 한 몸 불꽃되어 숨이 끊어졌으니!"라며 애도하더니 "아아 기쁘도다 기쁘도다 / 오고가는 바람이 뺨에 스치니 / 나, 숨을 쉬며 황국에 살고 있네."라는 '반가反歌'를 통해 죽음을 통한 영생을 찬미하였다.

전쟁 말기의 전세가 불리해짐에 따라 1944년 10월 필리핀 레이테 해전에서 일본군은 최초로 가미카제 자살특공대 전술을 쓰기 시작하였다. 이에 많은 작가들은 조선인 특공대원들의 전사를 찬양하며 선전과 선동을 일삼았다. 조선 출신 소년비행병으로 1944년 11월 29일 제일 먼저 가미카제 특공대원으로 출격하여 레이테만에서 전사한 사람은 마쓰이 히데오[松井秀雄, 조선명 인재웅(印在雄)]였는데, 서정주는 그 유명한 「송정오장松井伍長 송가」(『매일신보』 1944.12.9)에서

마쓰이 히데오!
그대는 우리의 오장. 우리의 자랑.
그대는 조선 경기도 개성사람.
인 씨의 둘째 아들. 스물한 살 먹은 사내.

마쓰이 히데오!
그대는 우리의 신풍神風특별공격대원.
정국대원靖國隊員.[82)

---

81) 도쿄의 야스쿠니(靖國)신사가 있는 곳.
82) '정국대' 즉 '야스쿠니타이'는 비행 부대 이름. 기존에는 '귀국대(歸國隊)'로 오독되었는데 필자가 처음으로 바로잡았다.

> 정국대원의 푸른 영혼은
> 살아서 벌써 우리게로 왔느니,
> 우리 숨쉬는 이 나라의 하늘 위에
> 조용히 조용히 돌아왔느니

라며 찬양하였다. 노천명은 「신익神翼—송정오장 영전에」(『매일신보』1944.12.6)에서 "레이테 만의 거친 파도를 베며 / 어뢰를 안고 / 몸소 적함에 부딪쳐 / 그대 혜성처럼 떨어지다 / 오! 숭고한 최후여 / 그 용감한 투혼에 기백에 / 조선의 청소년들아 뒤를 잇자"라며 죽음을 선동하는 한편, "일찍이 어느 나라 민족이 / 죽음을 이처럼 용감하게 태연하게 / 받은 일이 있었더냐"며 '일본 민족의 일부분인 조선인으로서의 죽음'을 자랑스러워하였다. 이광수는 마쓰이의 독백 형식으로 된 시 「적 함대 찾았노라—신병神兵·송정 오장을 노래함」(『신시대』1944.12)에서 "세상에 온 지 겨우 20 안팎에, 아는 것은 부모님 사랑, / 임금님 은혜와 신자臣者의 □□(2글자 해독 불능—인용자)"라며 조선인의 맹목적인 충성을 선동하였다. 레이테만전투에서 등장하는 또 하나의 조선인 전사자로 가네하라(金原) 군조가 있는데 이에 대해서는 김억의 시 「님 따라 나서자—금원 군조 영전에」(『매일신보』1944.12.7)가 있다. 김억은 이 시에서

> 역천逆天을 부를 것이 순천順天을 받들 것이
> 대장부 세상 났다가 그저 옐줄 있는다.
>
> (중략)
>
> 설사設使에 죽어라도 충혼은 그저 남아
> 사악을 눕히기 전이야 가실 줄이 있과저.

라며 전사한 가네하라의 영혼을 '순천에 따른 충혼'으로까지 격상시키려 하였다. 소년비행병으로 가미가제 공격에서 전사한 조선인 중의 하나로 히로오카 겐야[廣岡賢哉, 조선명 이현재(李賢載)]가 있었는데, 모윤숙은 「어린 날개-광강廣岡 소년항공병에게」(『신시대』 1943.12)에서

고운 피 고운 뼈에
한번 새겨진 나라의 언약
아름다운 이김에 빛나리니
적의 숨을 끊을 때까지
사막이나 열대나
솟아솟아 날아가라.

사나운 국경에도
험준한 산협에도
네가 날아가는 곳엔
꽃은 웃으리 잎은 춤추리라.

라며 조선인의 전사를 숭고하고 아름답게 묘사하려 하였다. 이외에 가미카제 조선인 전사자를 노래한 시로 노천명의 「군신송軍神頌」(『매일신보 사진판』 1944.12)이 있다. 그는 이 시에서 이들의 죽음을 '거룩한 역사'를 위한 '아름다운 희생'으로 찬양하였다.

전쟁 말기 들어서도 주요한은 1945년 1월 30일 『매일신보』에 발표한 시 「파갑폭뢰破甲爆雷-박촌朴村 상등병에게 드림」을 통해 조선인 병사들의 자살공격을 찬양하고 선동하였는데, '파갑폭뢰'란 강철판 등으로 견고하게 만든 시설을 파괴하기 위해 만든 수중폭탄을 말하였다. 그는 이 시에서 "이 땅의 사나운 젊은이들 가슴에 / 하나하나 / 그들의 파갑폭뢰가 / 터지도록, 불을 배앝도록"이라며 많은 이들이 이 자살공격대원의 뒤를 따를 것을 요

구하였다.

이외에도 이찬은 시 「그나마 잘 죽어서 – 돌아가신 어머니에게(せめてよく 死に–亡き母へ)」(『동양지광』 1944.3)에서 제대로 효도를 못했던 무능한 아들이 '황군'으로 '잘' 죽어서 '어머니의 한'도 풀릴 수 있게 되었다고 하였고, 조우식은 전사자를 "순수한 야마토의 혼"(「아가 – 전선에 보낸다(雅歌 – 前線に送る)」, 『조광』, 1942.3), "사쿠라꽃 산화하는 서정"(「신주풍(神州風)」, 『동양지광』, 1942.8) 등에 비유하며 찬양하였다.

3) 지원병, 징병, 학병, 징용

일제는 조선에 대하여 1938년 2월 22일에 「육군특별지원병령」(칙령 제95호)을 공포한 이래 4월 3일에 육군지원병제를 1943년 8월 1일에 징병제와 해군지원병제를 1943년 10월 20일에 학병제를 각각 실시하였고, 1944년 1월 20일에는 조선인 학도병이 첫 입영을 하였다. 일제의 학병·지원병·징병제에 동조하였던 조선의 문학가들은 이러한 일련의 제도 실시를 동조하며 찬미하였던바, 여기 작품들이 바로 그렇다.

(1) 지원병

1937년 7월 7일 중일전쟁이 터지고 1938년 4월 3일에 육군특별지원병제가 실시된 이후 문학에서 최초로 지원병제를 다룬 작품은 1939년 10월 7일 『총동원』에 발표된 김문집의 소설 「거무스름해진 혈서(黑ずんだ血書)」다. 조선 청년 성일원은 중일전쟁이 터져 지원병을 신청하나 공산주의자로서 사형된 아버지 때문에 자꾸 떨어진다. 이에 성일원은 모 부대 연대장에게 '일사보국–死報國'이란 글귀가 혈서로 쓰인 자기 졸업장과 이 혈서만큼의 결연한 의지를 담은 편지를 보내며 지원병으로 받아 줄 것을 부탁한다. 1940년

3~7월 『녹기』에 연재되었던 이광수의 미완의 장편 『진정 마음이 만나서야 말로(心相觸れてこそ)』는 내선일체를 강조하는 속에 지원병 문제를 다룬다. 우연한 기회로 조선 주둔 히가시(東) 육군 대좌 집안과 '불령선인不逞鮮人'으로 주목받고 있는 김영준 집안이 서로의 오해를 풀고 '내선일체'의 우의를 다지게 되는데, 히가시 대좌의 아들 다케오(武雄)와 딸 후미에(文江)는 김영준의 딸 석란 및 아들 충식과 각각 사랑하게 된다. 어느덧 다케오가 군인이 되어 '중지中支 전선'으로 나가자 나머지 셋도 지원병으로 이 전선에 출정한다. 결국, 다케오가 부상으로 장님이 되자 적군을 회유하는 선무관宣撫官이 되어, 가결혼假結婚을 한 석란과 함께 신혼여행 대신 중국군 후방에 침투하게 된다.

이렇게 선도적인 지원병의 열기를 더욱 북돋우고자 이광수는 1940년 9월 29일 경성중앙방송을 통해 발표된 노래 「지원병장행가」(『삼천리』, 1940.12)를 다음과 같이 작사하기도 하였다.

1. 만세 불러 그대를 보내는 이날
   임금님의 군사軍士로 떠나가는 길
   우리나라 일본을 지키랍시는
   황송합신 뜻 받아 가는 지원병

2. 씩씩할사 깨끗한 그대의 모양
   미더웁고 튼튼키 태산 같고나
   내 고장이 낳아 준 황군의 용사
   임금님께 바치는 크나큰 영광

3. 총후봉공銃後奉公 뒷일은 우리 차지니
   간 데마다 충성과 용기 있으라
   갈지어다 개선날 다시 만나자
   둘러 둘러 일장기 불러라 만세

일본을 '우리나라'로 일본 국왕을 우리의 '임금님'으로 모셔 충성을 맹세하는 정서는 모윤숙이 1941년 1월 『삼천리』에 발표한 시 「지원병에게」에서도 변함없이 반복된다.

> 대화혼大和魂 억센 앞날 영겁으로 빛내일
> 그대들 이 나라의 앞잡이 길손
> 피와 살 아낌없이 내어바칠
> 반도의 남아 희망의 화관花冠입니다.

여기서 우리가 빛내야 할 정신은 '대화혼' 즉, '야마토다마시이やまとだましい'인 것이다.

1943년 5월 11일 해군특별지원병제도 실시가 각의 결정되고 8월 1일에 해군지원병제가 실시되게 되자 이에 발맞추어 문인들은 작품을 발표하였다. 김종한은 1943년 6월 『국민문학』에 발표한 시 「바다(海)」에서

> 어느 날부터
> 바다는 우리 것이 되었다
> 우리는 바다 것이 되었다
>
> (중략)
>
> 어느 날부터 이 반도에
> 해군특별지원병제가 결정되었다
> 어느 날부터
> 바다는 우리 것이 되었다

라며 해군지원병제의 실시를 경축하였다. 주요한은 1943년 5월 13일 『매일신보』에 발표한 시 「아침햇발―해군지원병실시 발표된 날에」에서

산에 가면 무덤에 꽃도 피건만 바다에 흩는 용사 표적도 없어
6대양 험한 물결 나의 집이요 표적 없는 무덤이 내 고향이라

(중략)

살아옴을 바라리 특별공격대 시방 떠납니다 다만 한마디
비록 몸은 고기밥 남음 없어도 혼이 길이 살아서 나라 지키리

라며 조선 청년의 희생을 요구하였다. 정인택은 1943년 12월『춘추』에 발표한 소설 「해변」에서 해군을 지원함으로써 개과천선을 하게 되는 조선 청년의 모습을 그렸다. 개망나니 행세를 하다 동네에서 쫓겨난 덕모德模는 어부인 아버지가 바다에서 운명했다는 소식을 듣고 3년 만에 귀향을 한다. 그는 마을 사람들의 선입견을 딛고, 평소 존경하던 김 선생의 충고를 받아들여 모범 청년으로 돌변한다. 정어리 공장에 일을 하며 바다에 대한 열정으로 가슴 태우던 덕모는 드디어 신문에서 '해군지원병제 실시'라는 기사를 보고 감격에 겨워 김 선생을 찾아간다.

「해변」에서의 김 선생과 같이 지식인의 역할이 중요한바, 지원병을 선전 선동하는 데에서 지식인의 선도적 역할을 강조하는 것도 문인들의 역할 중 하나였다. 조선문인협회는 소속 문인으로 소위 '문사文士 부대'를 만들어 1940년 2월 22일과 10월 12일 두 번에 걸쳐 경기도 양주군 묵동墨洞의 지원병 훈련소83) 1일 입영 견학을 시행하였는데 김동환은 이에 대한 소감으로 1940년 12월『삼천리』에 시 「1천 병사의 '수풀'」을 발표하였다. 그는 지원병 젊은이들에게

사랑하는 병사여!
맥추麥秋 익어가는 4백여 주州 넓은 벌엔 그대의 선배들이

---

83) 현재의 태릉 육군사관학교 위치.

우리의 명예와 신뢰를 짊어지고 지금 싸우고 있잖는가,

그 중에 두 분은 벌써 '호국의 충혼'이 되어서

정국신사靖國神社(야스쿠니 신사) 신전 속에 고요히 누워 계시잖는가

하며 일본을 위해 죽어간 선배 지원병을 따를 것을 종용하였다. 최재서는 1943년 5월 30일부터 6월 4일까지 참가했던 조선군 보도연습의 체험을 작품화했는데, 그것이 바로 1943년 7월『국민문학』에 발표한 소설「보도연습 반報道演習班」이다. 36세의 잡지 편집자인 주인공 송영수는 시국을 쫓아가지 못하며 고민하던 차에 조선 군부가 주도한 보도부 연습에 참가하게 된다. 지원병 훈련소에 입소한 송영수는 지원병들의 기상에, 불안과 회의로 그늘 진 자신의 왜곡된 모습을 반성하게 된다. 그는 전 세계인을 파탄에서 구해 낼 야마토 민족으로서 조선인은 '내지인'을 도와 성업을 완수해야 한다는 것을 깨닫는다. 조선군 보도반원은 문인 중에서도 약 10명 정도만 있었던 선도적인 조직이었는데, 이들은 조선인의 전시동원을 위해 선도적 역할을 해 나갔다. 이무영은 1944년 4월 소설집『정열의 서(情熱の書)』(동도서적, 1944)를 통해 발표된 단편「정열의 서」에서, 거꾸로 일반인을 통해 지식인이 자신의 역할을 깨닫게 되는 과정을 그렸다. 명기자와 명문장가로 날리던『동아 東亞신문』의 이우소는 첫사랑에 실패하여 세상을 등진 뒤 시골의 일개 잡광 부雜鑛夫로 살아갔다. 세월이 흘러 제법 금광꾼이 되었으나 세상 사정에는 무관심한 채 지내던 우소는 단양의 창돌네 집에서 하숙하게 된 뒤, 지원병 이 되기를 열망하는 창돌의 영향으로 시국과 전쟁에 대해 인식을 바꾼다. 광산 생활을 청산하기로 결심한 그는 창돌에게, 집안은 자기가 맡을 테니 걱정 말고 생각대로 돌진하라고 격려한다. 김동환은 1941년 초겨울 서울 어느 청년대 300명을 모아 놓고 1시간 동안 이야기하며 지원병을 권유하는 선도적 활동을 한 바 있는데, 그 자리에서 곧 일곱 청년이 자원하게 된 일 화를 1942년 5월『삼천리』에 발표한 시「우리들은 7인」을 통해 감격에 찬

어조로 기술하였다. 그는

> '우리들은 겨우 일곱
> 수는 적으나 바위라도 치리라'
> 하고 수저운 듯 손들며 일어서는 7인의 청년
> 어찌 일곱이 적다 하리,
> 7백에서 줄고줄어 오늘의 일곱됨이 아니고
> 그대들 이제 7천으로 7만으로 썩썩 늘어갈
> 그 일곱이 아니던가.
>
> (중략)
>
> '천막에서 자다가
> 노방에 묻겨 영靈만 돌아오리다, 조국에'
> 하고 그네는 엄숙하게 외친다

라며 선도적 젊은이의 모습을 그렸다.

　지원병을 선전·선동하는 데에서 여성의 역할을 강조하는 것도 또 한 가지 특성이었다. 최정희는 1942년 11월 『국민문학』에 발표한 소설 「야국초野菊草」를 통해 강인한 군국의 어머니가 탄생하는 모습을 그렸다. 이 단편소설의 줄거리는 여자 주인공인 '나'와 12년 전에 불륜 관계에 있었던 '당신'에게 아들 승일이와 '나'의 근황을 알리는 편지 형식으로 전개된다. '당신'의 낙태 권유에도 '나'는 승일이를 낳아 홀로 기른다. '나'는 승일이와 함께 지원병 훈련소를 견학하게 되었는데, 거기서 훈련소 생활과 군인정신에 대해 배운 뒤 승일이는 어린 나이임에도 기꺼이 전쟁터에서 목숨을 바치겠다고 각오한다. '당신'에 의해 '작고 가련한 들국화'로 비유됐던 '나'는 '일본 군인정신'에 입각하여 아들을 전쟁터에 보내고 또 아들이 죽어도 결코 울지 않는 강인한 '군국의 어머니'가 될 것을 맹서한다. 강인한 군국의 어머니상은

정비석의 가두소설 「어머니의 말씀(母の語らひ)」(『조광』1943.9)에서도 나타나는데, 여기서 어머니는 어리고 여린 막내 철이가 지원병 훈련소에 가자 "마치다시 태어난 것처럼 변하여 훌륭한 모양"으로 돌아오자 "너는 군대에 갔다와서 정말 다행"이라고 감탄한다. 이석훈은 1944년 4월 『방송지우』에 발표한 소설 「새 시대의 모성」에서 아들의 지원병 출정으로 아들은 물론 집안의 지위마저 드높이게 된 것을 자랑스러워하는 어머니의 모습이 그려져 있다. 보잘것없는 집안의 청년 용은 순이를 좋아하나 용기가 없었다. 중일전쟁이 터지자 이 마을의 내지 청년들도 군에 나갔고 조선 청년들에게도 결단의 날이 다가섰다. 용은 마을 최초로 지원병이 됨으로써 자기와 자기 집안의 지위를 한꺼번에 드높인다. 용의 어머니는 점차 그 영광을 깨닫고, 또 아들이 훌륭한 군인이 됨을 목도하면서 자기도 어느덧 부끄럽지 않은 '닙폰(日本)의 어머니'가 되었음을 알게 되었다. 장덕조는 지원병 아들을 통해 새롭게 재생하는 어머니의 또 한 모습을 1944년 2월 『방송지우』에 발표한 소설 「재생」에서 소개하였다. 부호의 아들과 결혼한 성악가 미자는 결국 자기의 꿈을 위해 이혼하는 한편 두 자식마저도 시댁에 떼어 놓는다. 그 뒤 미자는 방황과 타락의 길을 걷다가 과거를 후회하며 중이 되었다. 그러던 어느 날 미자는 아이에게서, 소년항공병에 지원했다는 내용의 편지를 받고는 무언가를 깨닫고, 오히려 아들에게서 총후봉공의 정신을 배우게 된다. 정인택이 1943년 10월 『국민문학』에 발표한 소설 「뒤돌아보지 않으리(かへりみはせじ)」 역시 지원병에 나가는 아들을 통해 어머니가 변화할 것을 요구한다. 전쟁터에서 어머니와 동생 겐(賢)에게 보내는 '나(주인공)'의 서간체 일인칭 형식으로 된 이 단편의 줄거리는 다음과 같다. 아버지의 유업을 이어 고등농림학교에 들어갔던 '나'는 수학 도중 지원병으로 입대하였다. '나'는 편지에서 어머니에게, 부모 앞서 죽는 게 불효라지만 지금 전시에는 오히려 부모에 앞서 전사하는 게 효도라고 이야기한다. 동생 겐에게는 기쁘게도 징병제가 실시되게 되었으니 언젠가 '영광스러운 초대'가 올 것이라고 한다. 마지막으로 '나'는 이제 전사할 때가 되었다면서, '천황'을 위한 영광스러운 죽음을 노래한 「바다에 가면(海ゆかば)」를 읊는다. 조용만이 1944년 11월 『국민문학』에 발표한 단막 희곡 「광산의 밤(礦山の夜)」은 지원병 문제는 물론이고 응징사 문제, 증산 문제 등을 종합적으로 다루는 가운데 어머니가 차츰 변해 가는 과정을 그렸다. 서선西鮮 지방의 석탄 광부인 길돌은 어머니와 석탄 광산의 선탄부選炭婦인 순이, 그리고 국민학교 고등과생인 만돌 등 두 동생과 살고 있었다. 이야기는 모레 길돌이 분녀와 결혼하기로 되어 집안이 분주한 데서 시작한다. 이즈음 일본의 군수품 제조 공장에 일하러 나가 있었던 이웃 마을 청년 가네무라(金村)가 돌아왔는데, 사실 그는 순이와 결혼해서 함께 일본으로 돌아가기를 원하고 있었다. 한편 만돌은 집에 들어와 갑자기 '미영米英을 쳐부술' 소년항공병이 되겠다고 하여 어머니를 놀라게 한다. 이에 길돌은 가네무라와 함께 어머니를 설득하여 만돌이가 소년항공병이 될 것을 허락받고, 가네무라에게 순이를 시집보낼 것도 쾌히 승낙받는 한편, 가네무라의 사정을 고려해 자기 결혼식을 연기하는 것까지 어머니에게 허락받는다. 끝에 가서 어머니가 만돌이의 입대와 순이의 결혼으로 외로워질 것을 걱정하자, 길돌은 광산과 함께 어머니를 언제까지라도 지킬 것을 굳게 다짐한다. 조용만이 1943년 10월 15일 『국민총력』에 발표한 소설 「불국사의 여관(佛國寺の宿)」은 지원병 문제와 함께 여성의 총후봉공 문제를 다룬다. 조선인인 '나'와 김화백은 일본인 친구 마쓰야마(松山)와 함께 여행차 밤늦게 불국사역에 도착한다. 늦은 밤에 가네무라(金村)라는 조선인 청년의 도움을 받아 여관에 들었는데, 이 청년은 이번에 지원병으로 입영하게 돼 고향 어머니와 바로 이 여관에서 일하는 약혼자 복순이를 만나러 잠시 귀향하게 된 차였다. 성실하고 듬직한 청년 가네무라는 복순이를 만나, 자기 입영 뒤 복순이도 부산의 공장에 들어가 나라를 위해 일하라고 선고宣告하였고, 복순이도 "예." 하고 확실히 대답하였다. 지원병을 권유하는 시에서도 여성의 역할은 강조되었다. 모윤숙은 1943년

11월 12일 『매일신보』에 발표한 시 「내 어머니 한 말씀에」에서 군국의 어머니는 "오냐! 지원을 해라 엄마보다 나라가 / 중하지 않으냐 가정보다 나라가 크지 않으냐 / 생명보다 중한 나라 그 나라가 / 지금 너를 나오란다 너를 오란다 / 조국을 위해 반도 동포를 위해 나가라 / 폭탄인들 마다하랴 어서 가거라 / 엄마도 너와 함께 네 혼을 따라 싸우리라."라고 발언한다.

친일 작가들은 때로 희화적이고 명랑한 내용의 줄거리를 통해 자연스럽게 지원병제를 선전하려 하였다. 정인택은 1942년 1월 『춘추』에 발표한 단편 「행복」을 통해 이러한 의도를 엿보였다. 넉넉한 집에서 태어나 일생을 난봉꾼으로 살아온 올해 60세의 복덕방 노인 김지도金智道에게 옛 애인이었던 기생 춘홍이가 찾아온다. 춘홍이는 김 노인과 헤어질 당시에 그의 아이를 배고 있었음을 이야기하며, 그 아이가 지금 잘 자라나 지원병을 나가게 되었다고 한다. 그런데 아이가 지원병을 나가는 자신의 신분이 사생아인 것을 부끄러워하여, 어머니인 춘홍이 이렇게 아들을 김 노인 호적에 넣기 위해 그를 찾게 된 것이었다. 김 노인은 아들을 흔쾌히 받아들일 뿐 아니라, 이 사실에 행복해 마지않았다. 채만식이 1944년 3월 『방송지우』에 발표한 단편 「이상적 신부」 역시 지원병 문제를 희화적이고도 가볍게 다룬다. 샌님 남 주사는 우연히 상냥하고 친절한 버스 여차장을 보고는 며느릿감으로 생각하게 된다. 몇 개월 후 그 여차장은 백화점 담배 가게 점원으로, 또 반년 후에는 병원 간호부로 변해 있었지만, 그 고운 마음씨는 여전하였고 남 주사의 바람도 마찬가지였다. 그런데 18살의 장부가 된 아들 창식이가 학교에 다녀와서 소년전차병에 지원하였다고 말하자, 이미 그 희망을 승낙했던 남 주사는 이에 흔연히 칭찬한다. 장덕조가 1944년 2월 『조광』에 발표한 단막 희곡 「노처녀」도 지원병 문제와 결혼 문제를 희화적으로 다룬다. 아버지와 단둘이 사는 시골 처녀 점순이는 까다로운 결혼 조건을 내세우는 아버지 때문에 노처녀로 늙고 있다. 이런 중에 점순이는 동네에서 유일한 지원병 출신자인 갑동이와 혼인을 전제로 한 연애를 하고 싶어 하였다. 갑동이 아버지 역시 알뜰한 '신체제' 밥상을 차릴 줄 아는 점순이를 좋아하여, 이 두 건전한 젊은이의 혼인을 바라고 수시로 점순이 아버지에게 졸랐다. 하지만 점순이 아버지는 학벌과 가문과 재산에서 모두 보잘것없는 갑동이를 사위로 맞는 것을 거절하였다. 점순이 아버지는 있지도 않은 '어머니(점순이 할머니)'의 반대를 핑계로 내세웠다. 이에 점순이는 이 점을 역이용하여 아버지를 곤란하게 만들어 기어이 결혼을 허락받고 만다.

1941년 12월 8일 태평양전쟁이 시작된 이후 더 많은 병력을 필요로 한 일제는 조선인 징병제의 실시를 본격적으로 추진하기 시작하였다. 그리하여 1942년 5월 8일에 조선인 징병제를 실시하기로 각의에서 결정한 이래 1943년 8월 1일에 징병제를 실시하게 되자 징병제 실시 기념운동의 일환으로 국민총력조선·경기도·경성부 3연맹에서는 8월 4일에 경성 부민관에서 '낭독과 연극의 밤'을 개최하였는데, 여기서 김종한, 김기진의 시, 이무영, 이석훈, 정인택의 소설이 낭독되었다. 이 중에서 김종한은 시 「모자帽子」(『국민총력』, 1943.8.1)에서

엄청나게 많은
모자의 흐름 속에
네 모자도 흐르고 있다
아우여!
지금은 즐거운 등교시간

졸업하면
군인이 되겠다는
원기가 흘러 넘쳐
모자 천장에
그럴듯한 바람구멍을 내어 버렸다

군인이 되겠다는
아우여! 훌륭하지 않은가!
따뜻하게 비치는 아침 태양을 맞으며
네 모자는
망가진 철모보다도 아름답구나

라고 노래하였고, 이무영은 가두소설 「역전驛前」(『조광』 1943.9)에서 힘이 장사임에도 감히 '천황 폐하'께 지원병으로서 바친 몸이 상하기라도 한다면 안되겠기에 일방적으로 얻어맞았던 조선인 지원병 다카모토를 다루었고, 정인택은 역시 가두소설 「불초의 자식들(不肖の子ら)」(『조광』 1943.9)에서 극악했던 장남이 지원병 훈련소에서 불과 6개월 동안 조련을 받은 뒤 늠름하고 단정한 젊은이가 되어 돌아오자 나머지 두 아들도 지원병 훈련소에 넣으려다가 반도에 징병제가 실시되게 되자 그럴 필요가 없어졌다는, 그리고 그 어머니 역시 많은 의식의 변화를 겪게 됐다는 얘기를 다루었다.

(2) 징병

1942년 5월 8일에 조선인 징병제도 실시가 각의에서 결정되었고 이는 5월 9일에 발포되었다. 이에 조우식은 1942년 6월 『조광』에 발표한 시 「싸워죽어라─징병령 발포일에(征きて死なん─徵兵令發布の日に)」에서

유구한 역사의 여운.
새로운 신화는 날개를 펼쳤다.

여기에 민족의 눈은 빛나고
우리 조상의 희열은 하얀 구름이 되어
위대한 아시아의 제단에
숭고한 전통의 신주神酒는 넘친다.

(중략)

새로운 역사의 빛을 향해
이 위대한 은혜를 위해―
높이 감사의 기도를 올려
대군大君의 방패가 되고
출정병이 되어
우리는 죽어야 한다―

라면서 종교적 숭고함으로 징병제 실시를 찬양하였다. 김용제는 1942년 7월 『동양지광』에 발표한 시 「기원―징병의 감격 기其2(祈り―徵兵の感激その二)」에서

죽어서 불멸의 영예가 있도다
망치를 쥐는 돌과 쇠손
괭이를 쥐는 흙과 풀손
그물을 쥐는 바다와 생선손
젊은 목숨을 바쳐서
오래도록 국방의 숲이 돼라
은명恩命의 총은 주어졌다

라고 노래하였고, 같은 호에 발표한 시 「학생에게―징병의 감격 기3(學生に―徵兵の感激その三)」에서

6년간의 신문뉴스에
우리가 이기면 당연하다는 기분이 들며
전사자가 많다고 전해지면
존귀한 희생이라고 입으로는 말해도
대수代數를 대하는 태도가 그렇지 않았는데

그러나

이번 5월 9일의 석간부터

그것은 우리 학생들의

산 역사서가 되었노라

하나하나의 검은 활자 뒤에

젊게 흐르는 피를 새빨갛게 태웠노라

고 노래하였다. 소설에서는 이석훈이 중편 「고요한 폭풍」을 통해 조선인 징병제도 실시 각의 결정의 감격을 전했다. 작가를 모델로 한 주인공 소설가 박태민은 변신으로 인해 문단계를 비롯하여 주위 사람들에게서 경모輕侮를 받지만, 시련 섞인 순회강연을 돌고 오면서 어느덧 '새로운 출발의 각오와 신념'을 자각하는 작가로 변모하였다. 그동안 안으로는 지원병제도와 창씨개명제, 밖으로는 일미개전, 그리고 그 뒤를 이은 징병제의 예고 등으로 급박하게 돌아가는 정국에서 박태민은 드디어 자기를 경멸했던 사람들로부터 사과를 받고, 그들도 그제서야 박태민과 한길에 들어서게 된다. 박태민은 징병제 실시 각의 결정 소식을 듣고 다음과 같이 감격해 한다.

> 그(1942년 – 인용자) 5월이었다!
>
> 드디어 조선에 징병제도가 2년 후에 실시된다는 취지의 발표문이 나온 것이다! 조선의 갈 길은 분명해졌다. 박[84]은 거리를 걷고 있다가 라디오에서 이 사실을 들었다. 아아! 드디어 조선은 여기까지 왔구나. 자신이 소리 높여 외친 사실이 현실로 나타난 것이다. 나는 옳았다. 내 행동에 전혀 부끄러운 소지는 없다. 2천 7백만 조선의 동포여! 너희들은 저물어가는 황혼의 은자에서 질 줄 모르는 일본의 민초로 영원히 구원을 받을 것이다. 한 점의 회의도 없다. 한 순간의 망설임도 금물이다. 앞으로 나아가자! 태양을 향해 똑바로 전진하라! 박태민은 가슴 가득한 감격 속에서 그렇게 외치며 거리를 걸어갔다.

---

84) 주인공 박태민을 말한다.

박태민이나 그 실제 인물인 이석훈에게 징병제 실시 소식은 변신의 고민이나 죄의식을 일거에 날려 버리는, 그리하여 사고조차 무화시켜 버리는 커다란 힘으로 다가섰던 것이다. 남는 것은 김종한이 1943년 3월 10일 『경성일보』에 발표한 시 「오늘은 육군기념일(けふ陸軍記念日)」의 다음 내용처럼 '대의大義'를 찾아가며 노래하는 길뿐이었다.

> 　어머니! 이 그림책을 보세요, 육군기념일이란 그림책을 … 백전백승의 전통으로 새로 바꾼, 새로운 동아의 지도를 보세요
> 　터벅터벅
> 　쿵쾅쿵쾅
> 　몸과 마음의 모든 힘을 다하여
> 　서두르지 않고 유구한 대의에 살아가는
> 　당신의 아들에게도, 어머니! 드디어 징집의 날이 가까이 왔다!

　　1943년 8월 1일 징병제가 실시되게 되자 8월 7일까지 '징병제실시감사결의선양운동주간'으로 정해져 전국 방방곡곡은 이 제도의 실시를 기념하고 조선 민중의 결의를 선양하는 행사가 다채롭게 전개되었다. 이에 『매일신보』에서도 8월 1~8일 사이에 「님의 부르심을 받들고서」라는 동일 제목 아래 8명의 시인과 화가가 참여하여 기념 시화를 연재하였다. 이 중에서 일부 시구를 제시해 보면 다음과 같다.

> 　나라를 위해 목숨을 바치는 영광의 날이 오고야 말았다
> 　죽음 속에서 영원히 사는 생명의 문이 열리었구나.
>
> 　님이 나아가라 하시거든 불 속에라도, 물 속에라도,
> 　은날개 펼치고, 나는 새보다, 더 빨리.
> 　　　　　　　　　　　　　　　　　　　　　　　김기진, 8.1

이 날에 오른 새로운 병사들은
충성의 뜻과 건설의 꿈을 품고
감격의 총을 메고 나선다
'사내답게 가거라
죽어 좋을 일터로!'

아아 만세 우뢰에 답례하는 그들은
기쁜 눈물에 말이 많지 않았다
'간다!' '갑니다!' 하고만
'갔다 온다'곤 하지 않았다

김용제, 8.3

이제
아세아의 큰 운명을 걸고
우리의 숙원宿怨을 뿜으며
저 영미를 치는 마당에랴

영문營門으로 들라는 우렁찬 나팔소리——

노천명, 8.5

때로는 전투기의 날개에 매어달려
하늘의 층층계를 올라가도 좋지 않은가
성층권 꿈 저쪽의 비상에는
스무 살의 지도와 축제가 펼쳐지고
구름을 물들이는 충성의 피는
형제와 동포의 가능을 길 닦는
날씬한 전투기의 날개에 매어달려
하늘의 층층계를 올라가도 좋지 않은가

김종한, 8.6

연사年事는 대농大農이요
싸움은 대첩大捷인데
이때에 부르시니
더욱 황송하옵네다.

(중략)

누가 감히 낮추어보랴
님이 쓰실 이 소중한 몸을,
누가 감히 범하려 들랴
님이 부르실 이 거룩한 자녀를.

김동환, 8.7

　이광수가 1944년 8월 『방송지우』에 발표한 단편 「두 사람」은 우직한 조선 대중이 징병검사장에서 벌이는 '미담'을 다루었다. 왈쇠와 용석과 을순은 한마을에서 자라난 친구 사이다. 어느덧 왈쇠와 용석은 정년이 되어 징병검사를 받게 되었는데, 왈쇠는 자기가 병정을 가면 홀로 남게 될 어머니가 걱정이다. 그리하여 을순을 마음에 품으나 을순네는 왈쇠네가 고용살이 모양으로 얻어먹고 사는 부잣집이라서 감히 넘보지를 못한다. 이에 용석은 자기도 을순에게 관심이 있지만 왈쇠를 위하여 단념을 하고, 왈쇠와 을순이 이어지기를 바란다. 드디어 징병검사일이 되어 왈쇠와 용석은 징병검사장에 간다. 거기서 징병관은 왈쇠에게는 오직 외아들 왈쇠만을 의지하고 지내는 노모가 있다는 것을 확인하고, 왈쇠에게 어머니를 두고 병정을 갈 수 있겠냐고 걱정스럽게 질문한다. 이에 왈쇠가 어머니는 아직 기운이 있으니 가능하다고 하자, 징병검사장에는 잠시 감동의 침묵이 흐른다. 결국 왈쇠는 갑종甲種합격을 판정받고 왈쇠와 징병관의 두 눈에는 감격의 눈물이 고인다. 장혁주는 1943년 6월 15일~9월 15일 『국민총력』에 연재된 중편 「새로운 출발(新しい出發)」에서 징병제 실시의 감격에 젖어 있는 '재내지在內地

반도 청년'의 자태를 그리면서 시국에 부응하지 못하는 조선 지식인을 비판하였다. 이 이야기에서 조선 청년 시마무라(島村)는 지원병 훈련소에 입소하며, 그의 친구인, 또 하나의 조선 청년 사와다(澤田)는 라디오 수선업을 걷어치우고 선반공 양성소에 들어간다. 이리하여 엄한 '혼의 단련'이 끝난 후 한 사람은 전선에서, 한 사람은 총후에서 국가에 보답하는 사람이 된다. 여기서 시마무라는 끊임없이 이론만을 따지는 조선 지식인을 비판하면서, 오직 '명령과 실행'을 생각할 것을 결심하는 모습을 보인다. 정인택이 단편 「아름다운 이야기(美しい話)」[『청량리 일대(淸凉里界隈)』, 조선도서출판주식회사, 1944]에서 보여 주려 한 것은 징병제 시행에 즈음한 내선의 교류다. 반도인인 '나'는 업무차 도쿄에 왔다가 10년 전에 하숙을 했던 '시모무라(下村) 집'의 내력에 대해 우연히 선배에게서 듣게 된다. 시모무라 집의 오시노(お篠) 할머니는 우에노(上野) 전쟁[85]에서 남편을 잃은 뒤 러일전쟁에서 두 아들마저 잃은 채, 두 며느리와 함께 살아왔던 것이었다. 이 '아름다운 이야기'를 마무리 지으면서 선배와 '나'는, 이제 조선에서도 징병제가 포고되었으므로 이러한 '아름다운 이야기'가 참고가 되겠다며 웃는다.

이찬이 1944년 8월 『신시대』에 발표한 전 2막 희곡 「보내는 사람들」의 모두冒頭에는 '희곡 징병적령자 의기앙양 H이동연예정신대 순연용巡演用'이라는 구절이 있는데, 이 희곡은 징병제와 총후봉공의 문제를 고루 다룬다. 조선인 징병 적령자 요시오(義雄)의 부모는 늙은 농부다. 이들은 빚을 못 갚아 최선달에게 소를 빼앗기게 생겼다. 시름에 빠져 있던 양주는 요시오가 징병검사에서 갑종합격을 하자 기뻐한다. 마을의 군인원호원 분회원인 구장, 촌장, 서당교원書堂敎員 및 모리바야시(森林) 주사는 드물게 갑종합격을 한, 마을의 모범 청년 요시오를 축하해 주러 왔다가 요시오 부모의 빚 얘기를 듣고 최선달을 찾아가 대신 갚아 주겠다 하니, 최선달도 깨달은 바가

[85] 1868년에 도쿄의 우에노에서 벌어진 창의대(彰義隊) 등 옛 막부군과 메이지 정부군 간의 싸움.

있어 그 빚을 탕감해 주게 된다. 그리고 자기 딸인 하루에가 요시오와 사귀는 것이 못마땅했는데, 이번 개심한 김에 아예 요시오가 '출정'하기 전에 이둘의 혼례를 치르기로 한다. 끝에 가서 모두가 흥분, 감격하는 가운데 구장은 요시오를 격려하며 '미영 격멸의 혁혁한 무훈'을 세워 줄 것을 당부한다. 이석훈의 「새 시대의 모성」에서와 유사하게 여기서도 아들 요시오가 징병검사에 갑종합격을 하자 집안의 지위를 드높이게 되었다는 식으로 선전을하는 꼴인 것이다.

(3) 학병

1943년 10월 20일 조선인 학병제가 실시된 이래 10월 25일~11월 20일에지원서를 받았고 12월 11~20일에 학병에 대한 징병검사가 있었으며 1944년 1월 20일에 조선인 학병의 첫 입영이 있었다. 이에 이광수는 1943년 11월 5일 『매일신보』에 발표한 시 「조선의 학도여」에서

> 공부야 언제나 못하리
> 다른 일이야 이따가도 하지마는
> 전쟁은 당장이로세
> 만사는 승리를 얻은 다음날 일
> 승패의 결정은 즉금卽今으로부터.
> 시각이 바쁜지라 학교도 쉬네.
> 한 사람도 아쉬운지라 그대도 부르시네.
> 일억이 모조리 전투배치에 서랍시는 오늘.

운운하며 학병 지원을 서두를 것을 재촉하였다. 김기진은 1943년 11월 6일 『매일신보』에 발표한 시 「나도 가겠습니다─특별지원병이 되는 아들을 대신해서」와 「가라! 군기軍旗 아래로 어버이들을 대신해서」에서 군국의 어버

이와 학병으로 나가는 자식의 대화를 소개하였다. 전자에서 아들이 어버이에게

한 사람에 천 년의 목숨 없고
천 살을 산들 썩어 살면 무엇에 씁니까!

대대로 받아내려 온 제 몸의 이 더운 피
이 피는 조선의 피이며 일본의 피요,
다 같은 아세아의 피가 아니오니까.
반만년 동양의 역사가 가르칩니다.

지금, 동양의 역사를 동양 사람의 피로 새로이 쓸 때—
지금, 아세아의 지도를 동포의 피로써 새로이 그릴 때—

라고 외치니 후자에서 어버이는 아들에게

가라! 아들아, 군기 아래로!
신국 일본의 황민이 되었거든
동아 10억의 전위가 아니냐.
불발不拔의 의기, 필승의 신념이 네 것이로다.

(중략)

학창을 열고 너희를 부르니 즐거울지로다.
철필을 던지고 총검을 잡으라, 학문 이상의 학문이 기다린다.
길은 한 가지, 구원久遠히 사는 길은 궁극 한 가지이니
가라! 아들아, 군기 아래로 활발히 나가라!

라고 맞받는다.

임학수도 1943년 11월 8일 『매일신보』에 발표한 시 「학도총진군」을 통해 학병 지원을 재촉하였다. 그가

　친애하는 아우들이여,
　자, 펜을 놓고 뛰어나오라.
　마침내 비상경보가 울렸다. 종소리 요란히 들린다.
　학도 총진군!

　(중략)

　친애하는 아우들이여,
　상기想起하느냐,
　너희의 정든 교정에서 외치고 내닫던─
　경기는 바야흐로 백열화白熱化하고 시간은 박도하여
　마침내 총공격, 혼란한 적진으로 쇄도하여
　일거에 쾌승의 기록을 남기려든─

　(중략)

　가라, 대의의 깃발 아래로.
　너희는 꽃, 꽃으로도 봉오리,
　먼지에서 태어나 이윽고 먼지로 돌아가
　이 한숨과 슬픔과 질시와 원망과
　결국 아무것도 없는 가시길을 걸을 겨를도 없이

라고 부르짖을 때에는 오직 병력동원을 위한 목적만이 뚜렷할 뿐이다. 김용제는 1943년 11월 10일 『매일신보』에 발표한 시 「나는 울었다─출진 학도를 보내면서」에서

'나의 시詩인 탄환은 적의 가슴에 쏜다.'
아아 언어의 문자를 절絶한 그대의 시여
선배란 이름을 부끄러 하며 나는 울었다

하며 후배 문학도의 새로운 태도를 기렸고, 노천명은 같은 지면에 발표한 시 「출정하는 동생에게」에서

아세아의 새 역사를 짓는 날
대동아건설의 금자탑 막음을 쌓는 이 마당에
조선의 청년 학도들도 참가하라 부르신다
오──, 이 영광

(중략)

모든 것을 집어던지고──
네 '청춘'도 '꿈'도 '사랑'도
네 온갖 아름다운 것들을 하나 남김없이
너는 조국을 위해 아름답게 바쳐다우

라며 전쟁에의 무조건적인 투신을 요구하였다. 서정주는 1943년 11월 16일 『매일신보』에 발표한 시 「헌시─반도학도특별지원병제군에게」에서

우리들의 마지막이요 처음인 너
그러나 기어코 발사해야 할 백금탄환인 너!
교복과 교모를 이냥 벗어 버리고
모든 낡은 보람 이냥 벗어 버리고
주어진 총칼을 손에 잡으라!
적의 과녁 위에 육탄을 던져라!

(중략)

아무 뉘우침도 없이 스러짐 속에 스러져 가는
네 위엔 한 송이의 꽃이 피리라.
흘린 네 피에 외우치는 소리 있어
우리 늘 항상 그 뒤를 따르리라.

라며 조선 학도의 희생을 미화하려 하였다. 조우식 역시 1943년 12월 『조광』
에 발표한 시 「학병 출정하다(學兵征く)」에서

벽령碧靈의 하늘 맑은 그날
큰 죽음의 뜻은
학도출진의 표징이 되어
출정한다.

그것은, 전선에 꽃피우기 위해서이다.
그것은, 조국의 숭고한 전통에 뿌리는 것이다
큰 결의를 위해.
그날, 엄숙하게 너희의 정도征途를 보낸
나는
적나라하게, 영원한 것을 보았다.

라며 조선 학도의 희생을 아름답게 묘사하려 하였다.
　모집이 마감되고 난 뒤에, 김용제는 1944년 1월 『방송지우』에 발표한 노
래 가사 「반도학병의 노래(半島學兵の歌)」에서 조선인 학병들을 다음과 같이
기리고 미화하였다.

　1. 아침에 선명하게 해의 근본의
　　 천황의 권위 빛나는 나라의 길

적을 노리고 쏘고자 하니
지금 성전에 총궐기한다
그것은 학병 지원으로
영원한 생명이여 영광스런 몸

2. 아시아 전체 해의 우러름
싸우며 나아가는 신의 길
반도 건아 불덩이로
적군 수백만 얼마나 있는가
너희는 학병지원으로
젊게 피어나는 사쿠라 꽃

3. 천황께 바친 오늘부터는
함께 나아가는 신하의 길
분발하라 동포 훈공을
흥아 개선 오를 때까지
소년들은 학병지원으로
집안의 영광이여 정말 높도다

최재서가 1944년 1월 『국민문학』에 발표한 단편 「부싯돌(燧石)」은 조선 대중의 입을 통하여 조선 학도의 전쟁동원을 합리화하려 한 작품이다. 학도 출진의 대명령이 내려 화자는 학도 선배단의 일원으로 경북에 선전, 선동차 파견되었다. 일행은 열차에서 기골이 장대한 79살의 노인을 만났는데, 그 노인은 포수 출신으로서 멧돼지 등과 싸웠던 이야기를 자랑삼아 늘어놓는 한편, 그러면서도 젊을 적에 일본 수비대를 처음 보고 그 모습을 부러워했는데, 이제 자기 손자가 일본 군인이 되어 '코쟁이'들 높은 콧대를 꺾게 되어 선조에게 낯을 대할 수 있게 되었다고 으쓱하였다. 헤어질 때 학도 선배단 일행은 그 노인에게 거수경례를 하였다.

이찬은 1944년 1월 18일 만주 신경新京[지금의 창춘(長春)]에서 있었던 재만 조선인 학병 장행식에 즈음하여 쓴 시로 추측되는 「송送·출진학도」라는 같은 제목의 두 시를 1월 19일『매일신보』와 1944년 2월『신시대』에 각각 발표하였다. 그는 학도들을

    낡은 집의 회의도 저들겐 없노라
    지난 길의 준순逡巡도 이미 아스러진 이야기노라
    다만 끓어오르는 의혈義血이여 불타는 감격이여
    손을 들어 가만히 얹어 보고픈 믿음직한 저 어깨들

이라며 추겨 세우더니,

    이미 너는 한 사람의 벗도 아니고 이미 너는 한 가족의 아들도 오빠도 형도
    아니고 이미 너는 너의 너도 아니다

    너는 이 모든 사람들의 것 늙은이 젊은이 아낙네 어린이 온 마을의 온 거리
    의 온 저자의……

    가거라 씩씩하게 이 넘치는 적성赤誠을 지고 당당한 황군皇軍의 문門 순국의
    길로

라며 '순국의 길'로 들어설 것을 요구하였다.

김용제가 『동양지광』 1944년 9·10월 합병호에 발표한 시 「학도동원學徒動員)」 역시 학병 장행식에서 읊은 것이다. 그는

    계속해서 가는 자는 가고
    굳게 지키는 자 또 항상 대기하며
    언젠가는 중학생도 여학생도
    어린 국민학교의 아우들도

당신네들의 뒤를 따를 것이다

라며 조선 학도의 끊이지 않는 전쟁 참여를 선동하였다.

정인택의 단편 「각서覺書」(『청량리 일대』, 1944.12)는 학병 지원과 내선 교류를 결합시켰다. 광산으로 전 재산을 날린 아버지는 만주로 떠난 채 행방불명이고, 나는 보통학교를 마치자 첫사랑 정희와도 이별하고 경성에 올라왔다. 어머니의 헌신적인 보살핌에 경성제대 예과를 거쳐 법과에 진학한 나는 일본인 친구인 오키(沖)군의 동생 도키코(時子)에게 끌렸다. 그런데 마침 태평양전쟁이 발발하여 각서를 쓰고 학도병에 지원한다. 지금은 설레는 마음도 가라앉고 지극히 평정된 마음으로 '황은에 보답할 때'라는 걸 깨닫는다.

(4) 징용, 군속 지원 및 기타

주요한은 일찍이 1941년 11월 『국민문학』에 발표한 시 「댕기(タンギ)」를 통하여 조선 여인들의 전쟁동원을 획책하였다. 이 시에서 그는

> 아무르의 얼음도 여름에는 녹겠지요
> 녹았어도 소식이 없는 여름일랑
> 까만 댕기에 하이얀 간호복 입고
> 저도 나라를 위해 있는 힘 다 바치겠어요

라면서 여인들이 간호사로서 전쟁에 참여하는 모습을 묘사하였다.

서정주는 1943년 11월 『조광』에 발표한 단편 「최체부崔遞夫의 군속軍屬지망」을 통하여 일반인이 군속으로 전쟁에 참여하는 모습을 제시하였다. 서른한 살의 최체부는 우편배달부로서, 아내와 사별한 뒤 홀어미 및 아들 도

시오와 함께 살았는데, 그는 아침에 아들 도시오와 함께 반드시 궁성요배宮城遙拜를 하는 충실한 신민이요 생활인이었다. 그는 어느 여름날 그의 소학교 동창이자 면 직원인 가네무라(金村)가 육군 군속에 지원을 한 사실을 알게 되었다. 최체부는 그동안 자기만족에 살았던 과거를 반성하면서 군속에 지원할 결심을 한다. 이튿날 그는 경찰서에 가, 혈서로 쓴 '육군 군속 지망'의 탄원서를 바쳐 경무주임을 감동시킨다. 결국 최체부가 가네무라와 함께 군속이 되어 떠난 뒤, 그의 집안은 전보다 궁색치 않을 뿐 아니라 마을 사람의 호의와 존경을 받게 되었고, 그의 어머니도 그때부터는 손자 도시오와 함께 아침마다 궁성요배를 하게 되었다.

최정희가 1945년 2월 『반도의 광』에 발표한 단편 「징용열차」는 응징사들의 사명에 대해 말한다. 경기도 광주에 사는 착실한 머슴 병태는 결혼 8달만에 징용 영장을 받게 되어 못내 안타까울 뿐이었다. 다른 응징사들과 함께 경성역에서 징용열차를 타게 된 병태는 열차 안에서 '국민동원총진회'에서 파견된 사람들의 연설을 듣게 된다. 이들은 큰 것을 위해 사사로운 것을 버리자고 주장하는가 하면, 백색인종의 인종차별을 비판하는 한편, 전쟁 수행에 앞장 설 '남자'의 위대한 힘을 찬양하기도 하였다. 이에 응징사들은 모두 고무되었고 병태 역시 비로소 자신이 영미를 구축하고 동양 민족을 구원할 중대한 사명을 가진 것을 자각하면서 막연한 두려움과 슬픔에서 빠져나와 명랑해진다.

(5) 소국민少國民의 전쟁동원 관리

김종한은 1942년 7월 『국민문학』에 발표한 시 「유년 – 징병의 시(幼年 – 徵兵の詩)」에서 어린 꼬마가 자라나 미래에 전쟁동원될 일을 평화로운 어조로 미화하였다. 그는

머지않아, 10년이 지나리
그러면, 그는 전투기에 승무할 게 틀림없다
하늘의 층층대를 — 꼬마는
지난밤 꿈속에서 올라갔었다
그림책에서 본 것보다 아름다워서
너무나도 높이 올라갔으므로
푸른 하늘 속에서 오줌을 쌌다

라는 동시의 어조 속에서 그 꼬마가 미래에 징병될 것을 서술하였다. 또 김종한은 1943년 1월 9일 『매일신보』에 발표한 시 「조양영발朝暘映發 — 신춘의 기원」에서도 동시적인 어조 속에서 어린이의 전쟁 참여를 유도하였다. 그는 어린이의 목소리로

먼 남쪽 바다엔 전쟁이 있고
어정정 추석 동지 정월초하루
밥 한 그릇 죽 한 그릇이 별미더라
양력설이 몇 번 지나야 우리도 자라 싸우나

라고 발언하였다.

모윤숙은 1943년 5월 27일 『매일신보』에 발표한 시 「아가야 너는 — 해군 기념일을 맞이하여」에서 어린 아기가 자라나 '대동아를 책임질 해군'이 되라고 다음과 같이 요구하였다.

바다가
이제 너를 오란다
이제 너를 부른다
해군모 쓰고 군복 입고 나오란다.
대동아를 메고 가란 힘찬 사명이

넓은 바다 한가운데서 너를
부른다
사나운 파도 넘어
네 원수를 물리쳐라
너는 아세아의 아들
대양의 용사란다

조우식은 1943년 7월 『조광』에 발표한 시 「바다의 찬가 – 반도의 소년이
여 바다가 부른다(海の讚歌 – 半島の少年よ)」에서

소년들아,
더 이상, 이미 부모들의 결의는 굳고
어능위御稜威 아래 너희는 바쳐졌다.

동양의 아들은 효도의 삶을 살고
대군大君의 '미천한 나'[86]로 죽는 길은 충효의 길
이것을 지키고
몸을 바쳐 죽는
너희는 가서 쏘아 버린다.

라고 하였고, 주영섭은 1943년 6월 『국민문학』에 발표한 시 「비행시飛行詩」
에서

소년항공병의 가슴은 뛰었다
해원海原의 한구석에 태양이 빛나는 순간
짙은 구름 사이로 진주만이 열렸다
소년은 잠자리처럼 날아갔다

---

[86] 醜(しこ). '나'의 낮춤말.

라고 하였다. 그리고 조우식은 1943년 6월『문화조선』에 발표한 시「비약
에 대하여-반도의 소년들은 단련된다(飛躍について-半島の少年達は鍛へる)」에서

무수한 기쁨에
싸우는 반도의 여명은
결국에는 가일층 맑아지고
미묘한 향기 나는 이 정원에
소년들의 입술을 품고 축수祝壽처럼 조용히
흐르는 것……
그것은 한없는 신성에의 맹서다

라고 하였고, 이찬은 1944년 2월『국민문학』에 발표한 시「아이들의 놀이(子
等の遊び)」에서

무릎 깊이 눈이 쌓인 빈 터에서
아이들의 전쟁놀이-

주먹만한 덩어리 꽉 쥐어 쎄게 쥐어 후려던지고 던져 돌아오고
바람 없는 눈보라 속에 저편 이편을 모르는 격전만 한창이다……

(중략)

모른다 어느 쪽이 승리했는지 단지 대장이
그만 하자고 한 뒤 처음으로 혹 난 아이에게
달려가서 괜찮느냐며 업어서 돌아오는 것을 본다
형일 것이다 그 등 뒤에서 잠시 가냘프게 우는 소리가 달린다(走)

라고 하였다. 작가는 이렇게 아이들의 놀이조차도 '전쟁의 길'을 위한 예비
단계로 보았다.

4) 총후봉공

(1) 여성과 군국의 어머니

총후봉공에서 여성의 역할은 매우 중요하였다. 여성은 때로는 '군국의 어머니'로 미화되면서, 애국반 활동 등을 통하여 후방에서의 생산 보국에 일익을 담당하였다. 여성의 활동을 중심으로 한 후방지원이야말로 전선에서 마음 놓고 싸울 수 있는 조건이었다. 김용제가 1939년 10월 『동양지광』에 발표한 시 「약혼자에게(許婚へ)」의 다음과 같은 구절은 당시의 이러한 정서를 잘 나타낸다.

> 사랑하는 M자
> 오늘은 이렇게 행복한 날인가
> 다만 나의 곁에는
> 당신의 손으로 싼 위문품이 도착해 있다.
>
> (중략)
>
> 당신은 국방부인회에서
> 부지런히 일하고 있다고 한다
> 그렇게 함으로서 우리들도
> 마음 든든하게 싸울 수가 있다는 것이다
> 생화生花의 연습도 잊기 쉽고
> 후방의 일을 다 하고 있다고 하는
> 그것은 꽃보다도 아름다운 마음인 것이다

모윤숙이 1942년 1월 『신시대』에 발표한 시 「동방의 여인들」은 다음과 같이 총후 여성들의 선도적 역할을 치켜세운다.

비단치마 모르고
연지분도 다— 버린 채
동아의 새 언덕을 쌓으리다.
왼갖 꾸밈에서
행복을 사려던 지난날에서
풀렸습니다.
벗어났습니다.

들어보셔요
저 날카로운 바람 새에서
미래를 창조하는
우렁찬 고함과
쓰러지면서도 다시 일어나는
산— 발자욱 소리를.

우리는 새날의 딸
동방의 여인입니다.

노천명은 1942년 2월 『조광』에 발표한 시 「기원祈願」에서 모윤숙이 언급한 '동방의 여인'을 다음과 같이 묘사한다.

신사神社의 이른 아침
뜰엔 비질한 자죽 머리빗은 듯 아직 새로운데
경건히 나와 손 모으며 기원하는 여인이 있다.

일본의 전아세아의 / 무운을 비는 청정한 아침이어라

그리고 노천명은 1944년 10월 『춘추』에 발표한 시 「천인침千人針」에서 전선에 나가는 병사를 위해 센닌바리(千人針)를 만드는 여성을 묘사한다.

사람들이 꽃구경을 들어가는 길목에
오늘도 누나는 '센닌바리'를 받기 바쁘다

오빠를 생각하는 간곡한 마음은
부끄러움도 무릅썼다

한 땀 두 땀 ——
천 사람의 정성이

한포韓布 조끼 위에 빠알가니
방울 방울 솟았다.

김용제가 1942년 2월 14일 『매일신보』에 발표한 시 「소부少婦에게」에서
묘사한 젊은 아낙 역시 구체적이다.

아궁이의 가는 불길을 한탄치 않고
아침저녁의 가난한 상床을 찡그리잖고
새로운 옷과 분粉을 사려고 하지 않고
허언 고무신짝을 손수 깁는다
아아 싸우는 시대의 집을 지키는 그대들

봄이 오며는 우렁찬 말 울음소리
바늘 잡는 그대들의 약한 손
낮에는 또 들에 나서 괭이질한다

자장가 부르는 그대들의 즐거운 얼굴
남편이 총 잡으면 슬픔 없이 환송을 노래한다
아아 싸우는 이 나라에 꽃(花)은 차(滿)도다

일단 총후 여성상에서 흔히 볼 수 있는 것이 위와 같이 바느질하는 여성

이다. 김동환은 1942년 이른 봄에 조선임전보국단 본부에서 있었던 해진 군복 깁기 행사에 참가했던 여성들을 소재로 『대동아』5월호에 시 「군복 깁는 각시네」를 발표했다.

> 임금님 부르심이 내리자, 이내 일어나
> 만리 전장에 내달아 이렇게 옷이 다 해질 철까지 싸운 것을, 싸우신 것을.
>
> 군복 입은 남편이 어떻게 빛나 보일까
> 사내된 이 살아서 군복을 입고, 죽어 국기에 말려 묻힐 것을
>
> 조선의 여인도 인제는 전장에 달리는 젊은이에 꽃다발 드리노라, 치마폭에
> 한아름 안아 드리려노라.

노천명이 1943년 3월 4일 『매일신보』에 발표한 시 「부인근로대」 역시 군복 깁는 여인네를 소재로 하였다.

> 총알에 맞아 뚫어진 자리
> 손으로 만지며 기우려 하니
> 탄환을 맞던 광경 머리에 떠올라
> 뜨거운 눈물이 피잉 도네
>
> 한 땀 두 땀 무운을 빌며
> 바늘을 옮기는 양樣 든든도 하다
> 일본의 명예를 걸고 나간 이여
> 훌륭히 싸워주 공을 세워 주

기본적으로 총후 여성상으로 중요한 것이 '군국의 어머니'상이다. 여기서 어머니는 아들을 '군국의 아들'로 키워 내야 한다. 최정희는 1942년 5월 『야

담』에 발표한 단편 「여명」에서 모범적인 어머니상을 제시한다. 은영은 서양인이 운영하였던 여학교 동창 혜봉을 오랜 세월 끝에 거리에서 조우한다. 은영은 혜봉에게 또 다른 동창인 경자가 남편이 죽은 뒤에도 꿋꿋이 군국의 어머니로 살아가고 있음을 알리며, 이러한 대의大義를 깨닫지 못하는 채 아직도 서양인들을 은혜롭게 생각하는 혜봉을 꾸짖는다. 며칠 뒤 이 세 동창은 각각 자기 아이들을 데리고 은영의 집에서 만난다. 거기서 그들은 어른들과는 달리 거침없이 군국의 아들로 자라나는 아이들을 보며 뿌듯해 한다. 아이들과 함께 '총후소국민훈銃後小國民訓 카드놀이'를 즐기는 가운데 엄마들은 자기 아이들이 얼마나 훌륭히 '천황의 소국민'이 되어 가는지를 깨닫는다. 앞에서 언급한 정인택 소설 「뒤돌아보지 않으리」에서는 지원병에 나간 아들을 본받아 군국의 어머니로 성장하는 어머니를 그렸다. 거기서 어머니는 마을 사람들에게 센닌바리와 신사참배를 가르치고 모든 일에 앞장선다. 하지만 군국의 어머니의 가장 중요한 임무는 자식을 훌륭한 군인으로 키워 '천황 폐하'에게 바치는 것인바, 지원병 큰아들은 어머니에게 편지로 동생 겐(賢)을 훌륭한 군인으로 키워 줄 것을 부탁한다. 이무영의 단편 「어머니(母)」(『정열의 서』)는 군국의 어머니로 변화하는 서민 어머니의 모습을 그렸다. 오 과부는 남편이 주색잡기로 재산을 탕진한 채 요절한 뒤 남은 3천 평 정도의 모래산을 아들 태근이와 함께 부지런히 일구어, 남들의 비웃음 속에서도 훌륭한 복숭아 과수원으로 바꿔 놓았다. 그런데 첫 수확을 올린 뒤, 지원병으로 출정하겠다던 태근이가 감기로 병사하고 만다. 오 과부가 슬픔에 젖어있을 때 면에서는 식량 증산을 위해 마을 과수원들을 밭으로 개발할 것이 시달되었다. 오 과부는 뒤미처 그의 사정을 알고 만류하는 면의 배려에도 불구하고 국가를 위해서 공들인 과목을 뽑는다. 아들 태근이가 나라를 위해 일하지 않은 게 죄스러워서도 이렇게 한 것이었다. 과수원에는 이제 보리가 자라게 되었다.

장덕조가 1945년 1월 『방송지우』에 발표한 단편 「총후의 꽃」에서 말하는

'총후의 꽃'은 바로 여성 자신을 뜻한다. 스물셋의 과년한 처녀 정선은 홀어머니와 남동생 마사오(正雄)와 함께 살고 있었다. 어머니는 어려운 중에 당신은 궁색하게 지내셔도 남매만은 전문학교까지 마치게 하신 분이었다. 그런데 이번에 마사오가 징병검사를 마치고 입대를 하게 되어 어머니는 매우 쓸쓸해 하셨다. 출가외인일 수밖에 없는 딸은 다 소용없다는 어머니의 말에 정선은 섭섭하기도 했지만 마사오의 부탁이 아니더라도 자랑스러운 '군국의 어머니'를 돌보며 총후의 임무를 잘 해야겠다는 생각을 한다. 정선은 우선 두 모녀가 살기에는 너무 넓고 또 자기가 다니는 공장에서도 멀기만한 옛집은 세를 놓고 공장 근처에 사글셋방을 얻어 어머니와 함께 이사를 갔다. 이제 얼마간 생기도 되찾게 된 어머니께 정선은 '우리 둘은 총후의 꽃'이라고 말한다.

(2) 지식인과 애국반

총후봉공에서 지식인의 역할은 중요한데, 이무영이 일본어 신문『부산일보』에 1942년 9월 8일~1943년 2월 7일 연재한 장편『청기와집(靑瓦の家)』은 새 시대를 맞아 지식인이 나아가야 할 바를 제시하였다. 중일전쟁부터 태평양전쟁이 발발한 뒤 일본의 홍콩 점령까지를 시대적 배경으로, '청기와집'이라 불리는 양반 권 씨 집안을 무대로 하여, 여주인공 안미연을 둘러싼 남녀 관계를 중심으로 이야기가 전개되는 이 소설의 줄거리는 다음과 같다. 안미연이 몸을 의지하게 되는 청기와집에는 '지나'에 대한 '사대사상'에 물든 권 대감, '영미 제일주의'에 빠진 아들 권수봉, 도쿄 유학을 마치고 온 손자 권인철 등 3세대가 산다. 권 대감은 '조선'으로 상징되는 구사상, 권인철은 '일본'으로 상징되는 신사상을 대변하는데, 결국 권 노인은 세상을 뜨게 되고, 인철은 개간 사업에 몰두한다. 1941년 12월 8일의 대對미영 개전이 전해지자 수봉도 마음을 바꾸어 조선신궁을 참배한다. 미연 아버지 삼년상

도 끝나고, 그녀와 인철의 결혼도 가까운 어느 날, 미연 오빠 안창식의 전사소식이 전해진다. 미연은 오빠를 위해 1년을 더 상 기간을 갖겠다고 인철에게 고백하면서 소설은 끝난다. 이무영이 1943년 8월『반도의 광』에 발표한 단편「용답龍畓」은 생산 보국하 총후 농촌에서의 지식인 역할이 좀 더 구체적으로 제시된다. 총독부 초빙으로 전시하 조선의 문화 부문을 시찰하러 나온 사토(佐藤) 씨 이하 내지 작가 3인과 '나'는 금융조합연합회 주최 황해도 농촌 시찰을 가게 되었다. 시찰지에서 우리는 창씨명이 다카시로(高城)인 곽종근이란 자에게서 한 가지 청을 부탁받는다. 그는 아버지가 돌아가신 뒤 형의 꼬임에 빠져 가뭄에도 안 마르는 웅덩이를 가진 '용답'을 장 지주에게 넘기고 패가하게 된다. 다카시로는 내지에 나가 이를 악물고 일을 해 돈을 모은 뒤 귀향하여 장 지주에게 그 용답을 되팔 것을 청하나 장 지주는 거절하였다. 그러자 다카시로는 우리 일행을 찾은 것이었다. 농본주의와 농민문학을 내세우며, 제국 전쟁의 승리를 위해서도 자작농이 창설되어야 한다고 제창해 온 사토 씨를 필두로 한 우리 일행은 장 지주를 꾸준히 설득하여 마침내 다카시로의 청을 들어준다. 이무영의 1944년 4월『국민총력』에 발표한 단편「화굴 이야기(花窟物語)」는 지식인의 실제 성공담을 바탕으로 쓰였다. 황해도 장연읍에 있는 화굴이라는 이름의 천연 동굴에는 무서운 소문과 전설이 얽혀있으나 이에 아랑곳하지 않고 동굴의 쓰임새에 주목한 이들이 있었으니 그들이 바로 군청의 도쿠하라(德原) 군수와 후지야마(藤山) 과장, 그리고 미곡 소매조합 이사인 하리모토(張本)였다. 도쿠하라 군수는 부임한 뒤 절미와 식량 증산책의 일환으로 고구마의 주식화를 꿈꾸나, 저렴한 가격에 사계절 내내 일정 정도의 온도를 유지하며 고구마를 저장하는 시설 마련에 골머리를 앓고 있었다. 그러다 우연히 화굴을 이용하는 방법을 생각해 내고, 주위 사람의 무관심과 몰이해 속에 오직 후지야마, 하리모토와 함께 실험과 관찰을 거듭하였다. 결국 이 노력은 결실을 맺게 돼 큰 성과를 내고, '마굴' 취급을 받았던 화굴은 전시하 군민에게 크게 부각되게 되었다. 앞에서 언급한 이무영의 단편 「정열의 서」에서는 거꾸로 지식인이 서민에게서 교훈을 얻고 총후봉공을 결심하게 되는 과정을 그렸다.

정인택이 1941년 11월 『국민문학』에 발표한 단편 「청량리 일대」는 도시 생활에서의 총후봉공과 지식인의 역할을 다루었다. 지식인인 주인공 부부가 청량리 일대로 이사 오면서 이야기는 시작된다. 빈민가인 이곳에는 이곳 아이들의 유일한 초등교육기관인 인문학원이 있었는데, 그곳 아이들이 학원 옆에 있는 주인공 부부 집의 시설을 마음껏 이용하면서, 조금은 이기적인 아내는 귀찮아하기 시작한다. 그러다가 아내가 애국반장을 맡아 주민들을 계몽하는 작업을 하게 되면서 아내를 비롯한 우리 부부는 이웃과 점차 친하게 된다. 이를 통해 변화하게 된 아내와 나는 주민들의 정신적 지주가 되어 피폐해 가는 인문학원을 회생시킬 계획도 세우고 돈을 모금하여 방공호를 건립할 상의도 하는 등 전시하 모범을 보인다. 최정희가 1942년 4월 『신시대』에 발표한 단편 「2월 15일 밤(二月十五日の夜)」은 일본의 싱가포르 점령 직후 쓰였는데, 여기에는 도시 애국반에서의 지식인 역할이 제시된다. '영미전'이 시작되자 식모도 내보내고 긴축 생활을 하기 시작한, 유한계급 부인 선주는 애국반에 나갔다가 무질서의 혼돈을 목도한다. 구장과 반장은 계몽이 아니라 배급 전표라는 당근만을 통해 반원들을 위협하거나 달랬고 반원들도 시국 인식이 부족했다. 이에 선주가 건설적인 의견을 제시하곤 하자 구장은 그녀를 추천하여 반장이 되도록 하였다. 이에 남편 남준은 밖으로 나도는 게 싫다며 선주가 반장이 된 것을 마뜩잖게 생각하였다. 물론 선주는 시국에 따라 여성미도 변함을 얘기하며 남준을 설득하려 애쓰는데, 이때 라디오에서 싱가포르 함락 소식이 들려오자 둘은 감격, 통쾌해 하였고, 남준은 어느새 선주의 주장을 받아들이게 된다. 장덕조의 「우후청천雨後晴天」(『방송소설명작선』, 조선출판사, 1943)은 애국반을 통한 내선 교류와 총후봉공 및 지원병 문제를 다룬 방송용 단편소설이다. 김 씨 부인에게 큰 자랑인 채전菜田의 채소를 남편 김 씨의 애견 '구로(黑)'가 다 망쳐 놓자 원래부터 짐승 기르는 것을 싫어했던 김 씨 부인은 더욱 노하여 구로의 처분을 요구했지만 남편은 요지부동이었다. 이날 저녁에 애국반상회가 있어 남편은 반장 집에 갔는데, 거기서 그는 이 애국반 18가구 중 유일한 '내지인'인 미나미(南) 부인의 소식을 듣게 된다. 60이 다 되 가는 미나미 부인은 이미 장남 다카시 오장이 전사한 상태에서 이번에는 차남 히로시 소년을 소년항공병으로 솔선하여 내어놓게 되었던 것이다. 이런 상황들에서도 태연한 이 '내지' 부인의 겸손하고 품위 있는 자태에 김 씨는 감동을 한다. 그리하여 그는 집에 와 부인과 화해를 하는 한편, 두 부부는 밭에 남은 배추를 뽑아 애국반원들에게 나눠주고, 구로는 군견으로 군에 헌납하게 된다.

김용제는 1941년 11월 17일 『매일신보』에 발표한 「애국일－銃後詩抄 ④」에서 애국반의 활기찬 모습을 다루었다. 여기서 그는

> 티끌 잦은 넓은 교정에
> 그득 모인 수천의 애국반원들
> 젊은 대밭같이 들어선 반기의 깃발
> 가을 짙은 단풍가지와 함께
> 황금색 '까마귀' 날개 살아 춤춘다.
>
> 동쪽 산 위에 솟는 새로운 햇발에
> 게양탑 오르는 붉은 '일장日章'을 주목하면
> 희망의 상징 손속에 땀으로 되어
> 애국하는 피 마음 전신에 타오른다.

라고 노래하였다. 주요한이 1944년 7월 『신시대』에 발표한 시 「정밀靜謐」은 바쁘게 돌아가는 총후의 움직임을 묘사하였는데, 여기에 애국반의 모습도 눈에 띤다.

우리들은 보고, 듣고 또 전신으로 느꼈다.
소집되어 가는 각모角帽
몸뻬의 행진
젊은 여성의 땅을 울리는 보조를
흰 수병복의 소년단
애국반상회의 창기대槍騎隊
눈내린 새벽의 요배식遙拜式을

(중략)

아시아에 사는 자
짓밟히고, 학대받는 자의
미칠 듯 사나운 복수의 숨결
아시아의 결의는 한 사람 한 사람에게 응결하고
한 사람 한 사람의 비원悲願은 아시아에 확산한다.

그리고 이광수가 작사하여 1941년 1월 20일 경성중앙방송을 통해 발표된 「애국일 노래」(『삼천리』, 1941.9) 역시 결국 애국반 활동과 관계된다. 여기서 그는 다음과 같이 노래하였다.

우리는 대일본의 신민이외다
영원히 내선일체 믿고 사랑해
황도의 대정신을 선양하자고
만 입을 함께 모아 맹세하는 날

동네는 한 집이요 모두 한 식구
기쁜 일 슬픈 일에 서로 도와서
총력의 국방국가 기초가 되어
직분도 큼도 클사 우리 정(동, 리)회

(3) 총동원체제와 종후봉공

전후방이 따로 없는 총동원체제하에서의 종후봉공의 실태를 제대로 드러내려면 이에 따르는 내선일체와 황민화, 병력동원, 근로동원 등의 문제를 모두 다루어야 하는데, 여기서는 바로 그러한 작품들을 제시하려 한다.

앞서 말한 조용만의 단편 「고향」은 종후봉공 문제를 근간으로 하면서도 내선일체와 황민화, 그리고 지원병 문제를 모두 다루었다. '나'는 처제의 결혼식에 참가코자 '나'와 처의 고향인 K읍에 홀로 내려왔는데, 처남은 도쿄의 농대를 졸업한 뒤 고향에서 자기 아버지의 농장 경영을 맡고 있었다. 나는 '육아법 하나라도 조선 농촌부인들에게 올바르게 가르치겠다.'며 시골로 내려온, 심신이 총명하고 내조적인 일본 여인인 처남댁과, 지원병이 되려 애쓰는, 건장하고 성실한 조카에 대해 감탄한다. 결혼식장에서 고향 국민학교 교장이었던 고故 기다紀田 선생님의 사모님을 만나게 된다. 생전에 기다 선생님은 내선일체를 위해 스스로 사석捨石(일의 성공을 위해 희생적으로 자기 몸을 바치는 존재)이 되고자 했던 훌륭하신 분이었는데, 그의 아들 다로太郎 군은 지금 말레이에서 '봉공奉公' 중이었다. 동맹휴학이나 좌익 활동 따위로 철없이 굴었던 우리를 설득하려 했던 선생님의 염원을 이해하게 된 나는 선생님의 묘소에 묵념을 하며 사죄를 드렸다. 이제는 신사神社가 되어 버린 이웃 산에서 펼쳐지는 아름다운 풍경을 지하의 선생님도 만족한 미소로 보고 계시리라 여기며 나는 유쾌해진 기분으로 산을 내려왔다. 이무영이 1943년 5월 3일~9월 6일 『매일신보』에 연재한 장편소설 『향가鄕歌』 역시 종후봉공 문제를 다루면서도 지원병 문제를 아우른다. 한강 상류 연안 상하 두 부락으로 되어 있는 농촌인 팔선동八仙洞은 '지나사변' 이래 지원병을 단한 사람도 보낸 일이 없는 벽촌이다. 이 마을에서 성낙중과 엄달근은 원수지간인데 각각에게는 성명옥과 엄준섭이라는 자식이 있었다. 두 젊은이는 각기 외지에서 있다가 돌아와 마을을 위해 장자늪 수리 공사와 학술강습소

설립을 계획하고 부락 공동체를 건설해 나간다. 그동안 많은 갈등과 오해, 연애 사건이 있으나 이를 모두 극복하고 결국 동민들은 총력을 다하여 사업을 완수해 나가고 이에 감동한 금융조합 서 이사는 동민 연대보증의 식산계를 통한 자금 대여를 약속한다. 자작농 창설이 끝나자 이 마을도 위문대와 애국 저금 등의 배당을 하고, 또 최초로 지원병에 응모하는 젊은이도 나온다. 강습소를 통해 국어도 보급되는 등 팔선동은 점차 전시하의 부락다운 체제와 활동을 갖추어 간다.

이찬이 1944년 10월 『춘추』에 발표한 단막 희곡 「이기는 마을—어느 이동연극대를 위하여」는 총후봉공과 지원병, 징병을 주제로 다루었다. 북관北關(함경도) 어느 화전민촌의 숯골할머니는, 맏아들은 지원병으로 가 있고 작은아들은 (징병제 시행을 앞두고 무학자 청년을 위해 마련된) 훈련소에 다니고 있는 마당에 본인 역시 보국대報國隊에 자원하고자 구장을 찾았다. 같은 시각에, 나라를 위해 소를 바친 김풍헌과 마을 야학에서 '국어'를 가르치고 있는 금순이도 각자의 볼일로 구장을 찾아왔다가 서로를 칭찬, 격려한다. 마침 구 서기가 최생원을 데리고 구장집으로 들어섰는데, 구 서기와 구장 및 김풍헌은 일종의 '마을을 위한 비상식량'인 '보관미'를 내지 않은 최생원을 비난하며, 그의 게으름과 비협조성을 지적한다. 이에 최생원은 순순히 반성하면서, 보관미를 낼 것을 약속함과 아울러 보국대에 나갈 것을 자청하니 사람들은 개과천선한 최생원을 격려한다. 뒷부분에 가서 모두는 '영미놈'들과의 결사 항전을 다짐하면서 그에 따른 총후봉공으로 '식량 증산'에 매진할 것을 일제히 외친다. 이찬은 1943년 6월 『조광』에 발표한 3막 5장의 희곡 「세월」을 통해서 총후봉공을 바탕에 깐 채 내선일체와 '대동아전쟁'의 정당성을 선전하고 또 그에 따른 군속 지원의 실천을 소개한다. 도쿄 W대(와세다대로 추정됨)를 다니는 중국인 진영陳英, 그리고 '반도인' 주朱와 이李는 같은 하숙의 절친한 친구인데, 그중 진영은 하숙집 딸 사나에(早苗)와 사랑하는 사이였다. 그런데 진영은 먼저 졸업 뒤 귀국하여 장개석 군

대에 합류하려 하였다. 이에 주는 대동아공영권을 주창하며 진영을 설득하고, 사나에는 이별을 슬퍼하나 결국 진영은 떠난다. 한편, 졸업 뒤 조선에 오게 된 주는 시골에서 주민에게 '국어' 강습을 하며 조선인의 황민화에 힘쓰던 중 그 자리를 이에게 물려주고 남방으로 군속을 지원해 간다. 결국 비르마(버마) 전장에서 주는 군속으로, 사나에는 간호부로, 주와 진영의 일본인 동창인 다니가와(谷川)은 군의 다니가와 소위로, 그리고 진영은 장개석군의 진 중위로 만나게 된다. 진영은 영미군의 배신으로 일본군의 포로가된 뒤에야 영미가 우군이 아님을 알게 된다. 그리고 그는 포로로서 주, 다니가와, 사나에와 재회하고서야 이들에게서 진정한 형제애를 느끼며 자신의 과거를 뉘우친다. 결국 진영은 이들과 함께 '대동아건설의 초석'이 되기로 결심한다. 일제 시기 이찬의 마지막 희곡인 「애선을 넘어서(愛線を越へて)」(전 1막, 『조광』, 1945.4·5 합병호)는 특히 병력지원으로서의 총후봉공을 다루었다. 북선北鮮의 어느 후방 방공 감시초소의 초원인 조선인 미야모토(宮本)는 총후봉공의 임무에 철저한 자다. 그가 6살배기 어린 아들 창선이가 앓아누워 사경을 헤매는 데도 근무에 나서려 하자 어머니는 그를 원망하고, 다니러 온 그의 조카는 그를 비웃는다. 그는 아내와 함께 어머니를 설득하고 조카를 '비국민'이라 꾸짖으며 시국의 중대함과 총후 감시초원으로서의 사명의 막중함을 설득하고 나온다. 초소에서도 이 사실을 알고 미야모토에게 집으로 가 볼 것을 권하나 미야모토는 이를 거절하고 초소에 남는다. 결국 집으로부터 아이의 죽음 소식을 전해 듣게 되나 이때에도 미야모토는 초소를 지킬 것을 고집한다. 때마침 정체불명의 비행기 한 대가 나타나고 초소는 긴장 속에 이를 예의주시하면서 극은 막을 내린다.

주영섭은 1942년 1월 일본 오사카에서 발행되는 잡지 『현대연극』에 일역되어 발표된 이동연극 대용 희곡 「흥보전興甫傳」에서 증산을 통한 총후봉공과 '대동아공영권'의 건설 문제를 다루었다. 기본 줄거리는 전통 설화 「흥부전」과 유사하지만, 여기서 제비가 조선인이 본받아야 할 '모범적 일꾼'이요 조선인에 대한 '시혜자'로 등장하는 점이 눈에 띄는데, 이 '제비'는 아무래도 '본받아야 할 대상으로서의 일본인'을 나타내는 것으로 여겨진다. 전통적인 「흥부전」에서의 강남은 대동아공영권으로서의 '남방' 즉, 동남아권으로 묘사되는데, 제비는 끊임없이 이 '일장기日章旗가 펄럭이는 대동아공영권'을 찬양하면서 그 소식을 조선 농민에게 알려주는 한편, 조선인도 이에 부응하여 증산과 총후봉공에 힘쓸 것을 강조한다.

이광수는 1944년 1월 1일 『매일신보』에 발표한 시 「새해」에서 총동원체제하 총후 반도의 결의에 찬 모습을 다음과 같이 펼쳐 보인다.

농부는 논밭을 갈기에, 가꾸기에, 광부는 땅 속에서 파기에, 깨뜨리기에, 져내기에.
공부工夫는 공장에서 갈기에, 두들기기에, 어부는 바다에서 그물 치기에, 낚기에, 끌기에, 남, 녀, 노, 소 일억일심, 쉬일 새 없이 흐르는 땀이 일본의 국토를 흠씬 적실 때에 ― 오직 그때에만야
영광의 승리는 오는 것이다. 이를 일러 일억 전투배치, 전력증강.
빛나는 새해, 위대한 새해

씩씩한 우리 아들들은 총을 메고 전장으로 나가고
어여쁜 우리 딸들은 몸뻬를 입고 공장으로 농장으로 나서네.
말 모르는 마소까지도 나라일 위해 나서는 오늘이 아닌가.
천년화평 도의道義세계를 세우랍신
우리 임금님의 명을 받자와
'예', '예' 하고 집에서 뛰어나오는 무리
이날 설날에 반도삼천리도 기쁨의 일장기 바다.
무한한 영광과 희망의 위대한 새해여.

이러한 희망을 펼쳐 보이는 정신 속에 '조선적'인 것이 남아 있기는 힘들었다.

4. 나오며

지금까지 필자는 일제 말 친일문학의 양상을 문인들의 조직 활동과 집필 활동 양면에 걸쳐 개괄함으로써 친일문학이 움직여 갔던 구체적 모습을 제시하였다.

'2. 친일문학 단체의 문예동원 과정'에서 필자는 친일문학의 양대 단체인 조선문인협회와 조선문인보국회를 중심으로 한 문예동원 과정을 조선 내부와 조선 외부의 두 부문으로 나누어 기술한 뒤, '3. 문학작품을 통해 본 친일 협력의 논리'에서 친일문학 작가들의 협력 논리가 작품을 통해 어떻게 구체화되었나를 소개하였다. 이 글은 '일제 말 친일문학의 현장'을 그대로 드러내 보이는 것을 목적으로 삼았기에 되도록 일제강점기의 1차 자료를 정리 소개하는 데에 힘썼다.

그 결과 총동원체제하 양대 핵심 친일 문인 단체인 조선문인협회와 조선문인보국회가 황도문학 수립과 결전 체제 확립을 향해 '문필 전사'의 역할을 수행한 과정과, 총동원체제하 집필 활동이 정책적 집단 통제 아래 무기를 생산하듯 이루어져 온 과정의 실상을 살펴볼 수 있었다.

그런데 이와 유사한 작업을 선도한 이가 바로 『친일문학론』(평화출판사, 1966)의 저자 임종국이다. 그 첫 번째 노력의 결과인 『친일문학론』은 문학뿐 아니라 해방 이후 본격 친일 연구의 물꼬를 텄다. 그동안 후학들은 『친일문학론』이 '의도한 바'를 계승하고자 하면서도, 그 '한계'와 '문제점'을 극복하려 애써 왔다. 이에 필자는 소략하게나마 「임종국의 『친일문학론』을 둘러싼 각종 담론들」[87]이라는 글을 통해 이 책의 의의를 되짚어 보기도 하였다. 『친일문학론』은 권력화한 친일파에 대한 문화적 저항이었다. 하지만 임종국의 『친일문학론』은 그가 강조한 이른바 '국가주의 문학이론'으로 인

---

[87] 본서 367~394쪽을 참조하라.

해 적지 않은 비판을 받기도 했다. 그런데 이 '국가주의 문학이론'은 "인간은 국가적 동물"이라는 아리스토텔레스적 명제를, 스스로 근대적 국민국가를 이루어 본 경험이 없었던 우리 민족의 처지에 대입시켜 본 것 이상이 아니었을 수도 있다. 정작 우리가 임종국에게서 주목할 만한 점은 이른바 '국가주의적 성향'보다는, '압축적 근대화'나 '근대 및 탈근대적 과제의 동시적 출현' 등으로 점철된 우리 근현대사가 그에게 부여하였던 '(모더니즘과 탈모더니즘의) 이중적 가능성'일 수도 있다.

친일문학에 대한 최근의 성과물들에는 분명 『친일문학론』을 뛰어넘는 바가 있다. 하지만 역사적 계기마다 거듭 호명되어 왔고, 또 그때마다 감정이나 풍문보다는 이성과 자료의 중요성을 일깨워 주어 온 『친일문학론』의 생명력은 아직도 여전하다는 사실을 덧붙이면서 이 글을 마무리 짓도록 하겠다.

제3장

일제 말 '전향'과 '근대성'의 문제

김남천의 「경영」과 「맥」 중의 인물 분석을 중심으로

1. 서론

1931년 만주사변이 터지고 일본 본국에서 천황제 파시즘이 강화되자 일본 공산당을 비롯한 반파시즘 세력은 더욱 심한 탄압을 받기 시작하였다. 그러나 일본의 천황제 파시즘에는 좀 별다른 데가 있었으니 그것은 독일이나 이태리 것에 비해 비교적 덜 폭압적으로 헤게모니를 만들어 내는 방법이 사용되었다는 점이다. 자체의 대중 조직을 확보하고 있었던 앞의 두 국가에 비해 다분히 위로부터 세력을 만들고 넓혀 온 일본 파시즘의 내력으로 볼 때 이는 좀 의외로운 일이었다. 그러나 이 배후에 일본 특유의 가족적 집단주의가 도사리고 있었다는 사실에 주목한다면 문제는 좀 더 투명해진다. 원래 일본의 긴밀한 가족 제도는 귀족층의 것이었으나 메이지(明治) 유신 이후로 서민 일반에게 널리 보급된 면이 있었다. 혈연 위주로 사고되는 한국 것과는 달리 지연 위주로 사고되는 특성으로 인해, 일본 가족 제도의 기본 단위인 가家(イエ)는 점차 이익사회 성격의 집단조차도 공동사회화

해 나아갔다. 여기서 천황제 가족국가 이데올로기가 싹트게 된다. 아버지 천황[1]에 대한 멸사봉공滅死奉公이 자식인 신민臣民의 당연한 의무인 것에서 더 나아가 천황은 국가 그 자체였다. 반대로 천황은 신민이 잘못을 저질렀다가 다시 되돌아오는 일이 있을 때, 이를 어버이로서 따뜻이 맞아 주어야만 하는 의무가 있었다. 이 모두는 전근대적인 신화적·주술적 세계관에 입각해 있었는데, 왜 일본의 메이지유신 지도층은 이러한 세계관을 필요로 했던가? 이 의문에 대한 해답에서 이 글의 주요 주제인 '전향'의 내용과 성격이 드러날 수 있다.

먼저 이 글은 일본식 근대화에서 기인한 일본식 전향의 특질과 역할을 살핀 뒤 그 조선적 변형을 간단히 비교할 것이다. 그리고 이러한 전향 문제를 소재로 한, 소위 '전향문학'의 한 예로서 김남천金南天의 경우를 다룰 것이다. 김남천은 근본적인 전향에까지 다다라 친일로 향해 간 사람들과는 길을 달리한다. 그러나 지조나 강직성 때문에 김남천을 모범 사례로 다루려는 것은 아니다. 모범이 된 이유는 그가 표면상으로 마르크시즘의 예봉을 꺾은 뒤 보여 준 일련의 모습이 문제적이었기 때문이다. 그 모습은 근대적 개인의 '주체성'을 세우려 했던 것으로 집약될 수 있다. 물론 '주체성'을 문제로 삼은 문학가가 김남천만은 아니었다. 그러나 이 추상적인 문제를 탐구하면서 「경영經營」(『문장』, 1940.10)이나 「맥麥」(『춘추』, 1940.2) 등과 같은 구체적 성과물을 이끌어 내거나, 또 이를 통해 천황제 파시즘의 논리인 '동양문화사론'과 '신체제론' 따위와의 대결을 수행해 간 데에서 보이는 남다른 면모가 필자의 눈길을 끈 것이다. 그러다가 막상 해방이 되었을 때에 작품 활동보다는 지도 비평과 정치 활동에 주력하고서는 결국 월북을 한 뒤 남로당 숙청에서 생을 마감하기는 했지만, 이 역시 문제적이기는 마찬가지다.

1) 일본 국왕에 대한 이 특별한 호칭은 그대로 사용하겠다.

그는 환경의 압력과 주체의 의도 사이에서 끊임없이 균형을 잡으려 하였다. 근대적 합리성이 내면화된 제도성이라 할 때, 앞의 균형 감각을 쉽사리 신화의 세계 속에서 해체시켜 버리지 않으려는 자세는 분명 주목할 만하다. 균형 감각만이 개인의 내면과 정치 따위를 서로 합치지 않으면서도 계속 교류하게 하는 것이다. 김남천의 사례를 통해 일제 말 지식인의 정신을 더듬어 보려는 필자의 의도는 이 균형 감각을 실체적으로 드러내 보려는 데 있다. 연구를 구체화하는 과정에서 필자는 두 중편의 대표적인 세 인물을 분석하는 방법을 택하였다. 필자 생각에 이 인물들은 작자 '인성(personality)'의 한 부분씩을 맡아 각 부분 간의 갈등과 영향 관계를, 또 그 외 사람들에 대한 인식 태도를 보여 줌으로써, 주체를 움직여 가는 동력학이 스스로 제 모습을 드러내도록 해 준다. 각 부분 간의 갈등은 곧 작자 내부의 갈등을 드러내 주는데, 우리는 이 갈등이 진전되어 가는 모습에서 작자가 스스로를 치료하면서 상황에 대처해 간 모습을 볼 수 있겠다. 열렬한 카프 맹원이었던 김남천이 마르크시즘의 퇴각기를 맞아 보여 준 이러한 일련의 모습들은 분명 현재의 우리에게 적지 않은 시사점을 준다.

지금 1990년대 중후반 동북아의 모습은 구한말 및 일제 말의 모습과 닮아 있다. 열악한 동양 자본을 묶어 구미 자본에 대항해 보려는 일본 자본의 의도도 그렇고, 한반도 안에서 보이는 쉼 없는 전향과 이데올로기의 부정, 그리고 실체도 모호한 민족주의 또는 국가주의로의 귀향 움직임 등도 그렇다. 필자는 고민의 실제 성과물을 중심으로 온고이지신溫故而知新함으로써 궁극적으로 이 반복되는 역사 속에서 새로운 실마리를 추출해 보려 한다. 그러기 위해서는 더욱 많은 이들의 사례가 비교되어야 하겠다. 즉, 일제 말에 이루어졌던 일본에서의 '근대의 초극' 논쟁과 그 조선적 변형이라든가, 여타 조선·일본 작가들의 작품에서 나타나는 '전향'에 대한 생각 같은 것들이 좀 더 비교·연구되어야 하겠다. 그러나 이번에는 일단 김남천이라는 하나의 전형을 탐구하는 데 만족하기로 하였다. 좀 더 본격적인 '전향 소설론'이라든가, 더 나아가 일제 말 '지성사론' 따위와 같은 것은 이후의 과제로 미룬다.

2. 본론

1) '전향'의 특질과 역할

혼다 슈고(本多秋五)에 의하면 전향에는 약 세 종류가 있다.

> 첫째, 공산주의자가 공산주의를 포기하는 전향으로, 이를테면 소괄호에 묶을 수 있는 전향이다. 둘째, 일반적으로 진보적 합리주의 사상의 포기를 의미하는데, 이를테면 중괄호에 묶을 수 있는 전향이다. 여기에는 기독교의 감화를 받았던 메이지 시대 문학인들이나 시라카바파(白樺派)의 전향도 포함되기에, 한편으로는 외래 사상에서 벗어난다는 의미와 다른 한편으로는 천황제로 귀순한다는 의미와 연결되며, 또한 동양적 자연주의로 용해된다는 의미와도 연결되고 있는 듯하다. 셋째, 이른바 대괄호에 묶을 수 있는 전향은 더욱 넓게 사상적 회전(회심) 현상을 가리키는데, 여기서는 좌우 어느 쪽을 향하는가 묻지 않고 사상적 회전 일반이 문제된다.[2]

이 중에서 필자는 혼다 슈고와 마찬가지로 첫째와 둘째 의미의 전향을 다루려 하는데, 처음 일본에서 전향이란 말이 유행하기 시작했을 때에는 셋째 의미에 가깝게 쓰였다. 본래 이 용어가 퍼지게 된 것은, '전위 분자는 인민 대중 일상으로 들어가야 한다'는 야마카와 히토시(山川均)의 주장에서 일본 마르크시즘의 비합리성을 생각한 후쿠모토 가즈오(福本和夫)가 야마카

---

[2] 혼다 슈고, 「전향문학론」, 이경훈 역(『1930년대 문학 연구』, 한국문학연구회 편, 평민사, 1993), 208쪽. 본문을 요약 인용하였다.

와의 방향 전환론을 절충주의라 비판하면서 소위 '분리를 통한 결합'이라는 전위주의적 재방향 전환론을 주장하면서부터다. 이 후쿠모토주의의 방향 전환이 간단히 '전향'이라 불리며 널리 퍼지게 된 것이다. 그렇다면 전향의 의미가 왜 이렇게 변질하게 되었는가? 그것은 어쩌면 근세 이후 동양의 숙명이기도 한, 일본의 '문어 항아리 유형 사회와 문화'와도 연관이 깊다.

마루야마 마사오(丸山眞男)에 의하면[3] 일본의 사회와 문화는 문어 항아리 유형을 갖고 있다. 서구의 학문은 개별화·전문화하였어도 뿌리를 거슬러 올라가 보면 종합화의 근거가 존재하는 부챗살 유형을 가지나 일본의 근대 학문은 분업화된 서구 것이 그냥 들어와 마치 문어 항아리처럼 각기 고립되어 있다는 것이다. 이러한 일본 근대 문화 배후에서 서구 보편 문화 배후에 있는 헬레니즘이나 헤브라이즘과 같은 보편 정신을 발견하기는 어려운 일이다. 근대적 토대를 반영할 수 있는 보편 정신은 개국開國의 시대에 매우 중요한 것이다. 이에 메이지유신을 수행한 자들은 근대적 사회, 문화 내지 학문 따위에 걸맞은 보편 정신을 천황제에서 찾는다. 입헌군주국의 것과도 또 다른, 근대와 몰근대가 섞인 기묘한 이데올로기로서의 천황제는 이렇게 강화하게 된다.[4] 이와 함께 일본의 여러 진보 사상들은 실행 단계에서 계속 저지당하고 파괴되거나 억눌리는 바람에 실감實感이 쌓일 새가 없이 이론 신앙만 강화되는 꼴이 되는데, 그 대표적인 것이 마르크시즘이었다. 그러나 정치란 감성적 인간 사이의 일인지라 매우 현실적이다. "이성적·합법칙적인 것을 어디까지나 추구해 가는 근원의 정신적 에너지는 오히려 비합리적인 것이다."[5] 이런 비합리적인 것에 합리성을 부여하기 위해서는 현실에 대한 고민과 천착이 있어야 하는데, 가家 제도에 근거한 천황제에 대해 가장 극렬히 반대한 마르크시즘은 현실에 대한 실감實感을 미처

---

3) 마루야마 마사오, 「사상의 존재양태에 대하여」, 『일본의 사상』, 김석근 역, 한길사, 1998, 203~234쪽.
4) 지연 위주의 가(家) 개념에는 공동사회와 이익사회의 특징이 함께 들어 있다.
5) 마루야마 마사오, 앞의 책, 190쪽.

쌓을 새가 없었다. 이와 반대로 비합리적인 천황제가 자본의 매우 합리적인 법칙에 의해, 그 합리성을 가린 채 움직일 때, 일본의 마르크시스트는 점차 고립되다가 결국 전향과 몰락의 길을 겪게 되었다. 한형구는 그의 박사 논문에서 반反자본주의와 반反근대를 거의 같이 보아 천황제의 반反근대에 마르크시스트들이 합류하게 되는 과정을 설명했는데,[6] 이는 근대와 자본주의를 동일시하고 또 일본식 자본주의의 특성을 고려하지 않은 채 마르크시스트의 전향을 보려고 한 소치가 아닌가 한다. 개인과 전체 관계에서 전체 자리에 국가가 맨얼굴인 채로 들어오게 되기까지는 시간을 요했다. 처음에는 가家 뒤에, 그 다음에는 (마르크시스트에 의해) 사회 뒤에 숨어 있었던 국가는 만주사변과 중일전쟁이 계속되면서 점차 노골적으로 모습을 나타내 개인을 압박하기 시작한다. 이때부터 마르크시스트들은 고립감 속에서 압박해 오는 실체를 받아들이든가 아니면 개인의 실존 속에서 내성화하든지 하게 된다.

이런 점에서 1933년 6월 일본 공산당 지도자 사노 마나부(佐野學)와 나베야마 사다치카(鍋山貞親)의 전향 성명은 많은 마르크시스트들에게 충격적으로 받아들여졌는데, 그것은 그들이 공산주의를 포기하지 않고 전향을 선언했기 때문이었다. 그들은 천황제의 가족 공동체에서 진정한 공산주의를 발견했다고 말한 것이다. 그야말로 개인 실존과 전체 체제가 합치를 이루는 순간이었다. 그 결과 한 달 안에 공산당 관계 미결수의 30%(1,370명 중 415명)와 기결수의 34%(393명 중 133명)가 전향을 하였고, 3년 안에 기결수의 74%가 전향한 결과 비전향으로 남은 사람은 불과 26% 정도였다.

이에 비해 조선인 공산주의자의 전향은 오랜 기간에 걸쳐 소규모로 이루어졌다. 그것은 전향한 나프 작가 하야시 후사오(林房雄)가 작가에 한정하여 한 말마따나 "전향해도 돌아갈 조국이 없"[7]기 때문이었다. 즉, 조선인 활동

---

6) 한형구, 「日帝末期 世代의 美意識에 관한 硏究」, 서울대국문과 박사논문, 1992.8, 118쪽.

가에게 부여된 반식민의 과제가 전향의 속도와 양을 억제했던 것이다. 그래서 그만큼 조선인의 전향은 일본인의 전향에 비해 좀 더 강제적일 수밖에 없었다. 차츰 위장 전향자도 속출하였던바, 결국 일제는 1937년 「조선사상범보호관찰령」을 시행함으로써 적극적인 사상 지도와 함께 생활보호 및 생계 보장까지를 강조하게 되었다. 의도야 어떻든 간에 이 제도는 실효를 거두어 이후 확실히 재범률이 떨어지게 된다.

주로 좌익을 중심으로 이루어진 조선인 문학가의 전향 과정에서도 '돌아갈 조국이 없다는 것'은 특히 치명적이었다. '친일'이란 명칭은 확실히 붙일 수 있을지언정 '전향'이라 언급하기에는 좀 문제가 있는 우익 문학가의 전향에 비해, 좌익 문학가들은 비교적 그렇게 '뼈와 살까지 온통 일본인이 되겠다.'고 선언하거나 악착같이 동조동근론同祖同根論을 내세우지는 않았으나, 그래도 그들의 전향에는 다양한 스펙트럼대가 존재하였다. 이 스펙트럼대에서 어디까지 전향이고 어디까지 전향이 아니라고 말할 수 있는 기준이 있겠는가? 사실 이 문제는 일본에도 존재하였다. 하야시 후사오가 다소 전향적인, 그러나 본인은 결코 그렇게 여기지 않은 글인 「작가를 위하여」를 발표한 것은 사노와 나베야마의 전향 성명이 있기 전인 1932년이었고, 이와 비슷한 시기에 있었던 가메이 가쓰이치로(龜井勝一郞)나 도쿠나가 스나오(德永直) 등의 언동 역시 사노와 나베야마의 전향과 관계없이 이루어진 것이었다. 이 세 작가는 각각 '우익적 편향', '조정파', '교란자' 등의 호칭으로 비판을 받을지언정 '전향자'로 간주되지는 않았다. 그런데 사노와 나베야마의 전향이 있고 프롤레타리아 작가 동맹의 해산이 있고 하면서 '전향문학'이란 말이 주목되기 시작하더니 역으로 하야시, 가메이, 도쿠나가 등의 행적이 전향의 시초로 여겨지게 되었다. 그리고는 프롤레타리아 문학 활동가로서 전투적인 활동을 하다 1933년에 검거 살해당한 고바야시 다키지(小林多喜二)

7) 金村龍濟, 「日本への愛執－林房雄氏の『轉向』『靑年』『壯年』に就て」, 『國民文學』 第2卷 第6號, 1942.7, 26쪽.

가 하나의 기준으로 서면서, 이 기준에서의 일탈이 곧 전향으로 여겨지게 된 것이다.[8] 고바야시의 경우와 같은 기준이 존재하지 않았던 식민지 조선 문단에서 전향은 많은 부분이 내심 비전향의 형태로 진행되었다. 프로 작가들 중 분명히 전향의 길을 걸었다 할 수 있는 사람은 박영희와 백철 정도다.[9] 이 중 김남천은 서론에서도 말한 바와 같이 비교적 친일의 길을 걷지 않은 쪽에 해당하였다.

2) 김남천의 「경영」과 「맥」에 나타난 '전향 사상 비판'

1911년 평남 성천 출생으로 평양 고보를 거쳐 도쿄(東京)에 유학, 호세이(法政)대학교를 중퇴한 김남천은 1927년경 조직 운동에 관여하더니 1929년 카프에 가입하면서 본격적인 문예 활동을 시작한다. 급진 소장파로 활동하던 그는 1931년 제1차 카프 사건 때 검거되어 조직원 중 홀로 2년 동안 옥살이를 하게 된다. 1933년에 출옥한 그는 이때의 경험을 살려 「물」(『대중』, 1933.6)이란 단편을 쓰는데, 이 작품을 두고 임화와 벌였던 '물논쟁'에서 시작해 이후 고발문학론 – 모랄론 – 풍속론 – 로만 개조론 – 관찰문학론 등을 거치면서 김남천이 일관해 추구한 것은 어떻게 하면 개인의 실감을 잃지 않으면서 주체성을 확보할 수 있느냐 하는 문제였다. 점차 강화되어 가던

---

8) 이상 하야시, 가메이, 도쿠나가, 고바야시 부분의 내용은 혼다 슈고의 앞 글, 188~192쪽을 요약 인용한 것이다. 고바야시의 경우가 반드시 긍정적으로만 여겨지는 것은 아니다. 오다기리 히데오(小田切秀雄)나 요시모토 다카아키(吉本隆明)의 시각으로 보면 고바야시의 비전향은 구라하라 고레히토(藏原惟人)나 미야모토 겐지(宮本顯治)의 경우와 함께 현실에 대한 실감은 쌓지도 못한 채 대중으로부터 멀어진, 심지어는 도피하기까지 한 전향의 일종이 될 수 있다. 요시모토에게 전향이란 "일본 근대사회의 구조를 총체의 비전으로 파악하고자 시도하다가 실패했기 때문에 인텔리겐치아 사이에서 일어난 사상 변환"이기 때문이다. 이 부분에 관해서는 다음 글들을 참고하였다. 김윤식, 「전향사상과 전향문학」, 『韓國近代文學思想史』, 한길사, 1984, 259~280쪽. 노상래, 「카프 文人의 轉向 研究」, 영남대국문과 박사논문, 1995, 4~50쪽.
9) 이 둘의 전향을 둘러싸고 벌어졌던 논쟁은 조선 문인들의 전향사에서 매우 중요하나 일단 이 글에서는 생략하기로 한다.

천황제적 파시즘은 마르크시스트조차 전향에 대해 유다적인 자책감에 빠지게 하였는데, 이 자책감은 비전향자에게도 위장 전향자에게도 하나의 윤리적 기준으로 작용해 그들의 소위 '과학적 사고방식'을 순식간에 무화시키며 신념의 신앙 세계에 가두어 버리는 면이 있었다. 이 유폐가 완성되면 그 다음은 과거로 거슬러 올라 침잠하거나 아니면 천황제가 만들어 내는 주술과 신화에 탐닉하는 차례가 온다. 김남천은 "자기 검토, 자기 개조의 길과 동일한 노선에서 소설 장르에 대한 검토와 소설 개조의 문제를 제시"[10]하는 식으로 문학 논의를 시종일관함으로써, 공적公的 영역에서 무화되어 버리려는 내심內心을 지키려 하였다. 점차 강화되는 파시즘 앞에서 다분히 소시민적 차원으로 퇴각한 모습의 주체성은 일부 비판을 받을 여지를 지니기도 했으나 「경영」이나 「맥」과 같은 구체적 성과물을 통해 육화肉化됨으로써 근대적 자아로 발전해 가는 단초를 보여 주었다.

「경영」과 「맥」은 차례로 연작을 이루고 있는 중편이다. 이 연작에 나오는 인물로는 서울의 한 아파트 여사무원으로서 사상범으로 징역을 살고 있는 애인을 옥바라지해 온 최무경과, 그 애인으로서 출옥한 뒤 얼마 안 있어 최무경과 그녀와 함께했던 시절에 가졌던 마르크시즘을 한꺼번에 버리고 천황제 파시즘으로 전향해 가는 오시형과, 홀로 된 최무경의 아파트 바로 옆방에 우연히 들게 되면서 최무경과 함께 전향 사상으로서의 동양문화사론과 신체제론에 대해 이야기를 나누게 되는 니힐리스트 이관형을 들 수 있다. 「경영」에서는 최무경과 오시형 사이의 이야기가, 그리고 「맥」에서는 최무경과 이관형 사이의 이야기가 (오시형에 관한 에피소드도 곁들여) 전개된다. 여기서 반드시 언급해야 할 것이, 「경영」과 「맥」은 미완성 장편 「낭비浪費(『인문평론』, 1940.2~1941.2)와 함께 연작을 이룬다는 점이다. 사실 「낭비」와 연결 지어 나머지 두 편을 살펴야 그 의미들이 온전하게 밝혀질 수 있

---

10) 이상갑, 『한국근대문학과 전향문학』, 깊은 샘, 1995, 77쪽.

다.11) 그러나 이 논문에서는 일단 두 중편만을 다루기로 했으니 「낭비」는 논리 전개의 필요에 따라 일부 언급해 가는 정도로 그치겠다.

먼저 「경영」과 「맥」의 줄거리를 함께 더듬어 보기로 하자.12) 여기서 '경영'이란 '계획적·체계적으로 해 가는 사업 또는 그 조직'을 뜻하기보다 좀 더 구체적으로 '규모를 정하고 기초를 닦아 집 따위를 짓는 일 또는 그러한 사업'을 뜻한다.13) 무경은 애인 시형의 옥바라지를 위해 직업도 갖고, 또 출옥 뒤 시형이 머물 곳을 마련하기 위해 돈을 모아 자기가 근무하고 있는 아파트의 조그만 독신자용 방도 하나 구해 놓았다. 이러한 무경의 태도에 대해 그녀의 홀어머니는 처음에는 못마땅해 하였으나 차츰 그 정성에 감복해 결국 옥에 있는 시형을 사위로 인정하기로 한다. 무경의 어머니는 스물에 홀몸이 되어 오직 무경 하나만을 키우며 지내 왔다. 그런데 이제 무경이 자기 곁을 떠나게 되자 자기도 정일수란 신사의 청에 응해 재혼을 결심한다. 무경은 어머니를 빼앗긴다는 느낌도 들었으나 자신이 독립하기를 원하는 만큼 어머니도 홀로 설 권리가 있음을 깨닫고 사실을 받아들인다. 그런데 출옥해 나온 시형은 예전과 달라져 있었다. 마르크시즘으로서의 경제학을 버리고 파시즘으로서의 철학을 택한 시형은 유물사관도 포함한 구라파 중심의 세계 일원론에서 (다분히 천황제 파시즘의 이데올로기인 '동양문화사론'과 '신체제론'이 뒷받침된 듯해 보이는) 동양사의 독자성을 강조하는 다원론으로 전향해 있었던 것이다. 차츰 무경은 무언가 불안감을 느끼기 시작하는데, 결국 그 불안감은 얼마 안 있어 현실로 드러난다. 시형이 평양에서 부회府會 의원과 상공회의소에 공직을 가지고 있는 아버지와 화해를 한 것이다. 사실 이 화해는 일방적 투항이었고 시형은 아버지의 뜻에 따라

---

11) 이 작업은 신희교의 논문 「김남천의 세계관과 창작방법 연구 : 「낭비」-「경영」-「맥」을 중심으로」(『어문논집』 34, 고려대 국어국문학연구회, 1995)에서 본격 수행되었다.
12) 텍스트로는 슬기 판(版) 김남천 창작집 『麥』(1987년 재간행)을 사용하겠다.
13) "'아파아트'란 것도 새로 생긴 경영 형태지만 요즘 주택난과 하숙난이 심하니까 상당히 중요성을 띠겠다든가…(밑줄은 인용자)"(김남천, 「경영」, 『麥』, 슬기, 1987, 120쪽)

평양으로 간다. 무경은 짐작할 수 있었다. 그는 다시 안 돌아오리라는 것을. 그리고 자기 아버지의 뜻에 따라 도지사의 딸과 결혼하리라는 것을. 어머니도 정일수에게 떠났고 시형도 아버지 따라 떠난 뒤 홀로 남게 된 무경은 새삼 남을 위해, 한 남자를 위해 덧없이 바쳐 왔던 자기의 지난 삶을 떠올린다. 순간 그녀는 슬픔조차도 느낄 수 없었다. 「경영」의 마지막 부분을 이루는 그 순간을 작가는 다음과 같이 묘사한다.

> 울고 싶은 생각도 나진 않는다. 그저 제 몸에서 빈 껍질만 남겨 두고 모든 오장과 육부가 빠져나가는 경우가 있었으면 하고 막연히 그런 경지를 생각해 보고 있었다.
>
> 그런데 똑똑 '노크' 소리가 나고 급사가 문을 열었다.
>
> "주인님이 나오셔서 장부 좀 보시잡니다."
>
> 급사의 말에 그는 정신을 차려 몸을 일으키었다. 그는 문에 쇠를 잠그고 층계를 내려갔다. 내려가면서 점점 제 다리에 기운이 생기는 것을 느꼈다.
>
> (방도, 직업도, 인제 나 자신을 위하여 가져야겠다!)
>
> 그런 생각이 사무실을 들어설 때에 그의 마음속에 이루어지고 있었다.
>
> 「경영」, 130~131쪽

「맥」에서 무경은 어머니를 떠나보낸 뒤 시형을 위해 준비했던 아파트에 자기가 들어 살게 된다. 변함없이 아파트 사무를 보며 나날을 보내던 무경은 어느 날 흥미를 끄는 입주자를 새로 맞게 된다. 무경의 옆방에 살게 된 이관형이란 인물이 바로 그인데, 그는 전형적인 부르주아지인 무역상의 아들로 경성제대 영문과 강사를 지내다 파벌과 학벌에 희생되어 대학 생활에 실패를 본 뒤 니힐리스틱한 생각을 품은 채 일시 이 아파트에 입주하게 된 것이었다. 일이 있어 잠깐 무경의 방에 들렀다가 책꽂이에 무수히 꽂혀 있는 철학 서적을 보고 흥미를 느낀 그는 무경과 대화를 나누게 된다. 사실 이 책들의 많은 부분은 시형이 남겨 놓고 간 것이었는데, 무경은 자기에게서 시형을 떨어져 나가게 만든 철학들의 내용이 궁금하기도 하고 또 홀로 서려는 만큼 홀로 사고해 보려는 뜻에서 그동안 꾸준히 그 어려운 철학책들을 읽어 오긴 한 바였다. 그런 연유로 무경은 관형에게, 시형을 그렇게도 고민에 빠뜨렸던 '동양학'이라는 학문이 성립할 수 있는가를 묻는다. 이 대화를 통해 관형은 다분히 서구적 이성 중심의 시각에서, 자기의 통일된 정신도 부재한 채 어설프게 서구 문화와 사상을 받아들인 동양을 심하게 비판한다. 그리고 둘은 보리의 비유를 들며 역사에 대한 세 가지 자세를 논한다. 그대로 갈려 빵이 되는 보리와 흙 속에 묻혀 많은 보리를 만들어도 결국 또다시 빵이 되는 보리, 그리고 비록 흙에 묻힐지라도 결국 꽃을 피워 내는 보리가 바로 그것이다. 관형은 니힐리스트답게 두 번째 보리와 같은 자세를 취해 보이지만 무경은 일견 순진해 보일 수도 있지만 용감하게 세 번째 보리를 취한다. 첫 번째 보리는 시형에 대한 비유였음이 물론이다. 이야기의 끝에 가서 시형은 다시 한 번 등장한다. 그는 무경에겐 연락도 없이 공판을 받으러 서울에 온 것이다. 그 공판정에서 무경은 보았다. 파시즘과 신체제를 찬양하고 있는 오시형과 그의 결혼 상대자인 도지사 딸을. 현기증을 참으며 간신히 아파트로 돌아 온 뒤 무경은 관형의 방문을 받은 뒤 그에게서 경주 방면으로 여행을 떠나 볼까 한다는 말을 듣는다. 그 순간 그녀도 생각한다. 자기도 어머니 권유대로 동경으로 공부나 갈까 하고. 그러나 그런 것을 생각해 보아도 무경은 어쩐지 원기가 솟아나지 않았다.

이상의 줄거리를 가진 두 중편의 세 인물 중 가장 작가의 애정이 쏠려 있는 인물은 최무경이다. 그런데 앞에서도 말했듯이 필자가 보기에 여기 세 인물은 모두 작가 인성의 한 부분씩을 담당하고 있다. 김남천은 일찍이 '주체의 재건'을 힘쓰는 데에서 누구보다도 '사상의 혈육화'를 꿈꿔 왔다. 그런데 식민지 조선의 상황이 태평양전쟁 발발을 전후해 점점 악화되어 감에 따라 특히 '전향'을 강요받고 있었던 카프 출신의 문인들에게 역사가 종말을 고하는 듯해 보이게 되자, 김남천의 주체는 이렇게 데카당하게 분열된 모습으로 나타나게 되었다. "전체주의를 경계하면서 생기발랄한 통일된 적극적 성격을 창조하기"[14]는 지극히 힘든 일이 아닐 수 없기 때문이었다. 이 데카당한 분열 모습은 그 자체로 사회의 전체주의적 분위기에 맞선다. 그런데 사실 더 정확하게 말해, 사회의 전체주의적 분위기 역시 데카당스의 또 다른 형태가 발현된 결과다. 만일 모든 사물이 태어나 발전하고 쇠퇴하는 과정을 되풀이한다는 점을 인정함으로써 일방적 발전론의 지독한 벡터를 소거시켜 버린다면 다음과 같은 말이 가능하게 된다.

> 어떤 이들은 쇠퇴의 결과들에 대해 욕하고 또 그들과 깊게 연루되어 있는 '재생(renascence)'의 미래적 가능성을 신념으로 지니면서 '쇄신적'인 데카당스 개념을 계발하였다. 또 다른 사람들은… 근대 세계가 파국을 향해 치닫고 있다는 느낌을 즐겼다. 후자 집단의 대부분은 미적 근대성의 의식적인 주창자인 예술가들이었는데, 이 미적 근대성은 온통 모호함 투성이이긴 했지만, 무한한 발전과 민주주의와 안락한 문명의 전반적인 분배 따위를 약속해 주는, 근본적으로 부르주아적인 또 다른 근대성에 과격하게 대립하였다.[15]

미적 근대성은 예술가적 데카당스의 특징인데, 서양 문학의 근대성을 따질 때면 흔히 언급되고는 하는 보들레르에게서 이 점은 잘 드러난다. 폴 부르제Paul Bourget에 의하면 보들레르는 "동시에 신비가이고 쾌락아이고 특히 분석가"[16]인데, "이 3종의 근대적 결합이 종교적 신념의 위기, 파리 생활, 현대의 과학 정신 등에 의하여 가공되어 그의 융합에 이른 것"[17]이다.

---

14) 김남천, 「現代 朝鮮小說의 理念—로만 개조에 대한 일 작가의 각서(三)」, 『조선일보』, 조선일보사, 1938.9.13.

15) Matei Calinescu, *Five faces of modernity*, Durham: Duke UP, 1987, 162쪽.

16) 김남천의 글 「자기 분열의 초극—문학에 있어서의 주체와 객체(三)」(『조선일보』, 1938. 1.28.)에서 재인용.

17) 같은 곳.

김남천은 이 보들레르에게서 "스스로 자기 분열을 의식하고 극도의 모순 속에 처하여 있는 자기 자신을 깨닫는 가운데 다시금 그의 위치를 초극하려 않고 그의 환경을 스스로 향락하는 교양인의 교만한 정신의 유희"[18]를 보았다. 김남천은 우리에게는 "이러한 분열을 향락하거나 모순에서 도피하는 것이 아니라 이의 초극과 통일을 꿈꾸어 적극적인 상극 속에서 살은 보다 생기 있는 문학적 전형"이 존재한다고 말한다. 즉, 그가 생각하기에 객관 세계의 모순과 분열보다 더욱 문제가 되는 자기 속의 분열과 모순을 정립, 재건하지 않고는 객관 세계와 호흡을 같이 할 수는 없다고 주장하면서, 특히 현대 작가 내부에서 분열돼 존재하는 문학자와 사회적 인간의 일원론적 통일이 있어야만 한다고 주장한다. 그는 그 일원론적 통일을 다음과 같이 설파한다.

> 문학자는 정치가나 사회운동가가 되는 것에 의하여 그의 생활적 실천을 가지는 것이 아니라 문학적 실천, 문학가적 생활에 의하여 사회와 인류에게 봉사하는 것… 이것은 물론 문학자가 정치적 활동을 하거나 이여의 딴 세계에 참여하는 것을 거부하는 이론이 아니다.… 문학자는 문학적 실천을 가지고 문학적 생활을 가지고 이 가운데로 간다는 것만이 유일의 진리이고 또한 예술과 생활, 문학과 정치와를 통일하는 유일의 일원—元이다.
> 이것이 또한 주체의 자기 분열을 초극하는 유일의 방향이며 객관과 교섭하여 통일되는 단 하나의 고발정신의 가는 길이다.[19]

고발문학론에서 관찰문학론까지 이어지는 김남천 소설론의 초입에서 이러한 일원론적 자세는 매우 중요한 의미를 지니는데,[20] 그 일원론의 도정은 그렇게 순탄치만은 않다. 더구나 비평과 창작을 통해 자기 고발과

18) 같은 곳.
19) 김남천, 「자기 분열의 초극—문학에 있어서의 주체와 객체(七)」, 『조선일보』, 1938.2.2.
20) 고발문학론—모랄론—풍속론—로만 개조론—관찰문학론으로 이어지는 김남천의 소설론과 또 이 과정과 조응해 가는 여타 작품들에 대한 탐구는 일단 이 글에서 제외하였다.

주체 재건, 그리고 풍속 관찰 등을 수행해 오던 끝에 생산된 「경영」과 「맥」에까지 오면, 우리는 이 작품들에서 드러나는 작자 의식의 데카당한 분열 모습을 통해, 언뜻 흔들리는 듯해 보이는 일원론과 마주하게 된다. 그러나 우리의 의식은 항상 '무엇'에 대한 의식이고, 선험적이면서 본질적인 '나'야말로 하나의 관념에 불과한 만큼, 나를 타자화하는 것이야말로 일원론을 제대로 꾸려 나아가 내용 있는 '문학적 실천'을 낳을 수 있도록 해 준다 하겠다.

앞에서, '데카당한 분열 모습이야말로 사회의 전체주의적 분위기에 맞선다.'고 했는데, 필자가 이 두 소설을 통해 '전향'과 '근대성' 문제에 대한 김남천의 생각을 더듬어 보려 하는 데에서, 특히 인물 분석에 중점을 두는 이유는 바로 여기에 있다. 김남천은 인물들로 하여금 스스로 말하고 행동하면서 각자의 성격을 발전시켜 가도록 하였다. 이런 식으로 그는 환경의 압력과 주체의 의도 사이에서 끊임없이 균형을 잡으려 하면서 근대적 개인의 주체성을 세우려 한 것이다. 이 점과 관련하여 그가 중편 형식을 택한 점 역시 결코 허술히 보아 넘길 일은 아니다. "단편소설이 흔히 하나의 행위(action)를 통하여 인물을 보여 주는… 것으로 만족하는 데 반하여, 중편소설은 성격 발전에 관심이 있다. 장편소설도 성격 발전에 관심이 있지만 넓은 캔버스와 여러 인물들, 그리고 흔히 오랜 기간을 사용하는 반면, 중편소설은 제한된 인물 수, 비교적 짧은 기간, 그리고 하나의 연속된 사건들에 집중한다."[21] 단편소설의 압축성과 장편소설의 성격 발전을 결합시킨 특성을 가진 중편소설은 1920~1930년대 대부분 장편소설의 통속성과 단편소설의 관조성을 지양하여, 생활과 사상을 합치고 일상적 삶의 묘사로서의 사실성을 추구함으로써 근대 지향적인 역할을 할 수 있는 갈래였다.[22] 이러

---

21) 이명섭 편, 『世界文學批評用語事典』, 을유문화사, 1985, 445쪽.
22) 최재서의 글 「中篇小說에 對하야―그 量的·質的 槪念에 關한 試考」(『文學과 知性』, 人文社, 1938)와 김윤식의 글 「중편소설의 문제점―역사철학적 물음과 관련하여」(『韓國現代小說批判』, 一志社, 1981)를 보라. 장편 「낭비」의 연재가 중단된 데에는 연재 지면이었던

한 두 중편에서의 세 주요 인물에 대해 본격적으로 언급해 보자.

먼저, 오시형은 이성이나 논리의 지배를 피한 뒤 본능의 충족을 위해 쫓기는 성질을 갖는다. 반대로 최무경은 점차 이상 세계를 지향하면서 끊임없이 도덕률을 만들려 한다. 이관형은 그 사이에서 어느 한쪽에만 만족하지 못하면서 동시에 둘을 자신에 의해 아우르려 한다. 그리고 보면 이관형이야말로 가장 작가의 현실을 닮은 인물이라 하겠다. 오시형의 변절은 이관형에게 완전히 부정되지는 않는다. '문어 항아리 유형'의 동양 문화에 대한 이관형의 비판 일변도는 실상 주체가 세워지지 못한 데에서 나오는 불안감의 소치다. 김남천의 글 「전환기의 작가-문단과 신체제」(『조광』, 1941.1)를 보면 오시형과 이관형의 입장이 모호하게 얽혀 있는데, 작자 내부의 이런 모호한 생각을 정리하기 위해서도 인성의 분리가 필요했을 것으로 여겨진다. 우선 오시형과 이관형의 분리를 위해 최무경이 한 역할을 한다. 그러나 이 과정은 동시에 최무경이라는 인물의 성격(character)을 형성해 가는 과정이기도 하다. 작가와 가장 가까운 인물인 이관형은 오시형이라는 현실을 간직한 채 최무경이라는 이상을 만들어 나아간다. 그래서 그녀는 "희망을 잃지 않고 살아 나아가겠다는 하나의 높은 생활력 같은 것을 천품으로서 가지고 있"(「맥」, 140쪽)는 것이다. 이어지는 구절을 좀 더 보도록 하자.

> 그러한 생활력은 제 앞에 부딪쳐 오는 어떤 어려운 문제라도 꿰뚫고 나아가야 한다는 강력한 의지력으로 나타날 때가 있었다. 사람은 제 앞에 다닥쳐 오는 어려운 문제를 회피하지 않고 그것을 맞받아서 해결하고 꿰뚫고 전진하는 가운데서 힘을 얻고 굳세지고 위대해진다고 생각해 본다. 어떻게도 할 수 없는 난관에 부딪히고 함정에 빠져서 그(최무경-인용자 주)가 생각해 본

『인문평론』이 폐간된 데에도 원인이 있었겠지만, 아무래도 독자의 요구에서 덜 자유로운 잡지 연재 장편으로는 통속성에서 온전히 자유로울 수가 없는 형편에도 일부 원인이 있었을 것으로 추측하는 바다. 물론 「낭비」가 단순한 통속소설이 아닌 것은 신희교의 앞 논문에 의해 규명되었음을 밝혀 둔다.

것은 모든 운명의 쓴 술잔을 피하지 않고 마셔 버리자 하는 일종의 '능동적인 체관諦觀'이었다. 그는 우선 어머니와 오시형이를 공연히 비난하고 시기하고 질투하지 않으리라 명심해 본다. 자기 자신을 그들의 입장 위에 세워 보리라 생각한다.

같은 글, 140~141쪽.

이렇게 객체를 인정한 채로 주체를 거기에 이입해 보는 자세는 바로 생각에 합리적인 틀을 부여하는 자세이고, 이러한 자세를 취하는 최무경이야말로 진정 이성적인 인물이다. 그러므로 이상갑의 다음과 같은 귀 기울일 만한 의견에 선뜻 동의하기가 힘들어진다.

> 최무경의 이런 자각이 새롭게 변화하는 현실과 환경에 대한 깊은 성찰에서 연유하지 않고 생득적인 천품으로 주어져 있다는 것이 이 작품의 깊이를 반감시킨 주요인이다. … '희망을 잃지 않고 살아 나아가겠다는 하나의 높은 생활력 같은 천품'은 상식률에 불과하다. 최무경이 극복할 대상이 오시형이라면 그녀의 한계 또한 명백하다. 왜냐하면 최무경의 태도는 오직 오시형을 염두에 둘 때 빛을 발하게 되며, 자각적인 관점에서 참생활인이 되기에는 부족하기 때문이다.[23]

생득적 천품을 지녔다는 것 자체가 최무경이라는 인물이 이데아적 인물이라는 의미이고, 또 그 이데아가 반드시 거쳐야 하는 현실이 오시형이라면, 그것은 지극히 자연스러운 것이다. 작가는 최무경 앞에 오시형 말고도 이관형이라는 또 하나의 현실을 놓아둔다.

최무경은 오시형이 편지에서 이제 "비판보다 창조가 바쁘다고"(「맥」, 177쪽) 한 말을 생각하며, 이관형의 경우가 바로 그 지식인의 통폐인가 하고 생각한다. 그러나 오시형식의 창조가 무엇인가? 그것은 아버지에게로의 복귀와

---

[23] 이상갑, 앞의 책, 101~102쪽.

큰아버지로서의 천황에게로의 귀순을 통한, 낭만주의적 직관에 의한 창조가 아닌가? "'와쓰지(和辻)' 박사의 풍토 사관적 관찰이나 '다나베(田邊)' 박사의 저술이 역시 국가, 민족, 국민의 문제를 토구하여"(같은 글, 185쪽) 시형에게 많은 시사를 준다. 그에게 하이데거가 히틀러리즘의 예찬에 다다르는 것은 퍽 감명적인 것이다. 쾌락 원칙을 따르는 본능격인 오시형이 보여 주는 이러한 일련의 자세들에서는 지극한 엘리트주의가 뚜렷하게 드러나 보인다. 일찍이 일본 마르크시즘의 엘리트주의는 도쿄 대학교 출신의 엘리트 모임인 '동대신인회東大新人會'에서 시작되었다. 천황제 쪽의 사람이나 그에 반대한 쪽의 사람이나 모두 명문 출신으로 서로 동창이기도 했던바, 한 번 지도자로 뽑히면 사정이 어떻게 변하든 자기는 그대로 지도자여야 한다는 지극히 엘리트주의적인 논리는 사노 마나부가 공산주의에 대한 신념과 함께 당적도 버리지 않은 채 전향 성명을 낸 데서 극단적으로 나타난다. 오시형은 전근대(평양)에서 나와 근대의 길을 걷다가 다시 전근대 쪽으로 간다. 이에 비해 최무경이 동경행을 꿈꾸어 보는 것은 정신적 근대에 대한 그리움 때문이다. 그녀는 감옥에서 나온 오시형에게서 다음과 같은 푸념을 들은 적이 있다.

> 옛날과는 모든 것이 다른 것 같애. 인제 사상범이 드무니까 옛날 영웅 심리를 향락하면서 징역을 살던 기분도 없어진 것 같다구 그 안에서 친구가 말하더니…달이 철창에 새파랗게 걸려 있는 밤, 바람 소리나, 풀벌레 소리나 들으면서 잠을 이루지 못할 때엔 고독과 적막이 뼈에 사모치는 것처럼 쓰리구….
> 「경영」, 129쪽

그때까지 무경은 감정과 사상은 별개로 알고 있었다. 그러나 사상의 변화는 감정의 변화에서 시작하는 법이다. 그리고 그 변화된 감정에 입각해 현상적인 제도적 근대를 거부하든지 받아들이든지 하는 것이다. 이 두 자세는 제도물신주의에 걸림으로써, 제도는 허구라는 것을, 그리하여 그 제도를 구성하는 밑으로 흐르는 은밀한 무엇이 실감으로 존재한다는 것을 잊은 데서 나온 것이기 쉽다. 수입된 근대의 제도는 대개 그 제도 밑의 실감까지를 수입해 주지 않는다. 수입된 제도와 고래의 실감이 부딪히다가 '근대와 전근대의 교묘한 결합'으로서의 천황제를 만나게 되자 오시형은 소외를 극복하게 된다. 이쯤 되면 오시형은 더 이상 '전향해도 돌아갈 조국이 없는' 식민지 조선의 백성이 아니게 된다. 그렇다면 최무경은 어찌할 것인가? 아니, 작가의 이상 지향 정신은 어찌할 것인가? 거기엔 아무 해답이 없다. 그저 피곤할 뿐이다. 그리고 작가는 슬쩍 이관형의 입을 통해 '경주 방면'으로 여행이나 가볼까 한다고 말한다. 그런데 하필 왜 '경주'를 언급했을까? 필자는 지나가는 듯한 말투로 던져진 이 말을 허투루 보아 넘길 일이 아니라 생각하는데, 그것은 굳이 일본의 민예학자 야나기 무네요시(柳宗悅)의 예[24]를 들지 않더라도 경주와 석굴암 등이 조선인이나 일본인에게 주는 의미가 결코 작거나 단순하지 않아 왔기 때문이다. 그중에서도 일본 최고의 지성으로서 일제 말에 굴욕적인 전향의 길을 걸어가야만 했던 비평가 고바야시 히데오(小林秀雄)의 경주 체험에 대해 언급하는 것은 이쯤에서 적절하다 하겠다.

가와조에 구니모토(川副國基)는 그의 글 「고바야시 히데오」의 서序에서, 고바야시가 일제 말 "박도迫到하는 파시즘의 대두에 대하여 리버럴리즘의 선線에서 저항체抵抗體를 만들려고 노력했다."[25]고 썼는데, 이는 유럽의 반파시즘 대항체인 '문화 옹호 국제 작가 대회'와 '지적 협력 국제회의'를 모방하여 일본 내 낭만주의자들과 교토(京都)대학파들을 중심으로 1942년에 '지적 협력 회의'를 열어 소위 '근대의 초극' 논쟁을 벌이는 것으로 나타났다. 그

---

24) 야나기의 다음과 같은 언급을 보라. "아마 석굴암의 이해는 동양 종교 그 자체의 이해에 대하여 가장 날카로운 암시를 줄 것이다."(「석굴암의 조각에 대하여」, 『朝鮮과 藝術』, 박재삼 역, 범우사, 1989, 54쪽)
25) 김윤식, 『한일문학의 관련양상』(일지사, 1974), 185쪽에서 재인용.

러나 그 결과는 국수주의적 낭만주의를 강화하여 '동양문화사론'과 '신체제
론'을 드높이는 꼴이 되었다. 세련된 외피를 가졌던 이 좌담회의 전체적 기
조는, 영미적 근대의 폐해에서 벗어나기 위해 '나'를 완전히 잊고 우리 일본
적인 신神을 찾자는 것이었는데, 여기서의 신은 천황天皇을 말하는 것이 물
론이었다. 이 중 다음과 같은 고바야시의 발언을 들어보자.

> 문학이나 사상 등을 머리로 생각하지 않고 점점 육체로 느끼게 되었습니
> 다. 그러자 씌어 있는 내용, 일의 성질 등이 시시해지고 점점 문학이라는 것
> 이 형태로 보거나 감촉으로 느끼는 미술품처럼 보이게 되었습니다. 결국 그
> 런 경지에 도달하지 않으면, 일본의 고전을 이해할 수 없습니다. 절대적인 명
> 命은 하나이므로, 거기에 접촉하는 것이 가장 커다란 일입니다.26)

위와 같은 세련된 발언일지라도 그 예정된 (또는 강요된) 결론은 '근황심
勤皇心'이었다. 이런 모멸의 순간을 앞두고 고바야시가 경주에서 보았던 것
은 무엇이었던가?

> 내 쪽에 부족한 것이 무엇인지는 죄다 알고 있다. 그것은 저(석굴암 불상들의
> -역자 주) 조각가가 갖고 있던 '불佛'이라는 것이다.… 그러면 무엇에 대해 피
> 곤해진 것인가. 내 쪽에 불이 없다는 사실에 대해 피곤해진 것이다. 그것이
> 틀림없다.… 암중모색하는 마음으로 잠시 길을 내려갔을 때 갑자기 '에스테틱
> esthétique'이라는 말이 떠올랐다. 나는 더욱 더 불쾌해졌다.27)

김윤식은 1941년 10월에 있었던 고바야시의 경주 체험을 기술하면서,
"우리 쪽에서는 석굴암을 볼 땐 원시인이 되고 문예총후文藝銃後 운동 강연
을 들을 땐 문명인의 자리에 설 수밖에 없었지만 고바야시의 경우엔 석굴

26) 이경훈 역, 「근대의 초극 좌담회」, 『다시 읽는 역사문학─현대문학의 연구 · 5』, 한국문
   학연구회 편, 평민사, 1995, 270쪽.
27) 小林秀雄, 『歷史と文学』(新訂 小林秀雄全集 第7卷), 新潮社, 1978, 52쪽.

암에 섰을 땐 문명인의 자리에 있었고, 문예 총후 운동 자리에서는 원시인의 자리에 섰던 것"[28]이라고 말했는데, 석굴암 앞에서 고바야시가 가졌던 문명인적 생각의 실체는 과연 무엇이었을까? 혹시 그것은 역사철학적 근대성의 본뜻을 유린하게 된 원시적 야만 상태를 돌파 또는 초월하려는 그 어떤 것 아니었을까? 이쯤에서 필자는 또 다른 대안으로서 고바야시가 보아내고자 했던 그 어떤 것의 자리에 이른바 '미적 근대성'을 조심스럽게 놓아두고자 한다.

그는 석굴암의 불상에서, 영혼의 태아 상태에서 존재를 가장 순수하게 드러내는 물질의 형식에서 막 태어나는 '신비로운 미'를 보았다. 쉴 새 없이 태어나는 동시에 소멸하는 신비로운 미, 그것은 바로 근대적인 미인 것이다. 그리고 그 근대적인 미를 통해서만 고전미 즉, 순수 형상의 미는 감지되는 것이다.[29] 그리고 고바야시는 근대적인 것을 통해 고전적인 것을 보았다. 그렇게 함으로써 자기 이성의 근거를 되짚어 보려 한 것이다. 그러나 거기서 그가 본 것은 어쩔 수 없이 천황제로 빠져 들어가야만 하는 자기 모습이었는데, 이는 그가 일관되게 사물을 미적으로 대상화하려 한 것과 연결된다. 가라타니 고진(柄谷行人)의 논조[30]를 빌리면 '미적美的 대상화'는 칸트 미학의 '무관심성'과도 연결되는데, 어떠한 대상의 다른 모든 요소는 괄호로 묶은 채 미적인 요소로만 보는 태도를 말한다.[31] 이 괄호 묶기 자체는

---

28) 김윤식, 『韓國近代文學思想史』, 한길사, 1984, 378쪽.
29) 하버마스가 소개한, 근대성에 대한 보들레르의 다음과 같은 생각은 경청할 만하다. "진정한 작품은 근본적으로 그것이 발생하는 그 순간에 묶여 있다. 현실성 안에서 스스로를 소모한다는 바로 그 이유 때문에 진정한 작품은 진부함이라는 평탄한 흐름을 정지시킬 수 있고, 전형을 파괴할 수 있으며, 아름다움을 향한 불멸의 욕구를 영원한 것과 현실적인 것이 일시적으로 결합하는 바로 그 순간에 충족시킬 수 있는 것이다."(위르겐 하버마스, 「근대적 시간 의식과 자기 확신 욕구」, 서도식 역, 『모더니티란 무엇인가』, 김성기 편, 민음사, 1994, 377쪽)
30) 가라타니 고진, 「미와 지배―『오리엔탈리즘』 이후」, 박유하 역, 『내일을 여는 작가』 9, 민족문학작가회의, 1997. 9·10(격월간), 174~199쪽.
31) 괄호 묶기에 대한 가라타니의 다음과 같은 설명을 참조하라. "칸트가 취향 판단을 위한 조건으로서 생각한 것은 어떤 사물을 '무관심'하게 보는 일입니다. 무관심이란 인식적·

크게 잘못 된 것이 없다. 단지 그 괄호 묶기와 풀기를 원활하게 하지 않고 그저 미적으로만 일관되게 보려는 태도가 문제되는 것이다. 가라타니는 이를 오리엔탈리즘과 연결시킴으로써, 심지어는 일본의 야나기의 조선 사랑도 일종의 아류 오리엔탈리즘일 수 있다는 견해를 내놓았다.[32] 고바야시에게도 조선은 그저 하나의 미적 대상에 불과했을까? 아무래도 그럴 혐의가 짙다. 그리고 여기서 근대적 이성과 주체의 행방은 묘연해진다. 그리고 미적 근대성은 달콤한 아편이 된다.

필자는 현실의 폭압 속에서 못 보아 낸 꿈을 예술 대상에서 보아 내려 한 고바야시의 의도가 그대로 조선 사람 이관형에게도 적용될 수 있지 않을까 추측하는 바다. 다만 그는 고전이 그대로 감지되는 속에서 근대를 재구성해 내야 하는 것이다. 이는 개인과 전체, 실감과 제도, 감성과 이성, 전근대와 근대 사이에서 근대적 주체를 재구성해 내려는 작가의 모습 그대로다. 경주는 조선 사람에게 비잔티움이다. 그런데 이관형, 그리고 김남천에게도 역시 이 비잔티움은 주체의 소멸을 가져오게 하기가 쉬운 법이다. 그러나 당시 식민 치하에서의 근대 지향 정신이나, 그 반발로서의 전통 복귀 정신이 결국 '동양문화사론'과 '신체제론'이라는, 일본적 근대와 반근대의 기묘한 결합체로 이끌릴 것을 강요받았던 것을 생각할 때, 그 어느 쪽에도 빠지지 않으려고 취했던 이 미적 근대성은 고바야시의 경우와는 달리 천황제의 '무사고無思考 공간'에 유연하게 대처하게 해 주는 면도 지니고 있었다.

도덕적 관심을 일단 괄호로 묶어 두는 일입니다. 그것들은 폐기될 수는 없는 것이기 때문입니다. 이러한 괄호로 묶어 두기는 취향 판단에 한정되는 일은 아닙니다. 과학적 인식 역시 마찬가지여서 다른 관심은 괄호로 묶어 두지 않으면 안 됩니다.… 이러한 괄호 묶기는 근대적인 것입니다. 그것은 무엇보다도 근대의 과학 인식이, 자연에 대한 종교적인 의미 부여나 주술적 동기를 괄호로 묶어 두는 일에 의해 성립되었다는 사실에 기반하고 있습니다. 그러나 다른 요소를 괄호로 묶어 두는 일이 곧 다른 요소를 말살시켜 버리는 일은 아닙니다."(같은 글, 178쪽)

[32] 이 견해는 어느 정도 근거가 있는바, 다음과 같은 야나기의 언급을 보라. "설사 그 나라는 망하고 역사는 변하였지만, 이들 조각에 있어서 조선은 영원한 종교의 나라에 살고 있는 것이다."(야나기 무네요시, 앞의 글, 86쪽)

비록 아주 슬쩍 이관형의 입으로 스쳐 지나친 말이기는 하지만, 작가는 이 '경주'에 대한 언급을 통해 일제 말에 자기가 다다랐던 정신의 기착점을 드러낸 것으로 여겨진다.[33]

그러나 이 모든 노력들에도 불구하고 결국 고바야시의 경우와 비슷하게 그에게도 차츰 신체제의 압박이 거세지던 위기의 순간에, 갑자기 을유 해방은 도래하였다.

3. 결론

해방 공간의 모든 사고는 '민족'이란 화두에서 출발하였다. 그만큼 정치적인 공간이었던 것이다. 심지어는 일제강점기부터 순수문학을 표방해 온 김동리조차도 결코 순수문학이라 할 수 없는 민족문학의 기치를 내걸게 한 공간이었다. 김남천은 일제강점기 급박하고 암담한 때에 「소설의 운명」(『인문평론』, 1940.11)을 쓰며 미네르바의 부엉이가 되고자 하였다. 그러다가 (그의 당시 상태로서는) 지나치게 정치 과다의 공간이 들이닥쳤다. 해방이 되자 김남천은 정치적인 일에 더 몰두하게 된다.[34] 그는 해방 공간이 얼마나 압도적으로 정치적인 공간인가를 잘 알고 있었다. 일제 말부터 탐구해 온 창작방법론을 본격적으로 발전시키고 또 그 성과물로서의 소설을 생산해 보고도 싶었지만, 그는 창작보다 지도 비평에 힘쓰는 경향을 보였다. 비평으로 창작을 대신했던 것이다.[35] 10월 인민 항쟁 기간에 그는 이 항쟁을 지킹

---

33) 이 글을 쓴 이후에 나온 것으로서, 일제강점기의 한국 근대시와 경주의 관계를 고찰한 허혜정의 논문 「한국 근대시에 있어서 경주란 무엇인가」(『한국어문학연구』 제44집, 한국어문학연구학회, 2005)를 참조하라.
34) 예를 들어 연합성 신민주주의론 등을 둘러싸고 백남운과 논쟁을 벌인 모습 따위는 분명 문학인 김남천의 모습과는 거리가 있다.
35) 물론 소설이라는 갈래가 해방 공간에 즉각 대응하기 힘들었던 점도 있었겠다.

겐 논쟁과 연결시키면서 마지막 논의를 전개하더니 곧 월북을 하고 만다. 그리고 얼마 안 있어 이북에서의 그의 자취는 사라지게 된다.

그는 자기의 문학적 대결과 탐구를 미처 꽃피울 수가 없었다. 다만 시대에 복무한다는 생각으로 일관했음에도 불구하고, 문학자 중 비교적 관념을 떨쳐 버리려 애썼던 편에 속한 그는 관념과 현실을 모두 아우르려다 과정형에서 멈추고 말았다. 마치 우리의 근대성이 아직도 진행형으로 문제되고 있듯이 말이다. 그럼에도 불구하고 역사철학적 근대성과 미적 근대성, 근대와 근대 이후 등의 모든 것들을 예술가적 감수성에서 본격적으로 대결시켜 보려 했던 그의 자세는 이즈음 들어 우리에게 더욱 많은 시사점을 던져 주고 있다.

제4장

민족문학을 향한 전통과 근대의 변증법

해방기에서 4 · 19 시기까지의 비평

1. 해방기의 비평

을유 해방이 도래했을 때 우리 민족은 대부분 그 갑작스러움에 어찌할 바를 몰라 했다. 그만큼 우리 민족은 해방의 주인이 아니었던 것이다. 패전국 일본의 영토로 연합군에 의해 분할 점령당한 남북의 민족은 스스로의 뜻에 의해 체제와 이데올로기를 선택할 수 없게 되었고, 일제에 의해 막히고 늦추어져 온 자생적 근대화의 과제는 또다시 뒤로 미루어질 위험에 처하게 되었다. 이러한 처지에서 지식인으로서 문인이 할 일은 명확해 보였는데, 그것은 '친일 잔재의 청산'과 '자주적이고도 근대적인 민족국가의 건설', 그리고 그에 걸맞은 '민족문학의 건설'이었다. 대부분 친일의 아픈 경험을 가진 문인들에게 이 과제는 좌우를 막론하고 절체절명의 것이었다. 또 그런 만큼 청산과 건설의 작업에는 각자의 과거 경력에 대한 진지한 성찰과 비판이 아울러 요구되었다.

성찰과 비판은 좌파 문인들에 의해 상대적으로 더 신속하고도 활발하게 이루어졌다. 이는 좌파 문인들의 도덕적 정당성이 우파 것에 비해 더욱 확고했기 때문이라기보다, 식민지 시대 카프의 전통을 이은 전자 쪽이, 정치적 논리가 우위를 점하고 있던 해방기에 더욱 기민하게 대처할 수 있기 때문이었다.

1) 민족문학과 순수문학을 둘러싼 논쟁

해방 직후 좌파 문인의 자기비판 모습은 대표적으로 1945년 12월 12일 서울 아서원에서 이루어진 좌담 기록인 「조선 문학의 지향」[1]과 그즈음에 소재 미상의 봉황각에서 이루어진 좌담 기록인 「문학자의 자기비판」[2] 등을 통해 살펴볼 수 있다.[3] 특히 앞 좌담에서 날카롭게 대립하고 있는 임화와 한효의 견해[4]는 1945년 8월 16일 임화, 김남천, 이원조, 이태준 등에 의해 조직된 조선문학건설본부(이하 '문건')와 1945년 9월 17일 이기영을 내세우고 한효, 한설야, 윤규섭, 윤기정, 권환 등에 의해 조직된 조선프롤레타리아문학동맹(이하 '문맹') 사이의, 민족문학의 내용 문제를 둘러싼 갈등을 보여 주었다.

문건이나 문맹 모두 박헌영의 8월 테제에 의한 부르주아 민주주의 혁명 노선을 따르고 있었지만, 문학에서만은 문건의 '인민성에 기초한 민족문학'과는 달리 문맹은 '계급성에 기초한 민족문학'을 주장하였다.[5] 문건의 주장

---

1) 『藝術』, 제3호, 1946.1. 『解放空間의 批評文學 1』(太學社, 1991), 宋起漢·金外坤 편, 129~140쪽에 재수록.
2) 『人民藝術』, 제2호, 1946.10. 『解放空間의 批評文學 2』(1991), 164~172쪽에 재수록.
3) 대부분 아서원 좌담이 먼저 있었던 것으로 여기는데, 아서원 좌담의 맨 끝에서 한재덕이 '평양 어느 좌담에서의 민촌의 발언'이라고 언급한 내용이 봉황각 좌담에서의 민촌의 발언 내용과 거의 비슷한 것으로 보아 필자는 봉황각 좌담이 먼저 있었던 것으로 헤아리는 바다.
4) 『解放空間의 批評文學 1』, 132~133쪽을 보라.
5) 한효의 글 「예술 운동의 전망-당면 과제와 기본 방침」(『藝術運動』, 창간호, 1945.12. 같은 책, 73~83쪽에 재수록)을 보라.

은 8월 테제를 문화적으로 변용한 임화의 「현하의 정세와 문화 운동의 당면 임무」[6]에서부터 잘 나타나는데, 그는 이 글에서 부르주아 민주주의 혁명 단계를 주장하면서도 조선 부르주아지의 미생육성과 매판성 때문에 소수의 진보적 부르주아지와 중간층, 농민, 노동자계급의 민중 연대에 의한 주도성을 주장하였다. 같은 맥락에서 그는 '문화 통일 전선론'을 주창하였는데, 문맹의 한효에게 이는 정치와는 다른 문화의 계급성과 당파성을 이해하지 못한 탓으로 비치었다. 한효는, 정치와는 달리 "예술은 그 자신이 한 개의 이데올로기적 형태이기 때문에 결코 허식과 정책적인 가장을 허용치 않는다."[7]고 주창하면서 다음과 같이 덧붙였다.

> 정치는 경우에 따라 당파성을 초월하여 민족 통일 전선도 만들 수 있고 인민 전선을 구성할 수도 있으나, 예술은 어떠한 경우에 있어서든지 초계급적일 수가 없고 또한 초당파적일 수가 없다. 왜 그러냐 하면 당파성을 초월한 어떠한 이데올로기도 존재할 수가 없기 때문이다.[8]

한효는 이 같은 논리에 입각해 문건의 확대 기구인 조선문화건설중앙협의회의 결합을 무원칙한 타협주의에 입각한 소치라 비난하였다.

> 광범한 예술가를 인도한다고 하는 것은 결코 그를 전면적으로 우리의 동맹에다 이끌어 넣어야만 한다는 것이 아니고, 그들로 하여금 우리의 예술 이론의 정당성을 이해케 하고 그 창작상에 리얼리스틱한 진실성과 참된 예술가로서의 대담성을 발휘케 함이다. 여기에 정치 운동과는 다른 예술 운동의 특수성이 있다.[9]

6) 『文化戰線』, 창간호, 1945.11. 같은 책, 23~32쪽에 재수록.
7) 한효, 앞의 글. 송기한·김외곤 편, 앞의 책, 73쪽.
8) 같은 글, 74쪽.
9) 같은 글, 77쪽.

한효는 일정한 원칙에 입각한 프랙션 활동을 방기하는 듯이 보이는 문건의 태도를 '철두철미한 타협주의'로 규정하였다. 그러나 한효의 글과 비슷한 시기에 나온 「문학의 인민적 기초」[10]에서 임화는 식민지 시대 문학이 객관성과 주관성, 묘사와 주장, 사상과 예술의 통일을 못 이룬 것을 지적하면서, 마치 한효에 응답하듯이 다음과 같은 발언을 하였다.

> 문학에 있어서 객관성과 주관성, 개인과 사회, 개성과 보편성 심지어는 민족성과 세계성이란 복잡한 모순은 결코 문학 내부에서는 해결되는 것이 아니다. 왜 그러냐 하면 이러한 제문제는 본시 문학 내부에서 발생한 것이 아니라 그 외부에 즉 사회조직에 토대 깊이 근원을 두고 있는 것이기 때문이다.
> 그러므로 문학이 인민 가운데로 간다는 것은 문학이 자기 자신 위에 부여된 임무의 해결을 위한 노력임과 동시에 현실 전체의 근원적 과제를 해결하기 위한 일반 사업에 참가함을 의미하게 된다.[11]

문화 통일 전선에서 전위의 영도성을 우선적으로 요구한 한효에 비해 임화는 장기적인 민중 연대의 전략 속에서 그 영도성을 이루어 가고자 했던 것이다. 여기에 임화를 중심으로 한 문건 쪽 민족문학론의 핵심이 있었다.

결국 문건의 폭넓은 통일 전선 논리에 맞설 수 없었던 문맹의 주요 성원들은 일찌감치 그 근거지를 북한으로 옮겼다.[12] 문건에 의한 문맹의 흡수 통합을 거쳐 1945년 12월 13일에 결성된 '조선문학가동맹'(이하 '문동')은 이후 '북조선문예총'과 대립 관계에 놓이게 된다. 문동은 1946년 2월 24일의 '제1회 전국 문학자 대회'[13]를 통해 '조선문화단체총연맹'(이하 '문연')을 만드는 동

---

10) 임화, 『중앙신문』, 1945.8~14. 같은 책, 98~105쪽에 재수록.
11) 임화, 같은 글. 송기한·김외곤 편, 같은 책, 102~103쪽에 재수록.
12) 김재용과 같은 이는 문건과 문맹의 대립 연원을 소위 '카프 해소와 비해소 여부'에서 찾으려 하나 필자는 이를 반박하는 임규찬의 견해에 동의하는 바다. 다음을 참고하라. 김재용, 「카프 해소·비해소파의 대립과 해방 후의 문학운동」, 『역사비평』(역사비평사, 1988. 가을); 임규찬, 「카프 해소·비해소파를 분리하는 김재용에 반박한다」, 『역사비평』(1988. 겨울).

시에 민족통일전선전술에 의해 '민주주의민족전선'(이하 '민전')에 참여하나 진정한 좌우합작은 근본적으로 불가능한 상태였다. 북조선문예총과 우파의 '청년문학가협회'의 사이에 놓이게 된 문동, 이는 월북 후 숙청이라는 남로당계 문인들의 불행한 운명을 예고해 주는 것이었다.

'민족문학'이라는 담론이 해방기 우파에게서 드러날 때 그것은 '순수문학'이라는 또 하나의 코드를 동반하게 되는데, 그것은 대부분의 담론이 정치적 상황에서 실행될 수밖에 없는 형편에서 좌파의 우세와 우파의 열세라는 상황을 뒤집으려는, 매우 정치적인 의도를 섬세하게 변용한 소치였다.

실천적인 면에서부터도 좌파에 비해 기민할 수가 없었던 우파 측은 1945년 9월 18일에서야 박종화, 변영로, 김광섭, 이헌구 등의 주도로 '중앙문화협회'를 결성하였다. 그러나 사실 우파의 첫 조직적인 대응을 들자면 아무래도 1946년 3월 13일 결성된 '전조선문필가협회'와 이의 전위대로 이해 4월 4일에 결성된 '청년문학가협회'(이하 '청문협')를 꼽아야겠다.14) 우파 측의 대표 논객으로는 단연 김동리를 들 수 있겠는데, 거의 우파 측의 논리를 대표한다 할 수 있는 그의 '순수문학론'은 식민지 시대의 '신세대 논쟁'에서부터 연원한다.

현상적으로 식민지 시대 신세대 논쟁은 신세대가 포진해 있는 『문장文章』파와 구세대 중심의 『인문평론人文評論』파의 갈등으로 나타났는데,15) 그 배후에는 전자의 전통 및 민족 지향과 후자의 근대 및 세계 지향에 의한 정신사적 대립이 깔려 있었다. 이 논쟁에서 기인한 순수 논쟁은 결국 해방기 민족문학 논쟁의 일환으로 김동석·김병규와 김동리의 순수문학 논쟁으로

---

13) 이때 채택된 강령은 다음과 같다. 1. 일본 제국주의 잔재의 소탕 2. 봉건주의 잔재의 청산 3. 국수주의의 배격 4. 진보적 민족 문학의 건설 5. 조선 문학의 국제 문학과의 제휴.
14) 이들은 결국 좌파 측의 '문연'에 대응하는 '전국문화단체총연합'을 1947년 2월 12일에 결성한다.
15) 김윤식의 글 「전통 지향성의 한계─김동리론」, 『韓國近代作家論攷』(金允植, 一志社, 1974), 303~319쪽을 보라.

까지 이어지게 된다.[16] 억압적인 식민지 말에서 김동리로 대표되는 신세대 쪽의 '순수'는 나름대로 하나의 소극적 저항 내지 거부의 의미를 가졌다. 그러나 민족문학이라는 담론과 정치 논리의 우세를 인정해야만 하는 해방기에서 이 단어는 새롭게 의미 규정을 받아야만 했다. 해방기의 정치적 상황은 식민지 말 이래 순수문학을 기조로 하는 우파마저 결코 순수문학이라 할 수 없는 민족문학을 지향하도록 했던 것이다.

대신 우파의 대표 논객 김동리는 처음에는 좌파 민족문학의 정치성에 맞서, 특유의 순수문학 논리를 중심으로 민족문학 논리를 이끎으로써 논쟁의 정치성을 희석시키려 하면서 논쟁의 초반을 장식하였다.

> 순수문학이란 한마디로 말하면 문학 정신의 본령 정계의 문학이다. 문학 정신의 본령이란 물론 인간성 옹호에 있으며, 인간성 옹호가 요청되는 것은 개성 향유를 전제한 인간성의 창조 의식이 신장되는 때이니만치 순수문학의 본질은 언제나 휴머니즘이 기조되는 것이다.[17]

이에 대해 김병규는 순수문학 말고 "다른 문학은 어찌하여 인간성을 옹호할 수 없다는 것인가."[18]라고 항의하면서 "유물사관을 부르주아 과학주의와 동렬에 놓"[19]는 것에 대해 강한 불만을 표시하였다. 이를 해명하는 과정에서 김동리는 "자본주의적 기구의 결함과 유물사관적 세계관의 획일주의적 공식성을 함께 지양하여 새로운, 보다 더 고차원적 제3세계관을 지향하는 것이 현대문학 정신의 본령이며, 이것을 가장 정계적正系的으로 실천하려는 것이 오늘날 필자가 말하는 소위 순수문학 혹은 본격문학을 일컫는 것"[20]이라 하였다. 식민지 시대에 김동리는 다분히 전통 지향적인 문학관

---

16) 뒤의 논쟁 중에 벌어진 '응향 사건'은 이 논쟁의 정치적 성격을 더욱 심화하였다.
17) 김동리, 「순수 문학의 진의―민족 문학의 당면 과제로서」, 『서울신문』, 1946.9.15. 『해방 3년의 비평 문학』(세계, 1988), 신형기 편, 205쪽에 재수록.
18) 金秉逵, 「순수 문제와 휴머니즘」, 『新天地』, 1947.1. 같은 책, 335쪽에 재수록.
19) 같은 책, 338쪽.

을 펼치면서 "서투른 과학주의에 대하여 문학주의(생명주의)"[21]를 내세웠는데,[22] 해방기의 이 논문에서 앞의 것은 한순간 기형적으로 세계·근대·비순수 지향이 되어 버리고 말았다. 분명 김동리의 문제의식은 좌파 근대주의에서 가늠되는 허점을 일부 짚어 낸 바가 있었다. 그러나 얻어 낸 바는 자기 모순적인 발언의 대가였고,[23] 우파 민족문학의 비역사적 전통주의는 여기서 매우 이데올로기적인 역할을 하는 모습을 보이고 말았다.

2) 좌파의 몰락과 문협의 결성

좌파 문단의 몰락은 위와 같은 이론 싸움을 통해 진행된 것이 아니었다. 남한 내에서의 좌파에 대한 탄압, 바로 이것이 몰락의 원인이었다. 청문협이 결성되고 정치 기류에서마저 미소공동위원회의 무기 휴회에 이어 좌파에 대한 탄압이 강화되자 1946년 7월 좌파는 일종의 적극 공세로서 '신전술'을 채택한다. 이는 일종의 대중 공작 방법으로서 '문화 서클 운동' 따위를 수반하였다. 그러나 이미 임화 등 몇몇 핵심들이 월북한 상태에서 대중 공작은 점점 위축되어 갔다. 그러던 중 1947년 5월 21일 다시 미소 공동위원회가 열리자 좌파의 문연은 '문화공작대'를 조직하여 대중 활동을 벌이나

---

[20] 김동리, 「순수 문학과 제3세계관」, 『大潮』, 1947.8. 같은 책, 348쪽에 재수록.

[21] 김윤식, 앞의 글, 308쪽.

[22] 이는 해방기에 들어 '높고 참된 의미에서의 문학하는 것은 구경적(究竟的)인 생(生)의 형식이 아니어서는 안 된다.'는 김동리 특유의 논리를 낳기도 하였다. 그의 글 「문학하는 것에 대한 私考」(『白民』, 1948.2. 신형기 편, 앞의 책, 389~392쪽에 재수록)를 보라. 조연현의 '생리(生理)' 역시 '구경적 생의 형식'과 궤를 같이한다. 그의 글 「논리와 생리 −유물사관의 생리적 부적응성」(『白民』, 1947.9. 같은 책, 386~388쪽에 재수록)을 보라.

[23] 근본적으로 "그의 지향은 역사적 시공의 제약을 넘어 인간 존재의 근원적 의미와 운명을 탐구하는 데 있었으며, 시대적·사회적 삶의 문제는 이에 종속하는 질료 내지 배경적 사실로 이해되었다."(김흥규, 「민족 문학과 순수 문학」, 『한국 문학의 현단계 Ⅳ』, 창작과 비평사, 1985, 193쪽) 결국 6·25 이후 그는 제3휴머니즘이란 "동양에서의 신과 자연으로의 회귀"(「'휴맨이즘'의 본질과 과제」, 『現代公論』, 現代公論社, 1954.9, 125쪽)라 하며 신비주의적 전통으로 되돌아간다.

곧 미소 공위가 결렬되고 1947년 11월 14일에 유엔 감시하의 남한만의 선거 실시가 미국 주도 아래 결정된다. 여기서 벌어진, '구국문학론'에 의한 마지막 활동은 많은 지도 인물들의 월북 상태 속에서 유야무야되어 가며 결국 1948년 8월 15일 남한 단독 정부 수립을 계기로 지하 활동으로 들어가거나 전향의 기로에 서야만 했다. 그리고 1949년 12월 9일, 드디어 남한 문단을 장악한 우파의 단체 '한국문학가협회'(이하 '문협')가 결성된다. 1949년 8월 미美공보원의 후원으로 모윤숙·김동리·조연현·홍구범 등에 의해 창간된 『문예文藝』지가 문협의 실질적인 기관지 노릇을 하게 된 것도 이때부터다. 이제 문단의 좌우 대립은 확실히 끝을 맺게 된다.

문단의 좌우 대립이 끝나면서 좌파 문인과 함께 고난의 길을 걸어야만 했던 문인층이 있었으니 이들이 이른바 '중간파' 문인들이다. 결코 집단적 목소리를 내지는 않았던 이들 부류의 입장에서 비평적 발언을 했던 인물로는 한때 문건과 문동에 가담했던 백철과 김광균, 문맹에 가담했던 홍효민, 그리고 염상섭, 양주동 등을 들 수 있다. 백철은 좌우파 문학 단체의 해체와 그 이념의 지양을 주장하며 '신윤리 문학론'을 주창하였고, 홍효민은 사회주의리얼리즘을 자기 나름대로 해석한 '조선적 리얼리즘'을 주창하였다. 그 외 김광균과 염상섭이나 양주동 등도 역시 문학의 정치성과 문학의 자유를 동시에 언급하였다. 다분히 기계적 절충주의의 모습을 띠긴 했지만, 그들 생각에 편협한 파벌적 사고에서 벗어나지 못했던 당시 문단 상황을 지양해 보고자 했던 자세는 분명 '근대적 민족국가의 건설'이라는 과제를 염두에 둔 고민의 소산이었다. 비록 '중간파'라는 명칭을 지니기는 했으나 한때 좌파에 동조 내지 가담했던 인물이 다수 포진해 있었던 이들 부류에게 1948년의 정부 수립은, 전향과 '보도연맹' 가입 및 일부 월북이라는, 좌파와 유사한 운명의 길을 걷게 하는 단초를 열었다.

이즈음에서 좌파에 동조적이었던 우파나 중간파의 면모를 살펴보면 다분히 전통 지향형보다는 근대 지향형이 수적으로 우세한 것을 알 수 있는데,

이는 임화로 대표되는 문건의 근대 지향적 성격이 위 동조자들의 감각에 맞았기 때문이다.[24] 마르크스주의도 넓은 의미에서는 근대주의 즉, 모더니즘의 일종이다. 다만 세계주의와 민족주의, 엘리트주의와 대중주의 사이의 어느 한 곳에 마르크스주의자가 머물 뿐이다. 그리고 이렇게 머무는 데에 정치적 상황에 대한 다소 즉자적인 반응 요소로서의 심성이 주요 동인으로 작용했다는 점에서 우리는 해방기 정신사의 한 특징을 발견하게 된다. 마찬가지로, 이들에 비해 마르크스주의를 과학으로보다는 다분히 심정적으로 믿던 문맹의 성원들이 문동에 합류하기보다 월북을 택하였던 점에서도 해방기 정신사의 한 단면을 전형적으로 보게 된다. 이들 월북의 직접적 배경이 된 문예 정책에 대한 견해 차이에는 위와 같은 심성의 차이가 무시 못할 정도의 원인으로 작용하고 있었던 점을 우리는 놓치지 말아야 하겠다.[25]

6 · 25 이전의 남한 비평은 좌파에 대한 우파의 승리를 보여 주기도 하였지만, 그와 동시에 근대주의에 대한 전통주의의 흥기를 보여 주기도 하였다. 이러한 과정을 통해 문협 정통파의 이데올로기가 남한 문단의 주류 이데올로기로 자리 잡아 가는 중에서도 일군의 모더니스트들이 새로운 세대론을 준비하고 있었는데, 그 배경에는 이때쯤이면 본격적으로 소개되기 시작한 프랑스 실존주의와 영미 모더니즘이 있었다.

2. 6 · 25 이후의 비평

6 · 25의 국제적 성격은 남북한 모두를 순식간에 세계사의 한복판에 옮겨

---

24) 적지 않은 해방기의 모더니스트들이 좌파 동조적이었는데, 민주주의민족전선의 노래인 「民戰行進曲」의 가사가 임화 · 김광균 · 오장환 · 김기림 등 네 명에 의해 공동으로 작사된 예는 이 경향을 상징적으로 드러내 준다.
25) 그렇다고 토대적 배경이나 정치적 원인들에 대한 논리적 탐구가 소홀히 되어서는 안 된다는 점 또한 당연하다 하겠다.

놓았다. 전쟁을 통해 미국은 아시아에서의 대 공산 방위선에 대해 전향적으로 생각하게 되었고 한국은 자본주의의 전방위前防衛 국가가 되었다. 그리하여 남북한 체제 경쟁은 자본·사회주의 양 체제의 모범적 사례가 되었고, 그만큼 남북한 민족의 파토스는 항시 국제 경제 질서가 요구하는 공공윤리 및 법도와 대결해야만 하는 운명에 처하게 되었다. 이제 통일을 향한 남북 민중 간의 신뢰는 그대로 훼손될 수밖에 없었고, 문협의 문학주의는 종군 활동을 통해 반공적 입장이 더욱 강화된 정치주의와 조화를 이루어야만 하는 비애를 맛보아야 했다.[26]

남한의 자본주의는 북한의 공산주의만큼이나 민중 스스로 선택한 사상이 아니었다. 그러나 이 또한 이데올로기의 본성이니 만큼 '강요'라는 말을 쓰는 것도 어폐가 있다. 전쟁의 인류사적 의미는 이렇듯 엄한 것이었다. 여기에서 남북한 민중의 할 일은 하루바삐 체제 대결을 내면화하여 그 자신이 곧 세계화하는 일이었다.

대결의 내면화는 남북한이 사뭇 다르게 진행된다. 실질적인 두 국가 상태 속에서, 비교적 내부 통합을 원활히 이룬 북한에 비해 남한 민중의 현실은 순간순간의 실존적 결단에 그만큼 더 노출되어 있었다. 프랑스 실존주의[27]와 영미 모더니즘이 한국문학을 보편성 속의 개별성으로 이끌어 줄 친절한 안내자처럼 보였던 것도 이러한 정신적 공황기의 푸근한 환상이었다.[28] 위와 같은 전후의 문학 사상은 결국 한국적 휴머니즘의 모색과 궤를

---

26) 전기철(「종군기 문예 비평」, 『한국 전후 문예 비평 연구』(서울, 1993, 254~275쪽)의 분류에 의하면 전쟁 중의 비평은 대개 종군문학비평, 부역문인 문제, 문단의 활로 찾기 등의 세 부분으로 나뉜다. 그는 종군문학비평에서는 주로 전쟁문학론을 중심으로 전시하의 목적문학론을 살필 수 있고, 부역문인 논의에서는 공산 치하에서의 이데올로기 선택 문제를 검토할 수 있고, 문단의 활로 찾기에서는 피난지에서의 작단의 부진을 검증하고 그 부진을 탈피하여 활로를 모색하려는 과정을 추적해 볼 수 있다 하였다. 사실 이 시기에는 작품다운 작품이 드물었던 관계로 비평 역시 본격적일 수 없었다. 다만 전쟁 현실에 대한 모색적 의의로서 휴머니즘론이 언급되기 시작한 것은 주목할 만하다 하겠는데, 휴머니즘론에 대해서는 뒤에서 다시 다루겠다.
27) 프랑스 외의 실존주의의 영향이 미미했던 것도 이 시기 실존주의 유입사의 특징이다.

같이하는데 이 작업은 전후 신세대의 등장과 함께 본격화한다.

1) 실존주의 논쟁과 한국적 휴머니즘의 모색

기성세대와 "연령상으로 10세 안팎의 차이밖에 나지 않는 신세대의 형성은 체험상의 차이보다는 자의식의 문제와 관련된다.[29] 신세대는 6·25를 경계로 이데올로기 세대인 기성세대와 자신들을 가르려 하였는데,[30] '전후'에 대한 이러한 자의식은 그들을 세계성·보편성을 향한 테크노크라트적 지식인이 되도록 이끌기도 하였다. 테크노크라트적 중립성은 비역사적인 모더니즘의 일반적 특징으로, 이로 인해 자본주의에 대한 그들의 반항은 결국 항시 스스로의 힘으로 무화無化되곤 한다. 서구 자체 내에서도 이 점에 대한 비판이 있곤 해 왔는데, 예를 들어 엘리엇이나 파운드 등과 같은 보수적인 모더니스트들에 대해 비판적이었던 오든 그룹에 속한 스펜더의 글 「모더니스트 운동은 사망하였다」[31]는 모더니즘에 대한 완곡한 파산 선

---

28) 상대적으로 북한 체제는 내적 모순 없는 유기체적 총체성을 이루어 가며 세계사 속의 특수성에 머무는 것을 긍지로 여기기까지 하였다. 그들에게 소련은 점차 민족적 가치를 계급적 가치로 누르려는 존재가 되어 버렸다. 이에 슬기롭게도 북한은 세계와 동등해지는 대신 소련과 동등해지고자 노력하였는데, 이는 소련을 인정함으로써 자기네의 유기체적 총체성을 세계사적으로 이끌어 올리려는 의도에서였다. 북한 문학계의 민족적 특성 논쟁도 같은 맥락에서 읽힐 수 있다. 유기체론에 관해서는 M. H. Abrams의 *The Mirror and the Lamp*(Oxford University Press paperback, 1971)의 pp.171~174를 참조하라.
29) 전기철, 같은 책, 83쪽.
30) 이와 같은 맥락에서 신세대 이전 시기를 근대, 이후 시기를 현대로 나누는 구분이 그 당시에 있었는데, 필자는 이 자의적인 명칭 구분을 피하기로 하였다.
31) 이 글 중 다음 구절을 참조하라. "모더니스트들이 자기들의 개성과 도시의 잔인성을 대비하는 데에서 얻어지는 긴장을 유지하는 한, 사람들은 그들을 찬양할 수 있다. 하지만 모더니스트들의 이러한 태도가 대가를 얻기 시작하는 순간 그들은 자기 쪽의 성공 근거를 이론적으로 설명해 대기 시작한다. 그리하여 그들의 태도는 포즈화하고, 이는 곧 그들의 작품 안에서 나타난다. …… 결국 모더니스트 운동은 일종의 새로운 순응주의와 아카데미즘에 흡수되기 시작하였다."(Stephen Spender, "The Modernist Movement Is Dead", *Highlights of Modern Literature*, Francis Brown(ed.), NY: The New American Library of World Literature, Inc., 1949, p.86.)

고를 이룬다. 물론 이 발언은 영미 모더니즘에 대한 것이기에, 일종의 프랑스적 모더니즘으로서의 실존주의가 함께 수입되었고 또 영미 모더니즘조차 비판의 대상과 주체가 뒤섞여 수입된 남한의 전후 현실에 바로 대입될 수는 없겠다. 그러나 압도적인 전후 현실 자체가 문인들의 현존을 위협하는 마당에 외래 사조에 대한 오독이나 혼란 따위는 오히려 창조적으로 기능할 수 있었다. 엘리엇을 따르기에는 전통이란 개념에 대한 이해가 부족했고 스펜더를 따르기에는 과학 정신이 부족했던 우리 문인들의 자아가 현실에 그대로 던져지면서, 사르트르를 통해 구토를 느끼고 카뮈를 통해 반항을 키우는 과정에서 실존주의는 휴머니즘론 일반이나 모럴론 등과 영역을 나누면서 1950년대 모더니즘 즉, 근대주의의 특성을 키워 갔다.

이런 과정을 통해 전후 비평계에는 프랑스 실존주의와 영미 모더니즘이 신세대의 주요 목소리로 떠올랐다. 새 바람은 문협 정통파의 보수적 민족주의에 반기를 들고 문학의 근대성·세계성을 추구하였다.

신세대 즉, 전후 세대 비평가가 나오면서 부각된 구세대의 이론적 무능과 인식 기반의 이질성은 그들 문학론의 퇴조를 재촉하였다.[32] 신세대의 무기는 "반反기성과 휴머니즘"[33]이었다. 이 중 신세대 비평가는 신세대 작가들에 비해 그 실질적 성과가 뒤져 있었음에도 불구하고 비평의 근대성 또는 현대성을 자주적·독자적으로 세우려 노력하였다. 신세대 비평은 휴머니즘 정신과 신비평(New Criticism) 방법 등을 통해 전문 비평의 영역을 개화하고 확대한다.[34]

앞에서도 일부 언급했다시피 대개 전쟁기나 전후 시기의 문학은 휴머니

---

[32] 그러나 이로 인해 현상적으로 나타난 비평의 침체는 정실(情實)비평·인상비평을 만연시켜 '비평무용론'까지 대두시켰다. 박헌호의 글 「50년대 비평의 성격과 민족문학론으로의 도정」, 『韓國戰後文學硏究』(成大出版部, 1993), 趙健相 편, 228~234쪽와 전기철의 앞의 책, 92~106쪽을 보라.

[33] 전기철, 같은 책, 95쪽.

[34] 1950년대 중후반에 벌어진 전통 논쟁과 같은 시기의 단초적인 민족문학론도 이와 같은 신세대의 전문가적 비평 정신의 개화 및 확대와도 무관하지 않다.

즘 문제로 고민하기 마련이며 신세대 비평도 이 점에서 예외가 아니었다. 사르트르가 1946년에 '실존주의는 휴머니즘'이라고 말한 것도 2차 대전 직후의 상황과 무관하지 않은데, 6·25는 이 휴머니즘적 실존주의를 다시 우리식으로 읽도록 이끌었다.

프랑스 실존주의가 문학을 중심으로 이루어졌던 만큼 그를 수용한 우리 것 역시 존재나 현존 따위에 대한 철학적 고민보다는 이 세상에 던져진 인간의 상황이나 심성에 대한 문학적 탐구와 묘사가 더욱 중요하였다. 그런데 이 문학적 실존주의조차 제대로 이해되기 힘들었던 상황에서 1959년의 김동리와 김우종·이어령 사이의 논쟁은 당시 실존주의를 둘러싼 신구세대 간의 이해 차와 갈등 관계를 대표적으로 보여 준다.

김동리의 「본격 작품의 풍작기-불건전한 비평 태도의 지양 가기可期」35)라는 시평時評과 이에 대한 김우종의 반론인 「중간소설론을 비평함-김동리 씨의 발언에 대하여」,36) 그리고 이에 대한 김동리의 재반론인 「논쟁 조건과 좌표 문제-김우종 씨의 소론所論과 관련하여」37)로 이어진 원래 논쟁은 세대론적인 논쟁 이상이 아니었다. 그런데 김동리의 재반론 논문 중의 실존주의와 관련한 작품 해석과 용어 사용의 적절성에 대해 이어령이 「영원한 모순-김동리 씨에게 묻는다」38)를 통해 질타를 하는 것과 함께, 김우종의 배턴은 이어령의 손으로 넘겨지면서 본격적인 논쟁이 시작되었다.

이어령은, '김동리가 (1) 오상원의 문장이 지성적이라 하였는데 우리말도 제대로 구사하지 못하는 문장을 두고 과연 지성적이라 말할 수 있는가? (2) 한말숙의 「신화神話의 단애斷崖」를 평하는 데에서 쓴 용어인 '실존성'이란 말이 과연 성립 가능한 말인가? (3) 추식의 「인간제대人間除隊」를 평하는

---

35) 『서울신문』, 1959.1.9. 『韓國論爭史 Ⅱ 文學·語學 편』(青藍文化社, 1980), 孫世一 편, 132~134쪽에 재수록.
36) 『조선일보』, 1959.1.23. 앞의 책, 135~137쪽에 재수록.
37) 『조선일보』, 1959.2.1~2. 앞의 책, 138~143쪽에 재수록.
38) 『경향신문』, 1959.2.9~10. 앞의 책, 144~147쪽에 재수록.

데에서 쓴 '극한 의식'이 과연 추식의 작중 인물에 적당한가?'라는, 비교적 실존주의 근본에 도달하는 질문을 던졌다. 특히 이어령이 프랑스 실존주의 문학이 주를 이루던 시기에 독일 실존 철학자 야스퍼스의 '극한 상황 (Grenzsituation)'이란 용어를 들면서까지 김동리식 실존주의의 자의성을 지적하자, 이로부터 양자 간의 논쟁은 그야말로 자존심을 내세운 싸움 수준으로 전락하였다.39) 이렇게 전락한 이유는 무엇일까? 그것은 사실 이 논쟁이 은폐된 세대 논쟁이었기 때문이었다. 김동리가 비평가와 대결한 것은 식민지 말 '신세대 논쟁'부터다. 그 당시에는 신세대였던 김동리가 해방기 '순수 논쟁'에서는 중견으로서 동년배와 겨루더니 이제는 결국 구세대가 되어 전후 신세대와 맞서게 된 것이었다.40) 이어령의 무장된 논리 앞에서 구세대의 심정적 논리는 더 이상 힘을 쓰기가 힘들었다. 그럼에도 불구하고 김동리가 끝까지 승복을 하지 않은 것은 그 배경에 전통 지향과 근대 지향, 그리고 민족 지향과 세계 지향의 오랜 싸움이 존재하기 때문이었다.

2) 전통 논쟁과 민족문학론의 형성

이런 와중에서 전통 논쟁과 민족문학론은 1950년대 중반 이후의 비평계를 장식한다.41)

구세대와는 달리 신세대는 자기들이 던져진 이 땅의 현실에서 휴머니즘을 읽으려 했다. 그것은 후자의 체험이 전자의 것보다 더 절박했다든지 또

---

39) 이후 논쟁 과정의 글들을 제시한다. 이것들은 모두 앞의 책에 재수록되어 있다. 김동리, 「좌표 이전과 모래알과 ─ 이어령 씨에게 답한다」, 『경향신문』, 1959. 2. 18~19. 이어령, 「논쟁의 초점 ─ 다시 김동리 씨에게」, 같은 신문, 1959. 2. 26~28. 김동리, 「초점, 이탈치 말라 ─ 비평의 윤리와 논리적 책임」, 같은 신문, 1959. 3. 6~7. 이어령, 「희극을 원하는가」, 같은 신문, 3. 12~14. 김동리, 「눈물의 의미」, 같은 신문, 1959. 3. 20~22.

40) 논쟁 과정을 통한 김동리 문학의 변모 과정을 기술하기 위해서는 다른 자리가 필요하다 하겠다.

41) 전통 논쟁과 민족문학론을 따로 나누기는 힘든데, 여기서는 전통 논쟁만 다루겠다.

는 그렇게 느껴졌다든지 해서라기보다 체험을 객관화해 볼 수 있는 거리 감각과 능력이 후자에 더 있었기 때문이었다. 전후 신세대의 비평 정신, 이는 신세대는 물론 그 밖의 많은 비평가들을 다시 전통과 근대의 변증법적 싸움장으로 이끌었다.[42]

1950년대 전통 논쟁에서 '고전'이나 '전통'은 일종의 "대체 현실"[43]의 의미를 갖고 있었다. 실존주의의 비역사주의나 반전통주의 못지않게, 다분히 엘리엇적 전통의 영향을 받은 전통론 역시 그다지 현실적이지는 못했던 것이다. 당시 유행했던 엘리엇적 전통은 논자들에게 '일시적인 것과 영속적인 것을 동시에 의식하기를 요구하는' 역사의식을 가질 것을 요구함으로써 마치 그것이 전통 지향과 근대 지향, 그리고 민족 지향과 세계 지향의 모순을 해결해 줄 수 있을 것처럼 보이도록 하였다. 그러나 그 전통이라는 것이 과연 우리에게 있기나 한가에 대한 의문이 팽배해 있던 당시 형편에서 엘리엇의 문제 논문 「전통과 개인의 재능」이 주장하는 몰개성론은 그야말로 국제 질서의 윤리나 법도에 맞서야 하는 민족적 파토스의 안온한 피난처였던 것이다. 북한 쪽과는 약간 성격을 달리하나, 결국은 동궤로서의 특수화를 지향하는 경향을 갖는 전통론자와 개별자로서의 위상을 잃으며 의사보편자로 함몰해 가려고 하는 모더니스트들에게 구체적 역사의식이 개입되기에는 아무래도 4·19가 필요했다. 바로 이 정신적 공황의 시기에 남한 전통 논쟁의 자리는 놓인다.

이즈음에 구상이 「우리 시의 이념과 방법」[44]에서 '서정파 시인들은 세계사적인 고민이나 그 입지를 발견치 못하고 자연에 회귀하였고 주지파 시인들은 예술사적인 고민이나 자기 구제를 치르지 못한 채 세계사적인 이념에 대처하고 있다.'고 한 것은 옳은 진단이었다. 양면에서의 방황은 결국 우리

---

42) 같은 시기에 일기 시작한 문학사 쓰기 바람도 전통 논쟁 및 민족문학론과 무관하지 않다.

43) 김동환, 「1950년대 문학의 방법적 대상으로서의 외국문학이론」, 『문학과 논리 제3호 – 한국전후문학의 형성과 전개』(태학사, 1993), 김재남 외 편, 61쪽.

44) 『文學藝術』, 1955.7, 85~87쪽.

의 새로운 현실을 읽어 줄 언어의 부재에서 기인한 것인데, 언어의 부재는 곧 존재의 부재로 통한다. 하이데거식式으로 말하면 존재 망각이요 고향 상실이다. 이러한 고향 상실은 존재자의 '존재 포기(Seinsverlassenheit)'로부터 비롯되는데,[45] 시대의 이와 같은 미아 의식은 다음과 같은 젊은 이어령의 드라마틱한 발언에서 잘 나타난다.

> 우리들은 우리들의 노래가 그대로 허공 속에 소실되기를 원치 않는다. 하나의 메아리를 요구하는 우리들의 노래는 옛날 바람을 부르고 산을 움직인 신비한 무녀巫女의 주언呪言과도 같이 대상을 움직이게 하는 능동적인 투쟁이다. 모든 것은 언어言語에 의하여 표현되어야 하고 그 표현은 하나의 에코를 가져야 한다. 그러므로 우리는 우리의 현실을 그려, 그 현실을 변환變幻시키려 하고 우리의 비극을 노래하여 그 비극에서 탈피하려 한다.
> …… 그리하여 우리들의 노래는 '메아리'를 위한 노래이다.[46]

스스로는 물론 신세대 문학인 전부가 '화전민'임을 선언해야 한다는 그의 의도적인 과장이 섞인 선언 속에서 메아리는 현존재가 감응해 내는 존재 자체다. 그리고 그러한 존재를 찾아가는 낭만적인 여정은 곧 시인의 길이기도 하다. 확실히 이어령이 선언한 화전민이 "창조적 혼의 소유자가 아니라 황무지를 더욱 황량하게 만드는 일회적 마술의 경작자임에 불과한 것"[47]을 알기에는 그리 많은 시간이 필요하지 않았다. 그러나 그 불과도 같은 정신의 치열성이 존재의 목자牧者를 지향하기 위해서는 마술이 필요했고, 그 마술의 목표는 새로운 근대성이었다.

근대성과 전통성에 대해, 이봉래·최일수·김양수·송욱·이어령 그리

---

45) 하이데거, M., 「휴머니즘에 관하여」, 『三省版 世界思想全集 6』(삼성출판사, 1982), 황문수 역, 118쪽.
46) 이어령, 「화전민 지역」, 『抵抗의 文學』(藝文館, 1965), 17~18쪽.
47) 최동호, 「비평의 주체성 확립을 위하여」, 『불확정 시대의 문학』(문학과 지성사, 1987), 347쪽.

고 조윤제·서정주·문덕수·조연현·박종화 등을 중심으로 한 수많은 논자들의 논의가 있은 끝에『사상계思想界』에서는 1962년 5월, 9월, 다음 해 3월호에 걸쳐 신문학 오십 년 기념 문학 심포지엄을 열어 본격적으로 소위 '한국적인 것과 전통'에 대한 논의를 결산해 가기 시작했다. 그리고 이 논의에 이어『신사조新思潮』지가 이해 11월호에서 '한국적인 것'의 특집을 마련, 전통 논의를 확대했고, 이어『사상계』가 문예임시증간호에서 유종호의「한국적이라는 것―그것을 어떻게 규정할 것인가」[48]와 백철의「세계 문학과 한국 문학」[49]을 실어 이 문제를 구체화하였다. 그리고 두 사람의 주장은 곧 정태용의「한국적인 것과 문학―백, 유 씨의 소론에 대하여」[50]와, 재일 교포 비평가인 장일우의「한국적인 것과 전통적인 것」[51] 등 두 글에 의해 반박을 받는데, 논쟁들은 당시 전통 논쟁이 심화된 모습을 보여 준다.

유종호는, 문학적 한국성은 "우리 문학의 개성이나 정신의 특수성이 문제 되어야지 '로컬리즘'이 문제가 되어서는 안 된다."[52]고 하였고, 정태용은 유종호의 전통 부정 혐의를 지적하는 한편,[53] "전통적 + 현대적 → 미래적 = 한국적"[54]이라는 도식을 제시하였다. 한때 해방기 문단에서 진보적 입장을 취했던 정태용에게 전통은 현대의 시대정신과 그 이념에서 유용한 가치로 자각되고 선택된 과거의 것에 대한 현대적 가치였다. 한국적인 것을 찾는 데에서 보이는 이념적인 면은 재일 교포 비평가 장일우에게서 더욱 분명히 나타난다.

장일우는, 민족적 전통은 '첫째, 시대적 단층斷層과 시대적 연속의 통일이

---

48) 손세일 편의 앞의 책, 178~190쪽에 재수록.
49) 같은 책, 191~205쪽에 재수록.
50)『現代文學』, 1963.2. 같은 책, 206~221쪽에 재수록.
51)『自由文學』, 1963.6. 같은 책, 222~242쪽에 재수록.
52) 같은 책, 189쪽.
53) 필자가 보기에 이는 정태용의 오해다. 로컬리즘적인 의식에 반대했던 유종호가 한국적인 것이 문학적 차원으로 숙성할 때까지 기다리자고 한 것을 전통을 부정한 것이라고까지 볼 수는 없는 것이다.
54) 같은 책, 212쪽.

며, 둘째, 자기 시대의 가장 진실한 반영을 통하여 영원에 접하는 것이고, 셋째, 그 속에 전민족적 의의를 가지는 모멘트들이 있는 것'이라고 정리하는 한편, 정태용의 주체 의식이 실천과 결합되지 않은 분열에서 오는 혼란과 착각을 지적하였다. 그런데 장일우에게서 보이는 한 가지 특이한 점은 용어와 개념에 배어 있는 북한투다. '애국·우국 감정'이나 '민족적 기질' 또는 '애국적 인간관' 등과 같은 용어,55) 그리고 우리의 기질은 '한恨'이 아니라 '완강하고 애국적이며 낙천적인 것'이라는 등의 구절들에서는 (아직 이 시기에는 북한에서도 안 나타나지만 그들의 민족적 특성 논쟁을 통해 차츰 형성되고 있었던) 종자론의 원초적 모습을 보게 된다. 그러나 한국문학의 세계성은 "한국문학의 한국적 특수성 속에 있는 것이 아니라 한국문학의 민족적 특성에 내재한 보편성에 있는 것"56)이라 한 논리는 남북한의 성과를 지양해 낸 그 자신만의 것이라 하겠다. 주체 의식과 실천의 통일을 강조하면서, 전통과 근대, 그리고 민족과 세계를 아울러 나가는 그의 솜씨는 매우 잘 닦인 변증법의 한 모습을 보여 준다. 우리는 여기서 벌써 60~70년대 시대정신의 한 단초를 목도하게 된다. 물론 50년대 민족문학론 또한 전통 논쟁을 통해 전통과 근대, 민족과 세계의 긴장 관계를 내면화하면서 이 60~70년대의 시대정신에 합류하게 된다.

　사실 남한의 회고적 전통주의는 북한의 민족적 특성 논쟁에서 나오게 되는 종자론과 비슷하게 유기체적 총체성에 입각해 있는바, 자기모순에 의한 발전을 할 수가 없다는 점에서 이 전근대적인 총체성은 참으로 (로컬리즘적 의미에서) 전통적이다.57) 북한에서 벌어졌던 민족적 특성 논쟁이 종자

---

55) 같은 책, 230쪽, 232쪽, 236쪽을 보라.
56) 같은 책, 241쪽.
57) 그도 그럴 것이 애초 북한의 문단을 일군 사람들인 한설야·이기영·한효·안함광 등 자체가 유물변증법을 과학이기보다 생리나 신념으로 간직한 사람들인 데다가(김윤식의 『韓國文學의 近代性 批判』(文藝出版社, 1993), 64~68쪽을 참조하라), 북한의 정체(政體)마저 민족주의적인 특성이 강했기 때문이었다.

론에 기초한 주체미학으로 화석화해 갈 때 한 재일 교포 비평가에 의해 논쟁의 작은 결실이 50년대 남한의 전통 논쟁을 통해 이루어졌다는 사실에 대해 지나치게 큰 의미를 부여할 것까지는 없겠다. 다만 분단에 의한 정신사의 왜곡에도 불구하고, 전통 지향과 근대 지향이, 민족 지향과 세계 지향이 겯고트는 관계 속에서 이루어진 한 극적인 광경을 포착해 보는 것도 의미가 있을 성싶다는 것이 필자의 생각인 것이다.

광경의 배후에는 4·19라는 커다란 사건이 있었다. 4·19가 가져온 의식의 확산은 이후 60년대의 본격적인 참여문학론의 길을 연다. 이번에는 근대주의가 수구적 전통주의에 대해 승리를 거두면서 민족주의와 만나게 되는데, 이는 5·16의 역류조차도 막지 못할 시민 정신의 소산이었다.

6·25 이후 4·19 발발 시기까지의 남한 비평은 전통주의가 근대주의에 의해 차츰 지양되면서 민족문학론이 형성되어 가는 모습을 보여 주었다. 그리고 여기서 이후의 민족문학론·참여문학론·민중문학론 등의 씨앗이 발아하게 되었다. 50년대의 문학론이 결국 전통 논쟁과 민족문학론에 대한 논의로 이끌린 것 역시 이러한 60~70년대 이후의 문학론들을 예비하기 위했던 것으로 볼 수 있겠다. 보통 위 세 문학론의 기점을 4·19로 잡는 경향이 있다. 그리고 이 문학론들과 존재를 탐구하는 문학론이 서로 친밀성이 없는 것으로 여기는 경향도 있다. 필자는 6·25라는 대전란을 통해서도 꾸준히 이어져 온 전통과 근대의, 그리고 민족과 세계의 정신사적 변증법에 주목함으로써 위 모든 경향들에 깃든 오해를 풀고자 하였다. 이 과정을 통하지 않고는 남북한 문학의 이질화도 극복될 수 없으리라 생각하는 바다.[58]

---

[58] 주마간산격으로 비평사를 훑다 보니 어쩔 수 없이 논쟁사 중심의 서술을 하게 되었다. 따라서 꽤 중요한 비평가들이 거의 또는 전혀 언급되지 않았는데, 해방기의 김남천이나 조연현 및 조지훈 등과 같은 이들, 그리고 6·25 이후의 최일수나 고석규 등과 같은 이들이 바로 그 예다. 한편 주요 문예 이론 중 많은 부분이 언급되지 않은 것도 밝힌다. 사건이나 사람 및 저서의 단순한 나열을 피하느라 그런 만큼 어쩔 수 없는 일이겠다.

▼

Ⅱ

윤동주 시의 상징과 시적 육체

1. 서론

1) 문제 제기

시인의 개인적이고 순간적인 정념은 그 불안한 떨림에 의해 사회의 질서와 고정관념을 흔들고는 한다. 하지만 이 정념은 결국 그 질서와 고정관념의 기반까지는 무너뜨리지 않음으로써, 오히려 의혹과 불안 속에서 통상적인 진실을 의심토록 한다. 이런 식으로 시인은 한계의 위반을 꾀하는 것이다. 그런데 어느 순간 그 한계는 익숙한 것으로 받아들여지기 마련이다. 한계가 더 이상 한계가 아니게 되면 시인이 '새로운 한계'의 위반을 향하는 것도 당연지사다. 끊임없이 한계들을 대체해 가는 과정에서 시인은 자신의 코드를 지닌 채 여러 시적 비유와 상징 및 운율 등을 혼합하는 과정을 계속함으로써 사회의 여타 코드들과 맞서 나아간다.

그러나 위와 같은 혼합 과정에서 시인의 욕망은 흔히 총체성의 이상적인 통일 상태로 향하도록 유혹당하고는 한다. 이에 따라 주체의 감각에 깃든 실재의 진실을 외면할 위험에 처한 시인은 생존 본능에 따라, 외부의 에토스로 욕망을 억누르는 대신에 시로 하여금 스스로의 에토스를 말하도록 하려 한다. 그 결과, 총체성의 이상을 향해 무작정 부풀던 시인의 욕망은 어느 정도 제 풀을 꺾는 채 끝없는 방황의 길을 걷게 된다. 그리고 이 길을 통해 시인은 자신의 '시적 육체'를 형성해 가는 것이다.

시인이 걷는 방황의 길에 동참하기 위해서는 육체 형성 과정에서 나타나는, 주관적이고 비의적秘儀的인 상징 따위를 탐구하는 것이 필요하다. 왜냐하면 이러한 상징이야말로 시적 육체의 감각기관이기 때문이다. 더욱이 필자가 본 논문에서 분석해 보려는, '우물'과 '백골白骨'과 '프로메테우스'와 '별똥' 이미지의 상징들은 윤동주 시의 여정을 잘 담고 있다고 믿는다. 이 여정을 더듬다 보면 그의 이상이 현실에 조응해 나간 과정이 자연스럽게 드러날 것이다.

필자가 보기에, 많은 기존 연구 성과물들은 윤동주의 시와 산문을 면밀히 비교 분석하지 못함으로써 그의 시에 숨은 다양한 주요 상징을 제대로 설명하지 못하였다. 물론 상징이라는 것이 뚜렷이 의미하는 대상을 갖는 게 아니기에 '상징이 지시하는 바'를 섣불리 규정하는 일은 삼가야 한다. 하지만 상징 보조관념(vehicle)의 다의성多義性(ambiguity)은 끊임없이 형성되는 의미들을 고정된 몇 가지로 한정할 수 없다는 것일 뿐이지, 한정할 만한 것이 아예 전무하다는 것은 아니다. 따라서 그 의미가 형성되는 양상을 뒤쫓는 일은 결코 무리한 게 아니다.

앞 시대 보편적 가치관의 산물인 알레고리에 비해 현대문학에서의 상징은 더욱 개인적이고 비의적인 기능을 강화해 왔다. 그런데 '상징'의 원어 "'심벌symbol'의 어원인 그리스어 동사 '쉼발레인symballein'의 의미가 '한데 모으다(to put together)'이고, 이와 관련한 그리스어 명사 '쉼볼론symbolon'의 의미가 '징표徵表(mark)', '증표證表(token)', '기호記號(sign)' 등으로서, 어느 두 집단이 계약의 증거로 나눠가졌던 반쪽짜리 동전을 지시했던 것"[1]을 볼 때, 상징은 나름대로 공동체적 합의를 바탕으로 성립하는 것이 분명하다.

점점 강화돼 온 이러한 상징의 이중성은 이를 대하는 현대인의 태도에서도 잘 드러난다. 현대인은 상징의 주관성과 비의성에 이끌리면서도 반발을 하고는 한다. 물론 이끌리든 반발을 하든 어느덧 상징은 현대사회 의사소통의 편리한 수단으로 자리 잡은 지 오래다. 상징의 원관념(tenor)은 점차 소멸의 과정을 거쳐 아예 스스로를 보조관념과 일치시켜 버리니, 주관적이고 비의적인 상징은 물질화, 감각화하게 되었다. 이제 사람들은 감각화한 상징을 각자 나름대로 이해하고 해석하게 된 것이다. 옳고 그름을 따지는 게 무의미한 이러한 해석의 장에서 주관성과 비의성의 담지자로서의 개인은 자기의 공간을 준비할 수 있었고, 무너지지 않는 자기만의 반석을 마련할 수 있었다. 이러한 담지자로서의 개인 중 주요한 인물이 바로 시인이다. 그는 상징 시장의 세속화에 대항하면서도 끊임없이 주관적이고 비의적인 상징을 만들어 시장에서 검증받으려 한다.

시인이 주관적이고 비의적인 상징을 만들기 위해서는 우선 시적 대상의 양태나 운동이 주체의 한 부분으로서의 육체에서 재현되도록 해야 한다. 이 재현의 과정을 통해 시인은 대상의 양태나 운동이 관념에 의해 수시로 고정되는 것을 막으면서 사물들 연관 관계의 동력학을 그 자체로 묘사, 서술할 수 있게 된다. 여기서 시인은 대상 대신 자신을 읽으면 된다. 육체에서 재현된 텍스트에 잔존하는 기존의 관념 내지 선입견은 '사물들 연관 관계'에서 기인한 것인데, 시인은 끊임없이 생산되는 이러한 잔존물들을 상징의 보조관념들로 통제하려 한다. 불안정할 수밖에 없는 연관 관계는 상징의 다의성을 낳고, 다의성을 지닌 상징은 앞에 말한 바와 같은 '육체적 사고'를 원활하게 해 준다. 이래서 '육체적 사고'는 상징의 주관성과 비의성

---

1) Alex Preminger & T. V. F. Brogan (ed.), *The New Princeton Encyclopedia of Poetry And Poetics*, New Jersey: Princeton UP, 1993, p.1250.

을 날로 강화해 가는 현대시의 주요한 바탕이 되었다.

윤동주가 홀로 시를 썼던 일제 말은 자본주의에 식민 상황까지 겹친 매우 옹색한 시대였다. 그는 발표할 가능성이 희박한 시를 쓰며 자기의 관념을 육화肉化하려 했으나, 초기의 그에게 육체적 사고는 아직 낯선 것이기만 했다. 그래도 그는 애써 육체적 사고를 거듭하면서 점차 스스로의 세계를 형성해 가려 했다. 이 글은 이렇게 윤동주가 시적 육체를 형성하면서 자기 나름대로의 주관적이고 비의적인 상징을 만들고 심화해 나간 과정을 좇으려 한다. 그리하여 옹색한 시대 속에서도 한 개인이 작품 외적外的 가상 실재의 올된 총체성에 빠지지 않으면서 시적 자아를 형성해 간 과정을 드러낼 수 있으리라 여긴다.

필자는 한 시를 분석하는 과정에 곁들여 수시로 다른 시를 분석하겠다. 한 시인의 시들은 서로 간에 주석이고 원텍스트이기 때문이다. 몇 안 되는 윤동주의 산문은 거의 산문시라 할 수 있을 정도의 내적 호흡과 상징을 가지고 있다. 따라서 산문 역시 시詩 분석을 위한 자료로 이용하겠다.[2]

2) 연구사 검토

필자가 검토하려는 기존 연구 대상은 본론에서 집중 분석하려는 우물, 백골, 프로메테우스, 별 등의 상징에 대한 견해로 한정하겠다. 비판적으로 검토하려는 다음 견해들을 선정한 까닭은, 그것들이 다른 것보다 유독 문

---

[2] 윤동주 작품에 대한 텍스트로는 권영민이 엮어 1995년 8월에 문학사상사를 통해 펴낸 『윤동주 전집 1 – 하늘과 바람과 별과 시』를 이용하였다. 애초에는 왕신영 · 심원섭 · 오오무라 마스오(大村益夫) · 윤인석 등이 함께 엮어 1999년 3월에 민음사를 통해 펴낸 『사진판 윤동주 자필 시고전집』을 이용하려 하였는데, 그것은 이 전집이 윤동주의 시와 산문 전체에 대한 자필 원고를 일일이 사진과 함께 그대로 제시하여 가히 윤동주 시전집의 바탕본을 이루었기 때문이었다. 그러나 맞춤법과 띄어쓰기가 틀려 있는 부분에 대한 고의성 여부에 관해서는 또 다른 논의가 필요하였기에 일단 이 논문에서는 전자를 텍스트로 삼고 후자를 참조하여 일부 내용을 수정하는 정도에 머물렀다. 이후 시 인용에서는 별도의 출전을 밝히지 않겠다.

제가 많아서라기보다, 여타 잘못된 견해들의 특징을 대표적으로 공유하고 있기 때문이다.

윤동주의 '우물' 상징은 '거울' 상징과 마찬가지로 흔히 '자기 성찰'이라는 의미를 부여받는데, 이는 신동욱의 「하늘과 별에 이르는 시심詩心」[3]이나 김승희의 「1/0의 존재론과 무의식의 의미작용」[4]에서도 마찬가지다. 특히 김승희는 앞의 글에서 라캉 이론을 도입하여 "우물은 거울의 변형이며 그 것은 상상계 속의 반사적 영상으로서의 나를 가지고 있는 거울 단계다. 시 적 화자는 자신은 상징계 속의 당위성 주체지만 피로한 상징계를 떠나 상 징 이전 단계의 나를 들여다본다."[5]고 말하였다. 신동욱의 해석에는 무리 가 없으나 여타 시인들의 거울 상징과 구별되는 윤동주만의 상징을 제대로 읽어내지 못했고, 김승희는 라캉 이론에 맞춰 시를 읽은 나머지, 우물이 '상 상계 속의 반사적 영상'이라는, 윤동주의 '우물' 상징과는 동떨어진 해석을 내놓는다. '물'의 원형 상징과 우물 속의 '달, 구름, 하늘, 바람, 가을' 상징들 을 너무 동심 이미지로만 본 소치다.

이에 비해 이건청이 「윤동주尹東柱 시詩의 상징연구象徵研究」[6]에서 읽어 낸 우물 상징은 위와 같은 식의 글의 한계를 뛰어넘으려는 해석을 시도하였 다. 그는 「자화상自畵像」(1939.9) 해석에서, "'우물'은 적나라한 자신의 모습을 구체화함으로써 존재로서의 위상을 인식하게 해 준다. 그리고 개인적 지향 과 그 지향을 규제하는 상황과의 팽팽한 대립 속에서 응전의 형태가 구체 화된다. 그리고 이 응전은 내면화의 과정을 거쳐 나타난다."[7]고 말하면서 윤동주 시의 긴장(tension)을 설명하였다. 하지만 이 시에서 '그 지향을 규제 하는 상황과의 팽팽한 대립'에 대한 예증은 찾아 볼 수가 없기에 이건청의

---

3) 『나라사랑』 23, 외솔회, 1976. 여름, 82~97쪽.
4) 『문학사상』 269, 문학사상사, 1995. 3, 205~225쪽.
5) 앞의 글, 218쪽.
6) 『인문논총』 8, 한양대 문과대학, 1984, 5~26쪽.
7) 앞의 글, 13쪽.

의욕적인 해석은 설득력이 약화된다.

김은자는 「「자화상自畫像」의 동굴 모티브」[8]에서, "우물은 고여 있는 내면의 공간이라는 점에서 「돌아와 보는 밤」(1941.6), 「또 다른 고향故鄕」(1941.9) 등에 보이는 방房과 닮았다. 이때에 방은 어둡고 폐쇄적이며, 세상과 우주 또는 길과 대립된다. 그러나 우물은 하늘과 구름과 달과 가을을 비칠 만큼 맑고 밝으며, 정지해 있되 유동하는 물의 속성을 간직하고 있다는 점에서 방과 다르다."[9]라고 말하였으나 이는 우물과 방을 통일적으로 보지 못한 해석이다. '우물의 충만함'에 대비해 '어둡고 폐쇄적인 방'을 강조할 때, 「또 다른 고향」의 "우주로 통하는 어둔 방"을 제대로 설명할 수 없다.

이와 같이 '우물' 상징은 대개 '거울' 상징과 함께 그 원형 상징적 의미에 의존하여 해석되고는 한다. 이런 해석이 아주 그르다고 할 수는 없으나, 근본적으로 윤동주 텍스트 간의 비교 분석이 상대적으로 홀시됨으로써, 보편 상징 속에 틈입한 윤동주 상징의 개별성을 보아 내지 못하는 잘못을 범하기 일쑤다.

이는 '백골' 상징에서도 크게 다르지 않다. 그런데 이 상징은 그 중요도에 비해 '우물' 상징보다 훨씬 적게 분석되었다. 따라서 이 상징은 '우물' 상징에 비해 연구자 사이에서 공통적 의미가 상대적으로 덜 공유되어 있는 편이다.

유종호는 「청순성의 시, 윤동주의 시」[10]에서 "'백골'이 일상적 자아에 대립되는 이상적 자아라고 할 때 이 작품은 시대의 어둠에 대하여 무기력한 상태로 남아있는 일상적 자아의 자괴감이나 반성을 피력한 것이라 할 수 있을 것 같다."[11]고 말하였으나 이는 백골이 '현실 원리 속에서 자기를 바쳐 태워 가며 탈각·지양해 나아가는 과정·결과물'로서, 일종의 '가능태

---

8) 『문학과 비평』 3, 탑출판사, 1987. 가을, 244~251쪽.
9) 앞의 글, 245~246쪽.
10) 유종호, 『시란 무엇인가』, 민음사, 1995, 290~305쪽.
11) 앞의 글, 300쪽.

(dynamis)'라는 점을 보지 못한 소치다.

마광수가 「윤동주尹東柱 연구研究─그의 시詩에 나타난 상징적象徵的 표현表現을 중심中心으로」[12]에서 "'백골'은 제3자로서의 방해물이 아니라 시인의 마음속에서 차츰 고개를 들기 시작할 현실적 안주安住에의 유혹, 우유부단한 성격에서 오는 끝없는 회의나 체념 상태 등을 상정하는 것이라 생각된다. '백골'은 시인이 힘들여 극복해야 할 존재인 것이다."[13]라고 말한 것도 같은 맥락에서 비판될 수 있다.

백골이 이렇게 부정적으로 해석되는 까닭은, 그것이 윤동주 시 전체에 걸쳐 나타나는 '흰색' 상징의 발전 과정 중 하나로서 동태적으로 고찰되지 않았기 때문이다.

프로메테우스 상징은 「간肝」(1941.11.29)에만 나오지만, 간을 드러내고 또 뜯기는 마조히즘적 자세가 '시적 육체'를 형성해 가는 양상을 본격적으로 보여 주기에 윤동주 시 의식 발전 과정에서 중요한 자리를 차지한다.

김승희는 앞의 글에서 "초월과 극기, 인내와 미덕을 강조하는 종교적 담론을 뛰어넘어야만 눈이 밝아지는 사람이 될 수 있으리라는 무의식의 의미 작용은, 기독교에서 희랍적 상상력으로 희랍의 인물 중에서도 역천의 죄로 가장 잔혹한 형벌을 받는 프로메테우스로 나아가게 하고 있다."[14]고 말하였다. 이건청 역시 앞의 글에서 "프로메테우스는 아픔의 간을 포기하지 않음으로써 존재한다. 즉, 프로메테우스의 아픔은 절망적 비전으로서가 아니라 아픔의 확인을 통해 '내가 여기 있음'을 천명한다."[15]고 말하였다. 이 두 사람은 공히 프로메테우스의 견인적 자세에만 눈을 돌렸다. 하지만 「간」에서는 어조의 다성성多聲性에 눈을 돌려야 한다. 화자는 토끼도 프로메테우스도 아니라, 이 둘의 목소리를 흉내 내는 제3자다. 이 화자가 취하는 '생존

---

12) 延世大博士論文, 연세대 국문과, 1983.6, 정음사에서 1984년에 재발매.
13) 앞의 책(정음사판), 81~82쪽.
14) 김승희, 앞의 글, 222쪽.
15) 이건청, 앞의 글, 21쪽.

의 방식'은 '유희의 방식'을 겸한다는 점을 놓쳐서는 안 되겠다.

마광수는 앞의 글에서 "토끼는 나약하면서도 기회주의적인 성격에서 출발하여 보다 강한 자아로 발전하는 인물의 상징이다."[16]라고 말하였는데, 이는 이 시가 '토끼가 프로메테우스로 변화하는 과정'을 보여 주었다고 말하는 것이나 다를 바 없다. 여기서 마광수는 '마조히즘적 자세'나 '유희의 방식'을 파악하지 못하고 있는 셈이다.[17]

'별' 상징은 윤동주의 상징 중에서도 매우 중요한 위치를 차지하느니만큼 대부분 온당하게 해석되고 있는 편이다. 하지만 「서시序詩」(1941.11.20)의 '바람에 스치우는 별'에 오면 사정이 달라진다.

이건청은 앞의 글에서 "바람에 스치우는 별은 수난자의 모습을 유추할 수 있게 한다. 즉, 불어오는 바람 속에서 자신의 신념을 지켜 부끄럼 없는 삶을 살고자 하는 '양심의 수난자'의 모습인 것이다."[18]라고 말하고, 마광수는 앞의 글에서 "별이 바람에 스치운다는 것은, 그의 드높은 이상과, 그 이상을 실현시키려고 애쓰는 실천 의지가 현실적 조건에 부딪혀 끊임없이 시달리고 있다는 것을 암시한다."[19]라고 말하고, 이기철은 「삶의 시간과 기도의 공간-대표시 「서시」의 구조 분석」[20]에서 "'별이 바람에 스치운다.'는 것 역시 살아 움직임의 다른 표현이다. 별이 반짝이는 것도 바람이 사물을 스치며 지나가는 것도 모두 살아있음의 표출이며 심상으로는 동적인 심상인 것이다."[21]라고 말하고 이승훈은 「윤동주의 「서시」 분석」[22]에서 "'별'이 '바람'에 스친다는 것은, 화자의 미래의 삶이 과거의 삶에 의하여 불안하

---

16) 마광수, 앞의 책, 72쪽.
17) 이는 훗날 마광수가 소설 『권태』(1990)나 『즐거운 사라』(1992) 등에서 보인 쾌락주의적 자세와 사뭇 다르다.
18) 이건청, 앞의 글, 18쪽.
19) 마광수, 앞의 책, 26쪽.
20) 『문학사상』 162, 1986. 4, 101~109쪽.
21) 앞의 글, 108쪽.
22) 『현대문학』 375, 현대문학사, 1986.3, 368~383쪽.

게 흔들리는 느낌을 주기 때문이다."[23]라고 말한다.

이 모든 해석들의 공통적인 오류는, '바람에 스치우는 별'이 '운석隕石' 또는 '별똥'[24]을 말한다는 점을 모르고 있다는 사실에서 온다. 이 사실은 「서시」를 「참회록」과 「별똥 떨어진 데」와 비교 분석해 보면 금방 알 수 있다. 텍스트 간의 비교를 소홀히 하니, 가만히 있는 '별'을 '바람'이 스치는 것으로 오독한 채 의미심장한 해설을 덧붙이려 하는 것이다.

이상과 같이 윤동주 시의 주요 상징에 대한 해석에서 나타나는 문제점들을 지적해 보았다. 필자는 지적한 바의 근거를 본론에서 제시함으로써, 윤동주 시의 상징 해석에서 텍스트에 충실한 것이 얼마나 중요한가를 제시하겠다. 이 과정을 통해 윤동주 시적 여정은 입체적으로 드러날 수 있으리라 본다.

2. 우물과 백골의 내향성

산모퉁이를 돌아 논가 외딴 우물을 홀로 찾아가선 가만히 들여다봅니다.

우물 속에는 달이 밝고 구름이 흐르고 하늘이 펼치고 파아란 바람이 불고 가을이 있습니다.

그리고 한 사나이가 있습니다.
어쩐지 그 사나이가 미워져 돌아갑니다.

---

23) 앞의 글, 382쪽.
24) 윤동주 작품에서 '운석'과 '별똥'은 같은 의미를 지닌다. 용어를 엄밀히 구분하자면 운석은 땅 위에 떨어진 별똥을 가리킨다. 하지만 「懺悔錄」(1942.1.24)의 '어느 隕石 밑으로 홀로 걸어가는 슬픈 사람'이라는 구절 따위를 볼 때, 윤동주의 시에서는 한가지로 보아도 되겠다. 참고로 말해, 별똥의 한자어는 유성(流星)이다.

돌아가다 생각하니 그 사나이가 가엾어집니다. 도로 가 들여다보니 사나이
는 그대로 있습니다.

다시 그 사나이가 미워져 돌아갑니다.
돌아가다 생각하니 그 사나이가 그리워집니다.

우물 속에는 달이 밝고 구름이 흐르고 하늘이 펼치고 파아란 바람이 불고
가을이 있고 추억追憶처럼 사나이가 있습니다.

「자화상自畫像」 전문

「자화상」은 플라톤의 '동굴 비유'를 생각나게 하는 시다. 「자화상」에서
우물 속의 세계는 가상의 세계다. 거울 역할을 하는 우물 속의 동그란 수면
은 자아를 한정시켜 드러내 줌으로써 자아와 대상의 일치를 무참히 깨어
버리고는 하는 존재다. 그 속에 비친 '달'이나 '구름', '하늘' 등의 그림자와
함께 한없이 가상 속에 갇혀 있는 자아의 모습은 밉기도 하고 가엾기도 하
다. 그래서 화자는 몇 번이고 우물에서 떠나려 하나 또다시 돌아오곤 한다.
원래 우물 속의 자아는 화자가 떠나가면 우물 속에서 사라져야 할 존재이
나, 앞의 반복적인 행동 속에서 화자의 기억에 의해 우물 속 가상의 세계에
남게 된다. 그러나 더욱 중요한 것은 이 기억에 의해 우물 속 가상의 세계
가 화자에게 각인된 것이다. 그래서 5연에서 화자가 다시 우물로 돌아가지
않았는데도 6연의 우물 속 풍경이 화자의 기억에서 떠오르는 것이다. 이것
은 이데아계가 회감回感된 꼴인데, 윤동주 시의 내향성은 바로 이렇게 이데
아 지향성으로 나타난다. 현실이 아니라 가상을 통해 이데아계를 회감하며
어디론가 떠나는 화자에게 시적 육체가 얻어지는 길은 아직 좀 더 시간을
요할 뿐이다.

윤동주는 끊임없이 자아를 부정하며 탈각하려 했지만 좀 더 적극적인 지
양을 위해서는 다른 계기가 필요했다. 우리는 그 계기를 찾는 극적인 모습

을 「또 다른 고향故鄉」에서 보게 된다.

고향故鄉에 돌아온 날 밤에
내 백골白骨이 따라와 한 방에 누웠다.

어둔 방房은 우주宇宙로 통通하고
하늘에선가 소리처럼 바람이 불어온다.

어둠 속에 곱게 풍화작용風化作用하는
백골白骨을 들여다보며
눈물짓는 것이 내가 우는 것이냐
백골白骨이 우는 것이냐
아름다운 혼魂이 우는 것이냐

지조志操 높은 개는
밤을 새워 어둠을 짖는다.

어둠을 짖는 개는
나를 쫓는 것일 게다.

가자 가자
쫓기우는 사람처럼 가자
백골白骨 몰래
아름다운 또 다른 고향故鄉에 가자.

「또 다른 고향故鄉」 전문

여기서 '아름다운 혼(Die Schöne Seele)'은 괴테에 의해 한층 더 유명해진 용어로, "그때그때의 감각적·체험적 쾌락과 고통을 넘어서고 또 그것을 밑거름으로 하여 삶을 하나의 조화된 통일체로 완성해 가는 성장의 원리"[25]다.

그러나 '어둠 속의 흰 백골'은 윤동주 고유의 상징이다. '하얀' 빛깔을 띤 이 고유의 상징은 초기의 시 「초 한 대」(1934.12.24)나 「삶과 죽음」(1934.12.24) 등에서부터 「슬픈 족속族屬」(1938.9)과 「병원病院」(1940.12) 등을 거쳐 나중의 시 「새벽이 올 때까지」(1941.5), 「십자가十字架」(1941.5.31), 「흰 그림자」(1942.4.14) 등에까지도 나타난다.

> 광명光明의 제단祭壇이 무너지기 전
> 나는 깨끗한 제물祭物을 보았다.
>
> 염소의 갈비뼈 같은 그의 몸,
> 그의 생명生命인 심지心志까지
> 백옥白玉같은 눈물과 피를 흘려
> 불살라 버린다.
>
> 「초 한 대」 부분

> 하늘 복판에 알새기듯이
> 이 노래를 부른 자者가 누구뇨
>
> 그리고 소낙비 그친 뒤같이도
> 이 노래를 그친 자者가 누구뇨
>   ×
> 죽고 뼈만 남은
> 죽음의 승리자勝利者 위인偉人들!
>
> 「삶과 죽음」 부분

> 다들 죽어가는 사람들에게
> 검은 옷을 입히시오.

25) 김우창, 「시대와 내면적 인간─윤동주의 시」. 『궁핍한 시대의 詩人』, 민음사, 1977, 186쪽.

다들 살아가는 사람들에게
흰옷을 입히시오.

그리고 한 침대寢臺에
가즈런히 잠을 재우시오.

다들 울거들랑
젖을 먹이시오.

이제 새벽이 오면
나팔 소리 들려 올 게외다.

「새벽이 올 때까지」 전문

괴로웠던 사나이,
행복幸福한 예수 그리스도에게
처럼
십자가十字架가 허락許諾된다면

모가지를 드리우고
꽃처럼 피어나는 피를
어두워가는 하늘 밑에
조용히 흘리겠습니다.

「십자가」 부분

이제 어리석게도 모든 것을 깨달은 다음
오래 마음 깊은 속에
괴로워하던 수많은 나를
하나, 둘 제 고장으로 돌려보내면
거리 모퉁이 어둠 속으로
소리 없이 사라지는 흰 그림자,

「흰 그림자」 부분

「초 한 대」에서의 '초'는 '염소의 갈비뼈' 같은 몸을 가지고 자신을 태워 가며 세상을 비춘다. '희생양'으로서의 '예수의 모습'과도 의미가 통하는 이 상징과 「삶과 죽음」에서의 '뼈만 남은 죽음의 승리자 위인들'은 「십자가」에서 "꽃처럼 피어나는 피를 어두워 가는 하늘 밑에 조용히 흘리"는 것과도 맥락을 같이한다.26) 「슬픈 족속」, 「병원」, 「새벽이 올 때까지」 등을 보면 이 상징은 병들거나 나라를 잃어 고난을 받는 이의 의미로도 해석되는데, 그러면서도 「새벽이 올 때까지」에서 "죽어가는 사람들에게 검은 옷"을 입히고 "살아가는 사람들에게 흰옷"을 입혀, 마치 소생과 원기 회복을 바라듯이 "한 침대에 가즈런히 잠을 재우"는 광경을 보면, 확실히 윤동주에게 삶과 죽음은 서로 대응되면서도 보완 관계에 있는 것을 알 수 있다.

윤동주 시에서 이 상징은 전개되어 갈수록 점점 희미해 가는 원관념 따라 그 보조관념조차 모호해 간다. 「초 한 대」 → 「십자가」 → 「또 다른 고향」 → 「흰 그림자」의 전개 과정에서 우리는 이를 볼 수 있다. 「또 다른 고향」 에서는 그래도 '백골'이라는 구체적 모습으로 남아 있던 보조관념이 「흰 그림자」에 가면 아예 형체도 불분명한 '흰 그림자'로 변한다. 이 과정을 통해 자아는 스스로를 지양하면서 외계를 받아들이는 것이다. 이 중 「또 다른 고향」의 '백골'은 시 자체 안에서도 윤동주 시작詩作 전체가 보여 준 지양을 전개시킨다.

「돌아와 보는 밤」을 보면 "불을 켜두는 것은 낮의 연장이옵기에 너무나 피로롭아서 불을 끈다."고 했다. 그리고 "가만히 눈을 감으면 마음속으로 흐르는 소리, 이제, 사상이 능금처럼 저절로 익어간다."고 했다. 이는 「또 다른 고향」을 이해하는 데 시사점을 제공한다. 즉, 「돌아와 보는 밤」에서의 '마음 속에서 익어 가는 사상'은 「또 다른 고향」에서의 '백골 속의 아름다운 혼'과, 그리고 '너무나 피로롭아서 불을 끈 방'은 「또 다른 고향」의 '어둔 방'과, 그

---

26) 「십자가」에서 '꽃' 이미지는 '불꽃'의 이미지도 동시에 갖는다.

리고 '백골'과 등치된다. 고향으로 쫓기듯 왔으나 은신처인 "어둔 방은 우주로 통하고 하늘에선가 소리처럼 바람이 불어온다." "소리처럼 바람이 분다."는 표현은 '나를 쫓는 지조 높은 개의 소리'를 빌려 해석할 수가 있겠다. 즉, 여기서의 바람은 이데아의 근원에서 불어오긴 하나 '세속의 소리'요 '외계의 색色'인 '개 짖는 소리'와 같은 맥락의 의미를 갖는 것이다. '바람'과 '개 짖는 소리'는 작가의 양심이 만들어 낸 작가를 향해 치닫는 세속의 소리다.

우주와 현실을 함께하는 모습을 보여 주는 「또 다른 고향」은 윤동주의 자기 지양 과정에서 전환점이 되어 주는 중요 작품이다. 방이 우주와 통하니 시인의 작은 방인 '백골'도 곱게 풍화 작용한다. 이 탈각의 과정에서 전前단계의 자아를 보면서 애상과 감동의 눈물을 흘린다. 여기서 일종의 숭고崇高(sublime)[27)의 감정이 생기는데, 윤동주 시의 내향성은 바로 이렇게 숭고의 감정으로, 그것도 자애적自愛的인 숭고의 감정으로 나타난다.

기존 평자들은 이 눈물의 숭고적 경향을 그냥 지나치는 경향을 보여 왔다. 물론 여기에는 시인 자신의 실천력이 부족하여 지양의 자세가 아직도 다분히 내성적이라는 점에 대한 안타까움에서의 애상도 섞여 있다. 1연에서 '백골이 따라와 누운 것'은, 뒤를 밟아 따라온 것이 아니라 시인의 머리에 의해 함께 지녀져 온 것이다. 「자화상」에서 화자의 머리에 각인된 '우물 속 풍경'과도 의미가 통하는 이 '백골'은, '현실 원리 속에서 자기를 바쳐 태워 가며 탈각·지양해 나아가는 과정·결과물'로서, 일종의 '가능태(dynamis)'다.[28) 3연은 이의 지양 과정을 보여 주는 아름다운 장면이다. 4·5연의 개 짖는 소리는 또 3연의 울음을 지양시켜 준다. 그것도 배경음으로 깔리면서 말이다. 그러니 6연의 리듬은 1·2연과는 대조적으로 동적動的이다. 과거의 백골 몰래 또 다른 고향으로 가는 시인의 자아는 이미 또 다른 백골을 내부

---

27) 숭고는 무한대(無限大)를 향한 것이든 무한소(無限小)를 향한 것이든 간에, 무한에 대한 낭만주의적 추구를 한다.
28) 여기서 「자화상」의 '우물 속 파아란 바람'은 「또 다른 고향」의 '하늘에서 소리처럼 불어오는 바람'임이 드러난다.

에 배태한 채 떠난다. 여기서 드러나는 숭고적 내향성은 '우물' 이미지에서의 형이상학적 내향성에 비해 확실히 자아의 외부를 향해 있다.

3. 프로메테우스와 별똥의 외향성

「또 다른 고향」 다음으로 지은 「길」(1941.9.30), 「별 헤는 밤」(1941.11.5), 「서시序詩」, 「간肝」, 「참회록懺悔錄」 등의 시를 통해 윤동주는 1942년 3월 도일渡日 전의 마지막 의지를 다진다.

> 바닷가 햇빛 바른 바위 위에
> 습한 간肝을 펴서 말리우자,
>
> 코카사스 산중山中에서 도망해 온 토끼처럼
> 둘러리를 빙빙 돌며 간肝을 지키자.
>
> 내가 오래 기르던 여윈 독수리야!
> 와서 뜯어먹어라, 시름없이
>
> 너는 살찌고
> 나는 여위어야지, 그러나,
>
> 거북이야!
> 다시는 용궁龍宮의 유혹誘惑에 안 떨어진다.
>
> 푸로메디어쓰 불쌍한 푸로메디어쓰
> 불 도적한 죄로 목에 맷돌을 달고
> 끝없이 침전沈澱하는 푸로메디어쓰.

「간肝」 전문

이 시에는 그리스의 '프로메테우스 신화'와 동양의 '구토설화龜兎說話', 그리고 『신약성서』「마태복음」18장 등의 세 이야기가 배경에 깔려 있다.[29] 여기서 화자는 때때로 토끼나 프로메테우스가 되기도 하고 또 그것들을 바라보는 위치에 서기도 한다. 그리고 토끼와 프로메테우스 역시 역할을 같이하고는 한다. 1연을 보면 행위 주체가 마치 토끼 같기도 하나 2연을 의거할 때 꼭 그렇다고 볼 수도 없겠다. 거기에다가 3연으로 넘어가면 갑자기 행위 주체가 프로메테우스 같기도 하여 혼란을 가중시킨다. 그러나 이 화자를 어느 것으로도 안 보고, 그저 토끼나 프로메테우스의 목소리를 흉내내는 사람 정도로 보면 될 줄 안다.

쾌락 원칙을 좇아 쉽사리 용궁의 유혹에 떨어지는 기질을 가진 토끼가, (용궁이 있고 그 속에 병든 용왕이 있는) 바다가 아니라 (프로메테우스가 묶여 있는) 코카서스 산중에서 도망해 올 때에는, 어느 곳에도 안주하지 못하고 쫓기면서 또 다른 고향을 찾는, 식민지 백성으로서의 윤동주를 떠올리면 된다. 어디에서도 그 실재를 찾을 수 없는 정신적 고향에 대한 향수[30]를 지닌 윤동주의 여정은 그 자체로 형이상학적 충동을 지니는데, 마치 프로메테우스처럼 간을 드러내고 또 뜯기는 마조히즘적 자세는 외계의 색色을 받아들이면서 시적 육체를 형성해 가려는 데에서의 외향적 태도를 보여준다.[31] 윤동주 나름대로의 현실주의적 기미를 엿보이는 이 외향성은 생존의 방식과 유희의 방식을 함께한다. 필자가 생존의 방식과 유희의 방식을 나란히 놓는 것은 꼭 생존이라는 것이 하도 신산辛酸해서 그것을 극복하기

---

29) 성서가 배경 이야기로 존재한다는 사실은 마광수가 그의 박사 논문인 「尹東柱 硏究－그의 詩에 나타난 象徵的 表現을 中心으로」에서 처음 밝혔다. 마광수의 앞의 책 75~76쪽을 보라.

30) 육체적 고향에 대한 향수를 '홈시크니스(homesickness)'라 하는 데 반하여 이와 같은 정신적 고향에 대한 향수는 '노스탤지어(nostalgia)'라 한다. 정신적 고향을 찾기 위해 육체적 고향을 떠날 수도 있기에, '노스탤지어'는 흔히 '방랑'으로 표출되기도 한다. 점차 '방랑'이 힘들어지는 현대사회는 그만큼 정신적 고향을 무너뜨려 간다.

31) 「병원」에서 화자가 그 여자의 건강이－아니 자기 건강도 속히 회복되기를 바라면서, '그 여자가 누웠던 자리에 누워 보는 것' 역시 같은 맥락에서 볼 수 있다.

위해 유희를 한다고 말하기 위해서가 아니다. 유희야말로 시인의 감성이 생존하는 방식이기 때문이고, 또 이성은 항시 이러한 감성의 뒤치다꺼리에 바쁘기 때문이다. 그러므로 3연부터 끝까지의 비장한 어조는 사실 좀 들떠 있는 조증躁症 상태에서 기인한 과장된 마음의 소산이다. 윤동주는 곧 마음을 가라앉히고 다음과 같은 결의를 한다.

> 파란 녹이 낀 구리 거울 속에
> 내 얼굴이 남아 있는 것은
> 어느 왕조王朝의 유물遺物이기에
> 이다지도 욕될까
>
> 나는 나의 참회懺悔의 글을 한 줄에 줄이자
> ―만滿 이십사二十四 년年 일― 개월個月을
>   무슨 기쁨을 바라 살아왔던가
>
> 내일이나 모레나 그 어느 즐거운 날에
> 나는 또 한 줄의 참회록懺悔錄을 써야 한다.
> ―그때 그 젊은 나이에
>   왜 그런 부끄런 고백告白을 했던가
>
> 밤이면 밤마다 나의 거울을
> 손바닥으로 발바닥으로 닦아 보자.
>
> 그러면 어느 운석隕石 밑으로 홀로 걸어가는
> 슬픈 사람의 뒷모양이
> 거울 속에 나타나 온다.

「참회록懺悔錄」 전문

윤동주는 옹색한 시대 이전에 존재했으리라 여겨지는 '좋았던 옛 시절'

의, 마치 루카치의 별과도 같이 반짝이는 별을 보고자 했다. 「참회록」의 화자는 그 별이 지상에 떨어지자 '실존적' 고민을 하기 시작했다. 주 24번에서도 말했지만 「서시」의 '바람에 스치우는 별'이나 산문 「별똥 떨어진 데」의 '별똥'은 「참회록」의 '운석'과 같은 의미를 갖는다. 이는 하늘에 떠 있던 이상理想의 별이 현실의 별로 변한 꼴인데, '별'의 이러한 현실주의적 모습은 이 시기 윤동주의 외향성을 드러내 준다.

> 별을 노래하는 마음으로
> 모든 죽어가는 것을 사랑해야지
> 그리고 나한테 주어진 길을
> 걸어가야겠다.
>
> 오늘 밤에도 별이 바람에 스치운다.
>
> 「서시」 부분

> 어디로 가야 하느냐 동東이 어디냐 서西가 어디냐 남南이 어디냐 아라! 저 별이 번쩍 흐른다. 별똥 떨어진 데가 내가 갈 곳인가 보다. 하면 별똥아! 꼭 떨어져야 할 곳에 떨어져야 한다.
>
> 「별똥 떨어진 데」 부분

이 전체 맥락을 보면 「서시」의 의미는 분명해진다. 화자는 '별이 바람에 스치우는 것' 즉, '별똥이 떨어지는 것'을 보고 있다. 그는 이상으로서의 '별'을 기렸다. 그런데 그 이상이 떨어졌다. 화자는 죽어 가는 '별을 노래하는 마음으로 모든 죽어가는 것을 사랑'할 것을 다짐한다. 화자에게 '죽어가는 것'은 단순히 죽어가는 것이 아니다. 그렇다고 이 부분을 '죽음 후의 부활' 따위 식으로 안이하게 해석할 것도 아니다. 그것은 죽음을 통해 이데아로부터 하강하여 현실과 만나게 되는, '하늘에서 소리처럼 불어오는 바람'이요, '또 다른 고향을 향해 가는 자아'요, 그리고 「자화상」의 '우물을 떠나가는 자아'다.

「참회록」의 화자는 「자화상」의 상황과 정반대 위치에 있다. 즉, 「자화상」의 우물 속의 자아가 우물 밖의 자아를 보면 「참회록」의 마지막 연 같은 광경이 비친다. 그러나 이 「참회록」의 상황은 「자화상」에서 질적 고양을 한 상황이다. 「자화상」의 우물 속은 비록 이끼 낀 속임에도 불구하고 달·구름·하늘·파아란 바람이 있었으나, 지금 「참회록」의 이곳은 파아란 녹이 낀 상황만이 자각된다. 「자화상」의 우물 밖 자아는 몇 번씩 동화의 세계를 향해 되돌아오나, 「참회록」의 자아는 이 파아란 녹이 낀 과거를 떨치고 운석 떨어진 곳을 향해 결연히 '홀로 걸어가는' 모습을 보여 준다.[32] '그 젊은 나이'에도 불구하고 '그때 (마치 다 산 늙은이가 회고 내지 유언을 하는 것처럼) 왜 그런 부끄런(젊은 나이였기에, 또 아무 기쁨도 애써 적극적으로 추구하지도 못하는 채 회한의 마음으로 속만 상했기에) 고백을 했던가.' 하는 것을 보면 '만 24년 1개월을 무슨 기쁨으로 살아왔던가.' 하는 한탄의 의미는 그저 '이렇게 살아온 것이 회한스럽구나.' 하는 정도로 풀이되겠다. 2연의 첫 번째 참회는 아직 충분히 지양되지 못한 과거 '자아'의 참회 모습이고 3연의 두 번째 참회는 충분히 지양된 미래 '자아'의 참회 모습이다. 이 두 참회 사이의 과정이 좀 더 시의 문면에 나타나지 않은 것은 분명 윤동주의 시적 미숙에서 기인한다. 또한 별똥「운석隕石」떨어지는 데를 향해 가기 시작한 사람의 뒷모양이 슬퍼 보이는 것은 그의 실존적 고민의 초보성을 말해 준다.

이후 일본에서 쓴 시들인 「흰 그림자」, 「흐르는 거리」(1942.5.12), 「사랑스런 추억追憶」(1942.5.13), 「쉽게 씌어진 시詩」(1942.6.3) 등에서는 과거와는 사뭇 다른 화자의 목소리를 들려주기 시작한다. 즉, 첫째로, 과거의 울증鬱症의 목소리에서 조증躁症의 목소리[33]를 들려주기 시작하였고, 둘째로, 시인으로

---

32) 이는 「별 헤는 밤」에서 '많은 별빛이 내린 언덕 위'에 동화의 세계에 머물러 온 자기 '이름자를 써보고 흙으로 덮어 버리는' 행위와도 통한다.
33) 이 목소리는 「간」 같은 데에서 이미 조금씩 보이기 시작한다.

서의 자기 정체성을 고민하는 목소리를 들려주기 시작한 것이었다.

내 모든 것을 돌려보낸 뒤
허전히 뒷골목을 돌아
황혼黃昏처럼 물드는 내 방으로 돌아오면

신념信念이 깊은 의젓한 양羊처럼
하루 종일 시름없이 풀포기나 뜯자.

「흰 그림자」 부분

거리 모퉁이 붉은 포스트상자를 붙잡고, 섰을라면 모든 것이 흐르는 속에
어렴풋이 빛나는 가로등街路燈, 꺼지지 않는 것은 무슨 상징象徵일까? 사랑하는
동무 박朴이여! 그리고 김金이여! 자네들은 지금 어디 있는가? 끝없이 안개가
흐르는데,

'새로운 날 아침 우리 다시 정情답게 손목을 잡아 보세' 몇 자字 적어 포스트
속에 떨어뜨리고, 밤을 새워 기다리면 금휘장金徽章에 금金단추를 삐었고 거인
巨人처럼 찬란히 나타나는 배달부配達夫, 아침과 함께 즐거운 내림來臨,

「흐르는 거리」 부분

봄은 다 가고─동경東京 교외郊外 어느 조용한 하숙방下宿房에서, 옛거리에
남은 나를 희망希望과 사랑처럼 그리워한다.

오늘도 기차汽車는 몇 번이나 무의미無意味하게 지나가고,

오늘도 나는 누구를 기다려 정차장停車場 가차운 언덕에서 서성거릴 게다.

─아아 젊음은 오래 거기 남아 있거라

「사랑스런 추억追憶」 부분

화자는 비교적 경쾌한 어투와 분위기 속에서, 과거의 "괴로워하던 수많은 나를 하나, 둘 제 고장으로 돌려보내고"(「흰 그림자」), "옛거리에 남은 나를 희망과 사랑처럼 그리워"(「사랑스런 추억」)하기도 한다. 이러한 것들이 괴로운 과거가 아니라 '사랑스런 추억'일 수 있기에 과거의 '사랑하는 동무 박朴이나 김金'에게 "새로운 날 아침 우리 다시 정답게 손목을 잡아 보세."라는 내용의 편지를 보내고 또 기다릴 수 있는 것이다(「흐르는 거리」). 이 "신념이 깊은 의젓한 양羊"(「흰 그림자」)은 "기차가 몇 번이나 무의미하게 지나가도" 여전히 "누구를 기다려 정거장 가차운 언덕에서 서성거"(「사랑스런 추억」)려 보기도 한다. "―아아 젊음은 오래 거기 남아 있거라"(「사랑스런 추억」) 하는 파우스트적인 영탄에는 '감각적·체험적 쾌락과 고통을 삶의 밑거름으로' 하려는, 어떻게 보면 과거의 윤동주에 비해 좀 더 강한 '현실주의자'로 변모해 가려는 모습이 보인다.

이제 윤동주는 현실의 개별성에 몸을 맡기면서 흐르는 일상에서 노 젓는 법을 익혀 나아가려 하는 것이다. 물론 반드시 이 시들이 과거 시들보다 훌륭하다는 뜻은 아니다. 이 시의 어조나 이미지, 상징들은 전반적으로 들뜨고 또 풀어져 있는데, 앞에서 언급한, 모호한 상징인 '흰 그림자'는 이런 맥락에서 볼 수도 있다. 이는, 한층 산문적인 호흡과 함께, '울증'에서 '조증'으로 바뀐 초기에 나타날 수 있는 현상이다. 윤동주 자신 역시, 이역 멀리서 이렇게 '홀로 침전하면서' '시는 이렇게 쉽게 씌어질 수 있을까' 하며 자기의 조증 상태를 자가 점검하려 한다.

창窓 밖에 밤비가 속살거려
육첩방六疊房은 남의 나라,

시인詩人이란 슬픈 천명天命인 줄 알면서도
한 줄 시詩를 적어 볼까,

땀내와 사랑내 포근히 품긴
보내 주신 학비學費 봉투封套를 받아

대학大學 노-트를 끼고
늙은 교수教授의 강의講義 들으러 간다.

생각해 보면 어린 때 동무를
하나, 둘, 죄다 잃어버리고

나는 무얼 바라
나는 다만, 홀로 침전沈澱하는 것일까?

인생人生은 살기 어렵다는데
시詩가 이렇게 쉽게 씌어지는 것은
부끄러운 일이다.

육첩방六疊房은 남의 나라
창窓 밖에 밤비가 속살거리는데,

등불을 밝혀 어둠을 조금 내몰고,
시대時代처럼 올 아침을 기다리는 최후最後의 나,

나는 나에게 적은 손을 내밀어
눈물과 위안慰安으로 잡는 최초最初의 악수握手.

「쉽게 씌어진 시詩」 전문

7연에서 작자는 '인생이 살기 어려우면 시 쓰기도 어려워져야 하지 않을
까?' 하는 고민을 한다. 이런 해석을 위해서는 5연의 '생각해 보면'이라는
말의 어조가 중요하다. 조증에 빠져 있다가 언뜻 생각해 보니, 내(윤동주)가
이러이러한 형편이기도 한데 너무 자기만족, 자기 과신적으로 있는 것이지

나 않을까 하는 균형 잡힌 제동을 걸어 보려 하기도 한다. 5·6·7연은 이러한 순간적인 제동에 의한 생각이 자연스럽게 끼어 든 연이다. 이렇게 그의 잠재의식은 드러난 의식보다는 훨씬 균형적, 이성적이고자 한다.[34] 1·2·8·9·10연 속에 3·4연은 가까운 과거 행위의 회상으로, 5·6·7연은 그 행위의 문맥에 대한 평가로 자리 잡고 있다. 특히 7연은 이 사이의 연들을 자연스럽게 닫아 주면서 총평을 한다.

이 총평은 아주 새로운 발언에 속하는데, 과거에는 이렇게 구체적으로 '시 쓰는 사람으로서의 반성'을 한 적이 없었기 때문이다. 여기서 윤동주는 인생관의 전이를 보여 줄 뿐 아니라, 구체적으로 시인으로서의 자기 정체성을 보여 주기 시작한다. 물론 2연에서도 시인의 정체성을 드러내는 발언을 하기는 한다. 그러나 2연 행위—이 詩 전체를 통괄하는 행위—와 3·4연 행위에 대한 통합적 반성 행위가 7연에서 보이는 것이다. 이리하여 8연에서 1연이 다시 반복된 뒤 9·10연은 비장한 배음背音을 들려주며 끝마무리가 된다. 회상을 끝내면서 현실 공간의 빗소리가 다시 커지니 시인의 감흥은 돋우어지며 어조가 비장해진다. 그러나 실제 내용은 다른 시의 것들보다 그렇게 유달리 비장하지는 않다. 독자들은 조증과 이 조증에 대한 반성이 뒤섞인 구절들 뒤의 이 두 연에서 좀 들뜬 과장을 엿보게 된다. 그러나 이것은 시인의 서투름이 될지언정 불성실은 아니다. 회상으로부터 현실로의 의식의 복귀, 이 부분에서 갑자기 (그러나 시인의 주관에서는 이미 준비되고 있었던) 돌출하는 비장미의 고양, 이러한 내면 과정을 현실의 과정과 잘 조응시켜 기록할 수 있었을 때 윤동주 시는 좀 더 육화肉化된 목소리를 들려 줄 수 있었겠다.

그러나 소문으로만 존재하는, 이 시기의 많은 원고는 남지 않은 채, 1943년 7월에 '독립운동'이란 확인 못할 죄명으로 구속된 윤동주는 광복을 불과

---

[34] 그러나 역시 이 시기 주(主)가 되어야 할 것은 드러난 의식의 흐름이다.

반년 앞둔 1945년 2월에 29세라는 젊은 나이를 끝으로 일제 감옥에서 돌연 불운한 생애를 마쳐야만 했으니, 도일渡日한 즈음에 조증 상태의 들뜬 감각을 보이는 한편, 이에 대한 성찰을 통해 차츰 시적 육체를 형성해 갔던 그는 결국 시인이 되겠다던 꿈을 이룰 수 없었다.

4. 결론

이상과 같이 윤동주 시의 상징을 분석하면서, 윤동주가 시적 자아를 형성해 간 궤적을 뒤쫓아 보았다. 그 결과 필자는 윤동주 시의 상징에 대한 기존 해석과는 다른, 좀 더 윤동주의 의식 변천에 근접한 상징 해석을 얻을 수 있었으며, 시대의 옹색함 속에서 시인은 어떻게 만들어질 수 있는가에 대한 좋은 본보기를 얻을 수 있었다.

김인환金仁煥은 '육체적 사고'는 "사물의 핵심에까지 깊이 내려가겠다는 형이상학적 충동"[35]을 수반한다고 하였다. 이 충동은 수시로 근대를 극복하려는 성격을 띤다. 이상으로서의 '별'이 땅에 떨어진 옹색한 시대가 바로 근대近代라면, 근대에서 별을 찾는 길은 스스로의 내면을 살피는 데에 있다. 즉, 스스로가 빛의 원천이 되는 것이다. 스스로 빛의 원천이 되는 것은 분명, 자아와 세계의 완전한 합치를 이루어 신비주의적 선사禪師가 되는 것과 다르다. 여기서 외계外界는 모방되는 것이 아니라 자아에 의해 수시로 창조되는 것이다. 스스로 빛의 원천이 된 시인은 외계의 색色을 육체 내부에서 조명하면서 점차 자연적 육체를 시적 육체로, 자연적 자아를 시적 자아로 바꾸어 나아가야 한다.

윤동주의 '우물' 상징은 그의 형이상적 회감이 지닌 내향성을 잘 보여 준

---

35) 김인환 외 3인, 「90년대 우리 詩와 형이상학적 추구」(좌담), 『현대시학』897, 현대시학사, 1990.4, 40쪽.

다. 그만큼 폐쇄적인 것이다. 그러나 시인은 '백골' 상징에서 자아를 지양하면서 외계를 받아들이려는 모습을 보여 주기도 한다. 이 숭고의 내향성이 자애적이기는 하나 분명 형이상학의 내향성보다는 '정태적 폐쇄성'을 떨치려 한다.

이러한 외향성의 기미는 '프로메테우스'나 '별' 상징에서 본격화한다. 윤동주는 '프로메테우스' 상징의 마조히즘적 자세를 통해 외계의 색을 받아들이려 함으로써 외향성을 향한 욕망을 분명히 드러냈다. 이러한 외향성은 '떨어진 별'이나 '하늘에서 소리처럼 불어오는 바람'을 보면서 자아 내부에서 이 별과 바람과 소리들을 감지하려는 데까지 이어진다. 이렇게 점차 자아를 지양하면서 시적 육체를 형성해 가던 윤동주는 도일渡日을 한 뒤 감각적 쾌락과 고통을 삶의 밑거름으로 하려는, 그야말로 일락逸樂과 인식을 통일하려는 관능을 받아들여 시인으로서의 정체성을 확보하려는, 현실주의적 노력을 보여 준다.

근본적으로 스스로와 대상 사이에서 어떤 다른 존재를 발견하기 힘든 가운데 빈약한 시적 자아조차 수시로 무화無化하려는 형편에서, 윤동주는 작품 외적外的 가상 실재의 올된 총체성에 빠지지 않으면서, 하나의 자아로서의 '시적 육체'를 형성해 가려 노력하였다. 그러나 시대의 옹색함이 식민지성에서도 기인했던 만큼, 그가 근대를 온전히 감각적으로 감지하여, 그 근대를 극복하려는 육체적 충동을 제대로 소유하기는 난망한 일이었다. 그럼에도 불구하고 미완성된 그의 모습은 영원한 젊음으로 남아, 비슷한 고민을 하는 이 시대 사람에게 귀감이 되고 있다. 우리는 여기서 한 근대인이 시대의 옹색함 속에서 어떻게 '육체적 사고'를 전개함으로써 '시적 육체'를 하나의 자아로 확립해 갔나를 목도하게 된다. 그리고 거기서 '상징'이 어떻게 '시적 육체'의 감각기관 역할을 하며 육체적 사고에 어울려 갔나도 목도하게 된다.

제6장

공空의 명상과 산문시의 정신

김구용의 초기 산문시

1. 산문시의 특질

본명이 김영탁金永卓인 김구용金丘庸은 김수경金水慶이라는 가명으로『신천지』1949년 10월호에 산문시「산중야山中夜」를 발표하며 문단에 나왔다.[1] 그 후 6·25가 끝날 무렵『문예』지 1953년 2월호에서 산문시「탈출」로 본격적인 활동을 다시 시작한 그는 특이한 문체와 내용의 산문시로 차츰 주목을 받아 가던 중, 마침내 1956년에는「위치(『현대문학』)」(1955.2),「슬픈 계절(『현대문학』)」(1955.6),「잃어버린 자세(『사상계』)」(1955.8) 등 여섯 편의 산문시로 현대문학 제정 제1회 신인문학상 시 부문을 수상하였다.

김구용의 초기 시에 대한 평자들의 말 역시 주로 산문시에 모아졌다. "이상李箱 이후 산문시에 손을 대어 몇 편의 성공한 작품을 남긴 최초의 시인"[2]이란 평가를 안겨 준 그의 산문시 작업은 "현대인의 자의식의 도저到

---

1) 대부분의 연구자들이『신천지』1949년 10월호의 데뷔작으로「山中夜」와 함께「白塔頌」을 드는데 이는 사실과 다르다.

底를 구명하려는 강인한 노력을 엿볼 수 있거니와 이러한 강인성이 아슬 아슬한 선에서 시를 지탱해 주고 있는 것 같다."[3]는 (다소 우려 섞인) 찬사를 받기도 하였다. 그러나 현학적 궤변(sophistication)으로 비치기도 한 관념적인 한자어의 어지러운 문맥 속에서 "산문에의 무조건 항복"[4]이라는 비난을 받은 거의 중편소설 길이에 육박하는 산문시[5]까지 출현하는 등 그 파격을 더해감에 따라 점차로 그의 시는 남이 다가서는 것을 거부하기 시작하였다.

> 씨의 산문(「소인」을 말함–인용자)의 주성분은 평범한 내용을 억지로 착잡하게 구성하는 '소피스티케이션'이다. …… 따라서 씨의 산문은 산문의 정도에서도 이탈되고 있다.[6]

> 「꿈의 이상(中)」은 아직 계속할 것 같은 모양이나 한 말 한다면 산문시가 이렇게까지 되어진다면 곤란할 것 같다.[7]

결국 김구용은 1961년 마지막 중편 산문시 「불협화음의 꽃 Ⅱ」와 그 뒤를 이은 「구월九月 구일九日」(1962)을 끝으로 더 이상 산문시를 쓰지 않았다. 이후 그의 작업은 일련의 개별 자유시,[8] 그리고 이와 함께 이루어진 1960~70년대의 「구곡九曲」과 「송 백팔頌 百八」, 1980년대의 「구거九居」로 이어지는 장편 연작 자유시,[9] 그리고 4행시 형식의 「구거」와 비슷한 시기에

---

2) 김춘수, 『김춘수전집② 산문』, 문장, 1986, 308쪽.
3) 정한모, 『현대시론』, 민중서관, 1973, 231쪽.
4) 유종호, 『비순수의 선언』, 신구문화사, 1971, 296쪽. 「消印」(1957)을 평하면서 한 말이다.
5) 「소인」 외에도 「꿈의 理想」(1958), 「불협화음의 꽃 Ⅱ(1961) 등 두 편이 더 있는데, 앞으로 이 세 편은 특별히 '중편 산문시'라 부른다.
6) 유종호, 앞의 책, 298쪽. 이후 생략부는 해당 인용문처럼 '……'로 표시한다.
7) 김춘수, 「언어–신년호 작품평 시부문」, 『사상계』, 사상계사, 1959. 2.
8) 이 시기까지의 모든 산문시와 개별 자유시는 첫번째 시집 『詩集 Ⅰ(三愛社, 1969)』과 두 번째 시집 『詩(朝光出版社, 1976)』에 실려 있는데, 『시』가 『시집 Ⅰ』작품 일체를 (일부 자구를 수정한 채) 포함하고 있기에, 필자는 『시』를 분석 대본으로 삼았다.

쓰이기 시작한 역시 4행시 형식의 자유시로 계속되었다. 산문시 쓰기를 그만두고 다시 압축과 간결화의 길로 향한 지 10여 년 뒤 김구용은 다분히 불만 섞인 말투로 자기 산문시를 "(역사의 – 인용자) 혼란이 가중되어 자의식 과잉을 헤어나지 못했던" "과거의 상처"[10] 정도로 새기기도 하였다. 그러나 문제성 있는 시라면 그 "시의 조직 자체가 독자들에게 차원 높은 언어 경험을 교습하는 경우"[11]가 있듯이, 오랜 동안의 문제의식에 기반을 두고 꾸준히 지어져 온 시라면 그 형식은 시인에게 새로운 언어 경험의 장을 열어 줄 수 있는 법이다. 습작기는 물론이고 문단에 나온 후로도 근 10년 동안이나 계속해서 산문시를 썼다는 사실로 미루어 볼 때, 산문시는 그에게 '과거의 상처' 차원을 넘어선 "어떤 타개책"[12] 역할을 하면서 이후의 시작詩作에도 적지 않은 영향을 끼쳤으리라 어림해 보는 것도 그리 무리한 일은 아닐 듯싶다.

영향의 결과 중 단연 평자의 눈길을 모은 것이 있다면 그것은 다분히 토착적인 풍모를 가진 그의 초현실주의일 것이다.[13] 그는 의도적으로 초현실주의적인 경향의 시를 쓰고자 한 적은 없었다. 그러나 그의 산문시에서 볼 수 있는 율격 부재, 어조 혼란, 돌연한 심상 병치 등의 경향이, 불교적 교양을 바탕에 두고 있는 선禪적 서정과 어울리면서 자연스럽게 언어 틈새의 현실을 읽도록 하니, 바로 이것이 토착적인 초현실주의로 평가를 받은 것이다.

반면 산문시 실험의 여파는 평자에게 우려를 자아내게 하는 면도 아울러 지니고 있었다. 일부 평자에 의해 지적된, 초현실에 끼어드는 의미의 번잡

---

9) 이 세 연작시 중 앞의 두 편은 각각 시집 『구곡(語文閣, 1978)』, 『송 백팔(正法文化社, 1982)』로 출간되었다.

10) 김구용, 「산문시는 왜 쓰는가」, 『심상』, 심상사, 1974.6, 25~26쪽.

11) 오탁번, 『현대문학산고』, 고려대학교 출판부, 1979, 44쪽.

12) 김구용, 앞의 글, 25쪽.

13) 김수영, 『김수영전집② 산문』(민음사, 1981), 361쪽, 김종길, 『김종길 시론집 시에 대하여』(민음사, 1986), 308~309쪽, 김현, 『상상력과 인간』(일지사, 1973), 183쪽 등을 참조.

스러움이나 심상의 잡다함 등이 바로 그것인데, 이는 실험을 통해 흘러 든 산문성이 그만큼 그의 초현실주의에, 더욱 근본적으로는 (그를 초현실주의에 익숙토록 해 준) 선적 서정에 깊숙이 스며 있었음을 드러내 준다.

산문성을 들여와 이토록 깊숙이 스미도록 해 준 것은 과연 무엇이었을까?

이 문제는 김구용 산문시의 특질을 푸는 문제와 바로 이어지는데, 필자는 해결의 실마리를 그의 사상과 정서의 고향인 불교적 사유에서부터 찾아보았다. 해방기 편력을 담은 일기[14]에서도 알 수 있듯이, 석월거사石月居士라는 도호道號를 지닐 정도로 독실한 불교도였던 그는 위대한 거사 유마힐維摩詰의 불이법문不二法門의 길을 좇듯 중생과 불타가 한가지라는 진리를 따르면서, 당시의 비극적인 현실 속에서 공空의 현세적 뜻을 몸으로 익혀 갔다. 그는 '적멸지도寂滅之道'를 추구하는 '부인하는 공'이 아니라 '용납하는 공'에 근거를 둔 사고와 직관을 지님으로써 일찌감치 은둔적 퇴행이나 탈세적 초월 따위로부터 거리를 둘 수 있었고,[15] 이로 인해 그의 시는 세상의 산문성을 받아들이면서 시의 산문성의 먼 길을 걸어갈 수 있었던 것이다.

그는 해방 공간과 6·25 사변기를 전후한 우리 현대사의 비극적인 사건들과 맞물려 진행된 현대화의 한 측면인 서구화·기독교화의 그릇된 면모에 맞섰고, 그 바탕에 깔린 플라톤주의적인 신神 관념에 맞섰다. 그가 거리낌 없이 "진아眞我는 성聖이며 신神"[16]이라고 선언하는 일은, 작게는 인과율이 무의미해진 대상 현실을 대신할 주체적 자아의 감각적 직관을 찾아가려

---

14) 김구용, 「일기」, 『현대시학』, 현대시학사, 1977.12~1979.2.

15) "새들은 의·식·주에 대한 걱정이 없으니 그럼 사람보다도 현명한가. 사람이기 때문에 새가 될 수는 없었다."(김구용, 「일기·4(1947)」, 『현대시학』, 1978.3, 33쪽) 김구용의 공은, 연기(緣起)와 자성(自性)을 대립시키지 않기에 애초부터 '무자성(無自性) 즉(卽) 공(空)' 등식이 존재하지 않았던 용수(龍樹, Nāgārjuna) 원래의 공을 많이 닮았다. 앞으로 공에 관한 논리는 용수의 『中論』을 풀이한 야지마 요기치(矢島羊吉), 『空의 철학』(송인숙 역, 대원정사, 1992) 참조.

16) 김구용, 「현대문학과 체험」, 『성균』, 10호, 성균관대학교, 1959.9, 90쪽.

는 결의를 나타내는 일이요, 크게는 스스로 근원적 일자—者(the One)임을 선포하는 일이었다. 이에, 예술가 또한 "스스로 새로운 진선미의 창조자가 되고자"[17] 하면서 "묘사에서 창조"[18] 자세로 넘어올 수밖에 없는 것이었다. 총체성의 붕괴로 문학의 고전마저 가치를 잃어가는 현대의 시는 "시적 직관과 실재의 섬광을 분리하는 한 다발의 확정적인 사물들을 없애 버렸"[19]기에, 그는 "창조적 직관에 순종하고, 창조적 직관에 봉사한다는 하나의 단일한 규칙"[20]만을 가진 채, '경험'보다 '심상'을 수단으로 삼아 '묘사'보다 '창조'의 자세로 '기억에 의존하는 현실'을 '상상력에 의존하는 현실'로 바꾸려 하였다. 이러한 태도는, 기존의 음악적 · 유사음악적 방법들과는 달리 심상의 주도적인 역할에 의해 산문시의 시정詩情(poésie)을 이끌어 근대 산문시의 아버지가 된 보들레르의 것과도 맥을 같이한다.[21]

보들레르는 당대에 실제로 진행되고 있었던 파리의 대규모 재건설에 견줄 만한 시정의 창조를 생각하였다. 더 이상 옛 시대의 맥박과 호흡을 유지할 수 없었던 그는 수월하면서도 개방적인 만큼 위험을 지닌 '공상(fantaisie)'의 모험을 시도한 것이다. 고전주의의 영향에 의한 갈래(genre)의 계급제도를 받아들이는 것은 사회의 계급제도를 받아들이는 것과 같은 것이었던 19세기에 보들레르는 절대 자유를 위해 경박과 비천의 세계로 급속히 하강해 가는 사랑을 공상과 일치시켰다. 이리하여 그의 산문시는 운문이 의식 세계에서 놓치거나 무시한 부분을 찾아가며 '심상의 꿈'을 펼칠 수 있게 된다.

보들레르를 중심으로 한 프랑스 산문시의 흐름과 정신을 엄격한 율격전통이 없는 우리 시의 산문성을 밝히는 데에 그대로 맞추어 쓸 수는 없겠다.

---

17) 김구용, 「현대시의 배경」, 『성대문학』, 3호, 성대국문학회, 1956, 115쪽.
18) 김구용, 「현대문학과 체험」, 91쪽.
19) 김인환, 『한국문학이론의 연구』, 을유문화사, 1986, 21쪽.
20) 같은 곳.
21) 이하 보들레르에 대한 내용은 특별한 언급이 없는 한 그의 전집에 있는 클로드 피슈아의 글을 자료로 하였다. Charles Baudelaire, *Oeuvres complètes* I, texte établi, présenté et annoté par Claude Pichois, Bibliothèque de la Pléiade, Gallimard, 1975, pp.1293~1296.

그러나 자본주의에 의한 급격한 현대화·도시화에 맞서 간 그 형식과 내용의 변증법은 산문시형을 택하는 데에서 별 생각 없이 형태적인 면에만 매달리는 태도에서 벗어나는 데 많은 도움을 줄 수 있을 것이다.

갈래의 가장자리까지 나아갔던 김구용 산문시의 특질은 결코 산문의 특질이나 시의 특질을 적당히 섞어서만 풀이될 수는 없을 줄 안다. 그의 산문시는 양 특질을 아우르면서도 그 이상을 지향하였는데,[22] 지향하는 힘의 바탕에는 보들레르의 것과도 통하는 김구용 나름의 산문시 정신이 자리 잡고 있었던 것이다. 세상의 산문성을 받아들이도록 한 '용납하는 공'은 이 정신에도 여전히 영향을 미쳤던바, 우리는 공에 의해 이끌리는 바로 이러한 정신의 자취를 좇아, 김구용 산문시의 특질을 이루는 형이상학적 욕망을 재구성해야 할 것이다.

그의 공은 형이상학과 현실 중 결코 어느 한쪽만 따로 긍정하거나 부정하지 않았다. 현대인답게 외계를 인식하는 데에 감각의 앞선 역할을 중히 여긴 그는, 다시 이 감각적 인식을 이성적 인식과 화해하는 길로 향하도록 하는 것도 잊지 않는데, 이때 이성은 비록 존재도 불확실한 기억 속의 고향에 대한 향수를 완전히 떨치지는 못하나 결코 상향적 플라톤주의를 되풀이하지도 않았다. 실존적 고민과 공의 명상 속에서 오성 차원을 넘어서는 이성의 끝없는 지상 순례는 진행되었는데, 여기서 그의 형이상학은 매춘녀에게서 관세음보살의 모성애적 심상을 보아 내는 일과 같이 천하고 보잘것없는 현실 속에서 이상理想을 발견해 내는 특유의 '불교적 휴머니즘'을 낳음으로써 독특한 빛을 내뿜는다. 게다가 이 편력을 시의 (내용은 물론) 형식에까지 그대로 이어 감으로써, 김구용은 동시대 다른 시인과 눈에 띄게 구별될 수 있게 된 것이다.

22) "일정한 언어적 건축이나 파괴와 연관돼 있는, 산문시에 차용된 방법들은 언제나 일상 산문의 것을 넘어서는 목표를 지향하며, 또 시 고유의 무상성(無償性, gratuité), 비의성(秘儀性, mystère), 압축성(densité) 등의 특질과도 대립하지 않기 마련이다."[Suzanne Bernard, *Le poème en prose—de Baudelaire jusqu'à nos jours*(Librairie Nizet, 1959), p.112]

뒷면에 깔린 시 의식에는 눈을 돌리지 않는 채 그의 언어 실험을 그저 현학적 궤변이나 형상화가 덜된 사변의 결과 정도로 여기는 태도는 그리 신중하다 할 수 없겠다. 초현실에 개입하는 의미의 번잡스러움이나 심상의 잡다함에서 그를 비판하는 것은 얼마간 옳기도 한다. 그러나 그의 정신사적 고투와 언어 실험은 거의 체계적으로 연구되지도 않는 채 일부 시편만이 짧은 시평時評이나 서평 정도에서 언급된다는 사실은 우리 현대문학사를 위해서도 매우 부당한 일이라 아니 할 수 없다. 그의 독특한 산문시와 바탕에 깔린 시 의식의 교류 양상을 더듬는 일은 1950년대와 같은 우리 현대문학 재편기의 시사를 풍부히 하기 위해서도 반드시 필요한 일임에 분명하다.

이러한 문제의식에서 필자는 김구용의 초기 산문시의 특질을 살피려는 것이다. 일단 이 글은 첫 번째 중편 산문시인 「소인」 전까지의 작품을 분석 대상으로 삼음으로써, 이들 작품 속에서 '어떻게 작가의 정신이 거친 산문의 물길을 타고 자유롭고 위험한 '공상'의 모험을 수행해 갔나'를 밝히는 것을 주된 목표로 삼았다. 그리고 초기의 이런 모색이 산문시의 중편화에 끼친 영향에 대해서도 결론 부분에서 간단히 다루어 볼 예정이다. 화제와 비난이 유독 집중되었던 중편 산문시까지 다루지 못하게 돼 아쉬움이 남긴 하지만 이번 연구에서는 끊임없는 양의 압축과 형식의 간결화로 특징지을 수 있는 이후 시작 과정의 발생사적 배경을 고찰하는 정도에서 만족하기로 했다. 연구의 주된 흐름을 초기 산문시에 깔린 시 의식의 전개 과정을 살피는 데에 둔 만큼 비유와 인유 및 상징체계의 온전한 면모를 밝히는 데에는 얼마간 벽이 있을 줄 안다. 율격과 어조 문제 또한 크게 다를 바 없겠다. 다만 이 기회를 통하여 김구용 연구의 바탕을 닦는 데에 도움을 주고자 할 따름이다.

2. 정신의 기하학과 공의 명상

공에서는, '무자성無自性'이나 '연기緣起' 등에 의해 '자성自性'이 부정되기보다, 오히려 이 모든 것이 함께 절대부정됨으로써 부정과 긍정의 대립이 없어지기에, 일체가 전면 긍정되고야 마는 대역전극이 벌어진다. 전면 긍정되는 연기의 세계는 곧 일상 삶의 세계이고, 여러 연기 관계를 통한 사유의 범주는 바로 물질의 범주이기도 하다. 공에서의 전면 긍정은 모순율을 무의미하게 만듦으로써 반성적 사유를 멈추게 하는데, 그렇다고 해서 세속적 사유마저 멈추는 것은 아니다. 오히려 반성적 사유가 멈춤으로써 세속적 사유는 활발하게 움직이기 시작한다. 그러나 이러한 '색즉시공色卽是空 공즉시색空卽是色'의 공이 시 의식 형성기의 김구용에게서 어긋남 없이 움직이지는 않는다. 예를 들어 습작기의 시 중「사색의 날개」(1946)나「원천源泉」(1949) 등과 같은 일부 시에서는 상향적인 플라톤주의가 눈에 띄게 드러나기도 한다.

그의 향광성이나 향일성을 드러내는 상승의지는 '배'와 같이 수면을 떠가는 것(「산속의 오후 두二시」(1947),「바다」(1949),「백탑송白塔頌」(1950) 등)과 '새·비행기' 등과 같이 하늘을 나는 것(「물」(1948),「원천」,「제비」(1952) 등) 따위의 심상으로 상징되는데, 특히 '배'는 하늘 영상을 담는 수면을 떠감으로써 이데아 지향이 현세와 만나게 되는 면을 펼쳐 준다.

그의 정신은 수면을 거쳐 물속으로 들어옴으로써 비로소 세속과 합하게 된다. 어둡고 폐쇄적인 물속은 세속 공간이며, 또 일반 상징대로 '시적 자아의 내부 공간'이기도 하다.

전등은 저 어항도 비친다. 능금과 빵이 들어 있는 유리관을 통하여, 이 삼중三重의 간격을 일순一瞬으로 금붕어가 노는 것이 보이는 위치에 있다. 내가 물 속에 있는 것이다. 점점 물 속으로 계산표가 일렁거리며 나타난다. 나의 희망에 이끼가 파릇 파릇 돋아난다. 구름도 없는 분위기를 헤치며, 은린銀鱗을 번쩍이며 모색摸索의 고기들은 주변을 헤맨다. 내 함부로 뻗은 정신의 구성!

「다방」(1952) 부분

날개야, 소원을 품고 잔디밭에서 뜨라. 하늘을 깊이 날으는 기체機體는 어족魚族과도 다른 사람의 꿈의 실현이거니, 태양 위치에 심장을 두고, 일용日用의 기명器皿을 애호愛護하여라. 날개를 몰아 구름을 뚫으면, 타오르는 호수湖水에서 너의 죽은 몸이 연신 날아오른다.

「비상飛翔」(1951) 전문

몸 안에서 하얀 세균들이 불가해不可解한 뇌腦를 향연하고 있다. 신음과 고통과 뜨거운 호흡으로 자아의 시초이던 하늘까지가 저주에 귀결하고, 그 결화結火의 생명에서 이지러지는 눈! …… 인류의 지뇌智腦는 균에 의하여 정복되고, 균들은 보이지 않는 무용舞踊, 소리없는 환소歡笑로 그들의 주조主調를 교차하며 정精을 이루고, 그들의 신神, 그들이 발생한 사람 몸은 가속도로 백골이 된다. …… 이것은 우리가 고문서古文書에서 흔히 읽을 수 있는 그런 뇌염으로 사망한 자는 아니다. 그 증거로 여기에 구멍이 있다. 이것은 탄혈彈穴이다. 이것은 사람의 지뇌에 의하여 사람이 사람을 서로 죽인 생명의 투쟁이었다. 그 부뇌腐腦에서 염균炎菌은 퍼졌을 것이라고. 순수한 빛의 영역에서 검붉은 파상을 일으키며 헤엄치는 세균들은 그들 각자의 순수한 빛을 완성하려는 지향志向이었다. 생명이 생존하는 생명을 침식하며 번식하고 있다. 싸움은 열려熱麗한 승리의 반기斑旗를 펴는 동시, 그것은 그대로 부란腐爛하는 형국의 수의壽衣였다.

「뇌염」(1952) 부분

「비상」에서 '태양과 '심장'의 관계는 '이데아'와 '이성'의 관계와 같다. 「다방」에서 볼 수 있는 바와 같이 사람은 비록 물속 어족과도 같은 개체이지만, 또 한편 '일용의 기명을 애호'하는 현실 존재임을 깨달으면서 자기 심장을 태양과 같은 위치에 놓으려 함으로써 일상 극복 의지를 보일 수도 있는 법이다. 이 욕망은 「사색의 날개」 것과는 달리, 신적 존재와 같은 위치에서 창조의 힘을 누리고자 하는 데에서 나온 것이다. 이제 자아 내부 공간으로 세속 공간은 그대로 들어올 수 있게 되고, 개체는 스스로 일자이고 신이듯 이 세속의 창조와 파괴 및 정리에 대한 책임자일 수 있게 된다.

그러나 유한 속에 무한을 담아내려는 자아는 「비상」에서 볼 수 있는 바와 같이 죽음에 의한 사물화 충동을 지닐 만큼 현존재로서 엄청난 부담감을 느낀다. 게다가, 이성적인 사고가 더듬어 찾아지기는커녕 기존 윤리나 법도마저 조각조각 파괴된 6·25 이후의 시대 상황에서 스스로 빛의 샘이고자 하는 자아에 깃든 세계의 무한대 속에서 끝없이 펼쳐지는 혼돈과 피폐疲弊는 신에게 맞서는 고독한 영웅인 이 댄디dandy적 자아에게 다른 도리 없이 내부가 앙상하게 백골로 변해 가는 형벌을 내리고야 만다. 여기서 자아는 말라죽어 갈 위험에 빠진다.

「뇌염」에서 이런 자아의 동력원이자 파멸원은 바로 '사람의 지뇌'라는 것이 드러난다. 시인은 전후 정서의 우화를 펼치면서, 뇌염으로 사망한 두골을 집어 드는 한 지성적인 목소리를 끼워 넣는다. 그 목소리는 두골의 총구멍을 가리키며 죽은 원인으로서의 세균이 실상 지뇌 자신이라는 아이러니컬한 진실을 밝힌다. 하나의 작은 우주인 사람 몸속에서 세균들은 자기들 발생 근원으로서의 신神인 사람 몸을 점점 빠르게 백골화한다. '순수한 빛의 영역' 즉, '이데아의 영역'이라 생각되는 곳에서 헤엄치는 세균들은 '각자의 순수한 빛'을 완성하려는 지향점을 가지나, 사실 '생존하는 다른 생명을 침식하며 번식'하는 생명들은 세속의 물속 공간을 떠다니는 분별 이성, 곧 분별지分別智에 불과한 것이다. 김구용은 이성의 역사를 풍유하면서, 그 신적 부분을 잊은 인간을 탓하기는커녕, 오히려 하루바삐 잘못된 상향길을 버리고 초월 주체와 대상을 인간 스스로의 현존 속에서 찾을 것을 힘주어 말했다. 그러나 김구용에게는 당시 유행하고 있던 실존주의와는 다른 생각이 있었으니, 그것은 바로 새로운 이성의 건설 계획이었다. 이미 서구에서는 온갖 이성의 계획이 몇 차례 절망스러운 벽에 부딪히곤 한 상황이었지만, 근대에 들어 어떠한 이성의 계획도 제대로 꾀해진 적이 없는 이 땅에서 당대 혼란의 극복은 곧 새로운 이성의 (재정립이 아닌) 건설 과정을 통해 이루어져야 한다고 생각했던 것이다. 이를 위해 김구용은 정신의 기하학을 생각한다.

오성 차원을 넘어서는 이성은 대상적 지식은 물론 본래의 자기 존재마저 문제 삼지 않을 수 없다. 특히 일자에 이끌리는 자기운동에서 특질을 찾는 이성이라면 귀향의 길은 수없는 실존의 비합리적 결단을 요구하기도 한다. 그러나 김구용은 의식에 반영된 물질계를 기하학적으로 환원하여 감각적 현실을 읽어 내려 했기에 이러한 결단에서 어느 정도 거리를 둘 수 있었다. 또한 그의 이성은 기하학이라는 비직관적 방법을 통해 대상계는 물론 실존 주체까지 아우른 모든 객관 실재를 직관화하려 했기에 지나친 수리적 이성과도 달랐다. 그리고 이 작업을 맡아 돌보는 공은 일상 삶이나 형이상학 중 어느 한쪽만 따로 부정하는 것이 아니었기에, 형이상학은 삶에서 갈리는 위험을 겪지 않아도 되었다. 모든 것에 대한 철저한 부정. 이를 통해 얻어지는 전면 긍정의 세계를 느끼는 반야직관般若直觀.[23] 직관을 추상적 사유와 잇는 표상을 만들어 내기 위하여 실행되는 물질계의 기하학적 환원. 그리고 다시 이것의 물질화를 위한 언어 구조의 기하학적 환원. 이러한 지성사적 과정에 초기 김구용의 시작 편력이 놓여 있었다. 「다방」에서 '유리관'으로 상징되는 세속 공간에 압박감을 느끼며 거의 발작적으로 뻗은 '정신의 구성'은, 마치 외부 소음에 맞받아 터지는 요설과도 같이, 불모적·기계적·비인간적인 주객 현실에 맞서 찰나로 기하학적 환원을 하며 표상화하는 정신의 한 모습을 그린 것이다.[24] 이런 과정을 통해 환원되는 물질계는

---

[23] "인식론적으로 말하면 실재는 반야입니다. 형이상학적으로 말하면 실재는 공입니다. 그런고로 공은 반야이며 반야는 공입니다."[鈴木大拙(스즈키 다이세쓰), 趙碧山 역, 『불교란 무엇인가』, 弘法院, 1991, 119쪽]

[24] 그의 기하학적 사고의 다른 예를 든다. "물체와 공간과 동작은 혼연히 결구되어, 모두가 나의 명확한 사상을 노출하고 있는 것이다."(「빛을 뿜는 심장」 부분), "계란이 타원형의 사상을 내포하고 있다."(「슬픈 계절」 부분)

어느 정도 또렷한 모습을 얻게 되나 대신 직관적 접근 통로가 막히기도 하고, 또 그 대상이 생명체일 경우에는 무기물화無機物化하기까지도 한다. 그러나 이 또렷함은 한없이 불안정한 분별 이성의 폐쇄 공간을 뚫고 솟아 객관 실재의 물길을 타고 흐르려 할 때 반드시 거쳐야 할 운명의 섬들로 출몰하는데, 그 물길이 흐르는 곳이 바로 '공'의 바다인 것이다.

무한대의 미지에서 수리적數理的 의욕은 작렬하며, 피가 흘러, 우리는 무서운 과정에 있다. 선박들이 오고가는 풍경에 서서, 바다와 하늘이 입을 맞춘 영구선永久線의 안정을 보며, 내 고통이 아무런 가치도 없음을 생각하고 있다.

「탈출」 부분

보름밤이면 가득히 꾸겨지는 파도의 반사에 점재하는 생각 깊은 선박의 검은 형태들! 숨쉬는 달, 그 본연의 빛에 비치어져, 제각기 의미를 표상하는 비인간적 질량이 유정有情을 전개한다. …… 육안肉眼은 아무것도 보이지 않으나, 나는 자아의 상실로써 분명히 알게 되었다. 바다의 유방과 하늘의 가슴이 포옹한 심정心情의 공간에, 여러 인종이 탄 기선이 오고 있음을, 영원과 맞선 자태 앞에 생명生命하는 폭풍우가 일어나고, 갈매기와 구름은 날고 있음을!

「육체의 명상」(1955) 부분

아직도 변하지 아니한 것은 하늘과 바다, 그 일색一色의 두 사이에다 저항의 돛을 편다. 해변은 해골로 이루어지고, 파괴된 기구機構에서 동경憧憬하던 화초花草마저 회상의 저편에 무성하였다. 무지개가 종언終焉을 장식한 곳, 배는 시야를 응결시켰다.

「중심의 접맥接脈」(1957) 부분

부산 피난 시절의 경험과 기억이 담겨 있는 앞 시들에서 바다는 '해골로 이루어진' 해변 안쪽에 서식하는 뇌염균의 증세와도 같은 '수리적 의욕'을 바로잡기 위해 기하학적 환원에 의한 하나의 거대한 상징물을 드러내 보인다. 시인의 상승의지와 하강의지를 아우르는 접면인 수평선이 그리는 거대한 반지름 공간은 공이 펼쳐질, "축소된 무한"[25]의 공간이다. 이 거대 표상에서 느껴지는 "규칙성과 균형"[26] 그리고 영구성에서 김구용은 의식에 반영된 물질계의 원초적 순수성을 되찾으려 한다. 이러한 순수성을 통해 개인은 마치 양수에 싸여 있는 태아의 의식과도 같은 무아無我 의식을 얻게 되는 것인데, 이 의식을 얻어 가는 과정은 바로 공의 명상 과정과 다를 바 없다.

과정 어귀에서 분별 이성으로부터 벗어나지 못할 경우 그 육안에 환원되는 대상은 그저 비정非情한 '절대공간'과 '절대시간'에 갇혀 버리기 일쑨데, 김구용의 '반야직관'은 '제각기 의미를 표상하는 비인간적 질량'이 '숨쉬는 달, 그 본연의 빛'을 받으며 '유정을 전개'하는 것을 느껴 앎으로써 이런 위험에서 벗어나면서 공의 명상에까지 다다를 수 있게 된다.[27] 자아와 대상이 사라진 공 속에서, 하늘의 부성과 바다의 모성은 포옹을 하고, 그 품에서 인간은 실존의 배를 저어 간다.

김구용의 배와 비슷한 예를 우리는 보들레르에게서 볼 수 있다.[28] 고전주의와 낭만주의를 아우르려 했던 보들레르의 배는 거대 상징의 지속성 속에서 "상상적인 곡선과 도형들을 발생시키고 또 잇달아 늘려 가는"[29] 즐거움을 누리는데, 이 몽상적인 직관은 "현대성이란 순간적이고 덧없으며 우연적인, 예술의 반쪽으로, 그 나머지 반쪽['고대성(antiquité)'을 말함-인용자]은 영구적이고 불변적[30]이라는 미학과 뜻을 같이한다. 보들레르는, 그 시대의 구체적 미를 추구하기 위해서도 현대성은 무시할 수 없는 것인 한편, 각

---

25) "un infini diminutif"(Charles Baudelaire, 앞의 책, p.696)
26) "la régularité et la symétrie"(같은 책, p.663)
27) 무명(無明)을 몰아내는 달이 비추는 그림자나 빛은 불법을 상징한다.
28) Charles Baudelaire, 앞의 책, pp.278~279, 655, 663~664, 696 등 참조.
29) 같은 책, p.663.
30) Charles Baudelaire, *Oeuvres complètes* Ⅱ, 1976, p.695.

시대의 "현대성이 고대성으로 바뀔 만한 가치를 지니기 위해서는 인간 삶이 무의식적으로 쌓아 가는 신비로운 미가 그 현대성에서 캐내어 져야 한다."[31]고 말했다. 그런데 이 '신비로운 미'는 영혼의 태아 상태에서 존재를 가장 순수하게 드러내는 물질의 형식에서 태어나는 것이다.

> 어떠한 인생이 이와 같이 가공架空의 설정設定에다 질서·연결·균형·수식修飾·묘리妙理·포용·풍만을 조성할 수 있었던 것일까. …… 절망의 산정은 희망의 구극이며, 모든 자체自體에 있어 기쁨과 슬픔의 의미를 걷어버린다. 벌써 스스로 자연성을 깨달은 사람에게는 어떠한 환경도 중대할 수 없을 만큼 스스로 강한 힘을 얻는다. 참으로 이러한 그가 계절에 세심하지 않았던들, 이처럼 정신의 부동不動을 시현示顯하지는 못하였을 것이다. 석공은 누구와도 다름없는 스스로의 생명에 착안하여 무한을 함축한 본질을 표현하려 하였을 뿐이다. …… 그러나 보드라운 손을 잡으면 동경을 배신하는 싸늘한 석상, 이는 세월에 시들지 않는 모습들이다. 어떠한 시대일지라도, 우리의 문제는 단순하다. 그것은 생명에 적합하려는 현실에의 탐구일 것이다.
>
> 「충실充實 ─ 석굴암에서」(1953) 부분

「충실」은 「위치」나 「중심의 접맥」 등과 함께 김구용의 초기 예술관이 잘 드러나 있는 작품이다. 이 시에서 화자는 석굴암 석조石造의 불가사의한 신비를 그릴 만한 어떠한 말도 떠올리지 못한다. 왜냐하면 이 석조는 화자에게 순수 형식을 느끼어 알게 하는, '내포적인 본성'의 상징 자체이기 때문이다. 이러한 '내포적인 본성'이야말로 우리에게 원초적 순수성을 떠올려 주는 '질서·연결·균형·수식·묘리·포용·풍만'의 기하학적 표상의 고전성과 다를 바 없다. 화자는 이 고대 예술을 사랑함으로써, '우리 현존에 대한 사고방식을 위하여, 정신의 위치를 밝혀 보려' 한다. 그는 굴 안 기하학적 표상에서 무너지지 않고자 하는 자기 내부를 유비하면서, 반대로 완전을

---

31) 같은 곳.

향해 이렇게 힘을 쏟았다는 사실에 의해, 제작 당대의 시대적 궁핍함이 얼마나 극심했던가, 따라서 역설적으로 눈앞에 보이는 이 완전이란 것이 얼마나 불완전한 것인가도 유추해 낸다. 그러나 '스스로 자연성을 깨달은 사람'은 '어떠한 환경도 중대할 수 없을 만큼 스스로 강한 힘을 얻는다.' 그가 이러한 '정신의 부동'을 드러내 보일 수 있었던 까닭은 무엇일까? 그것은 '계절에 세심'하였기 때문이다. 개체 발생적으로든 계통 발생적으로든 영혼의 태아 상태에서 가장 잘 느낄 수 있는 '영구적이고 불변적인 것'이 '순간적이고 덧없으며 우연적인 것' 속에서 이루어질 때, 석조는 '신비로운 미'를 드러낸다. 죽음에 의한 사물화의 유혹을 물리친 생성(becoming)의 물고랑에 존재(being)의 가슴은 일렁이니, 시인의 가슴으로 넓고 푸른 바다는 펼쳐진다.

마지막에 가서, 홀린 듯 화자가 보드라운 석상의 손을 잡으려 하나 '동경을 배신'하듯 그 감촉은 싸늘할 뿐이다. 그러나 이미 말했듯이 이 고대 예술을 사랑하는 까닭은 '우리 현존에 대한 사고방식'을 위한 것이다. 석공이 '스스로의 생명에 착안하여 무한을 함축한 본질을 표현'하려 했듯이, 우리도 '생명에 적합하려는 현실에의 탐구'가 필요할 뿐이다. 공의 명상은 곧 육체의 명상이다.

3. 투명화의 욕망과 유리 인간의 여성주의

김구용의 기하학적 환원 작업이 언어 영역으로 가시화될 때 문장은 건조한 수식數式이나 과학 논문 투로 변하며, 때로는 문법에 맞지 않거나 어색한 난문을 낳기도 하였다.[32] 여기에다 지적知的인 한자어 추상명사가 긴 강

---

32) 그의 난문의 예를 든다. "밤 길거리를 매력이라면 광명(光明)이 나타난다는 말인가. …… 공간에 꾸겨지는 호흡이 무겁다. 건물과 불빛 사이의 현상은 주의할 단 하나의 진행방법이다."[「피곤」(1951) 부분], "일은 어디서 시작하여 끝날지 모르는 심서(心緖)를 한 형상으로 만들기까지의 삭제(削除)이다."[「생명의 稜角」(1952) 부분]

물을 이루는 속에 수많은 심상과 상징이 불현듯 나타나며 죽 늘어서곤 하니, 그가 말하는 것 중 적지 않은 부분이 일부 독자나 평자에게 의미 없이 길고 어지럽기만 한 현학적 궤변으로 비친 것도 무리는 아니다.

확실히 언어를 통해 드러나는 그의 정신의 기하학은 예를 들어 발레리가 "과학의 엄밀성에 가까운 엄밀한 형식과 지성의 직관을 통하여 언어미의 신전을 쌓아 올리려"[33] 한 것과 같은 꼼꼼한 이성의 계획과는 얼마간 거리가 있었다. 오히려 그의 기하학은 이상李箱의 것과 통하고 있었다.

> 이상 시의 형태상 변혁은 무엇보다도 그가 전문專門한 설계(기하)학에서 빌린 기호와 수식을 구사하여 표현의 시각적인 반응을 목표하는 데서 시작되었다.[34]

김구용은 고석규의 견해에 뜻을 같이하면서, 이 형식 실험이 손장난으로 끝나지 않은 까닭은 이상의 고민이 "지상地上의 본질이며 '레몽'의 형성 과정이며 인간의 사명"[35]으로까지 깊어지고 넓어졌기 때문이라고 하였다. 그는 이상론을 통해 다분히 자신의 창작론을 조율해 간 듯도 한데, 그렇다고 둘 사이의 거리마저 가까웠다고 볼 수는 없다. 아버지로서의 조국은 물론 전통 정신 유산마저 거의 없는 이상이 기하학적 정신과 이데아 지향의 강박 상태에서 크게 벗어나지 못한 반면, 김구용은 기하학적 정신과 공을 만나게 함으로써 좀 더 감각적 현실에 자신을 내맡길 수 있었던 것이다. 그러나 기하학적 정신은, 엄밀한 형식과 지성의 직관을 통해 물질 사이의 관계를 명확하게 그려낼 수 있을 때에만, 파스칼의 '섬세한 정신(esprit de finesse)'

---

33) 장 이티에(Jean Hytier), 『발레리 시학(La poétique de Valéry)』, 1953, 74쪽; 송욱, 『시학평전』(일조각, 1970), 44쪽에서 재인용.
34) 고석규의 말. 김구용의 이상론 「레몽'에 도달한 길」(『현대시학』, 1962,8), 188쪽에서 재인용.
35) 김구용, 같은 글, 192쪽. 여기서 '레몽'은 이데아적 대상을 상징하는데, 김구용에게는 '오렌지', '포도송이'나 '과실' 따위로 바뀌어 나타난다.

을 떠올리는 '공'과 균형을 이루며 뒤섞여 합치기도 하고 또 언어미의 신전을 쌓아 올리기도 하는 법인데, 앞서 말한 것처럼 이는 김구용의 체질에도 맞지 않는 바였다. 비록 이상만큼 극단적이거나 전일적專—的인 것은 아니지만, 그는 균형 속의 융합을 이루어 가는 중에도 자기 선배와는 반대로 무게 중심을 몰아가는 강한 힘을 안으로부터 느껴야만 했다. 그런데 그것은 힘이라기보다는, 오히려 균형이라든지, 힘이라든지 하는 모든 긴장의 산물을 풀어헤쳐 감각 곳곳으로 귀향토록 하는 경향이라고 해야 옳은 것이었다.

어느날, 내 몸이 나의 우상인 것을 보았다. 낙엽에 비가 오거나 산새의 노래를 듣거나, 마음은 육체의 노예로서 시달렸다. 아름다운 거짓의 방에서, 나는 눈바람을 피하며 살지만, 밥상을 대할 때마다 참회하지 않는다.
......
시침時針이 늙어가는 벽에 광선을 긋는다. 밤에도 산과山果는 나무가지마다 찬란하다. 돌은 선율로 이루어진다.

사람 탈을 쓴 반수신半獸身은 산속 물에 제 모습을 비쳐보며, 간혹 피묻은 입술을 축인다.
「반수신의 독백」(1953) 부분

어지러운 하루하루가 내 본능의 균형으로 아슬 아슬 유지되어 사라지고, 닫혀진 방 안에 어두움이 드리워지면, 이미 엄연성을 각刻하는 순간과 무구無垢로 형화型化한 나의 심장은 끊임없이 고동하며 황홀하다. 그저 살아있다는 것만이 사실인 아내와 어린 것들의 때 절인 동질同質과 중량을 느끼며, 여전히 나의 자혈慈血은 광망光芒을 투사하는 것이다.
「빛을 뿜는 심장」 부분

불어의 '상쉬엘sensuel'이나 독어의 '진리히sinnlich'는 '감각의·오감五感에 관한'이란 뜻과 '호색적인·육감肉感적인'이란 뜻을 다 포함하고 있고, 영어의 '센슈얼sensual'도 한때는 양 뜻을 모두 가지고 있었다.[36] '관능官能'이라는 한자어 역시 크게 다르지 않은바, 이 뜻의 양면성에서도 생각해 낼 수 있듯이 시인은 육체의 관능에 자기 감각을 내맡김으로써 교술적 도덕가나 신비주의적 선사禪師로부터 구별되면서, "구체적인 감각과 살아있는 인간의 목소리"[37]를 갖게 된다.

반수신은 분별 이성에 오염되지 않은 채 감각 곳곳의 본능적 쾌락을 통해 우주를 흡수해 가는 존재로서 시인과 맞먹는다. 또한 그는 신은 물론 부처조차도, 만일 그것이 자기의 끝없는 관능을 억압하거나, 좁은 구석으로 몰아 치우쳐 두드러지도록 할 때에는 과감히 버릴 뜻이 있는 댄디이기도 하다. 시침에 의해 늙어 가는 벽 위로 광선의 주름이 그어지듯 갈라진 시간들이 다시 녹아 흐르는 밤이면, 그의 수성獸性은 육안肉眼을 닫아줌과 동시에 심안心眼 즉, 위축되거나 분리·편벽되지 아니한 감성을 열어젖히며 '나뭇가지마다 찬란한 산과'를 보고, '돌이 이루는 선율'을 듣게 해 준다. 그러나 육안이 뜨인 대낮에 물 위에 비친 그의 그림자는 초라한 개별자의 모습에 불과하다. 자기애(narcissism)에 깃들어 있는 열반에의 충동 즉, 죽음에 의한 사물화 충동은 사람 탈 밑에 억눌림으로써 파괴적 에너지로 변하고, 수성은 식인 풍습(cannibalism)에 보잘것없는 찌꺼기를 남긴다.

「빛을 뿜는 심장」의 화자 역시 '인식'과 '일락逸樂'의 화해를 꿈꾸는 중 때때로 온몸에서 일렁이는 삶 본능(Eros)을 통해 '축소된 무한'을 느끼기도 하나, 도시적 삶에서 세속 시간은 예고도 없이 현실원칙의 목소리를 들려준

---

36) 그러나 영어에서는 '센슈얼'이 '호색적인·육감적인'이란 뜻으로 더럽혀졌다고 생각한 밀튼에 의해 '센슈어스(sensuous : 감각의·오감에 관한)'라는 말이 따로 만들어졌다. 그래서 "더 이상 '센슈어스니스(sensuousness)'의 어근인 '센스(sens)'는 '센슈앨러티(sensuality)'의 내포적 의미 중에서 자기 자리를 주장할 수 없게 되었다."(Herbert Marcuse, *Eros and civilization*, Beacon Press, 1974, p.182)

37) 최동호의 말. 최동호·이종찬·박희진(대담), 「현대시와 禪」, 『현대시』, 한국문연, 1992.3, 36쪽. 최동호는 만해의 『님의 침묵』이 보여 주는 특징으로서 이것들을 들었다.

다. 이에 따라 감각은 점차 수동성을 띠게 되고, 또 그 자극이 예측 불가능한 만큼 신체 리듬 역시 안정감을 잃게 되곤 한다. 일자에게 스스로의 균형(화자는 이를 본능적인 것이라 하고 있다)으로 이 '어지러운 하루하루를 아슬아슬 유지'해 가도록 요구하는 낮은 결국 이성의 공간으로 존재할 수밖에 없게 된다. 그런데 여기 화자의 자비로운 피(慈血)는 감성의 영역인 밤에조차 여전히 일자의 빛을 내뿜는데, 사실 이 빛은 공의 명상 즉, 육체의 명상을 가능케 하는 '본연의 빛'이기도 한 것이다. 스스로의 내부를 비추는 정신의 기하학. 우리는 여기에서 김구용의 체질적인 투명화 욕망 즉, '유리 인간' 욕망을 보아 내야 한다. 나르시스는 유한자와 무한자를 합치려 수면에 다가서다 결국 황홀한 영상만을 깨뜨리며 죽음을 향해 감으로써 '열반 충동'을 실행한다. 이에 비해 나르시스식 열반에의 길이 애초부터 막혀 있었던[38] 김구용에게 이 충동은 아예 스스로 수은 칠 없는 투명한 거울, 곧 유리 인간이 됨으로써 이행될 수 있는 것으로 보였다.

> 나는 이 유리창이라고 생각한다. 이처럼 계절마다 가지가지로 변하는 벽화는 없을 것이다. …… 나는 어두움을 차별하지 않기에 한 쌍의 제비가 단꿈꾸는 그믐밤도 미워하지 않는다. 이 유리창과 나를 분리할 수는 없다. 눈보라칠 때 유리는 추위가 방안을 침범 못하도록 막아주건만, 방안의 나는 젊은 소경이 피리를 삐이삐이 불며 지나가는 것을 무심히 듣는 나를 슬퍼한다. 그러나 이 유리창이 맑음을 잃고, 추위에 복잡한 꽃무늬로 동결하는 것이, 내 아름다운 슬픔의 형상임을 보기도 한다.
>
> 「나는 유리창을 나라고 생각한다」(1952) 부분

유리는 존재하면서도 보이지 않는 투명한 빛의 장벽이다. 자아의 내부공간을 상징하는 실내와 실외를 이어 주는 창으로 존재하는 유리는 내부의

---

38) "(거울상에게 – 인용자) 선심으로 악수를 청해도, 내 손끝에다, 놈은 싸늘한 제 손끝만 살짝 들이댄다."(「신화(神話)」(1951) 부분)

심연을 보호해 주면서도 동시에 마음의 눈으로서 이성의 빛의 통로 역할을 한다. 김구용의 유리도 마찬가지다. 그는 유리창을 통해 어항 속 풍경이나 거울상 등과 같은 세속의 모습을 관찰해 왔다.[39] 그러나 이 투명한 빛의 장벽은 그것이 장벽인 이상 언제나 대상계로 향하는 발걸음을 가로막기 마련이다. 그렇다고 장벽을 깬다면 심연은 훼손되고, 황홀한 빛의 놀이 역시 불가능하게 될 것이다. 여기에 남는 길은 오직 하나, 곧 스스로 유리창이 되는 길인데, 「나는 유리창을 나라고 생각한다」에서 바로 이런 욕망은 눈에 띄게 드러난다. 자기 내부로 온갖 시공의 외계를 통과시키는 화자는 '집'을 해체하면서 '영혼의 성스러운 매음'을 통해 열락과 슬픔이 어울린 '대지'에 선다.[40] 심연의 우울은 아예 외계의 어둠이 깃든 유리창의 투명 속에서 우러나기도 한다. 이런 중, 화자는 거의 예상치 못한 외부의 소리 즉, '소경의 피리 소리'를 듣기도 하는데, 그렇다고 그 소리가 완전히 이질적인 틈입물일 수는 없다. 그것은 심연의 우울과 같은 주파수를 가졌기 때문이다. 자비의 마음은 곧 추워지며 그 맑음을 잃어가는 채 꽃무늬 성에로 얼어붙는다. 화자는 영원한 유리 인간이 될 수 없기에 슬프고, 되지 않을 것이기에 아름다움을 느낀다. 아름다운 슬픔의 형상인 꽃무늬. 바로 이것이 숙명의 예술인 것이다.

예술의 색채가 끼이지 않은 순수한 유리 인간은 그대로 외계와 하나가 된 신비주의적 존재다. 김구용은 이런 순수한 유리 인간의 모습을 여자에게서 보았다. 남자를 "태양 위치에 두는 심장"(「비상」 부분)처럼 상승적인 내재적 일자에 비유하는 반면 여자를 "지상에 흩어진 별"(「내일」(1952) 부분)처럼 하강적인 초월적 일자에 비유하는 데서도 뚜렷이 드러나는 바와 같이 사뭇 '여성성(femininity)' 문제를 중심으로 해 진행되어 온 그의 형이상학은, 양수

---

39) "창은 현실을 내포하고 상통하는 의사진행의 축도로 나타나 있지 않는가."(「위치」 부분)
40) "집과 일터의 투쟁, 다시 말하면 세계와 대지의 투쟁 안에서 국한된 장소가 시대 전체로 확대된다."(김인환, 앞의 책, 34쪽)

에서 헤엄치는 태아를 지닐 수 있는 여자야말로 진정한 유리 인간이 될 수 있다는 명제를 이끌어 낸다.

> 방안은 아름다운 물 속이었다. 여자의 긴 수초水草가 일렁거리며, 얼굴은 푸르렀다. 전등에 젖은 여자는 전설을 지닌 인어였다. 싸늘한 피부가 쓰러진다. 맹렬한 식욕의 날개는 단숨에 모든 영역을 지나 큰 입술로 빨려 들어간다. ……
>
> 지하에 장구한 세월동안 매몰당하여 사지가 부서진 보살에서 우아한 자비를 느낄 수 있다면, 그는 자기 얼굴 아래서 신음하는 얼굴에 대한 연민憐憫이 학대의 기쁨으로 불타 올랐다. 화염 속에서 여자는 굴욕으로 살고, 생성의 욕구는 부란腐爛한 지 오래였다. 매춘녀의 연옥은 그의 몸으로 변하고, 그의 병든 과수원은 매춘녀의 정신으로 변하였다.
>
> 「벗은 노예」(1954) 부분

> 달은 하나의 난형卵型이었던 것이다. 아무도 결과를 막을 수는 없었다. 한 번 배(腹) 속에 떠오른 달은 황금면黃金面에 계속 상처의 금을 그으며 숲을 뚫으며, 달아나는 그들의 차車를 건전히 따라왔던 것이다.
>
> 폭격에 부서진 공지에서나 공장 굴뚝 너머로, 관청과 또는 언덕 위 병원이며 성당이며 시체실을 통과하여, 고궁의 기와등으로 충돌도 정지도 없이, 어떠한 장벽도 권력도 방어도 물리치고, 다시 달은 학교 옆구리에서 튕겨져 나왔다.
>
> ……
>
> 시기時機는 참회로도 피할 수 없는 데서 막幕을 열었다. 달의 핵심은 사람으로 형상되는 한 마리 어류魚類에 지나지 않았다.
>
> 「무상無想의 모태母胎」(1956) 부분

김구용 시의 여자는 대부분 전후 생활고를 못 이겨 매매춘賣買春에 뛰어든 매춘녀다. 간상배奸商輩의 아내는 "굶지 않기 위하여 염치없이 몇 장의 지폐를 받고, 언제나 발가숭이가 되는 인육人肉"[「오늘」(1953) 부분]으로 살 수밖에 없고, 안방에서 엄마가 일을 치른 뒤 미처 손님이 나가기도 전에 "바로 길바닥에서 넝마를 입은 어린것이 벌벌 떨며 들어와 눈치를 살금살금 본다."(「벗은 노예」 부분) 성교가 생존 수단에 불과하니 여자는 더 이상 살아 있는 존재일 수 없다. 「벗은 노예」의 남주인공은 태아 상태의 미분화된 관능을 그리며, 성기로 몰린 온몸의 삶 본능을 다시 풀어헤치고자 과격하게 자궁을 탐하려 한다. 언뜻 보기에 여자 역시 양수와도 같은 물속에서 열락을 즐기고 있는 듯하나, 그것은 자신의 욕망이 만들어 낸 환상일 뿐이라는 점을 남주인공도 잘 안다.

일찍이 김구용은 여자를 '지상에 흩어진 별'이나 '지하에 매몰당하여 사지가 부서진 관세음보살' 등과 같이 (지금은 더럽혀진) 이데아적 대상으로 이상화했다. 그리고 여자에 파고드는 남자를 "능금 같은 몸을 파먹는 벌레"(「내일」 부분) 따위로 비유하기도 했다. 벌레는 염균처럼 분별 이성을 상징하는데, 이러한 이성에서 시작해야 존재를 향한 생성은 계속될 수 있는 것이다. 이에 비해, 여자도 한때는 자궁에서 헤엄치던 태아였음에도 불구하고 지금 이 순간에는 '생성의 욕구는 부란한 지 오랜' 채 '굴욕으로 살고' 있을 뿐이다. 생성은 즉흥적이고 주관적이며 변덕맞은 현실 인간들의 연대와 혼융 속에서 우러나는 힘과 도취를 보여 준다. 개인은 자기를 생성의 변화무쌍한 길에 해체시켜 가면서 한층 존재에 다가서고, 그 인간 하나하나 속에서 자기를 발견하면서 역설적으로 자기 정체성을 풍부히 해 가는 것이다. 김구용식으로 소화된 이 '영혼의 성스러운 매음' 과정은 관세음보살의 '자비'를 감응하는 과정이기도 하다.[41] 유리 인간으로서의 여자가 지니는 관능적 내부 공간이란 실상 이러한 자비의 공간이요 공의 공간인 한편, '모성'은 자비의 현세적 형태다. 그런데 이 모성이 이루어지는 관능 공

---

41) '자비(慈悲)'를 파자(破字)해 보면 '자심비심(玆心非心)'으로, '아(我)' 의식에 매달리지 말고 오히려 다른 대상에게서 자기 마음을 발견하라.'는 교훈을 이끌어 낼 수 있으니, 필자는 여기서 '영혼의 성스러운 매음'과 함께, 가부장적 연민의 감정과는 질이 다른 모성적 동화(同化)의 감정 즉, 동정(同情)의 뜻을 새겨 보았다.

간은 타락하여 이제 성기 성욕을 일방적으로 만족시키기 위한 일락 공간으로 줄어들었다. 남주인공은 자기 밑에서 신음하며 발버둥치는 매춘녀에게 실망의 연민과 반발의 학대를 드러내 보이나, 실상 연민과 학대는 그 자신을 향한다. 그는 매춘녀의 운명에서 궁핍한 시대를 무력하게 체화할 뿐인 예술가의 운명을 보았던 것이다. 여자를 비현세적으로 이상화하는 문제점이 있긴 하나, 파토스와 에토스, 감성과 이성, 일락과 인식의 화해를 향한 그의 정신사적 고투는, 육체의 교접을 통해 영혼마저 매춘녀에 흡입시킴으로써 기어이 타락한 공간을 다시 자비의 공간으로 소생시키고야 만다. 여기서 '매춘녀의 연옥'은 그대로 그의 몸에서 느껴지고, '그의 병든 과수원' 즉, 에덴동산은 매춘녀의 정신에서 자취를 보인다. 그는 '여자에게서 나타나는 자기 자신'을 본다. 보이는 자신의 모습이 마치 방안 경대 안에서 꿈틀거리는 유혹과 애욕의 뱀과 같을수록, 그는 여자의 수은 칠 없는 거울을 닦고 또 닦는다.

'어머니'는 강하다. 그러나 '모성'은 본래 '여성' 것이기에, 실상 '여자'가 강한 것이다. 그리고 "갖은 굴욕을 당하고도, 그들('남자'를 말함–인용자)의 불행을 안 때문에 반항하지 않고 참을 수 있"[「그네의 미소」(1955) 부분]는 매춘녀는 그대로 관세음보살이다. "생리를 유리 속 물건 들여다보듯 아는 의사도, (병든–인용자) 그네의 육신을 어떻게 할 수 없었던 것처럼, 그네도 지식이라는 것에서 별로 가치를 발견할 수 없었"(같은 시, 일부)기에, 그네의 수동성의 지혜와 용기는 분별 이성을 넘어설 수 있다. 「무상의 모태」의 소녀 매춘녀는 아비 모를 아이를 밴 뒤 성스러운 모성애의 표정으로 빛나기 시작한다. 이 시에서 매춘녀와 아기의 관계는 성모마리아와 아기 예수의 관계와 비유된다. 그러나 그 성모마리아와 아기 예수는 매춘녀와 사생아의 위치로 하강한 존재다. 김구용은 겹비유를 통해 비유의 역전을 이룸으로써 가부장적 신에게 반항한다. "(에로스이기도 한) 아가페에 의해 (지배로서의) 율법을 뒤집어엎[42]으려 했던 아들 예수가 "신격화됨으로써 이 세계에서 그의 계시는 내쫓기고, 고통과 억압은 영원하게 되었다."[43) 그러나 남주인공 내부의 소리는 '누구나 악마도 신도 아닌 자아를 투시할 것이다. 스스로 자비한 손이 될 때, 자신의 수의囚衣를 벗을 수 있는 법이 있다면, 세상은 좀 더 달라졌을 것이라.'고 속삭인다. 이것은 '무상의 모태'에서 공이 이끌어 낸 소리다. 태아도 역시 이러한 '무상의 모태'에서 달로 떠올라, 기꺼이 분열의 상처를 받아들이며 시련의 세월을 건너간 끝에, 결국 사람으로 커 갈 한 마리 어류로서 첫 생명을 시작하는 것이다. 우리 모두가 '자아를 투시하는' 유리 인간이 될 때, 공의 바다를 간직한 소녀 매춘녀를 닮을 때, 그 결과 스스로 자비한 손이 될 때에 비로소 파토스와 에토스는 화해하고, 분별 이성이 부추긴 폭력성과 가부장적 율법이 입힌 수의는 제거될 수 있을 것이다. 그때에 우리 모두는 이 매춘녀처럼 스스로 한없이 숭고해질 수도 있을 것이다. 이것이 바로 유리 인간의 여성주의다.

4. 중편 산문시의 길[44)

휴전 뒤 사회 곳곳에서 수라도修羅道가 펼쳐지고 있을 즈음 김구용은 상향적인 플라톤주의와는 다른 근대적 이성을 이루어 내기 위해 정신의 기하학을 시도하였다. 공은 '이성의 빛'을 '본연의 빛'과 합침으로써 그의 형이상학으로 하여금 유리 인간을 낳게 하는데, 다분히 김구용적 해석이 덧붙여진 유리 인간은 오직 여자에게서만 순수한 형태가 보존될 수 있었다. 관세음보살의 모성애적 자비를 지닌 유리 인간은 스스로 몸 전체의 관능을 보존하는 한편, 세속의 분별 이성에게도 몸 전체의 관능을 되찾아 줌으로써

---

42) Herbert Marcuse, 앞의 책, p.70.
43) 같은 곳.
44) 결론부에 해당하는 '4. 중편 산문시의 길'의 시는 논지의 실례로만 내어 보이고 좀 더 세밀한 내용 분석은 생략하겠다.

인식과 일락을 화해케 하는 존재였다. 남성 우위의 분별 이성을 상징하는 벌레와 세균이 들끓는 내부를 투시하는 유리 인간은 수동성의 용기와 지혜를 키우나, 그 용기와 지혜는 아직 세태에 한없이 무력하고, 모성의 내부 공간 역시 성기 성욕의 만족을 위한 폭력적인 공간으로 쇠락했을 뿐이었다.

김구용의 산문시는 이 폭력적인 공간을 향한 비폭력적인 대응물 구실을 한다. 저돌적인 언어 실험이 언뜻 폭력적으로 보일 수도 있겠으나, 사실 이 실험은 형식의 엄격성을 감성 충동에 의해 풀어헤치려는 매우 수동적인 전술이었다. 영원히 순수한 유리 인간이 될 수 없기에 '아름다운 슬픔'을 지닌 시인은 언어를 통해 그 욕망을 대리 만족시키려 한 것이다. 여기서 욕망의 기호 내용(signifié)은 기호 표현(signifiant)들을 쉴 새 없이 치받아 가나, 어느 하나도 행복한 결합은 이루지 못하는 채 끊임없이 엇갈리기만 하였다.

> 도시의 눈(眼)에, 인조동물들이 얼어붙은 현실을 벌벌 긴다. 이런 풍경을 재미 있어 하는 웃음은 창窓의 반사였다. 독신자들은 호떡집에서 서성거린다. 여대생은 군고구마를 사가지고 집으로 들어간다. 밤의 관棺에 내리는 눈은 여백餘白이었다. 한란계는 가정으로부터 국가의 단위로 변모하였다. 개인의 영양營養은 세계에서 분비하였다. 자아의 도취는 행복한 섬유纖維가 아니었다. 촛불은, 이성異性이 상대를 독차지하듯 수壽·복문福紋을 비치었다. 그런 기초와 조직의 거미줄에서, 댄스걸이 나비로 종언하던 날이었다. 기계와 정신이 등을 맞비비면서 서로 반대방향으로 회전하는 연소燃燒에, 그는 휩쓸려 들었다. 중유重油와 저기압은 땀과 혈액으로 빗발치며, 입을 벌린다. 방화放火처럼 아름다웠다. 생산품의 꽃밭에 유혹과 백안시白眼視와 미태媚態는 일어난다. 태양이 인파 위에 떠돌아다닌다. 강요의 삭풍과 방종의 파도가 상극하는 지옥에서, 목숨은 부침하며 죽어가고 다시 살아난다.
>
> 「중심의 접맥」 부분

앞 시에서 '도시의 눈'은 곧 화자의 눈이자 주인공의 눈이다. 아울러 주인공의 것임에 분명한 '웃음' 역시 그대로 '창의 반사'다. 화자는 감각의 안테나를 세운 채 끊임없이 무언가를 옮겨 내려 하나, 기호 내용은 불예측적으로 나타나는 사물들의 인력에 이끌리면서 기호 표현을 제대로 추스르지 못한다. 여기서 유리 인간 욕망은 화자로 하여금 비껴가려 하는 모든 기호 표현을 본능의 힘으로 끌어안도록 죄어치니, 김구용의 상징 세계는 혼란의 씨앗을 품게 된다. 대상은 제대로 지칭되지 못하고, 한 상징 기호가 다른 상징 기호에 의해 재규정再規定되는 것은 점점 힘들어지니, 심상으로 드러나는 기호 표현들은 서로 부딪치며 비문법적인 문맥 속에서 처절한 어조만 힘들게 이어 갈 뿐이었다. 이런 형편에서 화자의 자아는 기호 표현을 통해 무의식의 기호 내용을 읽어 내기는커녕 분열과 확산만 거듭하면서 해체되어 갈 수밖에 없었다. 존재가 부스러지려는 데에 대해 김구용은 과거 시제의 서사적 거리 두기나 추상명사 사용[45] 등으로 저항하기도 했으나, 비평적 목소리의 적절치 못한 개입과 현학적 용례의 남용 등으로 오히려 일자형만 유리 인간형에서 거칠게 떨어져 나오면서, 심상을 통하여 파토스와 에토스, 감성과 이성 그리고 일락과 인식 등이 화해할 수 있는 가망은 좀 더 멀어지는 채 언어만이 무한정한 확산의 길을 걷게 되고야 만다. 필자는 이 길이 야콥슨이 말한 환유의 길과 매우 비슷함을 지적해야겠다.[46]

그렇다고 김구용에게 실어증의 하나인 유사성 장애(similarity disorder)의 병세 같은 것이 반드시 보인다는 주장은 아니다. 단지 어떤 기호 표현도 기호 내용에 제대로 머물지 못하면서, 지칭이나 서술이 일정한 규칙도 없이 한없이 늘어지거나 덧붙여지곤 하는 현상에 주목하려는 것일 뿐이

---

45) "내가 보기엔 우리나라 시는 추상명사를 잘 안 썼어요. …… 추상명사를 우리나라에 도입을 해서 정신이 있는 내부성을 표현해 봐야지, 물질명사만 쓰다 보니 보기만 좋지 내부 세계는 허술하다 싶어 일부러 추상명사에 천착하기 시작했어요."[김구용의 말. 김구용·金鍾鐵(대담),「나의 문학, 나의 시작법」,『현대문학』, 현대문학사, 1983.2, 125~126쪽]
46) Roman Jakobson, "Two aspects of language and two types of aphasic disturbances"(*Language in literature*, edited by Krystyna Pomorska and Stephen Rudy, The Belknap Press of Harvard University Press, 1987, pp.95~114), "Linguistics and poetics"(같은 책, pp.62~94) 참조.

다.[47] 이렇게 혼란스러운 문법적 기능어들의 연결 속에서 자아는 환유적 확산을 이루며 해체되고는 하는데, 이 또한 김구용에겐 일찍부터 나타나온 현상이다.

호흡은 층계를 밟고 하늘로 올라간다.

「오후의 기류氣流」(1949) 부분

기도는 눈을 감는다.

「잃어버린 자세」 부분

밤차 안의 한 손님은 지나가는 바깥 불빛으로 끊임없이 울창한 의욕이 되어, 저만치 서있는 여자의 젖가슴에 날개치건만, 그러나 모두들 原始의 圓心처럼 앉은 그대로였다.

......

그의 노래는 열리지 않는 책 속에 있었다. 〈나는 태어나기 전에 무엇이었을까. 죽은 뒤에 무엇일까〉 그럴 때마다, 그가 혼자 누워 있는 방이 전폭적으로 대답하였다.

......

누군가가 창 밖에서, 전등불에 드러난 방을 들여다 본다. 그것은 빈 방에 대한 의식이었다.

「중심의 접맥」 부분

환유는 추상과 구체가 만나는 곳에 존재하는데, 케네스 버크는 "만약 언어를 충분히 되짚어 간다면, '정신적인(spiritual)' 상태를 나타내는 우리의 모든 용어는 본래 환유적이었다는 점을 발견할 것"[48]이라고까지 말한 바 있

---

47) 이 글을 쓴 뒤 필자는 김구용 시인과 그 부인을 만나 뵌 적이 있는데, 거기서 필자는 실제로 이 시기에 김구용이 일시적으로 실어증에 걸려 있었음을 확인하였다.

48) Kenneth Burke, *A grammar of motives* (Univ. of California Press, 1945), p.506. 여기서 '정신적'인 것은 '비물질적'이고 '추상적'인 것을 말한다.

다. 그런데 유사성 장애에서는 무의식의 기호 내용에 기호 표현들이 너무 많이 끼어들어 낱말의 추상성의 폭이 지나치게 넓어지고 또 유동적으로 되기에, 환자는 낱말간의 의미 구별에 곤란을 느낄 수밖에 없게 된다. 이러한 사태는 A = A라는 동일률이 성립 못하게 되는 결과를 낳기까지 하여 결국 사고의 바탕이 무너지도록 하기가 일쑤다.

이렇게 사고의 바탕이 무너지는 것이 실어증의 한 증상이라면, 반야는 능동적으로 ' = ' 즉, 계사繫辭의 바탕을 의심토록 한다. "분석적인 분별 이성은 그('동일률'을 말함-인용자) 근저를 흐르는 통합적 원리에 주의하는 일이 별로 없다."[49] 그러나 김구용의 반야는 통합적 원리를 의심함으로써 자기의 이성을 새롭게 하였다. 반야의 직접성은 서양적 이성의 방법론을 뛰어넘도록 부추기는데, 이러한 과정에서 이루어지는 사고와 언어의 모습이 마치 야콥슨이 말한 유사성 장애 실어증의 증상과도 비슷하게 보인 것이다.

공으로 인해 유사성 장애 실어증의 증세와도 같은 말투와 문맥을 이끌게 된 김구용은 기호 표현으로 규정해 내지 못하는 기호 내용을 설명하기 위해 중언부언 여러 기호 표현으로서의 심상들을 내놓는 한편, 또 이렇게 혼란된 심상을 추스르기 위해 서술과 교설을 나열하기도 하니, 온갖 종류의 낱말과 어조와 문체는 긴 강물을 이루며 산문의 발걸음과 호흡을 이끌게 된다. 그리고 이것들이 환유 원리에 의한 이야기성을 강화하면서 점차 분량을 늘려 간 끝에 결국 갈래의 가장자리에 다다르니, 이 모든 면모가 바로 50년대 중반에 김구용이 힘주어 말한 '시가 산문문학으로 접근하고 있는 사실'의 실제 모습이었다.[50] 1950년대 말~60년대 초 시단의 화젯거리였던 「소인」과 「꿈의 이상」 그리고 「불협화음의 꽃 Ⅱ」은 바로 이런 배경에서 만들어졌다.

야콥슨은 심상이나 어휘적인 비유가 부족한, 환유 원리에 의한 시일지라

---

49) 鈴木大拙, 앞의 책, 127쪽.
50) 김구용, 「현대시의 배경」, 116쪽 참조.

도 "현란한 문법적인 비유(trope)와 문채文彩(figure)"[51]가 그 모자란 점을 보충해 준다고 말했다.[52] 특히 우리 현대시에서, 발화의 폭이 넓어지면서 산문성을 받아들이게 된 결과 서술어의 보완적 장치가 발달한 것이나, 교착어의 문법적 특성으로 허사의 기능 의미가 잘 발달한 것 등[53]을 볼 때 서사적 특성을 가진 산문시 실험은 여전히 의의가 있다 할 수 있겠다.

김구용의 실험이 이러한 성과를 거두었는지에 대해서는 섣불리 논할 수 없다. 그가 세 편의 중편 산문시 이후 단 한 편 외에 더 이상 산문시를 안 썼고 또 이후에 자기의 과거 작업을 부정했다는 사실, 그리고 점차 압축된 양과 간결한 형식의 시를 지향했다는 사실들 자체에만 매달려서는 어떤 쓸 만한 시사점도 발견하지 못할 수 있다. 오히려 그렇게 말하고 행동했기에 우리는 더욱 그 말의 갈라진 틈을 찾고 의식 피안의 심연 같아 보이는 허공을 더듬어 기어이 밑바닥 감촉을 느끼도록 해야만 하겠다. 그 모든 과정은 결국, 우리 정신도 함께 공의 바다에 내맡긴 채 그의 형이상학에 동참하는, 아주 드문 경험을 통해서만 수행될 수 있을지도 모르겠다.

그러나 찾고, 더듬고, 느끼려는 작업이 막 시작될 즈음에서 아쉽게도 글은 마지막에 다다랐다. 김구용의 산문시가 진행형에서 중단되었듯 이 논문 역시 제대로 된 회고도 없이 그저 문제를 열며 발길을 멈출 참이다.

딛는 걸음은 길을 여는데 떼는 걸음은 제 흔적을 찾을 수 없으니, 지나는 길에서 생겨나는 보이지 않는 내용이 내딛는 발길마다 형식을 이루며 자꾸 나타난다. 그리고 그 형식이 또 다른 질료가 되어 새로운 내용으로 잇따라 잠겨 들기도 하니, 결국 한 시대의 사회적 내용은 다음 시대의 개인에게 형식으로 응축되어 새로 태어난다 하여도 과히 그르지는 않으리라. 따라서

---

51) Roman Jakobson, 앞의 책, p.90.
52) 환유 원리를 중심으로 논지를 펴지는 않았으나, 이우영이 『시와 언어학』(형설출판사, 1986)에서 보인 우리 시의 문법적 특성에 대한 고찰은 야콥슨의 논리를 우리 시에 적용하는 데에 적지 않은 시사점을 던져 준다.
53) 이 견해는 이우영의 것을 골라 다듬은 것이다.

산문시 역시 형식 자체로가 아니라 정신으로써 이후의 시작詩作에 영향을 끼친다고 말할 수도 있으리라.

게다가 놀랍게도 김구용은 스스로 사회적 내용이고자까지 하였으니…….

아마, 이것이 예술가에게 허락되는 마지막 만용이지 않을까?

제7장

김수영 시에 나타난 자아와 세계의 관계

1. 서론

　김수영의 시적詩的 여정은 흔히 '끊임없는 정직성의 추구' 또는 '시적 에너지의 자기 발전 과정'으로 이해되어 왔다. 지금까지 그에 대한 논의들[1]은 대개 몇몇 낱말들을 중심으로 이루어져 온 감이 있는데,[2] 이러한 제한된 시각으로는 김수영의 모습을 그 시대적 맥락에서 총체적으로 파악하기 어렵다고 생각한다. 연구가 진행되어 오면서 이러한 면들이 많이 극복된 것도 사실이지만, 그의 기본적인 인식 방법에 대한 면밀한 천착은 어느 연

---

[1] 기존의 논의들에 대한 총괄적인 정리는 다음을 참고할 것. 황동규, 「良心과 自由, 그리고 사랑」, 『金洙暎全集 別卷－金洙暎의 文學』, 민음사, 1983(이하 이 책은 『全集－別』로 표기한다); 김병익, 「進化, 혹은 詩의 多義性」, 『世界의 文學』, 民音社, 1983. 가을; 유재천, 「金洙暎의 詩 연구」, 문학박사학위논문, 연세대학교, 1986; 김종윤, 「金洙暎 詩 연구」, 문학박사학위논문, 연세대학교, 1987.

[2] 이른바 '김수영 신화'를 이끌어 갔던 이런 낱말들의 예를 들어 보자면, '설움', '비애', '양심', '정직', '자유', '꿈', '죽음', '사랑', '혁명' 등에서 부터, '4 · 19', '참여', '초현실주의', '모더니즘', '리얼리즘' 등까지를 말할 수 있다.

구에서도 그다지 세밀하게 수행되지 않은 것 또한 부정할 수 없다.3) 이러한 문제의식을 바탕으로 그의 내면에 깔려있는 인식론적 태도를 실제 작품들을 통해 살핌으로써, 위와 같은 문제점의 해결에 하나의 단초를 마련해보려는 데에 이 논문의 목적이 있다.

김수영은 거의 언제나 자아를 객관화함으로써, 직관을 그대로 형상화하지 않고, 자아와 세계의 전체적 연관을 읽어내는 수단으로 변화시켜 나갔다. 이와 같은 까닭으로 시를 쓰는 행위는 하나의 문명비판 차원으로 상승할 수 있었다. 모든 문예사조를 단순한 기법의 체계가 아니라, "세계를 이해하고 관찰하는 한 정신의 태도"4)로 보았던 김수영은, 서구 형이상학에 대한 과격한 비판자인 하이데거의 후기 사상5)에서 적지 않은 영향을 받아, 현대사회의 모순을 내면화하면서, 관습화된 논리의 주관성과 정태성을 비판하려 했던 것이다.

일찍부터 이러한 측면에 대해 꾸준히 관심을 가졌던 이는 김윤식이다. 그는 초기의 글들6)에서, 김수영이 시의 본질적 존재성 혹은 존재 이유를 형식과 내용, 대지와 세계, 예술성과 현실성의 긴장 위에서 올바로 파악한 후에 세계 쪽을 먼저 내세운 것은 그가 바로 오늘날의 한국인임을 자각한 데서 연유하는 (의지가 아닌) 필연의 선택이라 하였다. 따라서 이러한 양극의 긴장 사이에서 '시를 쓴다는 것이 무엇인가'라는 기교의 차원보다 '시란 무엇인가'라는 시 의식의 차원을 택하는 것을 보고 섣불리 참여니 순수니 운운할 것이 아니라고 평한다. 이후 10년 뒤 쯤의 글7)에서 그는 앞의

---

3) 예를 들어, 이승훈 같은 이는, '자유'나 '사랑' 같은 개념이 그 외연이 아니라 내포에 대해서는 좀 더 다부지게 따져지지 않은 것 같다는 이유 있는 불평을 한다. 그의 글 「金洙暎의 詩論」(『心象』, 心象社, 1983.4), 81쪽을 보라.

4) 김현, 「自由와 꿈」, 『全集−別』, 106쪽.

5) 소위 '하이데거적 전회(轉回, Kehre)'를 기점으로 시작되는 후기 사상에서, 하이데거는 다분히 예술적이라 할 수 있는 직관적인 인식 방법을 취한다.

6) 金允植, 「詩에 대한 質問方式의 發見」, 『詩人』, 詩人社, 1970.8. 『全集−別』에 발췌 수록; 「모더니티의 破綻과 超越」, 『心象』, 1974.2.

7) 「金洙暎 변증법의 표정」, 『全集−別』.

견해를 일부 수정하게 된다. 즉, 김수영의 '자유의 이행'이 곧 '시적 완성'이라는 논리는 이에 대한 또 한 축으로서의 '참다운 노래'가 나오는 '다른 입김'과 對를 이루어야 하는데, 「반시론反詩論」[8] 같은 데서 이 '참다운 노래'가 나오는 '다른 입김'을 들먹이는 것은 자신의 문화적 배경과 성장을 떠난 자리에서의 독서 체험 때문이라며 비판한 것이다. 그러나 그럼에도 불구하고 그는 이른바 '운명의 세계'와 '논리의 세계'가 마주쳐 '예술의 지대地帶'를 형성해 나가는 김수영 변증법의 현재진행형을 언급하는 것을 잊지 않았다.[9]

백낙청[10]은, 김수영이 "온몸으로 온몸을 밀고 나가는 것"[11]은 심지어 '아무 것도 안 밀고 나가는 것과도 통하는 행위요, 무념無念 · 무상無想 · 무위無爲와도 통하는 경지'라며 김수영의 시학詩學을 선적禪的 자아를 탐구하는 행위와 연결시킴으로써, 자아와 세계의 일치 가능성을 제시해 주었다.[12]

이승훈[13]은 비교적 체계적이며 포괄적으로 김수영과 하이데거의 시론을 비교한다.[14] 이글에서 이승훈은, 온몸의 이행은 시의 형식이자 내용이고 자유의 이행 역시 그러한데 어째서 김수영은 온몸의 이행은 시의 형식이고 자유의 이행은 시의 내용이라고 분리시켜 말하는가 하는 의문을 던졌다.

위와 같은 논의들 외에도 황헌식, 이영섭, 이광웅, 최유찬 등[15]이 하이데

---

8) 『金洙暎全集 ② 散文』, 민음사, 1981, 255~264쪽. 이하 이 책은 『全集 ②』로 표기한다.
9) 김윤식은 「金洙暎 변증법의 표정」(『全集-別』, 315쪽)에서, '김수영 문학은 완결된 토르소'라는 재미있는 비유를 든다.
10) 白樂晴, 「歷史的 人間과 詩的 人間」, 『民族文學과 世界文學』, 創作과 批評社, 1978.
11) 김수영, 『全集 ②』, 250, 253쪽.
12) 후기 하이데거가 동양적 사유 방식에 많은 영향을 받았다는 점은 이러한 심증을 더욱 굳혀준다. 일찍이 백낙청은 「市民文學論」(같은 책)에서 한용운과 김수영을 시민문학의 전통으로 엮어냈는데, 선적(禪的)인 사유 방식과 시민의식의 관계는 또 다른 장을 빌려 연구해 볼 과제라 생각한다. 이는 일단 이 논문의 범위에서 제외한다.
13) 李昇薰, 「金洙暎의 詩論」, 『心象』, 1983.4.
14) 이승훈의 이 글은 김수영의 산문 「詩여, 침을 뱉어라」(『全集 ②』) 하나를 대상으로 쓴 논문인데, 이 「詩여, 침을 뱉어라」 자체가 하이데거 시론의 영향을 짙게 받은 글이다.

거를 언급해 가며 김수영의 인식론적 측면을 일부 다루었지만 후기 하이데거에 주목하지 않음으로써 그다지 큰 성과를 거두지는 못하였다.

필자의 관심 분야에 한정하여 기존 연구의 성과를 살펴보았다. 김수영의 인식론적 측면을 살펴 본 글들은 그 수도 적지만, 그중에서도 이러한 문제의식을 구체적인 시 작품에 까지 확장시킨 것은 거의 전무하다고 할 수 있다. 이에 필자는 김수영의 구체적 시 작품과 시론을, 일부 하이데거와 관련되어 있는 그의 인식론적 측면에 유의하며 살펴봄으로써, 자아(인식주체)─세계(인식객체) 관계[16]의 변모 양상으로 재구성해 보고자 한다.

김수영의 인식론이 전개되어 나가는 도정에는 많은 이항대립적 범주들이 존재한다.

'시인으로서의 의식'과 '일상인으로서의 의식'의 대립에서 연원한 각 범주의 대립항들로는, '어둠'과 '밝음', '내부'와 '외부', '이상'과 '현실', '무의식'과 '의식', '초현실'과 '현실', '자유'와 '부자유', '비합리'와 '합리', '무질서'와

---

15) 황현식, 「抵抗과 挫折─그 運命的 갈등」, 『詩文學』, 詩文學社, 1973.6; 이영섭, 「金洙暎 詩 硏究」, 문학석사학위논문, 연세대학교, 1977; 李光雄, 「시와 죽음─金洙暎 詩의 出發과 그 基調」, 문학석사학위논문, 원광대학교, 1979, 『學位論叢』(원광대 대학원 학위논총 편집위원회 편, 1979.6)에 재수록; 최유찬, 「시와 자유와 「죽음」」, 『연세어문학』 제18집, 연세대학교 국어국문학과, 1985.12.

16) '주체'와 '객체'의 관계는 '의식'과 '물질'의 관계와 다르다. 인식 작용에서 '객체'는 물질적인 것, 정신적인 것 어느 쪽으로나 존재할 수 있기 때문이다. 이러한 인식객체로서의 세계는 당연히 '대상적'일 수 있다. 그에 비해 하이데거적 '세계'는 '비대상적'이다. 하이데거의 설명을 직접 들어 보자. "세계란, 눈앞에 셀 수 있거나, 혹은 셀 수 없는 것, 또는 친숙하거나, 낯선 것, 모두를 단순히 모은 것은 아니다. 그리고 세계는 사물적 존재자 전체를 위해 만들어진, 관념상의 테두리를 말하는 것도 아니다. 세계는 세계화한다. 그리고 세계는 우리가 매우 익숙해져 있는 만질 수 있거나, 인지할 수 있는 것들보다 더욱 존재적(seiender)이다. …… 세계는 우리가 복종하고 있는 영원한 비대상적인 것이다. 우리 역사의 본질적 결정이 내려져서, 그것이 우리에 의해 받아들여지기도, 버려지기도, 오해되기도, 또다시 물어지기도 하는 곳에서 세계는 세계화한다."(M. 하이데거, 오병남·민형원 공역, 『藝術作品의 根源』, 經文社, 1979, 113쪽) 즉, 김윤식(式)으로 말해 하이데거적 '세계'는 '모든 사람이 다 자기의 세계를 갖고 있다는 뜻에서의 세계'이며, '대지' 또한 '존재의 보충적 반대물'로 이해할 수 있다.(『全集─別』, 313쪽을 보라) 이후 하이데거적 '세계'는 인식객체로서의 세계와 구별하기 위해 따옴표를 붙인다.

'질서', '형식'과 '내용', '시를 쓰는 것'과 '시를 논하는 것', '시'와 '산문', '침묵' 과 '요설', '예술'과 '현실', '시의 절대적 완전'과 '혁명의 상대적 완전' 등을 들 수 있겠다. 대립항들은 끊임없는 긴장 관계 속에 균형을 이루면서 김수영 시학의 의미 있는 밑거름이 되어 갔다. 그는 긴장 관계의 역동성을 시적 에너지의 원천으로 생각하며, 일생동안 이와 같은 대립항들 사이에서 균형 감각을 유지하려고 노력한다.

그러나 이 대립항들은 역사적 범주가 아니니 만큼 이들에 의해 김수영 인 식론의 변모 과정을 논리적으로 살필 수는 없다. 오히려 각 범주의 대립항들 은 자아ㅡ세계 관계의 인식론적 전개 과정을 살피는 가운데 그 의미가 올바 로 지워질 수 있을 것이다. 그러므로 본 논문에서는 자아ㅡ세계 관계의 인식 론적 변모 양상에 따라 시기를 구분하기로 한 것이다. 이 시기 구분은 역사 적 사건의 전개에 따른 기존의 시기 구분과 대개 일치를 이루게 된다.[17]

'자아와 세계의 대치' 시기는 4·19까지의 전기를, '세계에 대한 자아의 노출' 시기는 4·19에서 5·16까지의 중기를, 그리고 '자아의 닫힘과 대치의 내면화' 시기와 '세계와 합일하려는 자아의 의지' 시기는 5·16 이후 죽기 전까지의 후기를 뜻한다. 전기에 김수영의 자아는 세계와 대치를 이루면 서, 이항대립항의 원초적 형태들로부터 차츰 일상과의 실제적인 대립항들 을 만들어 간다. 중기에 들어서 인식객체로서의 대상 세계에 일방적으로 노출된 자아는 일시적으로 균형 감각이 깨지면서 현실의 산문성으로부터 침윤을 받는다. 이 과정을 통해 김수영은 존재의 현현체로서 현실의 역동 적인 모습을 구현하는 민중을 신뢰하게 된다. 5·16으로 인해 다시 세계와 단절된 후기의 자아는 내면의 적과의 싸움을 통해 역사와 민중의 개념을 새롭게 정립한다. 그는 이러한 유산을 바탕으로 세계와 합일하려는 전략을 세워감으로써 점차 존재가 은폐된 '대지'와 존재가 현현하는 '세계'의 긴장

---

17) 이러한 일치는 김수영과 같은 시인에게 특징적이다. 그러나 그에게조차 시 의식과 역사 적 사건의 상동 관계를 기계적으로 적용할 수는 없을 줄 안다.

된 싸움을 준비한다. 세계와 합일하는 것은 결국 자연계의 본래적인 균형 감각을 내면화하는 것이기도 하다. 4·19와 5·16으로 인해 이중으로 부정되었던 균형 감각은 이와 같이 발전한 모습으로 나타나게 되었다.

2. 본론

1) 자아와 세계의 대치

(1) 개방과 투명성의 욕구

8·15 직후의 여러 사건들은, 양차 세계대전이 구미 지성들에게 이른바 '실존적' 불안과 회의를 가져다준 것과도 같이, 이 땅의 많은 지성들에게 위기감과 소외감을 안겨주었다.

김수영 역시 이러한 데서 크게 벗어나 있지 않았다. 당시 격변의 현장에서 그 어느 부류에도 낄 수 없었던 김수영은, 개인적인 설움과 소외감을 느끼면서도 주변인적인 긍지를 통해 자신의 본모습을 유지해 나가려고 하였다.

> 꽃이 열매의 상부上部에 피었을 때
> 너는 줄넘기 작란作亂을 한다
>
> 나는 발산發散한 형상形象을 구求하였으나
> 그것은 작전作戰같은 것이기에 어려웁다
>
> 국수—이태리어로는 마카로니라고
> 먹기 쉬운 것은 나의 반란성일까

동무여 이제 나는 바로 보마
사물과 사물의 생리生理와
사물의 수량과 한도와
사물의 우매와 사물의 명석성을

그리고 나는 죽을 것이다

「공자孔子의 생활난生活亂」 전문[18]

'꽃이 열매의 상부에 피는 것'과 '네'가 '줄넘기 작란을 하는 것'은 일상적이며 습관적인 행위다. 반면에 '내'가 만개한 꽃의 이데아를 의미하는 '발산한 형상'을 구하는 것은 '작전'을 요구하는 비일상적非日常的이고도 의도적인 행위다. 시인은 비일상에서 보다도 '먹는다'는 습관적인 일상에서 일종의 '반란성'의 증좌를 보고자 한다. 3연에서 일상의 '반란성'을 깨달은 자아는 결국 4연에서 일상 사물의 구체적인 논리에 관심을 갖게 된다. 여기에는 일상 사물의 논리 속에서 인식과 행위를 출발시키려 하는 자아의 욕망이 들어있다. 5연에서는, 이런 깨달음을 얻은 일상에서의 자아는 죽어도 상관없다는 생각과, 이 죽음을 통해 일상과 이상의 합치를 이루고자 하는 의도가 드러난다.

이 시에는 훗날에 만개하게 될 몇 가지 기본 발상이 들어있다. 일상에서 벗어나 이상으로 향하는 열망, 그래도 벗어날 수 없는 일상에서 사물의 논리를 파악해 가며 그 자체의 반란성을 키워 나가는 전략, 자아의 죽음을 통한 일상의 초월과 같은 것들이 바로 그것이다. 아직은 생경한 표현으로 이루어져 있지만, 이 시에는 김수영의 시적 에너지의 근원이 되는 '균형 감각'의 원초적 형태가 들어있다. 다시 말해 '세계를 향하는 자아의 열망'과 같은 것이 바로 그것이다.[19] 그러나 이러한 발상들이 시인의 자아 속에서

---

[18] 이하 시 인용은 『金洙暎全集 ① 詩』, 민음사, 1981에서 한다.
[19] 이러한 데서 보이는 도덕적 급진주의는 「더러운 香爐(1954)」와 같은 또 다른 초기 시에서도 잘 드러난다.

자유롭게 움직이기에는 시대의 중압이 너무 컸다.

초기 김수영의 실제 자아는 세계와 적극적으로 맞서기 보다는 유리창으로 형상화되는 투명한 단절의 경계를 사이에 두고 대치를 하며 그 건너편을 관망할 뿐이었다. '방'이나 '실내' 내지 '밀폐된 공간'으로 나타나는 자아의 내면 공간은 그 투명한 경계에도 불구하고 대체로 어두움의 정조를 기조로 하고 있다.

　　　　비가 그친 후 어느날―
　　　　나의 방안에 설움이 충만되어 있는 것을 발견하였다

　　　　오고가는 것이 직선으로 혹은
　　　　대각선으로 맞닥드리는 것같은 속에서
　　　　나의 설움은 유유히 자기의 시간을 찾아갔다

　　　　설움을 역류하는 야릇한 것만을 구태여 찾아서 헤매는 것은
　　　　우둔한 일인줄 알면서
　　　　그것이 나의 생활이며 생명이며 정신이며 시대이며 밑바닥이라는 것을 믿
　　었기 때문에―
　　　　아아 그러나 지금 이 방안에는
　　　　오직 시간만이 있지 않으냐
　　　　　　　　　　　　　　　　「방안에서 익어가는 설움(1954)」 1, 2, 3연

　　　　내가 사는 지붕 우를 흘러가는 날짐승들이
　　　　울고 가는 울음 소리에도
　　　　나는 취하지 않으련다

　　　　……

　　　　날짐승의 가는 발가락 사이에라도 잠겨있을 운명―

그것이 사람의 발자욱소리보다도

나에게 시간을 가르쳐주는 것이 나는 싫다

「도취陶醉의 피안彼岸(1954)」 1, 5연

　　폐쇄된 공간에서의 실존적 '설움'은 시인으로 하여금 흐르는 시간의 의미
를 되짚어 보게 한다. 일방적으로 흐르는 '추상적 시간'[20]은 수많은 속견俗
見과 사건들로 오염돼 가는 것을 본질로 하는 '세속적 시간'이면서도 「방안
에서 익어가는 설움」에서와 같이 '설움이 유유히 찾아가는' '구체적 시간'의
밑바탕을 이룬다. 「도취의 피안」에서 날아온 날짐승의 울음소리가 '추상적
시간'을 일깨워 주는 것을 꺼리기도 하지만,[21] 시인의 균형 감각은 결국 다
음과 같은 선언을 하게 된다.

　　이 밤이 기다리는 고요한 사상마저

　　나는 초연히 이것을 시간 위에 얹고

　　어려운 몇고비를 넘어가는 기술을 알고있나니

　　누구의 생활도 아닌 이것은 확실한 나의 생활

「방안에서 익어가는 설움(1954)」 6연

　　시인은 '구체적 시간'을 지향하는 '고요한 사상'을 초연히 '세속의 시간'
위에 얹고, '이것은 확실한 나의 생활'이라 말한다. 이렇게 비가역적이며 직
선적인 시간에 머물려는 자세는 끊임없는 균형 감각의 보완을 받아감으로
써 결국 '순간에의 충실'[22]이라고 지칭할 수 있는 방법론을 낳기도 한다.
　　현실의 원리에 따르기 위해서는 먼저 자아의 폐쇄성을 극복해야 한다.
아직은 본격적인 개방을 추진할 수 없었던 초기의 김수영은 이를 '투명성

20) 이것은 비가역적으로 흐르는 일상의 시간을 말한다.
21) 여기에서 날짐승의 울음소리는 후기의 '소음' 개념과도 통한다. 『全集 ②』, 307~309쪽을
참조하라.
22) 같은 책, 142쪽.

에의 욕구'로 나타낸다. 자아와 세계 사이에 투명한 단절의 경계를 설치하든지, 아니면 아예 자아 내부를 투명하게 드러내 보이든지 하려는 욕구가 바로 그것이다.

> 나의 명예는 부서졌다
> 비 대신 황사가 퍼붓는 하늘아래
> 누가 지어논 무덤이냐
> 그러나 그 속에서 부패하고 있는 것
> ─그것은 나의 앙상한 생명
> PLASTER가 연상燃上하는 냄새가 이러할 것이다
>
> 오욕汚辱 · 뼈 · PLASTER · 뼈 · 뼈
> 뼈 · 뼈··························
>
> 「PLASTER(1954)」 4, 5연

> 더 넓은 전망과 필요없는 이 무제한의 시간 우에서
> 산도 없고 바다도 없고 진흙도 없고 진창도 없고 미련未練도 없이
> 앙상한 육체의 투명한 골격과 세포와 신경과 안구까지
> 모조리 노출낙하시켜가면서
> 안개처럼 가벼웁게 날아가는 과감한 너의 의사意思 속에는
> 남이 보기 전에 네 자신을 먼저 보이는
> 긍지와 선의가 있다.
>
> 「헬리콥터(1955)」 4연 부분

「PLASTER」에서 자아의 내면은 '부패하고 있는 앙상한 생명'으로 뒤둥그러져 노출된다. 그러나 「헬리콥터」의 투명한 자아는 비애와 침묵을 가슴에 품고서도, 남보다 자신을 먼저 드러내 보이면서 꼿꼿이 '자유의 정신의 아름다운 원형原型'을 간직한다.

유리창은 스스로 속을 훤히 드러내 보이면서 자아와 세계 사이의 차폐물

역할을 한다. 관망은 할 수 있으면서도 단절을 느끼게 하는 유리창 안에서 자아는 '안도'의 '탄식'을 짓는다.[「너는 언제부터 세상과 배를 대고 서기 시작했느냐 (1955)」] 그는 이 내부의 어둠을 이상理想의 엄숙한 징표로 생각한다.

> 삼월도 되기 전에
> 그의 내부에서는 더운 물이 없어지고
> 어둠이 들어 앉는다
>
> 나는 이 어둠을 신이라고 생각한다
>
> 이 어두운 신은 밤에도 외출을 못하고 자기의 영토를 지킨다
> ─유일한 희망은 겨울을 기다리는 것이다.
>
> 「수난로水煖爐(1955)」 2, 3, 4연

봄이 되어 물이 없어진 뒤 들어앉는 수난로의 '어둠'은, 실용적인 일상 속의 '물' 대신 내부의 공간을 채운 '기다림'의 상징이다. '수난로의 머리 위에 반드시 창이 달려있는 것'은 '인간의 비극' 따위와 같은 일상사와 접하기 위해서다. 성스러운 '존재'와도 같은 어둠을 간직한 자아에게 이러한 속세에의 관심은 죄악으로 느껴지지만, 결국 현실을 향하는 열망으로 인해 자기 내부의 어둠과 타협하지 않을 수 있게 되는 것이다.

> 오 죽어있는 방대한 서책들
>
> 너를 보는 설움은 피폐한 고향의 설움일지도 모른다
> 예언자가 나지 않는 거리로 창이 난 이 도서관은
> 창설의 의도부터가 풍자적이었는지도 모른다.
>
> 「국립도서관(1955.8.17)」 4, 5연

여기서의 도서관도 수난로와 같이 자아의 투영물이다. 도서관 내부의 방대한 서책들은 수난로 속의 어둠과도 같이 신에 버금간다.[23] 그런데 이러한 신들이 죽어있다. 새로이 신의 도래를 준비할 예언자도 나지 않는 거리 [일상의 장(場)]로 통로가 나 있는 실내에서, 자아는 잊어버린 존재의 도래를 꿈꾼다. 김수영에게 '방', '실내', '밀폐된 공간'은 결국 이와 같은 상실의 회복을 꿈꾸며 '예의연마銳意研磨'하는 도량인 것이다. 여기에서의 어둠은 예언자로서의 시인에게는 신성하고 거룩한 밤이다.[24]

'어둠'과 '밤'에 비해 '밝음'과 '빛'은 '허상虛像'이고 '경박한 현란함'이며, '세속의 비본질적인 면'이다.

> 하기는 현실이 고귀한 것이 아니라
> 영사판을 받치고 있는 주야晝夜를 가리지 않는 어둠이
> 표면에 비치는 현실보다 한치쯤은 더
> 소중하고 신성하기도 한 것인지 모르지만
>
> 「영사판映寫板(1955)」 2연

> 애타도록 마음에 서둘지 말라
> 강물 위에 떨어진 불빛처럼
> 혁혁한 업적을 바라지 말라
>
> 「봄밤(1957)」 1연 부분

> 어제와 같이 다시는 「헛소리」를 하지 않으려고 결심하면서
>
> 자꾸 수그러져가는 눈을 들어 강江과 대안對岸의 찬란한 불빛을 본다
>
> 「말(1958)」 부분

23) 서책을 신성시하는 발상은 「書册(1955)」에서도 나타난다.
24) M. 하이데거, 「가난한 時代의 詩人」(『詩와 哲學』, 蘇光熙 편역, 박영사, 1975)을 참조하라. 이와 비슷한 발상은 「序詩(1957)」에서도 나타난다.

'영사판'의 '어룽대며 변하여가는 현실'보다 이를 받쳐 주는 어둠이 더 소중한 것이며, '강물 위에 떨어진 불빛'이나 '강과 대안의 찬란한 불빛'에 마음 쓸 일이 아니라고 시인은 다짐한다.

(2) 자연과 죽음의 수용

김수영은 마포麻浦 서강西江에서의 생활이 안정되어가자 가부장으로서의 부담감을 조금씩은 덜게 된다. 그 후로도 끊임없이 돈 버는 일과의 갈등 속에 파묻혀 지내기는 했지만, 점차 안정된 가정이 꾸려져 나감에 따라 그는 자아의 단절감을 '개인사'나 '추상적인 역사 감각'이 아니라 '현실의 일상'과 그의 집적물인 '당대의 역사'를 통해 점차로 극복하기 시작한다. 그러면서 이제 그는 구체적인 시간의식과 공간의식에 의거하여 실제 자연과 그 속에서 일하는 사람들을 묘사하는 방향으로도 발상법을 확대하였다.[「여름 아침(1956)」] 김수영은 일상과 초월의 긴장된 균형 감각을 획득하게 된 것이다.

> 무엇때문에 부자유한 생활을 하고 있으며
> 무엇때문에 자유스러운 생활을 피하고 있느냐
> 여름뜰이여
> 나의 눈만이 혼자서 볼 수 있는 주름살이 있다 굴곡이 있다
> 모오든 언어가 시에로 통할 때
> 나는 바로 일순간 전의 대담성을 잊어버리고
> 젖먹는 아이와 같이 이즈러진 얼굴로
> 여름뜰이여
> 너의 광대한 손(手)을 본다
>
> 「여름뜰(1956)」 1연

첫 두 줄은 자아가 스스로에게 하는 독백이다. 그러나 그 발언은 자아 내부에 깃들기 시작한 '세속'에게 하는 소리이기도 하다. 시인은 부자유와 자유, 합리와 비합리, 질서와 무질서 사이에 묵연히 앉아 무질서 속의 자유가 비합리의 언어로 꿈틀거리는 것을 본다. 은폐된 존재는 시대의 주시자이며 예언자인 시인의 시를 통해서 드러난다. 시인은 순간적인 황홀감에 젖기도 하나 다음과 같은 균형 감각을 잃지 않는다.

> 여름뜰을 흘겨보지 않을 것이다
> 여름뜰을 밟아서도 아니될 것이다
> 묵연히 묵연히
> 그러나 속지 않고 보고 있을 것이다

앞의 시, 5연

이 '세계'는 저 혼자 개진되지 않는다. '존재가 은폐된' '대지'에 끊임없이 침투함으로써 '세계'가 개진되는 것이다.25) '대지' 또한 '세계'의 침투를 거부하면서도 이 긴장을 이룬 싸움을 통해 자신을 드러낸다. 그런데 개진과 은폐의 싸움은 오직 예술 작품을 통해서만 이루어진다. 하이데거에 의하면 비합리와 무의식은 오직 예술에 의해서만 그 생명을 유지할 수 있기 때문이다. 여기서 우리는 김수영이 완강하게 유지한 균형 감각의 한 비밀을 알 수가 있다. 그의 '일상'에의 지향은 근원적으로 '시작詩作'에서의 고민에서 출발하였다. 그러나 '예술적 인식' 또한 역사법칙의 제한을 받는 것이다. '의식' 없는 '무의식'은 공허한 것임을 깨달은26) 그는 '시작'과 '일상 행위'의 긴장을 지속하려 한 것이다.

---

25) 이와 관련한 하이데거의 예술론에 대해서는 M. 하이데거의 『藝術作品의 根源』을 참조할 것.

26) 이러한 깨달음은 1966년에 쓴 산문 「변한 것과 변하지 않은 것」에서 다음과 같은 표현을 얻는다. "'의미'를 포기하는 것이 아니라 '의미'를 껴안고 들어가서 그 '의미'를 구제함으로써 무의미에 도달하는 길"(『全集 ②』, 245쪽).

질서와 무질서와의 사이에
움직이는 나의 생활은
섧지가 않아 시체와 다름없는 것이다

앞의 시, 4연

실존의 설움에서 벗어나 '존재의 빛을 받는' 자연에 몸과 마음을 의탁한 시인은, 이제 시체와도 같이 세속을 초월한 '안온한 냉정함'을 누리게 된다. 그러나 이것은 아직 관념적인 냄새가 짙은 '초월'이지 구체를 완전히 껴안은 '지양'은 아니었다. 자아가 구체적으로 세계와 교류하는 길은 여전히 요원하였다.

세속을 초월한 안온한 냉정함은 「병풍(1956)」에서도 나타난다. 이 시에서 죽음은 '세속의 초월', '생의 또 다른 측면'27)을 의미하는데, 이러한 죽음을 부정하는 것은 세계와 인간을 갈라놓는 속견인 것이다.

> 병풍은 무엇에서부터라도 나를 끊어준다
> 등지고 있는 얼굴이여
> 주검에 취醉한 사람처럼 멋없이 서서
> 병풍은 무엇을 향하여서도 무관심하다
> 주검의 전면全面같은 너의 얼굴 위에
> 용龍이 있고 낙일落日이 있다
> 무엇보다도 먼저 끊어야 할 것이 설움이라고 하면서
> 병풍은 허위虛僞의 높이보다도 더 높은 곳에
> 비폭飛瀑28)을 놓고 유도幽島를 점지한다
> 가장 어려운 곳에 놓여있는 병풍은
> 내 앞에 서서 주검을 가지고 주검을 막고 있다

---

27) "죽음이란 우리를 외면한, 우리에 의해서 비쳐지지 않은 '생의 측면'이다."(R. M. 릴케, 『뮈소發 書簡』, 332쪽, M. 하이데거의 『詩와 哲學』, 252쪽에서 재인용) "죽음이라든가 망자의 나라는 존재자의 전체에 속하는 별개의 측면이다."(M. 하이데거, 같은 곳).
28) 『全集 ①』의 '飛爆'은 '飛瀑'의 誤字다.

나는 병풍을 바라보고

달은 나의 등뒤에서 병풍의 주인 육칠옹해사六七翁海士의 인장印章을 비추어
주는 것이었다

「병풍屛風(1956)」 전문

여기에서 병풍과 주검은 다 같이 세속을 초월한 안온한 냉정함을 보여
준다. '주검의 전면같은' 병풍의 얼굴 위에 그려져 있는 '용'과 '낙일'과 '비폭'
과 '유도' 등은 명부冥府와 같은 망자亡者의 나라를 묘사한 것인데, 이러한 것
을 대상화해서 볼 수밖에 없는 데서 시인의 설움이 싹튼다. 그러나 하이데
거에 의하면 사실 죽음이야말로 "가시적可死的 인간을 그 본질에서 접촉하
고, 또 생의 다른 측면으로 가게 함으로써, 마침내 ('세계世界 내內의-인용
자) 순수한 연관의 전체 속에 놓아주는 것"29)이다. 결국 시인은 병풍에서
허위의 일상보다 높은 곳에 존재하는 '세속 초월의 세계'를 보면서, 그 죽음
의 세계가 보여 주는 무관심한 표정이야말로 자아가 받아들여야 할 삶의
본원적인 모습이라는 것을 깨닫는다.

죽음을 자연의 한 모습으로 수용함으로써 자아와 세계를 합치시켜 보려
는 욕구는 「눈(1956)」에서도 잘 나타난다.

눈은 살아있다

죽음을 잊어버린 영혼과 육체를 위하여

눈은 새벽이 지나도록 살아있다

「눈」 3연

「눈」은 일상의 '죽음'을 통한 탈속脫俗을 노래한 시다. 이 시에서 '죽음을
잊어버린' 영혼과 육체는 '세속적인' 영혼과 육체를 뜻한다. 시인의 직관 속

---

29) M. 하이데거, 같은 책, 254쪽. 여기서 '생(生)'이란, "자기 존재 가운데 있는 존재자 즉,
자연을 의미한다."(같은 책, 243쪽)

한국 근현대문학의 모더니티

에서 탈속적인 '눈'은 이러한 영혼과 육체들을 정화시켜 줄 수 있는 포용성을 지닌다. 자연의 포용성이란 사실 그 개념을 이끌어 내는 인간 인식의 탄력성을 나타내 주는데, 이러한 식의 인식은 인간의 구체적 노동과 결합되어야 제대로 파악할 수 있는 자연의 의미를 관념적으로 이해하게 할 위험성을 지닌다. 결국 이와 같은 현실 이해는 수많은 사회적 폭력에 무력할 수밖에 없는 것이다.

이제 꿈을 다시 꿀 필요가 없게 되었나보다
나는 커단 서른아홉살의 중턱에 서서
서슴지않고 꿈을 버린다

피로를 알게 되는 것은 슬픈 일이다
밤이여 밤이여 피로한 밤이여

「달밤(1959.5.22)」 2, 3연

…… 활자活字는 반짝거리면서 하늘아래에서
간간이
자유를 말하는데
나의 영靈은 죽어있는 것이 아니냐

……

그대의 정의도 우리들의 섬세도
행동이 죽음에서 나오는
이 욕된 교외郊外에서는
어제도 오늘도 내일도 마음에 들지 않어라

「사령死靈(1959)」 1, 4연

세속의 폭력성은 시인에게 더 이상 '신성하고 거룩한 밤'을 허락하지 않았다. 압제적인 현실에서 자아의 균형 감각은 온전히 유지될 수가 없었던 것이다. 시인은 독재 시대에 교외에서 안주하는 자신을 자학한다. 「사령」에서 그는, 정의를 위한 행동을 보이지 못하는 자기의 영혼은 죽음을 내면화하지 못한 타락한 영혼이 아닌가 의심해 보기도 한다. 「영롱한 목표(1957)」를 세우고 「긍지의 날(1955)」을 꾸리고자 했던 시인의 시도는 그런대로 하나의 세계관으로 정립되어 자애自愛와 타애他愛가 일치되는 공간을 형성하였으나, 객관적 현실은 '무한 자유 속의 죽음'을 허락하지 않았다. 하이데거적 '세계'가 아닌 인식객체로서의 세계는 이제까지 그가 경계해 왔던 엄청난 의식의 그림자를 몰고 무의식의 영역에로 침입해 들어오기 시작한다.

2) 세계에 의한 자아의 노출

4·19는 6·25라는 민족의 대변란 이후 쌓여온 모든 모순에 대한 항거인 동시에, 외국 독점자본이 본격적으로 진출하게 되는 계기를 이룬다.[30] 일견 모순돼 보이는 두 성격의 의미는 그때까지 자기네들의 자그마한 물적 토대 위에서 전전긍긍하고 있었던 소시민 계층에서 눈에 띄게 부각된다. 혁명적 결단을 요구하는 나날이 지나가는 가운데에서 이 계층은 자신들이 점차 계층적 집단성을 상실해 나갈 운명이라는 것을 감지해야만 했다. 그들은 노동자계급을 중심으로 한 피지배층의 민중적 집단성이나 자본가계급을 중심으로 한 지배층의 집단성을 지향하든지, 아니면 개인의 고립된 틀 속에서 현재와 미래를 관망하든지 할 수밖에 없었다.[31]

---

[30] 외국 독점자본의 진출은 5·16과 그 이후의 한일협정 등으로 본격화된다.
[31] 이러한 소시민 계층의 양극화가 본격화되는 때는 1970년대 이후이며, 1960년대는 그의 준비기요, 4·19와 5·16 사이의 짧은 기간은 그의 감지기였다.

김수영도 이 무렵 세계와 폭발적으로 만나게 되는데, 이것은 자아의 발전에 의한 능동적 만남이 아니라, 도덕적 급진성 아래에 뿌리 깊게 깔려있었던 소시민적 자아가 그야말로 일방적으로 세계에 노출되는 만남이었다. 유리창의 내부와 외부, 어둠과 밝음의 대치 상태를 거쳐 형성되었던 무의식과 의식 사이의 균형 감각은 세계를 향한 더욱 큰 긍정을 위하여 일단 부정되었다.[32] 이 일방적 노출은 그에게 벅찬 감격으로 받아들여진다.

나는 아직까지도 '시를 안다는 것'보다도 더 큰 재산을 모르오. 시를 안다는 것은 전부를 아는 것이기 때문이오. 그렇지 않소? 그러니까 우리들끼리라면 '통일' 같은 것도 아무 문젯거리가 되지 않을 것이오. 사실 4·19 때에 나는 하늘과 땅 사이의 통일을 느꼈소. 이 '느꼈다'는 것은 정말 느껴 본 일이 없는 사람이면 그 위대성을 모를 것이오. 그때는 정말 '남'도 '북'도 없고 '미국'과 '소련'도 아무 두려울 것이 없습디다. 하늘과 땅 사이가 온통 '자유 독립' 그것뿐입디다. 헐벗고 굶주린 사람들이 그처럼 아름다워 보일 수가 있습디까! 나의 온몸에는 티끌만한 허물도 없습디다. 그러니까 나의 몸은 전부가 바로 '주장'입디다. '자유'입디다······[33]

'하늘과 땅 사이의 통일'이란 '자아와 세계 사이의 통일'을 뜻한다. 여기에는, 세계와 통일을 이룬 자아는 김수영이 생각하는 '세계'의 특성과도 같이 '절대 자유'를 누려야 한다는 주장이 깔려있다. 이 '절대 자유'는 '아는' 차원을 넘어서 '느끼는' 차원으로 향유되어야 한다. 자아―세계 대립의 통일을 위해서, 우리는 '존재'를 '논리'가 아닌 온몸의 '감각'으로 느껴야 하

---

32) 김인환은, 혁명의 민중성, 대중성이 송욱(宋稶)이나 민재식(閔在植)에서와 마찬가지로 김수영에게도 시적 변혁을 감행하게 한 주요 계기가 되었다고 하면서, 이러한 선례로 갑오농민전쟁과 3·1 운동의 전 민족적 결단을 집약한 한용운(韓龍雲)의 「님의 沈黙」을 들었다(金仁煥, 「詩人意識의 成熟過程」, 『文學과 文學思想』, 悅話堂, 1978, 176쪽).
33) 이 글은 그의 친구였던 월북 시인 김병욱(金秉旭)에게 보내는 편지 형식으로 되어 있다. 崔夏林, 金洙暎 評傳 『자유인의 초상』(文學世界社, 1982), 183~185쪽을 보라.

는 것이다. 시 즉, "노래는 존재"[34]이기에, 시를 아는 것은 이러한 이치를
꿰뚫는 것이다. 이 구절에는 시인은 본능적으로 자유를 노래하여야 한다는
논지가 담겨져 있다. 4·19 뒤 6월 17일에 쓴 일기의 다음 구절도 같은 맥락
에서 읽을 수 있겠다.

> 말하자면 혁명은 상대적 완전을, 그러나 시는 절대적 완전을 수행하는 게
> 아닌가.
> 그러면 현대에 있어서 혁명을 방조 혹은 동조하는 시는 무엇인가. 그것은
> 상대적 완전을 수행하는 혁명을 절대적 완전에까지 승화시키는 혹은 승화시
> 켜 보이는 역할을 하는 것이 아닌가.[35]

여기에서는 '절대적 완전'이 곧 '절대 자유'다. 혁명과 시의 관계는 현실
형과 이념형의 관계와 같다. 현실형은 결국 만날 수 없는 이념형을 향하여
끝없이 수렴돼 가는 것이다. 이러한 발상은 혁명이 나기 4년 전에 한 시구
절에서 다음과 같이 표현되기도 하였다.

> 그러면
> 아름다움은 어제부터 출발하고
> 너의 육체는
> 오늘부터 출발되는 것이다
>
> 「바뀌어진 地平線(1956)」 9연

이 시에서 세속의 시인(현실형)은 아름다움의 정화精華인 시(이념형)를 끊임없

---

[34] „Gesang ist Dasein" 릴케의 이 시구절은 김수영의 산문 「反詩論」(『全集 ②』) 262쪽에도
실려 있는데, 하이데거는 이 구절에 대해 다음과 같은 부언을 한 적이 있다. "여기서
현존재(現存在, Dasein)라는 말은 예로부터 내려오는 뜻으로 볼 때 현전(現前, Anwesen),
그러니까 존재(存在, Sein)라는 말과 같은 뜻으로 쓰이고 있다."(『하이데거의 詩論과 詩
文』, 전광진 역, 탐구당, 1981, 126~127쪽)

[35] 『全集 ②』, 332~333쪽.

이 뒤쫓는다. 여기에서 보이는 일상과 이상 사이의 갈등은 시인이 추구해 온 '균형 감각'과 통하는데, 4·19 즈음에서는 「푸른 하늘을(1960.5.15)」과 같은 작품에서 다시 한번 형상화된다. 하늘로 비약한 노고지리는 '절대 자유'를 향하나, 내심으로는 비장함에 가려진 고독을 간직한다. '상대적 완전'을 지향하는 혁명의 선두에서 이 상대성의 진로를 시적 절대성으로 맞추어 나가는 노고지리는 이전 균형 감각의 소산이다. 그러나 이러한 정조는 소위 '예언자'이며 '존재의 목자'라 칭해지는 시인보다 앞서 가는 민중에 의하여 결국 압도된다.

> 요 시인
> 용감한 시인
> ─소용없소이다
> 산너머 민중이라고
> 산너머 민중이라고
> 하여둡시다
> 민중은 영원히 앞서 있소이다
>
> 「눈(1961.1.3)」 2연 부분

> 대구에서
> 대구에서
> 쌀난리가
> 났지 않아
> 이만하면 아직도
> 혁명은
> 살아있는 셈이지
>
> 「쌀난리(1961.1.28)」 2연

김수영은 무력한 지식인의 '논리'가 아닌 민중의 '실천 행위' 속에서 자아와 세계의 합일 가능성을 보았으며, 이러한 민중에게서 일종의 '존재의 현현'과 같은 것을 느꼈다. 일찍부터 '절대적 완전'을 향한 시적 혁명을 추구해 온 그는 현실을 이끌어 나가는 기성세력의 논리가 시간이 흐를수록 무력해 져 가는 것을 목도하면서, 몸으로 혁명을 만들어 나가는 민중을 신뢰하게 된 것이다. 기성세력에 대한 불신은 다음과 같은 데에서도 잘 나타난다.

> 기성 육법전서를 기준으로 하고
> 혁명을 바라는 자는 바보다
> 혁명이란
> 방법부터가 혁명적이어야 할 터인데
> 이게 도대체 무슨 개수작이냐
> 　　　　　　　　　「육법전서와 혁명(1960.5.25)」 1연 부분

> 귀에 걸면 귀걸이 코에 걸면 코걸이가
> 제이공화국 이후의 정치의 철칙이 아니라고 하는가
> 　　　　　　　　　「만시지탄은 있지만(1960.7.3)」 1연 부분

제2공화국의 한계가 드러나면서 차츰 혁명이 변질되어 가자 김수영은, "혁명의 육법전서는 '혁명'밖에는 없다."고 선언한다. 절대적 완전을 향해 가던 도중에 '균형 감각'을 깨뜨리면서 진입하게 된 산문성은 위와 같이 시 적 형식을 빌린 비판의 논조를 낳은 것이다.

혁명이 좌절되어 갈수록 그의 시는 더욱 자기 비하의 정조를 띠어 간다. [「허튼소리(1960.9.25)」, 「그 방을 생각하며(1960.10.3)」에서부터 「황혼(1961.3.23)」, 「4 · 19 시 (1961.4.14)」 등까지의 대부분의 시] 결국 "자유는 완강한 '나'와 함께 있지만, 동시에 완강한 '우리'와도 함께 있는 것"[36]임을 깨달은 김수영은 민중이 보여 주는 진보성에서 마지막 희망을 걸었던 것이다. 그러나 그와 같은 정황에서 얻어진 민중 의식은 내적 논리에서 근본적인 문제점을 가진다.

---

36) 金仁煥, 앞의 글, 178쪽. 김인환은 이것을 '역사의 발견'이라 불렀다.

백성들이

머리가 있어 산다든가

그처럼 나도

머리가 다 비어도

인제는 산단다

오히려 더

착실하게

온 몸으로 살지

「쌀난리」 3연 부분

　필자는 시인이 '머리가 빈 민중을 말한 것'을 '민중을 불신 또는 무시한 것'으로 해석할 생각은 없다. 오히려 '민중처럼 나 (즉, 시인 자신)도 머리를 비우고 온 몸으로 살겠다.'는 인식에서의 문제점을 지적하고자 한다. 그가 그리는 민중은 존재 자체의 여러 모순된 운동을 구현해 주는 존재자로서의 민중이다. 인간이 별로 개입되지 않은 절대 자유로서의 자연은, 역으로 그것에 의지하여 인간 및 민중의 특성을 정의하는 척도로 작용한다. 지식인적 인식의 허약성과 한계를 느껴오던 가운데, 자아와 세계의 합일 가능성을 몸 전체로 보여 주고 있는 '민중'을 신뢰하는 것은 분명 의미 있는 일이다. 그러나 그 신뢰는 본원적으로 '존재'와 '자연'에 대한 신뢰이기가 쉽다. 그는 '구체적'이고도 '감성적'인 민중을 아직 만나지 못하고 있었다. 하지만 이만큼 개방되었던 자아의 인식 틀마저 5·16을 만나자 다시 닫혀 버리고 만다.

3) 자아의 닫힘과 대치의 내면화

(1) 역사와 민중 개념의 정립

5·16 후에 쓰인 연작시 「신귀거래新歸去來」에서 김수영은 시 속의 산문성

을 내용과 형식의 양면에서 새롭게 전개하였다. 기존의 시 의식으로 가다 듬어지기 어려운 사고의 직접성을 드러내기 위하여 본격적으로 활용되어진 시 속의 산문성은, 5·16 이후 폭압적으로 획일화되어 가는 외부 현실에 대한 김수영 나름대로의 시적 전략이었다.

> 그의 시가 가지고 있는 혹종의 난해성은 논리의 비약에서 말미암은 것이 많은데 논리의 비약은 압축과 심상을 통한 사고라는 시적 사고에 따르게 마련이지만 그의 경우에는 논리적인 말과 진술에 대한 근본적인 불신이 있어 보인다. 그가 추구한 것은 논리적으로 다듬어지기 이전의 사고의 직접성이다. 논리조차도 사고의 직접성을 왜곡하는 억압의 굴레로 비쳤던 것이다.[37]

사고의 직접성을 드러내려는 시적 전략의 단초는 이미 4·19 이전부터 보인다.

> 현대의 종교는 「출발」에서 죽는 영예
> 그 누구의 시처럼
>
> 「비(1958)」 3연 부분

여기에는 시적 이미지가 언어화되면 생명력을 상실한다는 의미가 전제로 깔려있다. 자아는 언어를 통해서 세계를 인식하지만 동시에 언어 자체의 한계로 인해 항상 언어 이상의 것을 보지 못하게 된다. 김수영은 일찍부터 언어의 근본적 한계를 극복하기 위하여 의식과 무의식, 일상과 초월 등의 사이에서 긴장된 대립을 애써 유지하려고 노력해 왔다. 그러다가 4·19를 통해 그가 획득한 인식의 비약은, 이러한 균형을 담지하고 있는 존재의 현현체로서 민중을 발견하게 하였다. 그는 민중의 본래적 요구에 따라 흐

---

37) 유종호, 「詩의 自由와 관습의 굴레」, 『全集-別』, 251쪽.

르던 사회의 격류에 자기의 언어를 투신시킴으로써 시적 자유의 영역을 확대하려 하였다. 그러나 5·16으로 인해 세계와의 구체적인 교류를 제약당하게 되자 김수영의 자아는 다시 내면 탐구를 시작한다. 이에 따라 4·19로 인해 확대되었던 산문성의 한 특성으로서의 비판 정신도 점차 내면을 향하게 된다. 이러한 비판 정신은 현실 세계에 대한 항거로서 요설과 풍자와 같은 언어적 폭력 형식을 띠기도 한다. 그의 풍자는 민중 위에 군림한 특수 집단에게는 돌려지지 않고 민중의 일부인 소시민 쪽으로만 돌려지는 경향이 있다는 비판을 받기도 한다.[38] 그러나 민중에 대한 그의 공격은, 그것이 '적'과의 대결 형식으로 나타나더라도[「만용에게(1962.10.25)」, 「제임스 띵(1965.1.14)」, 「잔인의 초(1965.10.9)」 등] 결국 지식인적 자기반성의 한 모습이었으며, 의식 영역은 물론 점차 무의식 영역에까지 침투해 가던 '사회적 금제'들의 해체 과정의 한 단면이었다.

> 오월혁명 이전에는 백양을 피우다
> 그후부터는
> 아리랑을 피우고
> 와이샤쓰 윗호주머니에는 한사코 색수건을 꽂아뵈는 이유,
> 모르지?
> ……
> 술이 거나해서 아무리 졸려도
> 의젓한 포오즈는
> 의젓한 포오즈는 취하고 있는 이유,
> 모르지?
> 모르지?
>
> 「신귀거래 5−모르지?(1961.7.13)」 부분

---

[38] 대표적인 것이 김지하의 산문 「풍자냐 자살이냐」(『타는 목마름으로』, 창작과 비평사, 1982)다.

김수영은 1961년 6월 14일에 쓴 시작 노트[39]에서, 5·16 이전에 우리 사회의 통속성에 대한 반발로 거지꼴을 하고 다니는 것을 좋아한 적이 있는데, 일반 사회가 건전하고 소박해야지만 시인도 색깔 고운 수건쯤 꽂고 싶은 생각이 들 것이라고 말했었다. 그런데 이 시에서 김수영은, 담배는 '백양'보다 저급인 '아리랑'을 피우면서도 위 호주머니에는 한사코 '색수건을 꽂아뵈는' 모습을 보여 준다. 그는, '포오즈'의 허위성은 겉모습이 아니라 마음 자세에서 드러난다고 생각한다. 결국 그 마음은 타인의 시선에서 좀 더 당당할 필요가 있는 것이다.[40] 이에 그는 지난 시기의 반항적인 행동들이 때로는 얼마나 자기만족적이면서도 타인의 시선을 의식한 것이었는가를 알게 된다. 이 시에서 김수영은, 그러한 자애적인 욕심과 조급성을 뛰어 넘은 (보수화된 모습이 아닌) '의젓한 포오즈'를 취하면서, 세속적인 평범함을 잣대로 현실을 가늠하려는 자세를 보여 준다.

> 이태백이가 술을 마시고야 시작詩作을 한 이유,
> 모르지?
> ……
> 노년에 든 로버트 그레브스가 연애시를 쓰는 이유,
> 모르지?
> 우리집 식모가 여편네가 외출을 하면
> 나한테 자꾸 웃고만 있는 이유,
> 모르지?
> 그럴때면 바람에 떨어진 빨래를 보고

---

[39] 김수영, 『全集 ②』, 287쪽.
[40] 이러한 깨달음은 「巨大한 뿌리(1964.2.3)」의 다음 구절에서도 잘 나타난다.
　　　八·一五 후에 김병욱이란 詩人은 두 발을 뒤로 꼬고
　　　언제나 일본여자처럼 앉아서 변론을 일삼았지만
　　　그는 일본대학에 다니면서 四年동안을 제철회사에서
　　　노동을 한 强者다

내가 말없이 집어걸기만 하는 이유,

모르지?

앞의 시, 부분

　이태백이나 그레이브스의 위와 같은 태도는 시작에서의 '위대한 평범함'
을 보여 준다. 「산중여유인대작山中與幽人對酌」에서와 같은 여유를 보여 주는
이태백[41]이나, 이른바 '위대한 시'보다 '좋은 시'를 택한 그레이브스야 말로
진정 김수영의 위대한 전범이었다. 지난 역사의 쓰라린 경험을 통해 김수
영은 세속주의(secularism)의 의미를 새롭게 밝혀내게 되었다. 그러나 이러한
해탈을 얻어 가는 역사의 과정은 수많은 풍자와의 맞부딪침을 요구하였다.

누이야
풍자가 아니면 해탈이다
너는 이 말의 뜻을 아느냐
너의 방에 걸어놓은 오빠의 사진
나에게는 「동생의 사진」을 보고도
나는 몇번이고 그의 진혼가를 피해왔다

……

누이야
나는 분명히 그의 앞에 절을 했노라
그의 앞에 엎드렸노라
모르는 것 앞에는 엎드리는 것이
모르는 것 앞에는 무조건하고 숭배하는 것이
나의 습관이니까
동생뿐이 아니라
그의 죽음뿐이 아니라

---

[41] 김수영의 산문 「생활의 극복」(같은 책, 59~62쪽)을 참조하라.

혹은 그의 실종뿐이 아니라
그를 생각하는
그를 생각할 수 있는
너까지도 다 함께 숭배하고 마는 것이
숭배할 줄 아는 것이
나의 인내이니까

「신귀거래 7−누이야 장하고나!(1961.8.5)」 1연 부분, 3연

　시인은 6·25 때에 실종된 동생의 사진을 십 년 동안이나 정시正視할 수가 없었다. 그런 반면에 그 사진을 계속 자기 방에 걸어 두어 온 누이에게 역사는 과연 어떤 의미로 다가서는 것일까 하고 시인은 자문해 본다. 결국 그는 끝없이 의문만을 던지는 '첨단의 노래'의 무력함을 느끼며 아예 혼돈 속의 누이에게서 일상의 힘을 보아 내고 싶어 한다. 역사의 힘은 진지하게 사고하고 행동하려는 이에게 더욱 예민하게 지각되고 거칠게 작용한다. 그리고 이러한 이치를 느끼지 못하는 사람에게는 오히려 본인도 모르는 채 극복의 길이 트인다고 그는 생각한다. 이러한 상황의 아이러니에는 일종의 지식인적 회의주의가 깃들어 있다. 청교도적 고통을 택한 시인의 앞길에는, 그러한 고통은 아랑곳하지 않는 민중이 있었다. 풍자는 이러한 역사적 상황에 대한 풍자인데, 해탈은 오히려 해탈을 의식하지 않는 이들의 삶과 사고에 녹아들어 있다. 시인 자신이 해탈을 향해 나가는 길은 긴 우회로를 통과해야 하는 데 비해, 누이는 비인위적으로 해탈을 이루어 간다. 누이의 모습은 바로 민중의 모습이다. 시인은 이러한 누이에게서 드넓은 미래에의 전망을 기대한다. 이것이 바로 김수영이 새롭게 갖추어 가던 '민중적 역사관'의 모습이었다.
　일찍이 「이(虱, 1947)」, 「아버지의 사진(1949)」, 「헬리콥터(1955)」 등에서 역사와 전통에서의 단절 의식을 보여 주었던 김수영은 4·19의 좌절을 경험하면서 오히려 역사의 의미를 새롭게 내면화했었다.

혁명은 안되고 나는 방만 바꾸어 버렸다
나는 인제 녹슬은 펜과 **뼈**와 광기—
실망의 가벼움을 재산으로 삼을 줄 안다
이 가벼움 혹시나 역사일지도 모르는
이 가벼움을 나는 재산으로 삼았다

　　　　　　　　　　　「그 방을 생각하며(1960.10.30)」 3연

　역사의 격랑에 한없이 무기력했던 시인의 펜과 **뼈**와 광기가 이제는 혁명
의 좌절과 함께 녹슬어 있다. 그 무기력에 대한 실망 또한 한없이 가볍기만
하다. 그러나 이 보잘것없는 가벼움이야말로 역사의 본모습일지 모른다.
그는 이러한 가벼움을 재산으로 삼고자 한다. 시인 자신도 포함한 보통 사
람들의 맞부딪침 속에서 계속 발견해 나가야 하는 역사의 진리는 곧 존재
의 진리와도 같다. 그는 민중적 역사의 발견을 통해 개별적인 지식인으로
서 가져온 역사적 부담감에서 어느 정도 벗어날 수가 있었다.

버드 비숍여사를 안 뒤부터는 썩어빠진 대한민국이
괴롭지 않다 오히려 황송하다 역사는 아무리
더러운 역사라도 좋다
진창은 아무리 더러운 진창이라도 좋다
나에게 놋주발보다도 더 쨍쨍 울리는 추억이
있는 한 인간은 영원하고 사랑도 그렇다

　　　　　　　　　　　　　　「거대한 뿌리」 4연 부분

　김수영은 「거대한 뿌리」에서, '이 땅에 발을 붙이기 위해서', 좌·우·중
립 등 어디에서도 퇴영적인 '반동'으로 배척받았던 무수한 민중적 전통들을
사랑한다. 그 민중과 전통에 대한 추억이라는 것은 이성의 영역이 아니라
'놋주발의 쨍쨍 울리는 소리'와도 같이 감각의 영역에 있는 것이기 때문이
다. 그렇기에 '썩어빠진 대한민국'의 '더러운 역사'도 받아들일 수 있는 것이

다. 이러한 김수영의 태도를 퇴영적이라고 섣불리 판단할 수는 없겠다. 김수영의 발언에는 다소 의도적인 과장이 들어있다. 그는 '진정한 예술 작품은 애수를 넘어선 힘의 세계에 있고'[42], '현대시의 양심과 작업은 뒤떨어진 우리 현실에 대한 자각이 모체가 되어야 겠다.'[43]고 하면서, 서정주徐廷柱류의 '신라에의 도피'와 같은 것을 배척하였다.[44] 그의 민중적 역사관의 문제점은 민중관에서와 마찬가지로, 퇴영적인 데가 아니라 추상적인 데에 있는 것이다. 그에게 비치는 역사 속의 민중은 대부분 룸펜적이지 않으면 소시민적이다. 막걸리집의 작부[「만주(滿洲)의 여자(1962.8)」], 가난한 투망꾼[「강가에서(1964.6.7)」], 곰보·애꾸·애 못 낳는 여자·무식쟁이[「거대한 뿌리」], 매춘부[「엔카운터지(誌)(1966.4.5)」], 도적[「도적(1966.10.8)」], 빚쟁이[「네 얼굴은(1966.12.22)」] 등에서는 생산과 진보의 주인으로서의 민중의 모습을 찾아보기가 힘들다. 그러나 이러한 범위 내에서도 지식인적 자기반성은 꾸준히 진행되어 나간다.

> 더운 날
> 적敵이란 해면海綿같다
> 나의 양심과 독기毒氣를 빨아먹는
> 문어발같다
>
> 흡반 같은 나의 대문의 명패보다도
> 정체없는 놈
> 더운 날
> 눈이 꺼지듯 적이 꺼진다
>
> 「적(1962.5.5)」 1, 2연

42) 같은 책, 268쪽.
43) 같은 책, 350쪽.
44) 같은 책, 360쪽; 김수영, 「參與詩의 整理」, 『創作과 批評』 통권 8호, 창작과 비평사, 1967. 겨울, 636쪽.

4·19 직전에 쓴 시 「하······ 그림자가 없다(1960.4.3)」에서 김수영은 그림자가 없는 '보이지 않는 적'에 대해 언급했었다. 그 적은 현실의 독재 정권보다 더 넓은 대상을 지칭하고 있었다. 자세히 말해서 그 적은 폭압에 억눌려 형성된 우리 자신의 비굴성, 속물성을 뜻하는 것이었다. 싸우는 목표 못지않게 방법 또한 중요하다. 김수영은 그릇된 적과 대결하기 위해서는 먼저 우리 내면의 그릇된 요소와 치열하게 대결해야 한다고 강조했었다. 그런데 이 적은 혁명의 이상이 꺾인 뒤 더욱 은밀하게 우리 내면에 깃들게된 것이다. 평소 그에게 '세속의 경박'을 뜻해 온 맑은 더운 날의 나태함과도 같이, 내면의 적은 그의 양심과 독기를 빨아먹는다. 그렇기에 「적이 어디에 있느냐?」는 자문은 「적이 꼭 있어야 하느냐?」는 회의 어린 자답으로메아리쳐 오는 것이다. 이렇게 더 큰 용기와 참을성을 필요로 하는 은폐된적과의 싸움을 통해 김수영은 꾸준히 자신의 내면에 존재하는 온갖 '사회적 금제'들을 해체해 간다.

그는 「적」에서 언급된 의식의 나태화·상투화와 아울러, 지식인적 편집증과 소심함을 비판한다.[「마아케팅(1962.5.30)」, 「파자마바람으로(1962.8)」, 「죄와 벌」(1963.10), 「강가에서(1964.6.7)」] 또한 그는 정체가 불분명한 사회적 폭력성을 자기도 모르게 내면화 하면서도 정작 정치적 압제에 대해서는 무력함을 보여 주는 자신을 지적한다.[「제임스 띵(1965.1.14)」, 「어느날 고궁을 나오면서(1965.11.4)」] 결국 그는 비민중적인 '냉철한 지성'을 경멸하면서, 시인의 가상 싸움의 상대인, '피흘리는'민중에게 사랑과 화해를 청한다.[적 2(二)(1965.8.6), 「이혼취소」(1966.1.29)]

이러한 '사회적 금제'들의 해체 작업은 후기로 가면 다음과 같이 발전한다.

> 문명의 하늘은 무엇인가로 채워지기를 원한다
> 나는 지금 규제로 시를 쓰고 있다 타의의 규제
> 아슬아슬한 설사다

언어가 죽음의 벽을 뚫고 나가기 위한
숙제는 오래되다 이 숙제를 노상 방해하는 것이
성性의 윤리와 윤리의 윤리다 중요한 것은

괴로움과 괴로움의 이행履行이다 우리의 행동
이것을 우리의 시로 옮겨놓으려는 생각은
단념하라 괴로운 설사

괴로운 설사가 끝나거든 입을 다물어라 누가
보았는가 무엇을 보았는가 일절 말하지 말아라
그것이 우리의 증명이다

「설사의 알리바이(1966.8.23)」 4, 5, 6, 7연

여기서 '타의의 규제'는 내면화되는 '사회적 금제'들을, '설사를 하는 행위'
는 이러한 금제들을 뚫고 '우리의 행동을 시로 옮겨 놓는 행위'를 나타낸다.
이러한 행위는 곧 "시로 대표되는 '존재'의 모습을 드러내 보이는 행위"다.
언어는 죽음의 벽을 뚫고 나가야 온갖 윤리와 규제로 뒤덮인 세속의 논리
를 극복할 수 있다. 김수영은 이러한 아슬아슬한 긴장의 순간에서만 시가
나오는 것이라고 생각한다. 그는 한 산문에서, "제 정신을 갖고 사는 사람
이란 끊임없는 창조의 향상을 하면서 순간 속에 진리와 미美의 전신全身의
이행을 위탁하는 사람"[45]이라고 말한 적이 있다. 7연에서 '입을 다문다'는
것은 그가 후기에 들어 꾸준히 추구한 '침묵'을 뜻하는데,[46] 이와 같은 '침

---

[45] 김수영, 『全集 ②』, 142쪽.
[46] 침묵은 요설과 마찬가지로 기존 언어 논리의 불신에서 나온다. 후기에 들어 '침묵'이란
말은 김수영에게 시적 작업의 중요한 원천이 된다. "내가 참말로 꾀하는 것은 침묵이다.
이 침묵을 지키기 위해서라면 어떤 희생을 치르어도 좋다."(같은 책, 301쪽), "나의 연상
에서는 진지란 침묵으로 통한다. 가장 진지한 시는 가장 큰 침묵으로 승화되는 시다."(같
은 책, 141쪽), "침묵은 이행(履行, enforcement)이다."(같은 책, 307쪽), "나의 운산은 침묵
을 위한 운산이 되기를 원하고, 그래야지만 빛이 난다."(같은 책, 309쪽), "오든의 참여시
도, 브레히트의 사회주의 시까지도 종국에 가서는 모든 시의 미학은 무의미의—크나큰

묵을 위한 운산'을 중히 여기는 사람만이 끊임없이 창조의 향상을 이루어 갈 수 있다. 이 행위를 통해 언어는 수없이 죽음의 벽을 뚫고 나가는 것이다. 그리하여 일상의 언어 논리에 물드는 의식은 죽음을 되풀이하면서 무의식과의 긴장 관계를 유지할 수 있게 된다. 이렇게 '순간 속에 미의 전신의 이행을 위탁하는' 행위야말로 자아의 정체성을 증명하는 행위다. 5·16 이후 폭압적으로 획일화되어 가는 사회 속에서 잃어버릴 뻔했던 자아의 정체성은 이와 같은 김수영 나름대로의 노력에 의해 다시 확보될 수 있었다. 그리고 이를 통해, '존재'의 현현으로서의 '민중'과, 민중의 실천을 통해 이루어져 가는 '역사'의 역동성은 그의 시작에도 반영되게 되었다. 여기에서 우리는 '균형 감각'이 4·19와 5·16의 이중의 부정을 거친 뒤 한층 성숙한 모습으로 재등장한 것을 볼 수 있다.

(2) 소음과 요설의 전략

시간은 내 목숨야. 어제하고는 틀려졌어. 틀려졌다는 것을 알았어. 당신한
테 알릴 필요가 있어. 그것이 책보다 더 중요하다는 것을 모르지. 그것을 이
제부터 당신한테 알리면서 살아야겠어ㅡ그게 될까? 되면? 안되면? 당신! 당신
이 빛난다.
우리들은 빛나지 않는다. 어제도 빛나지 않고,
오늘도 빛나지 않는다. 그 연관만이 빛난다.
시간만이 빛난다. 시간의 인식만이 빛난다.
빌려주지 않겠다. 빌려주겠다고 했지만
빌려주지 않겠다. 야한 선언을
하지 않고 우물쭈물 내일을 지내고
모레를 지내는 것은 내가 약한 탓이다.
야한 선언은 안해도 된다. 거짓말을 해도 된다.

침묵의ㅡ미학으로 통하는 것이다."(같은 책, 245쪽), "새싹이 솟고 꽃봉오리가 트는 것도 소리가 없지만, 그보다 더한 침묵의 극치가 해빙의 동작 속에 담겨있다."(같은 책, 96쪽)

안 빌려주어도 넉넉하다. 나도 넉넉하고,
당신도 넉넉하다. 이게 세상이다.

「엔카운터지誌」 4, 5연

　김수영에게 '엔카운터지誌'는 선진 이론 섭취 도구로서 '긍지의 상징'인
동시에 번역 일과 같은 밥벌이 도구로서 '비애의 상징'이다. 이 시는 이러한
의미를 갖는 '엔카운터지'를 빌려 줄 것을 거부하면서 내어놓는 심정 토로
의 형식으로 되어있다. 여기서 시인은 "내 정신을 갖고 사는 것이 중요하
다."[47]면서, '엔카운터지'라는 고급스럽고 선진적인(?) 외국 잡지에 관심을
두는 것에 슬쩍 농 섞인 핀잔을 주고 있다. 5·16 이후 시인은 계속해서 주
체적인 자세에 대해 언급해 왔다. 주체적인 자세는 문학적 산문성의 한 특
성인 비판 정신에 필수적인 것이다. 위 시에서 비판 정신은 외부 세계의
산문성인 '소음'에 대한 자아 내부의 '요설'로 나타난다. 소음과 요설의 대결
은 「만용에게」나 「잔인의 초」와 같은 데서 그 원초적 형태를 찾아볼 수 있
다. 시인은 「잔인의 초」의 시작 노우트에서, "아무래도 대결 의식은 나의
본질에 속하는 것 같고 시의 본질에 속하는 것 같다."[48]고 하였다. 이 대결
의식을 통해 '자아와 세계의 대치'가 자아 내부에서 이루어짐으로써, 자아
－세계의 합일 과정은 한 발짝 진전하게 된다. 자아와 세계가 합일을 이루
는 상태는 자연계의 본래적 균형 감각이 내면화되는 상태이며, 시인은 은
폐된 존재의 목자, 사라져버린 신의 예언자가 되는 상태다. 이러한 상태를
추구하는 대결 의식이야말로 김수영에게는 시의 본질이었던 것이다. 이러
한 '소음'과 '요설'에 대해서 좀 더 면밀히 살펴보도록 하자.
　이 시에서 '연관'이란 하이데거의 '세속적 시간'의 연관 즉, 우리가 보통
알고 있는 직선적이며 비가역적인 시간의 연관을 말한다. 이러한 '시간의

---

47) 같은 책, 139~144쪽을 참조하라.
48) 같은 책, 297쪽.

인식'이란 작자의 말에 의하면 '시 속의 소음'⁴⁹⁾이다. 시인은 남달리 소음에 예민한 편이었으며, 또 문학 생활을 영위해 나가는 중에 누구보다도 소음의 시달림을 많이 받아 왔다.⁵⁰⁾「신귀거래 3 − 등나무(1961.6.27)」는 시작에서의 소음의 개입 문제를 다룬 초기의 작품이다. 이카로스의 날개와 같이 지상을 벗어나려는 시인의 상상력은 세속의 원리와도 같은 소음에 의해 중간중간 방해를 받았다. 시를 쓰기 시작한 처음에는 이러한 소음의 방해를 애써 외면하려고 하였으나 현실의 소음은 점차 시적 상상력에 침입하여 퍼지기 시작하였다. 소음에 뒤엉킨 상상력은 결국 조금씩 변모를 겪게 되나, 이 시에서 세계와 자아는 끝까지 화해하지 못한다.

그러나 이제 시인은 소음을 '삶의 소리'로 받아들이려는 태도를 보여 준다. 김수영은 시작 노우트에서, 자기의 시 속에 요설이 있다고 남들이 말하는데, 자기의 요설은 소음에 대한 변명이고, 또한 요설에 대한 변명이 곧 문학이라고 하였다.⁵¹⁾ 이 구절은 '잡음은 인간적이다.'⁵²⁾라고 한 시인의 말에 비추어 해석되어야 한다. 이제 소음은 당연히 받아들여야 할 세계의 산문성이다. 이 세계의 산문성이 자아 내부에서 비판 정신을 불러일으킨 것이 바로 요설이다. 산문성을 산문성으로 맞받아치는 전략은 외부 세계의 논리에 억눌려 있던 자아 내부의 무의식을 순간적으로 일깨워 준다. 이 순간이 바로 '있다고 하기도 없다고 하기도 어렵다.'고 시인이 말한, '한 1, 2초 가량 모든 소음이 안 들리는 순간'⁵³⁾이다. 이 순간에는 무의식과 의식의 팽팽한 긴장 관계가 존재한다. 이 순간의 메커니즘을 '변명'하는 것이 바로 문학이다. 이 과정의 논리는 김수영이 주장했던, '산문 쓰듯이 시를 쓰고 시를 논할 때도 시 쓰듯이 논하자'⁵⁴⁾는 논리와도 맥이 통한다. 이와 같이 고

---

49) 같은 책, 307~309쪽을 참조하라.
50) "소음에 대해서 한 편의 논문을 너끈히 쓸 수 있을 것 같다."(같은 책, 307쪽)
51) 같은 곳.
52) 같은 책, 260쪽.
53) 같은 책, 307쪽.

도화한 균형 감각을 바탕으로 소음은 다음과 같이 그 역할을 확대해 간다.

고민이 사라진 뒤에
이슬이 앉은 새봄의 낯익은 풀빛의 영상影像이
떠오르고나서도
그것은 또 한참 시간이 필요했다
　　시계를 맞추기 전에
　　라디오의 시종時鐘이 나오기를 기다리는 것처럼
　　안타깝다

봄이 오기 전에 속옷을 벗고 너무 시원해서 설워지듯이
성급한 우리들은 이 발견과 실감 앞에 서럽기까지도 하다
　　전아시아의 후진국 전 아프리카의 후진국
　　그 섬조각 반도조각 대륙조각이
　　이 발견의 봄이 오기 전에 옷을 벗으려고
　　뚜껑이 열렸다 닫히는 소리

라디오의 시종時鐘을 고하는 소리 대신에 서도가西道歌와
목사牧師의 열띤 설교소리와 심포니가 나오지만
　　이 소음들은 나의 푸른 풀의 가냘픈
　　영상을 꺾지 못하고
　　그 영상의 전후의 고민의 환희를 지우지 못한다

나는 옷을 벗는다 엉클 쌤을 위해서
아시아와 아프리카의 무거운 겨울옷을 벗는다
　　겨울옷의 영상도 충분하다 누더기 누빈 옷
　　가죽옷 융옷 솜이 몰린 솜옷 ……
그러다가 드디어 나는 월남인越南人이 되기까지도 한다
엉클 쌤에게 학살당한

54) 같은 책, 249~252쪽을 참조하라.

월남인이 되기까지도 한다

「풀의 영상影像」 전문

이 시는 시적 상상에서의 소음의 개입 문제를 본격적으로 다루고 있다. 존재가 스스로를 드러내는 초논리적인 순간에 '풀의 영상'은 펼쳐진다. 2연에 가면 겨울을 뚫고 일어서려는 풀은 성급하게 나선 초봄 앞에서 시원해 하고 서러워하는 '우리'로 환치된다.[55] 곧 이어 풀은 '발견의 봄'으로 상징되는 주체의 회복을 위해 서둘러 일어서는 아시아, 아프리카 후진국들로 나타나기도 한다. 이때 서도가와 목사의 설교 소리와 심포니 따위의 소음들이 이 과정에 개입되어, 시적 상상 내외부의 모든 소음들은, 내부에서 싹튼, 이 시에서 가장 큰 소음과 점차 합쳐져 간다. 이 시詩야 말로 '온 몸의 이행은 시의 형식이고 자유의 이행은 시의 내용'이라는 김수영 시론의 실례를 보여 주는데, 이 시에서 가장 큰 소음은 그가 언급한 바와 같이 '엉클 쌤에게 학살당한 월남인'이다.[56] 이 소음은 4·19와 5·16을 통해 이중으로 부정당한 그의 균형 감각의 발전된 모습을 보여 준다. 이러한 시적 인식으로 인해 드디어 소음은 자아와 세계를 이어 주는, 김수영식 인식 방법으로는 인간에게 존재를 감응시켜 주는 역할을 맡게 된다.

사람이 사람을 사랑하다 남은 날
땅에만 소음이 있는줄만 알았더니
하늘에도 천둥이, 우리의 귀가
들을 수 없는 더 큰 천둥이 있는 줄
알았다 그것이 먼저 있는줄 알았다

「여름밤(1967.7.27)」 5연

---

55) 여기서의 '시원한 서러움'은 「푸른 하늘을」에서의 '노고지리의 고독'과도 의미가 통한다.
56) 같은 책, 308쪽.

'엉클 쌤에게 학살당한 월남인'이 여기에서는 '우리의 귀가 들을 수 없는 더 큰 천둥'으로 나타난다. '먼저 있는' 가장 커다란 소음은 바로 존재의 소리다. 그것은 모든 지상地上의 소음의 근본이 되는 것이다. 하늘의 소음과 지상의 소음이 어울려 번성하는 모습은 자아와 세계가 분리되어 있지 않은 하이데거적 '세계'의 '순수한 연관적 전체'를 보여 준다. 이러한 '인정人情의 하늘' 밑에서 '남을 불쌍히 생각하는 것'과 '나를 불쌍히 생각하는 것'은 이미 구별할 필요가 없어진다.

> 지상의 소음이 번성하는 날은
> 하늘의 천둥도 번쩍인다

앞의 시, 6연 부분

여기서 '천둥이 번쩍이는 것'은 존재의 빛이 지상에 순간적으로 번쩍거리는 것을 암시한다. 그의 시는 존재의 드러남 즉, 은폐성의 제거를 향해 움직인다. 이는 '존재'의 느낌을 온몸으로 감득하려는 욕망을 말해 준다. '소음' 개념의 정립을 통해 존재의 시적 탐구를 한층 심도 있게 수행한 김수영은, 이제 '세계'의 개진과 '대지'의 은폐의 끊임없는 싸움 속에서, 세계와 합일하려는 의지를 더욱 가시화시켜 간다.

4) 세계와 합일하려는 자아의 의지

「참여시의 정리」에서 김수영은, "참여시가 없는 사회에 대항하는 참여시는 '진정한 참여시'의 범주에 들지 않는다."57)고 하였다. 그렇다면 그가 말하는 '진정한 참여시'란 과연 어떤 의미일까?

---

57) 「參與詩의 整理」, 634쪽.

진정한 참여시에 있어서는 초현실에서 의식이 무의식의 증인이 될 수 없듯이, 참여의식이 정치이념의 증인이 될 수 없는 것이 원칙이다. 그것은 행동주의자들의 시인 것이다. 무의식의 현실적 증인으로서, 실존의 현실적 증인으로서 그들은 행동을 택했고 그들의 무의식과 실존은 바로 그들의 정치이념인 것이다. 결국 그들이 추구하고 있는 것은 하나의 불가능이며 신앙인데, 이 신앙이 우리의 시의 경우에는 초현실주의에도 없었고, 오늘의 참여시의 경우에도 없었다. 이 경우에 외부가 허락하지 않기 때문에 없다는 것은 말이 안 된다. 외부와 내부는 똑같은 것이다. 그리고 그것은 죽음에서 합치되는 것이다.[58]

김수영에 의하면 '진정한 참여시'는 자아 내외부가 일치를 이룬 주체적인 결단에 의해 '죽는 것'에서 시작한다. 여기서의 '죽음'이란 '의식의 죽음'을 뜻한다. 우리의 의식은 이 '죽음'을 통해 무의식과 교류하기 시작하는 것이다. 작품 형성 과정에서 "'무의식'은 '의미를 이루지 않으려는 충동'으로, '의식'은 '의미를 이루려는 충동'"[59]으로 표현되기도 한다. 김수영은 여기서 "아예 '의미'를 포기한 '무의미'보다 '의미'를 껴안고 들어가서 그 '의미'를 구제함으로써 '무의미'에 도달"[60]하는 길을 택한다. 그의 생각에, "'의미'가 들어있든 안 들어있든 간에 모든 진정한 시는, 그것이 오든의 참여시이든 브레히트의 사회주의 시이든, 종국에 가서는 무의미의—크나큰 침묵의—미학으로 통하는 것"[61]이다. 이렇게 해서 얻어지는 '무의미'는 '의미'의 원천일 뿐 아니라 '의미' 해체의 결과이기도 하다. 그리하여 김수영은 "시를 쓴다는 것이 무엇인지를 알면 다음 시를 못 쓰게 된다."면서 "다음 시를 쓰기 위해서는 여태까지의 시에 대한 사변思辨을 모조리 파산을 시켜야 혹은 시켰다고 생각해야 한다."[62]고까지 말하였다. 그는 이와 같이 참여의 원리도 그가

58) 같은 곳.
59) 김수영, 『全集 ②』, 245쪽.
60) 같은 곳.
61) 같은 책, 244~245쪽.
62) 같은 책. 250쪽.

추구해 온 균형 감각의 원리에 입각해서 생각했던 것이다.[63)

김수영의 이른바 '온몸으로 밀고 나가는' 시학은, 무의식의 직관을 위해 끊임없이 기존의 일상 관념이나 감각들을 버리려는 (구체적으로 말해, 해체시켜 무의식의 바다에 띄워 놓으려는) 시도의 한 방법이다. 이와 같은 자기 개진의 과정은 '세계'의 개진 앞에 자신을 열어 놓으려는 끊임없는 결단의 과정이다. '세계'는 자기 개방적인 공간이고, '대지'는 자기 폐쇄적인 공간이다. 개진과 은폐는 동시에 수행되며 의식과 무의식 역시 동시에 작용한다. 의미를 이루려는 충동과 의미를 이루려고 하지 않는 충동 또한 마찬가지다. 이러한 이항대립을 끊임없이 추구해 가면서 자기 폐쇄적인 '대지'에 은폐돼 있는 '존재'를 감득하려면 '존재의 집'으로서의 '언어'를 감득해야 하는데, 그 '언어'는 곧 '시어詩語'다.

김수영의 시론은 결국 언어의 주도권을 인식의 주체인 인간으로부터 의미도 모호한, 불가시不可視의 '존재'에게 넘겨줄 가능성을 갖는다. 실제로 김수영에게 노래는 신적神的인 입김이었고 사랑의 호흡이었다.[64) 그리고 자연의 여러 흔들림들은 이러한, 눈에 보이지는 않으나 분명히 존재한다고 믿어지는 신적인 입김을 보여 주고 있는 것이었다. 진작 후기의 김수영은 대기의 흔들림 즉, 바람과 같은 것을 '존재'의 환치물로 삼기도 하였다.[65)

---

63) "대체로 그재일 평론가 장일우(張一宇) - 인용재는 현실을 이기는 시인의 방법을 시 작품상에 나타난 언어의 서술에서 보고 있지만 나는 그것이 언어의 서술에서 뿐만 아니라 (시 작품 속에 숨어 있는) 언어의 작용에서도 찾아져야 한다고 생각하는 것이다. …… 그런데 전자의 가치의 치우친 두둔에서 실패한 프롤레타리아 시가 많이 나오고, 후자의 가치의 치우친 두둔에서 사이비 난해시가 많이 나온 것을 볼 때, 비평가의 임무는 …… 제각기 가진 경향 속에서 그 시인의 양심이 살려져 있는지 아닌지를 식별하는 일에 있는 것이라고 믿어진다."(같은 책, 193쪽)

64) 같은 책, 260~264쪽을 참조하라.

65) 초기부터 흐림, 바람 등은 밤, 어두움 등과 같이 구도자적 내면 공간을 상징한 반면에, 맑음, 대낮, 밝음, 빛 등은 비본질적인 것들의 현란함과 경박함을 상징하였다. 물론 철학적으로는 바람 역시 존재자다.

풍경風景이 풍경을 반성하지 않는 것처럼
곰팡이 곰팡을 반성하지 않는 것처럼
여름이 여름을 반성하지 않는 것처럼
속도速度가 속도를 반성하지 않는 것처럼
졸렬과 수치가 그들 자신을 반성하지 않는 것처럼
바람은 딴 데에서 오고
구원은 예기치 않은 순간에 오고
절망은 끝까지 그 자신을 반성하지 않는다

「절망絶望(1965.8.28)」 전문

　'풍경', '곰팡이', '여름', '속도', '졸렬', '수치' 등은 모두 존재자다. 특히 '속도'는 '현대성'의 주요 특징이다. 김수영의 시적 여정은 끊임없는 반성의 연속으로 이어져 왔다고 할 수 있다. 위 시는 결코 반성의 포기나 좌절을 이야기한 것이 아니다. 다만 사람 자신도 포함한 모든 존재자에 대한 반성은 그도 예기치 않는 '존재'의 이치에 의해서만 이루어진다는 뜻이다. 이 시에서 여름의 습기와 더위를 이기게 해 주는 바람은 예기치 않은 '존재'를 의미한다. 다음 시에서는 이러한 바람의 의미가 좀 더 분명하게 드러난다.

누구한테 머리를 숙일까
사람이 아닌 평범한 것에
많이는 아니고 조금
벼를 터는 마당에서 바람도 안 부는데
옥수수잎이 흔들리듯 그렇게 조금

바람의 고개는 자기가 일어서는줄
모르고 자기가 가닿는 언덕을
모르고 거룩한 산에 가닿기
전에는 즐거움을 모르고 조금

안 즐거움이 꽃으로 되어도
그저 조금 꺼졌다 깨어나고

언뜻 보기엔 임종의 생명같고
바위를 뭉개고 떨어져내릴
한 잎의 꽃잎같고
혁명같고
먼저 떨어져내린 큰 바위같고
나중에 떨어진 작은 꽃잎같고

나중에 떨어져내린 작은 꽃잎같고

「꽃잎(1)」(1967.5.2) 전문

이 시에서 행위의 주체는 바람이다. 바람은 직접 눈으로 볼 수는 없으나 다른 사물들의 움직임을 통해 그 '있음'을 감지할 수 있다. 이러한 특성으로 인해 여기서의 바람도 존재의 환치물로 쓰였다. 옥수수잎이 흔들리는 모습도 존재(바람)가 존재자(옥수수잎)를 통해 자기를 증명하는 모습과 다를 바 없다.

바람은 머리를 숙이며 조금씩 흐르더니 고개를 들어 멀리 나아간다. '조금 안 즐거움이 꽃으로 되어도 그저 조금 꺼졌다 깨어나는' 것은 "끊임없이 창조의 향상을 하면서 순간 속에 진리와 미美의 전신全身의 이행을 위탁하는"[66] 태도를 묘사한 것이다. 3연은 언뜻 보기엔 임종의 생명같이 곧 꺼질 것 같다가도 곧 꽃잎들로 하여금 부드럽게 떨쳐 일어나 억센 바위를 뭉개며 떨어져 내리도록 할 듯한 바람의 유연성을 보여 준다. 3연과 4연에서는 바위의 둔중함과 꽃의 끈기 있는 부드러움의 속성을 아울러 지니는 바람의 힘이 형상화되어 있다. 이 바람의 힘은 곧 존재의 힘을 뜻하며, 이것은 그대로 민중의 힘으로 이어진다.

---

66) 같은 책, 142쪽.

후기의 이와 같은 존재 탐구의 시는 한 단계 더 나아가, '존재의 집'으로서의 '언어', '신적神的인 입김'으로서의 '노래'를 하나의 자연으로서 그대로 자아와 일치시켜 보려는 경지까지 보여 준다. 세계와 합일하려는 자아는 '존재의 목자'이기를 바람으로써, 일종의 선적禪的 직관을 추구하게 된 것이다.[67]

눈이 온 뒤에도 또 내린다

생각하고 난 뒤에도 또 내린다

응아 하고 운 뒤에도 또 내릴까

한꺼번에 생각하고 또 내린다

한줄 건너 두줄 건너 또 내릴까

폐허廢墟에 폐허廢墟에 눈이 내릴까

「눈(1966.1.29)」 전문

눈이 계속 내리는 것과 함께 자아의 시상詩想도 천천히 내리며 쌓여 간다. 자아가 눈을 생각하는 것과 눈이 자아를 생각하는 것을 구별할 필요가 점점 더 없어져 간다. 그때 소음이 끼어들며 잠시 눈과 시상은 멈칫한다. '운 뒤에도 또 내릴까' 하는 망설임 속에 실제의 눈이 내리는 것을 잠시 잊기도 하나 (이것은 확실히 소음의 작은 방해다), 마치 멈칫거리며 막혔다가 제 압력에 터져버리는 사고思考와도 같이, 곧 다시 자연스럽게, 눈이 내리는 것을 느낀다. 눈은 계속 내리지만 그에 비해 사고는 단속적斷續的으로 흐른다. 이 시에는 이와

---

67) 김수영의 산문 「臥禪」(같은 책, 104~105쪽)을 참조하라.

같이 온전하고 조화로운 자연의 흐름에 대한 가벼운 경이가 들어 있다.

이렇게 시를 쓴 뒤에 김수영은 "만세! 만세! 나는 언어에 밀착했다. 언어와 나는 한 치의 틈서리도 없다."[68]고 선언하였다. 언어의 자연스러운 흐름에 자아를 밀착시키려는 이러한 자코메티Giacometti적 욕망[69]은 끊임없는 언어의 역사적 왜곡을 극복하려는 욕망과 다를 바 없다. 물론 이것은 존재의 현현체로서의 민중을 자신에 내면화하려는 욕망으로 해석해도 크게 어긋나지 않을 것이다. 여기의 민중 역시 구체적 민중으로 느껴지지 않는 데서 기본적인 문제점은 계속 존재한다. 전기부터 구체적 시간을 추구해 왔던 그는 이제서야말로 모더니티의 부담감에서 벗어나 선의 무시간적 공간을 구성하게 되었다. 여기서 시간적 질서는 공간적 질서와 마찬가지로 자아의 직관에 의해 배열되기도 응축되기도 한다. 이것이 말기 김수영이 얻어 내려한 '자유'의 한 모습이었는데, 이는 「풀(1968.5.29)」에서 또 다른 방식으로 추구된다.

> 풀이 눕는다
> 비를 몰아오는 동풍에 나부껴
> 풀은 눕고
> 드디어 울었다
> 날이 흐려서 더 울다가
> 다시 누웠다

---

[68] 같은 책, 303쪽.

[69] 자코메티(Giacometti)의 다음과 같은 욕망은 바로 김수영의 것이기도 하다. "우리들이 참되게 보는 것(묘사 대상을 말함—인용자)에 밀접하게 달라붙으면 달라붙을수록, 더욱 더 우리들의 작품은 놀라운 것이 될 거예요. 레알리테는 비독창적인 것이 아녜요. 그것은 다만 알려지지 않고 있을 뿐예요. 무엇이고 보는 대로 충실하게 그릴 수만 있으면, 그것은 과거의 걸작들만큼 아름다운 것으로 될 거예요."(C. 레이크, 김수영 역, 「자코메티의 智慧」, 『世代』 통권 33호, 世代社, 1966.4, 316쪽) 칼턴 레이크의 방문기 형식으로 쓰인 이 글에서 자코메티는 현대성(modernity)만을 추구하는 것을 배격하는 한편, 묘사 주체와 대상 간의 모더니즘적 단절을 뛰어넘으려는 노력을 통해, 끝없는 현대적 양식화(樣式化) 이전의 고전(古典)들 속에 지금도 여전히 살아 움직이는 양식들의 위대한 점을 배울 것을 권한다.

풀이 눕는다
바람보다도 더 빨리 눕는다
바람보다도 더 빨리 울고
바람보다 먼저 일어난다

날이 흐리고 풀이 눕는다
발목까지
발밑까지 눕는다
바람보다 늦게 누워도
바람보다 먼저 일어나고
바람보다 늦게 울어도
바람보다 먼저 웃는다
날이 흐리고 풀뿌리가 눕는다

「풀」 전문

풀도 바람도 모두 자연이며 존재자이고 그들이 보여 주는 것은 오묘한 존재의 법칙이며 진리다. 또한 바람은 김수영의 후기 시에서 볼 수 있는 바와 같이 본래 존재자이면서도 시적 상상에서 존재의 역할을 맡기도 한다. 그러므로 바람은 풀과 적대적인 관계에 있다고 할 수 없다. 바람과 풀로 인하여 '신적인 입김'과 '노래'가 울려 퍼진다. 바람의 울음과 웃음소리는 「여름밤」에서의 '하늘의 소음'과 같다. 따라서 '지상의 소음' 격인 풀의 울음과 웃음은 존재를 감득하는 순간의 경이를 나타낸다. 그것은 그대로 민중의 울음과 웃음소리다. 흐리고 바람 부는 이 공간은 구도자적 내면 공간으로서, 전기 김수영에서의 어두컴컴한 '방', '실내', '밀폐된 공간'이 발전한 형태다. 여기에서 자아는 세계화하고 세계는 자아화한다. 그것은 그대로 하이데거적 '세계'의 모습이다.

여기에서도 시간과 공간은 일상적 규칙을 벗어나고 있다. 언어와 세계와 자아를 합일시키려는 욕망에서, 시인은 자기 언어의 움직임을 풀과 바람의 움직임에 일치시키려 한다. 이것은 동시에 '존재의 집'인 언어의 움직임을 통하여 관찰자와 관찰 대상을 포함한 존재자의 움직임을 읽어 내려는 변증법적 과정을 수반한다. 그래서 이 시는 풀과 바람 자체의 자연적인 움직임과, 시어에 의해 다시 감지된 풀과 바람의 움직임이라는 양 측면에서 살펴보아야 하겠다.[70)]

　시에서 풀은 (늦게든 빨리든) 바람이 누울 때 눕고 일어설 때 일어선다. 여기서 우리는 풀이 누울 때 부는 바람은 약하게 불거나 낮게 깔리는 바람이라는 것을 알 수 있다. 이에 비해 풀이 일어설 때 부는 바람은 당연히 거세게 불거나 높이 솟구치는 바람이다. 그리고 1연의 3행에서 6행까지를 보면, 풀이 '누웠다가', '울고', 날이 흐려서 더 '울다가', 다시 '눕는다'. 그리고 2연의 2행에서 4행까지를 보면, 풀이 바람보다도 더 빨리 '누웠다가', 더 빨리 '울고', 먼저 '일어난다'. 여기에서 '울다'라는 말은 '눕다' 또는 '일어나다'의 어느 한쪽과 관련될 수도 있고, 양쪽 모두와 관련될 수도 있다. 먼저, '눕다'와 관련된다는 의견은 3연의 4행에서 7행까지의, 바람보다도 늦게 '누워도' 먼저 '일어나고', 바람보다 늦게 '울어도' 먼저 '웃는다'는 서술에 근거를 둔다. 이 의견은 눕다-운다-슬픔, 일어나다-웃다-기쁨의 도식을 배후에 깔고 있다. 그러나 이 의견은 1연에서 풀이 날이 흐려서 더 '울다가' 다시 '눕는' 것을 더 이상 설명하지 못한다. 그리고 이 의견은 '울다'라는 낱말이 자연물에 쓰일 때는 1차적으로 '울리거나 흔들리어 소리를 내다(鳴)'의 뜻을 갖고, 또 '눈물을 흘리며 울다'라는 뜻도 반드시 슬픔의 정조만을 나타내지는 않는다는 것을 간과한다. 그리하여 이 의견은 시에서 '울다'가 네 번 나온 끝에 '웃다'가 한 번 나오게 되는 과정을 '슬픈 좌절의 극복 끝의 기쁜 재기'라는 다분히 도식적인 과정으로 해석하게 된다. 다음으로, 양쪽 모두

---

70) 많은 이들이 첫 번째 측면의 분석을 홀시하고, 두 번째 측면의 것에만 편중되는 경향을 보인다. 이러한 정태적인 분석 태도는 김수영의 시정신에도 어긋나는 일이다. 아울러, 각 연은 시간적 선후 관계를 갖지 않기에, 그들 사이에서는 첫 번째 측면의 분석을 적용할 수 없음도 밝혀 둔다. 각 연은 의식이 중첩되어 가는 과정에 따라 전개된다.

와 관련된다는 의견은 일견 타당성이 있어 보이기도 한다. 그러나 이 의견은 1연 5~6행에서 '울다가 다시 누웠다'는 명백한 선후 관계를 설명하지 못하며, 또한 '눕는' 바람과 '일어서는' 바람이 풀에 미치는 영향의 차이를 양쪽 모두에 관련되는 '울다'의 영역에서 설명해 주지 못한다. 끝으로, '일어나다'와 관련된다는 의견은 3연의 4행에서 7행까지의 대구와 어울리기에는 좀 어색하지 않겠느냐는 반발이 있을 수 있다. 필자는 가장 타당하다고 생각되는 세 번째 의견에 따라 시를 해석하면서 이러한 점들에 대해서도 검토해 보겠다.

1연에서 풀은 비를 몰아오는 동풍에 나부껴 '누웠다가' 곧이어 울면서 '일어났다'. 날이 더욱 흐려지면서 (따라서 바람도 더욱 거세지면서) 풀은 더 '울다가' 다시 '누웠다'. 2연에서 풀은 바람보다 더 빨리 '누웠다가', 더 빨리 '울면서' 먼저 '일어난다'. 시인의 자아는 3연까지 시를 진행시켜 오면서 점차 '울다'라는 낱말에서 '눈물을 흘리며 슬프게 울다'라는 사전적 뜻을 약화 내지 제거시키고 싶어 하게 된다. 그래서 3연에서 풀은 바람보다 늦게 '누워도' 먼저 '일어나면서', 바람보다 늦게 '울었던' 것들이 어느새 먼저 '웃기' 시작한다. 이렇게 자아는 언어에 의해 풀과 바람의 움직임을 새롭게 읽어내게 된다. 바람과 앞서거니 뒤서거니 하는 모습은 자연 그대로의 풀의 모습이다. 그러나 동시에 여기에는 좌절과 실패를 의식하지 않으면서 역사를 이끌어 온 민중의 모습이 투영되어 있다.

여기에서 자아는 풀과 바람의 노래를 '만드는 것'이 아니라 그저 이미 존재하는 것을 '감득하고 기술하는 것'으로 된다. 이러한 과정을 통해서 김수영은 자연계의 본래적인 균형 감각을 내면화하려 하였다. 존재에의 완전한 귀속을 꿈꾸었던 이와 같은 시도는, 자아가 세계와 합일을 이루려는 마지막 전략이었다.

3. 결론

필자는 김수영의 시와 산문을 통해 자아(인식주체)—세계(인식객체) 관계의 변모 양상을 살펴보았다.

김수영은 '시인으로서의 의식'과 '일상인으로서의 의식'의 대립에서 연원한 각 범주들의 대립항들 사이에서 일생동안 균형 감각을 유지하였고, 이 긴장 관계의 역동성을 시적 에너지의 원천으로 받아들였다. 그는 서구 형이상학의 과격한 비판자인 하이데거의 후기 사상에서 적지 않은 영향을 받아, 현대사회의 모순을 내면화하고, 관습화된 논리의 정태성을 비판하였다. 하이데거식의 '스스로 드러내 보이는 존재'를 추구해 온 그는, 모더니즘적인 단절을 초월한, 세계와의 조화로운 합일을 꿈꾸어 가던 마지막 여정에서 언어와의 밀착을 시도하게 되었다. 그의 언어에 대한 탐구는 '언어의 서술 내용'과 '언어의 작용 형식' 양쪽에 균형을 맞춘 것으로서, 하이데거와는 달리 한반도 역사 속의 민중에 대한 신뢰를 수반한 형태였다. 그는 자신을 민중과 일치시키는 한편, 민중사를 내면화해 나가는 방식들을 통하여 곧장 자아를 존재와 일치시키고, 세계에 합일시키려 했던 것이다.

전기에 김수영의 주변인적 자아는 세계와 대치하면서, 이항대립항의 원초적 형태들을 만들어 갔다. 「공자의 생활난」에서 볼 수 있는 바와 같이 그는 일상과 이상 사이의 균형을 유지하려고 하였으나 그것을 방해하는 수많은 현실의 조건들 때문에 갈등을 느꼈다. '어두운 방' 등으로 나타나는 내면은 '설움'이나 '취함' 등으로 표현되는 실존적 불안의 정조로 차 있었으나 점차 현실의 조건들을 받아들임으로써 '투명성'의 욕구를 갖게 되었다. 이 욕구는 자아와 세계 사이에 투명한 유리창의 경계를 설치하든지(「수난로」, 「너는 언제부터 세상과 배를 대고 서기 시작했느냐」), 아니면 아예 자아 내부를 훤히 드러내 보이든지(「PLASTER」, 「헬리콥터」) 하는 것으로 나타난다. 그는 유리창 내부의 어둠에서 신적 입김을 감득하였으며, 시대의 밤의 의미를 통찰해 내었다.(「국립도서관」) 이러한 '어둠'과 '밤'에 비해 '밝음'과 '빛'은 '허상'이고 '경박한 현란함'이며, '세속의 비본질적인 면'이었다.(「영사판」, 「봄밤」, 「말」)

점차 생활 속에 뿌리를 내리면서 김수영은 유리창 밖의 이상理想을 '현실의 일상'과 '당대의 역사'에서 찾으려 하였다. 그는 부자유와 자유, 합리와 비합리, 질서와 무질서 사이의 균형 감각을 유지하면서(「여름뜰」), '자연'에서 존재를 감득하고, '죽음'이 삶의 한 측면인 것도 깨닫게 되었다(「병풍」, 「눈(1956)」). 그러나 아직까지 그의 인식론은 현실의 폭력적 상황에 무력할 수밖에 없었다.

중기에 김수영의 자아는 4·19와 함께 일방적으로 세계에 노출되었다. 혁명의 상대적 완전을 시의 절대적 완전으로 이끌려고 한 시인은 항상 고독할 수밖에 없었으며(「푸른 하늘을」), 혁명의 변질 가운데서 그는 민중을 '존재의 현현체'로 여기게 되었다(「눈(1961)」, 「쌀난리」). 그러나 그 신뢰는 본원적으로 '존재'와 '자연'에 대한 신뢰였다. 그는 '구체적'이고 '감성적'인 민중을 만나기 전에 5·16을 겪게 되었다.

후기에 김수영의 자아는 '내면의 적'과의 싸움을 통해 '사회적 금제'들을 해체해 나갔다(「신귀거래」 연작, 「적」 등). 그는 역사와 민중의 개념을 새롭게 정립해 내지만, 그 역사 속의 민중은 아직까지도 다분히 추상적일 수밖에 없었다(「만주의 여자」, 「강가에서」, 「거대한 뿌리」 등).

그는 소음과 요설의 전략에 의하여 '사회적 금제'들과 대결하려고 하였다(「엔카운터지」). 소음과 요설은 각기 자아 외부와 내부의 산문성을 뜻하는 것으로서, 이러한 대결 의식을 통해 더욱 고도화된 균형 감각은 '세계의 개진과 대지의 은폐의 싸움'을 준비할 수 있게 되었다(「풀의 영상」, 「여름밤」).

후기에 김수영이 「절망」 및 「꽃잎」 연작이나, 「눈(1966)」, 「풀」 등에서 보여 주었던 시작법詩作法은 이러한 균형 감각의 소산이다. 여기에서 현존재의 자아는 시를 '만드는' 것이 아니라 이미 존재하는 것을 '감득하고 기술하는' 것이 된다. 자연계의 본래적인 균형 감각을 내면화하려는 노력을 통해,

김수영은 마지막으로 세계와의 합일을 시도한 것이다.

'존재'에 의존하는 수동적인 인식론은 현실과 매개되지 않은 추상적 언어관, 민중관 등으로 인하여 아나키즘 미학에 접근할 가능성을 갖는다. 여기에서 역사적이면서도 감성적인 인간이 설 자리는 묘연해지는 것이다. 그럼에도 불구하고 이러한 경향에 따르는 모든 열린 가능성들은 김수영이 '사회적 금제'를 해체해 갈 수 있었던 시적 에너지의 원천을 제공해 주기도 하였다. 그가 추구한 '시에서의 존재 탐구'는 자아가 세계로 나아가는 현실적 통로를 여는 역할을 함으로써, 시를 둘러싼 현실에 대한 한국 현대시의 인식 지평을 한층 더 넓혀 주었다. 이리하여 김수영은 1950년대 이후의 문단에서, 나름대로 창조적이고도 실천적인 자세를 유지하는 채, 시 의식의 중첩된 의미망이 형성돼 가는 여러 지성사적 배경을 검토하는 과정과, 또 이러한 시 의식을 현실과 교류시키는 과정을 합일해 내고자 힘쓴 보기 드문 선례를 남겼다 할 수 있겠다. 어떤 평자들은 그의 균형 의식을 세계관적 선택에서의 균형 의식과 무리하게 연결시키려 한 반면,[71] 또 다른 평자들은 그의 관념적 세계 인식이나 언어의 사물화 현상을 지적하기도 하였다. 그러나 이러한 다양한 편차에서의 평가는 정도의 차이는 있지만 제각기 일면적 타당성만을 지닐 뿐이다. 그의 인식론적 한계는 필자가 본문에서 수차례 밝힌 바대로이지만, 한 시대 지식인의 선두에서 '이곳'의 새로운 현실에 비추어 기존의 논리를 소화해 나간 그의 여정은 결국 추상에서 구체로 향한 인식론의 열린 가능성을 보여 주기도 했던 것이다.

이상과 같이 필자는 김수영의 시 작품을 중심으로, 일부 산문과 번역물에 의거하여 그의 인식론적 변모 양상을 고찰해 보았다. 그 결과 시의 내부에 감추어져 있는 시와 현실의 교류 양상을 좀 더 면밀히 고찰할 수가 있었고, 종래의 연구에서 부분적으로 왜곡되거나 축소되어 왔던 '설움', '자유',

---

71) 한용운과 그를 시민문학의 전통에서 연결해 보려는 시도가 바로 그러한 노력의 일환이다.

294
한국 근현대문학의 모더니티

'죽음', '혁명' 등의 의미도 새롭게 규정할 수 있었다. 여기에는 형식주의적 관점과 역사주의적 관점을 아우르려는 필자의 노력이 있었다. 필자는 앞으로 김수영의 인식 태도를 동시대 여러 시인들의 인식 태도와 비교하고 대조함으로써 김수영의 지성사적 위치를 좀 더 명확하게 드러내 보이도록 하겠다. 미래의 이러한 작업만이 본 논문의 부족한 점을 메워 줄 수 있을 것이다.

제8장

김수영 시의 '죽음' 의식

1. 서론

지식인에게는 안된 일이지만, 별빛이 길을 밝혀 주는 형이상학적 세계의 완전함이 이 세상에서 실제로 이루어진 적은 한 번도 없었다. 다만 개체 발생의 뿌리를 회감하는 데서 오는 자아와 대상의 일치에 대한 기억을 가지고 그대로 계통 발생의 뿌리를 더듬는 과정을 통해, 인간 의식은 가상 실재의 올된 총체성을 짜고 또 거꾸로 그 총체성의 원본으로서 '옛 시절'을 떠올리고는 해 왔을 뿐이다.[1] 특히 지식인은 '가상 총체성'을 짜내기 위해 온갖 전략을 세우는데, 예술로서의 문학은 바로 이러한 지식인의 꿈을 위한 훌륭한 수단이 된다. 그 꿈은 문학이라는 심미적 대상 속에서 시인과 독자가 차별 없이 활동해 가는, 불완전하면서도 역동적인 욕망의 거친 바다를 항해하면서 겪게 되는 것이다. 사나운 욕망이 육체에 새겨진

---

[1] 물론 개체 발생이 계통 발생을 되풀이한다는 헤켈(Ernst Haeckel)의 생물학적 가설은 과학적 사실이 아니다.

이왕의 길을 거칠게 훼손하면서 끝 모르게 불어날 때, 시인은 외부의 에 토스로 욕망을 억누르는 대신에 시 쓰기를 통해 자신만의 에토스를 드러 내려 한다. 아니, 시로 하여금 스스로의 에토스를 말하게 하려는 것이다. 시를 통해 욕망이 불어나는 것은 어느 정도 막아지게 되고, 억눌리는 과 정을 끝없이 되풀이하게 된 욕망은 육체 속에서 자신의 길을 만들며 헤매 게 된다.

육체의 감각은 감정의 바탕이며 감정은 이성을 낳는다. 언뜻 생각하면 이성의 작용은 감정과 감각을 능동적으로 정리해 주는 듯하지만, 기실 의 식으로는 장악하기 힘든 육체의 욕망이 못 미더워 움직이게 된 수세적 작 용인 것이다. 그런데 자본주의는 이 불안감의 내용을 다음과 같이 발전시 킨다. 즉, 산업사회가 육체를 침탈하는 것이 점점 더 불규칙해짐으로써 육체의 움직임 또한 미리 짐작하기가 꽤 힘들어짐에 따라, 육체는 일종의 방어적인 선택으로서 스스로를 점점 사물화해 가게 되고, 의식은 소외되 어 점차 육체가 없는 상상의 세계에서만 유령처럼 떠돌기가 쉽게 되는 것 이다. 이 상상의 세계는 바로 죽음의 세계다. 죽음의 세계에 깊이 빠져들 면 들수록 묘하게도 불안감은 주체가 스스로를 대상화하는 데에서 오는 쾌감을 늘리게 된다. 시인에게 특히 민감하게 느껴지는 이 피학대적인 쾌 감은 분명 욕망에서 비롯했음에도 불구하고, 욕망이 초래한 육체의 훼손 을 치유하면서 육체의 깊은 곳을 향한 뱃길을 열어 준다. 서로 겯고트는 불안감과 쾌감은 죽음의 근저에서 죽음에 대한 변명으로서의 '생성'을 낳 게 되는데, 이 생성의 동력이 바로 시인의 심미적인 에토스다. 생성을 통 해 죽음은 시적 육체를 얻게 된다. 그리고 이 과정을 통해 죽음은 지양돼 나아가고, 시 역시 진화해 나아가는데, 결국 이것들은 '절대적인 시'를 향 한다. 끊임없이 수정되고 또 결코 다가설 수 없는 극한점으로서의 '절대 적인 시'는 '총체성'의 다른 이름이다. '총체성'은 죽음과 생성이, 시인과 시가 서로 맞물려 가는, 헤맴의 끝 모를 형식을 약속하는 '유동적인 근거'

로 있게 된다. 죽음을 완전히 버리지도 받아들이지도 않는 채 이 길을 가는 동안 점차 자연적 육체는 시적 육체로, 자연적 자아는 시적 자아로 바뀌어 가는 것이다.

'죽음'은 김수영에게도 일생에 걸친 화두였다. 그가 죽음 의식을 동력으로 삼아 시를 써 간 데에는 서구 존재론의 근본을 뒤흔든 하이데거 철학의 영향이 컸다. 그는 일찍부터 서구 형이상학에 대한 과격한 비판자인 하이데거의 후기 사상에서 적지 않은 감화를 받아,[2] 현대사회의 모순을 내면화하고, 관습화된 논리의 주관성과 정태성을 비판하였다. 하이데거는 인식 주관에 본질적인 듯이 드러난 것을 이 전까지의 형이상학자들이 객관적 본질로 규정함으로써 존재를 단순한 대상으로 여기는 데에 반대하였다. 현존재의 주관적 시각에 의해 왜곡되지 않는 '존재'를 드러내려는 그의 시도는 존재자를 존재자로 규정하는 '근원적인 존재'를 가정하게 된다. 이 '스스로 드러내 보이는 존재'의 세계에서 '죽음'은 '부정'이 아니라, '삶의 순수한 연관적 전체'에서의 '또 다른 측면'이 된다. 여기서 '죽음'은 '생성'과 맞물리는데, 김수영은 바로 이러한 '죽음' 의식을 받아들임으로써, 결국 후기에 가서는 선적禪的 차원을 지향하는 시적 육체를 갖게 되기까지 하는데, 이렇게 움직여 간 과정은 그대로 '근대적 자아'와 어울리며 맞붙어 간 과정이라 할 수 있다.

김수영에게는 '근대성' 또는 '탈근대성'[3] 문제와 관련된 여러 신화가 뿌

---

[2] 그의 처인 김현경의 회상기 중 다음과 같은 구절을 참조하라. "그와 같이 마지막으로 사들인 하이데거 전집을 그는 두 달 동안 번역도 아니하고 뽕잎 먹듯이 통독하고 말았다. 하이데거의 시와 언어라든가 그의 예술론 등을 탐독하고는 자기의 시도 자기의 문학에 대한 소신도 틀림없다고 자신 만만하게 흐뭇해했었다."(「充實을 깨우쳐 준 詩人의 魂」,『女苑』, 女苑社, 1968.9) 물론 한 개인의 이와 같은 기록을 증거로 하여 시인이 하이데거의 전(全) 저작을 다 읽었다거나 또는 하이데거를 온전히 이해했다고 확언할 수는 없겠다(하이데거가 죽으면서, 총 57권으로 계획된『전집(Gesamtausgabe)』의 처음 두 권이 나온 해인 1976년까지도 이 노 철학자의 전(全) 저작이 완간되지 않은 형편이었다). 그러나 이 회상기가 아니더라도, 김수영의 시와 산문에 나타나는 여러 정황으로 보건대 하이데거에 대한 그의 관심과 열정을 의심할 수는 없을 줄 안다.

리 깊게 따라붙고 있다. 그리고 그 신화와 함께하는 '양심'과 '자유' 또는 '사랑,' '꿈,' '죽음' 등과 같은 주제도 그를 이해하고 평가하는 데에 한 몫을 차지하고 있다. 그러나 막상 이러한 주제의 내포가 좀 더 다부지게 따져져 왔냐 하면, 별로 그렇지도 못한 형편이다. 필자는 김수영 신화 주변의 여러 주제 중에서도 '죽음'에 주목함으로써, '근대'나 '탈근대' 문제와 같은 커다란 이야기에 가려져 있는 김수영 시정신의 핵심을 밝히려 한다. 그것은 죽음이야말로 생성의 힘을 이끌어 내면서 유동적인 총체성을 관장해 가는 근원이기에, 이 주제에 대한 천착을 통해서만 '근대'나 '탈근대'와 같은 커다란 이야기와 그 밑에 따라붙는 여타 주제들의 내포가 좀 더 충실히 따져질 수 있겠다 여겨지기 때문이다. 이제 시를 분석하여 시인의 글쓰기 의식 속에 담긴 욕망이 그 자체로 드러나도록 함으로써, 김수영에게 동력인이면서도 목적인이었던 죽음의 다양한 모습을 살피도록 하겠다. 그리하여 우리는 한 시인이 스스로를 없애 가면서 시로 다시 태어나게 되는 모습을 볼 수 있을 것이다.

2. 본론

1) 연기적演技的 죽음에 대하여

꽃이 열매의 상부上部에 피었을 때
너는 줄넘기 작란作亂을 한다

나는 발산發散한 형상形象을 구求하였으나
그것은 작전作戰같은 것이기에 어려웁다

---

3) '탈근대' 역시 '근대'의 한 모습인데, 이 탈근대에 대한 욕망을 통해 근대적 욕망은 역사적 구체성을 부여받는다 하겠다.

국수―이태리어伊太利語로는 마카로니라고
먹기 쉬운 것은 나의 반란성叛亂性일까
동무여 이제 나는 바로 보마
사물事物과 사물事物의 생리生理와
사물事物의 수량數量과 한도限度와
사물事物의 우매愚昧와 사물事物의 명석성明晳性을

그리고 나는 죽을 것이다

「공자孔子의 생활난生活難(1945)」 전문

김수영의 시를 따지는 첫자리에는 으레 「공자의 생활난」이 놓인다. 이 작품은 김수영 신화를 만드는 데에서나 없애는 데에서 각기 한몫을 해 왔다. 많은 이들이 이 시를 실패한 시로 규정짓고 있다. 그러나 김수영 자신도 이 시를 "급작스럽게 조제남조粗製濫造한 히야카시 같은 작품"[4]이라고 한 만큼 우리가 이 시에서 눈여겨보아야 할 것은 '시의 완성도' 같은 것이 아니라 그가 그렇게 말한 까닭과 혹시 이 시에 있을 수도 있는 김수영적 특색의 씨앗이다.

흔히 이 시를 분석할 때면 '작란作亂'과 '작전作戰'라는 두 단어를 함께 비교하는 것에서부터 시작한다. 그러나 연구자들은 이 두 단어의 기호 표현(signifiant)의 비슷함에는 별로 눈을 모으지 않는다. 화자가 3행에서 꽃의 형상 즉, 이미지를 구하는 짓은 작전 같은 것이기에 어렵다고 한 이유는 기호 표현의 음상音象에서 찾아야 한다. 작란에서의 '란亂'과 작전에서의 '전戰'은 다 같이 '싸움'의 의미와 이어진다. 그러면서도 작란은 '장난'의 의미로 뜻이 바뀌어 쓰인다. '작란'은 '진지한 체하는 장난'이다. 그러나 '너' 자체가 그런 마음을 가지고 있는 것은 아니다. '너'는 그야말로 놀이만 하고 있다. 거기

---

4) 金洙暎, 「演劇하다가 詩로 전향―나의 처녀작(1965.9)」, 金洙鳴 편, 『金洙暎全集 ② 散文』, 민음사, 1981, 227쪽. 이후에는 『전집 ②』로 표기하겠다.

서 진지한 장난을 읽어 내는 것은 '나'다. 그것은 마치 열매의 상부에 핀 꽃에서 발산한 형상을 구하는 것과도 같다. 그런데 화자는 이 '구하는 행위'를 작전 같아 어렵다고 한다. 그에게 진지와 장난을 아우르는 짓은 원하는 바인데 그게 자연스럽게 나오지 않아, 그리하여 마치 작전과 같은 긴장이 부자연스럽게 요구되어 아주 거북스럽다. 이 네 행은 매우 짧은 찰나에 김수영의 인위적 발상법에 의해 쓰였다. 일종의 김수영식의 자동기술법이 실험되었다고나 할까? 김수영의 이미지는 많은 경우 그가 시를 쓰는 현장에서 직접 겪게 된 경험과 밀접한 연관을 갖고 있다.[5] 김수영은 꽃과 또 그 옆에서 줄넘기를 하는 사람을 보면서 시를 썼을 수 있다. 그리고 5행에 가서는 그 앞까지의 발상을 '국수'라는 화두로 아울러 버리는데, 이것 역시 실제 김수영이 국수를 받아 들고 시상을 떠올린 결과일 수도 있다. 여기서 뒤엉킨 시상과 뒤엉킨 면발은 서로 어울린다. 이 국수를 객관화시켜 보고 싶은 마음은 대타적對他的인 용어로 '마카로니'를 떠올린다. 그러나 이런 이성적인 의식 작용의 뒤를 이어 곧바로 그냥 먹는 생각을 한다. 이것은 '마카로니'를 어색하게 떠올리는 짓이 부끄럽게 여겨졌기 때문이다. '반란성'에는 대단한 의도가 있는 것이 아니다. 그냥 '반란'이란 단어를 생각함으로써 자기의 부끄러움을 보상하고자 하는 것이다. 그 다음, 화자는 이 '반란'이란 단어에 의한 자기 보상 행위의 유치한 의도마저 잊고 싶어 한다. 그런데 이 부끄러운 자기반성 행위가 계속 꼬리를 물게 되면 어떡할까? 화자는 그러지 않기 위해 4연 이하의 허세를 부린다. 그는 '생리'와 '수량, 한도'의 이원론을, 그리고 '우매'와 '명석'의 이원론을 아우르겠다고 한다. 바로 본 뒤에 그는 영원한 무의식의 상태인 '죽음'을 택할 것이라고, 과장기 어린 포즈를 취한다. 그는 과장기를 통해 그의 죽음 의도를 연기 상황처럼 떠벌여 놓는다. 그러나 사실 이 연기가 그리 장난기 어린 것만은 아닌 게, 화두를 던져 생각한

---

5) 이런 태도가 극단적으로 나타난 것이 「新歸去來 3 - 등나무(1961.6.27)」다.

뒤, 앞선 구절을 변명하기 위해 뒤 구절을 이어 쓰는 것을 되풀이함으로써 뒤틀리게 된 생각의 악무한惡無限을 일거에 해결하고 싶은 의도에서 낭만적 초월로서의 과장을 했기 때문이었다. 여기에다가 어려운 현실을 대신한 가상현실에서의 연기를 하는 등에까지 이어지는 시를 쓰는 모든 과정에서 김수영은 일종의 '히야카시ひやかし(놀림, 조롱)'와 같은 자기 모멸감을 느꼈다. '연기'는 스스로를 보이도록 한다는 점에서 일종의 피학대적인 쾌감을 준다. 그러나 생각의 악무한을 일거에 무화하려는 과장적 연기는 사실 '진지한 장난'의 결과치고는 아직 어색한 편이다. 그러므로 이러한 '연기적 죽음'에서 '생성의 동력'을 기대하는 것 역시 아직은 무리다.

그래도 「공자의 생활난」이란 괴상한 시에서 드러나는 이 모든 것들은 이후 김수영이 시를 쓰는 태도에서 변형, 발전되며 계속 나타나는데, 그중 '화두를 던져 생각을 이끄는 태도'의 또 다른 모습을 먼저 살펴보도록 하자.

2) 투신적投身的 죽음에 대하여

눈은 살아 있다
떨어진 눈은 살아있다
마당 위에 떨어진 눈은 살아있다

기침을 하자
젊은 시인이여 기침을 하자
눈 위에 대고 기침을 하자
눈더러 보라고 마음놓고 마음놓고
기침을 하자

눈은 살아있다
죽음을 잊어버린 영혼과 육체를 위하여
눈은 새벽이 지나도록 살아있다

기침을 하자
젊은 시인이여 기침을 하자
눈을 바라보며
밤새도록 고인 가슴의 가래라도
마음껏 뱉자

「눈(1956)」 전문

「눈」은 간단한 구조를 갖고 있으면서도 거의 오독되어 왔다. 그것은 김수영에게 매우 중요한 주제인데도 막상 그렇게 다부지게 따져지지 않는 '죽음' 개념 때문이다. 「여름뜰(1956)」이나 「병풍(1956)」 등에서도 볼 수 있듯이 김수영에게 죽음은 부정적인 것이 아니다. 죽음은 드러나지 않는 '삶의 또 다른 측면'이고, 이 죽음을 받아들여 우리는 '세계 내의 순수한 연관적 전체'에 들어선다.6) 그런데 많은 연구자들은 '죽음'을 보통 부정적인 대상으로 여긴 채 김수영의 시를 해석한다. 이 시에 대한 대부분의 해석에서도 그 오독들은 잘 드러난다. 그도 그럴 것이, 이는 '눈은 살아 있다'라는 구절에 대비하여 해석을 내리기 때문이다. 여기서 '살아 있는 눈'은 당연히 긍정적인 대상이다. 그러므로 '죽음을 잊어버린 영혼과 육체'가 단순히 '부정적이기만 한 죽음을 극복한 긍정적인 영혼과 육체' 정도로 이해되는 일이 대부분인 것이다. 이 해석이 아주 그릇되다 할 수는 없지만, 그럴 경우 이 시가 말하고자 하는 '투신적 죽음'의 의미가 제대로 이해될 수 없는 법이다.

화자는 1연에서 눈이라는 화두를 중심으로 직관적인 발언을 시작한다. 이미 떨어져 쌓인 눈이긴 하나, '눈→ 떨어진 눈→ 마당 위에 떨어진 눈'과 같은 누적적 발상을 통해 천상적天上的인 눈은 세속성을 부여받으며 현전화

---

6) 마틴 하이데거의 「가난한 時代의 詩人」(『詩와 哲學』, 박영사, 1975, 207~276쪽)을 참고하라. 이 글은 『하이데거의 詩論과 詩文』(전광진 역, 탐구당, 1981)과 『三省版 世界思想全集 6 하이데거, 야스퍼스 편』(황문수 역, 삼성출판사, 1982)에도 각각 「詩人의 使命은 무엇인가(Wozu Dichter)?」(원제와 가장 가까운 제목)와 「무엇을 위한 詩人인가?」라는 제목으로 번역돼 실려 있다.

現前化한다. 이 현전화를 통해 차츰 화자와 눈은 서로 다가서고, 또 그러하기에 이미 떨어져 비록 움직임을 멈춘 눈일지라도 살아 있는 것이다. 그런데 2연에서의 화자의 기침은 1연에서의 물아일체, 자연 동화를 순간적으로 끊어 놓는다. 대신 그는 다른 젊은 시인들과 함께하기를 바라게 된다. 여기서의 기침도 누적적 발상을 이룬다. 그런데 1연의 누적적 발상은 '눈' 자체의 한정을 통해 이루어지는 반면 2연의 누적적 발상은 '기침' 자체는 그대로인 채 젊은 시인들 행동의 누적적 구체화를 통해 이루어진다. 1연에서는 시인 이외에 다른 인간이 끼어들 수가 없었다. 그런데 2연에서는 인간의 어수선함이 즉, '소음'이 누적된다. 여기서의 기침은 단순히 상징으로서의 기침을 뜻하는 것만은 아니다. 실제로 기관지가 약했던 화자에게 기침은 그대로 실존의 확인이었다. 그래도 화자는 눈더러 자기는 그 차가운 살아 있음에 스스로를 한껏 내놓을 수 있고 또 내놓길 바라니 얼마든지 자기 모습을 보라고 마음껏 기침을 해 댄다. 이러한 용기는 그대로 젊은 시인들에게 화자가 요구하는 것이기도 하다. 3연에서 드디어 화자는 특유의 '낭만적 초월에 의한 과장'을 한다. 그는 2연에서의 기침을 하는 행위를 죽음과 맞닿는 투신 행위로 여기는 채, 3연에서 죽음에 대한 두려움과 불안을 잊어버림으로써 오히려 죽음에 더욱 가까이 가게 된 자기의 영혼과 육체를 찬양한다. 여기서의 '낭만적 초월에 의한 과장'에 의해 화자는 아예 떨어진 눈 자체가 되어 버리는데, 이는 4연에서 화자가 스스로에게 밤새도록 고인 가슴의 가래를 마음껏 뱉는 것과 함께 젊은 시인에게도 함께 가래를 뱉을 것을 권유함으로써 이 공간을 열락의, 쾌감의 공간으로 변화시킨다. 여기서의 '투신적 죽음'은 시로 하여금 스스로 에토스를 말하게 하고 있는데, 이러기 위해서는 젊은 시인에의 권유가 필요했다. 그만큼 이 공간의 쾌감은 온전히 자연발생적이지 않고 죽음은 생성의 동력을 온전히 얻어 내지 못한다. 이 투신의 미학이 성숙하기 위해서는 4 · 19와 5 · 16의 영욕이 필요하였고, 시인이 역사의 풍자적인 상황에 좀 더 다가서는 것이 필요하였다.

3) 해탈적 죽음에 대하여

누이야
풍자가 아니면 해탈이다
네가 그렇고
내가 그렇고
네가 아니면 내가 그렇다
우스운 것이 사람의 죽음이다
우스워하지 않고서 생각할 수 없는 것이 사람의 죽음이다
팔월의 하늘은 높다
높다는 것도 이렇게 웃음을 자아낸다

누이야
나는 분명히 그의 앞에 절을 했노라
그의 앞에 엎드렸노라
모르는 것 앞에는 엎드리는 것이
모르는 것 앞에는 무조건하고 숭배하는 것이
나의 관습이니까
동생뿐이 아니라
그의 죽음뿐이 아니라
혹은 그의 실종뿐이 아니라
그를 생각하는
그를 생각할 수 있는
너까지도 다 함께 숭배하고 마는 것이
숭배할 줄 아는 것이
나의 인내이니까

「누이야 장하고나!ー신귀거래新歸去來 7(1961.8.5)」 2, 3연

김지하는 이 시를 화두로 삼은 글인 「풍자냐 자살이냐」[7]에서 김수영의

---

7) 김지하, 『타는 목마름으로』, 창작과 비평사, 1982, 140~156쪽.

풍자가 민중적 비애 없이 민중에게 가해지는 면이 있다고 비판을 한 적이 있다. 김수영의 다른 시에서는 김지하의 이 말이 맞을 가능성이 있을 지도 모르지만, 일단 이 시에서는 그 공격의 방향이 틀렸다.

　김수영의 풍자는 다음을 향하고 있는 것이다. 즉, 끝없이 첨단의 노래만을 부르는 시인에게 역사는 오히려 극복되기 힘들다. 말하자면 해탈이 오기 힘든 것이다. 그에 비해 누이동생과 같은 무심한 민중에게는 그들 자신도 모르는 채 해탈이 저절로 감지된다. 아니 '감지'도 없이 역사는 그를 이끌어 가는 것이다. 여기서 새삼 화자는 지식인적 청교도주의의 무력함을 느낀다. 이 모든 과정에서 화자는 풍자적 상황을 느낀다. 사실 이 풍자적 상황은 김수영이 계속 느껴 온 것이나, 특히 이즈음에서 더욱 절감을 하게 된다. 지금까지 풍자적 상황의 모멸감을 느끼지 않으려고 김수영은 '화두 던져 생각하기, 앞선 구절 변명하기로서의 뒤 구절 이어 쓰기, 뒤틀린 생각의 악무한을 일거에 해결하고 싶은 낭만적 초월로서의 과장하기, 어려운 현실을 대신한 가상현실에서의 연기하기' 등을 실행해 왔으나 4·19의 영광과 5·16의 굴욕을 겪고 난 뒤 그는 이제 일상의 힘에서 역사의 힘을 보려고 하였다. 그리고 그 보는 방법이 바로 민중적 해탈을 감지하는 것이었다. 그러나 사실 시인의 무의식 한 구석에는 '해탈'을 통해 '역사'의 부담감에서 벗어나 보고자 하는 욕망이 있었다. 화자는 진혼가를 피해 왔던 세월을 물리치고 소외를 이겨 내고자 과거에 화해를 청하면서 회상을 통해 풍요한 '근원적 시간'을 얻어내려 하고 있다. 그것은 단순히 과거를 '기억'하는 것이 아니라, 과거와 현재가 합쳐진 상태를 누리는 것인데, 이것은 바로 '해탈'을 통해 일종의 초시간적 공간 속에서 자신을 해체시켜 버리고자 하는, 일종의 '해탈적 죽음'의 모습을 보인다. 누이동생은 죽은 오빠의 사진을 부담 없이 걸어 놓은 채, 스스로도 의식하지 못하는 채 바로 이러한 상태를 누리고 있다. 지식인의 무력함을 더욱 절실히 느끼게 된 시인에게 민중의 이 점은 「눈」에서의 '기침'이나 '가래'와도 같이 때로 힘이 될 수도 있다는 생각이 들었다. 근세사의 수많은 사건들과 이어진 아버지의, 동생의, 그리고 여타 사람들의 역사적인 죽음은 오히려 풍자적 상황을 통해 민중적 해탈의 모습을 보인다. 화자의 웃음은 '해탈적 죽음'을 깨달은 사람에게서 볼 수 있는 생성의 동력으로서의 에토스를 드러내 준다.

여기서 김수영의 의식은 '아나키즘적인 민중의 충동'과 바로 통하면서, 구체적이면서도 감성적인 역사와 민중의 에토스에서 멀어질 위험에까지 처한다. 물론 아나키즘의 충동이 시적 육체를 획득하기 위한 동력이 되는 것도 인정할 수 있다. 그러나 추상을 향한 낭만적 충동의 기미를 일방적으로만 받아들일 수는 없는 것이, 시가 육체를 얻고자 한다면 자유에는 그에 어울려 가는 규제와의 상호작용이 필요하기 때문이다.

4) 규제적 죽음에 대하여

> 설파제를 먹어도 설사가 막히지 않는다
> 하룻동안 겨우 막히다가 다시 뒤가 들먹들먹한다
> 꾸루룩거리는 배에는 푸른 색도 흰 색도 적敵이다
>
> 배가 모조리 설사를 하는 것은 머리가 설사를
> 시작하기 위해서다 성性도 윤리도 약이
> 되지 않는 머리가 불을 토한다
>
> 여름이 끝난 벽壁 저쪽에 서있는 낯선 얼굴
> 가을이 설사를 하려고 약을 먹는다
> 성과 윤리의 약을 먹는다 꽃을 거두어들인다
>
> 문명의 하늘은 무엇인가로 채워지기를 원한다
> 나는 지금 규제로 시를 쓰고 있다 타의의 규제
> 아슬아슬한 설사다

언어가 죽음의 벽을 뚫고 나가기 위한
숙제는 오래된다 이 숙제를 노상 방해하는 것이
성의 윤리와 윤리의 윤리다 중요한 것은

괴로움과 괴로움의 이행履行이다 우리의 행동
이것을 우리의 시로 옮겨놓으려는 생각은
단념하라 괴로운 설사

괴로운 설사가 끝나거든 입을 다물어라 누가
보았는가 무엇을 보았는가 일절 말하지 말아라
그것이 우리의 증명이다

「설사의 알리바이(1966.8.23)」 전문

　흔히 김수영에게 자유는 절대적이라고들 말한다. 많은 연구자들은 그 절대적 자유가 김수영이 시를 쓰는 원천이요 근거가 된다고 한다. 하지만 막상 그들은 규제를 당한 자유가 그 벽을 뚫고 나가면서 아슬아슬하게 시를 낳으려는 순간을 붙잡아 내는 데에는 게을렀다. 「설사의 알리바이」는 바로 그 순간을 그린, 일종의 시로 쓴 시론인데,[8) 보통 연구자들은 이 시에서 '타의의 규제에 의한 시 쓰기의 괴로움'만을 읽어 내고는 해 왔다. 이들은 대개 설사를 견디는 것을 괴로움으로만 여기고, '언어가 죽음의 벽을 뚫고 나가는 순간'이야말로 시가 탄생하려는 순간이라는 것을 놓친 것이다.

　1연에서의 설사기氣는 화자를 불안함과 괴로움에 빠뜨리는데, 그것의 원인은 외부적 에토스로서의 '타의의 규제'이고, 구체적으로 그것은 성性과 윤리로 나타난다. 처음에 화자는 괴로움의 근원인 줄도 모르고 치료를 위해 성과 윤리를 약으로 삼는다. 그러나 민중적 해탈의 현명함을 깨치게 된 시

---

8) 이 시는 이후 「시여, 침을 뱉어라 – 힘으로서의 詩의 存在(1968.4)」(『전집 ②』, 249~254쪽)와 「反詩論(1968)」(같은 책, 255~264쪽) 등의 산문으로 나타나는 그의 후기 시론을 시 형식을 통해 미리 보여 주었다.

인은 이러한 어리석음을 통해서만 치료가 가능하다는 사실을 알고 있다. 이제 외부적 에토스는 마치 외부의 소음과도 같이 내부를 참견하며 규제하게 되는데, 이는 화자가 바라는 바다. 5연에서의 '죽음'은 '규제로서의 죽음' 즉, '규제적 죽음'인데, 언어가 이 죽음의 벽을 통과하기 위해서 현존재는 '입을 다물어야' 즉, 언어를 죽여 버려야 한다. 매우 짧은 이 순간이 바로 괴로움의 "이행履行(enforcement)"[9) 순간이요 시의 생성 순간이다. '옴'과 '감'이라는 두 부재 사이에서 이 짧은 순간의 존재는 잊히지 않을 수 있다. 이행은 침묵에 붙여지는 것이 좋다. 그것은 초언어의 공간을 꿈꾸는 행위이기 때문이다. 없음을 통한 있음. 침묵을 통해서만 이행이 이루어지고 시는 생성의 동력을 타고 존재할 수 있게 된다. 이 침묵의 공간에서 시간은 무의미하다. 그러나 침묵의 공간은 순간으로나마 분명히 현전한다. '설사의 알리바이'는 성립되고, 자유는 규제됨으로써 시가 얻어진다. 이제 시인은 그가 그렇게도 바라 왔던 '시적 육체'를 얻을 수 있게 된다. 그러나 더욱 진화한 시적 육체를 얻기 위해서는 초언어적 공간을 스스로 창조하고, 운영할 수 있어야 하겠는데, 그것은 마치 신과도 같이 죽음을 관장할 수 있는 단계에 서야 가능하다.

5) 글쓰기적 죽음에 대하여

눈이 온 뒤에도 또 내린다

생각하고 난 뒤에도 또 내린다

응아 하고 운 뒤에도 또 내릴까

---

9) 김수영, 「詩作 노우트 ⑦(1966)」, 같은 책, 307쪽.

한꺼번에 생각하고 또 내린다

한줄 건너 두줄 건너 또 내릴까

폐허에 폐허에 눈이 내릴까

「눈(1966.1.29)」 전문

이 1966년의 「눈」은 「설사의 알리바이」보다 먼저 탈고되었지만 후자보다 발전된 모습을 보이는데, 그것은 이 시에서 시인 자신에 의해 장악되는 초언어의 공간이 이루어지기 때문이다. 1966년의 「눈」에서 김수영은 1956년의 「눈」과 같이 '눈'이라는 화두에서부터 출발하기는 하지만 그 태도가 좀 다르다. 후자의 시와는 달리 그는 언어 이전에 이미 내리고 있던 눈을 기술記述하려 한다. 더 정확히 말해 그는 시를 쓰기 위해 객관 현상을 관찰하거나 객관 현상을 감지하는 방법으로 글을 쓰는 것이 아니라, 자기의 글쓰기를 통해 객관 현상을 읽어 내려 한다.

그는 앞선 구절에 대한 변명을 위해 순간적으로 다음 구절을 쓰는 방법으로 시를 써 왔다. 그런데 이즈음 그는 이렇게 행과 행 사이의 흐름의 속도는 포기하지는 않는 채 그 속도감을 잊어버리는 방법을 탐구하는 데에 몰두해 있었다. 속도는 유지하되 속도감을 잊어버리는 일은 단순히 머릿속의 사고만 갖고는 힘들다. 만약 시간을 완전히 자연의 무시간적 공간에 맡긴다면 기억은 불가능해지고, 속도감의 망각과 함께 속도의 상실까지도 초래하게 된다. 여기서 자아는 해체될 수밖에 없고, 그것은 곧 완전한 죽음을 뜻하게 된다. 죽음을 잊어도 시가 이루어질 수 없지만 죽음에 완전히 빠져들어도 시는 불가능한 것이다. 여기서 김수영은 다음과 같은 식의 두 가지 타협점을 내놓는다. 첫째, 그는 자기 사고의 흐름을, 그게 모자란 것일지 허구적인 것일지에 대해 의심하는 것을 포기하고는, 그대로 자연의 흐름으로 믿도록 하는 것이다. 여기서 그가 생각하는 자연의 완전함이란 인간사의 불완전함까지를 아우른다. 둘째, 그만한 믿음을 지탱해 가기 위해 아예 글쓰기를 통해 흐름을 주체적으로 기술하는 것이다. 머릿속에 새겨지는 음성만으로 흐름의 속도를 감지할 때 인간은 그 대상에 관한 이미지를 붙잡아 내기가 힘들게 된다. 그럴 경우 자아의 해체가 닥쳐오기 일쑤인 것이다. 그에 비해 글자는 자아의 해체와 유지 사이의 움직임을 보장해 준다. 글자의 규정성을 통해 시인은 죽음 직전까지 다다르면서도 아주 죽지는 않을 수 있게 된다.

1행에서 눈은 규칙적으로 끊임없이 내리는데, 이는 시상의 전개 과정과 그대로 일치한다. 여기서 '내리다'는 '쓰다'와 동의어다. 2행에서 '생각하고 난 뒤에도 또 내린다'는 말은, 생각에 의해 잠깐 동안 음성이 글을 압도하나, 이미 글은 변함없이 내리는 눈의 자연스러운 힘을 지녔기에 곧 음성을 다시 압도한다는 뜻을 갖고 있다. 여기에는 예전의 시에서 볼 수 있는 자기 변명의 연속 과정이 훨씬 약화돼 나타난다. 그만큼 화자는 변명에 대한 부끄러움을 덜 느끼는 것이다. 계속해서 꼬리를 잇는 변명의 고리는 해체될 기미를 보인다. 그러나 바로 이 점에서도 시적 자아는 자기의 완전 해체를 경계해야 하는데, 그 경계심은 바로 3행의 의문형 어조에서 나타난다. 3행의 응아 하는 아기 울음소리는 외부의 소음으로 일종의 음성에 해당한다. 여기에 대해 화자는 '내릴까' 즉, '쓸까' 하며 경계한다. '내릴까'는 당연히 '내릴지 말지 예측이 안 된다'는 뜻이 아니라 '내릴까 말까 판단이 안 선다'는 뜻이다. 그런데 이 의문과 경계는 그 자체가 또 하나의 '음성적인' 사고다. 하지만 걱정할 것은 없는 게, 생각이 쌓이면 마치 막힌 설사가 터지듯이 눈이 알아서 자연스럽게 내려 주기 때문이다. 그래서 4행은 다시 '내린다'라는 자연스러움의 어조를 갖는다. 이렇게 '한꺼번에 생각하는 것'에 가속도가 붙자 5행에서 순식간에 생각의 시공은 축소되고 글은 '내린다' 즉, '쓰인다.' 하지만 이번에 역시 그 즉시 아까와 같은 경계의 의문형이 붙는다. '한줄 건너 두줄 건너' 가는 생각의 과정은 글쓰기의 세계에 비해 부서진 '폐허'다. 마지막 행에서 점차 호흡이 급박해지는데, 그것은 사실 이 '폐허'라는 발언이 김수영 특유의 과장적 어조를 닮은 것에 대한 약간의 불안함 때문이다. 그럼에도 불구하고 김수영은 왜 "만세! 만세! 나는 언어에 밀착했다. 언어와 나는 한 치의 틈서리도 없다."[10]라고 선언했을까? 그것은 그 불안함조차도 자연의 완전함의 구성물로 생각했기 때문이다. 1956년의 '눈'은 '투신적 죽음'에서 생성의 동력을 온전히 얻어 내지 못하였지만, 이번의 '눈'은 내리는 것이 글 쓰는 것과 일치함으로써, '글쓰기적 죽음'은 그 자체가 곧 '생성'이 되고, 시적 육체는 이제 '절대적인 시'에 한층 가까이 다가가게 된다. 시공의 연장을 없애고 글에 대한 음성의 우위를 뒤집는 김수영의 이런 육체의 길은 기존의 근대주의적 주체 의식을 약화하면서 일종의 선적禪的 직관을 추구하는 데까지 이어진다.

6) 선적禪的 죽음에 대하여

풀이 눕는다
비를 몰아오는 동풍에 나부껴
풀은 눕고
드디어 울었다
날이 흐려서 더 울다가
다시 누웠다

풀이 눕는다
바람보다도 더 빨리 눕는다
바람보다도 더 빨리 울고
바람보다 먼저 일어난다

---

10) 김수영, 「詩作 노우트 ⑥(1966.2.20)」, 같은 책, 303쪽.

날이 흐리고 풀이 눕는다
발목까지
발밑까지 눕는다
바람보다 늦게 누워도
바람보다 먼저 일어나고
바람보다 늦게 울어도
바람보다 먼저 웃는다
날이 흐리고 풀뿌리가 눕는다

「풀(1968.5.29)」 전문

「풀」은 김수영의 최후작인 동시에 대표작이기도 하다. 또 그만큼 이 시에 대한 해석도 여러 가지다. 그러나 필자가 보기에 이들 중 「풀」의 핵심을 찌르는 경우는 드물다. 이 시는 첫째, 풀과 바람이 어울리는 선적 공간에 주목해야 하고, 둘째, 풀과 바람 자체의 자연적인 움직임과 언어를 통해 다시 감지된 풀과 바람의 움직임이라는 양 측면에서 살펴야 한다. 여기에도 1966년의 「눈」에서와 같이 글쓰기에 의해 '풀'과 '바람'을 읽으려 하는 면이 있다. 그러나 이 시에는 분명 자연 그 자체로서의 '풀'과 '바람'도 있다. 시인은 언어와 세계와 자아를 합일시키려는 욕망을 가지면서, 자기 언어의 움직임을 풀과 바람의 움직임에 일치시키려 하는 동시에, '존재의 집'인 언어의 움직임을 통하여 관찰자와 관찰 대상을 포함한 존재자의 움직임을 읽어 내려는 변증법적 과정을 수반한다.

시에서 풀은 약하게 불거나 낮게 깔리는 바람에 따라 눕고, 거세게 불거나 높이 솟구치는 바람에 따라 풀이 일어선다. 1연에서 풀은 동풍에 나부껴 '누웠다가' 다시 솟구치는 바람에 '일어서며' 운다. 날이 더욱 흐려지면서 바람도 더욱 거세짐에 따라 풀은 더욱 일어서며 '울다가' 다시 '누웠다' 그런데 여기서 한 가지 유의해야 할 것이, "'울다'라는 낱말이 자연물에 쓰일 때는 1차적으로 '울리거나 흔들리어 소리를 내다(鳴)'의 뜻을 갖고, 또 '눈물을 흘리며 우는 것'도 반드시 슬픈 정조만을 나타내지는 않는다.[11]는 점이다. 그래서 시가 진행됨에 따라 시인은 점차 '울다'라는 낱말에서 '눈물을 흘리며 슬프게 울다'라는 뜻을 약화 내지 제거시키고 싶어 하게 된다. 그러므로 2연에서 풀이 바람보다 더 빨리 '누웠다가,' 더 빨리 '울면서' 먼저 '일어나더'니, 3연에서 바람보다 늦게 '누워도' 먼저 '일어나면서,' 바람보다 늦게 '울었던' 것들이 어느새 먼저 '웃기' 시작하는 것이다. 이 웃음은 「누이야 장하고나!」에서 보였던 웃음과도 같이 생성의 동력으로서의 에토스를 드러내 준다. 이렇게 자아는 글쓰기에 의해 풀과 바람의 움직임을 새롭게 읽어내게 된다. 여기서 바람이 '압제적인 힘'이 될 수는 없겠다. 또한 바람과 앞서거니 뒤서거니 하는 풀의 모습은 자연 그대로의 모습이다. 그러나 동시에 여기에는 좌절과 실패를 의식하지 않으면서 열락의 공간으로서의 역사를 이끌어 온 민중의 모습이 투영되어 있다 보아도 무리가 없겠다.

앞의 시 「눈」에서의 눈은 눈보라 없이 규칙적으로 천천히 내리는 눈이었다. 그에 비해 여기의 바람은 사나우며 불규칙하다. 「눈」과 같은 시에서 일단 조화로운 자연의 힘으로 시 의식을 보강해 온 김수영은 이제 여기서 사납고 불규칙한 자연을 조화란 이름으로 온통 감싸 안고 읽어 보려 한다. 여기서 시간적 질서는 공간적 질서와 함께 자아의 직관에 의해 늘어서기도 하고 엉기어 줄어들기도 한다. 시인은 선적 공간에서 풀과 바람의 노래를 '기술'하는 한편, 이러한 과정을 통해 자연계의 본래적인 흐름을 붙잡아 내려 하였다. 존재에의 귀속을 꿈꾸었던 이와 같은 시도는 근대주의적 자아가 무화하는 순간에 시적 육체를 만들어 내려는 시인의 마지막 전략이었다. 무시간적 글의 공간에서 이미지는 섬광과도 같이 번쩍인다.

본시 선은 불립문자不立文字 직인지심直指人心을 지향하므로, '선적 죽음'은 동일률의 밑바닥에 흐르는 통합적 원리를 의심하면서 언어의 기호적 특성

---

11) 본서의 졸고 「김수영 시에 나타난 자아와 세계의 관계」 290쪽.

을 부수는 것을 지향한다. 그러나 김수영의 '선적 죽음'은 그러한 의식의 급진적인 파괴를 지향하지는 않는다. 그는 시인답게 육체의 관능에 자기 감각을 내맡김으로써 신비주의적 선사禪師와 구별되고, 또 글쓰기를 통해 시적 육체를 이루어 갔다. '풀과 바람'의 공간은 이러한 김수영이 꿈꾸었던 '절대적인 시' 공간의 한 모습이었고, 여기서 시인은 소멸되어 시로 다시 이루어질 수 있었다.12)

3. 결론

괴테는 『파우스트』에서 메피스토펠레스를 통해 다음과 같이 말했다. "모든 이론은 회색이며, 오직 영원한 것은 저 생명의 황금 나무"라고. 이론은 디지털 세계에 속한다. 디지털 세계는 단절과 연속의 변증법을 이끄는데, 이는 디지털 세계와 아날로그 세계 사이의 관계가 디지털 세계 자체 내에서 섬광과 같이 재현(recapitulation)되는 꼴이다. 재현의 순간순간마다 아날로그 세계는 끊임없이 나타났다 사라지는데, 그 개개의 세계들은 어느 하나 완전히 같은 것이 없다. 사실 이렇게 서로 다르기에, 면적도 길이도 없는 영원의 순간들은 각각으로 직관되면서 거꾸로 단절과 연속의 디지털한 세계에 동력이 되어 주는 것이다. 세상의 모든 이항대립은 실상 바로 이 단절과 연속의 근원적인 변증법에 신세를 지고 있다. 분절의 자극에서 오는 불안감과 흥분은 이분법이 감지케 해 주는 '연속'의 예감 덕분에 쾌감으로 변하고는 한다. 그러나 이 쾌감은 디지털 세계에서 감지되는 차별과 복종이 고착되어 가는, 비싼 대가를 치르도록 하는데, 이 고착 또한 그 자리가 확

---

12) "시적인 것의 본질적인 특성을 종합하면 시적인 창조의 내적 뒤나미즘(Dynamismus)의 수렴점에서 인간의 죽음에 대한 표현을 보게 된다."(L. 보로슈, 「죽음의 神秘」, 최창성 편역, 『죽음의 신비』, 삼중당, 1978, 80쪽)

고해 지면 누구보다도 먼저 디지털한 이론 자신으로 하여금 갑갑증을 느끼도록 만드는 법이다. 여기서 이론은 스스로를 죽음의 회색으로 규정하면서 또다시 이론 너머를 찾아가게 되고, 이 과정은 계속해서 반복되게 된다. 이론의 화신인 지식인은 바로 이러한 악무한惡無限을 극복하려 한다. 그러나 비정할 정도로 강고한 악무한 속에서 그는 극한점을 향해 무한히 수렴해 가는 하나의 디지털한 점이다. 극한점은 이데올로기요 이데아인데, 있기는 하지만 결코 다가설 수 없는 이 점을 향해 가는 그는 분명 만족을 모르는 쾌락주의자다.

시인은 생각보다 지식인과 닮은 점이 많다. 지식인이 '이데아'를 향하는 것과 시인이 '절대적인 시'를 향하는 것도 서로 닮았고, 아날로그한 세계 덕분에 쾌감을 느낀다는 것도 서로 닮았다. 그러나 지식인의 쾌감은 '안심'이라는 내용을 시인의 쾌감은 '불안'이라는 내용을 갖고 있다는 점에서 둘은 여전히 대조적이다. 그런데 현대사회에 들면서 점차로 시인은 지식인의 역할을 부여받게 되었다. 산업화가 고도화해 감에 따라 근대적 자아가 유령으로 변할 위험에 처할 때마다 시인과 시의 역할은 중요해진다. 본래 시를 쓰는 행위는 "흩어져 있는 본연적인 실존의 순간순간들을 서로 엮어 놓고 거기에서 세계와의 새로운 관계를 형성한다."[13] 이 불안할 수밖에 없는 관계 형성 과정을 통해 산업사회를 돌파하려는 행위가 언뜻 공허해 보일 수도 있겠으나, 반짝이는 동시에 허무 속으로 사라지는 사물의 시간을 돌파함으로써 얻어지는 시적 자아의 열락은 최소한 유동적인 근거로서의 '총체성'을 끊임없이 개진시켜 줄 수는 있는 것이다.

"김수영은 거의 언제나 자아를 객관화함으로써, 직관을 그대로 형상화하지 않고 자아와 세계의 전체적 연관을 읽어 내는 수단으로 변화시켜 나아갔다. 이와 같은 까닭으로 시를 쓰는 행위는 하나의 문명 비판 차원으로

---

13) 같은 글, 77쪽.

상승할 수 있었다."14) 그는 서구 형이상학과 또 그에 기반을 둔 근대성에 대해 근본적으로 비판해 나아간 하이데거에게서 적지 않은 영향을 받은 결과, 관습화된 논리 따위의 정태성을 비판하였다. 현대 이성의 위기 상태를 극복해 보려는 그의 시도는 언어를 '존재'의 운동에 투신시키게 된다. 그는 이 운동을 통해 '민중'의 모습을 읽으려 했다. 그에게 민중의 여러 모순된 양태는 그대로 존재의 모순된 운동 모습이었다. 이러한 그에게는 '민중'의 실 내용을 채워 나아감으로써, 유동적 총체성의 역동성을 유지하고 또 새롭게 할 것이 요구되고 있었다.

우리는 비주체적으로 제조된 감각과 비주체적으로 구성된 육체가 아닌, '나' 자신의 것을 가질 때 더욱 스스로의 내면을 책임질 수 있을 것이다. 이렇게 가지려는 충동이 바로 '자기 내면을 향한 형이상학적 충동'인바, 이는 곧 '육체 담론'과도 통한다. 김수영은 자연적 육체를 죽임으로써 시적 육체를 형성하여 가는 과정을 통해 스스로를 기술하는 요령을 터득하였다. 스스로 내면을 세우고, 그에 따라 외계를 기술하고 재구성하는 것. 이렇게 형성된 시적 육체가 다분히 미적이어서 언뜻 탈역사 내지 몰역사적으로 보일 수도 있겠으나, 시적 육체는 자아의 완전 해체를 막아 내는, 경계선의 보루이기도 한 것이다. 김수영식 이분법의 균형 감각은 여기까지 왔다. 그는 경계선의 보루에서 또 한 번의 새로운 모험을 하려다가 그만 산업사회의 대표적 산물인 교통사고에 의해 그 뜻을 꺾이고 만다.

많은 시인들이 '시에서의 존재 추구'를 화두로 삼고는 해 왔다. 그러나 이와 같이 독창적으로 추구된 예는 보기 드물다. '민중문학'이 침체에 빠지고, '리얼리즘'과 '모더니즘'의 교류가 제안되고, '포스트모더니즘'의 열풍이 쉽사리 일고 또 식고 하는 이즈음에, 새로이 김수영 시와 글은 그 자체로 찬찬히 탐구되어야 하겠다. 이것들은 그 어느 외국 이론보다 우리에게 시

---

14) 본서의 졸고 「김수영 시에 나타난 자아와 세계의 관계」 246쪽.

사하는 바가 크다고 생각한다. 필자가 김수영의 '근대성'과 '탈근대성'이라는 커다란 이야기를 될 수 있으면 작품에 대한 천착을 통해 분석해 보려고 한 이유도 여기에 있다. 모자란 점에 대한 보충은 이후를 기약한다.

제9장

이중섭의 '소'와 한국 현대시

1. 서론

이중섭은 매우 대중적인 인기를 가진 화가다. 그의 그림은 비극적 삶과 더불어 '이중섭 신화'의 근본을 이루고 있다. 그러나 '이중섭 신화'에 비해 그림 자체에 대한 목록 조사나 정당한 평가 작업 따위는 그리 활발하게 이루어져 온 편이 못 된다. 겉보기와는 달리 정작 그는 점차 연구자들의 관심 밖으로 밀려났던 것이다. 그것은 그의 그림이 우리 현대 서양화단의 주류인 '비구상화'와는 달리 이야기성에 깊이 침윤되어 있었고, 또 수많은 습작·희작에 비해 막상 그가 본격적인 대작을 남긴 것이 별로 없었기 때문이었다. 어떤 이들은 그에 대한 정당한 평가를 위해서 거품 인기를 줄일 것을 제안하기도 하였으나1) 아직까지도 저널리즘적 인기와 아카데미즘적 비인기의 상황은 별로 달라질 기미를 보이고 있지 않다. 필자에게는 이중섭이 소문에 비해 막

---

1) 오광수의 글 「완성과 미완·걸작과 졸작 — 이중섭은 재평가되어야 한다」(『주간조선』, 1986.7.6)가 그 대표적 예다.

상 그림은 별 볼일이 없는 인물인지, 아니면 소문에 가려 그림의 우수성이 제대로 평가를 받고 있지 못하는 인물인지에 대해 판단할 능력이 없다. 그리고 그러한 판단은 이 글의 목적도 아니다. 단지 필자는 이중섭이 비판받았던 요소 중의 하나인 '이야기성'에 대해 주목하려 한다. 그림은 대개 "연쇄적 사건 발생이나 연쇄적 말하기가 없는 무시간적 이야기"[2]로 볼 수 있다. 그에 비해 문학은 사건 발생이나 말하기의 연쇄성을 보여 주려 하는 편이다. 그러나 문학 중에서도 시는 서사적 시간을 배제하는 편이라서 상대적으로 소설에 비해 그림이 묘사하는 바에 다가설 수 있다. 시와 그림의 친연성은 예로부터 자주 주장되어 왔다. 일찍이 호라티우스Horatius가 "시는 하나의 그림과 같은 것"[3]이라 한 것이나 플루타르코스Plutarchos가 케오스의 시모니데스(Simonides of Ceos)[4]의 견해를 소개하여 "회화는 말하지 않는 시이며, 시는 말하는 회화"[5]라 한 것은 바로 그 예다. 친연성은 현대 회화가 표현주의와 입체파를 거쳐 비구상의 길을 향해 온 경우에도 마찬가지다. 외부 세계의 묘사나 이상 세계의 재현이 아닌, 내면 충동의 표현 경향은, 미술이 비구상의 길을 향해 치달을 때 그에 걸맞은 새로운 이야기성을 만들어 낸다. 여기서의 이야기는 그림 자체에서보다 그림과 감상자 사이에서 생성된다. 묘사면에서 과거 미술의 우위는 이제 시의 우위로 역전된다. 언어는 본시 그림보다 추상적이다. 그러므로 이미지를 운용하는 폭이 그림보다 훨씬 넓을 수 있다. 그러나 그만큼 한 이미지의 내용이 각양각색으로 이해될 수 있기에, 과거에 시와 그림이 접근할 경우 다분히 자장의 중심은 그림에 있었다. 그런데 현대

---

2) Nelson Goodman, "Twisted Tales; or, Story, Study, and Symphony", *On Narrative*, ed. by W. J. T. Mitchell, Chicago & London: Univ. of Chicago Press, 1981, p.101.

3) 이 말에서의 호라티우스의 의도는 "어떤 종류의 회화처럼 단지 한 번밖에 즐길 수 없는 시들이 있는가 하면 반복해 읽어서 꼼꼼히 파고 따질만한 비평의 대상이 되는 시들도 있다는 것을 말하고 싶었던 것뿐이다."[마리오 프라즈(Mario Praz), 『문학과 미술의 대화 —기억의 여신』, 임철규 역, 서울: 연세대 출판부, 1986, 5쪽]

4) 고대 그리스 시대에 활약했던 케오스 섬[현대의 케아(Kea) 섬] 출신의 서정시인 시모니데스를 말한다.

5) 같은 곳.

비구상화가 발달하면서 묘사 대상이 인간 내면이 되자 점차 그림은 어떠한 난해시보다 의미의 (부재가 아닌) 홍수를 이루게 된다. 그리고 그 수다 속에서 언어와 같은 것이 교통정리의 역할을 맡기도 하는데, 그 교통정리하는 모습이 바로 새로운 이야기성의 근원을 이룬다.

그림이 이중섭의 것과 같이 전통적인 이야기성이 강한 구상화具象畵일 경우에 특히 언어는 과거에 당했던 설움을 되갚고자 폭력을 가하기 시작한다.6) 언어는 그림의 이야기성의 구태의연함을 비판하면서 그림 매체에서 본질적인 것을 찾도록 한다. 무의식에서 이 성향은 창작자에게 억압적으로 심어진다. 이야기성에 대한 보충 행위로서의 매체에 대한 별난 집착, 여기에 이중섭 이야기의 비밀이 있다. 물론 그가 다양한 매체를 사용한 데에는 '궁핍' 등 생활상의 원인도 있었다. 그러나 예를 들어 은지화銀紙畵 같은 것은 이미 일제 때부터 실험되어 온 것을 보면 분명 궁핍만이 매체 다양화의 원인은 아니었다.7) 필자가 본 이중섭에 대한 많은 시 중에서 이런 점에 주목한 것은 거의 없었다. 이들 시는 크게 작품에 대한 시와 작가에 대한 시, 그리고 작품과 작가 모두를 아우른 시로 나눌 수 있는데, 이 중 세 번째 것은 첫 번째 것에 포함되겠다. 그리고 작품에 대한 시는 그냥 언어로 이중

---

6) 특히 친문학적인 이중섭 그림의 이야기성은 문학인들에 의해서도 많이 언급되었다. "그가 시인이나 소설가를 화가보다도 좋아한 것은 중섭 예술의 문학화를 의미하기도 하고 화단의 일부에서는 그를 시적이라고 비판하는 예각(銳角)이 있는 경우를 고려한다면 그는 친문학적인 화가임에 틀림없다."(고은, 『이중섭평전』, 서울: 청하, 1992, 176쪽), "이중섭이 배태한 그림들은 분명 시적 감수성을 내재시키고 있었던 것이라고 보지 않을 수 없다."(정효구, 「시와 그림의 만남」, 문학과비평 편집부 편, 『시집 이중섭』, 서울: 탑출판사, 1987, 101쪽), "무척 시적 터치로 그림을 그렸던 화가"(강우식, 「은박지에 깃든 영혼」, 같은 책, 115쪽), "어쩌면 이중섭은 시로써 그림을 그린 화가든가 그림으로 시를 쓴 시인인지도 모른다."(김광림, 「내가 본 그림 속의 이중섭의 시」, 같은 책, 120쪽), "문학성이 강하다는 것은, 이중섭의 그림에는 자주 설화(說話)가 바탕에 깔리게 된다는 것을 두고 하는 말"(김춘수, 「이중섭」 연작시에 대하여」, 같은 책, 136쪽), "이중섭의 그림은, 그 작품에서 풍기는 물씬한 문학성 때문에 나를 매료시키기에 충분한 힘을 지니고 있었다."(이수익, 「이중섭, 그 찬란한 不具의 미학」, 같은 책, 144쪽)
7) "중섭의 은지화는 훨씬 뒤 그의 피난 생활의 가난 때문에 생긴 것이 아니고 이미 그의 동경 시대의 초기에 독창적으로 시험한 것이다."(고은, 같은 책, 44쪽)

섭 그림의 표면을 묘사하는 정도에 그친 시로부터, 그림에 시인 자신의 이야기를 합치시킨 시까지 몇 가지 부류로 나뉠 수 있다. 필자는 순수하게 이중섭 전기에 대해서만 쓴 시는 이 글에서 다루지 않기로 했다. 그리고 아무리 좋은 시라 해도 그에 해당하는 그림을 구해 볼 수 없는 경우에는 아깝지만 대부분 제외했다. 그 나머지 중에서도 이번에는 특히 '소'를 주제로 한 시 몇 편만을 골라, 이중섭이라는 사례를 통하여 시와 그림의 교류 모습을 고찰해 보려 한다.[8]

흔히 이중섭 하면 떠올리는 소재가 있는데, 그것은 바로 '소', '아이', '게', '물고기', '닭', '새' 등이다. 그중 '소'는 특히 이중섭 에로스의 상징물처럼 여겨지기도 하고,[9] 망해버린 나라의 상징물로 여겨지기도 하면서[10] 위 여러 소재들 중에서도 가장 중요한 위치를 차지하고 있다. 필자 역시 이런 점들을 전적으로 부정하지는 않겠다. 그러나 형상이 만들어지는 원리에 근거해 소의 내포적 의미가 본격적으로 따져진 바는 드문 형편이다. 필자는 바로 이러한 점을 염두에 두고 글을 전개하려 한다. 이 작업을 통해 시와 그림의 극적인 교류 모습이 드러남으로써 갈래(genre) 연구에 작은 보탬이 되었으면 하는 것이 필자의 바람이다.

2. 본론

그의 소는 대개 근골을 묘사한 몇몇 굵은 선으로만 이루어져 있다. 가장

---

8) 텍스트는 앞의 『시집 이중섭』으로 하겠다.
9) "중섭은 소의 작가가 아니라 황소의 작가다. 소의 그림들은 그림의 구심점에 불알이 있게 그려진 것들이다."(고은, 같은 책, 166쪽)
10) "그의 소는 훨씬 뒤에 '이제 우리나라의 소 눈동자가 옛날과 다르단 말야라는 그의 정밀한 관찰이 얻어낸 진술이 의미하고 있는 것처럼 이미 사멸해 버린 나라의 오브제였다." (같은 책, 47쪽)

❚흰 소

유명한 홍익대 소장所藏의 「흰 소」11)를 보더라도 이 점은 역력하다. "전체
적으로 회색조에 검고 굵은 선이 그어져 있고, 특히 에나멜 화이트가 황
소의 강인한 근골을 강조시키고 있다."12) 이중섭에게 선은 매우 중요한
묘사 수단이다. 그는 많은 엽서화 소품에서 선으로 윤곽을 그리고 색을
메워 갔고, 은지화에서는 아예 선으로만 그림을 완성하였는데, 이는 단순
히 습작 · 희작적인 의식에서만 그랬던 것은 아니다. 선은 적극적인 선과

11) 이 작품에는 「황소」, 「걸어가는 소」 등 여러 이름이 붙으나, 그냥 「흰 소」로 하겠다.
12) 이 부분은 1972년 3월 '현대화랑'에서 있었던 '이중섭 작품전' 때 발행된『이중섭 작품집』
   속의 이구열의 작품 해설의 일부를 발췌 요약한 것이다. 이 작품집은 총 91편의 도록
   중 단 7편만 색채로 돼 있는 관계로, 글을 써 가는 데에서 필자는 도록『한국현대미술대
   표작가100인선집(44) - 이중섭』(서울: 금성출판사, 1977)과 이중섭 서한집인『그릴 수 없
   는 사랑의 빛깔까지도』(서울: 한국문학사, 1980) 및 앞의『시집 이중섭』에 실린 화보까
   지 참고하였음을 밝히는 바다.

소극적인 선으로 나뉜다. 전자는 점의 연장에 의한 것이고 후자는 면의 만남에 의한 것이다. 원래 적극적인 선은 동양에서 많이 쓰였는데, 서양에서는 인상파 때부터 일본 우키요에(浮世繪)의 영향 등으로 자주 등장하게 된다. 적극적인 선에 의해 화면이 구획지어지거나 사물의 윤곽이 드러나면, 그리고 그것이 채색에 의해 사라지지 않고 사물의 경계를 인공적으로 분명히 하면 그 자체가 하나의 힘과 율동이 된다. 그런데 허버트 리드에 의하면 이 힘과 율동은 저절로 형성되는 것이 아니라 "감정이입(empathy) 즉, 우리의 육체적 감각이 어떠한 방법으로 선에 투사"[13]되어 형성되는 것이다. 우리의 상상력은 이 선을 따라가며 춤을 추는 셈이다. 이중섭에게 투사를 하게 만드는 근거는 무엇일까? 그것은 소극적인 선이 암시하는 자연색의 분할을 못 견뎌 하기 때문이다. 만약 자연색의 질감들이 이중섭의 파토스에 의해 무한정 증폭한다면, 막상 그러면서도 그 증폭면은 한정돼 있어, 대신 그저 내적으로 분할을 거듭하면서 색의 경계를 자꾸 무화시켜 버리려 한다면 거기에 남는 것은 외로우면서도 그 외로움의 근원을 잊게 되는 화가 자신만이 남게 된다. 이중섭은 외로움의 근원을 잊는 것을 원하지 않았다. 그는 선을 통해 폭발할 듯한 질감의 근원을 캤다. 그 기억은 고통스러운 것이다. 그러나 그 고통은 자기가 생존할 수 있는 근거다. 그 선을 통해 화면은 이상화(idealization)된다. 흰 소의 모습을 보면 다리의 위치가 비현실적이다. 이것은 걸어가는 현실의 소가 아니다. 마치 이중섭 것과도 같은 수염이 나 있는 이 소는 댄디적 포즈를 취한 채 낭만적 상승을 꿈꾸는 이중섭 자신이다. 이중섭에게는 자화상이 없다. 대신 그는 소를 그렸던 것이다. 스스로 빛의 근원이 되기 위해 고투하는 한 현대 예술가의 모습을 말이다.

우리는 먼저 이중섭 자신이 쓴 유일한 시 「소의 말」을 보아야 할 것이다.

---

13) Herbert Read, *The Meaning of Art*, Penguin Books, 1967, p.39.

높고 뚜렷하고
참된 숨결

나려 나려 이제 여기에
고웁게 나려

두북 두북 쌓이고
철철 넘치소서

삶은 외롭고
서글프고 그리운 것

아름답도다 여기에
맑게 두 눈 열고

가슴 환히
헤치다.

    1951년 봄 피난지 서귀포의 방벽에 붙어 있던 것을 조카 이영진이 외워 전한 것인 이 시는 어떤 보일 대상을 생각하고 쓴 것이 아닌 만큼 일기 구절이나 작품 메모 정도로 여겨도 되겠다. 여기서 '높고 뚜렷하고 참된 숨결'이란 무엇일까? 그 숨결은 '자비'의 '은총'의 숨결이겠다. 그렇다면 실상 '숨결'은 '빛'과 다를 바가 없다. 숨결은 스스로 증거하지 않는다. 그러나 빛은 스스로 증거한다. 숨결은 매우 개인적인 영역에서 감지하는 것인 반면 빛은 자기 몸을 통해 모두에게 감지될 수 있다. 몸은 도구다. 속의 빛은 '두 눈'을 통해 맑게 빛난다. 숨결은 색色이고 빛은 선線이다. 이중섭은 색의 근원적인 혼란성을 아우를 선을 필요로 한다. 그런데 그의 말라 앙상한 소는 이 선을 드러내기에 적합하다. 앙상한 근골의 선으로 풍성함을 드러내다니! 그 풍성함은 미래의 소망이니 현재는 허구에 불과하다.

그 눈은 투명하였다

다른 이들이
소의 가죽을 보고 있을 때
그는
가죽 속의 살
살 속의 뼈
뼈 속의 영혼을 보고 있었다

그도 어쩌면
장님이 되고 싶었는지 모른다
감겨지지 않는 그 눈은
한 예술가의 숙명의 문
꺾이지 않은 자존의 의지

그리하여
많은 이들이
살기 위하여 먹고
먹기 위하여 살고 있을 때
단호히
실로 단호히
입을 다물어 음식을 거부한 사람

살 속의 뼈
뼈 속의 영혼을 혼신으로 증거하며
드디어 그는
굶어 죽고 말았다.

허영자, 「뼈가 보이는 그림」 전문

이 시에는 허영자는 빛을 영혼으로 여기는데, 이는 좀 안이한 태도다. 그 영혼은 도대체 누구의 영혼이란 말인가? 허영자는 1·2연에서 '그(이중섭)'가 소를 바라보게 하다가 끝 연에 가서 이중섭 스스로가 소가 되게 한다. 아니면, 그가 처음부터 스스로의 내부를 투시했다는 말일까? 그런 것 같지는 않다. 3연에서의 '장님이 되고 싶었다'는 표현이 그 점을 증거한다. 소로 감정이입이 되어 가는 과정으로 서술한 것은 그림의 핵심을 보지 못한 소치다. 소는 애초부터 이중섭이고, 앞에서도 언급했듯이 감정이입은 육체적 감각이 선에 투사되는 형태로 이루어진 것이다. 회색빛은 땅과 하늘의 구별이 없다. 다만 검은 지평선 하나가 소가 걷는 길을 따라 생길 뿐이다. 이는 하늘과 땅이 맞닿아 생긴 소극적인 선이 아니다. 소의 발걸음이 긋는 적극적인 선이다. 바닥은 현실의 바닥이 아니다. 비현실적인 원근법 속에서 소(이중섭)는 실상 허공을 내딛는 꼴이나 마찬가지다. 감각이 투사된 길이다. 그 길에서 역시 회색 공간을 분할받아 형성된 소는 (즉, 숨결이 뭉쳐 형성된 소는) 제 형체를 이루어 에너지의 흘러넘침에 의한 자기 분해를 막고자 앙상한 근골의 곡선을 아주 날카롭게 친다. 숫제 다음과 같은 시의 소가 이중섭 소의 의미를 더 잘 드러낸다.

억울하게 뿔난 마음이
뿔난 짐승을 그린다
뿔난 짐승들은 초식이고
화가 치밀면
머리를 말뚝에나 비비지
땅바닥에다 얼굴을 비비지
울음이어라 말 이전의 말
거칠고 세련됨을 따지기 전에
마음으로 받는 그대 마음 울음이어라
시詩를 찢어버릴까

술에 취해 세상에 오줌이나 깔겨버릴까
첫 시심詩心이 어찌 지금과 같았을까
코뚜레도 굴레도 고삐도 벗어던지고
울타리를 무너뜨려라 중섭仲燮의 흰 소
뜨거운 흰 숨결이 끊이지 않고 이어진다

최승호, 「흰 소」 전문

최승호는 뿔난(화난) 마음이 뿔난 짐승의 선을 그리게 한다고 진술한다. 그렇게 그려진 소의 울음은 여전히 말 이전의 것이다. 순간 시인은 시를 찢어 버릴 생각을 한다. 그러나 여기서 시인은 실수를 한다. 애초 그림에는 없는 코뚜레와 굴레가 상정되는 것이다. 그 실수는 소를 순식간에 이중섭에서 시인 자신으로 바꿔 버린다. 아니 시인과 화가는 소에서 하나가 된다. 사실 그 합치 과정까지의 시인의 성찰은 그리 대단한 것은 아니다. 그런데 그 대단하지 않은 예가 이상하게도 드물다. '뜨거운 흰 숨결'이란 공감각적 이미지를 보니 시인은 숨결이 곧 빛임을 알고 있다. 그림과 감상자 사이에서 이야기는 형성된다.

전생에 나는 소였다
양지바른 언덕에 등 비비면
외로움은 하품처럼 찾아와 머물다 가고
폭염 아래 늘어지는 엿가락과 함께
오뉴월 땡볕이 서글프다

이젠 다 버려야 한다
다른 여자를 위해 연가를 쓰는 애인들
다른 행복을 찾아 딸을 버린 애비들
국기 강하식과 함께 땅에 떨어지는 애국들
그 모든 것을 소처럼 소처럼

▌황소

큰 눈 껌뻑이며 서 있으면
그토록 발버둥쳐도 사랑이 끝내 부질없는 이유를
알 수 있을 것 같은데
오늘도 까닭없이 하품이 나고
이승에서 소가 아닌 나는 떨어지는 소값에 분노하며
등심을 구워먹는 자들을 구워먹고 싶어

다시 소가 되리라
풀잎만 먹으며 네 번쯤 되새겨 생각하며
내 고삐를 쓰다듬던 주인을 만나면 천국에서
그와 마음을 맞추어
다섯 마지기 정도의 밭을 일구리라
죽어서 나는

                    김정숙, 「나는 죽어서―이중섭의 ‘황소’에게」 전문

황토빛 가죽은 벗겨졌다.
따스한 살점은 떼어졌다.
두 눈
이슬로 뭉쳐진 두 눈이다.
두 뿔
영웅시대의 고전적인 유산 두 뿔이다.
흰 뼈
장작으로 팬 흰 뼈이다

동지섣달 깊은 밤을
깊고 질긴 사연에 축여 꼰
새끼줄 같은 것은 아니다
아해가 피리 소리를 터뜨렸다.
뼈들이 일어선다
흰 뼈를 얽고 동여맨 피리 소리
그것은 조직의 심줄이다

모음母音의 땅에 건축한 깃발없는 성채
아해들은 피리 소리를 터뜨렸다
고구려의 봄이 흐르는 심줄
봄에 취하여
춤추는 소

소는 춤추며 보리밭에 똥을 쌌다 종달새 울음 찌꺼기를
소는 춤추며 감자밭에 똥을 쌌다 칠월 칠석 별무데기를
소는 춤추며 콩밭에 똥을 쌌다 번개불 조각을
해와 달을 두 뿔로 굴리며
춤추는 소
금빛 해를 북으로
은빛 달을 징으로
춤추는 고구려의 소.

김요섭, 「고구려의 소」 전문

▮ 소와 어린이

　김정숙과 이요섭 역시 이중섭의 '소'를 자기 식으로 읽어 낸다. 이 두 시인
의 인식은 앞의 최승호 것과 아울러 소에게 대자적對自的 의미를 부여한다.
소가 김정숙에게는 민중으로 김요섭에게는 민족으로 확산 비유되는 것이
다. 그런데 김정숙의 인식은 지나친 자기 연민으로 인하여 감상주의에 빠지
는 경향을 보인다. 그에 비해 김요섭의 소는 '이슬로 뭉쳐진 두 눈과 영웅시
대의 고전적인 유산인 두 뿔과 장작으로 팬 흰 뼈'를 지닌 채, 이중섭 소의
선이 본래 지니고 있는 운동감과 리듬에 문학적 색채를 부여한다. 한껏 이
상화理想化한 김요섭의 소는 '아해들의 피리 소리에 의해 뼈들이 일어서고,
고구려의 봄이 흐르는 심줄이 봄에 취하여 춤을 추게' 된다. 이는 이중섭의
그림 「소와 어린이」를 연상케 한다. 이 시는 「소와 어린이」를 의식하고 쓴
시는 아니다. 김요섭의 시인 의식이 새로운 그림을 그려낸 것이다.
　이중섭의 소는 특히 불알이 불거져 있다. 상식대로 이는 이중섭 특유의
왕성했던 성적 에너지(삶의 본능!)를 보여 준다고 할 수도 있겠다.14) 김춘수의

---

14) "소의 그림들은 그림의 구심점에 불알이 있게 그려진 것들이다. 그 불알이 소머리와 절
　묘한 묘사력의 음향을 일으키는 소잔등 그리고 대퇴부, 자유분방한 꼬리로 방사선을 그
　을 수 있게 집약력, 조화력을 보내고 있다. 때때로 그 불알은 소 전체의 색조에서 특이
　한 붉은 색으로도 나타난다."(고은, 앞의 책, 166쪽)

연작시 「이중섭」 중 1번, 6번에는 이 불알이 강조된다.[15]

씨암탉은 씨암탉,
울지 않는다.
네잎 토끼풀 없고
바람만 분다.
바람아 불어라, 서귀포西歸浦의 바람아
봄 서귀포에서 이 세상의
제일 큰 쇠불알을 흔들어라
바람아,

김춘수, 「이중섭 1」 전문

다리가 짧은 아이는
울고 있다.
아니면 웃고 있다.
달 달 무슨 달,
별 별 무슨 별,
쇠불알은 너무 커서
바람받이 서북쪽
비딱하게 매달린다.
한밤에 꿈이 하나 눈 뜨고 있다.
눈 뜨고 있다.

김춘수, 「이중섭 6」 전문

무의미시를 추구하던 김춘수는 이 연작시를 쓸 때만은 그 작업을 일시
포기했었다.[16] 이 연작시들에는 김춘수 개인의 경험들도 어우러져 있다는

---

15) 이 두 시에 해당하는 이중섭의 그림들을 찾을 수는 없었으나, 중요도에 비추어 그냥
   다루었다.
16) "「이중섭」 연작시는 시로서는 내가 추구하고 있는 지점에서 한 발짝 물러서고 있다.
   그에 대한 나의 호기심 때문에 그런 희생을 나로서는 치르지 않을 수 없었다. 그러나

고백[17]이 있는데 그 점은 일단 시인의 진술을 믿는 선에서 받아들이도록 하자. 잘 알려졌다시피 김춘수는 이미지에서 관념을 배제함으로써 이미지 자체를 위한 이미지, 그 자체 대상이고 또 어떤 의미에서도 자유로운 이미지로 이루어진, 탈시간적 순수시, 김춘수 용어로 '무의미시'를 만들어 내려 했다. 필자 개인 생각에 그 시도는 실패했다고 보는 바나, 이 시도에서 이루려는 '비대상의 시'는 미술에서의 표현주의적 의도와 비슷하여, (앞에서 언급한) 현대에 들어 이루어진 그림에 대한 시의 우세를 공고히 하려 한다는 점에서 주목할 만하다. 해석의 다양성이 극한점에 이르면 순식간에 그 다양한 해석은 무화되어 버리게 된다. 그것은 오직 감상자에게 모호성을 극대로 보여 주는 상징만을 드러낼 뿐이다. 여기서 감히 어떤 추상적 그림이 시행간詩行間의 넓은 공간을 대신할 수 있을까? 이건 완전히 언어의 물신화다. 스스로가 근원인 언어. 김춘수는 거기까지 갈 용기는 없었다. 이런 (용기 없는) 실험 중에 쓴 연작이니 무의미시의 기미가 아주 가실 수는 없겠다. 이런 시에서는 시인의 감각을 이끄는 화두 하나만 잡아내면 되겠는데, 이 두 시에서 화두는 '불알'이다. 시인이 자기 이야기를 철저하게 가리고 있으니 전기적 사실을 알기 전에야 그 내용을 알 수 없겠다. 그러나 그래도 상관없는 것이, 시인은 서술적 이미지 즉, 이미지를 위한 이미지의 나열을 하면서 '쇠불알'로 상징되는 커다란 우주적 에너지를 불러일으킨다. 「이중섭 1」에서 씨암탉의 생산성이나 네 잎 토끼풀의 작지만 안락하여 커다란 보금자리가 강조되지 않아도 별 상관없다. 그 의미를 못 느끼는 사람은 또 그대로 자기의 느낀(생각한?) 바가 있을 테니까. 그리고 그 사소해 보이는 다양성의 차들을 일거에 무화해 버릴 '세상의 제일 큰 쇠불알'이 있으니까. 아, 너무 큰 꿈이다. 이중섭에게는 안 어울리는. 「이중섭 6」

후회는 없다."(김춘수, 「「이중섭」 연작시에 대하여」, 『시집 이중섭』, 138쪽)

17) "나의 연작시 「이중섭」은 이중섭의 그림 몇 폭을 염두에 두고 씌여졌다. 그리고 거기에는 또한 그의 전기적인 일면과 나 자신의 사적인 경험들이 어우러져 있다."(같은 글, 137쪽)

의 '너무 큰 쇠불알'에서 상징은 졸지에 육화肉化(incarnation)해 버린다. '너무'라는 부사가 그 증거다. 어린아이는 이 '너무 큰 쇠불알'이 진짜인지 가짜인지 헷갈리면서 울다 또 웃다 한다. '꿈이 하나 눈 뜨고 있다'의 환유는 자아를 해체시키면서 언어 속에 자기 몸을 감추고 '너무 큰 쇠불알'을 경계하는 상황을 보여 준다. 이 시들은 애초부터 시인 자신을 읽기 위한 텍스트로 쓰였다. (그 끝을 알고 싶은) 언어의 막강한 힘을 숭고한 마음으로 경외하면서 말이다. 그러나 이 또한 이중섭을 읽는 방법이다. 그러니 그리 탓할 바는 없겠다.

3. 결론

이중섭의 드로잉 작품 「소와 새와 게」를 보면 과장된 쇠불알과 그를 자르려는 게의 모습이 희화적으로 그려져 있다. 그리고 여러 '아이 그림'들을 보면 게가 장난스럽게 아이의 불알을 집게로 쥐고 있는 모습이 나타난다. 이런 것을 굳이 '거세 콤플렉스' 따위의 정신분석학적 용어로 해석할 필요는 없겠다. 그저 삶이 유쾌한 장난이 되었으면 하는 화가의 바람으로 해석하면 되겠다. 이쯤 되면 소와 아이는 뒤섞여 버린다. 아니, 모든 짐승·어류와 인간이 다 한 가지 동물로 뒤섞인다. 엽서화와 은지화를 통해 이중섭은 이런 무릉도원을 꿈꾸었다. 이 엽서화·은지화에서 나타나는 선화線畵들에 대해서는 따로 이야기가 필요하겠지만, 본론의 이야기 맥락에서 몇 마디만 언급하겠다.

앞에서 이중섭 그림에서의 선의 의미에 대해서는 대강 이야기했다. 그 이야기들을 좀 도식적으로 정리해 보면, 그에게 면의 색은 광포한 파토스고, 선은 이를 정리해 내려는 에토스라 볼 수 있겠다.[18] 그리고 오히려

▌소와 새와 게

이 선은 현실에 대한 낭만적 초월의 길을 열어 주게 된다. 엽서화와 은지
화에서 이 초월은 '휴식'의 형태로 나타난다. 특히, 은지화는 후기에 주로
만들어진 종류인데, 기본적으로 은지의 바탕은 백색, 그것도 흰색 태양빛
이다. 흰색은 물감 색으로는 아무 것도 없는 상태이고 햇빛 색으로는 모
든 색이 다 합쳐진 상태다. 필자는 본론의 첫 머리에서 색의 경계의 무한
분할은 화가의 외로움의 근원을 잊게 해줄 수 있는 위험을 불러일으킬 수
도 있다고 하였다. 무한 많은 것은 아무 것도 없는 상태를 초래한다. 천지
개벽 후 원시의 무릉도원 속에서 동물과도 마찬가지인 어린이들이 탯줄
과도 같은 생명 줄을 몸에 휘감은 채 공중에 부유하는 상태, 그는 백색의

---

18) 다음 글을 참조하라. "선이 면을 둘러싸고, 이들 면은 채색에 의해 형체가 매우 확실해
　　지고, 색채는 매우 강렬해지며, 그리고 구조적인 의미에서 매우 단단하게 조직되므로,
　　고체(固體)가 가지는 깊이와 분위기를 띠게 된다."(허버트 리드, 『현대미술의 원리 – 현
　　대회화와 조각에 대한 이론서』, 김윤수 역, 열화당, 1981, 57쪽)

▌길 떠나는 가족

찬란한 빛의 공간에 이 꿈을 그려보았다. 그것은 「길 떠나는 가족」이 소달구지를 타고 다다른 따뜻한 남쪽 나라의 모습이었을 수도 있겠다.

제10장

화엄華嚴과 만다라曼茶羅의 치유법

고은의 『만인보萬人譜』 1〜20(창비, 1986〜2004)

1. 민중의 복권

역사의 필연을 강조하는 이성주의는 다소 결정론적이긴 하나, 주체의 의지를 포기하는 듯한 숙명론과는 구별된다. 하지만 과학과 낭만이 뒤섞인 우리 근현대 혁명사는 '이성의 인도 아래 자신의 의지를 발휘한다.'는 결정론조차도 제대로 장악하지 못하는 채 숙명론과 그에 대한 반발로서의 주의주의主意主義 사이에서 헤매 온 편이다. 과학과 낭만의 이와 같은 동거는 1970~80년대까지도 우리 시대정신의 한 동력이 되어 왔다. 그리고 여기에 마치 허깨비와도 같이 깃들어 있는 엘리트주의 역시 '보편성'이란 이름 아래 억압적인 힘을 꾸준히 발휘해 왔다.

한때 허무주의 시인이었다가 1970년대 벽두 전태일 열사의 죽음을 계기로 현실 참여의 시인이자 투사로 변한 고은은 진작 이러한 억압에 반발심을 느껴 왔다. 그는 1980년대 후반의 한 연설에서 개인이 역사에서 무시되는 것을 비판하였는데, 여기서 '개인'은 오랫동안 역사에서 소외돼 온 '민중'

을 의미하였다. 그는 민중을 역사의 중심에 복권시킴으로써 각 개인의 생사는 다른 이의 생사와 이어질 수 있을 뿐더러, 나아가 역사 계기의 낙관樂觀이 부여될 수 있기까지 하다는 주장을 내놓았다.

고은의 이러한 민중적 역사관은 그의 죽음 의식의 변천에 따라 형성되었다. 그는 6·25 사변 민족상잔의 비극에서 기인한 허무주의에 이끌리며 수차례 자살을 꾀했다. 그러다가 1970년 전태일 열사의 분신 뒤 그의 삶은 허무에서 역사로 전이한다. 이후 전개된 그의 투사 시절은 1980년 광주민중항쟁과 맞물린 소위 '김대중 내란음모 사건'을 통해 또 한 차례 전환점을 맞는다. 이 조작 사건에 얽혀 육군교도소 특별 감방에 투옥된 고은은 죽음 직전까지의 극한 경험을 한다. 하지만 그는 여기서 그 어떠한 충동이나 종교적 신심信心에도 의존하지 않는 채 극한 상황을 이겨 내려 하였다.

2. 역사적 상처의 치유

바로 이러한 순간에 서사시『백두산』과 함께 연작시『만인보』는 구상되었다. 구원 수단으로서의 종교가 포기된 상황에서 이 작품들을 구상하는 일은 나름의 의지대로 '종교적 신심'을 창조해 내는 일이기도 하였다. 그리고 그 신심은 '하나는 일체요 일체는 하나(一即一切 一切即一)'라는 화엄 세계나 '만물은 조화를 이루며 서로 연관돼 있다'는 만다라 세계와 통하였다.

> 너와 나 사이 태어나는
> 순간이여 거기에 가장 먼 별이 뜬다
> 부여땅 몇천 리
> 마한 쉰네 나라 마을마다
> 만남이여
> 그 이래 하나의 조국인 만남이여

이 오랜 땅에서 서로 헤어진다는 것은 확대이다
어느 누구도 저 혼자일 수 없는
끝없는 삶의 행렬이여 내일이여

오 사람은 사람 속에서만 사람이다 세계이다

「서시」 전문

가시덤불 초저녁
개똥벌레 총각이 파랑 불 켜가지고
처녀한테 달려가서
단 한방 사랑하고 불 꺼져 죽어버려요
오사잡놈 영걸이 아저씨 사랑 사랑 하룻밤 풋사랑
그놈의 주둥이 닫아버려요

「개똥벌레」 전문

「서시」에서 이 세상 개체들이 차지한 각자의 시공간은 결코 고립적이지 않다. 언뜻 보아 이 시의 마지막 연은 사람과 여타 것들을 갈라놓는 듯이도 보이나, 사실 사람은 관계성을 통해서만 자기 존재를 확인할 수 있다는 뜻을 드러냈을 뿐이다. 「개똥벌레」에서 영걸이 아저씨와 개똥벌레 총각이 혼융되는 것은 이와 같은 관계성의 확대를 보여 준다.

이런 점에서, "언어의 자유가 온갖 리듬의 파격을 형성하면서 지속되고 있음을 발견하는 독자라면 스스로 『만인보』 속의 등장인물의 한 사람으로 자처할 수도 있을 것으로 생각된다."[1]는 권영민의 통찰은 이 연작의 비의秘儀를 드러내 주는 바가 있다 하겠다. 고은은 자기와 등장인물이 한데 어우러진 『만인보』의 세계에 독자마저 동참시킴으로써 우리 모두의 심신 속에 아로새겨진 역사적 상처를 치유하려는 것이다.

---

[1] 권영민, 「개인적 서정성에서 집단적 서정성으로—고은의 『만인보 1~9』」, 황지우 편, 『고은을 찾아서』, 도서출판 버팀목, 1995, 416쪽.

손자 임경표를 불러냈다 너 나와

할아버지 따귀 갈겨봐

손자는 불응했다
토벌대가 마구 걷어찼다

경표야 날 때려라 어서 때려라

손자가 할아버지 따귀를 때렸다

「오라리」부분

우익 치안대가 절대였다

좌익 아들 송호식의 어머니가
잡혀왔다
얼마 뒤
다른 섬으로 도망친
호식이 잡혀왔다

아들을 죽여
아들의 간을
어머니의 입에 물으라 했다

어머니는 고개를 흔들며 부르짖었다

목총 개머리판으로 쳤다
치고 또 쳤다
어머니는 아들의 간을 물고
동네를 돌아다녔다

실성했다

6·25 사변이 초래한 광기 어린 강제에 손자와 할아버지는 서로 따귀를 때려야 했고, 사위와 장모는 상피붙어야 했으며(「9·28서울수복 직후의 어느 풍경」), 어머니는 아들의 간을 입에 문 채 실성해야만 했으니, 이 땅 민중의 원한은 하늘을 찌를 듯했다. 고은의 집필 행위는 바로 이에 대한 치유와 해원解寃 행위 자체인데, 이 행위는 시인이 독자와 함께 만다라를 그려 나가는 일이기도 하다. 고은은 "나는 『만인보』에서 인간만을 그리지 않았다. 왜냐하면 인간은 불가불 이 세상의 만다라 없이는 존재할 수 없기 때문"[2]이라고 말하였다. '만다라'는 우주적 조화와 질서를 이룬 도형들에 신적 형상을 담은 불교미술을 말하나, 넓은 의미에서 만다라는 이 미술 이상을 구현한다. 우리의 심신과 이 심신이 움직여 가는 시공간 전체가 만다라 자체다. 석도열에 의하면 여기서 "결국 부처와 중생은 하나이며, 모양도 흡사하다. 그러나 부처의 원상原象은 무형상無形像이며, 굳이 표현하자면 무한한 시간과 공간을 포괄하는 일원상—圓像이 될 것이다."[3] 『만인보』에서 많은 인물, 동물, 사물, 사건들이 묘사되고 서술되는 과정은 그 자체로 만다라가 형성되는 과정이니, 여기에 참여하는 이는 이 세상 모든 존재들과 교류하고 뒤섞이는 과정을 통해 점차 무형상, 일원상을 내면화함으로써, 역사를 통해 입게 된 상처를 치유할 수 있는 것이다.

더 나은 치유를 위해서인지, 박혜경에 따르면 고은은 역사적 불행보다 공동체 정서 복원을 더 비중 있게 다룬다.[4] 6·25 사변으로 서방이 죽은 뒤 남은 세 새끼 먹여 살리기 위해 걸쭉걸쭉 남정네가 되어야 했던 이삼봉

---

2) 고은, 『만인보 13』, 창작과 비평사, 1997, 6쪽.
3) 석도열, 『만다라 이야기』, 도서출판 맑은소리, 2000, 23쪽.
4) 박혜경, 「민족 생명력의 개체적 형상화—고은의 『만인보』에 대하여」, 같은 책, 448쪽.

이 마누라(「이삼봉이 마누라」)같이 『만인보』의 여성들이 대개 비중 있고 건강하게 다루어지는 것도 같은 맥락에서다.

영덕에서
안동까지
험한 산길
생물고등어 싣고
소달구지 끌었다 소의 목구멍 푸우푸우 단내 가득했다

한밤중 산길 당당하게 넘었다
강도가 나타나면
강도 꾸짖고
멧돼지 나타나면
멧돼지 쫓아냈다

이 사람아 하필 새끼 셋 달린
계집을 망치는 졸장부 될래 예끼 이 사람아
이놈들 썩 물러가지 못할까
잉걸불에 네놈들 구워먹기 전에 썩 물러가
말이 힘이었는지
이런 된소리에 강도도 넘기고
멧돼지도 넘어갔다

번히 먼동 트면
벌써 안동 첫걸이장에 다다랐다
아직껏 싱싱한 고등어
열두 짝 넘기면
빈 달구지
아침햇살 받는다

온몸 비릿한 고등어냄새
이삼봉 마누라 냄새였다
잠든 세 새끼 있는

「이삼봉이 마누라」 부분

한밤중 산길에서 이삼봉이 마누라가 내뱉은 된소리는 어째서인지 강도도 물리치고 멧돼지도 제압했다. 그녀가 내뱉은 된소리는 마치 『삼국유사』의 「구지가龜旨歌」와도 같이 주술적이었고, 이 순간 이삼봉이 마누라는 이 땅의 원한과 액을 한 몸에 받아 풀어먹이는 무당이 되어버린 듯하였다. 이런 판국에 허무주의 시절 '폐결핵'에 걸려 시름시름 앓던 여성상은 더 이상 존재할 수가 없었다. 『만인보』의 이들은 본래의 모성적 억척스러움으로 낙관적 역사관을 이끌어 온바, 전란의 극복을 꾀해가는 가운데 스스로 자연이 되고 무당이 되어 이 땅의 아픔을 온몸에 쓸어 담으니, 그 모습은 어린 선재동자善財童子(고은의 소설 『화엄경』의 주인공) 고은이 자기동일시하고자 했던 어머니의 모습이요 부처의 원융상圓融像이었다.

3. 미완성의 만다라

고은의 작업은 아직도 계속되고 있다. 애초 30권 정도의 출간을 예정하고 써 온 『만인보』는 현재 20권까지 나왔다. 이 중에서 1~9권은 고향의 어린 시절을, 10~15권은 1970년대를, 16~20권은 1950년대 전후를 다루었다. 그리고 이들 중간중간에 우리 근현대사 이전의 역사적 인물이나 사건도 배치함으로써, 이 땅 근현대사의 수많은 장삼이사를 역사의 중심으로 귀환시키려 애쓰기도 하였다.

어떤 이들은 고은의 다작이 질의 저하로 이어질 수 있음을 우려하기도 한다. 이에 대해 고은은 "예술의 궁극은 사실인즉 그 미완성성에 있기도 하"[5]다면서, "자연의 비예술성은 그 자체가 예술성"[6]이라는 데에서 배워야 할 바가 있다고 응대하였다. 자연을 닮고자 하는 고은의 예술은 일견 아나키즘에 다가서 있다. 여기에 전투성과 원융성을 아우르려 하니, 민족문학의 이 야심찬 기획은 분명 가치가 있는 듯싶다. 독자는 이 기획을 좇아 『만인보』 만다라의 일원이 됨으로써 내면 깊숙한 곳의 상처를 치유해 보려는 것이 어떨까? 그리하여 어느 새 독자 스스로가 열린 텍스트가 돼 보는 것은 또 어떨까?

5) 「고은 시인과의 대화─그의 문학과 삶」(좌담), 신경림·백낙청 편, 『고은 문학의 세계』, 창작과 비평사, 1993, 27쪽.
6) 같은 쪽.

제11장

한恨과 초월超越

김종태의 「신작 소시집」[『현대시학』 제367호(1999.10)]

1. 중음신中陰身의 미학

대개 세속인은 각자의 욕망에 따라 감각 부스러기를 새로 얽어맨 뒤 이를 통해 얻게 되는 주관적 인상 따위만으로 만물을 상대하거나 판단한다. 이러한 그에게, 서로 얽혀 움직이는 세상의 여러 관계는 자기 머릿속의 총체성 따위로만 한정돼 읽히기 쉬운 법이다. 하지만 이런 중에서도 허깨비와 같이 덧없어 뵈는 세속의 그물망을 몸으로 예민하게 느끼는 이는 있게 마련이니, 그는 세상에 다음과 같은 태도를 취함으로써, 예상되는 곤란한 처지에 대해 나름대로 반응한다. 우선 그는 자기 안쪽으로 세상을 받아들여 점차 그것을 그와 하나로 만들어 가는데, 세상이 내면에 깃들면 깃들수록, 마치 김구용의 시 속에서 세균으로 나타나는 일상의 분별지分別智, 분별이성 같은 것에 의해 황폐화하던 그는 결국 앙상하게 백골화한다. 그는 이런 처지를 운명으로 받아들이는 한편, 바로 그 백골의 구조물 사이를 다시 또 하나의 세균으로 바람같이 떠돎으로써, 쉴 새 없이 사물화事物化하는 스스로를 일깨우기도 하는 것이다. 그리고 바람같이 떠도는 그 역시 이미 백골화할 운명에 처해 있던 터이고.

이러한 아이러니 속에서 그는 자신을 산송장 즉, 움직이는 물질로 만들어 가는데 이렇게 자신을 사물화하는 일에는 평범한 세속에 대한 사랑이 필요하다. 그는 좌절이나 체념 같은 정서 따위는 아예 잊은 채 세속으로도 자연으로도, 일상으로도 초월로도 쏠리지 않고, 오직 자기 내면으로만 숭고하게 초월해 들어가는 중음신의 미학을 얻게 된다. 끝없이 계속되는 중음신의 세계 속에서 침묵의 다른 한 면인 소리와 소음은 가슴에 쌓이는데, 이러한 득음得音은 결국 침묵을 배워 얻는 경지라 할 수 있다. 이 침묵은 세상의 소음을 새겨 낸 자가 지닐 수 있는 역설적 소리인 것이다. 득음을 한 이는 운명적으로 온갖 사람의 대상물이 되어 내부 속속들이 그들로부터 침탈을 당하나, 그는 이런 상황을 마치 사랑과도 같이 혹은 아예 더 나아가 사랑 그 자체로 받아들인다.

나지막하게 읊조려야 한다
한때 네 심장 속에도
요절의 꿈이 동면冬眠하였으나
한 몸이 다른 몸에서 미끄러져 나올 때
신생新生의 풍경만으로
여생餘生을 보란 듯 견딜 수 있을 것이므로
란아 너 또한
소리 내지 말고 울어야 한다
구근球根의 얽힌 실타래를 풀며
껍질이 껍질을 벗고 알몸으로 태어나듯
그렇게 살 비비며
비릿한 흙내 속에서 새살림 차려 보자

봄비가 온몸을 적시기 전에
속옷을 내려야 한다
백일쯤 견디어 가을이면
천축의 꽃이 필 것이다
라일락 그늘에 하얀 등불이 걸릴 때
아지랑이처럼 이목구비耳目口鼻도
그림자도 없이
나지막하게, 란아

「봄날의 달리아」 전문

'천축목단天竺牧丹'이라 불리기도 하는 달리아는 연속해서 껍질을 벗음으로써 결국 껍질 속 내부에는 부재만이 존재한다는 사실을 보여 주는 대상이다. 한때 '요절의 꿈'이 동면하였던 '심장'은 바로 달리아의 구근을 말하는데, 화자가 꾸었던 '미적 초월의 꿈'으로 대치될 수 있는 이 어린 꿈은 이제 세속의 '비릿한 흙내 속에서 새살림'을 차리는 쪽으로 방향을 바꾼다. '신생의 풍경만으로 여생을 보란 듯 견디'는 것이 마치 '순간 속에서 영원을 보려고 하는' 보들레르적 욕망으로 새겨질 수 있듯, 앞의 새살림은 몸을 외계의 대상과 통째로 일치시키려는 '영혼의 성스러운 매음'을 통해 열락과 슬픔이 어울린 대지에 뿌리내리려는 자세로 이해할 수 있겠는데, 이는 바로 끝없이 내부로 향하는 중음신의 경지와 다를 바가 없겠다. 여기서 '란'이 지시하는 대상이 화자이든 화자의 애인이든 아니면 실제 달리아든 별 상관없는바, 이는 마치 '통과제의(initiation)'와도 같은 껍질 벗기 과정을 통해, '란'이 '이목구비도 그림자도 없이 나지막하게' 읊조리는 소리가 결국 화자의 마음속에서만 울리게 되기 때문이다. 이것이 바로 침묵의 소리요 사랑의 소리다.

2. 풍경의 창조

> 얼마나 많은 속옷을 갈아입어야 너 사는 사막에 닿을 수 있을까
>
> 세탁기처럼 제자리 돌아야 한다는 것은 홀로 젖는 일일 뿐이다
>
> 베란다로 넘어오는 어둠은 오랜 마음의 삼투를 이기지 못하고
>
> 몸 안의 시간들을 버릴수록 뿌옇게 되살아오는 기억의 물거품
>
> 「마른장마」 부분

끊임없이 '속옷을 갈아입는' 행위 역시 구근의 껍질을 벗는 행위와 비슷한 맥락에서 볼 수 있는데, 그 방향이 젖은 쪽에서 마른 쪽을 향한다는 점이 주목할 만하다. 사실 「오존주의보가 내릴 무렵」(『현대시학』 1998.11)에서의 '어지러운 길에 날리는 마른 먼지'나, 「편도선이 부은 밤」(앞과 같음)에서의 '말들이 뒤집어쓰는 쓰디쓴 약가루'나, 「사월」(『문학과 의식』 1999. 여름)에서의 '황사', '센머리의 비듬' 등과 같이, 「신작 소시집」 이전에 시인이 쓴 시에서의 '마른' 이미지는 '고갈된' 몸과 마음을 보여 주고 있었던 반면에 여기에서는 그렇지가 않다. 베란다로 넘어오는 어둠은 마음의 삼투를 이기지 못하고 화자 내부와 어둠의 농도를 같이한다.[1] 이때의 마음은 사실 어린 시절에 보고 느꼈던 몸 밖 풍경의 소산이다. 젊은 만큼 어리석었던 열정이 깃든 마음은 바로 세속인의 그것인데, 이러한 마음에서 우러난 몸 안의 시간을 버릴수록 되살아오는 '기억의 물거품'은 세속적 마음이 생기기 이전에 근원적으로 있어 온 '몸의 기억'이 물질화한 것이다. 이전 같으면 바로 이 축축한 기억을 아늑하게 여겼겠지만, 이제 와서 사물화한 백골의 운명을 택하

---

[1] '삼투'는 용매가 반투막에 압력을 줌으로써 발생하는데, 여기서는 내면의 마음이 용매가 되어 어둠에 스밈으로써 마음 안팎의 어둠으로 하여금 골고루 섞이도록 한다.

게 된 만큼, 극히 건조한 '너 사는 사막'은 단순히 황무지가 아니라 수련과 정화를 위한 견인적 공간이기도 하다. 「신작 소시집」 이전 세계에서 보였던 가루 이미지인 마른 먼지나 약가루 또는 황사나 비듬 등이 피폐하고 훼손된 이미지임에 비해 모래는 정화된 존재로서 다른 것을 정화시키기도 하는, 마치 물과도 같은 존재다.

「마른장마」에서 볼 수 있듯이, 밀려든 풍경 때문에 독특하게 이루어진 통과제의는 이를 겪는 본인에게, 오히려 반대로 자기 내부가 그 풍경에 영향을 끼치고 있음을 느끼게 해 준다. 대상은 내부와 만남으로써 원래 가졌을 연장延長(extension)의 특성을 많이 왜곡시키고, 차츰 우리 내부는 대상을 지배하게 된다. 그리고 결국, 이 세상의 앙상함은 우리 것이기도 하고, 우리는 우리 내면에서 떠돈다는 사실을 알게 해 준다. 내면으로 대상을 새로 읽게 해 주는 것이다.

시인의 이런 세례 결과는 고흐(Gogh)의 「감자 먹는 사람들」을 보고 노래한 「군청빛 만찬」에서 극단적으로 드러난다.

> 반들거리는 먼지 밥상
> 체온 닿는 자국마다 곰팡이 깃털처럼
> 날릴 수 없었던 손금들이 추수 끝
> 낮잠 속으로 흐르고 있었다
> 우리들의 넋마저 도식徒食하는 겨울밤
> 우그러진 포크 하나씩 들고
> 껍질 비비는 뜨거운 감자
> 나무창 스미는 바람만큼 조금씩
> 제 몫의 하늘을 이고 등 굽어 볼 수밖에
> 멀어진 입맛을 재촉하며
> 감자 으깨는 여자의 땋은 머리
> 껍질 잃은 양파처럼 속이 다 보이는데
> 아린 기억 지우며 머리털 날린 자리

▍ 감자 먹는 사람들[뉘넨(Nuenen), 1885년 4월]

> 어둠 재우는 호롱이여
> 아무 세상 밝히지 못하여
> 몸뚱이 뜨겁도록 태우다
> 입김보다 먼저 스러지는 불빛을 안으며
> 액자 속 아이들 무슨 기도 외우지만 살아
> 우린 모두 빈객이었다 주인 없는
> 저녁을 빈손 들어 가리면
> 그대 손마디에 전생은 사는가
>
> 　　　　　　　「군청빛 만찬-고흐 「감자 먹는 사람들」」 전문

　이 시에서 묘사된 그림 내용은 실제 고흐 그림과 많이 다르다. 첫째, 이 그림의 바탕 색조는 군청빛이 아니라 황갈빛에 가깝다.[2] 둘째, 그림의 밥

상은 시에서처럼 반들거리진 않는다. 셋째, 뒷모습만 보이는 머리 땋은 여자가 시에서처럼 감자를 으깨고 있는지 확인할 수가 없다. 넷째, 그림 위쪽 왼편에 자리한 액자 그림이 시에서 묘사된 것처럼 아이들이 기도 드리는 내용을 담고 있는지 확인할 수가 없다. 스스로의 내면을 드러내고 또 육체에 새겨진 사연을 읽기 위해 시인은 이와 같이 자유로이 외부 풍경을 읽었는데, 이런 태도는 「미아리」에서도 크게 다를 바 없다 여겨도 무방하겠다.

> 그가 문 담배는 반쯤 젖어
> 고갯길 전봇대는 인가 쪽으로 휘어 있었다
> 아리랑 고개 어디쯤에서 발 동동 구르고 있을
> 내 여자를 생각할 뿐이었다
> 갈 길은 우회로뿐이어서 장마의 바람은
> 제 짝을 잃어도 외로워하지 않았고
> 불을 만들지 못하는 불꽃 앞에 서서
> 〈지리산 처녀 보살〉 간판을 가린 조등을 보았다
> 불현듯 조객처럼 서러워졌다
> 어떤 전생이 비 새는 파라솔의 백열등처럼 서서
> 그와 나의 무의미한 상관성을 내리 비추고 있는 것일까
>
> 「미아리」 부분

이 시에서 묘사된 미아리 모습이 실제 존재하느냐는 별로 중요하지 않다. 또 실제로 모습이 같은 곳이 있다 할지라도 그게 화자 내면의 창조물이라는 점을 훼손시키지는 않는다. 여기서 비는 앞서 설명했던 「마른장마」의 '기억의 물거품'과 같은 역할을 한다. 흔히 알고 있듯 물은 탄생의 원천이요

---

2) 고흐의 이 그림에는 두 가지 판본이 있다. 그 하나는 우리가 흔히 보는 것으로서, 암스테르담(Amsterdam) 소재 '반 고흐 미술관(Van Gogh Museum)' 것이고, 또 하나는 우리가 흔히 보지 못 하는 것으로서, 오테를로(Otterlo) 소재 '크뢸러－뮐러 미술관(Kröller－Müller Museum)'의 것인데, 두 가지의 바탕 색조 모두 군청빛은 아니다. 필자는 앞 것을 보기로 삼았다.

소멸의 귀착지이자 통과제의의 수단이기도 한데, 기억이든 사건이든 어떤 무형적인 것이 물을 통해 물질화함으로써 이러한 역할이 수행되고는 한다. 그런데 「마른장마」에서는 어둠이 물 역할을 하면서 물질로서의 물이 탄생하여 원초적 기억을 떠올리게 한다.

「미아리」의 비 역시 원초적 기억을 떠올리는 점은 마찬가지지만, 떨어지는 물로서의 비는 마치 햇빛과도 같은 무력을 더한다. 남성적 힘을 지닌 여성 상징으로서의 비는 담배를 젖게 함으로써 전봇대마저 휘게 만든다. 화자 마음속에서 이 전봇대는 비 맞아 휘늘어진 남성이다. 화자는 비 맞아 젖고 있을, 자기가 보호해 주어야 할 대상으로서의 여성을 생각하면서 비의 이러한 위압적 자세에 맞선다. '갈 길이 우회로뿐'이더라도, 오히려 그렇기 때문에 화자는 바람에 심정을 의탁하면서 의연한 척한다. 그러나 거대한 모성으로서의 물 앞에 남성으로서의 담뱃불은 힘을 못 쓴다. '지리산 처녀 보살'의 죽음 앞의 초라한 조등이 빗물에 젖은 화자 자신과 흡사해 보이는 반면, 비 새는 파라솔의 백열등은 현생을 물질적으로, 그리하여 객관적으로 보게 하는, 비록 본래적인 근원성이라고까지는 할 수 없을지라도 순간의 총체성이라도 보여 주는 '전생'이 물질화한 모습으로 비쳐지는 것은, 비에 대해 갖고 있는 화자의 양가적 감정 때문이다. 두 등불에 비해, 시 전반에 걸쳐 내내 반짝거리기만 하는 라이터 불은 끊임없이 쏟아지는 비에 의한 무력감을 돌파해 보려는 작은 시도에서 기인한 것이나, 화자는 그것을 유희적 행위로 고쳐 바라보고 있는 듯한데, 그 유희성은 압도적인 비에 비해 초라해 보이기만 한다.

3. 내면으로의 초월

대상을 자기 식으로 읽어 내려면 필연적으로 읽는 주체가 익명적이면서도 또 그 익명성을 일부러 의식하지 않는 순진성을 지녀야 한다. 동시에 스스로의 무심한 행동은 자연스럽게 시대 일상의 구석마다 순간적으로 반짝이는 여러 현대적 경향들을 내면에 받아들이기도 하고 통과시키기도 한다. 시인은 대학로에 실재하는 '오감도'라는 레스토랑을 무대로 하여 벌어지는 한 편의 해프닝을 통해 내면을 열어젖히는 하나의 방법을 보여 준다.

> 헤엄치는 물고기 따라
> 팔월의 대기는 울렁이고 있었네
> 걱정 없는 창밖을 보며
> 주머니 속 담배를 얻어 물었네
> 아나키스트의 비애처럼 이따금
> 에어컨 퓨즈가 나가는 시간
> …(중략)…
> 그는 각설탕이 채 녹기 전에
> 목계단을 내려섰고 나는
> 모카향 스민 졸음에 겨워하며
> 네모나게 네모나게 엎드려
> 한낮의 무위無爲 속에 망명하는 마로니에
> 공원에서 들려오는 메탈 소리에
> 넋 놓고 숭숭
> 구멍 뚫리고 있었네
>
> 「오감도」 부분

쇼윈도 밖 염천炎天의 거리는 마치 레스토랑의 어항 속과 같고, 거리를 거니는 인간은 물고기와 다를 바가 없다. 우리는 실내에서 밖을 구경하고 있지만 사건은 레스토랑에서 벌어진다. 화자와 대조되는 아나키스트는 항시 열정의 절정에서 스스로의 한계로 인해, 마치 퓨즈가 과부하되어 끊어지듯이 스스로를 그르치고는 한다. 그 아나키스트가 무슨 일 때문인지 목계단을 내려가 밖으로 나간 다음에, 굳이 분열의 욕망이나 용기를 표내고 드러내지 않는 화자는 그저 길 건너 마로니에 공원에서 들려오는 헤비메탈 소리에 온몸을 맡긴다. 마치 '영혼의 성스러운 매음'이라도 하듯이 온몸에 구멍이 숭숭 뚫림으로써 화자는 더욱 백골화, 사물화해 가는 게고, 이때 헤비메탈 소리는 세균과도 같이 몸을 파먹으면서 내부 깊숙한 곳을 향한 순례의 길을 안내한다. 스스로의 사물화, 대상화가 여기서는 관능적 열락까지도 안겨 준다.

그러나 사물화는 항상 이렇게만 오는 것은 아니다. 「밤의 지하역」에서 화자는 '너무 많은 주인공들이 내 몸을 포박'하는 것을 느끼고, '버려진 전철표를 줍는 순간 미이라가 되기도' 하면서, 대중 속에서 익명화하고 소외된다. 그가 이 시대의 가장 많이 떠도는 풍경을 자연스럽게 재구성하게 되기까지는 이렇게 열락과 위험을 함께해야만 한다. 가라타니 고진(柄谷行人)식으로 말하면, 정말 '풍경의 발견이란 미가 아닌 숭고의 발견'이다. 풍경을 재구성하는 일은 자기의 어두운 속으로 한없이 초월해 들어가는, 스스로 숭고해져 가는 일이다.

> 그림자 얽힌 집에 지친 몸을 하역하면
> 커 가는 지네 떼 눈감아도 뵈지 않아
> 피 묻은 알을 까는 야행성 근지러움
> 발가벗고 우화羽化하여 구름 멀리 벗어날까
> 여왕 지네가 달보다 커지는 날
> 주검은 문드러져 날벌레 되리니
> 해뜨기 전에 다 날아가 속옷 한 벌 남아
> 다시는 빛의 나라에 닿을 수 없을 것 같아
>
> 「개기월식皆旣月蝕」 전문

허균許筠과 김려金鑢의 「장생전蔣生傳」을 배경 설화로 삼은 「개기월식」은

「봄날의 달리아」나 「마른장마」와 함께 통과제의의 내용을 담은 대표적인 작품인데, 여기서의 지네 역시 실제의 지네가 아니다. 지네가 발가벗고 우화한다는 사실도 그렇고 '여왕 지네'의 존재 여부도 그렇거니와 그 주검이 문드러져 날벌레가 된다는 사실 역시 실제와는 거리가 멀다. 마치 「군청빛 만찬」에서와 같이 여기서도 시인의 욕망은 새로이 재구성된 지네를 낳았다. 탈각을 한다는 면에서 껍질을 벗는 「봄날의 달리아」의 구근이나 계속해서 속옷을 갈아입는 「마른장마」의 화자와도 같은 지네가 활동하는 '그림자 얽힌 집'은 화자의 내면 공간이고, '커 가는 지네 떼'는 몸을 백골화하는 세균 같은 존재다. 스스로 통과제의를 수행하는 존재인 동시에 화자의 통과제의를 도와주는 존재인 지네는 결국 화자와 한 몸이다. 화자가 '다시는 빛의 나라에 닿을 수 없을 것 같'다고 한 것은, 풍경을 재구성하는 일이 자기의 어두운 속으로 한없이 초월해 들어가는, 스스로 숭고해져 가는 일이기 때문이다. 스스로 숭고해져 가는 일. 이는 '한恨'을 품어 쌓아 가게 되는 일이기도 하다.

4. 한恨의 형식

발아래 시냇물을 끌어와서

늙은 손톱과 머리카락을 키우지 마라

흰 꽃을 상장喪章으로 달고

바람꽃이 필 것이다

네 가진 씨앗을 눈치 채지 못하도록

불어올 바람에 몸 누이고

금잔디와 더불어 불타 버려라

「무덤가 들바람꽃」 부분

　이 시에서 화자는 물의 통과제의 대신에 불의 통과제의를 택한다. 바람, 공기는 불과 함께 능동적 성질을 갖는 상징 원소인 반면에 물과 대지는 수동적 성질을 갖는 상징 원소다. 또한 물은 통과제의에서 과거적이며 원천적인 요소다. 시인은 이전에 '병 없이 깊어가는 건 저 물한테 죄짓는 일'(「하류에서」『현대시』1999.7)이라고 토로하였다. 그즈음 시인은 근원성을 향해 물로 왔으나, 시인 생각에 그다지 대단한 아픔이나 시련도 없이 이런 근원성을 알았다든지 사랑한다든지라고 선포하는 일은 오히려 경멸의 대상이었다. 이에 비해 병에 시달린 끝의 환자라든가 아니면 이제 막 사물의 이름에 호기심을 갖게 된 어린 아이 등이 취하는 순간에의 충실 또는 새로움에의 도취야말로 순수하게 영적이기에 진정 도덕적이다.

　우리 내면에 소여되는 찰나는 실상 우리의 근원성과 역사성이 긴밀하게 결합을 이룬 직관 형식이다. 그러므로 소위 이 '우연적'이라는 것이 결코 소모적인 방전放電으로만 끝나는 것이 아니다. 머지않아 시인의 몸은 '난파된 목선 조각으로 떠돌 테지만'(앞과 같음) 즉, 근원적인 것에서 한참 멀어져 끝까지 철없는 가벼움에 부스러져 떠돌 테지만, '끝없이 철나지 마라 병 없이 철들면 죽음한테 미안할 것이므로'(앞과 같음)라고 다짐해야 한다. 왜냐하면 이렇게 하는 데에서 그는 의식하지도 못한 채 윤리적일 수 있으므로. 그리고 그 윤리성은 다음과 같은 데서 언뜻 비치게 되고.

　　그러나 내 사랑 먼길 바라보기 그대 깊은 곳 만지고 싶은데 간절한 마음에 다리가 없어 한 번 더 죽으면 밝은 하늘에 낮달이 되어 우리 손 닿을까 사랑할 시간이 모가지에 걸렸는데 해보다 더운 사랑 나눌 수만 있다면 스쳐가는

칼바람 백만 번 천만 번 모가지 잘라

「사랑」(『시안』 1999. 여름) 부분

얼핏 생각하면 낮달은 밤달에 비해 돌연스럽고 부차적이다. 그러나 해보다 더운 사랑을 꿈꾸며 세상의 눈길을 못 받는 하찮음을 드러내는 용기로 인해, 원래부터 낮에 있어 왔기에 별 새로움을 주지 못해 온 것들을 새롭고 아름답게 하는 법이다.3) 기존의 달 상징에서 많이 벗어나 있기에 밤달에 비해 훨씬 물질적이고 비본래적인 이 돌연스러운 존재로 한번 태어났으면 하는 자세에는 '소모의 양식화'가 있으며 '끊임없는 드러남'이 깃들어 있다. 그리고 몸을 바치는 사랑이 있다.

이제 다시 「무덤가 들바람꽃」에 대해 언급해 보건대, '늙은 손톱과 머리카락을 키우는 것'은 철나는 것일뿐더러 늙는 것인데, '시냇물을 끌어와'서 그 과정을 이끎으로써 오히려 퇴행적인 의도를 보인다. 흔히 물로 상징되고는 하는 근원성에 대한 욕망은 이렇게 퇴행적이 될 가능성을 언제나 지닌다. 이를 해결하기 위해서는 무시간적인 사물로서의 바람이 필요하고, 파괴적인 생명력이요 미래를 위한 현재인 불이 필요하다. 인연의 고리와는 거리를 둔 통과제의를 원하는 화자는 그 촉매로 불을 택하고 수단으로 바람을 택한 것이다. 그런데 바람으로 퍼질 씨앗은 바로 바람꽃의 것이고, 바람꽃은 바람의 중음신으로서 화자 자신이다. 영원히 변치 않는 중음신이라기보다, 영원히 중음신의 상태를 부르기(招)에 영원한 중음신이 되는 것,4) 이러한 과정을 통하여 '한(恨)'은 '사랑'이라는 오랜 짝을 확인하게 된다. 원래 '사랑'은 자기가 '사랑'인 줄 모른다. 그러나 '한'은 자기를 '한'으로 선포하기

---

3) 「신작 소시집」 이전의 시들 중 하나인 「하현달」(『정신과 표현』 1999. 5~6월)에서 시인은 "아무 것도 아닌 것이 있는 것을 아름답게 한다."는, 보들레르의 평론 「현대적 삶의 화가」의 제11장 「화장 예찬」 중의 한 구절을 인용하는 동시에, 이를 패러디해 "사라지는 것들이 있는 것을 아름답게 한다."고 새벽달을 예찬하였다.
4) 김소월의 「招魂」은 바로 이런 맥락에서 읽어 볼 수 있겠다.

에 '한'이 됨을 알면서도 끊임없이 자기의 '한'을 선포한다. '끝없이 철나지 마라', '늙은 손톱과 머리카락을 키우지 마라' 하면서. 그리하여 한은 마음의 끝을 기웃거리게 된다.

> 썩은 가지에 눈발이 살아 있다
> 절속絶俗 후 하릴없는 생각들이
> 겨울눈으로 허공을 껴안아
> 뿌리 쪽 관다발 어디쯤에선
> 물길이 막힐수록 빛나는 적요
> 죽음이 떠받치고 있기 때문이다
> 생生이 외도外道라면 눈은 또 무슨
> 경계의 밖인가 고사古寺의 숲은 밝아
> 여태 걸은 길들이 능선에 엉킨다
> 연緣 없는 나목裸木들 반은 살아 반은 죽어
> 연록의 시절을 지우며 야윌 때
> 대처로 가는 길 영원히 막힐러니

「설화雪花」 전문

'썩은 가지에 살아 있는 눈발'은 '고갈된 현실을 풍요롭게 해 주는 예술'을 의미하고, '아무 것도 아닌 것들이 있는 것을 아름답게 한다.'는 보들레르의 말을 연상시키는, '하릴없는 생각'은 「마른장마」에서의 '마음의 삼투'를 떠올리며, '겨울눈으로 허공을 껴안는 데'에서 내면으로 풍경을 읽으려는 화자의 의도는 드러난다. 본시 죽음은 통과제의의 필수 과정으로, 우리는 이 죽음을 통해 세계 내의 순수한 연관적 전체에 놓이게 되는 법인데, 죽음을 통과해 나가는 과정이란 곧 내면을 향한 자기 초월 과정에서 순간순간의 끝(限)을 돌파해 가는 과정을 의미한다. '물길이 막힐수록 빛나는 적요'는 바로 이 끝 너머 변방의 침묵의 소리를 들려준다.

스스로 숭고해지기 위해서는 자기 마음의 끝(限)을 가질 줄 알아야 한다.

끝과 변방의 정조 말이다. 여백과 침묵, 그리고 투신과 돌파의 과정을 반복하면서 한은 한을 낳는다. 그렇기 때문에 어떤 투신으로도 한은 온전히 풀릴 수 없다. 오직, 투신에 따라 점차 커 가는 압력이 한껏 억제된 내용을 갖게 되고, 다시 이 혼란스러운 세속의 힘에 의하여 자연스레 온몸에 수많은 바람구멍을 내게 되고, 결국에는 (또다시) 삭아 가는 뼈대만을 가진 구조물이 되는 것, 놀랍게도(!) (또다시) 그 사이를 스치는 바람의 중음신이 되는 것, 앞서 말했듯이 영원히 중음신의 상태를 부르기에 영원한 중음신이 되는 것. 바로 이것이 시인 김종태가 이 시를 통해 '생이 외도'라고 말한 바의 내용이다. '외도'는 그냥 '어린애적인 판청'으로 여겨도 크게 무리가 없겠으나, '눈은 또 무슨 경계의 밖인가'라고 한 것을 고려할 때 '한계의 돌파'로 이해하는 것이 적당하겠다. 마치 고은의 「문의文義 마을에 가서」를 연상시키는 경계 밖 눈세계의 '능선에 엉키는 길들'은 인연을 강조한다. '인연因緣'의 '인因'이 결과를 발생시키는 씨앗이라면 '연緣'은 그 씨앗(因)을 키우는 즉, 인을 도와 결과를 빚어내게 하는 환경인데, '연 없는 나목들'이 반은 살고 반은 죽는 것을 볼 때 화자가 말하려는 길의 인연은 우연스러울 뿐이다. 화자 내면에 주어지는 찰나는 이제 단순히 도취의 대상일 뿐 아니라 한의 도정에서의 방전放電의 양식이다. 나목이 살고 죽는 우연성을 단순히 '생사의 초월'식으로만 해석한다면, 이는 '순간에의 투신'의 도덕성을 온전히 설명하지 못했기 때문이다. '연록의 시절을 지우며 야위는 것'은 '발아래 시냇물을 끌어오는 것'을 거부했기 때문이다. 세속인은 통과제의적인 자기 발전을 꿈꾸면서도 '근원성'에 붙잡혀 순환적인 자기완성을 이룬다. 그런 게 바로 글 앞에서 이야기한 '자기 머릿속의 총체성' 따위로 나타나는 것이다. 화자는 바로 이를 거부한다. 따라서 '대처로 가는 길이 영원히 막혔다는 것'을 단순히 '탈속' 정도의 차원에서 해석한다면 시인의 의도를 그르치게 된다. 마음 끝에 다다라 그 한계를 돌파하려는 순간, '살아 있는 눈발'의 거대한 여백이 몸으로 느껴지는 순간, 떠나온 대처는 사라지는 것이다. 여기서 읽어낼 수 있는 찰나의 영원성은 화자로 하여금, 약간 오해의 소지를 지닌 '영원'이라는 단어를 읊조리게 만들었다. 시인에게는 오직 돌파의 영원만이 있을 뿐이다.

「설화」가 지닌 오해의 가능성은 간단한 것이 아니다. 여기에는 흔히들 '매개 없는 초월'이라고 비판받는 것들이 지적될 소지가 존재한다. 그러나 김종태 시인의 작품에서 두루 나타나는 풍경의 창조, 내면으로의 초월, 한의 형상화 등이 동력으로 작동하고 있는 이 작품에서 한두 구절에 대한 상투적 인상만을 가지고 함부로 판단할 일은 아니다. 「신작 소시집」과 함께 실린 「보이지 않는 것들을 위하여」라는 그의 시화詩話 역시 오해를 불러 일으킬만한 구절들을 지니고 있긴 하지만 말이다.

> 전생에의 기억을 통하여 영원의 세계로 향하는 출구를 찾을 수 있다고 믿는다. …… 별의 나이에 비하면 너무나도 짧은 한 순간에 불과한 인간의 삶이, 별의 삶을 이야기할 수 있다니. 이것은 순간이 이루는 총체성 때문이다. 덧없이 반짝이는 우리의 삶들이 모여 우주의 빛을 이룬다. 결국 우리는 순간의 연속을 통하여 영원성의 세계로 나아가는 것이다.
> ……(보들레르의 인용 시 생략)……
> 속도가 지배하는 도시 공간 속에서 감각이란 무엇인가. 그것은 부유하는 시간에 대한 찰나적 소묘에 불과한 것이리라. 도시에서 순간의 깊이를 만들어 낸다고 할지라도 그것은 방전과 소모의 양식일 뿐이다.

'순간이 이루는 총체성'이 찬양되고 '방전과 소모의 양식'이 비판된다. 그러나 곧바로 다음 구절에서 '순간을 통한 영원'으로서의 '내세'가 이야기되는 것을 볼 때, 그리고 더욱 중요하게는 그의 시 전반을 볼 때, 비록 산문에서는 제대로 표현되지 못했지만, 김시인은 분명 영원성이 고려되지 않은 '방전과 소모의 양식'을 비판하면서 이를 보충하는 길로서 '순간이 이루는 총체성'을 택한 것이다.

기억과 화해함으로써 소외를 극복하는 일은 분명 중요하다. 그리고 거기서 얻어진 총체성이 부정될 필요는 없겠다. 다만 그게 얼마나 유동적이고 가상적인가 하는 것만은 새겨져야 한다. 김시인은 '조울을 잠재울 수 있는 보이지 않는 카타르시스'를 꿈꾸는데, 권하노니 별로 그럴 필요가 없을 줄 안다. 그러한 것이야말로 시인의 동력일 터이니. 진정한 광대의 자기 사랑은 스스로의 배반으로 한 매듭을 짓는 법이다. 그리고는 또 다른 자기 사랑을 찾아가는 게고. 목 놓아 애절하게. 그래서 숭고하게.

　　스스로 숭고해지는 길. 그것은 아주 위험한 길이다. 그러나 어떤 이에게는 피할 수 없는 운명의 길이요 용기 있는 싸움의 길이기도 하다. 물론 행불행의 길, 분명 그것은 시인 각자의 몫일 테고.

▼

Ⅲ

제12장

임종국의 『친일문학론』(평화출판사, 1966)을 둘러싼 각종 담론들

1. 머리말

1966년 고 임종국 선생(이하 '임종국')의 『친일문학론』이 발간된 이래 이 책에 대해 많은 담론이 있어 왔다. 필자는 각종 담론의 장을 이끌어 온 여러 견해를 정리 소개함으로써 독자가 이 책을 읽는 데에 다소나마 도움을 주고자 한다. 이 글은 그 어떤 '임종국론' 또는 『친일문학론』론'이나 '친일문학[1] 연구사'를 의도한 것이 아니기에 임종국과 『친일문학론』에 대한 다양한 견해를 소개할 뿐, 그 견해들에 대한 개인적 평가는 삼가기로 하였다.

임종국의 친일문학 연구나 『친일문학론』에 대해 총괄적인 견해를 밝힌 텍스트 중에서 내용을 확인할 수 있고 또 소개할 만하다 생각되는 것으로는 대략 36편 정도의 글과 1권의 단행본(평전)을 고를 수 있었다.[2] 36편 정도

---

[1] '친일문학'은 일제강점기에는 '국민문학'이라 불렸다. 이에 김재용은 일제 말의 국민문학이 모두 친일문학은 아니라면서, 예를 들어 안함광의 국민문학론은 해방 후 민족문학론의 씨앗이 되었다는 견해를 내놓았음을 덧붙인다. 김재용의 글 「친일문학의 내재적 비판을 위하여」(김재용, 『협력과 저항』, 소명출판, 2004) 41~42쪽을 보라.

의 글에는 (임종국 생전에 게재된) 신문 기사가 4편,[3] 광고문이 1편, 번역서의 역자 해설을 포함한 서평이 2편, 『친일문학론』이나 임종국에 대한 인상 또는 소회를 담은 인상기와 회고담이 9편, 그리고 임종국의 친일문학 연구나 『친일문학론』에 대한 평가를 담은 학술 논문이 20여 편 있었다.

『친일문학론』이 발간된 지 어느덧 반세기에 가까운 세월이 흐른 것을 생각하면 이 편수는 결코 많다 할 수 없겠다. 이 정도밖에 골라내지 못한 것은 필자 탓이기도 하겠으나, 대중적인 인기나 지명도에 비해 의외로 이 책에 대한 전문가의 평가가 그리 활발하지 않았던 까닭도 있으리라 여긴다.

우리나라에서 본격적인 친일 문제 연구의 효시와 다름없이 많은 사람을 개안시키며 이러저러한 사표 역할을 해 나간, 그 유명한 『친일문학론』에 대한 평가가 이리 활발하지 않았던 상황을 접함에 대부분의 독자는 분명 의아해 할 것이다.

이 당혹스러운 상황 중에서도 특히 문제로 생각된 것은 20여 편 정도에 불과한 학술 논문의 실상이었다. 애초부터 '임종국의 친일문학 연구'나 『친일문학론』을 주제로 한 논문은 전무하였고, 최대한 모은 20여 편의 논문은 단지 친일문학의 이러저러한 문제를 논의하는 중에 임종국과 『친일문학론』에 대해 일부 언급했을 뿐이었다.[4]

이와 같은 상황은 새삼 우리나라 친일문학 연구의 현주소를 되돌아보게

---

2) 임종국에 대한 단행본으로는 이 글에서 다루려 하는 정운현의 책 『임종국 평전』(시대의 창, 2006) 외에도, 어린이를 대상으로 한 정지아의 책 『임종국』(여우고개, 2008)이 있음을 밝힌다.

3) 이 글에서 임종국 사후의 신문 기사는 생략하였다.

4) 임종국만을 다룬 단 한 편의 논문인 이혜령의 「인격과 스캔들─임종국의 역사 서술과 민족주의」(『민족문화연구』 제56호, 고려대학교 민족문화연구원, 2012.6.30)도 문학에 국한한 것은 아니다. 그리고 방민호의 글 「임종국 이후의 '친일문학론'」(『명주』, 생각의 나무, 2003)은 논문이 아니라 개인의 소회를 다룬 수필인데, 이는 『오마이뉴스』 2002년 4월 15일자에 실린 동명의 방민호 칼럼을 단행본에 재수록한 것이다. 이후 발간된 잡지 『시와 비평』 제7호(불휘, 2003년 하반기)에도 방민호의 동명의 글이 실렸는데 그 내용은 확인하지 못하였다.

하였다. 여전히 문단 원로로 대접받거나 추모되고 있는 친일 문인들의 길게 드리운 영향력 때문에, 부끄러운 부역의 역사 대신 자랑스러운 저항의 역사를 내세우고 싶어 하는 국민적 에토스 때문에, 그리고 친일문학은 역사에 휘둘린 '정치적 문학'에 불과하기에 소위 '문학의 본질' 따위와는 친연성이 덜하다는 선입견 때문에, 이 문학은 학계나 문예계에서 온전히 다루어지지 못한 면이 있다.

이 중에서도 특히 임종국의 『친일문학론』에 대한 평가가 제대로 이루어지지 못해 온 데에는 위의 문제들과 함께 다음과 같은 이유를 추론해 볼 수도 있다. 즉, 『친일문학론』의 장점이기도 한 1차 자료의 방대한 정리 및 나열과, 후대 것에 비해 상대적으로 단순한 듯한 인식론 및 가치 평가는, 이후의 연구가 보여 준 다양한 인식론과 가치 평가에 비해 상대적으로 건조해 보일 수도 있었다. 그리고 한일회담 반대 시위의 열기 속에 배양된 작업 동기와 서술 태도는 후대 것에 비해 얼마간은 민족주의적 '폐쇄성'과 '억압성'에 침윤되어 보일 수도 있었다.

물론 이러한 비판적 태도에 귀를 기울일 만한 점도 적지 않게 있으리라고 생각한다. 하지만 후대의 기준을 그리 유연치 않게 적용한 결과 다소 부당한 홀시와 오해를 초래한 면도 있을 수 있겠다. 필자는 이러한 홀시와 오해를 조금이라도 극복해 보고자 이번 『친일문학론』의 교열과 주해 작업을 수행하게 되었고, 또 이 글을 쓰게 된 것이다. 아무쪼록 이 글을 통해 독자 제현이 좀 더 생산적인 독서를 할 수 있게 된다면 더 이상 바랄 나위 없이 기쁘겠다.

2. 발간 초기의 견해

1966년 7월 30일에 발간된 『친일문학론』이 최초로 언급된 것은 『조선일

보』,『동아일보』,『경향신문』등의 기사를 통해서일 것이다.[5]

　　『친일문학론』은 지금까지 '감정적 반응의 대상이나 '막연한 은폐의 대상'으로 보아지기 쉬웠던 그 암흑기를 구체적인 자료에 의해 정리해 가고 있다.[6]

　　창씨개명·징병·내선일체··· 전쟁준비에 광분하던 일제 말기는 한국문화의 암흑기−36, 37년까지 계속하던 한국문학사는 곧장 해방 후로 뛴다. 그동안의 공백기인 친일문학 시대는 감춰진 채 20년 동안 미정리 상태였다.
　　작년의 한일국교 정상화를 계기로 시인 임종국 씨가 연구 1년 만에 '민족주체성을 상실했던' 친일문학을 종합, 비판한『친일문학론』을 금주에 출간한다.
　　"민족의 영광뿐 아니라 민족의 치부까지 사실史實로 기록돼야 한다."고 주장하는 임 씨는 5백 페이지에 걸쳐 당시의 시대 상황을 설명하고 친일문학가 30여 명의 족적을 더듬었다. (후략)[7]

　　임 씨의 자료 조사는 75퍼센트 완벽이라고 스스로 밝힌다.『매일신보』『국민문학』『동양지광』등 15종의 신문 잡지가 자료로 동원되었다. (중략)『친일문학론』은 개인적인 시비에서 벗어나 어쨌든 이 방면의 연구가 황량한 독서계에 많은 화제를 뿌리고 있는 듯.[8]

　　『친일문학론』의 발간 배경과 대강 내용이 비교적 정확히 기술된 위 신문 기사들은 '암흑기', '블랭크blank의 시대'[9] 등의 용어로 실상이 은폐되면서

---

5) 『조선일보』게재 사실 확인은 정운현의『임종국 평전』258~260쪽에 의거하였다. 이 외에도 정운현은 같은 책 314쪽에서 대구에서 발행되는『매일신문』의 1966년 9월경의 지면에 이성대의 글「임종국 저『친일문학론』」이 실렸음을 밝혔다.
6) 『조선일보』. 이 기사가 실린 날짜는 확인을 못 하였는데, 인용 부분은『동아일보』1966년 9월 10일자 1면의 책 광고에서 인용하였다.
7) 「『친일문학론』을 낸 임종국 씨」,『동아일보』, 1966.8.2, 5면. 앞으로 자료를 부분 인용할 때에 '전략'과 '후략' 표기는 생략하고 '중략' 표기만 남기겠다.
8) 「『친일문학론』과 임종국 씨」,『경향신문』, 1966.8.13, 5면.
9) 그 자신이 친일 문인이기도 했던 백철이 해방기의 저술『조선신문학사조사 현대편』(백양당, 1949) 398~400쪽에서 이러한 두 표현을 남긴 뒤, 특히 '암흑기'라는 용어는 우리 문학사에서 거의 공식화하였다.

미정리 상태로 유기되었던 '친일문학 시대'를 공론화하려는 임종국의 의욕을 전하였다.

이외에도 "글은 남는다! 20년 만에 파헤쳐진 이 사실! 이것이 일제 말기의 전부다!!" "총 등장인물 1천 명, 문인 예술가 150명 그중 50명의 작품을 낱낱이 분석한 문제서問題書!"라는 표제어와 함께 책의 주요 목차 및 이 책에 대한 각계의 반향을 담은 광고가 『동아일보』 1966년 9월 10일자 1면에 실렸지만 실상 이 책에 대한 반향은 예상 기대치에 못 미쳤다. 초판의 판매 상황에 대해서는 1978년의 다음과 같은 『경향신문』 기사에 비교적 소상히 기술돼 있다.

> 임 씨의 『친일문학론』은 이미 10여 년 전인 66년에 초판이 나왔었다. 초판 1천 5백 부가 발행됐던 이 책은 만 10년 동안에 겨우 소화돼 지난해(1977년-인용자) 11월 재판이 나왔다.
>
> 초판 1천 5백 부 중 그나마 8백여 부는 일본으로 주문되어 나갔고 국내 소화는 7백 부에도 미치지 못했다. 10년 만의 재판은 좀처럼 없는 일이라 이 책의 출판은 출판가에서도 화제를 모으고 있다.
>
> 재판 1천 2백 부는 초판과는 달리 한 달 만에 모두 팔려 출판사 측은 3판 발행을 서두르고 있다.
>
> 이미 10년 전에 나왔던 책이 새삼 큰 반향을 불러일으키고 있는 것은 최근의 문학 붐과도 관련이 있지만 그보다는 자주문화自主文化 의식이 고조됨에 따라 이 책의 가치가 재평가되어지는 것으로 보여진다.[10]

『경향신문』 기사가 돌려 말한바 당시 유신독재 시절에 고조되기 시작한

---

[10] 「시인 임종국 씨 평론집 3판까지」, 『경향신문』 1978.2.6, 5면. 이 기사 내용은 이후 정운현의 『임종국 평전』에 이르기까지 몇몇 글에서 반복되면서, '판매 부진'이라는 일종의 고정관념의 바탕이 되어 왔다. 하지만 초판이 나온 지 약 9개월 뒤인 1967년 5월 9일자 『동아일보』의 월간 「베스트 리더」란에서 『친일문학론』이 '국내 비소설' 부문 4위에 올라 있는 것을 볼 때, 당시 비문학작품 저술의 통상 판매 부수와 판매 속도 등에 대한 조사와 함께 앞의 고정관념에 대한 재고도 필요하리라 여기는 바다.

'자주 문화'에 대한 의식이 이 책의 생명력을 강화해 주었고, 이 힘은 1980년대의 민주화 열기에서 더욱 솟구치게 된다.

이 책이 발간되었을 당시에 나온 본격 서평으로는 홍사중 것[11]이 유일하다. 홍사중은 서평에서 『친일문학론』 발간 이전에 발표된 장덕순의 「일제암흑기의 문학사」[12]를 언급하면서, 이에 비해 훨씬 깊이 문제를 파고들었고 또 방대한 자료를 섭렵한 임종국의 노고를 치하하였다. 그러나 제목에서와 같이 '주관에 치우쳤다.'고 생각되는 일부 기술 태도에 대해서는 혹독한 비판을 가했다. 특히, 이후로도 계속해서 『친일문학론』 비판의 빌미가 된 임종국의 '친일문학의 주목할 만한 점'[13]은 여기서부터 비판의 대상이 되었다.

> 그들(친일문학자들-인용자)은 결코 국가 관념을 강조하지 않았다. 오히려 민족의식, 국권의식과 더불어 한국인의 국가의식을 말소시키려던 것이었다. 그리고 그들이 흔히 얘기하던 국가란 어디까지나 개인을 부정하려는 가장 두려운 전체주의의 그것에 지나지 않았다. "문학에 국가관념을 도입했다는 것"도 문학에 있어서는 절대로 자랑스러운 얘기라고는 할 수 없는 것이다.
>
> 그들이 "동양에의 복귀를 주장"했던 것은 사실이다. 그러나 그 동양은 어디까지나 일본 중심의 팔굉일우八紘一宇의 세계였지 그 이외에 아무것도 아니었다. 그리고 그들이 모색했다는 "동양 고유의 이데올로기"라는 것도 이른바 대화혼大和魂이나 일본정신의 추구 이외에 아무것도 아니었던 것이다. 오히려 우리는 이들보다 10년 전에 "조선으로 돌아오라." "조선심朝鮮心을 현양顯揚하라." 고 부르짖던 또 다른 국민문학파에게서 보다 진정한 동양에의 복귀를 위한 노력을 엿볼 수 있는 것이다. 또한 "자유주의적인 이데올로기 잔재의 완전한

---

11) 홍사중, 「주관에 치우쳤으나 값진 자료-임종국 저『친일문학론』」, 『신동아』 제29호, 동아일보사, 1967.1, 390~393쪽.
12) 『세대(世代)』(세대사) 1963년 9월호(통권 4호)~12월호(통권 7호)를 통해 4회에 걸쳐 연재되었다.
13) 임종국의 『친일문학론』(평화출판사, 1966) 468~469쪽의 "그러나 이러한 과오는 과오로 하고 우리는 몇 가지의 주목할 만한 점을 발견할 수 있으니 (중략) 이것을 친일 작가들은 다소 경감시켰다." 부분을 보라. 여기서 '주목할 만한 점'이란, '제 나름대로 긍정적인 요소가 있어 우리가 참고할 만한 점'이라는 뜻이다.[『친일문학론』 교주본(민연(주), 2013)에서는 508~509쪽이다.]

숙청"을 강조했던 채만식이가 "국가에 의한 개체의 부정은 절대부정이 아니요 긍정을 전제로 한 상대적 부정"이라는 거북살스런 논리에 의하여 일제의 전체주의에 동조하는 것으로 끝났다는 것도 셋째 공적[14]에 대한 반증이 되는 것이다. "……문학을 대중화하게 했다."는 것 역시 매우 수긍키 어려울 사실이며 넷째 문제[15]에 관하여는 새삼 논의할 필요도 없을 것으로 여겨진다.[16]

이러한 홍사중의 지적은 이후 유사한 내용으로 반복되면서 『친일문학론』 비판'의 출발점이 되었는데, 그 구체적 실례는 뒤의 '학술 논문'을 다룬 내용들에서 제시하기로 하고 일단 여기서는 홍사중의 지적에 대한 정운현의 견해를 소개하도록 하겠다. 정운현은 『임종국 평전』[17]에서 '넷째 문제'에 대한 홍사중의 반박에 대체로 동조하면서, "일제가 1920년부터 이른바 '무단통치'에서 '문화통치'로 바꾼 이유(물론 이 역시 본질적인 차이는 없었지만)는 (중략) 1910년대 말 친일 작가들이 나서서 일제를 옹호해 줘서 일제의 통치방식이 그렇게 바뀐 게 아니지 않은가? 만약 종국의 주장대로라면, 1930년대 후반부터 일제 패망까지는 친일 작가(타 분야 예술가들은 별도로 치더라도)들이 친일 활동을 많이 했으니 일제가 '문화통치' 이상의 선정(?)을 베풀어야 했던 게 아닌가?"라며 임종국을 비판하였다. 하지만 그는 홍사중의 반박 내용 중 그릇되었다고 생각되는 점에 대해서는 다음과 같이 지적하기도 하였다.

> (『친일문학론』에서 – 인용자) 마치 문인들만 문책당하는 것처럼 (홍사중이
> – 인용자) 언급한 대목은 적절한 문제 제기가 아니라고 본다. 우선 이 책은

---

14) 친일문학의 '셋째 공적'이란 임종국이 『친일문학론』 469쪽에서, "자유주의적 서구문명에 비판을 가하면서 문학을 대중화하려 했다."고 지적한 점을 말한다.[『친일문학론』 교주본(민연(주), 2013)에서는 508쪽이다.]

15) 친일문학의 '넷째 문제'란 앞과 같은 쪽에서, 임종국이 문인들의 친일행위를 호의적으로 해석해 볼 때 "조선민중에 대한 일제의 탄압을 다소 경감시켰으리라."고 추측한 점을 말한다.

16) 홍사중, 앞의 글, 392~393쪽.

17) 정운현, 앞의 책, 269쪽.

친일 문인들만을 대상으로 한 책이다. 따라서 친일 경력의 정치인, 기업인, 교육자, 학계 인사들이 빠진 건 당연하다. 종국은 나중에 분야를 사회 전반으로 넓혀 친일 연구를 확산시켰으니 홍사중의 이런 지적에 대해서는 면책이 된다고 본다.[18]

친일파에 대한 초기 연구성과물인『친일문학론』의 선도성은, 그에 뒤따르는 '시대적 한계'를 후세에 지적받기도 했지만, 동시대의 홍사중에게서도 다소 부당하게 오해를 받은바 정운현은 이 점을 지적한 것이다.

발간 10년 뒤의 일이긴 하나『친일문학론』의 의의를 적극 인정하고 가치 평가할 것을 주창하기 시작한 학자는 우리나라가 아니라 바다 건너 일본의 한 문학연구자였다. 1976년에『친일문학론』을 일역日譯하여 발간한 오무라 마사오(大村益夫)는 번역판의 '역자 해설'에서 "씨가 지향한 것은 구세대 친일문학자에 대한 규탄이 아니"[19]라는 점을 반복해 강조하면서 이 책에 대해 다음과 같이 극찬을 아끼지 않았다.

씨는 (1965년에-인용자) 한일조약이 체결되는 상황 중에서 개인에 대한 그러한 감정보다도 그들이 그러한 작품을 쓰도록 한 상황에 대한 분노를 새로이 하면서, 자료정리와 집필활동을 계속했던 것으로 생각한다.『친일문학론』이 출판된 지 10년이 흘렀지만 아직껏 이 책을 능가하는 기초 작업은 이루어지지 않았다. 이후로도 일제 말기 문학을 논하는 사람은 그 입장 여하를 불문하고 임 씨의 업적에 근거하지 않으면 논의를 진전시킬 수 없을 것이다. 마치 메이지(明治)기 정치소설을 연구하고자 하는 사람이 야나기다 이즈미(柳田泉)의『정치소설연구』에 의지하지 않을 수 없듯이.[20]

18) 정운현, 앞의 책, 272쪽.
19) 林鐘国 著,『親日文学論』, 大村益夫 訳, 高麗書林, 1976, X쪽.
20) 같은 쪽. 야나기다 이즈미(1894~1969)는 국문학과 영문학을 겸했던 '메이지 문학' 연구자이자 번역가로, 일본근대문학연구를 학문의 영역으로까지 발전시켰다는 평가를 받고 있다.

오무라는 "그들(한국인-인용자)에게 치욕을 강요하였다는 치욕스러운 생각에서 우리(일본인-인용자)는 아직 자유로울 수 없는 것일까? 강요한 자의 치욕은 강요당한 자의 치욕의 몇백 배일지 모를 바라는 상념에서, 다른 외국문학을 대할 때와는 다른 일종의 긴장감이 우리에게 초래되고야 만다."[21]면서 일본인으로서의 소감을 이야기한다. 그리고 그는 "일본 식민지하의 문학 정황과, 그 밑에서 돌파구를 뚫고자 고뇌하거나 뚫지 못하는 채 신음하였던 조선 문학의 양상을 객관적 자료를 가지고 밝혀 준다는 점에, 『친일문학론』을 일본에 소개하는 의미가 있을 것이다."[22]라면서 일본인에게 일독一讀을 권하였다. 그는 이 책의 특징 중 하나인 '객관적 사실의 축적'과 '무미건조하게도 보이는 사실의 나열'이 얼마나 힘을 갖는가를 적극 강조하였다.

3. 인상기와 회고담 등의 소회와 평가

좀 더 면밀히 찾아보지를 않아서 그렇지 『친일문학론』이나 이 책을 쓸 당시의 임종국에 대한 (짧은 언급을 포함한) 인상기나 회고담이 그렇게 드물지는 않으리라 생각한다. 하지만 여기서는 대표적인 인상기나 회고담 몇 편 소개하는 선에서 머무는 한편, 이를 보충하는 의미에서 학술 논문에서도 관련 내용을 골라 인용하겠다.

『친일문학론』을 집필할 당시의 임종국의 모습은 1970년대에 쓰인 김윤식 논문 속의 여담을 통해 어림짐작해 볼 수 있다.

나에게 있어 이 책(『친일문학론』-인용자)은 몇 가지 감회를 준다. 임종국과 그 무렵 고대 도서관에서 함께 자료를 뽑으며 토론하던 열정이 그 하나이다.[23]

---

21) 같은 책, xiv쪽.
22) 같은 쪽.

내가 이『폐허』를 본 것은 1963년 고려대학교 도서관에서였다. (중략) 이 도
서관에서 몇 달 간 머물고 있었는데, 학생들이 나를 직원으로 알고 도서 대출
을 요구하기도 했다. 직원들이 잠깐 자리를 비우면 직접 서고에 들어가 수레
에다 책을 실어다주곤 한 적도 있었다(임종국 씨가『친일문학론』을 쓰느라고
나와 함께 있었다).[24]

김윤식은『친일문학론』을 친일문학에 대한 입문서로 언급하면서, 이 책
에서 친일 문인에 대한 검토가 객관적 자료에 의거하여 평가되어 있음을
밝혔다.[25]

사회운동가 김봉우와 같은 이는, 한일협정 당시의 분위기가 "아직 민족
내부의 문제에 대한 반성보다는 일본에 대한 규탄과 비분강개의 수준에 머
물러 있"었다면서, 그가『친일문학론』을 접하고서는 "놀라움도 대단히 컸
고 그 놀라움은 곧바로 경련으로 바뀌었고 그 다음에는 역사를 바로잡아야
겠다는 오기 같은 것이 내 내면에 깊숙하게 자리 잡았다. 이후로 나는 우리
역사의 부정직과 싸우는 민족주의자로서의 길을 걷게 된 것이다."라고 고
백하였다. 그리고 "만일『친일문학론』이 없었다면 한국의 문학과 지식 세
계는 과거의 군국주의적 폐허 위에서 아직도 방황하고 있을지도 모른다."
라는 가정까지 하였는데,[26] 이는 "나와는 일면식도 없지만 이 분의『친일
문학론』은 앞으로 세워질 독립기념관의 현관, 가장 눈에 띄는 위치에 진열
될 만한 가치가 있다."[27]라는 언론인 리영희의 평가와도 맞먹는 상찬이었
다. 역사학자 홍이섭은 이 책을 "정신사적인 면에서 현실 타협에서보다 파

23) 김윤식,「채만식론 – 민족의 죄인과 죄인의 민족」,『(속)한국근대작가론고』, 일지사,
   1981, 344쪽.
24) 같은 이,「김억과 에스페란토 시,『무산자』와「비 내리는 품천역(品川驛)」」,『한국문학
   의 근대성 비판』, 문예출판사, 1993, 168쪽.
25) 같은 이,「채만식론 – 민족의 죄인과 죄인의 민족」, 같은 쪽.
26) 김봉우,「내 인생의 좌표가 된『친일문학론』」,『월간 말』제104호, 월간 말, 1995.2, 248쪽.
27) 리영희,「해방 40년의 반성과 민족의 내일」,『분단을 넘어서 – 리영희저작집 4』, 한길사,
   2006, 35쪽. 이 글은 1984년에 쓰였다.

괴적인 비판에서만 그 배반적背反的인 취약성을 극복할 수 있음을 자각케 하는 예증"[28]이라 하였고, 역시 역사학자 강만길은 "사실인즉 역사학계가 이 일(친일 청산-인용자)을 먼저 시작했어야 하는데 (임종국의『친일문학론』에 의해-인용자) 문학 분야에서 먼저 시작되어 지금에는 문학·역사 부문으로 크게 확대되었다. 앞으로 우리 근현대 사학사가 엮어지면, 친일 청산이 역사학 쪽이 아닌 문학 쪽에서 먼저 시작된 점이 강하게 지적될 것이다."[29]라며 역사학계의 맹점을 드러내기도 하였다. 문학자 방민호는『친일문학론』이 나옴으로써 "문학인이 역사를 참으로 두려워할 수밖에 없는 상황이 출현"[30]했다고 하며 이 책의 역사적 의의를 간명히 짚어 주었다.[31]

이와 같은 상찬들과는 또 다른, 임종국에 대한 애틋한 감정은 그가 사거한 뒤 집필된 김윤식의 짧은 회고담「머리말 :『친일문학론』의 저자 임종국 형께」[32]에서 잘 드러난다. 김윤식은 자기 저서의 머리말을 아예 임종국에 대한 추모사로 씀으로써 임종국에 대해 애정 어린 예를 다한 것이다. 글에서 그는 임종국의 임종 시 병상을 지켰던 이야기부터 시작하여 임종국이 왜 이 길을 가게 됐으며, 자기는 어떻게 임종국을 잇고 있는가에 대하여 다소 감상적이면서도 격정적인 어조로 기술하였다. 그는『친일문학론』이 20세기의 답답함과 그에 대한 몸부림과, 또 숨죽인 속삭임의 "조직화·개념화로 우뚝한 명저의 하나"라며, 이 책이 "기념비적인 저술이자 이 방면 연구의 고전으로 군림하고 있는 까닭" 중 하나가 임종국의 열정이라 하였다.

임종국의 사후에 오무라 마스오의 회고담「임종국 선생을 그리며」[33] 또

---

28) 「시인 임종국 씨 평론집 3판까지」,『경향신문』1978.2.6, 5면.
29) 강만길,『역사가의 시간-강만길 자서전』, 창비, 2010, 558쪽.
30) 방민호,「임종국 이후의 '친일문학론'」,『명주』, 생각의 나무, 2003, 253쪽.
31) 이 글에서 방민호는 임종국이 보인 역사가의 시선을 존중하면서도 '사실을 사실로써 기록함을 넘어 그 내적 의미를 탐구해야 할 필요성'을 느낀다면서, 예를 들어 임종국의 비판의식을 '문학인의 모럴 문제에 관한 탐구'로 심화해야 한다는 견해를 내놓았다. 방민호의 앞의 글 255쪽을 보라.
32) 김윤식,「머리말 :『친일문학론』의 저자 임종국 형께」,『일제 말기 한국 작가의 일본어 글쓰기론』, 서울대학교출판부, 2003, iii~vi쪽.

한 앞과 같은 애틋한 감정을 드러낸다. 오무라는 이 글에서도 "『친일문학론』은 춘추필법으로 쓰인 것이다. 주관적인 비난 중상의 언어는 한 군데도 없으며, 오로지 사실만을 축적해 감으로써 해방 전의 문화 상황과 문인들의 발언을 재현해 내었다."[34]며 이 책의 객관성에 대한 믿음을 다시 한번 드러냈다.

위에 언급한 두 사람이 아니더라도 『친일문학론』의 역사적 의의에 대해 부정하는 사람은 그 누구도 없다. 친일문학 관계 학술 논문들에서 역시 임종국이나 『친일문학론』의 공과에 대한 견해가 엇갈리더라도, 이 책이 지닌 선도성에 대해서는 모두가 인정하였다.

고 임종국 선생의 선구적이고도 희생적인 작업이 『친일문학론』으로 출간된 것은 1966년인데, 그 이후 임 선생의 전 생애를 바친 친일파 연구는 그 자료의 방대함과 실증의 엄밀함에서 가히 이 분야 연구의 획기적인 초석을 놓은 것으로 평가될 만하다.[35]

친일문학론은 임종국의 『친일문학론』(1966) 발간을 계기로 해서 비로소 제도적인 담론 공간이 되었다. 그 후로 기억과 망각이 반복되면서 친일문학 비판은 그 가능성과 한계를 조금씩 드러내 왔다.[36]

임종국은 여전히 지속되는 하나의 과업이다. 우리는 그를 신화로 만들어서

---

33) 오무라 마스오, 「임종국 선생을 그리며」, 『실천문학』 2006년 봄(통권 81)호, 실천문학사, 2006.2.
34) 같은 글, 419쪽.
35) 김철, 「친일문학론 ─ 근대적 주체의 형성과 관련하여 ─ 이광수와 백철의 경우」, 『민족문학사연구』 제8호, 민족문학사학회, 1995, 7쪽. 앞의 오무라 마스오나 김철이 강조하는 『친일문학론』의 객관성과 실증성은 논자나 학자들에 의해 이 책의 장점으로 흔히 지적되어 왔는데, 최근에 이러한 인식에 대해 좀 더 복합적인 시선을 요구하는 논문이 나왔다. 이혜령의 「인격과 스캔들 ─ 임종국의 역사 서술과 민족주의」 449쪽을 보라.
36) 강상희, 「친일문학론의 인식구조」, 『한국근대문학연구』 제4권 제1호, 한국근대문학회, 2003.4, 41~42쪽.

도 안 되고 서둘러 그를 매장해서도 안 된다. 그에게서 우리는 여전히 많은 것을 배워야 한다. 필생의 사업으로 친일파 문제를 다루는 그의 태도는 제대로 숙지되지 못했다.[37]

흥미로운 점은 최근의 친일문학 연구들이 임종국의 『친일문학론』이 지닌 역사적 의의를 높이 평가하면서도 이 책이 지닌 문제점을 비판하는 것을 자기 입론의 출발점으로 삼고 있다는 것이다.[38]

(『신문학사조사』 속에서의－인용자) 백철의 지워진 기억을 되살리며 '친일문학론'을 전개한 것은 임종국이었다.[39]

친일문학에 대한 본격적인 논의는 임종국의 『친일문학론』(1966)에서 비롯된다. 그는 우리 문학사에서 소위 '암흑기'로 규정되면서 문학사 기술에서 의도적으로 배제되었던 친일문학을 논의의 장으로 끌어올려 친일문학에 대하여 폭넓게 논의했다.[40]

임종국의 『친일문학론』은 해방 이후 감정의 차원에서 논의되던 친일문학을 학문의 영역 안으로 끌고 들어왔다는 의의가 있다. (중략) 임종국의 작업 역시 민족주의에 바탕을 두고 있지만 그것은 다만 열정의 산물이 아니라 객관적 자료에 근거를 둔 엄정한 실증의 소산이었다.[41]

---

37) 손종업, 「친일의 탈식민지적 해석을 위한 시론」, 『어문연구』 제123호, 한국어문교육연구회, 2004.9, 313쪽.
38) 김양선, 「최근 친일문학 연구의 지형도」, 『오늘의 문예비평』 제58호, 오늘의 문예비평, 2005.6, 40쪽.
39) 윤대석, 「1940년대 '국민문학' 연구」, 서울대 국문과 박사논문, 2006.2, 8~9쪽. 윤대석은 임종국의 친일문학론에 대해 비판적 거리를 일정하게 유지하고 있음에도 불구하고, 자기의 단행본 『식민지 국민문학론』(도서출판 역락, 2006)의 제목이 임종국의 『친일문학론』 내용에서 비롯하였음을 언급하였다. 『식민지 국민문학론』의 5쪽을 보라.
40) 조진기, 「1940년대 문학연구의 성과와 과제－일제 말기 친일문학 논의를 중심으로」, 『우리말글』 제37집, 우리말글학회, 2006.8, 54쪽.
41) 전성욱, 「친일문학론의 논리와 구조－친일문학 담론의 범주화를 위한 시론」, 『동남어문논집』 제23집, 동남어문학회, 2007.5, 162쪽.

'친일문학'에 관한 연구는 임종국의 『친일문학론』(평화출판사, 1966)에서 비롯되었다고 해도 과언이 아니다. (중략) 임종국의 연구는 이 저작이 발간될 무렵의 시대적 여건에 비추어 볼 때 사회적으로나 학문적, 문단적으로 소외될 수 있다는 위험을 무릅쓰고 '친일문학'을 한국현대문학의 연구 분야로 이끌어 올린 것이다. 이 점은 높이 평가되어야 한다. 또한 그 광범위한 대상과 실증적 성실성 면에서 그 이후 아직까지 이 연구를 능가할 만한 수준을 보여 준 연구가 없다. 이 점 역시 강조되어야 한다. 그의 저서가 보여 주는 여러 한계, 특히 시각의 한계는 그가 시도하고 이룩한 것을 긍정한 바탕 위에 조명되어야 한다.[42]

이상에서도 알 수 있듯이 『친일문학론』은 그 논리나 주장이 부정되든 긍정되든 친일문학을 언급하는 데에서는 언제나 그 논의의 출발점이 되었던 것이다. 그럼 다음 장에서는 여러 학술 논문에서 드러난 『친일문학론』에 대한 비판론을 살펴보도록 하자.

4. 학술 논문에서의 비판론

앞에서와 같이 임종국이나 『친일문학론』의 공과에 대한 견해가 엇갈리더라도 그 선도성에 대해서만은 대개가 인정하는 만큼, 이 책에 대한 비판론과 옹호론은 한 연구자의 같은 글에서도 공존할 수 있음을 우선 밝혀 둔다. 임종국의 『친일문학론』에 대한 비판론으로는 몇 가지를 들 수 있겠으나 가장 논란의 핵심에 있었던 것은 임종국이 제시한 소위 '친일문학의 주목할 만한 점'이었다. 임종국과 『친일문학론』에 대한 비판도 주로 이 점에 대한 것이었으니, 그 예들을 제시해 보겠다.

---

[42] 방민호, 「일제 말기 문학인들의 대일 협력 유형과 의미」, 『한국현대문학연구』 제22집, 한국현대문학회, 2007.8, 237쪽.

친일문학이 '국가의식을 강조'한 것이 '좋은 참고자료가 될 것'이라는 (임종국의 − 인용자) 국민문학적 사고 형식 자체에 대해서도 판단해야 할 것입니다. 한 예로 단군의 고선도古仙道 및 동학과 일본의 신도를 동일시하거나, 자유주의적이고 상쟁相爭적인 서양인의 선천先天에 대해 팔굉일우의 동양을 내세움으로써 천황 및 대동아 전쟁을 긍정할 수 있었던 춘원의 친일 논리에서 대표적으로 보이듯이, 문제는 국가의식의 강조 자체일 수도 있기 때문입니다.[43]

(친일파 김팔봉과 친일 비판자 임종국의 − 인용자) 두 개의 사례를 가로지르는 공통의 기억은 앞서 말한바 최초의 근대 국민국가에 대한 경험, '국민'으로서의 경험, 나아가 관념 속에서 절대화된 '국가' 그 자체가 아니었을까?[44]

국민국가, 국가주의, 국민문학이 숙명적인 것으로 간주되면서 일제 식민 담론은『친일문학론』에서 구조적으로 반복되고 있다. 국가가 윤리적 실체로서 진선미의 내용적 가치를 독점적으로 결정하는 존재였던 일본의 '초국가주의[45]의 논리와 심리'가『친일문학론』에 짙은 음영을 드리우고 있는 셈이다.[46]

어떻게 식민주의적 '국민문학'이 우리의 '좋은 참고자료'가 될 수 있는 것일까. 그것은 국민의 내용성에 대한 고민이 부족하기 때문이다. 다시 말해 식민지 '국민'과 피식민 '국민'의 차이에서부터 '국민' 내부의 차이에 이르기까지 '국민'이라는 이름으로 봉합되어 있는 차이와 이질성을 직시할 때 피식민 국민의 새로운 내용을 창출할 수 있을 터인데, 임종국은 국민을 내용이 텅 빈 형식으로 혹은 내용이 고정되어 있는 선험적 실체로 착각하고 있는 것이다. (중략) 민족에 대한 재구성이 없는 한 친일파 청산이 식민주의의 재생산으로 귀결되는 역설이 발생하게 되는 셈이다.[47]

43) 이경훈, 「친일문학의 몇몇 계기들에 대한 고찰」,『20세기 한국문학의 반성과 쟁점』, 문학과사상연구회, 소명출판, 1999, 204쪽.
44) 김철, 「총론: 파시즘과 한국문학」,『문학 속의 파시즘』, 삼인, 2001, 16쪽.
45) '초국가주의'로 번역되는 사상에는 '파시즘'에 가까운 'ultranationalism'과 오히려 '국가주의'를 넘어서는 'transnationalism', 'supranationalism' 등이 있는데 여기서는 전자를 가리킨다.
46) 강상희, 앞의 글, 45쪽.
47) 하정일, 「한국 근대문학 연구와 탈식민 − '친일문학' 문제를 중심으로」,『민족문학사연구』제23호, 민족문학사학회, 2003, 18쪽.

> 그(임종국－인용자)가 '민족적 주체성'으로 설정하는 민족 공동체의 기억은 '친일문학'을 타자로서 배제할 뿐만 아니라, 그러한 배제된 '친일문학'이라는 타자성을 통해서 민족 공동체는 자기동일성을 유지할 수 있게 된다. 따라서 임종국에게 '민족문학'의 발견은 '친일문학'의 발견과 한 쌍으로 동시에 이루어지고 있고, '친일문학'의 존재 없이는 성립할 수 없다고까지 말할 수 있다.[48]

> 임종국의 생각은 민족주의에 바탕을 둔 친일문학론의 한계를 그대로 노출하고 있는데, 사실 그가 친일문학의 공으로 정리한 부분은 친일파시즘과 민족파시즘의 등가치를 보여 주고 있다.[49]

이상과 같이 말하면서 이경훈은 팔굉일우의 낭만적 국가의식으로 인해 일본인들과 함께 식민지인들은 침략과 전쟁에 기꺼이 응했다 하였고, 김철은 임종국뿐 아니라 식민지 전 주민이 '일본국가'의 한 성원으로 주체화하는 경험을 통해 '근대 국민국가'를 최초로 대면하게 되었다 하였으며, 강상희는『친일문학론』에서 일제의 오리엔탈리즘이 비슷하게 재연된다 하였다. 그리고 하정일은 임종국이 식민주의를 억압적 담론 이상으로 생각하지 못하는 것도 인용문에서 언급한 역설과 관련이 깊다 하였고, 윤대석은 그렇기 때문에 임종국이 발견한 '친일문학'은 그가 제시하는 '민족(국민)문학'과 아주 흡사한 구조를 지닐 수밖에 없다 하였으며, 전성욱은 임종국의 친일문학론이 국가주의와 서구를 대타항으로 둔 형이상학적인 동양주의를 승인함으로써 강상희가 말한 것과 같은 '전도된 오리엔탈리즘'의 위험한 함정 속으로 빠져들고 있다 하였다.

『친일문학론』이 '순응과 저항의 2분법'에 머물고 있다고 언급한 하정일, 윤대석 및 손종업의 다음과 같은 비판은 위 비판과 맥락을 같이한다.

---

48) 윤대석, 앞의 글, 9~10쪽.
49) 전성욱, 앞의 글, 163쪽.

식민주의를 이처럼 억압적 담론으로 규정할 경우 그에 대한 대응의 방안은 순응이냐 저항이냐의 양자택일밖에는 없게 된다. (중략) 식민주의가 수탈과 억압을 위해 앞뒤 가리지 않는 맹목이듯 친일문학 역시 아무 생각 없이 일제에 순응한 맹목으로 규정되며, 당연히 친일문학 연구는 일제에 순응하거나 협력한 문학에 대한 도덕적 단죄의 방편이 된다. (중략) 친일문학은 결코 맹목이 아니라 거기에는 나름의 내적 논리가 있으며, 그 내적 논리를 규명할 때 비로소 탈식민화의 경로를 모색하는 일이 가능해진다. 임종국의 친일문학 연구에는 바로 이 내적 논리에 대한 규명이 없다.[50]

체험자 세대로부터 다소 자유로운 임종국은 '암흑기 문학'이라는 명칭을 사용하지 않고 '친일문학'이라는 명칭을 사용한다. 또한 적극적·자발적 친일, 외압에 의한 수동적 동조, 저항이라는 삼분법을 폐기하고, 친일과 반일의 이분법을 설정한다.[51]

임종국은 친일문학이 우리 민족에게 누적된 콤플렉스임을 먼저 인정하고 그것을 바깥으로 드러내고자 할 뿐이다. 친일은 외과적인 '제거'를 통해 우리 문학으로부터 청산될 수 있는 게 아니다. 많은 경우에 그것은 피식민 주체를 감싸고 있는 다양한 삶의 조건들 속에서 제국적 명령과의 수많은 수수작용을 통해서 생겨나는 것이다. 그러므로 반일과 친일의 경계는 생각처럼 뚜렷한 것도 아니다.[52]

하정일은 중간지대가 없는 '저항-진리' '순응-비진리'의 단순한 2분법 속에서 저항 역시 자기 완결적이고 자기 동일적인 담론으로 화하면서 일체의 반성과 대화를 불허하는 '독백적 담론'이 되는 법이라 하였고, 윤대석은 임종국이 '형식적 추종자'마저 '친일' 속에 포함시킴으로써 좀 더 극단적이고 과격한 자기동일성의 '친일문학'론을 만들어냈다 하였으며, 손종업은 역

50) 하정일, 앞의 글, 16~17쪽.
51) 윤대석, 앞의 글, 9쪽.
52) 손종업, 앞의 글, 317~318쪽.

사 앞에서 친일이 청산되기 위해서 우리가 할 수 있는 것은 피식민 주체들을 사로잡았던 환상들을, 그 의식의 착종을, 언어의 혼란을 바로 보는 것이지 않을까 하였다.

지금까지 언급한 비판적 시각 외에도 『친일문학론』에 대한 비판적 시각이 몇 가지 더 있는데 그중 두 가지만 제시하겠다.

> 임 선생의 연구는, 문학과 정치적 상황에 관한 단순대입적 사고가 모든 자료의 해석을 일관함으로써 친일문학의 논리를 재구성하고 그로부터 진정한 극복의 실마리를 제시하는 데에는 턱없이 부족한 것도 사실이었다.[53]

> 먼저 1)[54]의 친일문학 규정이 지나치게 넓다. 특히 '추종'이라는 단어가 문제다. (중략) 1)의 관점에 따르면 이러한 모든 것이 '추종'으로 읽힌다. 1)의 입장에서 보자면 1930년대 후반기에 이루어진 거의 모든 문자행위가 친일문학, 그러니까 매국적 문학이다.[55]

김철은 초기 친일 연구에 따르기 쉬운 문제점을 지적하였고 류보선은 『친일문학론』이 보인 '범주 설정'의 모호성을 지적하였는데, 특히 류보선은 이런 모호성의 결과 1)의 필자 즉, 임종국은 윤동주, 이병기, 이육사는 물론 거의 아무런 활동을 하지 않았던 작가까지를 '영광된 작가'라고 명명하고, 대신에 1930년대 후반기라는 그 혼란스러운 상황 속에서도 그 나름대로 한국문학사의 의미 있는 전통을 만들어낸 작가나 비평가까지를 모두 친일 문인의 범주 속에 포함시키고 만다고 지적하였다.

---

53) 김철, 「친일문학론 — 근대적 주체의 형성과 관련하여 — 이광수와 백철의 경우」, 같은 쪽.
54) "1)" 부분은 『친일문학론』 15~17쪽의 "이러한 의미에서 친일문학이라는 개념을 추구할 때 (중략) 반민법의 심판이 기다리고 있었던 것이다." 부분을 말한다.[『친일문학론』 교주본(민연(주), 2013)에서는 22~23쪽이다.]
55) 류보선, 「친일문학의 역사적 맥락」, 『한국근대문학연구』 제4권 제1호, 한국근대문학회, 2004.4, 13~14쪽.

5. 학술 논문에서의 옹호론

앞의 김철과 같은 견해는 비판론자들이 흔히 갖는 임종국에 대한 인상에서 비롯하였다. 1차 자료의 방대한 정리와 나열에서 감지되는 건조한 서술 태도, 그리고 '정치주의'에 침윤되어 작품에 대한 미적 가치 평가가 부족한 듯해 보이는 인식 자세 등은 비단 김철뿐 아니라 적지 않은 여타 연구자들에게도 임종국에 대한 초기 인상을 부여해 주었다.

하지만 어떤 학자들은 소위 친일 범주에 속한다고 알려진 작가와 작품에 대한 임종국의 분석이 얼마나 섬세하였는가를 지적하면서, 이러한 인상을 불식하는 듯한 견해를 내놓기도 하였다.

> (유진오의 – 인용자) 「남곡선생」이 "국민문학을 위한 국민문학은 아니었다."[56]고 그(임종국 – 인용자)는 지적했다. 일본이 서구와 전쟁을 일으키면서 '대동아공영권'을 이념적으로 내세워, 그 이데올로기적 근거를 동양정신에 두었고, 또 동양 고전 및 고대사의 신화적 바탕에 근거를 찾고자 했음은 알려진 사실이다. 「남곡선생」이 이러한 동양정신에 일면에서는 부합된다고 볼 수도 있다. 이 점에 「남곡선생」은 시대적이라 할 것이고, 나아가 시국적 작품 이른바 '국민문학'의 범주에 들 것이다. 그러나 임종국의 지적에 따른다면 동양에의 복귀란, 서구문명이 도입되어 들어오던 그 시초부터 잠재적으로 내포되었을지도 모르는 문화 자체의 문제가 아니었던가. 「남곡선생」이 결과적으로 '국민문학'일 뿐, '국민문학을 위한 국민문학'은 아닌 것은 이 때문이라는 것이다.[57]

> (『일제 말기 한국 작가의 일본어 글쓰기론』에서 – 인용자) 김윤식은 임종국이 『친일문학론』에서 내린 이효석에 대한 평가를 비판적으로 전유한다. 임종국은 이효석의 친일 협력이 성격의 소심함에서 비롯된 "시대의 추이를 좇아

---

56) 임종국, 앞의 책, 276쪽.
57) 김윤식, 『한·일 근대문학의 관련양상 신론』, 서울대학교출판부, 2001, 82쪽.

서 옮아간 주견 없는 변모에 불과한 것"[58]으로 평가하면서, 이효석의 국민문학론을 "지극히 비국민적 회의적 자유주의적인 국민문학론을 가지고 국민문학을 했다는 얘기가 되며, 이 점이 곧 특이하다고 논할 수 있는 점"[59]이라고 평가한다. 김윤식이 착목하고 있는 점은 바로 이효석 국민문학론의 특이성이다. 이 특이성에 대한 천착을 통해서 김윤식은 이효석 문학세계의 특징과 일제 말기 소설 (특히 일본어 소설) 평가를 둘러싼 여러 의제를 제시하였다.[60]

김사량의 일본어 작품 『태백산맥』이 일본어로 쓰여졌음에도 불구하고 친일적인 작품이 아니라는 것에 대해서는 일찍이 친일문학을 연구한 선각자인 임종국 선생도 지적한 바 있다. (중략) 임 선생은 (중략) 김사량의 『태백산맥』에 대해 다음과 같이 특기하고 있다.

"(중략) 설익은 시국적 설교도 없거니와 어릿광대 같은 일본정신의 선전도 보이지 않는, 그렇기 때문에 이 장편은 비록 일어로 써졌을망정 얼른 친일작품으로 단정하기가 어려운 작품이었다. 다만 주인공이 김옥균 일파라는 것이 평자에 따라 어떻게 해석되는지? 차라리, 일치 말엽에는 이 같은 소재며 스타일의 국어작품도 존재할 수 있었다는 것을, 오직 시국적인 것만 일삼고 일본정신의 선전에만 급급하던 작가 일파들과 대비하여, 그 실증적 예로써 거론함이 옳을지도 모르는 작품이었다."[61]

김종한이 『국민문학』 편집을 시작한 1942년의 무렵에 대한 견해지만, 임종국은 현실의 추이를 대하는 김종한의 생의 스타일에 관해서 다음과 같은 발언을 남긴 바 있다.

"다른 『문장』 출신에게는 없었던 전쟁에의 관심, 이것이 김종한의 명민한 시대감각에서 오느냐 아니면 시류에 영합할 줄 아는 능란한 처세술이냐? 이 질문은 어디까지나 그의 인간 및 작품의 본질에 관한 질문이요 따라서 이 책이 상론할 것은 아니다. 그러나 어쨌든 김종한은 '누구보다도 먼저 춘복春服을

58) 임종국, 앞의 책, 332쪽.
59) 임종국, 같은 책, 331~332쪽.
60) 권명아, 「심미주의와 분열-심미주의와 친일 협력 사이」, 『식민지 이후를 사유하다-탈식민화와 재식민화의 경계』, 책세상, 2009, 227~228쪽.
61) 김재용, 「친일문학의 성격」, 앞의 책, 53쪽. 『친일문학론』의 인용 부분은 210쪽.

입'으려던 그의 의지처럼『문장』출신 중에서 가장 일찍이 자기의 좌표를 마련한 사람이었고, 또한 그 무렵의 시류에 동조한 유일인이었다는 것은 분명하게 말해도 좋을 것 같다."[62]

임종국 특유의 신중하면서도 단호한 태도를 엿볼 수 있다. 과연 임종국의 발언대로 '인간의 본질'에 관한 평가는, 혹 그 대상에 대한 연구 성과가 풍부하게 축적되었다 하더라도 쉽게 내릴 수 있는 것은 아니다.[63]

김윤식은 유진오의 친일 초기 작품인「남곡선생」이 '진정한 국민문학 작품'이 될 수 없는 이유를 임종국이 문화론적으로 해명한 점을 제시하였고, 권명아는 이효석이 지극히 자유주의적인 면모로 국민문학을 전유함으로써 그 시대의 전형적인 국민문학을 이루지 못 한 점을 임종국이 발견함으로써 후세 김윤식의 이효석론에 영향을 준 점을 언급하였으며,[64] 김재용은 김사량이 비록 일본어 작품을 씀으로써 문명을 떨치긴 했어도『태백산맥』을 비롯한 그의 작품들이 왜 친일작품이 될 수 없는지에 대해 임종국이 선도적으로 지적한 점을 거론하였고, 심원섭은 현실의 추이를 대하는 김종한의 '생의 스타일'에 관해 임종국이 신중하면서도 단호하게 분석한 점을 높이 평가하였다. 이들에게 임종국은 결코 정치 편향의 기계적 대입론자가 아니었던 것이다.

그래도 학술 논문에서『친일문학론』옹호론은 비판론에 비해 여전히 적은 편에 속한다. 이 중에서 조진기와 전성욱의 다음과 같은 지적 내용은 임종국의 친일문학론을 전적으로 옹호하지는 않았지만 주목할 만하다. 이들은『친일문학론』이 작품론보다 작가론에 중점을 두고 있다면서 다음과 같이 발언하였다.

62) 임종국, 앞의 책, 232~233쪽.
63) 심원섭,「김종한의 초기 문학수업 시대에 관하여」,『일본 유학생 문인들의 대정·소화 체험』, 소명출판, 2009, 107쪽.
64) 권명아는 김윤식이 임종국의 평가를 계승했다고 할 수 있지만 해석의 방법론에서는 그와 상이했다는 점도 아울러 지적하였다. 권명아의 앞의 글 228~229쪽을 보라.

그의 친일문학의 개념이 너무나 광범위하여 막연할 뿐만 아니라 작품론에서 벗어나 작가론으로 흐르고 있음을 확인할 수 있다. 그는 친일문학의 성격과 전개 양상을 확인하기 위하여 당시의 정치, 사회적 배경을 비롯하여 문화 기구, 단체의 활동, 작가 및 작품론을 전개하고 있어 친일문학에 대한 기초적 자료를 충실히 제공해 주고 있다는 점에서 중요한 의미를 지닌다.[65]

대부분의 친일 논의가 친일 행위 자체에 대한 문제 제기로서 이루어지기보다는 '친일파'에 대한 책임 추궁에 초점이 맞추어진다. 친일문학론 역시 친일문학 작품에 대한 분석과 해석보다는 친일 작가에 대한 단죄가 중요하게 다루어진다. 이러한 사정은 임종국의『친일문학론』구성에서도 그대로 드러난다.[66]

조진기는『친일문학론』이 작품론보다 작가론에 중점을 두고 있는 점에 대해 일정 부분 긍정적인 면도 있음을 지적하나, 바로 그러한 점 때문에 사회적으로 큰 반향을 불러일으켰음에도 불구하고 학계에서는 별다른 반응을 보이지 않았을 뿐 아니라 후속 작업으로 확장되지도 못했다고 지적하였다. 전성욱 또한 친일문학이나『친일문학론』의 이러한 소박함 때문에 성과가 크게 주목받지 못했음을 지적하였다. 확실히 조진기와 전성욱은『친일문학론』에 대해 적극 비판하지는 않았다. 오히려 이들은 기존 문단과 학계의 '문학주의적' 시각에 비추어 볼 때 주목을 받지 못한 이유가 있었음을 일깨워 주려 한 것이다.

이들보다 좀 더 적극적으로『친일문학론』의 전반적 논리를 옹호하려 한 사람은 김재용과 김명인, 그리고 김민철·조세열이다.

친일문학을 옹호하는 것에는 식민지 근대화론에서 볼 수 있는 것처럼 의도된 것이 있는가 하면 이와는 다르게 비판하는 것으로 보이지만 결국은 옹호

[65] 조진기, 앞의 글, 55쪽.
[66] 전성욱, 앞의 글, 166쪽.

하게 되는 결과를 낳은 것도 있다. 더욱 세련된 이 방법은 그런 점에서 훨씬 무서운 것이라 할 수 있다. 국민국가론과 탈식민주의에 입각해 있는 것으로 보이는 이 방법은 표면적으로는 친일문학을 비판한다. 친일문학은 내셔널리즘의 산물로서 결국 국민국가의 환상에서 자유롭지 못하다고 비판한다. 그리하여 친일문학이 내장하고 있는 폭력성을 그대로 드러낸다고 비판한다. 때로는 일본 제국주의 내셔널리즘을 그대로 답습하여 새로운 내셔널리즘을 창출하여 억압에 동참한 경우도 있다고 비판한다. 이러한 비판은 언뜻 보면 친일문학을 비판하는 것처럼 보이지만 잘 들여다보면 거기에는 심각한 옹호가 깔려 있음을 확인할 수 있다.[67]

이 글[68]에서 말한 '국가주의'와 '인간은 국가적 동물이다.'라는 말은 일견 군국 파시즘하의 국가 이데올로기를 방불케 하는 것은 사실이다. 하지만 여기서의 '국가'가 과연 앞의 논자들이 말한 바와 같이 일본제국이나 3공화국 국가 같은 권위주의적으로 조직화되고 통제되는 전체주의적 국가를 의미하고 있는가는 재고의 여지가 있다. (중략) 임종국이 식민지 말기의 '국민문학'이 지닌 국가주의에 주목한 것은 그가 군국주의 파시즘적 국가관을 내면화해서라기보다는 민족에 기반을 둔 근대적 국민국가와 그 토대 위에서 전개되는 주체적 국민문학의 수립을 열망했기 때문이라고 보아야 할 것이다.[69]

(탈국민국가론이나 탈식민주의론에 기초하여 친일문학을 비판하는 논자들은─인용자) 탈식민주의론에서 주장하는 일반론을 임종국이 『친일문학론』에서 쓴 한두 마디 문장에 혐의를 두고 과도하게 적용하는 오류를 범했다.[70]

김재용은 『친일문학론』의 비판자들이 일본제국주의에 맞서 싸웠던 문학

---

67) 김재용, 앞의 글, 44쪽.
68) 『친일문학론』 468쪽의 "그러나 이러한 과오는 과오로 하고 (중략) 문학에 국가 관념을 도입했다는 사실만은 이론 자체로 볼 때 주목해야 할 점일 것이다." 부분을 말한다.[『친일문학론』 교주본(민연(주), 2013)에서는 508쪽이다.]
69) 김명인, 「친일문학 재론─두 개의 강박을 넘어서」, 『한국근대문학연구』 제17호, 한국근대문학회, 2008.4, 262~263쪽.
70) 김민철·조세열, 「'친일' 문제의 연구경향과 과제」, 『사총(史叢)』 제63집, 역사학연구회, 2006.9.30, 205쪽.

인들 역시 국민국가와 내셔널리즘의 틀 속에 갇혀 있다고 봄으로써 저항의 가능성을 일체 인정하지 않는 것은 물론이고, 더 나아가 제국 속에서의 모든 글쓰기는 제국에 포섭되어 있다는 것을 전제하고 제국 내에서의 다른 저항의 가능성을 열어놓지 않는다 하였다. 김명인은 임종국의 '친일문학론'이 거꾸로 선 식민/파시즘 담론이라는 임종국 비판자들의 해석은 근대 국가, 민족, 국민 등에 대한 탈근대주의적 거부감이 만든 하나의 과잉 이미지일 수 있는 것이며 이는 '친일문학 비판=새로운 국가주의 기획'이라는 완강한 등식에 의해 만들어진 의도된 결론일 수도 있다고 하였다. 김민철과 조세열은 임종국의 이후 친일 문제 연구에서 비판론자들이 혐의를 두고 있는 전체주의나 초국가주의적[71] 경향을 찾아보기 힘든 것을 볼 때도 비판론자들의 의심은 과도하다 한 것이다.

'임종국'이나 『친일문학론』을 직접 언급하지는 않았으나, (『친일문학론』 논리의 바탕을 이루는) '국민국가의 개념과 역할'에 대해 일부 학자들이 보이는 '탈근대적 거부감'을 좀 더 일반론적 관점에서 비판한 김진석의 다음 글은 주목할 만한 가치가 있다.

> 근대 국가의 존재와 관련된 정당성의 문제들이 아직도 제대로 처리되지 못한 단계에서는 국가의 일정한 개입이 필요하다고 여겨진다. 더구나 국민국가의 탄생과 발전 그리고 적절한 진화라는 역사적 과정을 가로막고 지연시킨 최대 요인 중의 하나가 바로 친일반민족행위이기 때문에, 그것은 당연하게 국민국가의 존재와 연결된 문제이다. 그리고 오히려 국가의 개입이 지금 상황에서 신속하게 이루어지는 것이 현 단계에서 바로 그 국가의 개입을 극복하기 위한 최선의 길일 수도 있다. 국가의 역할을 전혀 인정하지 않으면서 전혀 국가가 개입할 일이 아니라고 말하는 태도는 비시대적이고 공상적이다.[72]

---

71) 여기서의 '초국가주의'도 'ultranationalism'의 번역어로 보면 되겠다.
72) 김진석, 「친일반민족행위'에서 책임의 중층성」, 『역사와 책임』 제2호, 민족문제연구소·포럼 진실과정의, 2011.12.

김진석은 이론적으로는 탈민족주의 및 탈국민국가의 관점에서 민족 개념의 과잉을 비판할 수는 있다고 하였다. 그리고 폐쇄적 민족국가의 이념이 근대적 파시즘과 이어진다는 비판도 이론적으로는 얼마든지 가능하다고 하였다. 그러나 그러한 '원론적인 비판'이 곧바로 '친일반민족행위에 대한 책임 추궁 불가능성'으로 이어질 수는 없다고 하였다. 탈민족주의나 탈민족국가를 주장하는 사람 중 일부는 이 둘을 혼동한 나머지, 국민국가의 권력이 실제로 정치적 폭력을 행사한 경우와 오히려 그런 국가에게 피해를 입은 상태에서 반작용으로 국민국가의 힘을 추구한 경우를 혼동하기까지 하는 것은 문제라고 김진석은 지적하였다.

6. 맺음말

지금까지 필자는 임종국의 『친일문학론』을 둘러싸고 각종 담론의 장을 이끌어 온 여러 견해를 정리 소개하였다. 그리고 약속한 바와 같이 저마다의 견해에 대한 개인적 평가 역시 일절 삼갔다.

이 책이 그 비판론 측에서조차 선도성을 인정받으면서 친일문학에 관한 담론 대부분의 출발점이 되었음에도 불구하고, 막상 제대로 정독되지는 못하는 채 연륜과 이미지만을 쌓아 온 사정은 무엇일까? 그 역사적 의의와 대중적 인기에 비해 막상 문단과 학계에서는 그다지 본격적으로 분석되거나 토론되지 못한 까닭은 또 무엇일까?

그것은 친일 청산을 꺼리는 세력의 영향력이나 '자랑스러운 역사'만을 기억하고 싶어 하는 암묵적 풍조 탓일지도 모른다. 좀 더 직접적으로는, 이 책의 장점이기도 한 방대한 자료의 나열과, 후대의 연구 성과물에 비해 상대적으로 건조하거나 폐쇄적으로 보일 수 있는 인식론 및 가치 평가 탓일지도 모른다. 조진기와 전성욱의 걱정대로 기존 문단과 학계의 '문학주의적' 시각 탓일지도 모른다. 아니면 아예, 애초부터 대중적 계몽서로서 시간에 쫓기며 준비된 이 책의 태생적 배경 탓일지도 모른다.

김명인은 "그 전까지 일종의 침묵의 카르텔에 의해 봉인되어 있던 '친일문학'이라는 판도라의 상자를 열어젖힌 이 저술은 그 당대적 의의와 자료적 가치에도 불구하고 해당 작가들에 대한 일방적 단죄를 가능하게 하는 증거자료로서, 혹은 거꾸로 집단면죄부 발부의 자료로 오·남용되어 온 것에 비해 엄밀한 학적 검토의 대상으로는 제대로 취급되어 오지 못한 불행한 저술"[73]이라고 한탄하였다.

이런 가운데에 드물게 이루어진 학적 검토에서도 『친일문학론』에 대한 비판론이 옹호론보다 상대적으로 성해 온 것은 또 무엇 때문일까? 비판론과 옹호론 사이에는 임종국이 제시한 소위 '친일문학의 주목할 만한 점 즉, 제 나름대로 긍정적인 점'과 그 바탕에 깔린 '국민국가의 개념과 역할'이 논란의 핵심으로 자리 잡고 있는데, 이에 대한 '탈근대적 거부감'은 과연 얼마나 현실적 근거를 갖는 것일까? 아니, 혹시 임종국의 『친일문학론』이 이러한 반대론과 만날 접점은 없는 것일까?

우리 사회 다방면의 발전에 따라 이 책의 역할도 다해 간다는 이야기가 (주로 문학계를 중심으로) 나오기도 한다. 하지만 위와 같은 의심과 질문들에 대해 귀에 닿는 대답이 나오지 않는 한 이 책의 생명력은 여전하리라 생각된다. 소위 '전근대적 과제'와 '근대적 과제'와 '탈근대적 과제'가 뒤섞인 듯한 이 땅에서, '지구적 관점'이라든가 '동아시아 관점'이라든가 하는 담론이 어느덧 일상화한 듯한 21세기에, 『친일문학론』을 곱씹어 보는 일이 그리 무의미하거나 시대착오적이지는 않을 것이다. 또 이러한 문제의식도 비단 필자 혼자만의 것은 아닐 것이다. 김명인도 앞의 글에다가 "근년의 친일문학 논의를 통해 이 저술은 다시 호출되어 몇몇 논자들에 의해 적극적

---

73) 김명인, 같은 글, 259~260쪽.

으로 재해석되는 양상을 보인다."[74]는 희망 섞인 언급을 덧붙였다. 필자는 이런 희망과 전망을 품은 채『친일문학론』의 교열과 주해 작업을 수행하였고 또 이 글을 집필하게 된 것이다.[75]

　이쯤에서 필자는『친일문학론』의 판본 문제에 대해 잠깐 언급하고 글을 맺으려 한다. 필자는 교열과 주해를 위해 다양한 판본의『친일문학론』을 대조 확인하던 중에 이 책의 판본 표기가 꽤나 혼란돼 있음을 알게 되었다. 이 문제점은 초기의 평화출판사본에서부터 눈에 띄었는데, 어떤 책에서는 초판 발행일이 1966년 7월 30일로 되어 있었고 또 어떤 책에서는 8월 15일로 되어 있었다. 그런데 이 책을 소개하는 기사가『동아일보』1966년 8월 2일자와『경향신문』동년 8월 13일자에 실린 것을 볼 때 7월 30일을 올바른 발행일로 보는 게 타당하다 하겠다. 그리고 또 한 가지, 1970년대에는 '중판'으로 표기된 판본이 발간되다가 1980년대에는 다시 '초판 ×쇄'로 표기된 판본이 발간되는 등 착종이 엿보였는데, 평화출판사본들에서는 극히 부분적인 수정만 있었던 만큼 '중판'은 발간되지 않았다고 보는 게 타당하다 하겠다. 다음은 2002년부터 발간되기 시작한 민족문제연구소본에 대해 말하겠다. 민족문제연구소에서는 기존 세로쓰기의 평화출판사본을 전면 가로쓰기로 바꾸면서, 임종국의 연보와 저작목록 및 동 연구소 임헌영 소장의 보론을 덧붙인 '친일인명사전편찬위원회 출범 기념본'을 2002년 1월 25일에 발간하였다. 그리고 나서 2002년 9월 13일에는 '증보판 1쇄'를 8월 30일에는 '2쇄'를 발간하였는데, 그 내용들이 '기념본'과 완전히 일치하는바 '증보판'의 실질적인 첫 발행일은 2002년 1월 25일로 보는 게 타당하다 하겠다.

　이렇게 따지면 이번 '교열 및 주해본' 즉, '교주본'은 두 번째 증보판으로도 볼 수 있겠다. 하지만 이번 판본의 개정 정도가 기존 것들에 비해 좀

---

74) 같은 쪽.
75)『친일문학론』교주본은 2013년에 민족문제연구소에 의해 출간되었다. 이 글은 교주본의 보론으로 실렸다.

더 전면적이었던바 새로이 판본명을 '교주본'으로 붙이게 되었다. 아무쪼록 이번 '교주본'에서 필자가 행한 작업이 고 임종국 선생께 행여 누를 끼치는 결과를 낳지 않기를 빌며, 독자 제현도 이 기회를 통해 좀 더 생산적인 독서를 수행해 나갈 수 있기를 삼가 바라는 바다.

제13장

민족문학, 실천과 모색의 길 15년[*]

권순긍의 『역사와 문학적 진실』(살림터, 1997)

작년 12월에 나온 『역사와 문학적 진실』은 1984년에 「이야기성의 회복과 『장길산張吉山』—현대 역사소설의 이야기성 문제」로 평단에 데뷔한 권순긍의 첫 평론집이다. 권순긍에 대해 잘 모르는 사람은 이제서야 겨우 첫 평론집을 내는가 하는 의구심을 가질 수도 있겠는데, 사실 그는 현대문학에 대한 평론가로서보다는 고전문학 연구자로서, 또 이전에는 전교조를 중심으로 한 교육운동가 겸 문학교육 실천가로 더 잘 알려져 온 편이다. 문학교육 실천가로서 그는 『삶을 위한 문학교육』(연구사, 1987), 『선생님과 함께 읽는 우리 소설』(실천문학사, 1992), 『우리 소설 토론해 봅시다』(새날, 1997) 등과 같은 저서를 남기기도 했는데, 문학평론가 권순긍의 모습은 바로 이와 같은 실천가로서의 모습과 그리 낯설지 않게 어울려 보일 수 있는 반면, 고전문학 연구자로서의 모습과는 왠지 그렇지 않게 보일 수도 있겠다. 그러나 이는 (필자 자신도 포함한) 우리 현대문학 연구자와 고전문학 연구자 사이의 거

---

[*] 이 글은 "방문 서평"이라는 특별한 형식으로 썼다. 필자는 서평 대상 책의 저자를 만나 대담을 나눈 뒤 그 결과까지 아울러 집필하였다.

리가 전자와 외국문학 연구자 사이의 거리보다 더 멀게 보이는 기형적인 풍토의 소치일 줄 안다. 사실 필자 역시 이런 풍토에서 그리 자유롭지 못하여, 부끄러운 마음을 품은 채 권순긍에게 처음 던진 질문도 이리 현대문학에 관심이 많은 분이 어찌 고전문학을 전공으로 택하게 되었냐는 것이었다. 거기서 그는, 본래부터 고전과 현대를 가리지 않고 서사 형식 일반에 대해 관심이 컸던바, 마침 그가 다니던 대학의 고전문학 교수에게 특히 영향을 받은 결과일 뿐이라고 대답하였다. 그러던 중 그가 『홍길동전』을 주제로 하여 석사논문을 쓰고 난 뒤 마침 현대문학 평론을 할 기회가 오자, 아예 그 연장선상에서 도적을 다룬 현대 서사물인 황석영의 『장길산』에 대해 관심을 갖고 글을 쓰게 되었다고 하였다.

평소 민족문학 운동의 대의에 뜻을 같이하고 있었던 젊은 학자 권순긍은 당시 민족문학 운동계의 관심을 모으고 있던 글인 김도연의 「장르 확산을 위하여」의 논리를 원용하면서 자기의 첫 평론인 「이야기성의 회복과 『장길산』」을 썼다. 거기서 그는 1980년대는 시의 시대로서 소설은 상대적으로 침체되어 있는데, 이 침체를 벗어나기 위해 소설 장르는 '이야기성'을 확보해야 한다는 주장을 읽어 냈다. 그는 장수 이야기, 의적 이야기 및 여타 설화나 야담 등과 같은 고전 서사물에 대한 풍부한 지식을 바탕으로 하여 김도연이 막연하게 일반론으로 제시했던 이론을 능숙하게 구체화하였다. 젊은 학자 권순긍의 이와 같은 장점은 당시 이미 초베스트셀러 작가인 동시에 (권순긍도 수긍할 정도로) 뛰어난 이야기꾼으로서의 자리를 굳히고 있었던 이문열의 몇몇 소설에 대한 비판적 평론인 「중세보편주의에의 향수와 신식민주의적 망론妄論—이문열론李文烈論」에서도 드러난다. 그는 소설에 대한 이문열의 진지하고도 성실한 태도는 인정을 하면서도 그에 뒤따르는 엘리트주의적, 수구적 전통주의를 비판한다. 그러나 이문열이 서구 중세 귀족주의를 이은 부르주아문학을 전형적인 모델로 하여 양반문학의 전통을 계승한 우리의 부르주아문학을 세우고자 했다는 권순긍의 주장은 꽤 설득력을 가짐에도 불구하고, 작가의 귀족적, 국수적 전통관을 그대로 신식 민주의적 의식과 연결시킨 태도는 좀 무리한 감이 든다. 그 대신, 예를 들어 이문열이 교묘한 이야기꾼의 역할을 이용하여 언제든지 황당한 이야기로부터 슬쩍 빠져나오려 하고 있다는 날카로운 지적과 같은 것을 바탕으로 해서, 역사의 무게를 개인적으로 극복해 내려는 수단의 한 가지로 작가가 택한 탈역사적 미감美感 따위에 대해 비판을 가할 수도 있지 않았나 하는 생각을 해 본다.

권순긍에게 북한의 '민족적 특성 논쟁'은 매우 중요한 의미를 갖는다. 사실 종자론에 기초한 '주체미학'으로 화석화하기 전까지의 북한의 '민족적 특성 논쟁'은 매우 생산적인 면을 지니고 있었다.[1] 그는 이 논쟁에 대한 1차 자료집을 『우리 문학의 민족형식과 민족적 특성』(연구사, 1990)이란 이름으로 묶어 내면서 그 해설논문으로 같은 제목의 글을 썼다. 이는 그가 고전문학에 대한 연구를 통해 얻은 지식과 행복하게 만난 뒤 그의 논리 속에서 계속 영향을 주고받으면서 1994년에 발표한 글인 「『임거정林巨正』의 조선정조朝鮮情調와 민족적 특성」에서의 '조선정조'에 대한 탁월한 해석으로까지 이어진다.

권순긍의 민족문학론은 엥겔스와 루카치 등의 서구 리얼리즘론에도 빚진 바가 있다. 그중에서도 특히 그가 자주 언급하는 것은 리얼리즘에 관한 엥겔스의 명제인, '전형적 환경에 전형적 인물, 그리고 세부 묘사의 진실성'인데, 필자 생각에 이 중에서도 '세부 묘사의 진실성'이야말로 앞의 두 가지 전형성에 대한 권순긍의 화두를 이룬다. 이는 단순히 그가 엥겔스를 잘 이해한 결과로만은 볼 수 없겠다. 고교 교사 시절의 경험은 물론 그와 이어진 전교조를 통한 실천 경험은 그로 하여금 인간 삶의 구체성을 다양하게 느

---

1) 필자는 이 논쟁의 작은 결실이 장일우와 같은 재일 교포 평론가에 의해 1950년대 말 남한의 전통 논쟁에 암암리에 받아들여졌다고 주장한 바 있다. 본서의 졸고 「민족문학을 향한 전통과 근대의 변증법」 183~185쪽을 참조하라.

끼고 배우도록 해 주었다고 권순긍은 고백하였는데, 이야말로 권순긍으로 하여금 엥겔스의 이론을 실감케 해 준 계기가 아닐까 한다. 주로 '역사소설'과 '민족적 특성'에 대한 글로 채워진 2부에 비해 3부는 바로 이 경험의 직접적 결과들로 이루어져 있다. 그는 윤지형의 교육 장편소설『선생님』을 다룬 글인「교육운동의 방향과 교육소설의 과제」에서 '피와 살이 붙어 살아 있는 인간'을 그릴 것을 요구하고,「섬세한 손길로 빚은 사모곡 혹은 절망의 광시곡」에서 시적 형상화가 결여된 교육시가 체험의 공유 때문에 감동적인 경우는 극복되어야 한다면서 그 극복의 예로 정영상을 들었다. 그러면서도 막상 권순긍 자신은 그가 경계하는 데에 이끌릴 여지를 보여 주기도 한다.「현실주의 동화론과 '삶의 동화운동'」에서 그는 동화의 인식·교양적 기능을 너무 좁게 해석한 나머지, 어린이는 동화를 통해 우선 자기의 비이성적 충동과 위악적 행동에 대한 알리바이를 구함으로써 점차 안정감과 용기를, 더 나아가 현명함을 얻게 된다는 점을 간과하기도 하였다. 그럼에도 불구하고「드넓은 고전의 바다를 살아 있는 텍스트로」라는 '고전소설 교육의 수업사례'를 기록한 글에서 그는 '왜'나 '무엇을'이 아니라 '어떻게' 가르쳐야 하나에 대한 값진 고민을 함으로써, 살아 있는 고전의 실례를 보여 주었다.

'민족문학 운동'과 '민족적 특성'에 대한 끊임없는 관심은 그로 하여금, 1980년대 말 한때 민족문학계를 달구었던 '민족문학 논쟁'을 정리해 보도록 하였다. 1부의 첫 글인「민족문학논쟁, 그 이론과 실천적 근거에 대한 비판」은 바로 이러한 관심의 소산이다. 필자는 이 글에서 권순긍이 다분히 백진기 쪽의 이른바 '민족해방문학론'에 기울어져 있음을 보았다. 필자의 이런 의견을 말했더니 권순긍은 웃으면서 사실 그랬다고 하였다. 그러면서 그 논쟁의 반대편 주역인 임규찬과는 학교를 같이하여, 서로 친하게 지냄에도 불구하고 본의 아니게 남들로부터 서로 대립되는 세력의 대표적 인물로 오해받기도 하였다고 말하는 바람에 우리는 서로 담담하게 미소를 주고받았다. 필자 생각에, 권순긍은 '민족해방문학론'파의 조직론과 미학 및 그 결과로서의 작품 속에서 그 나름대로의 '민족문학 운동'과 '민족적 특성'에 대한 구체적 고민을 보았던 듯싶다.

주로 1부에 실린, 1990년대 중반 이후에 쓴 권순긍의 평론은 확실히 예전과는 좀 달라져 있다. 그것은 몸을 가볍게 했다든지 아니면 비약적으로 논리를 달리하게 되었다든지 하는 뜻이 아니다. 천성이기도 하고 고전문학에 대한 오랜 공부 결과이기도 한 그의 낙관 어린 뚝심은, 새로 언급하게 된 용어인 '문학적 진정성'이 왠지 그에게 낯설어 보이지 않게 해 준다. 간혹 문학사회학을 그리 유연치 않게 적용했다고 생각되는 부분이 여전히 눈에 띄기도 하지만, 김하기의『항로 없는 비행』과 같은 소설의 과도한 낭만성과 관념성을 요령 있게 지적하는 반면, 신경숙의『외딴 방』과 김형경의『세월』및 김한수의『저녁밥 짓는 마을』등의 공과에 대해 무게 실린 공정성으로 평가하는 모습에서 필자는 15년의 세월이 그에게 선물한 근원적인 힘을 엿보게 된다.

마지막으로 필자는, 그가 김진경과 공동 집필한「요술램프에 거인을 가두는 법—90년대 소설의 전개를 통해 본 근대적 자아의 파탄과 회복」에서 걱정스러울 정도로 현란하게 현대 프랑스 철학자의 이름들이 소위 '포스트모더니스트'라는 꼬리표를 단 채 쏟아져 나오기에 이에 대해 물어 보았더니, 다행스럽게도 그런 부분들은 권순긍이 집필하지 않았다는 대답을 들을 수 있었다. 그 철학자들의 이론보다 우리의 수용 태도가 정말 문제인 요즈음 들어, 재작년에 쓴, 이 책에서는 비교적 나중에 쓴 글 중 하나에 속하는「지촌知村 김용제金龍濟와 친일문학의 논리」가 내게는 마치 몸 빠른 요즘 사람들에 대한 비판문인 듯이 여겨졌다(물론 이것은 순전히 필자 상상에 불과했다). 그러나 요즘 과연 진짜 전향자가 있기나 할까? 애초에 그쪽으로 간 적도 없는 이들이 그쪽에서 돌아왔다고 한다면, 이는 무지의 소치일까, 뻔뻔스러움의 소치일까? 잠시 우리는 이 회의에 어렴풋이 동참하다가, 민족문학과는 전혀 관계가 없었지만 한때 학생 권순긍과 술을 즐겨 마셨던, 지금은 앓아누워 전혀 힘을 못 쓰고 계신, 그의 스승이었던 김구용 시인이나 함께 찾아뵙자고 하였다. 실천과 모색의 길 15년의 한 도정에 난 샛길이지만, 걷는 걸음은 앞길을 펼쳐 주는 법. 즐거움 반, 호기심 반, 그래도 한갓진 구석에는 여전히 사랑 얼마를 간직한 채. 또 다른 모험을 기대하며.

제14장

문제는 미적 근대성이다*

이광호의 『소설은 탈주를 꿈꾼다』(민음사, 1998)

이광호는 1988년 신춘문예를 통해 데뷔를 한 뒤 가장 활발하게 평론 활동을 해 온 이 중의 하나다. 그동안 『위반의 시학』(문학과지성사, 1993)과 『환멸의 신화─세기말의 한국문학』(민음사, 1995) 등 두 권의 평론집을 냈던 이광호는 올 1월 들어 약간 얇은 분량의 세 번째 평론집인 『소설은 탈주를 꿈꾼다─이광호의 소설 읽기』(민음사)를 냈다. 이번 저서는 제목에서부터 짐작할 수 있듯이 내용 대부분을 소설에 대한 글로 채웠다는 점에서 눈길을 끈다. 대학 시절의 전공이었던 시에 대한 평론으로 데뷔를 한 이래 약 7 대 3의 비율로까지 시에 대한 글을 주로 써 왔던 이력으로 볼 때 필자에게 이는 좀 의외로운 일이다. 이 점에 대한 필자의 질문에 그는 다음과 같이 해명을 하였다. 즉, 우연히 소설에 대한 평론을 더 많이 청탁받은 면도 있지만, 웬일인지 요즘 들어서는 시보다 소설의 질이 좀 더 나아 보였기 때문이기도 하다는 것이었다. 어떤 점에서 소설이 시보다 더 나아 보였다는 말일까? 도

---

* 이 글 역시 「민족문학, 실천과 모색의 길 15년」과 같이 '방문 서평' 형식으로 쓰였다.

대체 양쪽 갈래에 대해 어떤 생각을 갖고 있기에? 필자는 이러한 궁금증을 차근히 풀어 가면서 이야기를 펼쳐 볼까 한다.

이광호는「문학의 생존, 문학의 생성」이라는 글을 통하여 '문학의 위기론'을 다루었다. 문학성은 역사적으로 구성되는 것이라 생각하는 그는, 문학의 역사 역시 문학이라는 제도의 역사이며, 문학 아닌 것을 배제하는 역사일 뿐이라고 말한다. 따라서 배제의 기준에서 고려되는 것은 진리가 아니라 제도와 이념과 권력이므로, '문학의 죽음'이라는 사태는 무수한 이질적인 관계들이 만들어 내는 가상의 사건에 불과하다는 것이다. 이 판국에 문학의 죽음 운운하는 것은 공허할 뿐이다. 차라리 어떠한 방식으로 존재할 것인가, 혹은 죽을 것인가 하는 따위의 즉, '문학의 갱신과 재구성' 따위의 자세에 대해 관심을 가져야 한다고 이광호는 주장한다. 그런데 '진리'라는 개념은 항상 '실재(reality)'와 연관하여 새겨져야 하는 만큼, 우리는 이에 대한 이광호의 생각을 좀 더 알아 볼 필요가 있겠다. 그는「소설이 몸을 바꿀 때-90년대 후반 소설의 탈리얼리즘적인 문법」에서 (비록 전적으로 동의하지는 않지만) 조심스럽게 보드리야르의 논리를 통해 '오늘날의 실재'에 대해 말을 한다. 즉, "이 세계에서는 우리가 리얼리티라고 믿고 있는 사회 현실은 이미지와 기호에 의해 형성된 것에 불과하며, 그 모사물들의 작용이 실재를 뒤덮는다."는 것이다. 여기서 실재는 감성화된 플라톤적 형상도 아니요, 현실 속에 내재하는 의미 연관성(이렇게 생각할 때 리얼리즘이 나온다)도 아니라, 바로 '감각적 현실' 그 자체인 것으로 추측된다. 그렇다면 진리란 '감각적 현실'을 재구성하기 위한 담론 또는 표상의 질서에 해당하겠다. 따라서 이광호는, 배제의 기준에서 고려되지 않는 것으로서의 '진리'를 '리얼리즘적 진리'라고 좀 더 친절하게 밝혀 주었어야 하겠다.

그렇다고 해서, 이광호가 '문학의 갱신과 재구성'을 주창했을 때, 그것이 단순히 리얼리즘 문학을 대상으로 한 것이라고 볼 수만은 없다. '상업주의'와 '전자영상매체'로 인해 죽음의 위기를 맞게 된 문학은 근대 이래 문학이라고 생각됐던 '문학' 전체다. 리얼리즘이 역사철학적 근대성을 실현하려 한다면 모더니즘 (또는 아방가르디즘)은 미적 근대성을 실현하려 한다. 이 광호에게 모더니즘은 리얼리즘의 극복 결과나, 모더니즘 또한 끊임없이 자기 갱신을 요구받는다. 리얼리즘이 넓은 의미에서의 모더니즘인 만큼 탈 모더니즘 역시 모더니즘의 한 가지다. 탈모더니즘의 탈근대에 대한 욕망을 통해 근대적 욕망은 계속해서 역사적 구체성을 부여받는데, 이 탈모더니즘 과 사조로서의 탈모더니즘은 좀 구별될 필요가 있겠다. 전자는 언제나 존 재하면서 역사의 동력이 돼 주는 것인 반면, 후자는 특정 시기에 나타나 이광호가 경계한 '상업주의'와 '전자영상매체'의 존재근거가 돼 준다.[1] 전자 가 미적 근대성과 통할 수 있는 반면 대개 후자는 사이비적으로만 그렇다. 이광호는 이 전자와 후자의 개념을 많은 부분에서 요령 있게 쓰고 있음에 도 불구하고 막상 독자에게는 그렇게 친절하게 구분하여 제시하고 있지 않 다. 그래서 그가 황종연 교수로부터 "근대성에 대한 비판적 인식을 요구하 고, 탈근대성 이론들에서 적지 않은 영감을 얻고 있는 이광호가 미적 근대 성에 대해 변호의 논리를 펴고 있는 것은 모순으로 느껴진다."는 비판을 받 을 소지를 지니는 것이다. 이에 대해 필자가, 황교수 역시 전자와 후자를 분명히 구분하여 쓰고 있지 않는 만큼, 이광호는 스스로의 분류와 정의를 좀 더 분명히 하면 되지 「문제는 미적 근대성인가」에서와 같이 황교수의 문제 제기에 전적으로 수긍할 필요까지야 있겠느냐고 말하자 지긋이 미소 를 지었다.

　확실히 요즘 이광호의 최대 화두는 '미적 근대성'이다. 이 "작고 주변적인 근대성"은 이광호로 하여금 거대한 역사철학적 근대성의 소산인 소설에게 몸을 바꾸라고 명령하도록 한다. 그러나 모더니즘을 통해 소설은 이미 몸 을 바꾸지 않았던가? 확실히 그렇지 않나? 그렇다면 이광호가 요구하는 바

---

[1] 결국 후자 역시 전자에 포함되겠지만, 사조로서의 탈모더니즘은 바로 우리 시대의 것인 지라 따로 구별될 필요가 있겠다.

는 무엇일까? 조경란론인 「죽음을 견디는 메타포」에 등장하는 그의 이분법에 의하면, "시적 충동은 설사 그것이 죽음 같은 고립으로 자신을 내모는 것이라고 하더라도 미학의 영원성을 향한 동경으로 떨고 있지만, 서사적 의지는 타자들의 공간, 그 세속적인 자리에 서야 한다는 명제를 포기하지 않는다." 그런데 그는 소설로 하여금 시적 충동을 가지라 한다. 「소설이 몸을 바꿀 때」를 통해, 역사 혹은 시간으로부터 탈주하여 부재의 이미지로 짜인 근원적인 공간을 향하라 하고, 의미론적 필연성과 관계없이 이미지가 자립적으로 플롯을 짜도록 하라 하고, 객관적 실재는 존재하지 않는 반면 모든 환상은 다 리얼하다는 점을 명심하라 한다. 소설이 이 불안하고 허약한 충동들을 본받아 어떻게 현대 산업사회를 돌파할까 보냐 할 수도 있겠지만, 순간순간을 돌파해 가며 얻어지는 시적 자아의 열락은 최소한 유동적인 근거로서의 '총체성'을 열어 주는 것이다. 그러고 보면 '미적 근대성'은 시의 근원적 속성인 듯싶다. 막상 시는 현대 자본주의에 모욕을 당한 채, 산업사회의 도구적 · 경제적 합리성에 저항할 수 있는 미적 · 반성적 영역을 재구성하거나, 경험 현실의 모순을 받아들일 수 있는 언술 형식을 스스로 형성해 나갈 수 있는 길은 아직 먼 형편에서, 이광호는 세속을 포기하지 않는 뚝심을 가진 서사로 하여금 시적 즉, 미적 유연성까지 갖춘 뒤 '미적 근대'의 기획을 수행하도록 요구한다. 이것이 바로 근대인으로서의 이광호의 생각이다.

하이데거는 '존재'의 그리스어인 '우시아ousia'를 '집에 있음(고향에 있음, 정통함), 본래 그리고 홀로 있음, 자기 충족적임, 완전한 현전성 내지 거기임' 등의 뜻으로 이루어지는 일련의 의미 집단이라 하였다. 우리는 바로 이 기반으로 귀향해야 하는데, 이는 바로 본래적 존재의 과정이자 목표다. 이광호가 역사로부터 탈주하여 근원적인 공간을 향하라 할 때는 바로 이러한 의도를 품는다고 추측된다. 필자 생각에 어디론가 자꾸 떠남으로써 근원적 고향을 찾는다는 의미로서의 '향수(nostalgia)'는 이광호가 의도하는 탈근대적

'여행'의 동력이다. 이 근원적 고향에서 힘이나 긴장 또는 균형 같은 것은 풀어헤쳐져 감각 곳곳으로 귀향을 한다. 그러나 이광호는 "여행을 통한 자아의 발전과 이성의 확대"를 언급함으로써 여행의 탈근대적 의미에다 근대적 의미를 덧붙이려고 애쓰는데, 필자는 여기서 이광호가 '미적 근대성'을 꾀하고 있는 모습을 본다. 하지만 이광호에게 현대 세계의 여행은 더 이상 행복을 약속해 주지 못한다. 대신 "존재의 바깥을 향한 억제할 수 없는 충동을 통해 이 세계의 상처에 새로운 소설의 형식을 부여"한다. 이것이 「돌아오지 않는 항해」에서 밝힌 여행소설에 관한 그의 결론이다. 그는 「돌아오지 않는 항해」와 「상처가 지도를 만든다-이순원의 소설」과 「지도 위에 겨우 존재하는 이야기들-박경철의 소설」 등과 같이 주로 여행소설을 다룬 글에서, 여행이라는 서사적 계기를 통해 이 세계의 진정한 의미를 찾아가는 영혼의 루카치적 편력을 이야기한다. 상처가 만드는 지도, 운명의 감옥이 아니라 존재의 좌표인 그 지도는 바로 서사 자체다. 그리고 이 서사적 충동은 시적인 비전을 통해서만 가능하다.

반면에 여행자가 떠나온 집에는 부권을 상실한 아버지나 나르시시즘적인 자아가 존재하고 있다. 「왜 지금 가족을 말하는가-가족소설의 문화사적 의미」와 「아버지의 존재론-김소진론을 위하여」와 「죽음을 견디는 메타포」 등과 글은 바로 이러한 문제를 다루었다. 이광호에 의하면, 우리 시대의 집은 "적들의 집이며 타인의 공간이다. 그곳은 일상화된 억압과 소외의 자리"다. 그래서 더욱 사람들은 가출의 꿈을 꾸게 되는데, 위선적인 집의 꿈과 위악적인 가출의 꿈, 이 정주와 유목의 아이러니 안에서 문학의 욕망은 서성거린다고 이광호는 결론짓는다.

이광호에게 성석제야말로 이 시대의 진정한 여행자, 유목민이다. 필자가 요즘 세대 소설가들 중에서 누가 제일 마음에 드냐고 물어 보았을 때, 그는 단연 성석제를 꼽았다. 심지어는 『소설은 탈주를 꿈꾼다』라는 책 제목도 성석제의 소설을 염두에 두고 붙였다고 하였다. 이광호가 보기에 리얼리즘의 무거움을 대체한 내성적 문체주의와 나르시시즘적인 미학 역시 문제가 있다. 요즘 소설에서 유행하고 있는 사적 고백과 자의식 과잉은 의미 있는 여행, 진정한 탈주를 어렵게 한다. 최근 "문단의 편협성에 대한 유쾌한 반격"인 성석제의 소설은 "전근대적인 구연적 화법과 '전(傳)'의 형식, 근대적인 아이러니와 위티즘의 문체 미학, 탈이념적이고 반리얼리즘적인 요소가 소통"하면서, "근대 리얼리즘 소설의 완강한 규율과 문체주의적 '내성소설'의 비좁은 미학을 동시에 돌파한다." 이광호에게 이 거짓말쟁이 이야기꾼의 탄생은 축복이다. 이광호는 혹시 성석제가 '세태소설'의 한계에만 머물게 될 지도 모르는 위험을 경계하긴 하지만, 이 "근대소설의 미학과 전근대적 서사와 탈근대적 담론을 가로지르는" 소설적 미학이야말로 그가 화두로 삼고 있는 '미적 근대성'을 실현하는, 진정한 '탈주'의 모습을 보여 준다고 여긴다.

이광호는 한 가지 이상한 점이 있다고 하였다. 이렇게 재미있는 성석제의 소설이 자기 예상보다 잘 안 읽힌다는 것이었다. 하긴 그렇다. 필자가 읽어 본 요즘 소설 중에서도 성석제만큼 재미를 주는 것이 없다. 이광호와 필자의 감수성이 요즘 독서층의 취향과 맞지 않는 것일까? 혹시, 요즘 독자들의 문체주의적 내성소설 취향도 여전히 '문학의 심각한 무엇'인가를 바탕으로 깔고 있는 것이 아닐까? 물론 '문학의 심각한 무엇'은 여전히 가치가 있다. 그러나 그 '무엇'을 보는 방법에 자기기만이 있다면, 그리고 인간에 대한 사랑이 부족하다면 그것 또한 문제겠다.

필자 생각에 사랑이란 '관계에 대한 배려'다. 성석제의 거짓말, 농담, 풍자, 그리고 통속성, 위악성, 허무주의 밑에는, 이광호식으로는 "타자들의 공간에서 자신이 거짓임을 인정하는 '진실'"이, 필자식으로는 바로 이 '관계에 대한 배려' 즉, 사랑이 있다. 이 사랑 덕분에 필자와 이광호의 마지막 술잔이 유독 달착지근했다면? 이 이야기꾼은 정말 축복을 받을 만하다.

제15장

주체의 탐구와 계몽의 기획

채호석의 『한국 근대문학과 계몽의 서사』(소명출판, 1999)

1.

담론학적 관점에서 보면,[1] 어느 일상 시간이 있어서 그 안에서 '사건'이 발생한다고 말하는 것보다는, 사건들이 어느 계열을 이룸으로써 '시간'이 구성된다고 말하는 것이 합당하다. 이렇게 이루어지는 계열들과 그 감각적 모습으로서의 시간들은 한 그룹의 사건들을 두고서도 워낙 다양하게 펼쳐질 수 있는데, 그것들이 서로 겹치고, 교대하고, 또 절단되고 하는 속에서 시대는 변환한다.

시대가 흐르는 동안 한 시대는 그 뒷시대 사람들에 의해 타자화한다. 당대는 항상 그 시대 사람들의 머릿속에 다양한 사건들의 조밀함을 느끼게 하는 법인데,[2] 조밀함은 질적인 속도의 재빠름을 일깨움으로써 과거를 타

---

[1] '담론학적 시간'에 관한 부분은 이정우의 책 『인간의 얼굴』(민음사, 1999), 55~85쪽을 참조하였다.

[2] 특히 1990년대 중반 이후부터 시작된 한국의 밀레니엄 전환기는 더욱 그렇다.

자화하는 버릇을 더욱 가속화한다. 한 시대를 풍미했던 이데올로기들이 무너진 후 광기를 더해 가는 자본주의는 이 급속한 타자화를 통해 인간의 기억을 무너뜨리고 자아를 분해하는 일을 강화한다. 이렇게 압도적인 현상에 저항하는 일은, 어느 것 하나 소홀히 여길 수 없는 담론학적 시간과 감성적·근원적 시간을 원활히 교류시킴으로써 '주체'에 대한 의식을 놓치지 않으려 하는 것과 바로 통한다.

이와 같은 관점에서 생각할 때, 요즘 새로이 떠오르게 된 '동아시아 담론'이, 다분히 자본주의적 경쟁의식에서 나온 '유교문명권 담론' 따위와 함께 우리 지성계 초미의 관심사로 자리 잡아 가는 현상을 허투루 보아 넘겨서는 안 되겠다. 동양 즉, 동아시아 개념에 의한 담론에는 항시 근세 이후 일본의 패권주의가 뒤따라 왔다. 일본 패권주의는, 본래 당나라 멸망 이후 이미 오랫동안 각기 이질적인 길을 걸어 온 동아시아가 억지로 다시 엮이도록 하였다. 일제 말 천황제로 전향한 지식인인 미키 기요시의 다음과 같은 말은, 구한말과 일제 말, 그리고 현재 등 대략 세 번에 걸쳐 열악한 동양 자본을 뭉쳐 구미 자본에 대항하기 위해 동아시아 (또는 동양) 담론을 만들어 보려고 한 일본 자본의 의도를 잘 드러낸다.

> 오늘날 세계의 정세를 보건대 일국이 경제적 단위로서 자족적으로 존재할 수 없다는 것이 분명해지고 세계 각국은 소위 블록경제로의 길을 가고 있다.[3]

마치 현 시대에 행해진 발언으로도 착각될 만한 위 말을 볼 때 역사는 반복된다는 진리를 다시 한번 깨닫게 된다. 한반도 안에서 보이는 쉼 없는 전향과 이데올로기의 부정, 그리고 실체도 모호한 민족주의 또는 국가주의로의 귀향 움직임 등의 모습은 분명 일제 말의 것과 닮아 있다.

---

3) 미키 키요시, 「신일본의 사상 원리」, 최원식 외 편역, 『동아시아인의 동양 인식』, 민음사, 1997, 55쪽.

이런 말을 한다고 해서 동아시아 담론 자체가 아예 없어져야 한다는 뜻은 아니다. 예를 들어 동아시아의 민주적 시민 연대와 같은 것은, 점차 가시화하고 있는 세계경제체제와 함께 더욱 절실히 우리에게 요구되는 바다. 새로운 형태의 '계몽주의'가 21세기를 맞은 우리에게 다가서고 있다.

평자[4]는 『한국 근대문학과 계몽의 서사』의 저자 채호석이 특히 1930년대 후반에 주목한 이유도 바로 이런 데에 있다고 여기는 바다. 그리고 그 문제의식의 화두로 '주체'와 '계몽'이라는 단어가 존재한다.

2.

저자의 박사 학위논문에 해당하는 1부 「김남천 문학 연구」부터 2·3부의 최명익·허준·이태준·임화·박태원 등을 대상으로 한 글에 이르기까지 '계몽'과 '성숙', 그리고 '근대적 주체'라는 주제는 대개 일관되게 관철된다.

1930년대 문예비평을 다룬 여러 사람의 논문에 대한 메타 비평적인 글인 「1930년대를 바라보는 몇 가지 방식－문학사와 방법론」에서도 이 주제들은 변주된다. 1930년대 중에서도 특히 후반기를 '전형기'라 부른다면, 이는 카프 해체 및 파시즘 강화로 인한 '비평 주조의 상실 의식 및 새로운 흐름의 모색 경향'과 연관된다. 주요 논문인 제1부를 보기 전에 보아 둘 만한 또 하나의 논문인 「임화와 김남천 비평에 나타난 '주체'의 문제」 역시 1930년대 전반까지의 '혁명적 주체'와 1930년대 후반의 '균열된 주체'의 관계를 다루면서 대조적인 두 이론가인 임화와 김남천을 비교한다.[5]

---

[4] 이 서평에서 '평자'는 이건제를, '저자'는 채호석을, '작가'는 분석 대상 작가를 지칭하기로 한다.

[5] 저자에 의하면 전자의 '시민으로서의 주체'와 후자의 '보편적인 주체'는 서로 다른 길을 그리려 하였으나 결국 모두 '보편적 주체－부르주아 주체'의 위치에 도달하는데, 1940년대에 들면 이들에서마저도 미묘하게 이탈하는 모습을 보여 준다.

3.

이제 저자의 박사 논문이자 이 책의 주요 부분인 제1부 「김남천 문학 연구」에 대해 언급해 보도록 하겠다.

1)

본문 첫 부분에 해당하는 제2장에서 저자는 1930년대 초반에서 1935년에 이르는 시기의 소설과 비평을 통해 '김남천 문학의 원형의 성립 과정과 그 특질'을 살펴보았다.

김남천은 1931년 10월 카프 제1차 검거 때 소위 '조선공산주의자협의회 사건'에 연루됨으로써 카프 문인 중에서는 유일하게 기소되었다. 그 뒤 그는 2년의 실형을 선고받고 수감 생활을 하던 중에 병보석으로 출옥하게 된다. 이 시기에 그는 「물」과 「남편 그의 동지」를 발표하는데, 여기서 작가는 "자아의 이상형으로서의 '전위'와 '소시민 지식인'이라는 출신에 의해 주어진 본래적인 한계 사이의 균열"(72: 이하 괄호 안의 숫자는 책의 쪽수)을 드러낸다. 작가는 이 균열을 메워 나가는 방법으로 '조직'을 염두에 두는데, 저자가 보기에 이 시기 작가의 문제점은 '실천만능주의'보다는 이러한 '조직만능주의'에 있다.

2)

제3장에서 저자는 1935년 이후 '김남천 비평에서의 주체와 리얼리즘에 대한 이해'가 어떠했나를 검토하였다.

김남천이 1930년대 전반기에 진행된 '전위 주체'와 '소시민 지식인 주체'의 분열을 어떻게 극복하여 새로운 주체를 재건해 나가는가를 살펴 본 제1

절의 첫머리에서 저자는, 1935년 이후 김남천의 비평이 주로 창작방법론으로 전개되는데, 이는 김남천이 작가이기 때문에도 그렇지만, 더욱 중요하게는 창작방법론이란 어쩔 수 없이 개별 작가의 방법론으로서 규정되지 않으면 안 되기 때문에도 그렇다고 하였다. 그래서 "김남천 비평에서 두 가지 핵심 개념인 '주체'와 '리얼리즘'이 어떻게 이해되고 있는가를 살피는 일이 중요한 것이다."(75)

이제 김남천은 '문학인으로서의 주체'에 대해 본격적으로 사유하기 시작한다. 먼저 그의 '고발문학론'에서 나타나는 주체를 살펴보자. 자기 고발에서, 고발되는 자신이 소시민이라는 최소한의 계급 규정성은 그 고발의 정당성을 지탱해 준다. 그러나 비판 대상이 소시민을 넘어선 일체 모든 것으로 확산된다면, 그 대상들 사이의 차이는 사라져 버려 다 함께 동질화하고 주체의 자리는 불투명해진다. '모랄·풍속론'은 이러한 주체 문제의 난점을 해결하기 위한 또 하나의 방법이다. 여기서 작가는 본격적으로 '계급구속성에서 벗어난 문학적 주체의 실천'을 이야기하는데, 저자는 이 '문학적 주체'가 '생활적 주체'와 완전 분리되어 또 하나의 주체 분열을 재생산하게 된다고 하였다. 평자 생각에 이 분열은 그 자체로 사회의 전체주의적 분위기에 맞서는 면이 있지 않나 한다. 전체주의를 경계하면서 생기발랄하고도 통일된 적극적 성격을 창조하기 위한 방편으로도 볼 수 있는 이 분열은 '문학자와 사회적 인간의 일원론적 통일이 있어야 한다.'는 주장을 담고 있는 김남천의 논문6)에 의해서도 밑받침되고 또 보충된다. 따라서 평자는 저자의 우려에 부분적으로만 동의한다.

모랄·풍속론을 거친 창작방법론으로서의 '관찰문학론'은 이 모든 논의의 필연적인 귀결이다. 이 부분에서 저자는 김남천이 정치를 과학으로 대치함으로써, 혁명적 주체로서의 전위로부터 벗어나고 있다고 하였다. 이

---

6) 김남천, 「자기 분열의 초극―문학에 있어서의 주체와 객체(七)」, 『조선일보』, 1938.2.2.

주체를 배제한 리얼리즘에서 리얼리스트는 세계 밖에 서 있는 '역사의 서기書記'다. 저자는 "고발문학론이 일체의 모든 것을 고발한다고 했을 때, 고발하는 정신만 있지 그 내용을 갖지 못한 것과 마찬가지로, 관찰문학론에서의 관찰하는 정신 또한 내용을 갖지 못한 것이 사실"(92)이라고 하였는데, 이에 대한 저자의 부정적인 평가에 대해 평자는 역시 앞과 같은 맥락에서 일부 동의를 보류하는 바다. 관찰하는 정신이, 대상이나 사물의 바탕 위에 이루어지는 것을 거부한다면 그것은 '행위' 그 자체인데, 이는 주관적이고 자의적일 수 있는 감성적 언표들의 미묘한 떨림이나 차이의 생성을 일반화하여 질적으로 보존하면서도 그들에게 평형을 부여하려는 의도를 갖는다. 그러므로 김남천의 '행위'가 실제 작품을 통해 이끌려 간 면모를 함께 아우르면서 그의 논리를 살피는 것이 좀 더 나을 듯싶다.

제1절에서 검토한 주체 개념에 따른 '리얼리즘 인식의 변화와 그 이론적 특질'을 다룬 제2절에서 저자는, 김남천이 "사회주의리얼리즘을 구체화한 창작 방법으로 고발문학론 이하 관찰문학론에 이르는 방법론을 제시하였다"(98)고 하였다. 김남천이 도달한 마지막 단계로서의 관찰문학론은 그 '주체 배제'의 성격 때문에 일견 '주체 확립 강조'의 고발문학론과 반대되는 위치에 있는 듯하나 다른 측면에서 보면 실상 그렇지도 않다. 고발문학론은 주체의 세계관이 불명확하여 규준이 존재하지 않는다면, 관찰문학론은 생활인의 주관에 의해 세계가 왜곡되는 것을 막기 위해 주체를 배제한다. 저자는, 고발문학론과 관찰문학론이 '현실에 대한 철저한 묘사'라는 이름의 '리얼리즘'에 서 있는데, 그 자리는 주체 부정을 통해서만이 가능하다고 말한다.

3)

제4장에서 저자는 3장의 성과를 바탕으로 하여 '김남천 소설의 전개 양

상'을 더듬었다.

제1절은 소년을 주인공으로 한 소설들을 다룬다. 저자는 이 소설들은 두 경향으로 나눈다. 「남매」, 「소년행少年行」, 「무자리」 등, 소위 「남매」 계열이 그 하나로, 이들은 일단 '사물화된 세계'에 대한 강렬한 부정 의지와 이들에서 벗어나려는 '성숙'의 논리를 드러내 준다는 점에서 동질성을 지닌다. 김 남천의 욕망을 투영하고 있는 봉근의 '달리기−가출'은 바로 그러한 의도로 읽힌다. 아울러 저자는 이 소설들에서 '매춘'을 '전향'과 같은 코드로 읽는다면, 소설은 전향에 대한 알레고리로 읽힌다고 말한다. 여기서 "누이의 매춘을 부정하는 봉근은 곧 자신을 비판하는 또 다른 자기이다."(121)

왕년의 사회주의자 병걸이 전향하고 또 타락한 것이 바로 자의식과 자기 반성이 부재하기 때문이라면, 이 자의식은 인간이 인간답게 되기 위해, 성숙하기 위해 요구되는 사항이겠다. 그런데 저자는 이때의 성숙한 인간 즉, 성인은 곧 '자기의식적인 존재'로서의 근대적 인간을 지칭하는 게 아닐까 유추한다. 그렇다면 이 소설들도 결국 '근대적 계몽'이라는 코드에서 읽을 수 있는 것이다.[7] 하지만 봉근은 아직 스스로의 자의식의 내용을 제대로 갖추고 있지 못 하기에 아직은 '형식적'으로만 성인인데, 결국 이는 1930년 대가 도달한 정신사적 깊이의 천박함 때문이기도 하다.

제2절은 전향한 지식인들의 삶과 내면을 그린 소설들을 다룬다. 이 소설들 가운데 가장 주목할 만한 것으로 「처를 때리고」가 있다. 이 소설은, 내

---

[7] 김남천에 대한 저자의 또 다른 논문인 「김남천의 『대하』를 빌미로 한 몇 가지 생각」은 바로 이런 가출−성숙−계몽의 모티브를 담고 있다. 저자는 형걸의 가출을 논하면서, "성숙과 미성숙의 경계에 가출이 있는 것이고, 그리고 가출은 미성숙의 고백이면서 또한 성숙의 시작이다. 그렇다면 이제 남는 것은 세계의 밖에서 그가 어떻게 성숙하는가이다."(373)라는 루카치적인, 인상 깊은 발언을 한다. 그렇다면 가출은 매우 소설적인 모티브이기도 하겠다. 저자는 이 가출을 '단독자로서의 주체의 자기 표명'이라면서 주체의 예견된 패배와 덧없는 희망을 덧붙이는데, 과연 이걸 그냥 "형식상의 주체 형성에도 불구하고 결코 내용은 갖추지 못하는('못한'이 아니라−인용자) 것"(374) 정도로만 치부할 수 있을까 한다.

용적으로는 전향 지식인을 정면 비판한다는 점에서, 형식적으로는 남편·
아내·화자의 세 시각이 각기 독자적인 발언을 하여 일방적이거나 또는 작
가 우월적인 해석을 부정한다는 점에서 독특하다. 특히 형식에서의 독특함
은, 분열과 재건이라는 고발문학론의 이중 기획을 실례로서 보여 준다.

「남매」에서의 봉근이처럼 여기서의 아내는 김남천의 타자他者다. 자기를
이중부정하여 결국 아내가 자기라는 것을 확인하려는 것은 좋으나, 그 결
과 '자기동일성의 회복'이 아니라 '자기 분열'이라는 사태가 발생한다면 문
제가 되겠다고 저자는 생각한다. 이렇게 "주체의 측면에서 자기동일성 확
보가 되지 않을 때, 자신을 전적으로 자신의 부정성인 대상에 함몰시킴으
로써 자기동일성의 균열을 적어도 문학 내적으로는 막을 수 있는 가능성이
생긴다. 그리고 이 가능성을 탐색한 것이 '관찰문학론'"(149)이라고 저자는
말한다. 그렇다고 균열이 완전히 봉합될 수는 없는 법인데, 평자 생각에 봉
합에의 욕망은 감성적 언표를 책임지는 자아의 고유한 선험성, 형이상학을
자꾸 없애려 하기에 위험하다 하겠다. 사실 주체성이라는 것은 바로 이런
고유의 결이 형성해/형성돼 가는 내면에서 찾아지는 게 아니겠나?

저자는 말한다. "세상의 겉모습이란 세상의 본질과는 같지 않은 것이고,
바로 그렇기 때문에 과학이 필요한 것이 아닌가?"(164) 하고. 그렇다. 그러나
그 본질이 무엇인가를 모를 때 과연 그 겉모습이나 나의 주체성 같은 것을
어찌 짐작하겠는가? 그렇기에 더욱 관찰의 정신이 필요한 것이고 또 그것
은 작품 속에서의 이끌림에 의해 수시로 모습을 드러내 가야 하지 않을까?

제3절은 지식인의 풍속도를 통속적으로 묘사한 「세기의 화문花紋」과 『사
랑의 수족관』을 다룬다. "비록 1930년대 후반에만 한정되어 있었던 것은 아
니지만, 1930년대 소설가들에게 다가왔던 커다란 문제의 하나는 통속성의
문제"(165)인데, 이 시기 우리나라 소설의 통속성은 자본 논리에의 종속성
외에 일제에의 영합성이라는 특징도 지니고 있었다.

「세기의 화문」의 지식인들에게는 '과거'도 '삶의 어려움'도, 따라서 '자의

식'도 존재하지 않는다. 그러나 김남천은 그런 삶들을 부정하지 못한다. "김남천의 소설 속에서 드러나는 균열의 한 지점이 바로 이 자의식이 없는 지식인들에 대한 김남천의 태도이다."(222)

『사랑의 수족관』의 주인공들에게는 최소한의 자기의식이 부과되기에 「세기의 화문」 정도의 가벼움에서는 벗어날 기회가 주어진다. 그러나 이들은 "자신의 사회적 존재를 부정하지 않으면서 그들이 행할 수 있는 일이란 근대의 기술적 합리성에 빠져들거나 아니면 자선사업에 나서는 일일 뿐이다."(222) 저자는 "『사랑의 수족관』은 『무정』의 변형태"(179)라 규정짓고 있다.[8] 저자에 의하면 "『무정』의 핵심은 삼각관계이고, 그 삼각관계 문제를 해결하는 방식은 연애 구조를 계몽 구조로 전환시키는 데 있다. 그리고 삼각관계의 갈등 속에, 정확하게 말하자면 이형식의 갈등 속에 새로운 것과 낡은 것이 대립되어 있다."(179) 1935년 이전 「공장신문」 같은 데서 명확히 드러났던 (전위-대중의) 계몽 구조는, 비록 영향 관계가 일방성에서 일부 상호성으로 바뀌었지만, 다시 되풀이된다. 또 이 소설에서 나타나는 '기술의 가치중립성' 역시, 과학 기술의 사회적 성격은 탈각된, 또 하나의 계몽주의를 보여 준다.

4)

제5장에서 저자는 김남천이 최종적으로 「경영經營」, 「낭비浪費」, 「맥麥」으로 이어지는 연작을 통해서 '근대적 주체의 정립' 작업을 수행해 나가는 모습을 그려 보았다. 이 연작은 김남천이 "소년 주인공 소설에서 드러냈던 '성숙'의 이데올로기와 일련의 '전향' 주인공 소설과 『사랑의 수족관』이 보

---

8) 저자는 다른 논문 「이태준 장편소설의 소설사적 의미─『불멸의 함성』을 중심으로」에서, 남녀의 삼각관계와 계몽적 민족주의 등의 특성을 지닌 『불멸의 함성』 역시 이광수의 『무정』이 희화화되어 반복된 작품에 불과하다는 가설을 내놓았다.

여 주었던 '자기의식'의 논리를 종합한 소설이다. 그런 점에서 이 연작은 해방 전 김남천 소설을 종합하는 소설이며, 또한 김남천이 내린 하나의 결론이다."(223)

당대 두 경향의 지성인인 전향자 오시형과 허무주의자 이관형의 대립을 축으로 해 놓은 채 최무경은 그저 매개적 인물로만 취급해 온 기존의 많은 논의들에 비해 저자는 중심에 최무경을 놓는다. 저자는 김남천이 주인공을 통해 '근대적 주체'를 형성해 가는 모습을 그리고 있다 한다. 최무경의 주체화 과정은 독특하다. 최무경이라는 주체는 부정성으로만 규정된다. '모든 관계에서 벗어남'은 외부의 힘에 의한 것이기 때문이다. 문제는 이러한 폭압을 어떻게 내면화하느냐인데, 최무경은 백철의 '사실 수리' 식으로 '사실의 논리'까지 받아들이는 게 아니라, 단지 그 결과만 받아들이고는 이 사실의 근본적 원인을 파헤쳐 가고자 하는 데에서 두 사람 어느 누구와도 다른 주체를 이루어 가는 것이다. 비록 최무경은 아직 고립된 개인이지만, 스스로의 사회적 존재 속에서 역사와 사회에 대해 질의 · 응답하는 과정을 체험하기 위해서는 사회적 존재로부터 유리되어 오직 '개인'으로서만 존재해야 한다. "사실 이러한 과정은 근대문학뿐만이 아니라 근대 초기 개인 주체의 형성 과정에서 보인 내면의 확충이라는 과정이 사회를 거쳐서 다시 개인에게로 돌아간 것이라고 해석할 수 있다."(211~212) 그러므로 최무경은 근대문학 초기의 개인과는 다르다. 하지만 최무경의 근대적 주체는 아직 형식상의 것에 불과하다.

평자는 저자 생각에 대부분 동의한다. 하지만 이관형이 김남천의 자화상인 만큼 오시형과 똑같은 중요도로 다루어진 것은 좀 문제가 있다는 생각이 든다. 이관형을 중심에 놓고 삼각 구도를 볼 때에, 작가는 오시형이라는 현실을 간직한 채 최무경이라는 이상을 만들어 갔다고 볼 수도 있지 않나 하는 생각이 든다. 이 과정이 최무경의 주체가 형성돼 가는 과정과 함께 함은 물론이다. 평자는 이 작품을 통해 김남천이 스스로의 '근대적 주체'를

형성해 간 과정을 읽어야 하겠다는 생각을 한다.[9]

결론적으로 저자는, 이 논문은 여전히 김남천에 제한되어 그의 내적인 모순, 분열 그리고 그것을 치유하는 김남천 자신의 방식만을 검토하였다고 말하면서, 김남천의 자기동일성을 위협했던 타자가 다른 작가와 비평가들에게는 어떠한 양상을 띠면서 나타났는가를 살피는 것도 이후의 과제라고 하였다.

4.

이 책에서 김남천 다음으로 중요하게 다루어진 작가는 주로 1930년대 후반에 등장하여 소위 '신세대 작가군'의 일원으로 불리는 허준과 최명익이다. 2부와 3부는 이 둘에 관한 내용이 주를 이루는데, 평자 역시 이들을 다룬 논문만을 언급하기로 하였다. 이 외의 것들 중 「1934년 경성, 행복 찾기 −박태원의 「소설가 구보씨의 일일」」은 본격 논문이 아니라서, 그리고 그 외의 것들은 이미 앞에서 다루었기에 언급을 생략하기로 한다.

1)

「허준론許俊論」에서 저자는 먼저 허준의 해방 직후 첫 소설인 「잔등殘燈」을 논하면서 이야기를 이끈다. 저자는 이 작품이 해방 전·후를 연결시키는, 작품 경향 변화의 핵심 고리가 된다고 생각했기 때문이다.

우선 저자는 「잔등」의 형식으로서의 '길'의 이중적 의미와 대립 구조에 대해 말한다. 이 작품에 나타나는 '해외 동포 귀환'의 길은 해방이라는 역사

---

[9] 본서의 졸고 「일제 말 '전향과 '근대성'의 문제」를 참조하라.

적 상황에 의해 규정된다. 이 '길'이 좀 더 문제적인 형식이 되는 이유는, 이렇게 사회사적 의미로서의 '길'이라는 형식이 작품의 내적인 통일성을 가져다주는 내적 형식으로서가 아니라 단순한 외적 형식으로만 존재하기 때문이라 한다. 따라서 저자는 여기서 오로지 여행의 사소한 에피소드가 연속되거나 대상에 대한 감성적 차원의 인식이 주관적으로 표출되는 것을 볼 뿐이다.

「잔등」에서 주인공은 귀국길에서 두 사람을 만나게 되는데 이 중에서 술집 할머니와의 만남은 소설의 가장 핵심을 이룬다. 그런데 저자는 할머니의 '너그러운 슬픔'에 대한 작가의 인도주의적 시선이 무계급적인 '소시민적 세계관'에 입각해 있다고 비판한다. 앞의 '길'에 대한 비판과 아울러 볼 때 허준의 세계 인식은 '세계의 내적 연관'에까지 파악해 들어가지 못했다고 저자는 본다. 그래도 「잔등」은 해방전 작품인 「탁류」와 「습작실에서」에서 볼 수 있는 '체관─숙명론' 및 '타인에의 애정'의 연장임과 동시에 「잔등」 이후 작품인 「속 습작실에서」 및 「역사」에서 볼 수 있는 '자의식 탈피'와 '현실 역사의 수용'의 전前 단계이기에 의의가 있다고 저자는 생각한다.

2)

「리얼리즘에의 도정─최명익론」에서 저자는 우선 「비오는 길」과 「장삼이사」에 나타나는 최명익의 세계관에 주목을 한다. 「비오는 길」의 세계는 주인공의 의식에 의해 주관화된 채, 주인공은 자의식의 세계에 칩거할 뿐이다. 반면 「장삼이사」의 세계는 객관적이긴 하나 그저 관찰 대상 정도일 뿐이다. 저자는 "전자가 주관적 관념론에 기반함에 비해 후자의 경우 불가지론에 기반하고 있다."(265)고 도식화한다. 결국 이 둘 모두 '소시민적 개인주의 시각'과 '세계의 내적 연관의 미未추구'라는 문제점을 갖긴 하지만 그래도 저자 생각에, 작가 자신의 존재 자체를 문제 삼지 않음으로써 비로소 소박한 유물론에 다가섰다고 생각되는 「장삼이사」가 좀 더 긍정적이다. 해방 후에 쓰인 「기계」는 이런 점의 연장선상에서 한층 더 나아가 리얼리즘에 다가설 수 있었다고 저자는 주장한다. 중소 자본가계급인 최명익이 리얼리즘 소설로 나아갈 수 있었던 가장 큰 원인은 바로, 해방 전부터도 조금씩 가능성으로서 받아들여졌던 '새로운 세계' 때문일 거라고 저자는 이야기하는데, 막상 그 '세계'에 대한 설명은 충분치 않은 형편이다.

결론에서 저자는, 모더니즘을 세계관의 문제에서 보려 한 것이 이 글의 출발점이었다고 밝히면서, "이 글에서는 상당히 성급하게 소설의 경향을 곧바로 철학적인 개념으로 환치시켜 설명"(273)한 바가 있다는 고백도 곁들인다. 평자 생각에 이는 앞 「허준론」에서도 마찬가지다.

후에 나온 또 하나의 최명익론인 「최명익 소설 연구 ― 「비오는 길」을 중심으로」는 이런 아쉬움을 어느 정도 해결해 준다. 저자는 주인공 병일의 삶 중에서 특히 '독서 체험'을 중시한다. '독서'를 "'문자'로 대표되는 추상, 형이상학에 대한 열망"(283)의 표현으로 의미화하는 것은 좀 과도한 듯하지만, '관념의 세계 속에서의 무한한 축적 욕망'과 '고립된 사적 세계의 보전 의지'로 해석해 낸 것은 충분히 타당성을 갖는다. 그리하여 저자는 "결국 병일의 욕망이나 병일이 부정하고 있는 욕망이나 모두 자본주의적 삶의 질서 속에서 배태된 것이고, 또한 자본주의적 질서를 넘어서지 않는 것"(295)이라는 좋은 해석을 해 낸다.

3)

「1930년대 후반 소설에 나타난 새로운 문제 틀과 두 개의 계몽의 구조 ― 허준과 최명익을 중심으로」는 「최명익 소설 연구 ― 「비오는 길」을 중심으로」의 연장선상에 있다.

먼저 최명익 부분을 보면, 「비오는 길」에서의 독서의 의미가 좀 더 탐구되는 것을 볼 수 있다. 저자는 주인공 병일의 독서가 존재에 대한 물음을 포기함으로써 결국 '내용이 없는 형식'으로서의 독서로 변하는데, 이 형식으로서의 독서야말로 병일에게는 가장 충만한 존재 내용이자 존재 형식이 된다고 하였다. 그런데 이때의 독서는 그저 자신과 다른 이를 구별하는 하나의 징표로서의 지식을 생산할 뿐이라 한다. 저자는 "이러한 '상징적 자본으로서의 지식'이 1930년대 중반, 지식인의 실업이 가중되고 있는 상황에서 「비오는 길」에서 의미 있는 것으로 등장한다는 것을 어떻게 해석할 수 있을까?"(409)라는 깊이 있는 질문을 던진다. 그리고 다음과 같이 대답을 한다. "내면에의 축적에 대한 욕망은 그 자체로 계몽주의적인 것이다. 미성숙에서 성숙으로 병일의 독서는 그렇기 때문에 계몽의 양식화이다."(410)

저자가 보기에 「비오는 길」이나 「봄과 신작로」에서와 같이 최명익 문학은 근본적으로 계몽의 구조를 지닌다. 그런데 그것은 "'이광수적 계몽 구조'로부터 '개인의 자기 계발이라는 새로운 계몽 구조'로의 이행"을 보인다. 저자는 최명익에게서 '근대적 주체를 가진 개인'의 탄생을 읽어 낸 것이다.

반면에 허준의 「탁류」는 '주체 소멸의 욕망'을 보이면서 개별적 존재를 부정하려 한다. 저자는, "개별적으로 완전한 자율성을 지닌 존재인 개인의 부정이라고 한다면, 이 주체 소멸의 욕망은 계몽으로부터의 이탈, 곧 탈계몽의 한 모습"(421)이라고 정리하는데, 평자 생각에 이는 좀 지나친 일반화인 듯싶다. 저자가 「탁류」에서 "개인의 자율성 추구와, 그 개인을 우연한 존재로 만드는 관계, 혹은 제도의 대립"(423) 속에서의 탈계몽적 출구를 읽어 내는 것도 마찬가지로 여겨지는데, 평자 생각에 이 소설에는 오히려 전근대적인 우연성의 횡포에서 벗어나고자 하는 근대적 욕망이 서려 있다.

결론적으로 저자는, "염상섭의 『만세전』이후 카프에 이르기까지 소설을 지배하고 있었던 것은 인식론적 문제 틀이었는데, 1930년대 후반에 들어 최소한 이 두 작가에게는 인식론적인 문제보다는 오히려 존재론적이라고 할 수 있는 문제, 자기 존재의 규명이라는 문제가 제출되고 있다."(424)고 주장한다. 그러나 평자 생각에, 결국 인식론에서도 인식주체와 대상의 존재가 문제된다고 할 때, 각 존재자들의 온갖 존재 양태를 규명함으로써 자연스럽게 존재론은 인식론을 껴안을 수 있게 된다. 그러므로 평자는 '두 작가의 문제 틀 전환'이라는 명제를 좀 더 다른 각도에서 본다면 더욱 풍부한 논점이 나오지 않을까 하는 생각을 해 본다.

5.

채호석은 「김남천 문학 연구」의 한 각주에서 다음과 같은 말을 하였다.

> 소설을 억압의 결과물로 받아들인다면, 그것은 어쩌면 그것을 읽어 내는
> 우리들을 치료하기 위한 것일 수도 있다.(113)

저자는 일제강점기 '노예 언어'로서의 소설에 대한 정신분석학적 읽기를 감행함으로써 소설 작가나 당대 독자가 아니라 바로 현 시대의 우리가 치료를 받아야 한다는 주장을 한 것이다. 그는 이를 통해 우리의 억압된 무의식, 정치적 무의식을 발견하자고 한다. 분명 이런 어조는 매우 계몽적이긴 하되 일제강점기 것과는 내용을 달리 하는데, 우선 '정치적 무의식' 같은 용어부터가 그렇다. 알튀세는 개인에게 이데올로기는 이미 탄생하는 때부터 주체화하는 과정에 이르기까지 부여된다고 하였다. 그러므로 그 형성 과정은 의식적인 결단이나 신념을 넘어서서 무의식 차원에서 진행되는데 그게 정치적이라는 것이다. 정치적 무의식이 형성·작동되는 것은 일제강점기나 지금이나 비슷하다. 다만 그 시대 사람들에게는 우리와 같은 식의 계열화가 이루어지지 못할 뿐이다.

이러한 인간들의 무의식을 탐구하는 채호석의 태도는 사뭇 진지하면서

도 조심스럽다. 모호한 문장 구조를 적지 않게 품고 있는 본문과 새로이 주장하고 싶은 바를 은근히 숨겨 놓고 있는 각주는 서로 대조를 이루면서 저자의 신중함을 드러내 준다. 그 신중함의 바탕에는 무엇이 있을까? 그의 초기 논문을 보면 '물론'이라는 부사가 심심찮게 눈에 띄는데, 이는 당시 그의 논문에서 간혹 보이는 지나친 일반화나 도식화와 맞물린다. 그러는 중에도 '주체'와 '계몽'이라는 굵직한 주제를 중심으로 꾸준히 논리를 전개해 온 저자는 그가 김남천에게 부여한 평가를 고스란히 스스로에게 돌릴 수 있도록 하였다. 저자의 연구 과정은 그대로 스스로의 '주체'를 탐구하고 '계몽'을 기획하는 과정이었으며, 연구 대상을 통해 연구 주체를 읽어 내는 과정이었다.

채호석이 스스로를 포함한 현 시대인에게서 바라는 "몸 가벼운 진중함"(401)이라는 것을 김남천을 중심으로 한 그 시대 문인들에게서 발견하려는 욕망, 그 욕망을 통해 그는 새로운 계열화를 꿈꾼다. 그리고 결국 그 담론적 시간에 의한 개념적 언표 아래로 "우주의 모든 감성적 언표들의 흐름이 만들어 내는 절대적 시간"[10]을 느끼면서 역사를 읽기를 바란다.

---

10) 이정우, 앞의 책, 70~71쪽.

조직 및 단체

문학 저서